二月河
长篇历史小说
典藏版

康熙大帝

② 惊风密雨

二月河/著

长江出版传媒
长江文艺出版社

图书在版编目（CIP）数据

康熙大帝. 2, 惊风密雨 / 二月河著. -- 武汉 ： 长
江文艺出版社，2024. 12. --（二月河长篇历史小说 ：
典藏版）. -- ISBN 978-7-5702-3686-2

Ⅰ. I247.5

中国国家版本馆 CIP 数据核字第 20240W7D12 号

康熙大帝. 2, 惊风密雨
KANGXI DADI. 2, JINGFENGMIYU

责任编辑：黄雪菁 王乃竹 杨 阳　　责任校对：程华清
封面设计：璞茜设计　　　　　　　　责任印制：邱 莉 胡丽平

出版：长江出版传媒 | 长江文艺出版社
地址：武汉市雄楚大街 268 号　　　邮编：430070
发行：长江文艺出版社
http://www.cjlap.com
印刷：湖北新华印务有限公司

开本：710 毫米×1000 毫米　　1/16　　印张：102.75
版次：2024 年 12 月第 1 版　　　2024 年 12 月第 1 次印刷
字数：1577 千字

定价：198.00 元（全四册）

目　　录

第一回　傅宏烈戴罪赴京师
　　　　周培公仗义救弱女

中午时分，一艘官船迎着凛冽的朔风，在漫天大雪中缓慢地驶入天津码头。一个船工浑身是雪，掀开厚重的棉帘进舱禀告，天津到朝阳门一带水路封冰，大家只好弃舟陆行入京了。

这船上共四名乘客，潮州知府傅宏烈带着两位满口京话的笔帖式，另一个是个年轻的举人。这人两道八字眉分得很开，一脸满不在乎的样子，正跷着二郎腿从舱窗中饶有兴致地瞧着外面码头上的雪景。他穿得相当单薄，只一件打了补丁的蓝粗布夹袍，也没戴帽子，和对面显得多少有点疲倦和衰老的傅宏烈比起来，看上去精神得多。

年轻举人名叫周昌，字培公，荆门人，因入京会试，没了盘缠，在德州卖字，被下船散步的傅宏烈邀上船带到了天津。八天来的水路同行，两个人天上地下、经史子集、文韬武略无所不谈，已成了忘年交。周培公听了舟子的话，见傅宏烈锁着眉头不言语，便笑道："这有什么犯难的，陆路便陆路，古人细雨骑驴过剑门，我们津门古道策马而行，不也挺有诗意？"

傅宏烈转脸看看坐在一旁的两个笔帖式，也都是神色黯然，便苦笑了一下，从怀中取出一包碎银，大约十两的样子，轻轻推到周培公面前，说道："培公，下舟我们就不便同行了。这点银子实在拿不出手，不过你还是带上，聊作补缺……"

"为什么？"周培公惊讶地问道。

傅宏烈叹息一声，勉强笑道："路上怕你担惊，一直没有相告，别看我坐着杭州将军的大官船，这么阔绰，其实我是刑部锁拿的犯官，入京领罪的。下船戴了刑具，铁锁银铐的，再带上一个你，像什么？"

"真的？"周培公大吃一惊，因为虽同船八日，压根就没听傅宏烈有半句话涉及此事，两个笔帖式在他面前也是毕恭毕敬。他还以为这个学问渊博的中年知府是入京升迁的呢！略一迟疑，周培公才回过神来，急问道："为什么呢？"

"这是真的。"一个笔帖式说道，"我们两个都是刑部衙门的人，奉了部文锁拿傅大人入京问罪。傅大人上折奏请朝廷撤去三藩，得罪了平西王吴三桂，被平南王府拿了，本来要在广州就地处决的，朝廷却降旨要刑部和大理寺会审议处。这官船是步军统领衙门的图海将军特意关照杭州将军妥为护送的……"

"兄弟，"傅宏烈一路听周培公不遗余力地攻讦吴三桂，早已认他是知己，见周培公气得发呆，便笑道，"一路听你高谈阔论，你不但文章好，而且很懂兵法，国家正在用人之时，万不要自弃。本想给你写封荐书，只是我眼下处境，不但无益，还怕招祸，兄弟你好自为之。"

"好吧。"周培公双手将银子轻轻推回，点漆一样的目光深情地盯着傅宏烈，说道，"我们就要分手。八天来的倾心交谈，周某永世难忘。君以国士待我，我必以国士报之。不过这银子我不能要，你吃着官司，比我更要钱用……"傅宏烈听着，心里一阵难过，眼圈不禁有些发红，只低声道："恐怕未必用得着了……"

天威难测，凶多吉少，傅宏烈的意思再明白不过了。一时间，舱里变得沉寂下来，外边雪落在舱板上的沙沙声都听得清清楚楚。周培公吃惊之余，已经冷静下来，闪着幽幽的目光沉思半晌，问道："图海与大人是故交知己？"

"原先也不相识，"傅宏烈说道，"前年他因事被黜贬到潮州，我们相处一年。此人是很有肝胆的。我们又都和吴六一要好，吴六一调任广东总督后，荐图海做了九门提督，兼管步军统领衙门，才回京没有多少日子……"说罢又叹一口气道，"可惜，六一兄一到广州便暴病去世。他若在，我也不至于落到这般下场。"

周培公听了，眼珠一转，突然一笑，俯下身子对傅宏烈说道："不闻李青莲诗乎？'白日不照吾精诚，杞国无事忧天倾'！我料皇上圣明，必不肯轻戮贤良，大人此行，看来是有惊无险！"

傅宏烈几天来摸透了周培公的秉性：虽然谈锋极健，却从不肯妄言。他对吴三桂、耿精忠和尚可喜三藩的割据势态、军事经济情形的了解，都有很独到的见地。看来，他说这话并不像单单为了安抚自己，遂笑道："培公这话又是出语惊人！"

"大人，这只是想当然。"周培公手指有节奏地敲着桌面，沉吟着说道，"日前我们闲谈，大人言及皇上近日下诏令三藩入京觐见，以学生看，和大人的事连在一起，便有了文章。"

见傅宏烈和两个笔帖式对视，周培公微微一笑，又道："要撤藩了！三藩已成尾大不掉之势，客大欺店，朝廷岂能容他们胡为！道理我们已经探讨明白，天下只有一个，不容二主并立，天心、民心、国情就是如此。"周培公侃侃说着，舒展地仰了一下身子，好像他并不是一个一文莫名的穷举人，而是一个国家重臣廷对奏议，"从来朝廷撤藩，有三种办法，或如高祖游云梦，车前力士擒韩信；或如汉平七国之乱，明诏硬撤，不惜一战；或如宋太祖杯酒释兵权，筵桌上一席话，天大的事化为乌有——现在朝廷既召三王同时入京，看来是要用这种办法的了。"

傅宏烈听着，觉得很有道理，频频点头，突然若有所思地怔了一下，说道："不过，圣上下诏锁拿我的谕旨说得很清楚：让刑部大理寺从重议处。事情未必就那么简单吧！前汉主张撤藩的晁错，不也被……"

"千古艰难惟一死——邓汉仪可谓勘透人情！"周培公哈哈大笑，"君也是当局者迷呀！你在广州已经判了死罪，还怎么个'从重'处置？锁拿进京，显然是皇上为了救你，保不定大人还要升官呐！"

"皇上如果不撤藩呢？"一个笔帖式见周培公说得如此笃定，有些不服气，忍不住问道。

"国家岁入三千七百万两银子，"周培公调头一哂，不屑地说道，"吴三桂独自拿去九百万，耿精忠、尚可喜每人是五百五十万——不算别的账，仅此一条，假如是你家奴才，你能不能容他？"说罢，端起桌上已经凉了的茶一气饮干，向傅宏烈道，"傅公，几日同舟，真是三生有幸。你的道德文章，培公已经深悉。今日别离，我有一言进谏，不知可肯见纳？"傅宏烈忙拱手道："请讲！"

"观君相貌、量君才学、聆君言谈皆不愧为国士，"周培公先捧了一句，"但君用心太死，用情过痴，谨防要吃朋友的亏。"

傅宏烈一怔，一时弄不明白这话的意思，忙问："为什么呢？"周培公道："你请旨撤藩乃是密折拜奏，吴三桂何从得知？"傅宏烈听了半晌没吱声，摇摇头道："虽说是密折，也有四五个人知道，只有一个汪士荣虽在平西王麾下任职，可他却是我的八拜之交，难道……"

"几日来大人经常赞誉汪士荣，我只恨无缘相见，岂敢多疑？"周培公爽朗地一笑，说道，"君子处世之道，在于守中而不务外。不信直中直，须防仁不仁——今日一别，相见无期。古人一饭之恩，尚且千金相酬，周某倘有寸进，必定报答大恩！就此分手了！傅公保重，保重！"说罢，身子一躬便钻出了船舱，飘然上岸。傅宏烈忙不迭奔出舱来，口中呼唤道："培公，培公先生……带上这银子……"

周培公站在码头边的缆石柱旁，纷纷扬扬的大雪落在头上，钻进脖子里；狂风将夹袍下摆撩起老高，却不见他有瑟缩畏寒之态。见傅宏烈和笔帖式追出舱来，只拱手说道："大人请回，二人请回，再会吧！"说完，便踏雪漫步而去。

傅宏烈眼看着周培公消失在雪光中，才怅然入舱，对押解他的两个笔帖式说道："请上刑具，我们也上路吧！"

周培公沿途卖字卜卦，直到正月十四才来到京师，远远瞭见灰暗高大的帝京雉堞矗立在荒寂无人的雪原上，他的心不禁激动得噗噗直跳。这个破落世家子弟，虽然才二十五岁，已是历尽人情冷暖、世态炎凉的人了。他的父母在顺治七年那场可怕的瘟疫流行中相继去世，家产田宅被本家族叔侵占一空，只有祖上传下的三大架书存了下来。见周家族人兀自不能容这个孤儿，奶妈龚嬷嬷便将培公接了家去，却让儿子去当兵吃粮，省吃俭用供他读书。周培公天分甚高，到十五岁上，什么亢仓子、韩非子、管子、墨子、老子、鬼谷子……二十四史并《太公阴符》《奇门遁甲》《孙子兵法》及各类经史之书就读了个饱。龚嬷嬷见他如此出息，索性把自己纺织攒积下来的钱兑了银子，供他出去游学。他断断续续在外十年，到康熙八年，应考府试、乡试连战皆捷，此时龚嬷嬷头发已是雪白了。

中举之后，见龚嬷嬷身子骨一天不如一天，周培公便不想再考了。他揣着诗文投谒当地有名的硕儒、士绅，到省拜会藩台、臬司的达人贵官，想谋一个差使。无奈他既无名师推荐，自己平日名声也甚平常，人家面儿上倒挺热乎，心里却瞧不起。这事被龚嬷嬷知道后，老太太竟捶床大怒："你竟是越大越不成器！为你读书上进，你大哥荣遇出去当兵，受的什么罪？怎么你出去浪荡十年，挣了个举人就想趴窝儿？俗话说，学成文武艺，卖给帝王家，你却卖给我这样一个半截入土的老婆子？没出息！我要的是敕封诰命——你到京城向皇上给我讨来！"如今真的见了这巍巍帝阙，周培公如何能按捺住自己的激动心情？

他怀里还揣着一封信，是在山东讲学的伍次友写给左都御史明珠的荐书，听说这个收信人已经升迁为吏部尚书。这封荐书有没有用处、有多大用处，周培公并没有好生想过。他想，淮阴侯韩信当年归汉，怀里也揣着张良的荐书，直到汉高祖拜他为将时才拿出来，那才是丈夫自建功自立业的气概呢！因此，周培公并没有怎样重视伍次友郑重交给他的这封书信。

周培公摸了摸荷包，那是他离开荆门前夜，龚嬷嬷在灯下一针一线替他做出来的，做工并不好，他却当作宝贝一样。里边还有两枚罗汉钱和三十几个"康熙"铜子儿，省吃俭用也仅够三天度日。可是此时离三月春闱还有五六十天，这段日子怎么过呢？思量移时，周培公决定找一座庙撞斋吃，便打听着住进了近郊的法华寺。

其时正是正月元宵佳节期间。康熙八年山左山右秋季大熟，又废止了圈地，实行了更名田。一等公遏必隆从芜湖、苏、杭漕运北京数百万担粮食，历来闹春荒的直隶、山东，今春斗米只须三钱银子。物价平准、天下无事，北京过节昼夜金吾不禁，百姓高兴，正月花灯竟足足闹了七天。法华寺住的十几个举人和因漕运不通没有返回江南的盐商日日轮流做东，花天酒地，吆五喝六，把个清净佛地翻成了酒肉道场。周培公耐不得这般俗气逼人，见外头雪霁放晴，便不再写诗作画，决定到街头观览一下京华风物。

走出庙院，外面景致果然热闹。西苑和潭柘寺的高跷、龙灯、狮子、旱船、河蚌、鹤鹬……叮叮哐哐地敲着锣鼓，都涌到前门和琉璃厂一带，什么跳喇嘛、大头人、打莽式、走彩绳的，还有扮演着戏文里的各种人物，一队队吹吹打打招摇过市。人流摩肩接踵、挤挤拥拥，夹着唱秧歌的、跳鲍老的、卖粉团的吆喝声，孩子们惊叹欢呼的喊叫声，被挤倒了的咒骂声、哭声、哄笑声和噼里啪啦的鞭炮声，汇成一片，搅在一起。平日不出门的妇女也耐不得寂寞，七大姑八大姨的相约出门来瞧热闹儿。不过她们的心思比男人们细密得多，有的到城隍庙捐香火钱祈佑降福，有的到观音庵求子，有的到琉璃厂小贩们那里花几个铜子儿买上几颗金鳌玉蛛石狮子牙——一种蜡制的兽牙——投进附近专设的炭火盆中看着它们烧化，据说这能确保她全家终年不患牙疼病。

周培公随着人流推动，来到了正阳门，不禁被这里的热闹看呆了：几百名妇女，个个挤得披头散发，眼泪汪汪。有的挤掉了鞋子，有的到中途被顶了出来，一窝蜂儿去摸正阳门上的大铜钉。被挤出来的妇女们，有的怨天尤人，有的眉开眼笑，孩子们有的哭，有的闹，有的攀着妈妈的脖子叫着"回家"。

周培公看了半日，揣度不出其中奥妙，便问身旁一个老翁："老人家，这些妇道人家不要命地挤什么？"

"她们在摸福气。"老人似笑不笑地说道，"谁能一连摸到七个铜钉，全家终年平安……"

周培公不禁一笑：那凉凉的、圆润光滑的大铜钉帽居然有这么大的法力！他还不知道。这些妇道人家在为自己父母、丈夫和子女祈福时，有着一种出人意料的坚韧精神。被挤出来的，哭归哭、骂归骂，不摸到七个，她们决不肯离开这个地方。有的妇女索性赤了脚，把孩子放下，请人照看，挽发捋袖地又挤了进去。周培公不禁好笑地说道："皇上的大门就这么神！其实也用不着这么挤呀！只要大家挨着个儿来，天不黑就可摸完的。"

"是嘛，往年就是这样，"一位老人一旁搭腔道，"不过，今年不同了，一会儿平南王爷和靖南王爷要从这里入宫觐见，一戒严就摸不成了。"

平南王是广东的尚可喜，靖南王是福建的耿精忠。召见三藩，怎么只有两王入京？周培公不由想起了傅宏烈，心里咯噔一下，忙问道："平西王没有来？"

"这就不知道了，"老人摇头道，"听说是告病了。"

周培公想再问，忽然人群乱成一团，一个十七八岁的姑娘哭骂着揪扯住一个中年妇人从人群里连撕带打地挤了出来。那中年妇女一边躲闪，一边嘻嘻笑着，含含糊糊地说道："这又何必呢？免得了碰着挤着了一点？"旁边的妇女们见是这么一回事，有的便来相劝。不料那姑娘乘那人不备，猛地蹿上去，一把扯去那妇人头上蒙的葱绿巾，高声喊道："你姑奶奶小琐今儿个豁出去了，叫大家看看你这下流胚！"

人们一下子呆了，原来是个汉子！

"不要放掉他，问问他叫什么？"周培公的血一下子全涌到脸上，脖子上的青筋蹦起老高。

"谁在放肆？"那汉子歪着脖子搜寻了一番，相了相周培公，一步一步逼将过来，狞笑着道："你他妈是哪条裤裆里的货色？你知道她是谁？爷又是谁？"

周培公十指捏得山响，冷笑一声说道："不管你是什么样的货色，这样的行径，不抵个畜生！"

"嘻！"那汉子做了个怪相，扭脸对几个围着瞧热闹的人道，"这个穷小子，他想管我的事，哼，我乃堂堂理亲王府的总管刘一贵。你管得着爷的事吗？她欠了爷三十串，爷还要弄进府里好好儿摸摸呢——来！架起这个臭娘儿们，走！"话犹未完，周培公早挥起手掌，一记耳光掴了过去。刘一贵脸上落下五个紫红的指印，顿时膨胀起来。几个理亲王府的长随见管家挨揍，"嗷"的一声嚎叫着齐扑过来，围着周培公拳脚交加。站在一旁的小琐吓怔了，周培公一边和这些人周旋，一边对着小琐喊道："还不快走？"刘一贵捂着脸吼道："老子这里几十号人，能叫她走了？打！"

一时间，围得水泄不通的人群骚动起来。二十多个豪奴大打出手，在人们中间横冲直撞。人们被挤得绊倒了一片，惨叫呼号乱成一锅粥。周培公腰部遭了几记重拳，眼中金花乱舞，踉跄一步倒在地下。十几个长随一拥而上，你一拳我一脚地狠踢猛打。

"住手！"正在这时，忽然听到雷鸣般的一声大吼，"都他娘的住手！"这一声大得吓人，震得这帮恶奴都住了手，转脸看时，是个满脸络腮胡子的军官，挤过纷纷逃窜的人群，一手叉腰一手指着刘一贵问道："你他娘的，凭什么欺侮人？"一个长随见刘一贵使眼色，冷不防从后头蹿上来，劈掌便打。那军官好像背后生着眼睛，一把擒住了，反手一拧提在怀里，"呸"地照脸一口唾沫，轻轻一送，那长随像弹丸一样冲了出去，竟接连又撞倒了两个！刘一贵见势不妙，呼哨一声，恶奴们嚎叫着狼奔豕突仓皇逃去。

周培公从地上爬起来，见那军官正开心地哈哈大笑，忽然眼睛一亮，惊喜地叫道："大哥，是你！"

军官愣了一下，诧异地看了看周培公，刹那间也认了出来，张着双手扑过来，双手抱住周培公就地旋了一圈："是我那书呆子培弟呀！你怎么会在这里？十年，整整十年没见了呀！"这个豪放的汉子又跳又笑，眼泪在眶中打着转儿流了出来。

这位军官正是周培公的奶哥龚荣遇，从军十年，在平凉已当上了城门领。两个光屁股时就在一块儿的哥儿俩竟在此不期而遇。

"娘如今怎么样？身子骨儿还好？"听了周培公讲述这些年的遭遇，这个粗眉大汉低垂下眼皮，神色黯然地回道："娘还好。"周培公和龚荣遇并着肩漫无目的地走着，低声答道："就是人老了，眼睛也不好使……"说到这里，周培公停住了脚步，瞪着眼带着怒气问道："你已是四品大员了，为什么不回去看娘，这算孝子么？"龚荣遇低头粗重地喘了一口气，半晌才道："先在广西，又到云南，再调陕西，安定不下来呀！"

"你这次到京做什么？"周培公问道。

"王提督在陕西被莫洛总督和瓦尔格将军挤得存身不住，进京想请旨调防到内地来……"

"王提督？"周培公问道，"是不是绰号叫马鹞子的那个？"

"嗯。就是马鹞子王辅臣。"

"我听说莫洛居官很清廉，"周培公沉思着问道，"怎么这么不容人？"他摸摸腰部，那里还在隐隐作疼。

"旗人嘛，全他娘的一路货，汉人算倒了血霉！"龚荣遇闷声答道，说着，一脚将一块石头踢出老远，半晌又道，"马鹞子脚踏两条船，吃着朝廷的，看着吴三桂的。我瞧吴三桂也不是个正经东西，我在那带兵不容易啊！——我们就住在吴三桂大公子吴应熊府里，跟我到那里去住吧？"

"不不不，"周培公连连摇手笑道，"你已经是客，够别扭的了，再带了我去，像什么？我天性疏懒，不耐烦和吴大公子这样人打交道。"

当下二人亲亲热热说了半天话，又一同到聚仙楼吃了一顿饭，龚荣遇又拿了一张五十两的银票给周培公，才依依不舍地分了手，相约于王辅臣回陕前再聚一次。

第二回　乾清宫睿智激藩臣
刑堂上胆肝动帝心

　　周培公的揣度一点不错，康熙同时召三藩入觐，本意是效法赵匡胤席前夺兵。但周培公却不知道，给康熙出这个主意的人，正是为他写荐书的伍次友。伍次友原是扬州名士。康熙元年会试时，伍次友因写《圈地乱国论》，深得康熙赏识，被聘为帝师。他在辞官归山之前，曾为康熙起草了《撤藩方略》。

　　吴三桂既然不来，康熙的夺兵计便不能行。他那热得发烫的心也只好凉了下来，代之而起的是难以压抑的愤懑。他忍着一肚皮的气，在乾清门和颜悦色地接见了代父行礼的吴应熊，又赏银子又赐药，下诏慰谕"病"了的吴三桂。退下来后他越发觉得浑身不自在。

　　生气归生气，正经事还得办。过了正月十六，康熙下诏令已经入京的尚可喜和耿精忠入内，在乾清宫正殿接见议事。乘舆路过乾清门时，康熙掀起明黄软缎的窗帘向外张望了一下，见耿精忠和尚可喜两个人穿着簇新的鹅黄团花龙褂，俯伏着身子正在叩头，不禁轻声叹息，含笑大声说道："二王远道而来，免礼了吧！"说了脚一顿，令乘舆停下，两步跳了出来，在丹墀下一手挽起一个，呵呵笑道，"朕倒没料到你们来得恁早。在京还过得惯？这里天气比不得广东、福建，要多加些衣服才成啊……"一边说，一边沿甬道向正大光明殿徐步而行，语气神情间透着十二分亲热。上书房随侍大臣索额图、熊赐履，议政王杰书，一等公遏必隆等率着部院大臣，早就候在殿口，见他们过来，忙一齐跪下，直待三人先后进殿，方起身鱼贯而入，一斜溜儿伏在殿门口。

　　"你们住在哪里？"康熙命耿精忠、尚可喜坐下，端起御案上的奶汁啜了一口，这才仔细打量面前这两个异姓王爷。他们是康熙三年觐见的，已经离别整整六年了。尚可喜已大见衰老，目光也失去昔日的神采，顾盼时头部不断地癫颤，手足都显得有些呆滞。耿精忠却正当盛年，挺胸凹肚，正襟危坐，目光炯炯地看着康熙，听到问话，忙从椅中欠身，赔笑说道："尚可喜住在儿子家，奴才住在弟弟家。"

康熙点头一笑。耿精忠的弟弟耿星河与尚可喜的三儿子尚之礼和吴应熊一样都是他的姑父，羁留京师住在额驸府，做散秩大臣。这二人都是吟风弄月的浪荡公子，诗酒以外不问政事，用熊赐履的话说便是"稍有晋人风度，绝无汉官威仪"。比不得吴应熊，明面上老老实实，背地里却和外边的督抚大员广为结交，三两日便和云南书信往来一次。听了耿精忠的话，康熙沉吟片刻，转脸吩咐侍立在旁的养心殿总管太监小毛子："传话给内务府，赐银二位额驸每家三百两。"又向耿、尚二人笑道："朕知道你们手面大，不要嫌朕小气。这两个额驸人品才学都好，再历练几年，朕还要叫他们分掌部院的事呢……"说着，又笑了笑。

"这两个"好，当然就是说吴应熊"不好"。尚可喜见耿精忠不搭腔，忙笑道："奴才们便有三万两银子也比不得这三百两体面。这次来京，听之礼说，万岁爷勤政得很，每日办事都要到二更天，奴才说句不知上下的话，万岁如今到底年轻，不晓得爱惜自己身子，到了奴才这把年纪才知道呢！万岁一身系着亿兆百姓，更要多多节劳才是！"

"朕何尝不想享福？事情太多，不得不如此啊！"康熙目光闪烁地望着外头白雪皑皑的宫院，款款说道，"罗刹鬼子在东北搅扰边境，去年占我木城，杀我千余百姓。这些生番用死人尸体搭起架子烧小孩子吃！西北上的事更乱，噶尔丹不知吃了什么药，竟敢不经请旨自立为汗，又与西藏第巴桑杰勾手，大有东进并吞漠南漠北之意——你们都是精熟汉史的人，境内出这样的事，朕岂能看着不管？"他长吁了一口气，接着又道，"还有黄河、淮河，去年秋天决口三十四处，河南巡抚衙门里的淤泥有一丈多厚，二十多万百姓出外逃荒……"康熙摇摇头，没再说下去。

"万岁！"跪在殿门口杌子上的内大臣、大学士索额图忽然膝行趋前一步，朗声奏道，"罗刹国使臣戈赖尼即将回国，临行前想面见皇上，请旨如何办理。"

"他现在什么地方？"

"在午门外候旨。"

"叫他进来!"康熙厉声说道,"倒要见识一下他是个什么东西!"

"喳!"索额图叩了头,起身又打了个千儿,躬身退出大殿传旨去了。

"皇上应该盛陈威仪,"熊赐履在班中叩头奏道,"以示我天朝风范!"

康熙略一沉思,咬着牙笑道:"他不配!现有的威仪也是抬举了他!"说着便听远处一声递一声传进来:"罗刹国使臣进宫叩见!"大家张着眼偷望时,一个瘦得麻秆一样,伶仃细长的身影脚步趔趄、左顾右盼地进了乾清门,便不再言声。

戈赖尼像梦游人一样走进了紫禁宫。这里的富有使他吃惊,到处都是黄金、白银和精美绝伦的东方艺术品,绘着云和龙的图案在廷柱上盘绕,令人目眩的错金大鼎、金缸,镶缀着耀眼宝石的玉如意,各种名贵硕大的瓷器,搬回任何一件,都足以使他成为欧洲屈指可数的富豪……但这里森严的威仪使他减去几分倨傲。从午门开始,两行亲兵,钉子一样排立着,佩在腰间的宽边大刀拖着长长的流苏。御前侍卫像一尊尊铁铸的神像,按剑挺立,眼都不眨一下。偌大的宫殿两旁跪着几十个翎顶辉煌的朝廷重臣,连一点声响都听不到。殿前铜鹤、金鳌的口里喷吐着袅袅香烟,呈现出一派肃穆庄严的气氛。戈赖尼因为看得有些神不守舍,跨入殿门时几乎绊倒了,身子在门框上重重碰了一下才狼狈地站稳了。他肩膀一耸、双手一摊,问跟着进来的索额图:"阁下,我该怎么办?"殿中人听到他的华语说得如此纯正,顿时一怔。

"按照我们大清国规定的礼节,"索额图冷冰冰说道,"向我皇上行三跪九叩首觐见礼!"

看着这个黄发蓝眼、深目高鼻的人,穿着短袖燕尾服,居然也煞有介事地甩起"马蹄袖",康熙几乎笑出来。等他行完礼,正要开口问话,戈赖尼却自行爬了起来,高声喊道:"噢!伟大的博格德汗(中国皇帝)!能在这神奇而又迷人的宫殿里觐见您,我感到不胜荣幸!我代表至圣无上的全大俄罗斯沙皇陛下阿列克赛·米哈伊洛维奇大公向您致崇高的问候!"说着,便张开双臂,竟要趋步向前热情地拥抱康熙。

但是他只跨出两步便站住了脚。康熙静静地坐着,黑得深不见底的瞳仁里有一种不怒而威的光亮,震慑得他不敢稍有轻薄。他僵立了片刻,无可奈何地笑道:"我们的热情表现在我们奔放的行动上,中国人的热情包涵在一种自然美中，有着令人钦佩的含蓄，大不列颠人也不能企及……我想，我还是按贵国的礼节回话吧！"说着，便又跪下。

"戈赖尼，"康熙终于开口了，"你求见朕，是为了何事呀？"

"我来求见博格德汗，"戈赖尼说道，"是为了求得对阿穆尔地区事件的谅解，请博格德汗作出明智的选择！"

所谓阿穆尔，便是黑龙江流域。康熙不禁一笑："黑龙江地域自古乃我中国邦土，与你罗刹国有什么相干，要朕如何'谅解'？"

"当然，"戈赖尼耸耸肩，"我无意否认陛下的话，但是，那块土地对你们富有而辽阔的中国来说，不过是小小的——"他选不出合适的中国词语，只好伸出小指头来比了一下，"而对我国来说，用处却是很大很大，我们与欧罗巴做交易，需要皮货，您明白吗？而贵国需要边境的安定……"

不等戈赖尼说完，康熙便冷冷顶了一句："你这是说，你想要的，你就去抢，是吗？！"最后一声"是吗"，陡地提高八度，震得乾清宫正殿嗡嗡作响。

"不不……不是……是的！"这个饶舌的外交家吓了一跳，语无伦次地答道。经过一霎间的怯懦，戈赖尼又强硬起来："请陛下听完我的话，我受沙皇之命转告陛下，博格德汗应该以这块荒凉的土地作为交换条件，求得沙皇的恩宠与关怀，只有如此，才能确保陛下国内的和平和安定。"

"这倒奇了，"康熙顾盼众臣，"我国河清海晏，有什么不安定的？即便有事，也是我天朝家务，与你们罗刹何干？"

"我是您的外臣，不妨直言相告。"戈赖尼无赖地笑笑，"大汗的地位并不稳固，众所周知，贵国南方的几位王爷正在准备一场空前的叛乱……"

"哈哈哈哈！"康熙突然纵声大笑，指着尚可喜和耿精忠问戈赖尼，"你认识他们吗？"

戈赖尼看了耿、尚二人一眼，耸肩摇头道："我没有那个荣幸……"

"他们就是你说的'叛乱'王爷，"康熙笑道，"我们君臣此刻都在这里，你倒说说，我们怎么个不安定法？"

"噢？"仿佛遭到重重一击，跪着的戈赖尼身子猛地仄了一下。由于索额图对他严密封锁，耿精忠、尚可喜入京的消息，他竟一点风声也没听到。戈赖尼脸色变得雪一样苍白，喃喃说道："这是传闻……请博格德汗和两位王爷原谅。不过——"他的脸上又泛出血色来,"我提醒皇上,我强大的哥萨克在著名将领巴哈罗夫将军的统率下已经进驻阿穆尔地域,用你们中国话来说,叫做'顺之者昌,逆之者亡'!"

话未说完,康熙"啪"的一声拍案而起,下了御座,橐橐走了几步,指着戈赖尼说道:"你回去告诉米哈伊洛维奇,中国并无内乱,即或有,朕也自能平叛,不劳他万里之外操这份狂心!我华夏天朝,万国冕旒臣服之圣地,叫他早收妄想,安分守土!不然总有一天兵车相会,才知我大清天威难犯——凭你今日无礼,朕本当诛你首级以示惩戒,念两国相交不斩来使之古义,赦你不死——来!"

"喳!"魏东亭、狼瞫、穆子煦、素伦等一干侍卫早就等得不耐烦,听康熙招呼,炸雷般齐声应道。

"押他回驿馆,"康熙背对戈赖尼,冷冷吩咐道,"限明日午时前离开京师!哼,朕倒不信,这个巴哈罗夫,难道会比斯捷潘诺夫①下场好些?"

一场唇枪舌剑的外交战结束了。康熙仍按捺不住自己愤慨的心情,不住用眼睃着殿内群臣,却是一语不发。

"万岁!"耿精忠实在受不了康熙这种压力沉重的目光,终于开口说道,"罗刹国如此无礼,皇上何不发兵进剿?"

"朕也有难处啊!"康熙手指弹着茶碗盖,心不在焉地也斜了尚可喜一眼,说道,"国家遭鳌拜乱政之害,元气未复,一时之间,筹兵筹饷都是难题。不能必操胜券,朕岂能轻易用兵?"

今天在乾清宫发生的这些事,尚可喜和耿精忠心里雪亮,处处都是在说"撤藩"。自南明永历帝死后,南方事实上已无仗可打,三藩王率几十万军队坐吃朝廷粮饷,北方外敌却无力抵御!尽管心里明白,耿、尚二人却不肯把话题引出来。尚可喜是没办法,他的兵权早被大少爷尚之信剥夺得干干净净;耿精忠抱定主意,看吴三桂的眼色行事——吴三桂的兵比他们二藩的总和还要多,凭什么他耿精忠要做这出头椽子?

"天要下雨,娘要嫁人,随他去!"康熙语意双关地笑道。见耿、尚二人装聋作哑,他心里不禁一阵上火,觉得不能一味地对他们示柔,目光如

---

① 斯捷潘诺夫:俄将,在入侵中国黑龙江流域时,被清将沙尔虎杀死在松花江口。

电扫了两个王爷一眼，笑道："朕请三位藩王入京，原本为的就是共商这件外事。吴三桂'病'了，你们二位又不能全然做主。算来三藩实到一藩半，想起来真有意思，朕难道连罗刹这个跳梁小丑也奈何不得？"他本想说"朕这里难道设了鸿门宴"，话到口边又改了。

"奴才临来前，曾派人往云南看三桂。"尚可喜苦笑着辩解道，"吴三桂确有目疾，年前又患疟疾，称病不朝，似乎并无别的心思。"

"不谈这些了吧！"康熙舒了一口气，"朕怎么扯到这上头了？朕的本意请不要误解，朕目前无意撤藩，即使撤藩也要光明正大。朝廷决不做兔死狗烹、鸟尽弓藏的事！朕自束发受教，便以诚待人——先诚意正心，而后能治国平天下嘛！三藩不负朕，朕是不会亏负你们的。你们也累了，就此跪安吧。"

第二日下午，康熙换了便装，来到坐落在绳匠胡同的刑部衙门，在签押房后的大客厅里悠闲地吃茶，等候会审傅宏烈的结果。四个一等侍卫魏东亭、狼瞫、穆子煦和犟驴子见他似乎心事重重，一个个鸦雀无声坐得笔直。

忽然，一个大个子武官匆匆进来，喘了口粗气，一屁股坐在康熙对面的椅子上，心神不宁地向外望望，转脸对康熙说道："喂，你们堂官什么时候下来——啊？是主上！"

"是图海啊！"康熙见他惊得面如土色，连下跪也忘记了，便笑道，"你这奴才不好生待在九门提督府，钻到刑部衙门来做什么？"

图海这才忙不迭地跪下，额上豆大的汗珠已渗了出来："回万岁爷的话，刑部衙门正在会审傅宏烈——啊，奴才来瞧瞧吴正治……"

"你和吴正治是什么交情？怎么又扯到傅宏烈身上？"康熙见图海慌得结结巴巴，不觉好笑，"吴正治正在审傅宏烈，你掺和进来是怎么说？九门提督的手伸得太长了吧？"

"喳——奴才该死！吴六一生前说傅某乃是忠良之人。今日会审，臣有些按捺不住，前来寻吴正治打听消息……"说着便连连叩头。

"起来吧，站那边去！"康熙笑着揶揄道，"亏你还是将军出身，连一点急变之才都没有，你来吴正治法司衙门撞木钟，不怕朕治你的罪？"

"奴才与傅宏烈并无瓜葛，而且奴才不主张撤藩，政见也不同。"图海站起身来，已经渐渐恢复了平静，黝黑透紫的面庞颤动一下，躬身答道，"傅宏烈上书言政是为国家社稷。其言当，圣上取之；其言不当，圣上舍之。臣以为——"

"你不要讲了。"康熙截断了图海的话，"你到签押房传旨，朕要见傅宏烈。"

"啊？"图海大感意外，见康熙脸上毫无表情，忙又答道，"喳！"

傅宏烈跟着图海进来了。他脚下钉着四十斤重的大镣，在寂静的院中哗啦哗啦响着，虽然步履蹒跚，脸上却像刚睡醒的孩子一样平静。刑部尚书吴正治和满汉侍郎、科道等一群官员因未奉诏进内，只在刑部天井院里向上叩了头，远远退到一旁，不安地注视着这座立刻变得至高无上的客厅。

"傅宏烈，"康熙捻着胸前的朝珠，对伏在地下的傅宏烈说道，"此时此地，你心里在想什么？"

"罪臣在想……"傅宏烈身上一颤，他完全没想到康熙会问这个，不由抬头望了一眼康熙，答道，"此地自前明至今，一直是国家掌刑之地，由此向归宿走去，只有咫尺之遥。万千奸恶之徒在此伏法，亦有仁人志士在此蒙冤受辱……此时罪臣不意得觐见圣颜，一诉衷曲，臣虽死，快何如之！"

"尔有何衷曲可诉？"康熙变色说道，"尔不过一个小小知府，辄敢妄言国家大政，离间君臣和睦，还不是死有余辜！"这话声音虽然不高，透着极大压力，图海和魏东亭等人心里竟不禁起了一阵寒栗。

"圣上这话差了！"傅宏烈横了心，抗声言道，目中炯炯生光。在场的人都吓了一大跳，却听傅宏烈大声说道，"国家兴亡，匹夫有责，何况臣职在司牧！臣亲见吴三桂和尚可喜父子倒行逆施，横行不法，若缄口不言，明哲保身，则有欺君之罪；若直谏犯颜，又有妄言乱政之罪——是进则身死，退则心死，身死与心死孰佳？请求圣上明断！"

康熙觉得自己的心好像从高空中一下子沉落下来，"舍生取义"四个字闪电一样划过，划得他的心一阵疼痛：这样一个人物，竟迟至今日才发现！他沉思一下，提高了嗓音朝外喊道："吴正治，你进来！"吴正治"喳"地答应一声，三步两步跨进来，还没跪稳便听康熙问道："你们准备将傅宏烈如何处置？"

"腰斩!"吴正治不假思索应口答道。

"不能轻一点么?"

"回万岁的话,臣只能依律定罪。"吴正治说道,"恩自上出,减刑轻判应由皇上特典。"

"嗯。那就……弃市吧。"康熙仿佛在重压下吁了一口气,瞟一眼傅宏烈,又道,"你方才说得很好,朕成全你——不要怨朕狠心,朝廷有朝廷的难处——你还有什么话么?哦,你的老母、幼子,朕当关照户部着意抚恤……"康熙一边说,一边审视着傅宏烈。

"罪臣无话可言……"傅宏烈此刻听到老母、幼子,真比万箭钻心还要难过。他饱含着泪水,强压着没让自己哭出声来,只是伏地恭恭敬敬行了三跪九叩大礼,颤声说道:"谢恩……"站起身来又向图海和吴正治各作了一个长揖,含泪笑道:"吴兄、图兄,兄弟就此别过了!"便提着大镣昂首向厅外走去。

"站住!"康熙突然起身断喝一声。他的脸一下子涨得血红,几步从厅中跨出,目光如电地盯着吴正治,一迭连声命道:"给他去刑!"说着脚步不停地走近傅宏烈,一边看着两个司道官员忙不迭地开锁去刑,一边抚着傅宏烈的肩头说道:"好!果然是肝胆照人,果然是烈烈丈夫!杀你这样的臣子,朕岂不成了桀纣之君?"

傅宏烈原被这猝不及防的变故弄愣了,待明白过来,哪里还控制得住自己,仆身伏地号啕大哭。

"你先在北京住下。"康熙扶起傅宏烈,替他拍掉臂上尘埃,轻声说道,"你的朋友有不少在京供职,还有朱国治也已调来北京。你在他们家养养身体,有什么奏陈、建议,暂由图海代呈,朕要用你这块石头,叫你回广西做官,你可敢?"

"奴才有何不敢?"傅宏烈大声答道。

第三回　孔四贞下嫁孙延龄
　　　　康熙帝赐枪马鹞子

　　康熙九年的春天似乎来得格外迟。二月二龙抬头的节气已经过了，紫禁城宫殿上的积雪还没有开冻，鎏金大铜缸沿上挂着一层薄霜，缸里的水虽然一天一换，仍结满了蛛丝般的细凌。天气显得十分干冷。

　　养心殿总管太监小毛子侍候完康熙早膳，奉旨至乾清宫西阁换送康熙夜里批阅过的奏事匣子，折转回来时，康熙已经出去了。只见六宫都太监张万强带着侯文、高民等一干太监正在扫地、掸尘、抹桌子，便挽起袖子帮着收拾，一边笑问张万强：“张公公，万岁爷呢？”

　　“四格格从昭陵回来，万岁爷欢喜得了不得，不等要轿子就跑着去了。”张万强取过一方端砚，磨着墨答道，“这会子在储秀宫，只怕老佛爷也去了呢！”

　　四格格是定南王孔友德之女，本名孔四贞。定南王死于王事，太皇太后便将她收养宫中，待之如女。她和苏麻喇姑一样，从小看着康熙长大。不知为什么，顺治皇帝大行之后，性情刚烈的孔四贞突然变得郁郁寡欢。她本是将门之女，身有武艺，便请求允准她宿卫先帝陵寝。太皇太后拗不过，竟破例晋她为一等侍卫，由她去了昭陵，至今已是九年未入京师。今日突然回来，是件稀罕事儿。

　　小毛子却不知此事根苗，一边调好了朱砂一边笑道：“皇上是该松泛一点儿了，自去年五月鳌中堂坏事到如今，一天七个时辰见人、批奏章，还要写字、做算术，这几天更是一事未了又有一事，连个五更黄昏也不分了，竟比小家子挣饭吃还难！——就浑身是铁，能打多少钉儿呢？”

　　“你甭嘴巧！”张万强撇着光溜溜的下巴，扯着公鸭嗓子笑道，“甭指望我在皇上跟前给你递送这些话儿——论说也真是的，去年今日，咱们谁敢想，鳌中堂那么横的人物儿，忽喇巴儿就没了！就是外头茶馆鼓儿先儿们说的书，也未必有这个热闹呢！——这盒子且放在这里，咱们今日拼个不是，也要让皇上多耍一会儿！"

"罢哟，张公公！这我可要驳您的回了！"小毛子扮个鬼脸笑道，"上回也是这么说，皇上脸沉下来，你照样吓得没词儿。要不是我小毛子吓得当场放屁，连你都要落个不是！"

这是去年八月间的事了，山东巡抚于成龙奉调治河总督，陛见时正是凌晨五鼓。康熙头一夜子末丑初才落枕。张万强和小毛子乍着胆子没喊康熙起床，误了一个时辰，被康熙叫来，板着脸斥骂了一顿，说于成龙是封疆大吏，朝廷重臣，太监擅阻、欺蔑大僚，误了军国大事，是砍头的罪。

正训斥间，小毛子憋不住偶然放了个屁。康熙盯着问道："你这是什么毛病儿？"小毛子叩头答道："奴才知道罪过大，吓出来的……"接着不防又放出一串儿，逗得康熙一笑而罢。

此时提起来，张万强也是一笑，便道："好小子，算你是个角色！论年纪虽略小些，论相貌也是天庭饱满、地角方圆，一副福相。只可惜蛋黄子没了，檀香木做驴槽，糟蹋了材料儿——还不快滚呀，你瞧瞧钟，眼看就是午时了！"

小毛子起先还嬉笑着听，回头一看，自鸣钟上的针已指到未末午初，是康熙披阅奏章的时分了，把头一拍道："呀，别误了事！"便一溜烟跑出来，直奔储秀宫。

储秀宫里很热闹，太皇太后坐在皇后赫舍里氏家常使用的软椅上，下边一溜侍立着贵妃钮祜禄氏、卫宫人和几个答应、常在，没有品秩的大宫女墨菊、小娥、婵妮、红秀捧着巾栉在后头侍候，康熙立在太皇太后身后轻轻给老人捶背。苏麻喇姑是出家人，皇后是主人，赐了座儿在下头。只有孔四贞是远客，打横儿坐在太皇太后对面，端着茶杯，静听太皇太后说话。

"你这一去就是这些年，别人不知怎么样，我瞧着脾气秉性儿竟是一点儿没改！"太皇太后笑道，"哪有女人做官做一辈子不嫁人的？我跟前的女孩儿，只有你和曼姐儿特别，偏都比公主还要性傲。曼姐儿不去说她了，如今虽留起了头发，已经是菩萨的人了。你半大不大，二十多岁的老姑娘，怎么成呢？没的也不怕人家在背后数落我这老婆子，自家女儿一个一个都嫁了，收养的竟一个不嫁！"说着便笑。一回头瞥见小毛子进来，便道："小毛子大总管，又来催你主子吃苦去？"

小毛子一进门便听见这句话，忙跪下请安，笑道："奴才哪里敢？这都是万岁爷定的章程！"

"今儿有我呢！"太皇太后摆手道，"难得四姑娘回来，叫他们姑侄多坐一时，你站一边吧！"

小毛子叩了头起来，不便一一请安，只上前给孔四贞打了个千儿，笑道："小毛子给四格格请安了——苏麻喇姑大师是我姨，早听说四格格和大师亲姊妹似的，又是远客，得给您多叩个头！"片刻之间，他便又认了一个干姨。

"这是皇上跟前的总管太监。"皇后见孔四贞不认识小毛子，忙笑道，"是个人精猢狲，救过曼姐儿的命，最能顺竿子爬，四姑提防着他点儿！"一句话说得众人连孔四贞都笑了。

"这个孙延龄少年英武，又是定南王手里使过的人。见过几次，言谈举止蕴藉有礼，很不错的。"康熙赔笑对孔四贞道，"如今老佛爷做主，把四姑指给他，真是天配地合。四姑见了就知道了！"

小毛子听了半天，这才明白是要把孔四贞指配给孔友德的部将孙延龄，不由一笑，便转脸看他自己的"菜户"（干夫妻），——皇后后边侍立的宫女墨菊——墨菊别转了脸没理他。

"老佛爷、皇上和娘娘都已经说得不少了，又都是为我好。"孔四贞思量半晌，终于叹了口气，道，"我再推辞就像不识抬举了，那……那就……勉从其命吧。想我孔四贞，自父亲死了，一直蒙老佛爷恩养，和女儿一样，本不该……"

"对了，就是这个话！"太皇太后生恐她再提与顺治的旧事，见她应允，不禁喜形于色，便截住道，"压根儿和我的女儿就一样嘛——皇帝，我的意思晋四贞为和硕公主，你看呢？"

"儿臣有什么说的？"康熙也大为高兴，"本就该如此嘛！"

"小毛子可听着了？"太皇太后说道，"四公主下嫁，妆奁要从厚！"

"喳！"小毛子忙应道，"都在奴才身上，照和硕公主的例，加银五千——"

"一万！"康熙大声说道。

"喳——一万！"

苏麻喇姑本来在旁静坐，听到这里，不禁笑道："四姐，我这会儿也不论出家人不出家人，要笑你一句了，人家都是夫贵妻荣，你可是夫以妻贵了！"

"是时候了，"康熙笑着转到前面，对太皇太后打了一揖说道，"孙儿要到前头养心殿去，有几封折子，今儿一定得批出去。原定今日见陕西提督王辅臣，明儿见孙延龄……"

言犹未毕，便听宫外西南方向隐隐传来牛吼一般的声音，殿中几个人顿时怔住，接着又是一阵更响的叫声愈传愈近，宫殿开始微微颤动，几盏吊在殿角的宫灯好似秋千般荡起来，门窗几榻也像打摆子一样震得山响。"天爷！"小毛子失声叫道，"这是怎么了？"脸色变得煞白。钮祜禄氏踉跄一步，身子一晃便摔倒了。

"地震！"皇后赫舍里一惊立起身来，厉声说道，"小毛子、墨菊！你们几个护着老佛爷、皇上快出去！"说着，见墨菊兀自吓得发愣，忙几步跨过来，与小毛子一边一个挟了太皇太后，脚不点地地跑到院子里。钮祜禄氏和墨菊这才惊醒过来，忙去扶康熙时，孔四贞早抢先掖了康熙出去。二人便指挥着太监宫女合力抬了几张椅子晃悠着跟出来，将椅子放在四不靠墙的一片青砖地上。康熙此时回过神来，向前踱了两步，忽然笑着对钮祜禄氏道："你们这叫什么？逃荒不像逃荒，讨吃不像讨吃的！"

两声剧烈的震声从地心发出，将在场的人抛得一跳，远处民房轰然倒塌，扬起漫天黄雾，紫禁城被笼罩得一片灰暗，宫殿的梁柱发出吱吱咯咯的呻吟声。储秀宫中皇后、贵妃和全班执事宫监鸦雀无声地站在剧烈震动的庭院当中，太皇太后和苏麻喇姑合掌闭目席地趺坐、口中喃喃念佛，只有康熙不动声色地坐在中间仰视上苍。

"万岁！"储秀宫垂花门口传来熊赐履洪亮的声音，"臣熊赐履、索额图、杰书前来侍驾！"

"进来！"康熙大声说道。三个大臣躬身而入，眼见康熙无虞，不由得吁了一口气，依次跪了。

这时午牌刚过，地震来得更凶。巍峨的五凤楼、大大小小的民房、一街两行商店、殿宇馆阁随着大地一起一伏婆娑起舞；天空中黄尘与暗红的彩云搅在一起翻滚，笼罩得宇宙一团昏黑；一会儿风雹雷电齐作，紫蓝色的闪电照着街衢上一张张惊惶恐怖的面孔。从永定门、哈德门到东直门一带人烟稠密的地方，人们扶老携幼偎依在一起，孩子在母亲怀抱里挣扎着大哭大叫，大人们却一个个用呆滞的目光仰望苍穹，祈佑平安。远近不时传来高房危楼轰然倒塌的声音，整个北京城鸡飞狗叫、狐鸣狼嚎似的惶惶不宁。

一等侍卫善扑营总领魏东亭与表妹史鉴梅行合卺礼才过三天。由于史鉴梅娘家已没有人，熊赐履夫人便把她接了去，权作回门礼。原说好了于明日回来，出了这种事，史鉴梅哪里还顾得了这些？便从熊家马厩里拉出一匹狂躁的枣红马，勒一勒缰绳飞身而上，狂抽猛打驰回虎坊桥——魏东亭的官邸。刚过西华门，却见自己的丈夫魏东亭手挥宝剑正与一个双手持戟的红顶子武官在马上厮拼，便勒住了马在旁凝神观看。

那个武官四十多岁，足比魏东亭高出一个头，半截铁塔样地稳坐战骑，面白无须，眉如卧蚕，身手十分矫捷，一双烂银画戟舞得风车一般。魏东亭是康熙跟前武功最高的侍卫，却因不善马战，无论怎样勾刺劈挑，总占不到上风。史鉴梅因为空手，不及细想，便从头上拔下一枝银簪，在手里掂掂分量，权作暗器，一甩手便向那人后心飞去。不料那人着实了得，竟在马上凭空向后一翻，银簪"嗖"地平射过去，正好磕在魏东亭的剑上，被打得无影无踪。史鉴梅不禁大怒，"啪"的一声解开束腰金带，纵马一跃加入战团。正打得难分难解，忽听城门口一阵洪钟般的笑声："哈哈哈哈……虎臣贤弟，新婚燕尔，夫妻竟有如此兴致，共战关西马鹞子！"

"图军门！"

三人一齐住了手，见是九门提督图海戎装佩剑，手中擎着诏书，大声喊道："圣旨：着王辅臣即刻觐见！"

魏东亭与王辅臣联袂而入。此时大震已经过去，储秀宫附近已完全恢复了平静。时而袭来的余震，大殿窗棂门扇虽然仍旧发出咔咔的声音，已不再那么吓人。丹墀外二十名宫女、四十名太监按序排着，众星拱月地护在康熙周围，两柄宝扇、一面长纱屏围在身后。杰书、熊赐履和索额图挺身长跪在一旁，一切与日常朝会没有两样。

魏东亭因有数日不上朝了，见康熙行了一跪一叩的礼，便起身立在康熙身旁。王辅臣是第一次入觐，在陕西平素闲谈时，虽也听说过一些宫闱秘闻，圣上如何私聘落第举人伍次友为师，如何庙谟独运，用魏东亭一干新进少年智擒鳌拜，可是现在真的与这些人相见，激动之余又有点儿好奇。他一边行三跪九叩觐见礼，一边偷眼打量，见康熙脚蹬青缎凉里皂靴，身着酱色江绸丝绵袍，外套着石青单金龙褂，浑身丝毫不带珠光宝气，颀身玉立，风度娴雅，含笑看着他行礼。康熙又见王辅臣不住地瞟自己，便欠了一下身子，笑道："王将军，请起来说话！"

"喳！"王辅臣响亮地答应一声立起身来。

"好一表人才！久闻将军虎背熊腰，果然名不虚传！"康熙一边极口夸赞，呵呵笑着踱至王辅臣身前，端详着说道，"听说因你未奉特旨，被魏东亭堵在西华门外交上了手，不知胜负如何呀？"

"魏将军乃圣上驾前擎天玉柱，臣何能及！"王辅臣完全没想到康熙这样随和，绷得紧紧的心松和下来。

"那也不见得。"康熙抬头遥望着发黄的天空，轻轻叹了口气。方才听禀，太和殿东边已经震坍，毓庆宫只留下淳于殿无恙，他的心是沉重的，想了想话锋一转问道："朕委纳兰明珠至陕，锁拿山陕总督莫洛和巡抚白清额进京问罪。你从那边过来，这件事办得怎样？"

王辅臣摸不清康熙问话的意思，一时没有开口，良久才回奏道："白清额已经革职监护，莫洛在钦差大臣到达之前，去巡视山西未归，明大人已经派人去传。"

"朕不是问这个，"康熙笑道，"西安百姓递来了万民折，称颂他二人清廉，恳请朝廷免其重罪，你在平凉多年，朕想问问是否当真。"

"当真！"王辅臣与莫洛素来不睦，但莫洛是清官，山、陕两省有口皆碑，是说不得假话的。他咽了一口口水，清清嗓音又道："莫洛居官多年，为母亲做寿，竟借了五十两银子，此次查抄白清额府，只存白银十六两，这些都是实情，臣不敢欺瞒！"

"听说你与莫洛不睦？"

"回皇上的话，"王辅臣忙跪下答道，"臣与莫洛、瓦尔格将军之事乃是私怨，皇上所问乃是国事，臣不能因公废私，亦不敢因私废公。"

"好!"康熙不禁击节赞赏,回身坐到椅上大声说道,"国家大臣,社稷重器,应该有这等气量——你是什么出身?"

问到出身,王辅臣身子一颤,连连叩头答道:"臣祖辈微贱,乃是库兵出身。"

库兵出身的人是富而贱,虽然有钱,却被人瞧不起。因为银库重地,怕库兵盗窃,出入时都要剥得一丝不挂。但是每月月例,又无法养家糊口,只好从小就用石头、蒜杵将肛门渐渐撑大,出库时将银块夹带在肛门中。这是人人皆知的秘密,王辅臣一向视为奇耻大辱,讳莫如深。但皇帝垂询又不能不如实回话,所以"库兵"二字未出口,眼眶中已是含满泪水,声音也显得有点哽咽。

康熙也觉意外,怔了一下长叹道:"朕倒不知你出身微贱如此。"接着又提高了嗓音慷慨说道,"自古伟伟丈夫烈烈英雄比卿出身寒贱的多得是!大英雄患在事业不立,余事都不足道——张万强!"

"奴才在!"

"立传朕旨给内务府,王辅臣举家脱籍抬旗,改隶——"康熙沉吟片刻,觉得既做人情,就不如做得大些,于是果断地说,"汉军正红旗!"

"喳!"

张万强就地扎了个千儿,转身快步退出储秀宫。王辅臣感动得泪流满面,要不是君前不能失礼,早已痛哭失声了,只是饮泣叩头。

"你好自为之,"康熙沉着地说道,"朕本想留你在京供职,朝夕可以相见,但平凉重地,没有你这样有能为的战将,朕更不放心。西边、南边麻烦事很多,朝廷要倚重你马鹞子呢!"

旁边的人听着这几句话轻松平淡,但"西边"在王辅臣听来却如雷声轰鸣一样。他早随洪承畴南征,江、浙平定之后便改归平西王吴三桂节制。吴三桂待这个调入自己麾下的王辅臣是解衣衣之、推食食之,比对自己的子侄辈还要好,即使调至平凉,吴三桂每年还要接济他数万两银子。所以这话出自康熙,是意有所指的。王辅臣当然也闻者会心,不能不表明一个态度。想到此,王辅臣忙叩头道:"皇上委臣以专阃,寄臣以腹心,待臣大恩如天高海深,上及臣祖宗、下被臣子孙,臣若背恩负义,不但无颜于人世,亦不齿于祖宗!请主上宽心。一旦西方、南方有事,臣虽肝脑涂地,也不辜负圣恩!"

"朕不是对什么人不相信,"康熙显得有点激动,双目闪烁生光,只有此时才能看到与他年龄不相称的老练与成熟,"朕委实舍不得你这样的人才远离北京在边陲吃苦。"他一边说,一边从座后拿起一对四尺多长的银制蟠龙豹尾枪,想了想,又将一枝放回,加重了语气说道:"这对枪是先帝留给朕护身的,朕每次出行都要把它们列在马前——朕知道你在那边过得并不如意,不日就有诏调莫洛入京,饷也可先拨一些去救急。没法子,钱一多半都给人拿去了嘛——你是先帝留下的臣奴,赐别的东西都不足为贵。这里把枪分一枝给你,你带到平凉,见枪如见朕;朕留一枝在身边,见枪如见卿——"说着,豆大的泪珠已淌了出来,康熙被自己的话感动了。

"圣恩深重!"王辅臣面色苍白,激动得不住抽泣,"奴才虽肝脑涂地,不能稍报万一。敢不竭股肱之力以效皇上!"说罢,颤抖着双手接过枪来。缓缓却步辞了出去,刚出垂花门,再也控制不住感激之情,竟掩面放声痛哭起来。

第四回　应天变起驾五台山
　　　　怀叵测鼓唇额驸府

　　孔四贞当日辞了出去，自回了她东华门外的官邸。因余震不止，康熙不想来回搬动，第二日仍在储秀宫召见索额图、熊赐履议事。魏东亭等几个大侍卫在外侍候，也觉十分方便。皇后因宫嫔不见外臣，带着贵妃一干人宿在苏麻喇姑修行的钟粹宫后佛堂前天井院临时搭起的棚子里。太皇太后因没地方去，闲坐着，又觉气闷，便带着苏麻喇姑踱至前边储秀宫看康熙办事。

　　待熊赐履和索额图给太皇太后行过礼，康熙方才坐下，默默打量苏麻喇姑。自从伍次友与她发生婚变，已有半年多了。近来苏麻喇姑的心情似乎比伍次友离京时好一些，走路也显得硬朗了许多，一身缁衣映着血色不足的面孔，已不再白得让人不敢正视，只是神情中依然带着淡漠冷峻，使人觉得有点凛然。

　　"皇帝到底是经了事的，比先前练达得多了，昨日两件事处置得都好。"太皇太后一边坐着，一边微笑着对旁边侍立的索额图和熊赐履道，"四贞文武全才，嫁了这个孙延龄，或许能给这匹野马套套笼头。明珠上回折子里头说，王辅臣这人事上以恭，处友以信，待人以宽，御下以严——也不坏嘛！"显然，她对王辅臣印象颇佳。

　　熊赐履躬身赔笑正欲答话，康熙却道："祖母说的是，不过也不敢大意。孙子见过几次孙延龄后，瞧着这人很傲气，时间长了保不住还会生变故。王辅臣确是恭敬，不过'恭'未必就'忠'，他受吴三桂的惠很深，孙子不能不待他更好一点儿，他要有良心，好好地在西边节制兵马，将来撤藩就容易一点儿。"

　　站在一旁的魏东亭一直不明白康熙为什么如此厚待这个一脸吕布相的王辅臣，至此才恍然大悟，不禁对康熙投去钦佩的目光。熊赐履道："万岁圣虑极精，圣断极明！四公主下嫁孙延龄，东可遏制尚、耿二藩，西可掣肘云贵，但是王辅臣的情形却有所不同，他手下的王屏藩、张建勋、龚荣遇、马一贵这些悍将，有的是吴三桂旧友，有的是闯、献余党，王辅臣在京虽如此，回去难保不生变故，以臣愚见——"说到这里，熊赐履却嗫嚅了一下。

"咹？"

"臣以为还是将王辅臣留在京师为好！"

康熙听了，一时没有说话，低头思忖半晌，转脸问索额图："你看呢？"索额图忙答道："平凉关乎西路重地，臣以为熊赐履所云很有道理。"说着，目视魏东亭笑道，"臣保一人前往，一定可以胜任。"

"你是说魏东亭？"康熙转脸瞧太皇太后，见她正和苏麻喇姑低声说话，便又转身问魏东亭，"你去如何？"

"奴才惟万岁之命是听！"魏东亭双手一拱，单膝跪地大声说道，"万岁叫奴才去，奴才就去！"

"不成！"康熙沉思良久，断然说道，"京师乃根本之地，必得有像魏东亭这样的人来拱卫。王辅臣节制西路比别人合适，朕对他感之以情、结之以恩、化之以德，他应该知道报答。再说，此时忽然调离王辅臣，只能加重平西王疑惧之心……"

"对了！"在旁闲谈的太皇太后忽然截断了康熙的话，扶着椅子把手站起身来，"吴三桂顺顺当当地撤了藩，什么事也不会有；吴三桂要是造反，王辅臣那里换谁去都是一样。不过熊赐履说的也对，王辅臣和孙延龄下头那班人都是做贼出身，不能不防，四贞去广西再迟一点为好，这会子又不撤藩，没的回去叫那些小人们调唆得孙延龄变了心，唉！京师这边麻烦事也多啊！眼下我们祖孙想出京巡视一下，没有小魏子这样靠实的人跟着，你们留在京里办事，也不会那么放心。"

"出巡！"索额图和熊赐履几乎是同时惊呼一声，"不知老佛爷和皇上要巡视何方？"

"五台山。"太皇太后绷着脸，像从牙缝里挤出来似的说出了这个地名。

"老佛爷，万岁！"熊赐履大吃一惊，趋前一步仆身伏地叩了头，仰面问道，"京畿刚刚粗定，内外犹疑，多少急务待办，不知何故出巡？臣以为不可！”说着，转脸质问站在旁边沉吟的索额图，“君身为国家大臣，此时为何缄默不语？”索额图一时不知说什么好，他曾风闻过“先帝出家为僧”的事，父亲索尼临终前也曾呓语过“五台山，顺治爷……”他从种种迹象中隐隐约约地感到先帝的“驾崩”必有隐情。此时听太皇太后亲口吐出“五台山”这三个字，正证实了自己的推测。此时见熊赐履责问自己，想想还是装糊涂为好，便随声附和道：“奴才也实在不明白太皇太后和圣上为何要西巡五台山。”

“近来京师发生地震，皇祖母定是为了求佛祖灵佑吧。”康熙心里也觉祖母有点匪夷所思，忽喇巴儿提出要上五台山，赔了个笑脸，正待劝说，太皇太后却截住了，说道：“皇帝说对了，就是这个意思。地动山川摇，自古就有，我本来也不放在心上，但这次来得蹊跷——你们看西南方，云彩为何这么红？震得太和殿都塌了半边——你们还劝，难道要等北京城全陷下去才去求佛祖？”

“地震是孙子失德于民，招致天怒。”康熙见祖母没听懂自己的意思，还要长篇大论地讲下去，便笑着解释道，“皇祖母替孙子操心，可就近儿到潭柘寺拜拜佛，不也就尽了心意嘛！祖母上了年纪，身子是要紧的。再说，京师里七事八事，咱们一下子都去了，怎么放得下心？”

“潭柘寺怎么能和五台山比？”太皇太后说道，“五台山是文殊菩萨的道场，活佛所在地！”

熊赐履听到这里，也忙劝解道：“据奴才看，这次京师地震是因鳌拜多年来乱政所致。天变虽由人事引起，若善修人事便可挽回天变，何必去求西方佛祖……”熊赐履的学究气上来了，又要大讲天人互应的道理。不防太皇太后冷笑一声，喝道：“你嚜口！我敬佛祖和你尊孔孟一样，我并没有说孔孟的不是，也不许你在我面前毁僧谤道！”她的脸气得煞白，想想熊赐履是个忠臣，又是个书呆子，便不再说下去，一转身坐回到椅子上。

“这是老佛爷的心愿。”苏麻喇姑本不想在这种场合多说话，见大家沉默得难堪，双手合十插口言道，“七日前在慈宁宫和老佛爷说因缘，老佛爷说她曾梦见过金甲神将来讨愿心，老佛爷答应向五台山献玉佛一尊。如今又出了地震的事，去一趟五台山也是该当的。‘六合之外，存而不论’，圣人也没说就没有鬼神，还是宁信其有，不说其无的好。”

"慧真大师这话说到我老婆子心里了。"太皇太后叹了口气，"我已是半截子入土的人了，还为自己祈求什么？只盼着孙子皇图永固也就安心了——五台山我是要去的，皇帝要是顾不来，我一个人去就是。"

"孙子怎敢！"康熙忙起身道，"孙子自然陪祖母一道儿去，京里的事暂由熊赐履和索额图维持，机密些也就是了，就这样定下吧！"

太皇太后和皇帝同出紫禁城至潭柘寺郊祀，是开国以来第一遭，所以礼部奏议以最隆重的"大驾"卤簿。按清代皇帝出巡的仪仗共分四等，郊祀用"大驾"，朝会用"法驾"，平时出入用"銮驾"，行幸则用"骑驾"。所以圣旨一下，举朝忙碌，礼部衙门前，白天车水马龙，夜里灯烛辉煌，满汉尚书、侍郎、各司主事、笔帖式通宵达旦地起草诰制、安排百官班次、皇帝驻跸关防和迎送礼节仪仗……一个个累得力尽神疲，连着忙了七天才算忙出头绪来。北京的大小官员、黔首百姓听说"大驾"是因地震而出，是去尊天敬祖，祈福佑民，都十分敬服，眼巴巴地等着瞧热闹。

接到送驾出城的旨意，和硕额驸、太子太保吴应熊四更天就起床结束停当。他是一品散秩大员，按理应穿九蟒五爪的袍子，仙鹤补服，但礼部特别知会，吴应熊应加上黄马褂和双眼花翎，他一听便知这是特典。本来很高兴的事，他却多了个心眼，自己伏处京师，越是不招人眼目便越好。现在皇帝独下特旨给自己，这本身就不是什么好事。再说，穿得太显眼，百官瞧了，心里会怎么想呢？

自从鳌拜倒台之后，一向安居的吴应熊突然感到不安了。似乎有某种可怕的力量潜伏在他的宅邸四周，"三藩"这两个字也越来越使他感到可怕。但是，父亲的来信并没有提到朝廷有什么异常动静。他相信朝廷若有什么动静，他父亲很快就会知道的。在北京除了自己这根眼线外，不知还有多少人在暗地里为他效劳。

石虎胡同在宣武门内，离紫禁城并不远。心事重重的吴应熊来到正阳门前便下轿步行，礼部为他安排的位置在天安门金水桥东。这样显赫的位置，他觉得有点承受不起。

"吴公！"早已守在桥边的索额图见他过来，满面堆笑地迎了过来，"请在这边与我们一同候驾。"吴应熊抬头一看，见索额图和熊赐履也是身着簇新的袍服，套着黄马褂，并排地站在一旁，慌得连忙回礼，笑道："吴应熊怎敢与两位辅政同列，索大人不要取笑。"熊赐履笑道："你别要客气了，这是魏东亭方才传下来的旨意，你是天子至亲，又是朝廷大臣，细论起来，我们这些人还无法同你相比呢！"

"索大人，"吴应熊见熊赐履拿着铜烟锅要吸烟，忙从怀里取出火折子替熊赐履点燃了，又扭过脸问索额图："怎么这么长时间没见明珠大人？去陕西还没回来么？"索额图笑道："早着哩，山、陕总督莫洛到山西去了，还没有回西安呢。"熊赐履在不紧不慢地喷云吐雾，冷冰冰地说道："这也有几说几讲，路上好走，回京就快一些，要是再遇上乌龙镇那样的麻烦事，不免就要多耽误些日子了。"

这是指在乌龙镇明珠用天子剑斩西选官的事。索额图一笑，别转了脸。吴应熊心里一沉，觉得这话颇难应对，无论是指责明珠，还是对吴三桂的西选权有所微词，都是很不相宜的。他委屈地咽了一口气，笑道："不管是吏部所任，还是家父所选，都是大清的命官。凡属贪官污吏，都在可杀之列。家父来信很夸奖明大人秉公执法，像郑州知府那样的害民贼，家父知道了也是容他不得的。不然，还有什么天理王法？"熊赐履笑笑，还想再说什么，索额图忽然扯扯二人衣袖道："二公噤声，皇上就要出来了！"三人便不再说话，将马蹄袖一甩，挨次跪了下去。自天安门至正阳门数百名在京供职的部院大臣、入京述职的外省大僚，见他们三人跪下，顿时变得鸦雀无声，也一齐跪下静待大驾。

不一会儿，几十名内侍列队整齐地从城门洞出来，领头的是小毛子，大声传旨："圣驾将到，百官候着了！"说罢，拂尘一扬退了回去。紧跟着，内务府执事一声递一声地传了下去。

羽盖已经出了天安门。吴应熊是个有心的人，仔细查看，前头是四驾九龙明黄曲柄盖，接着依次是翠华紫芝两盖、二十柄直柄九龙盖（分为青、红、皂、白、黄五色），八色纯紫、八色纯赤的方盖跟在后边……其时正值辰牌，丽日当空、微风剪拂，华盖幡飘带舞，显得十分壮观。华盖过完，便是七十二面宫扇，有写寿字的，有绘双龙的，孔雀雉尾，鸾凤文采，一面面耀目眩神。接着是十六面大幡，上头写着"教孝""表节""明刑""弼教""行庆""施惠""褒功""怀远""振武""敷文""纳言""进善"

等字样，还有四金节、四仪锽氅、八旗大纛，上绘有仪凤、仙鹤、孔雀、黄鹄、白雉等祥禽，游鳞、彩狮、白泽、角端、赤熊、黄熊、辟邪、犀牛等瑞兽，看得人眼花缭乱。前头仪仗已经过去很长，后头的仍源源不断走来。吴应熊无声地叹息了一下，心里想："怪不得汉高祖看秦始皇出巡要感叹'大丈夫当如是'！"当他再转过神来时，一百二十面门旗已经出完。魏东亭气宇轩昂地骑在错金鞍的黄马上，后头穆子煦、狼瞫、犟驴子、赵逢春带着四十名侍卫，一色金甲戎装、红顶翠羽，数百名禁军手持金钺、卧瓜、立瓜、金瓶、金椅、金杌、大刀、弓矢、剑戟等浩浩荡荡随后跟出。只豹尾枪是个单的，吴应熊已经知道另一枝赐给王辅臣了，不由得冷笑一声。此时城内城外鼓乐动地，一片山呼，坐在头辆辇上的康熙频频点头招手示意。吴应熊瞧见康熙在注视自己，忙不迭地将头在坚硬的石板地上重叩几下，连呼："吾皇万岁，万万岁！"一直到车驾过完，他的头方敢抬了起来。

直到晌午错过，吴应熊才拖着沉重的步子，混在意兴阑珊的百官中回到石虎胡同。清客相公郎廷枢早在门上候着，见吴应熊悠悠荡荡地回来，忙迎上去笑道："东翁回来了？虽说不远，磨了半天也乏透了，怎么不乘轿子？"

"不累。"吴应熊满腹心事，淡淡答道，"大家都没坐轿，太显眼——对了，周全斌来了没有？他说过今日来拜的。"郎廷枢笑道："早来了，照您的意思，安置在好春轩呢！"二人边说边往里走，曲曲折折进去，方到二门，忽有一人双手拱着，连道："少傅，辛苦！"一头说，一头迎了出来。吴应熊用眼打量，来人身穿绛红宁绸长衣、天青缎子外褂，脚下蹬一双京式快靴，一条半苍发辫从瓜皮帽后直垂腰间。此人正是这几个月往这里跑得最勤的工部员外郎周全斌。吴应熊客气地笑着，一边说"累你久等"，一边将周全斌往里头让。

"少傅，"二人在好春轩前落座，周全斌用碗盖拨着浮在上面的茶叶，半闭着略带浮肿的单泡眼，单刀直入地开了口，一句话便说得吴应熊浑身打激灵："你知道么？朱三太子已去云南五华山令尊大人那里了，说不定那里的文章做得比这场郊祭出巡还要热闹啦！"

"我不懂足下的意思。"吴应熊在京师做人质二十余年，深通韬晦之术，心里虽然吃惊，面上却冷冰冰的，"这些事我不知道，也不信。即使是真的，我看这位来历可疑的朱三太子也是上山容易下山难！足下原是前明崇祯皇上周贵妃的本家侄儿，我也不明白你到我这里来说这些话是为什么，不想听，也不敢听。如果足下不辞劳苦从西鼓楼来访，就为说这个话，还不如早些回去歇息的好！"他一气说了这许多方才停住，深深吸了一口烟，透过浓浓的烟雾打量周全斌的反应。

周全斌也在观察吴应熊，这个其貌不扬的矮个子，胖胖的身体略嫌臃肿，细眉大眼，厚嘴唇，一眼看去极是忠厚朴拙，却不料他一反平日慢吞吞的习惯，十分简捷地用一道"话墙"将他碰了回来。周全斌微微一怔，随即似笑不笑地说道："不敢听或许是真的，不想听嘛……世子殿下自地震以后为何要一日一匹快马飞驰云南呢？可惜呀，要得到平西王的回话还要好些日子哩。你我两家都是前明旧臣，素有旧交，何妨先听听我这一孔之见呢？"

吴应熊一边听，一边极细心地剔着烟杆中的油泥，不紧不慢地说道："北京地震，我担心云南也有震情，写信问候家父，这有什么奇怪的？"

"铜山西崩，洛钟东应——"周全斌身子向前一倾说道，"原来世子也担心云南地震？这和朝廷倒想在一起了。不然，万岁又何必兴师动众地要驾幸五台山祈福呢？"

"五台山？"吴应熊眉棱倏地一跳，只有这一瞬间才能窥到他内心中的千丘万壑，但这只是一瞬，他立刻恢复了常态，"五台山乃佛祖胜地。到那里去，足见我太皇太后和皇上忧民之心。"周全斌紧接着说道："岂止忧民，而且忧国！地震来自西南，天变示警，西边的王辅臣，南边的耿家、尚家都来了。惟独西南的令尊不来！吴世子识穷天下，难道看不出圣上此行的深谋远算？"说着，便看吴应熊。吴应熊讥讽地一笑问道："你才是识穷天下！不知从哪里捡来这几句鸟话？"

"一是抚慰京师人心。"周全斌并不计较吴应熊的挖苦话，"二是去西路视察民情吏情。这西路可是平西王取三秦、向京师的通道啊！看来离下一步的撤藩将不远了！"

吴应熊先是一呆，接着哑然失笑，指着周全斌道："你说的什么话？撤藩不撤藩是朝廷的事，家父取三秦做什么？家祖、家父为前明守了几十年北大门，在至急至危的关头才封了家父一个平西伯，归顺天朝以后，一举赐为王爵！你道我吴家和你周家一样？"

"辣椒红了值钱，人红了危险。"周全斌今日决心要为朱三太子敲开吴应熊这扇门，所以毫不相让，"世子方才讲得好——平西伯已经是'王'，这还不是红极了的人？"

"放肆！"

"放肆？"周全斌立起身来，将瓜皮帽往头上一扣，格格冷笑道，"吴老伯虎踞云南，拥重兵、坐银殿、尚不满足，仍要背着朝廷冶铁煮盐，铸铜造钱，自征粮，自选官，抗命不朝，这才叫放肆呢！"说着将手一拱便要辞去。

"何必着急哩！"吴应熊忙起身扯住，笑道，"把话说完嘛。"

"也好。"周全斌见他软了下来，不由有些得意，"皇上年纪虽幼，这机断权谋，这聪明睿智你都瞧见了，岂容令尊长此以往？这次驾幸山西，对平西王只有百害而无一利，望平西王、吴世兄好自为之，恕不多言了！"说着头一仰，高声吟道：

> 不与繁花竞，寒苞晚更香，
> 数茎偏挺秀，嘉尔傲风霜！

"吴公，你知道这诗是谁给谁写的？"吴应熊愕然道："只知是圣上所作，写给谁的却不清楚。"

"甘文焜！"周全斌头也不回，大声说道，"云贵总督甘文焜！"说完竟自扬长而去。

吴应熊背着手站在台阶上，微笑着说："不送。"心里却在想："你少爷没打出的底牌多着呢，王八蛋，你等着瞧吧！"

第五回　三藩王密聚云南府
众谋士献计反清廷

巍峨壮观的平西王府邸高高地矗立在云南府城郊的五华山上。一座座龙楼凤阙，或红墙遮挡，或绿竹掩映，依山势错落有致地散布在溪流纵横的峰峦间。方圆数十里云树葱茏、气象绷缊，弯弯曲曲的盘山道，一层层的大理石阶蜿蜒曲折直通云天，一入山便使人有飘飘欲仙的感觉。这里原是前明永历故宫，吴三桂接手之后又煞费苦心大加修缮，经过近三十年的经营，早已不是它原来的模样了。后山修造的一排排大石屋，是吴三桂的藩库，里边的金、玉、珠、宝、瑶、珙、璧、圭叠积如山，库房旁铸钱司的作坊里还在日夜不停地化铜炼锡。武库里已贮满了各式各样的武器，可是剑、刀、铁、钺、矛戟、弓矢、枪、戈、燧、炮，都还在不停地铸造、更新。在银安殿两旁的一个个廊房里，设着兵马司、藩吏司、盐茶司、慎刑厅、铸造厅……一切都按朝廷建制设置，不过简化了一点，变了变名字。山下高大的仿汉阙向四处延伸，北通平凉，西接青藏，东连黔粤，南抵缅交……所有这一切，构成一张无比庞大的网络，而牵动这张大"网络"的中心人物，便是先降李自成，再投多尔衮，引清兵大举入关的吴三桂。

吴三桂此刻正坐在银安殿西侧王府花园的列翠轩前观赏歌舞。和他并肩而坐的，一个是从北京秘密绕道而来的耿精忠，一个是已经从广东来了半个月的平南王之子尚之信。他们已在这里磋商、观看了两天，各方的情报都汇集得差不多了。

"二位贤侄都看过了，"吴三桂微笑着转脸对尚之信道，"我这里怎么样？"

"太美了！"尚之信的眼睛直勾勾地望着草坪，吴三桂最漂亮的两个侍姬四面观音和八面观音正在演"天女散花"，舞得长袖飘飘，莲步轻移，翩若惊鸿，宛若游龙。尚之信看得出神，竟像没听清吴三桂的问话，格格笑道："这还用老世伯问？真是一对儿人间尤物！"旁边的耿精忠很讨厌尚之信的粗俗，听他话不对题，忙岔开道："我虽来得迟些，昨日看过老世伯这里的局面，真像是干大事业的，恐怕尚世兄那里也未必有这么多的军马粮饷！"尚之信仍然心不在焉，赞不绝口地笑道："美人香草，香草美人，这是多好的局面！我就看不惯那些旗装姑奶奶，大脚片子蹬了个'花盆底'，挺胸凸肚的，没一点儿风韵。像老世伯这样的大英雄，正该配有这样的绝色佳人。"说着侧转脸来，向厢屋里的内眷看了看，见只有一个老态龙钟的张氏福晋，便又问道，"怎么没见如夫人？"

这是在问陈圆圆。吴三桂不禁皱了皱眉头，暗暗思量：从尚之信上山以来的表现看，是个十足的饭桶加色鬼，靠这样的人共事能行吗？吴三桂只好无可奈何地干咳一声，笑道："她已经老了，近几年又体弱多病，我在西峰上给她修了一座水月庵，让她在那里静养……"说罢，喟然叹息了一声，说道，"陈圆圆和我情分重，这是真的。但也不像民间传说的那样，我姓吴的'冲冠一怒为红颜'，才引清兵入关。这也真是小看了人——我本来是冲冠一怒为社稷！哪里想到后来竟弄成了这样的局面！"

"现在也来得及挽回，不过再迟就不成了。"耿精忠对美景美色都看不进去，忧心忡忡地说道。这次进京见了康熙，他心里很有点犯嘀咕；本来对吴三桂的实力，他充满了信心，现在有点把握不定了。康熙的豁达风度对他有着巨大的吸引力，给他的印象太深了，并不像吴三桂说的是个"乳臭未干"的小儿。想了想，耿精忠笑道："傅宏烈仅受到革职处罚，说不定还要重用，有人传说要把他派到广西来。你们二位可要小心一点儿。"

听了"傅宏烈"三个字，尚之信微微一怔，说道："这人称得上是个人物，除了会写几篇马屁文章，军事上也能来几下，是一块扭股糖，沾惹不得。"

吴三桂听着，不禁微笑道："这不要紧，傅宏烈我有办法对付，你们放心好了。"

"好，"尚之信咧嘴笑道，"有老伯挡着，朝廷不和娘娘睡，咱弟兄就不要管他这扯淡的事了。"

耿精忠一向以儒将自许，很听不惯尚之信这种粗俗不堪的言谈，轻声一笑说道："之信兄，大意不得啊，一个傅宏烈，一个孙延龄，都在你的地面哩！"

"世兄果真把我尚之信当作酒色之徒了！"尚之信看看吴三桂，忽然噗嗤一笑，"我这人干什么事便想什么事，这会子坐在这里看戏，就要把心思用在'色'上；等日后真个境内有事，自然要一心用兵。和文人硕儒打交道，我就将心思用在'道德''文章'上。熊掌吾所欲也，鱼亦吾所欲也，我偏要二者兼得，岂不妙哉？孙延龄刁猾近利，善观风色，并不难对付；傅宏烈嘛……我只向老世伯借一个人便能对付！"

"谁？"吴三桂吃惊地问道，耿精忠也讶然地注视着尚之信。

"汪士荣！"尚之信嬉皮笑脸地答道，"傅宏烈的把兄弟。"

"汪士荣有公务出去了。"吴三桂真的对尚之信刮目相看了。这个满脸横肉的家伙，上山来一直把自己装成个屎包，谁料他竟有如此一招，正是所谓胸有城府之严，心有山川之险了。吴三桂不由得欠欠身子，笑道："想不到贤侄这会儿才真人露真相！听人说，你在广州生吃人肉，可是有的？"

"诚然！"尚之信冷冰冰说道，"此乃御兵之道也！我的下属多是从山上收编来的土匪，我不凶悍杀人，他们肯服我？家父带一辈子兵，却没有瞧透这一层，所以他们都不听他的——无毒不丈夫嘛，我这块荆山璞玉，只好装成一个山大王了。"说罢仰天大笑。

这样的心术太可怕了，耿精忠竟不自禁地打了个寒战：这个姓尚的，上山半月有余，满口粗话，举止荒唐，连老奸巨猾的吴三桂都被瞒过！但这又何必呢？耿精忠略一沉思也就明白过来，尚之信乔装痴愚，是在等自己、观察自己！他又偷眼瞧了吴三桂一眼，吴三桂却似全不在意，不但不责怪，反而十分高兴。吴三桂原来担心广东局势难以维持，现在他的顾虑一下子解除了。吴三桂兴奋地立起身来吩咐左右："请刘玄初先生，还有夏国相、胡国柱他们也来！"说着又对耿、尚二人笑道："你们不是说四面观音、八面观音是绝色吗，请再观赏一下十姊妹们的演技吧！"说着便拍了拍巴掌。

随着掌声，两位观音的演唱戛然而止，列翠轩西厢房帘栊一动，便听到细细的珠摇翠晃、佩环叮当的声音，十个妙龄女郎含羞带笑，怀抱琵琶款步而出，轻盈得好似柳絮抛风、浮莲戏水，排立在绿草坪上。为首的阿紫尤为引人注目，她粉黛淡施，蛾眉轻扫，明眸传情，双目生辉，配着绿草坪上的点点黄花，更加艳光照人。再看那四面、八面二位"观音"，虽也是桃花人面，却顿失颜色。耿精忠不禁叹道："今日方知'六宫粉黛无颜色'佳句的妙处！"尚之信手托下巴，似乎在专心致志地品评着美酒佳酿。

刘玄初、夏国相、胡国柱，由吴三桂的贴身侍卫打虎将军皇甫保柱引着，从东边月洞门鱼贯而入，王永宁、马宝一干武将也都跟了进来，在吴三桂的左右两侧依次坐好。保柱挺胸凸肚，手按宝剑立于吴三桂身后。吴三桂一边命阿紫她们开始演奏，一边笑谓耿精忠、尚之信道："二位贤侄的鉴赏不谬，此乃小女吴梅派人从杭州专门送来的……"

话音未落，几声清冽动脾的琵琶声如冷泉滴水般划空而起，四座立时寂然。四面观音和八面观音对视一眼，知趣地退到旁边，一个执箫一个持笙，轻按细吹与琵琶相和。刹那间，列翠轩沉浸在一派仙乐之中，隐藏在三藩首脑内心里的烦躁、沉闷、压抑的情绪被扫除得干干净净。一阵过门后，阿紫移步出班，一边缓缓舞动长袖，一边轻声曼歌：

> 莫说佛前打坐，千蹭万磨，见谁曾摘来长生果？哪堪青灯焰昏、风雨夕、暗云摇，苦读子云诗曰——消尽了年华，颠倒了岁月，去寻一梦南柯！钟鼓漏歇，馔玉尚温，恰好配琼浆金波；玉柱倾颓了，便向洛阳桥头醉卧，又猛听邙山后头，酣酣正唱王侯歌……

"丽质清才！"尚之信没有喝酒，已经醉了，击节称赞道，"可惜我广东难寻这等人物——老世伯好艳福！"

"哪里话，这是预备给你应熊世兄做内室小星的……"吴三桂不禁脸一红，他对这个阿紫已经领教过了。吴三桂的后宫仅侍妾不下千人，比之清帝要多出几十倍。自从阿紫来到山上，一下子便艳压群芳。他本想自己要了阿紫，谁知刚刚开口便被张氏夹脸一口唾沫，骂得狗血淋头。

"畜生是知足不知羞，人是知羞不知足，你怎么不知足也不知羞？"

吴三桂仍不甘心，昨日中午，乘夫人歇晌，他支走了左右的人，悄悄踱到阿紫独自住的东院，正想敲门，却听里边有人喁喁私语，卿卿我我地十分亲热，细听声息，竟是自己的孙子吴世璠捷足先登！他走到窗下舔破窗纸一看，两个人正在床边脱衣服——他这一气非同小可，暗想："家门不幸，子孙们败德丧伦，这成什么话!"正想进去责骂，又想到自己也是偷情来的，无奈间转身便走，不小心一脚踢翻了门口的花盆，"豁啷"一声，把他吓了一大跳。这一下再也掩饰不过了，只听里边窸窣一阵，阿紫隔窗问道："谁呀?"

"我……"吴三桂看看四周，并无人知觉，便放胆答道。

"是王爷呀!"阿紫甜甜地叫了一声，把门轻轻拉开了，扣着胸前排扣，嗔笑道，"王爷……这时候到奴婢这儿，有什么事吗?"

吴三桂见她媚笑凝睇、双颊泛红，早就心痒难忍，顺手摸了一下阿紫温柔的前胸，笑道："王爷? 我还要做皇帝呢! 这个地方别人来得，我就来不得?"阿紫只好低头一笑，随即给吴三桂斟了一杯香茶递过来。吴三桂却不接茶，又把手伸向阿紫胸前，笑道："你倒真可人意儿，来者不拒……"

只说了一句，便听到外头有动静，张氏福晋正在前院大声发话："梅香，把老太爷赐我的家法寻出来!"她接过"家法"便带了十几个丫头，直奔东院而来。

吴三桂顿时慌了手脚，想夺门而出，又怕迎头碰上张氏；又想钻到床下，却明知孙子也躲在下面。吴三桂急得脸上红白不定，干打旋儿，口里喃喃道："这……这怎么办，这怎么办……"

"这有啥不好办的!"阿紫格格一笑，"亏王爷还是见过大世面的，这么一点儿阵仗就应付不下!"说着转过身来，从墙上取下挂着的一根鸡毛掸子递给吴三桂，急急道："你只管骂着世璠往外走!"

吴三桂愣了半天，始终不解其意，眼看着张氏盛气进院，越走越近，只好红着脸跺脚大声骂道："世璠小畜生，躲了初一还有十五! 妈拉巴子，越大越不成器，你不给卞大人赔罪，老子把你扔到老虎圈里!"说着，也不看张氏，头也不回地去了。

"这是——"张氏被这突如其来的闹剧弄得莫名其妙，只见阿紫不慌不忙走到床边，伏身叫道："世璠，王爷已经去了，你出来吧，回头等他气消了，赔个罪不就完了?"顷刻之间，两人竟在光天化日之下冠冕堂皇地扬长而去……吴三桂想到此，不禁开心地哈哈大笑，把正在专注看戏的耿精忠和尚之信笑得莫名其妙。耿精忠便问："老世伯为何突然发笑?"

"唔?"吴三桂一怔，忙笑道，"此女慧中秀外，丽质清才还在其次啊!

她在这里少住些时，老夫还要叫她进京，应熊儿那里得有这么一个人侍候。"

"王爷，"胡国柱没有理会他们的谈话，在旁欠了欠身子问道，"应麒世兄回来了么？"

吴三桂听了摇头道："这个纨绔小儿，不知在西安干些什么！自他和汪士荣去后，不但没有信来，连马鹞子的信儿也没有了！"尚之信、耿精忠这才知道，汪士荣到陕西王辅臣那里去了。吴应麒是吴三桂的侄子，自吴应熊羁留京师，三桂便视他如子，其实办事稳当也不下吴应熊。吴三桂心里发急，才肯这样发作他。耿精忠听吴三桂说起马鹞子，便笑道："王辅臣这人我知道，是个意马心猿、首鼠两端之辈，老世伯和他打交道，要当心些了。"

吴三桂一笑，从袖中抽出一封信来递给耿精忠，说道："老夫也不是好惹的，你和之信看看这个！"此时阿紫她们已经歌歇舞止，带着九个姑娘朝吴三桂等人蹲了个万福，便跟随着张氏一群姬妾到后头去了。

夏国相一直到人退尽，见耿精忠正聚精会神地看信，便用扇背敲着手心笑着对吴三桂道："不妨再派保柱将军出去走一遭。"

"你说是去西安？"吴三桂转脸问道。

"不！"虚弱不堪的刘玄初一直没说话，此时一手捂着胸口，轻咳一声道，"应该到北京。"胡国柱在旁听着，眼中放出光来，插言道："刘先生说得对，保柱将军到北京，估量明珠也该回去了，寻个机会除了他。"明珠是康熙八年进上书房参赞朝政的，在擒拿鳌拜中出了力，钦差赴陕途中，请天子剑杀掉了胡国柱的亲信郑州知府兄弟，胡国柱一直对此耿耿于怀。这个皇甫保柱是吴三桂麾下第一得力侍卫，号称"打虎将"，有飞檐走壁的本领，杀掉明珠这个小白脸是不费吹灰之力的。吴三桂对杀明珠是赞同的，只是不满意胡国柱的心胸狭隘，只"嗯"了一声没再言语。

"扯到哪里去了！"刘玄初好容易透过气来，但仍有点气喘说道，"杀一个明珠有什么用？只能打草惊蛇！保柱此行，是为了保护大世子返回云南——有杀明珠的功夫，还不如顺便查访一下伍次友的下落呢！"

"伍次友，"耿精忠已看完了信，转手递给尚之信，沉吟道，"是不是辅佐皇上清除鳌拜的那个书生？"刘玄初道："对，就是他。他本来是要入阁拜相的，如今赐金还山，孤身在外到处讲学，替朝廷招揽文人，这人比明珠值钱多了。我已关照兖州郑春友、刘士杰等人，请他们留意搜罗……"

"腐儒一个！"胡国柱却不以为然，"王爷要搜罗这样的书呆子，我能从夹袋里掏出一把！"

吴三桂听了一笑，立起身来对众人道："这阵风凉起来了，进里头吃茶说话吧。"几个人这才发觉还坐在看戏的台阶上，有点不伦不类，便一起站起身来。

穿过挂满了吴三桂一幅幅拙劣不堪手书的列翠轩大厅，几个人随吴三桂进了东厢书房，围坐在大理石屏前的长案旁。侍卫只有保柱一人进来，守护在三桂身后。刚刚儿坐定，王府书办匆匆忙忙地进来，向吴三桂禀道："王爷，云贵总督卞大人的禀帖，请王爷过目。"说着双手递上一份通封书简。

吴三桂皱了一下眉头，心不在焉地接过来，看了几行，转脸问道："这件事你晓得首尾么？是从云贵向内地进药材的事。"书办道："卑职知道。王爷去年秋天已下令禁运药材到内地，这几个商人犯了令，弄了十车药材，都是茯苓、天麻、三七、麝香、鹿茸、金鸡纳霜，到卡子上给扣了。他们告到总督衙门，卞大人连人送过来，请王爷处置。"吴三桂沉思了一下，突然冷笑一声："哼！他不过是出难题给我。那几个商人现在何处？"

书办道："都押来了，在大院垂花门外。"

"叫他们为首的进来，在轩外头候着！"说着便起身，笑着道，"你们先议着，稍候一时我就回来。"

那药商早已跪在院中阶下，见吴三桂慢条斯理踱出来，头重重地在砖地上碰了三下，恳求道："王爷千岁！求王爷开恩……开恩……这十车药材如若不能发还，小的只能投河自尽了……"

吴三桂眼中闪过一丝怜悯的光，缓缓地说道："孤早已下令禁运药材，你为什么这么大胆？"

"回王爷的话，"药商连连叩头，哽咽着回道，"因内地山东、河南一带遭了水，瘟疫传了开来，小的在那儿的分号伙计来说急用这些药。小的并不敢故犯王爷禁令，因请示了知府衙门才运的。常言说医家药店以治病救人为本……"

"咦？什么救人为本？"吴三桂厉声说道，"难道孤王我是以害人为本？"见药商吓得只是磕头，吴三桂口风一转，叹息一声道，"不过你也确有你的难处。你的这十车药，我全买了，如何？"

药商抬起了头，惊讶不解地看着吴三桂悲天悯人的面孔，结结巴巴地说："这……这……"

"我们云贵近来也有瘟疫，而且时常有瘴气伤人的事，"吴三桂道，"这么做，也是为我云南贵州人着想，所以金鸡纳霜、黄连、三七、麝香这类药断然不能出省！你是商人，想发财也是自然的事，我给你指条生财之道如何？"药商先还叩头称是，至此，又惊异地抬头看了一眼吴三桂。吴三桂笑笑道："告诉你们会馆那些商人，咱们这里缺的是马、粮，满可以到内蒙、直隶贩些回来，必定叫你们吃不了亏！"

"好王爷！"药商道，"粮食还好说，从中原贩马进云贵犯朝廷的禁令啊……"

吴三桂冷笑一声道："甭和我讲这些生意经，你们这些人有的是办法……"说着一甩手走了。便听耿精忠笑道："姜还是老的辣，老世伯可谓一石双鸟，妙！"吴三桂只点头笑笑，坐了问道："二位贤侄，王辅臣的信怎么样呀？"

"这是一份卖身契！"尚之信已看完了，呵呵笑着把信在桌上又舒展了一下，"老世伯，有它在，马鹞子已成五华山的护山神了！"他兴奋得目中熠熠闪光，顺口读道：

"……方今天下督抚藩镇皆有同心，待王为孟津之会。王乃前朝旧臣，当年之事，出于不得已，今天下机杼在握，王若出兵以临中原，天下响应，此千古之大业也……"

尚之信边念，边连声赞道："妙哉，姓王的本是行伍出身，能为此文，颇不容易！"

"这未必是他的亲笔。"夏国相冷冷说道，"他是专阃建牙上将，寻个由头杀掉写信的人，这封信便一文不值了。"一句话说得大家又沉默了。

"不但要腹有良谋，更要胸有大志！"刘玄初此时精神好了一点儿，见大家神色沮丧，便笑道，"国相这话当然对，不过王辅臣确是心怀异志，只要好好笼络，不愁不为我所用。所以我看也不能把这信看得太轻。"

　　"胸有大志"是对吴三桂讲的。这个刘玄初，自十七岁入吴家幕府，已是四十多年。吴三桂素来敬重他，但在大事上，有很多并不听他的。清兵未入关，刘玄初便劝吴三桂早作南撤打算，让李自成与清兵先打，巧收渔翁之利，吴三桂不听；顺治末年朝廷下诏各藩裁兵，吴三桂倒是听了刘玄初劝告，谎报南明永历在缅甸境内蠢动，不但没裁兵，而且捞了大批军饷，但不料吴三桂竟假戏真做，逼缅王交出永历帝朱由榔，亲令绞死在逼死坡，一下子在天下人面前弄臭了名声，刘玄初从此气得得了咯血病；康熙六年，刘玄初劝吴三桂与鳌拜言归于好，搅乱政局，吴三桂却又想渔翁得利的好处，竟置之不理，坐看康熙成了气候……想到这里，刘玄初脸上泛起一阵潮红。他看看上头穿着团龙黄袍的吴三桂，一直恨吴三桂不争气，又觉得光复汉业目下也只有靠他……刘玄初喘了一口气，又道："三王实力如今都在这里，几天会议我都在场，其实这就是一次小孟津会，竭诸侯之力攻伐夷狄。不过目下兵力不过五十万，粮饷虽多，却靠朝廷供应，一旦断了这粮源，立时就会显得拮据，如今有什么动作是很不明智的。"说着便喘。

　　"依先生看该怎么办？"耿精忠久闻刘玄初是吴三桂的头号谋臣，听他讲解透彻，心里暗暗佩服，在座上略一躬身问道，"先生以为何时举事为宜？"

　　"此乃非常之举，"刘玄初神色庄重地说道，"不但事关诸公身家性命，而且事关百万生灵涂炭！此举不成，清家天下便固若磐石了！所以心里再急，也要慎上加慎。我们雄踞云贵粤闽，占铁盐茶马之利，兼山川关河之险，先要把治下百姓生业弄好，不要光指朝廷那几两银子过日子——内修政务，外连藏回，养马练兵，结交统兵将领。朝廷一旦撤藩，等于授我口实，便可结兵誓师，一战可胜！"他略停一下又道，"据我愚见，舍此别无良策。"

　　尚之信在广东号称魔王，杀人如麻，这些话听来虽有理，他却觉得积重难返，不如速战速决，于是含笑说道："果然好！不过请先生留意，朝廷也在这么做，而且我们无法和他比！去年擒了鳌拜，便立即下令停禁圈地，秋季又是大熟——北方七十郡蠲免了钱粮；听说又调于成龙为河道总督，黄淮的治理也就是眼前的事；康熙元年士子应试不足额，今年听说满京都是公车会试的举人！他占了中央形势，时不我待呀！"

"我并没有说慢慢来。"刘玄初手扶椅背，听得很认真。等尚之信说完，便笑道，"我说持重，是内紧外松，加紧准备。他们的难处也很多——多半岁入拿来给了我们，又要免捐收买民心，又要治河，哪有钱来打仗？民心也不稳，黄淮决口灾民很多，北京的朱三太子也搅得很凶……"

"朱三太子？"耿精忠不禁问道，"我在北京怎么没听说？"

刘玄初拈须笑道："王爷在北京出入宫禁，朱三太子怎么能光顾到你？"正说间，外头守护的将军马宝匆匆进来，双手递一张名刺给吴三桂。吴三桂看时，上面写着："年眷同学弟杨起隆拜"，不由笑着对尚之信和耿精忠说道："云南地面邪，说曹操，曹操到，朱三太子来了！"大家听了不禁愕然相顾，吴三桂见刘玄初微微颔首，从嘴里迸出一个字："请！"

第六回　朱三太子造访五华宫
康熙皇帝微行太行山

少顷，一个三十岁上下的中年人带着四个长随兴冲冲笑嘻嘻地跨入了列翠轩。他手握一柄长折扇当胸一拱，对居中而坐的吴三桂说道："这五华山的旧主人特来拜会平西伯！"

谁也没有说话。吴三桂只翻眼瞧了这位翩翩而来的富贵公子一眼，若无其事地端起杯子吃了一口茶。来人尴尬地微微一笑，就近拣了个座位，后襟一掀，前袍一撩，大咧咧地对面坐了，毫不示弱地打量着吴三桂。

"你很放肆。你知道这是什么地方吗？"半晌，吴三桂才一字一顿地开了口，"你是何方神仙，到我五华山云游？"

"我一进门就通报了！好吧，再详述一遍吧。"来人"哗"地打开折扇，又"啪"地合住了，笑道："不才真名朱慈炯，化名杨起隆，大明洪武皇帝嫡派龙脉，崇祯皇上的三太子——此地五华山，本是我家旧物，既无转让契约，又无买卖文书，何时姓吴，倒要请教！"

"你胆子不小啊！"尚之信也着眼插进来说道，"分明是个欺世盗名卖狗皮膏药的！"他话一出口，书房里立时一片哄笑。

"你是尚之信吧。"杨起隆大声说道，"你家老子尚可喜，不过是个副将出身，我家三等奴才也比你高贵些！"

"高贵？"尚之信冷冷一笑，从桌上拿起方才投进来的名刺掂了掂，轻蔑地说道："世上竟有连文理都不通的人而敢妄称'高贵'，也真是闻所未闻！"

杨起隆撇嘴笑笑，说道："虽然与你尚之信初次见面，你的'学识'我却是久仰了——请问，你怎么知道我文理不通？"

尚之信怪模怪样地说道："即以此名刺为例，何尝有一字真切——按你自己说，你是天潢贵胄，平西王曾受前明伯爵，义属君臣，请问这名刺上的'年'字从何而来？嗯？"尚之信冷冷地一笑，又指着"眷"问道："再说这个'眷'字——你姓朱，他姓吴，哪来的亲戚瓜葛？这个'同学'两字，亦令人笑不可言，"尚之信忍不住哈哈大笑，"平西王军功出身，足下祖荫门第，何来的'同学'？这'弟'字嘛，更是胡扯乱攀——平西王年过花甲，足下年不过三十，若要称子称孙嘛……"说到这里，列翠轩里早已是哄堂大笑。

杨起隆睁着眼愕然注目尚之信，按他的才学见识，批驳尚之信并非难事，但他已不愿这么做，他需要腾出精力重新思考这个人，为什么和他得到的情报相差如此之大。杨起隆迅速恢复了神态，淡淡一笑道："尔等只知道咬文嚼字，却不懂得应时变通！我以君就臣，以大从小、纡尊降贵勉从俗流，此中妙用，岂是等闲之辈所知！"

吴三桂听到这里，格格一笑，说道："不管你是什么人，既来了，就请坐到这边来谈谈吧！"

杨起隆没有言语，也没有移坐，只轻轻掸了掸袍上的灰尘，跷起腿，身子微微后仰，那种从容不迫的风度，真有凤子龙孙的气势。

刘玄初斜坐在对面，不住用眼审视这个不速之客，心里泛起有关"朱三太子"的民间奇闻：有说崇祯临危时在宫中挨次斩杀了皇子、公主，有说乳母抱着三太子逃出了紫禁城，还有说乳母用调包计瞒过了追赶的清兵，却献出自己亲骨肉……他对杨起隆的突然出现，感到有点意外。他倒不怕来人是真的朱三太子，怕的是云南总督下三元玩弄什么花招，派人来试探。沉思良久，刘玄初趁机插言问道："你既是前朝太子，可有凭证？"

杨起隆一笑，将手中折扇递了过去。刘玄初接过大略一看，便递给了吴三桂。

吴三桂接到手中发觉很沉，打开一看，这才发现是一把精钢骨扇。此扇原是一件武器，扇面上写着一首词：

> 江水碧，江上何人吹玉笛？扁舟远送潇湘客。芦花千里霜月白，伤行色，明朝便是关山隔。

吴三桂曾见过很多崇祯的手迹，因此一看便知确系真品。这种物件，他府里也收藏了很多，因怕勾起良心上的不安，已多年未动了。玩味良久，三桂仍将扇子还给杨起隆，狡黠地眕着眼笑道："此词既无题头，亦无落款，用的又是前人成作，即便是先皇御笔，亦不足为凭。——我这里就有半箱子这类东西！"

"我谅你也难以凭信，"杨起隆又从怀中小心翼翼地取出一封硬皮金装明黄缎面的折子，双手捧着，放在桌上，用手拂了拂才推给吴三桂："平西伯不妨瞧瞧这个。"

"玉牒！"吴三桂忽然眼睛一亮，急忙双手捧起仔细审视，只见上面写着：

> 朱慈炯，生母琴妃，崇祯十四年三月壬子戌时诞生于储秀宫。稳婆刘王氏，执事太监李增云、郭安在场。交东厂、锦衣卫及琴妃各存一份，依例存档。

下头钤着崇祯的玉玺"休命同天"——虽经历了三十年，朱砂印迹依然鲜红。这一下再无疑问了，来人确是朱三太子！

吴三桂的手有些发抖，头也有点眩晕，呆呆地将玉牒还给朱三太子，忽然脸色一变，说道："先皇子孙都已归天，朱家子孙早已死绝，先皇遗物流落到异姓人手中，也是常事。"

"哈哈哈哈！"杨起隆先是一愣，接着纵声大笑，"平西伯，见识何其短也！我朱家子孙哪里会被斩尽杀绝？我先太祖洪武皇帝自登基以来历传一十七位，遍封诸王于天下名城大郡，二百年来子孙繁衍难尽其数！仅南阳一府，唐王旧邸，朱姓子孙即有一万五千余人。你说先皇子孙都已死绝，朱某恰恰就坐在对面！"说着长叹一声，又道，"世上最聋的是装聋者，最哑的是作哑者，最傻的是扮傻之人——我若不是见你平西伯身处危难之中，岂肯以千金之躯入你这不测之地！"朱三太子旁若无人，口似悬河，滔滔不绝。上头耿精忠、尚之信，下面胡国柱、夏国相等人无不变色，只有刘玄初稳稳坐着，不动声色。

"是么？"吴三桂装作不解，顾盼左右笑道，"吴某今日身居王位，拥重兵，坐大镇，乃朝廷西南屏障。皇上待我义同骨肉，功名赫赫，爵位显贵，还有什么难心事要装聋作哑,假痴扮呆?"

"哟!真让人羡慕煞!"朱三太子用挖苦的口气反唇相讥道,"品已极高,爵已极贵,朝廷有恩无处施,才将'三藩'铭于廷柱之上朝夕尸祝,才将那足智多谋的吴应熊供养在宣武门内呀!你们几位聚在这里,是在商议如何报效清廷的吧!"

"大胆!"吴三桂勃然大怒,向案上猛击一掌,笔砚碗盏跳起老高,"漫说你未必是真,即便真是朱三太子,又怎么样?我现在是大清堂堂平西王!自古天无二日、民无二主,一国兴、一国亡,有道圣君取而代之,乃是天经地义!便是崇祯皇帝亲临,也不过是我治下小民——犯上作乱、诋毁当今,罪在不赦,来!"

"在!"侍卫们一拥而入,雷鸣般答应一声,"请王爷下令!"

"拿下!"

这一下变起仓猝,朱三太子被保柱隔座轻轻提了过来,顺手一丢扔进两个卫士怀里,被反背了双手死死擒住。朱三太子的四个贴身随从见主人被拿,大叫一声亮出兵刃直取吴三桂,却被守在跟前的皇甫保柱用剑一格护住。十几名侍卫有的去架扶刘玄初,有的保护耿精忠、尚之信,有的挺刃格斗,霎时,列翠轩里一片刀光剑影。

但战局很快就分明了。朱三太子带的这几个人虽然武艺很高,但吴三桂的近卫也异常悍勇,毕竟是众寡悬殊,很快就被逼出了列翠轩。吴三桂、耿精忠和尚之信在保柱护卫下从容坐在轩前观战。

夏国相见朱三太子的这四个随从在十多个人围攻之下兀自拼死力战,便踱至朱三太子跟前道:"叫他们住手,不然,一刀戳透你!"

朱三太子虽然被擒,仍是一脸倨傲之色,此时刀横项下,也只是微微冷笑,说道:"死,大丈夫本分耳!做这副丑态做什么!"说罢高声叫道:"尚贤,你们去吧,没有什么了不得的!"话音刚落,那个叫尚贤的双手一拱,高声说道:"少主保重,咱们暂且去了。吴三桂你敢动我少主一根汗毛,我叫你五华山立刻变成一片火海!"说罢,四个随从在刀丛之中拔地腾空而起,冲出重围。皇甫保柱大喝一声:"赢了我再走!"说着就要挺剑下阶厮杀,却被坐在一旁的刘玄初一把扯住,喘着气说道:"将军,这里头的事你不懂,你护住王爷就是了。"

"你如今尚有何说?"吴三桂见四个随从从容下山,也不令人追赶,转脸问朱三太子道,"还敢无礼么?"

杨起隆别转脸一哂,吟道:

老木虬根踞蟠溪,黛色千尺霜缁衣。
一朝执柯兴东园,寒鸦归将无枝栖。

吟罢,说道:"天意我知,我意你知,如此而已,岂有他哉?"

"带下去!"吴三桂铁青着脸吩咐道。

"老伯,"耿精忠望着朱三太子远去的背影,沉思着说道,"这个人不好处置呐,留在五华山没有用处,杀了、放掉都要引起朝廷疑心。"

"我看杀掉好,"胡国柱道,"这是死无对证的事儿,朝廷不会为这点子事和王爷翻脸。"尚之信嘬着牙花子笑道:"可要看牢了,别叫他逃掉。"

"玄初先生你看呢?"吴三桂面带微笑,转脸又问刘玄初。

"王爷心中已有定见,"刘玄初道,"又何必再问?"

"唔?"

"王爷这一出'捉放曹'演得不坏,"刘玄初见没了外人,拊掌笑道,"连那位朱三太子都看出来了,胡仁兄却老实得蒙在鼓里!"

吴三桂的心不禁一沉,自己的心思竟被这病夫窥得如此清楚,真不能不佩服他的心计之工。他点起水烟呼噜呼噜抽了几口,吐着烟雾说道:"刘先生确是知己,趁这个姓朱的在这里,你们几个可以和他交交朋友,二位贤侄也可和他谈谈。"

"什么'趁他在此'?"保柱如坠五里雾中,诧异地问道,"他能逃出我五华山?"

"三日之后放了他!"吴三桂笑道,"就请胡先生办这个差——不过要做得漂亮,连咱们里头的人也都以为他病死了最好。"

"方才耳目太多,只能这样办。"刘玄初见皇甫保柱和胡国柱仍是一脸茫然之色,轻笑一声道,"这有什么不明白的!此人活着比死了好,放了比囚起来强……"吴三桂大笑着接腔道:"留着他到北京闹事,去寻康熙的晦气。看他还顾得上什么撤藩!"

吴三桂咬着牙抬起头来，夕阳的余晖映照着五华山，给树梢、房顶、山与天相接之处都镀了一层玫瑰紫色。沉默很久，他才从牙缝里迸出几个字来："等着瞧吧！"

康熙一行在潭柘寺"金蝉脱壳"以后，已经离京七天，这是他当政之后第一次出巡。祖孙媳妇加上一个带发修行的苏麻喇姑，坐了两乘香车，由魏东亭、狼瞫二人带着二十五六个侍卫，一律青衣小帽便装骑马，很像是京里王公眷属出城进香的模样。穆子煦和犟驴子两个大侍卫只送他们到潭柘寺"郊祭"罢，便招招摇摇地护持着空銮舆回到大内，倒也做得严密。

出京以后，康熙便命魏东亭打前站，每天住宿的客店都是事先订好的，晚间一到就住。康熙自骑一匹青骢马，扮做个少年公子模样，奉着太皇太后车驾徐徐而行。也亏了魏东亭不辞辛劳，前面订好了夜宿的店铺，再飞马回来迎上车驾一同前行，一切饮食供应、布防、护卫都安排得井井有条。因此，连太皇太后也不觉旅程之苦。

其时正值早春，车驾一入太行，立觉奇寒彻骨。康熙坐在青骢马上手搭凉棚向上看时，一条山间车道蜿蜒伸向远处，每日鸡蛋拌料喂出来的御马一步一滑，鼻子里喷嘶着白气。夹路两旁山上积雪皑皑，一根根、一丛丛挺然而立的荆棘、山楂、栗子、野桃杏、野樱桃在雪坡上朦朦胧胧如灰雾一般，细碎的浮雪被山口的劲风吹得烟尘一样在脚下飘荡。见行进迟缓，康熙和侍卫们都下了马，拉着辔绳，推着轿车一步一步地向前推进。忽然，前面的车停了下来，太皇太后掀起轿帘探身问道："皇帝，天气很冷，累了吧？上车来和我们同坐吧。"

康熙的脸冻得通红，一手提鞭，另一手放在嘴边哈气，听太皇太后问自己，兴致勃勃地将手中的马鞭子一扬，笑道："您老人家只管坐着，孙子不冷也不累。瞧这架势立时就要下雪，孙子正要领略一下'雪拥蓝关马不前'的景色呢！"

太皇太后仰脸朝天望望，果见彤云四合，朔风劲起，担忧地说道："只怕要走得更慢了。""不要紧，"康熙笑道，"今夜到不了繁峙县，我陪祖母就住一住沙河堡的小店，小魏子比咱们想得周到。"

不一时，果然散雪纷纷飘下。先是细珠碎粉，愈下愈猛。但见万花狂翔、琼玉缤纷，成团成球地在风中飞舞。古人云"燕山雪花大如席"，殊不知这太行山的雪是"崩腾"而落，浑浑噩噩，苍苍茫茫，天地宇宙都被裹成了杂乱无章的一团。张眼眺望，山也朦胧、树也隐约、路也淆乱、河也苍茫，难怪像李青莲这样的湖海豪客，也要对之"拔剑四顾心茫然"了。康熙自幼在皇宫长大，出入不过内城方寸之地，哪里见过如此壮观的景象？高兴得手舞足蹈，一边踏雪向前，一边回身问狼瞫："你还记得朕前年冬至在白云观山沽居与伍先生共饮赏雪时作的诗么？"

狼瞫忙赔笑道："主子爷的好诗，奴才怎能忘却？"说着便吟道：

> 洒雪凝霜正渺漫，晓来朔色满村峦。
> 何当吹遍邹阳律，尽却人间黍谷寒。

"难为你记得这么清楚。"康熙夸奖道，"当时鳌拜未除，没有心情，这诗作得不甚有气势，什么'正渺漫'？比得上此时此地几分几许？后来李云清翰林做了一首和诗，里头有"雪花欲共梅花落，春意还同腊意展"，当时觉得清贵，有翰苑风度，还赞了几句。此时看来，小巧而已。可惜了伍先生豪才，他若能到得此地，不知会作出什么好诗呢！"狼瞫听了忙道："主子说的极是，伍先生有青莲之风，只可惜福命不济，不得常侍主子。"

正说间，魏东亭浑身是雪，迎面从山道上下来，一边给康熙行礼，一边笑道："主子好兴致，这么大的雪还不肯上车——前头客店已安排妥了，今夜就住沙河堡，可惜订得迟了些儿，店里已经住了人，又不好赶人家出去。"

"亏得你还再回来！"狼瞫笑道，"和主子正说诗，主子还在念叨伍先生呢！"

"方才的话奴才也听见了。"魏东亭笑道，"狼兄这话有点道理，熊大人也对奴才说过，伍先生若逢战国之世，纵横捭阖，或可舒志，如今盛世，恃才傲物，不是王臣气象。"

"哦？"康熙站住了脚步，迟疑了一下才又前进，"熊赐履也这么看？"

魏东亭、狼瞫都与伍次友感情极好，时时探测康熙的意向，听了这话，一时揣摩不透他的意思，对望一眼没敢回话。康熙踩着积雪，发出吱吱咯咯的声音，沉思着说道："这话不对。福命之说仅限于庶人庸夫，君与相操着造化之柄，也跟着这么讲，就是不知天命。若皇帝也讲臣下谁有福谁命薄，岂不屈尽了天下之才？熊赐履学问是好的，不会不懂这个。他这样说，必知你们要告诉朕，还是在揣摩！伍先生毛病在过于诋毁理学，熊赐履哪里知道朕放他归山的深意！笑话，伍先生这样的达士朕岂能不用？"

"奴才学浅识陋，哪晓得天断英明！"狼瞫心里高兴，忙道，"就是熊大人、索大人这样的贤人，也未必就能领略到主子的深意。"魏东亭生怕狼瞫把中听的话说尽了，也忙道："奴才们懂什么，主子爷的庙谟圣虑远着呢！"

康熙听了不禁暗笑，见雪越下越大，便用手扶着魏东亭的肩头一步步挨上山来。

第七回 沙河堡评说茶马政
风雪夜怀忧念民情

　　主仆三人伴着车驾、冒着大雪边谈边走，直到申末时分才到达滹沱河畔的沙河堡。康熙全身已被裹得像雪人一般，一边小心翼翼踏着冻得镜面一样的河面，一边问魏东亭："这个沙河堡，是哪个县的地面？"

　　"回爷的话，"魏东亭见已经进入人烟稠密的地区，说话也就格外小心，只含糊地称康熙为"爷"，"是繁峙县境了，县令叫刘清源。这个沙河堡是繁峙第一大镇，今晚咱们就歇在德兴老店，偏院由几个贩马客人住着，正院全包给了我们，爷只管放心。"

　　此时已入西牌，照平日天气，天早黑了。因下了雪，雪光返照，街道两边的门面都还模糊可见；大街上阒无人迹，连犬吠声也听不到。魏东亭在街上调度车辆，搬卸行李，安排关防。被惊动了的店主人提着灯笼笑呵呵地迎了出来，操一口五台话打招呼："这么大的雪，难为爷台们赶路！我还当是宿到前头一站了呢！请哇，只是咱这山野荒店，难比北京皇城天子脚下……"这店主十分殷勤健谈，双手将店门推得大开，便将他们一行人朝里头让，高声叫道："蔡家的！爷台们到了，快打点热水挨房送进去！"

　　"怎么，"魏东亭忽然站住脚步问道，"正院我不是已经包了，怎么又住进了客人？"

　　"嘻！"店主跌脚叹道，"他们前一个时辰刚刚赶到，沙河堡的店铺里人都住满了——一个道士、一个读书人——这么大的雪，一个个都冻得青头萝卜似的，因此我就大着胆子安置了。好在爷台只有二十多人，里头上下有三十多间房呢！"魏东亭听着，脸色阴沉了下来，不等他说完便截住了道："放屁！就是文殊菩萨来，你也得将他们安置出去！"康熙听了忙道："小魏子，罢了吧，左右只是一夜，将就一下吧，明早我们就去了。"魏东亭看着满脸笑容的掌柜，不由得火气上升，可又不敢违拗康熙，便道："主子说的是，可我的定银一下就给他五十两，住一宿再付五十两，你开半年店能挣得到么？我们从北京一路出来，还没有碰到过像你这么大胆贪心的奴才！"店主被他训得尴尬，喏喏连声谢罪："不过事已至此，也不好就撵人家，都是进香拜佛人，能方便处且方便嘛。"一边说一边干笑。

"天下店天下人住得！"西厢房门"呀"地一开，走出一个年轻道士，手持拂尘，背上插一把七星剑，十分飘逸清俊，打个稽首说道，"居士有钱，就要买这个不平！如若贫道此时出二百两银子赶居士出去，你该如何？连那个读书人都是贫道带着硬蹭进来的，不干店主的事，居士有话，只管冲贫道讲！"魏东亭侧着脸瞧也不瞧道士，冷冷说道："我和店主讲话，你插的什么嘴？"

"你住口！"康熙见魏东亭没完没了，一脸寻事神气，忙喝止了道，"这位道长说得有理，还不退下！"魏东亭听了无话，默默退至一旁垂手侍立。康熙打量这道士，至多不过二十岁，秀眉细目，面白如玉，只是眉宇中带着一股野气，由不得心里咯噔一下："这道士若换上女装，也算得上一代佳人了，只是气质粗豪些……"口里笑道："道长，小价们懂得什么！道长只管安置，用过晚餐不妨约上那位朋友过来同坐消夜。"道士抿嘴儿忍住笑，说道："还是公子读书知礼，回见了！"说着瞪了魏东亭一眼回到西厢。魏东亭心里虽有气，却没敢再言声。店主人忙插上来和解道："大家来自五湖四海，能聚在小店也是前世缘分，总怨小店池浅，各方接待不周……"说着，便领康熙一行进了上房，"请老太太和这位小姐（苏麻喇姑）在东厦间安息，公子就住西厦间，要汤要水的也方便。看这么大的雪，明日未必能启程呢，就在小店多住几日，小的亲自侍候老太太，管保安逸……"说罢便忙着开门，又是安置行李，又是往灯上注油、炕下添火，端了热水送进太皇太后屋里，又命人给康熙烘烤湿衣湿鞋。山西人柔媚小意儿天下第一，连气头上的魏东亭也被打发得眉开眼笑，道："你这家伙若在紫禁城里当差，怕皇上也叫你哄了呢！"

康熙用了一碗热腾腾的精羊肉馅儿的头脑饺子①，顿时觉得身上寒气一

---

① 头脑饺子：一种药膳，水饺捞出后，浇用山药、红糖、胡萝卜、豆腐、青菜、粉丝所制的汤剂，上碗后再加老酒一料，有驱寒、活血、健胃等功效。

扫而尽，暖烘烘的，没了半点劳乏。自己虽做了天下之主，实实平生未领此味，便命狼瞫拿了五两银子去赏掌柜的。不一时店主人笑嘻嘻进来谢赏，行了礼，用水裙擦着手笑道："谢公子爷赏了，方才老太太也赏了五两，说是从没有用得这么舒坦。她们不用荤，是豆腐皮儿口蘑馅儿，用的是甜酒。公子爷这边，小的想着呵了一天的冷气，酒用得重了点，不想也对了公子爷的脾胃……"显然，自开店以来，他从来没遇到这样阔气的主顾，竟同时给了两份赏银。

他唠唠叨叨地还在往下说，却见那道士扯着一个四十多岁的中年书生进来。康熙忙跳下炕来，一边笑道："长夜无事，正好清谈，连店主人也不用去，咱们坐了说话。"那书生虽布衣青衿，举止却十分稳重，蕴藉中带着要强，一边向康熙作揖，一边自报名讳："在下傅山，贱字青主，敢问主人贵姓、台甫？"魏东亭一眼瞧出年轻道士身怀武技，又是几个生人与康熙共坐，半点儿也不敢懈怠，暗自提足了精神，很自然地紧贴康熙侍立。

"不敢，"康熙满面笑容，一边坐一边回答，"在下姓龙，字德海——你们也都是进香来的？"

"道士是云游至此，我却是本省人，既读圣贤之书，神佛一概不信。"傅山笑道，"我和雨良道人原先也不认识，日暮途穷，又遇大雪，不想与龙公子在此邂逅相逢。"康熙听了微笑道："我和傅先生倒一样，也是个不信神佛的，无奈家祖母因天时不好，说是许了五台山的菩萨愿心，必要前来进香，只好勉遵慈命了。"

"这人口气好大！"傅山一边听一边打量康熙，见他一身普普通通的镇人打扮，竟从老太太的愿心扯到"天时"这个大题目上来！他挪动一下身子，呷了一口茶问道："尊府是在北京？"魏东亭见傅山起疑，忙过来添茶，笑道："不，是通州。"道士显然对此一无所知，只低头吃茶听话。"通州？"傅山摇头道，"通州大世家只有一个周园哪！"

康熙一时语塞，原打算从五台山回来再私下察访民情，谁知他并不适应这种场合，头一次与外人接谈，一出口便捅了娄子，倒一时不知如何应对了。

魏东亭却知道，周园是周全斌家的产业，事到如今只好编下去了。略一沉吟，轻轻笑道："龙家原在外蒙，去年秋天才搬进关来，现在连周园也都转给了龙家。先生没听通州老百姓编的歌儿？'十个周园千里青，比不上黄土一条龙。'自通州向东北，只要是黄土地，都是龙家祖业。"

"小魏子，扯这些闲话干什么？"康熙对魏东亭的编排十分满意，不想沿这一话题说下去，便转脸问雨良道士，"雨良道长是秦人口风，在陕西何观修道？"

"我么？"雨良正在沉思，不防康熙突然问到自己，将杯中茶一吸而尽，笑着对魏东亭道，"请再来一杯——咱们不绕弯子说话——就在终南山修道，也曾在峨嵋山云游过几年。"

"噢，峨嵋！"康熙猛地想起来，问道，"有个太医叫胡宫山的，也做过峨嵋山的道士，武功了得，人也正直，不知怎么就弃官不做，又回去了……"

"那不足为奇。"雨良冷然说道，"有人觉得做官好，便也有人愿意做道士、和尚。即便都是太上三清弟子，弄神驱鬼者有之；操汞炼丹者有之；避迹深山者有之；在皇宫相府家飞来飞去的又何尝没有？——你说的那个胡宫山，就是不才的师兄——做了官，就得惟皇上的命是听，就是做个好官，也不过落个好名声，要是做个像大同知府那样，敲骨吸髓，刻薄百姓，比得上我道士这碗清净自在的饭干净么？"

胡宫山曾在养心殿为康熙治过病，一个下跪动作便将六块青砖压得龟裂，可见武功非凡。此人既是胡宫山的师弟，当然不是等闲之辈，康熙便有心结纳。但康熙却只知其一不知其二。魏东亭心里倒雪亮，胡宫山不愿做官，是因为既不屑为吴三桂卖力，又不愿当满族皇帝的臣子，临走时还把钦犯郝老四救了出去。魏东亭虽与胡宫山私交很好，但此时与雨良这样面目不清的人不期而会，不禁又提了三分警觉，便笑着问道："道长这也算一番高论。不过听起来你也不像是很清静的，这么冷的天，千里跋涉，自陕南来到晋北，怎比得上在终南山长伴香火逍遥自在呢？"

"这种道理就不是一般凡夫俗子能知晓的了。"雨良毫不客气，一哂答道，"五台山佛称清凉，道称紫府，老子便在此处收取人间香火。道士有事自然要寻老子，这就譬如民间有冤债要寻天子一样。方才这位居士说他的祖母尚因'天时不好'特来祈求佛祖，'道心无处不慈悲'，我就不能登紫府，代祖师清清这里的戾气么？"

"这牛鼻子口气不小。"魏东亭暗想,"这'戾气'自然指大同知府了,倒要瞧他怎么个清法。"

正想着,听康熙高兴地说道:"令师兄与我有一面之交,也是一样的秉性,雨良道长豪爽可敬!"说着,口气一转又问道,"方才提到大同知府,不知是谁?很贪么?"

"做官的谁不要钱财?只要不太黑心,贪一点,小百姓也认了!自古都是如此嘛。"店主忽然触动了隐痛,苦笑着摇头道,"就说咱们督帅莫大人,火耗银子只要九分二厘,百姓们有什么说的?本来运银子就要折耗嘛!"

这是说的莫洛了。康熙点点头,用火筷子将炕边炭盆拨了一下,旺腾腾起了焰儿,又问道:"如今日子过不得吗?"

"自鳌中堂坏事后,今年交秋,百姓们这口气算是缓了一下。"店主人叹道,"像小人这样乡里有地的,两头补贴,衙门里勤打点着,算是不赖;单种田的就苦些,也偏是咱大同府晦气,摊了平西王爷选来的官。给朝廷支皇差那是本分,却还要给平西王爷支王差。本来耕田的牲口就少,马又被王爷都弄了去,还要给田主交佃粮,那就好比上了刀山!碰上县里刘太爷这样的善心人还好,可若碰上周府台那样人,坐在棺材上卖灵幡——死要钱,那就遭难了!额外官差也多得很,催起赋来竟像无常索命!"

"这就不对了。"康熙笑道,"我虽没住北京,也知道朝廷有明诏,自康熙二年到如今,山西免了四次钱粮,莫大人去年又奏免了你们大同的赋,周府台又催的哪门子赋税?"这是他亲手签的诏,说起来如数家珍,十分熟悉。

"爷哪里知道世上这些怪事!"店主人见他不信,只笑了笑,又道,"圣旨归圣旨,王爷的钧旨又是钧旨,在咱们这儿,圣旨不抵钧旨!这个周府台,连省里的抚台都不敢招惹他。他把火耗银子一气加到四钱三!就这一项,就把皇上的恩典给吃了。"

魏东亭见康熙已是气得面孔发白,拿着火筷子的手都在微微颤抖,忙在身后牵牵衣带。康熙一愣省悟过来,忙吃茶掩饰过去。

"这是谁都知道的事,小的也不用瞒爷台,"店主人仿佛想起啥事,继续说道,"如今又说是朝廷要征马,府台大人按户摊派,还扣了河南贩马客的二百匹牲口，人都被困在西院里走不了！人家有开封府的茶引呢①，用信阳的茶叶换马，凭什么要扣人家的？"店老板说到这里，气得一拍大腿，"这个周太尊也不知是甚托生的，一肚子学问都喂了狗。听说他几次会试落了榜，不知怎的攀上了平西王爷，选到咱大同府来——五十多岁的人了，派了捐的人家拿不出捐，硬要把邻居家一个十五岁的黄花女娃讨去做妾，也真不怕在佛山跟前造孽！这不，刘太爷已请了周太尊，请缓一缓贩马客的事，明儿就在沙河堡蔡老爷家说合。为这一县的百姓，只怕刘太爷也要劝这女娃从了呢！"

"是啊。"傅山在旁听得满腹凄恻，摇头叹道，"明日就在沙河堡排筵席给周太尊接风，我也被邀在内……"

康熙心中早已起了杀机，倒镇定下来，将火筷子一扔，笑道："我也是闲问闲说，哪里说哪里了罢——时候也不早了，今日也该安息了，咱们明日再聊吧。"那店主人原想他必是朝中贵介子弟，本想为隔门邻居和几个贩马客倒倒苦情，能在周太尊跟前说几句好话，见康熙如此胆小，只好讪讪起身告辞，雨良道人却冷笑一声，起身去了。

"青主先生，"康熙叫住了傅山，"明日赴宴带我同去好吗？"

时到戌末时分，啸风渐定，只有漫天大雪还在没完没了地下着，落在天井里，房顶上，沙沙作响。康熙觉得炕烧得太热，坐起躺下总不安宁，蹙着眉头在灯下来回踱步。魏东亭深知他的心事，也不敢动，呆站在旁边想自己心事，由李雨良及胡宫山，从胡宫山又想起结义兄弟郝老四，不觉满心凄楚。

"东亭，"康熙倏然回身问道，"马政一事，朝廷自有制度，这姓周的私自征这么多马做什么？莫洛这奴才官声倒不坏，但姓周的如此贪财作恶，他为何不题本严参呢？"

魏东亭被他问得一怔，忙赔笑道："莫洛行辕在西安，山西这边来得不多，姓周的居大同极北之地，天高皇帝远，什么事情做不来？至于征马——"魏东亭沉吟道，"恐怕还是给云南的……"

---

① 茶引：地方政府颁给贩子的证件。凭证可至蒙古用茶换马。

"你不必往下说，"康熙止住了魏东亭，"这事儿明明白白，朕要治他的罪。"

"万岁爷要治谁的罪？"苏麻喇姑一掀布门帘进来，笑道，"万岁方才和那几个人说话，太皇太后都听见了，特命我过来瞧瞧——万岁要办姓周的，也须要回京再说，这个地方鱼龙混杂，万岁又是微服，何必与小人争一日之短长？"

"大师说得有理，"魏东亭也赔笑道，"这不是什么难事，奴才叫人给索大人带一封信，半个月就把他锁拿到北京了——论理，索大人和熊大人的信使今日就该到的。一句话的事情，不可在这里和他捣腾。"

"难道朕在这里就不能办他？"康熙听了有些懊丧，一屁股坐回炕沿上说道，"明日周某就来沙河堡抢占民女，朕为九五之尊，能待着在旁边看吗？"说罢目视苏麻喇姑。

苏麻喇姑听至此，大动恻隐之心，思量半晌方道："万岁仁心通天，这事是该办的，只是张扬了圣驾踪迹，连京师都要震动，老佛爷的懿旨还是对的。"

三人正在筹谋，却见小毛子裹着一身的雪钻了进来，哈了哈冻红了的手，"叭"地甩了马蹄袖，满脸堆笑地跪了下去道："万岁爷吉祥平安！奴才小毛子奉了索大人的差，给万岁爷送信儿来了。"

"是小毛子！倒吓了朕一跳，怎么也不通禀一声儿？"康熙又惊又喜，一边伸手"叫起"，一边笑道，"方才小魏子还说该有信使来，不想是你，这么大的雪，倒难为你摸黑走路。"

"奴才还带着几个人。"小毛子笑道，"雪倒不怕，满山的狼嚎几乎吓煞奴才！"说着，从怀里取出一个通封书简来，双手递上。

"有了！"康熙正在拆信，旁边苏麻喇姑拍手笑道，"明日的差事交给这个小鬼头去办，可好？"

"就是这样，"康熙也哑然失笑，"朕随身带有御宝，明日让小毛子出面办了这奴才，不显山也不显水，咱们还进咱们的香，他回他的北京，岂不大妙？"

"小毛子一个人怕不成，"魏东亭笑道，"奴才明日权做一下中使护卫，去凑凑热闹。"

"这怕不行,"苏麻喇姑道,"你还要护驾上五台山,在这里出了头怎么行?方才太皇太后再三说,瞧着这里很乱,原打算在五台山多停几天,看这样子上山点一点就得动程回京呢!"

"明日朕与东亭都去。"康熙因小毛子的到来更加坚定了决心,"见机行事就是,小毛子办得下来,我们就不用出面了。"苏麻喇姑听了点头无话。

小毛子听了半晌也没听出他们的对话是什么意思,见康熙已在看信,捅了捅魏东亭问道:"魏大人,主子要我办什么差啊?"魏东亭将方才的事一长一短小声告诉了小毛子,小毛子气得脸色涨红,说道:"怪不得我进店听见那边哭得伤心呢!有万岁做这个主,十个知府也办了!这事包在我身上!"

康熙已看完了信,听了这话脸色又是一沉,掏出一只金壳怀表看看,已是亥时二刻,听窗外风声又起,却不甚大,发出轻轻呼啸声,如泣如诉,便吩咐魏东亭:"外头冷得很,取朕的狐皮裘来。"

"万岁要出去?"苏麻喇姑惊道,"这种天气,地方又生,如何使得?若为那女孩子,明日救她就是了,也不争这一晚上。"魏东亭也道:"主子就不动,今晚关防也要加严,侍卫们一个也不许睡——奴才就是挨罚,主子这个命也是不敢从的。"

"曼姐儿!"康熙见苏麻喇姑敛衽一礼,就要退出去,知道她又要回禀太皇太后,忙叫道。

苏麻喇姑站住了脚,这个名字自她出家之后一直没人再叫过。它包含着太皇太后对她的钟爱,也包含着康熙对她这个启蒙大姐姐的尊敬,还包含着和伍次友一段缠绵悱恻的故事。苏麻喇姑动了一下嘴唇,却没有说什么。

"你是朕的第一个师傅,后来是伍先生替了你,康熙元年朕一即位,你就说叫朕做个好皇上,要亲民、勤政。"康熙有些动感情,用明净的眼睛盯着烛光,说道,"今天这个事虽然不大,你知道,这比诏书文诰要有用得多,十个朝廷大臣说朕好,比不上一个民女的话,是这样吗?"

魏东亭因职责在身,却不死心,看了看康熙的目光,没敢说话。康熙觉察到了这一点,笑道:"走吧,朕自信这么做是对的。方才朕也隐约听到了哭声,夹着这风,鬼嚎一样怎么能叫人入睡?"魏东亭听了忙道:"主子要嫌聒噪，奴才派人安置一下，连哄带吓，叫他们别哭就……"

"住口！"康熙将眼一瞪，喝道，"你近来愈来愈不长进了！人有七情六欲，她伤心，你倒去吓她，读书养气，养出这么个模样吗?"说着穿上狐裘，几步便出了上房。魏东亭和苏麻喇姑对望一眼，吩咐小毛子过去侍候太皇太后，也跟了出来，招手儿叫过守在门口的侍卫，低声交代几句，便叫上狼瞫，紧紧护着康熙向大门口走去。

第八回 李雨良夜半诛飞贼
          刘清源设宴待刁客

店主还没睡，正坐在前店门耳房里灯下盘账，见他四人半夜里要出店，吓了一跳，旋又笑道："有甚事爷台何必这时候出去，要叫个妞儿，三两银子打发个伙计出去就办了……"康熙尚未听明白，狼瞫在旁断喝一声："放屁！快开门！"店主见他凶巴巴的，吓得一句话不敢再说，自出来开门放他们出去。苏麻喇姑一脚踏着门槛，沉着脸对店主道："你就在这守着，我们一会儿就回来。"康熙见他吓得可怜，笑道："那也不必，你警醒着点，听着我们回来叫门就是。"

雪下得足有半尺多厚，天空兀自翻卷着鹅毛片子，纷纷向下落。来到街上，那哭声更显得凄厉阴惨，瘆人毛发。静静细听，显然是个老太太在呜咽，口里还喃喃诉说着什么，听得不甚明白。四人循声踏雪而进，果见离店不远，临街一间破茅草屋里闪着灯火——哭声就从这里传出——连门也没有闩上，狼瞫上前轻轻一推，四个人便挨次闪了进去。

一进屋，康熙就惊呆在那里——这真是一幅活地狱景象，丈余见方的屋子空落落的，炉烬灰灭，一丝暖气没有，从门缝里飘进的雪铺了薄薄一层。一个六十岁上下的白发婆婆守着惨焰幽幽的瓦台小灯，趴在烂木片钉起的炕桌上，已经哭得面目虚肿，声断气咽。炕上直挺挺地横着一具尸体，也是白发苍苍，脸上盖着一张黄表纸，身下铺一领破席，身上盖着一床百结如鹑的破絮。看着这凄惨的景象，康熙从心底里打了一个寒战。

老婆婆听见有人进来，抬起皱得核桃壳一样的脸死盯着这四个衣饰华贵的人，先是呆滞得像木头一样毫无表情，忽然又爆发出一阵哈哈嘿嘿的傻笑："又来了？你们看看还有甚好的，就都拿去吧！把我也弄去吧！哈哈哈哈！"笑着笑着又"呜"的一声哭了起来，"唉——我苦命的儿，天杀的老头子啊……"

"老人家，"康熙身上起了一层鸡皮疙瘩。当年鳌拜在乾清宫揎臂扬眉大肆咆哮逼诏迫命之时，他也不曾有过这种恐惧中带着透骨彻肤的感觉。他一边掩上柴门，一边轻声说道，"您……您别怕，我们是过路客商，投店不着，想进来避避雪，不知道您家遭了这么大的事……我们略站站就……就走。"这位越在险恶境遇下越能伶牙俐齿的皇帝不知怎的竟发起抖来。他想近前安慰，见那老婆婆晶亮的目光，又畏缩着站住了。苏麻喇姑倒还稳得住心神，上前轻声问道："这位大爷几时归天的？家里只有你两位老人，连个儿女照应也没得？"

"儿女？——女儿呀！"老婆婆又嚎哭起来，却是一滴眼泪也没有，只双手抽搐着在空中厮打着大叫，"我可怜的女儿，前世的冤家呀——你们还我的女儿啊！"她已经遏止不住自己，疯人一般在炕上跳起来，站在尸体旁颤抖着、抓挠着，嘶哑的声音愈嚎愈高。康熙再也不敢听下去，苏麻喇姑也惊得向后一个趔趄，扯了康熙拉开门就闪身出来。狼瞫也是亲贵子弟，哪里见过这个？慌忙也跟了出来，只魏东亭沉着些，临走时丢了一锭银子在老婆婆的炕桌上。

康熙逃到街上，兀自怦怦心跳不止，见狼瞫、魏东亭他们先后也跟了出来，连连摇头道："可怖，这太吓人！朕实在终生难忘，也实在不知民间如此之苦——明儿狼瞫以香客身份周济一下这贫婆婆吧！"

四个人沉默不语，迈着沉重的步履回店，柔软的雪在脚下发出吱吱的声响。一阵啸风卷起雪尘扑面袭来，道旁的树不安地晃动了一下。魏东亭打了一个冷战，陡然想起鳌拜搜查索府谋害康熙的那个令人惊悸的夜，不由放缓了脚步，按剑回顾，走到门前。魏东亭借着雪光，竟看见一小片殷红的血迹被薄雪盖了一层，突然双臂一摆大叫一声道："狼瞫，护好主子！"一个箭步跃上，使了一个"后羿射日"，双掌推开门户，"啪"地猛击在门上，店门"嘎啦"一声便向后倒去！

这一下事出突然，不仅康熙不防，门后躲着的三个彪形大汉也全然不料魏东亭这一招，竟有一个被砸倒在地上。接着三人大吼一声从斜刺里蹿了出来，三柄大刀舞得呼呼生风，包抄着直逼康熙。魏东亭、狼瞫两个一前一后护住了康熙和苏麻喇姑，抵死不肯后退半步，连腰剑也没空去抽，只以空掌接白刃，打得团团乱转。苏麻喇姑急得扯着康熙东躲西闪，一边高叫："里头的奴才都死净了么？还不出来？"

话音犹未落，墙上已有七八名侍卫轻轻跃下。大门一响，这干侍卫早已被惊动，他们都是魏东亭从大内精选的高手，极善夜战，都不走大门，不出声响地越墙而出，飘然落地，将三个刺客团团围住。但这三个蒙面大汉功夫精湛，在一群高手围攻之下，只防着魏东亭，对其余人竟似不大在意，并无逃走的意思，反而越战越勇。但这一来众寡之势倒转，康熙已脱离危险，忙吩咐狼瞫："进去再叫几个人来，安慰着老太太不要受惊了！"

狼瞫答应一声正待进店，忽见雨良道人执着拂尘大踏步出来，站在石阶上略看一看，大声道："都住手！"

侍卫们不知出了什么事，一怔之下都停了手。三个刺客却不理不睬，"呼"地并成一列向康熙逼去。

"撒野！"雨良将拂尘一摆，三枚透骨钉呼啸着打了出来，三个刺客竟一个也没躲过，一齐倒在雪地里。其中一个大概受伤不重，在地上一个鲤鱼打挺跳起身来，"嗖"地便上了墙。雨良冷笑一声道："能接我这一镖也算好汉，把刀留下，饶你去吧！"说罢，又是一镖，墙头上那人手臂一颤，单刀脱手落下，脚一蹬，只见一线雪尘飞起，便向西北逃走了，魏东亭跃上墙去觅时，早已不见了影儿。

"万岁，"雨良道人下阶来，向康熙深深纳了一礼，"原想和万岁一起与大同知府凑凑热闹，看来已用不着我了，就此告辞！"

这张纸儿一捅破，康熙也就无意再瞒。此时惊魂方定，听雨良要去，怅怅地说道："你有如此好身手，何必屈身道流，可肯出来为国家效力么？"

"我这难道不是为国效力？"雨良一笑，又道，"我自知福命浅薄，不敢受皇恩封赏，而且那里礼法拘人，我也受不了。只愿优游于江湖之间！"苏麻喇姑是个极精细的人，早从一旁看出了蹊跷，心中不由一动，笑道："雨良，既有此志，何不去寻主子的老师伍次友？"

"我正要见识见识他哩！"雨良一边笑，口中打了个呼哨，一头四蹄雪白的黑毛驴在店后撒着欢儿跑了出来。雨良一欠身骑了上去，双手一拱道声"孟浪"，便消失在风雪弥漫之中。

"主子，"魏东亭见康熙立在雪地里发呆，上来禀道，"这两个刺客一个已经死了，一个受了重伤，请主子示下，该怎么办？"康熙此时方回过神来，厉声问道："店主人呢？是不是他们一伙的？"魏东亭赔笑道："那倒不是的，店主先被杀死在里头，奴才就是见到门框下的血迹才知道有刺客的。""嗯。"康熙一边往回走一边吩咐，"狼瞫将刺客带到后头密审，小魏子到这里来，其余的人照旧侍候。"

魏东亭惴惴不安地跟着康熙进了上房西间，见康熙气色很不好，忙跪下道："主子受惊了，奴才护驾不谨，请主子责罚！"小毛子早将预备好的茶端了过来。

"起来吧，是朕自己要出去的，与你什么相干？"康熙拿起出门前丢在灯下的信，惊恐的心神似乎没有完全消尽，他的手有点微微发抖。但看过几行字之后，这种劫后余悸的反应就不见了，双眉锁得紧紧的，似乎在想什么事。魏东亭和小毛子不知信中说些什么，大气儿也不敢出，悄悄退立一旁，不时瞅康熙一眼。

"今晚是睡不着了，"康熙就着灯火烧了信，叹一口气，吩咐小毛子，"给朕预备纸笔来。"

诏书很快就草好了，康熙自己先看了一遍，递给魏东亭道："你整日价想着弃武从文，此时朕也无人可与商议，你看看这份诏书可妥？"

魏东亭双手捧过读时，只见上面写道：

> 据索额图、熊赐履奏称，西安百姓叩阍，称莫洛、白清额清廉。朕思国家设大吏守令，皆为爱养百姓，抚绥地方，该督既有善政，前罪似可宽贷。着各罚俸半年、擢二级调京候用。白清额前有折请旨致仕养老，着毋庸议。左都御史钦差抚陕使明珠接诏后，速赴安徽，会同伍次友同来京师，前差撤销。钦此！

沉思良久方才说道："莫洛、白清额清廉免罪，主子处置极当。明珠大人位居显赫，去安徽怕耸动地方，请主子深虑。"

"照常情，你的话是有道理的。"康熙的目光在烛下闪烁，"据报说，耿精忠根本没回福建，竟绕道去了云南，情形说不定有变，伍先生身怀秘要，不能不派妥当人寻他回来。"

"秘要！"

"撤藩方略!"康熙脸上现出一丝不安,停了停又道,"你还不知道,伍先生一路讲学都是各府学教授照应接待,但自从离开凤阳后,再未与官府联络,朕着实为他担心。"

从康熙的脸色上,魏东亭一下子意识到事情的严重性,伍次友如落平西王手里,朝廷的撤藩计划就得全盘打乱!想了想,魏东亭打起精神安慰道:"主子不必过虑,伍先生生性疏旷,不肯受官府那套繁文缛礼,正在游山玩水也未可知,或者有病也是情理中事……即使不幸落入陷阱,像他那样高风亮节之士,岂肯卖主求生?"

"但愿如此……"康熙点点头,又摇摇头叹道,"虎臣,你不懂人的本性。伍先生当年在索额图府为朕授书,自己就曾说过'慷慨殉节易,从容赴国难'。如若遇有逼、问、杀的威胁,朕也信伍先生不会低头,怕就怕……"他想说"汉人积性柔弱",忽然想到魏东亭也是汉人,便截住了,转口说道:"千古艰难惟一死啊!"

"再说,"康熙已不是对魏东亭说话,而是在自言自语,"京师纷纷流传的谣言……又是从何而起的呢?"正沉吟间,狼瞫匆匆进来禀道:"主子,那贼招了。"

"谁的主谋?"康熙急问道,"该不是吴三桂?"

"不是,"狼瞫忙道,"是个三十岁上下的中年人——他们称他为'朱三太子'!"

"朱三太子现在何处,有多少人?"康熙听是如此巨案,心下骇然,面上却毫不动声色,目光如电闪了狼瞫一眼,朗声问道,"都招了么?"

"据该犯称,他们自云南来,共三十余人,都是身手了得,一拨十八人至五台山劫驾,其余的已随姓朱的潜入北京,更细的情节他也不晓得了——他们三个是争功,今夜悄悄来的,说余下的人都在山上……"

"他们怎么知道朕要往五台山?"

"如何知道万岁行止,该犯并不知道。"

"再审!"

"回万岁的话,"狼瞫多少有点狼狈地答道,"他……已经咽气了。"

康熙看了一下魏东亭。魏东亭身子一躬,轻声说道:"万岁,今晚只来三人,已是如此险恶,还有十五人等在五台山,看来贼匪志在必得!奴才以为应立即启奏老佛爷，连夜返驾回京。不但五台山潜匪难以得逞，连京中奸徒也是会措手不及——打乱他们阵脚再办这大同府也不迟！"

"哪有这么急！"康熙先是一怔，忽然纵声大笑，"现在冒雪夜遁，不怕朝野笑朕胆小么？"说着向炕桌猛击一拳，眼中迸出寒光，"天下者朕之天下，有何可惧？五台山可以暂时不去，明日处置了姓周的王八蛋之后，朕偏要顺道巡访一番。"

沙河堡为知府周云龙接风的筵宴设在当地最大的缙绅——做过一任同知的蔡亮道家里。这就是为了店老板讲的那件事了——河南几个贩马客从蒙古回来，被周云龙以调用军马为名，将二百匹马全部扣留。几个商人急得走投无路，四方打听，才知县太爷刘清源也是河南籍人氏。便联名递了公禀，请刘太爷从中斡旋通融。刘清源虽是好官，十分同情，无奈这周云龙正是他的顶头上司，他也毫无办法。沙河堡的蔡亮道却和周太尊是省试同年，实在看不过眼，才出了这个主意：由他出面，请府、县尊同来沙河堡，商议了结此事。

康熙带着魏东亭和小毛子，与傅山一道来到蔡府，见一个山羊胡子的老者已在门口候着，见傅山到了，满面堆笑地打拱道："青主先生倒来得早，府尊、县尊大约总得过了辰时才能到呢！"傅山忙还礼道："虽说雪停了，这个天气，这路，还不知来不来呢！"

"来的，来的！派去催请的家人刚刚回来。"蔡亮道一边往里让傅山，一边问道："这位公子——"

"哦，敝姓龙。"康熙忙道，"青主先生同店的过路香客。这事说来与我无干，只是这几位马客中有我的亲戚，只好也来走走。"

"只怕难说得下来。"蔡亮道将他们引到中堂，和四个贩马商见了，一边让座儿，一边捋须沉吟道，"这周云龙是晋南名士，胸中文章自负无对，口舌又利索，后台又极硬，看去虽如谦逊君子，其实心底瓷实，我也只能勉尽薄力哟！"

他这样说，几个马客当时就着了急，一齐上来千请万托，说了一车的好话。康熙自扯了魏东亭和小毛子，在厅角拣了个座儿坐下，静观事态演变。

　　大约过了多半个时辰，外头传来了筛锣声，康熙听时，正是七声一节"××××——×××!"这是宣示，"军民人等——齐回避!"不禁微微一笑。满厅人众，连蔡亮道在内顿时都紧张起来，双手扎煞着转了一圈，对厅中众人拱手道："诸位，太尊和县尊到了，咱们迎一迎吧!"这一提醒，四个马客，五六个土佬、乡绅并傅山纷然杂沓起身，随着蔡亮道拥出厅外。

　　"静云兄，久违了!"周云龙一脚跨进大门，一边拱手，一边呵呵笑道，"记得石家庄一别，忽忽悠悠已是三载——嘻哟! 看你这头白发，真个是'朝如青丝暮成雪'哟! 哈哈哈……"说着，便拉着蔡亮道的手款步进厅。蔡亮道一边让着往里进，一边一一介绍，周云龙只点头微笑。跟在后头的刘清源清癯瘦削，也是满面笑容和蔡亮道寒暄。

　　康熙在厅角，用目光打量周云龙，只见他穿着八蟒五爪的袍子，缀着白鹇补子，水晶顶子俯仰之间摇晃生光，面如冠玉、双眸炯炯，配着五绺美髯，气宇轩昂、雅俊。比较起来，刘清源反显得局促寒酸，眼睛近视得觑着瞧人，一见就给人一种不舒服的感觉。康熙不由暗自叹道："人不可以貌取，真是半点不假!"转脸瞧魏东亭时，魏东亭正用钦羡的目光注视着周云龙——他对周云龙的胡子发生了兴趣——小毛子却不甚在意，双目盯着席面，他已是挨次都尝过一口的了，只盘算怎样乘人不注意先喝一口酒。

　　康熙噗嗤一笑，正想说什么，周云龙由蔡亮道陪着已经转过来，若有所思地看了一眼康熙，突然问道："静云兄，这位是谁?"

第九回　行酒令小毛子弹知府
　　　　绝旧情王辅臣返长安

康熙猛地一惊，才想到是问及自己，忙起身笑道："不才龙德海，自通州至五台山进香，承蒙蔡公相邀至此，晚生得识尊颜，幸何如之！"

"唔。"周云龙低头咕哝了一句，便回了上首席位。康熙六年应试未中，他曾在内务府当过三个月书办，见过路过的康熙，此时只觉恍惚面熟，却哪里能想得起来？康熙看了看自己一身布袍，不由暗自一笑。

"府君明鉴，"酒过三巡之后，蔡亮道终于把话引上正题，"目下征马虽是朝廷政令，但细民小商租货不易，眼看开春之后，河南垦荒用马，朝廷也屡有明旨提倡。这些都不说了，眼下或收或放，权在你府尊大人，这几个贩马客又是刘明府的同乡，倘能开一线之明，放他们回去，也是一大善政……"

"静云兄，"周云龙用筷子将大松塔鱼翻了过来，笑道，"这个菜真做得不坏，要有多的，叫他们送我那里几条。"蔡亮道根本没想到周云龙是说他"多余（鱼）"，一迭连声地答应着，又吩咐厨子："立刻再做一条。"康熙见东家如此老实，差点儿没笑出声来。坐在周云龙身边的刘清源微微苦笑一下，起身替周云龙斟了酒，道："府尊，据卑职所知，今年朝廷征马旨令尚未下来。这几个马客带有开封府的茶引，并非奸商私自出塞购马。卑职已几次禀过府尊，若能发还马匹，不但他们生生世世衔您的恩，开封府的面子也维持下来了。若府尊担心今年马匹征不足数，一定不能发还，瞧着蔡员外的脸，可否将马价发还，使有微利可盈，也不至绝了中原贩马之路——"

"好啊！"周云龙满口答应，"这都在情理之中。这件事本来就不难办嘛！请贵县从火耗中追加一些，补出马价就行了，又何必兴师动众弄这些虚文？"说着将箸放在桌上，取出一方手绢来擦嘴。刘清源先听他答应，顿时喜挂眉梢，待后来却听说要自己敲剥百姓来补账，不禁一呆，一屁股又坐了回去，喃喃说道："若是数百两银子，也还能措置得来，这九千两巨款，繁峙小县如何办得来呢？"几个贩马客听了，都被惊得目瞪口呆，只一个劲儿打拱求情。周云龙正眼也不瞧他们，只谈笑自若地和蔡亮道搭讪着说话。

蔡亮道深知此人不好对付，一边站起来一一斟酒，一边柔声劝道："年兄，繁峙是个苦缺，一时哪里出得起这许多。年兄下车大同，一向爱民如子，还要多多体念下情啊！"

"天已午时初刻了。"周云龙掏出怀中表来——这是吴三桂送他的，外官中能有此物，是很罕见的——看了看，笑道，"午时即是马时，也难怪你们围着一个马字兜圈儿。"

康熙早已听得不耐烦了，看那周云龙端着汾酒慢慢品着，眯着眼儿瞧那几个马客，活像一只捉到了老鼠却不急于吃的老刁猫。康熙正欲起身说话，旁边坐着一直没说话的傅山忽然开口说道："世人以十二支配十二生肖由来已久，却很少有人知道，一支有三兽，大人——午时初刻尚不到马时，是'鹿时'才对，大人的表正指鹿，再过一刻就变为马了！"

"噢，我倒从来闻所未闻。"周云龙早就耳闻傅山是当地名士。这样含沙射影地指责自己是"指鹿为马"，他有些受不了，良久方才徐徐说道："青主先生不愧为山右鸿儒，果然语惊四座，但不知出于何书，抑或是先生杜撰欺人？"

"在你大人面前我哪敢杜撰，"傅山笑道，"午朝初刻为鹿，午昼中刻为马，午暮末刻为獐！见于隋人萧吉所著《五行大义》。大人回去查一查就知道了！"言毕又是一阵大笑，满厅酒客面面相觑，只有康熙笑道："善哉！"

周云龙有点恼羞成怒，待要发作，却又忍住了。略一踌躇，举杯笑道："我们还是吃酒吧，一味纠缠这件办不了的事，这怕不好吧！我现在出一酒令，谁说不上来就罚一满杯——说令人要说一个天上的事物，一个地下的事物，再说一个古人——旁边的人要问这个手执何物，口里说什么话……说话人要随问随答。大家可都赞成么？"陪酒的一群人猜不透这个知府大人又玩什么鬼花招，都停止了说话，屏息静听。良久，方见他启齿道：

> 天上有月轮，地下有昆仑，有一古人刘伯伦。

康熙问："手里拿的是什么？"周云龙笑道："手执酒杯。"刘清源问："说的是什么？"

"酒杯之外不须提。"周云龙不慌不忙答道。说完一笑，举起门杯啜一口坐了。

"我也有了。"蔡亮道沉吟片刻，起身笑道：

> 天上有座离恨宫，地下有座乾清宫，有一古人姜太公。

刘清源问："手里拿的是什么？"蔡亮道道："钓鱼竿。"周云龙问："说的是什么？"蔡亮道本欲说"上我钩来"，话到唇边又改口道："愿者上钩。"魏东亭不禁大笑，暗道："此人绵里藏针。"看康熙时，他手扶茶杯听得极其专注。

刘清源看了看几个如坐针毡的贩马客投来央求的目光，笑道："卑职也斗胆献丑了。"

> 天上有华盖，地下有羽盖，有个古人秦琼倒运做乞丐——手持一
> 对凹面铜——说是"还我马儿来"！

众人不料这位瘦弱的县令如此诙谐滑稽，不禁哄然大笑，气氛顿时变得活跃起来。康熙笑得直跺脚，推着魏东亭道："这个有趣——东亭，你何不也说一个？"魏东亭答应一声"是"，挺身起来说道："请众位听我的——"

> 天上有天河，地下有汾河，有位古人名萧何——手执一本大清
> 律——说是"惩罚贪官污吏"！

众人猛听魏东亭陡地说出"贪官污吏"，无不相顾失色，霎时间静得掉一根针都听得见。

"你说得好！"周云龙的脸腾地红到耳根，狞笑一声说道，"我又

有了——"

> 天上有灵山，地下有泰山，有一古人叫寒山——手执一把扫
> 帚——说是"请自扫清户前雪，莫待令尹把门灭"！

"这玩意是狗掀门帘子，全凭一张嘴呀！"小毛子忽然笑吟吟地站起来，竟然背着手骄傲地踱了两步，说道：

> 天上有个玉皇帝，地下有个康熙帝，有一古人洪武朱皇帝——手
> 提三尺龙泉剑——说的是"剥贪官皮"！

这几句词儿虽俗，编排得却十分得体，加上小毛子说得抑扬顿挫，落地有声，惊得座中众人面色如土。只有康熙鼓掌大笑道："快哉！这才是好酒令！"傅山在旁边也击节称赏道："好酒令可以下酒，我为此令浮一大白！"

周云龙已忍耐了多时，此时再也按捺不住，"啪"地将饭桌一拍，骂道："哪里钻出来的野杂种，如此放肆——蔡亮道！你今天原来是专为糟蹋我周某的！"说着便命左右，"与我拿下！"

"谁敢？"康熙据案而起，大声喝道，"难道没有王法了？"

"王法？"周云龙呵呵冷笑，"一并拿下！"

廊下侍候着的几个差役"喳——"地答应一声，如狼似虎地扑进来直奔康熙。不防魏东亭侧身出去，一个"王祥卧鱼"打出去，前头四个早被打翻在地。蔡亮道万万没有想到会出现这种局面，吓得浑身筛糠。几个贩马客更是惊得脸如死灰。只有刘清源冷眼旁观，已瞧出康熙不是等闲人物，只用眼打量气得浑身发抖的周云龙。

"接——圣——驾！"小毛子忽然高声叫道。随着叫声，狼瞫率八名侍卫列队而入，一个个身着蟒衣，腰佩宝剑，气宇轩昂地升阶进堂，径至康熙面前叩头行礼："万岁，请降旨发落！"蔡亮道和刘清源惊惶地对视一眼，领头跪了，跟着众人也扑扑通通跪了一地。那周云龙先是目瞪口呆，像庙中土偶一样钉在地上，这时眼睛一翻，稀泥一样瘫倒在地。

"好一个令尹！"康熙哼了一声，他索来纸笔，刷刷草了几个字，又钤

上随身玉玺，交给刘清源，"你办得很好，就由你去大同府任职，依律办了这奴才，将文案申报吏部、刑部——魏东亭，发驾！"

龚荣遇临回陕西前终究未能再见周培公一面，他到法华寺后柴房约见周培公，和尚们说周培公一大早就被朋友约去同游西山了。龚荣遇为难地站在房檐下，一时不知怎么办好——西山这样大地方，哪里去寻他呢？昨日送走康熙大驾，王辅臣当晚便令随从人员准备，定于今日下午启程离京。龚荣遇是王辅臣的中军扈从，怎好告假迟行？踌躇良久，龚荣遇推开了房门，见桌上瓦砚麻纸俱全，想了想，上前提笔写道：

> 培公吾弟：和你吃不成酒了，午后我即将离京。他年到陕，再叙
> 兄弟之情。
>
> 荣遇

他还想再写几句什么，却觉得很难着笔。一抬头看见周培公洗净叠得平平整整的破衣服上边，丢着用一根羊皮线串起来的两枚罗汉钱，走过去双手捧起看时，正是母亲之物。从他记事起，这物件就放在针线筐箩里，母亲有时还用它逗着荣遇和培公唱儿歌：

> 罗汉钱，亮晶晶，娃娃长大比人能。
> 大的挣来开山斧，小的挣来聚宝瓶，
> 给娘养老又送终……

龚荣遇心中一热，眼中涌满了泪水，打了几个转转，还是流了出来。

他颤抖着双手取下来一枚铜钱，小心翼翼放进怀里，掏出一锭银子连那一枚钱掖在破衣服下，大踏步走了。

王辅臣离京急，是因为不想在吴应熊府里多待。出了京反而缓了下来，他要等朝廷调换莫洛的廷寄到达后才回西安。一行二十骑沿着太行古道，过娘子关，穿井径道，由风陵渡过黄河入陕。王辅臣一路显得兴高采烈，不住和随从校尉们说说笑笑。他对此行十二分的满意：康熙为他筹了十万

两的军饷，又调走了莫洛和瓦尔格，几块重石头搬掉了，即或莫洛他们不调走，又能把他怎样？他王辅臣已不再是库兵籍，而是体面堂皇的汉军正红旗的人了！吴三桂那头不得罪，这头又靠上了康熙。王辅臣一路上把那枝豹尾枪摸了又摸，看了又看，他心里真高兴。但龚荣遇的心境愈向西走便愈凄凉。他也摸，也看，摸的看的是那只带着自己体温的罗汉钱，那些云遮山峦、日落长河的雄浑景象，只能增加他思母念乡的沉重心情。

离京的第十天，过了临潼，来到了灞桥，雄伟的长安城东门已遥遥在望。王辅臣披着玄色斗篷，驻马桥头，用鞭梢遥遥一指，对龚荣遇说道："老龚，就要到家了，到咱们自己的家了！长安城从这边看去，真是嵯峨峥嵘啊！这碧青的灞水、千万条柳枝，让人感慨惆怅啊！"

龚荣遇却淡淡地说道："这些山呀，水呀，叫我看来都是灰不溜秋的，没有什么鸟看头。"

王辅臣并不在意龚荣遇这些粗话。他的部队组成很杂，驻在西安近郊的三大营近四万兵马，由王屏藩、马一贵和张建勋三个总兵带着，这些将佐中三分之二都是来自张献忠和李自成的旧部，野性难驯。龚荣遇虽然只是城门领职衔，但他带的三千军士都是入秦后招训的，练兵既勤，装备又精，还担任着西安城防和警卫王辅臣提督府的差使，地位和王屏藩等人并不相差上下。这几股势力互相不服，王辅臣也不能全然做主。但王辅臣文武兼备，对部下又舍得花钱，又是皇上任命的开府建牙大将，所以大面儿上大家也还都听他的。听了龚荣遇的话，王辅臣低头略一思忖，笑道："荣遇，不要跟马一贵他们几个老兵痞学。他们那些人的匪性，我非痛加整顿不可！在家靠父母，出门靠朋友，你要多多帮忙——你就要升为参将了，大约不久廷寄就来——好生干着，我这个提督，说不定将来由你接任呐！"

龚荣遇听着，心里不禁一热：王辅臣毕竟够交情啊，一躬身子说道："谢军门提携！龚某当尽心竭力为军门效劳！"

正说着，前面一行数十骑狂奔而来，为首的是王屏藩一干军将，他们一齐在桥下滚鞍下马，拱着手禀道："军门大人辛苦，恕末将迎候来迟！"说着便都单膝跪下，腰刀马刺碰得叮当作响。

"啊哟，这是做什么哟！"王辅臣急忙下马，笑吟吟地搀起王屏藩，"何必呢？都是自家兄弟嘛——起来，都起来！"说着，一眼瞟见他的中军幕僚殷成鹏，拍着殷成鹏的肩头笑道，"你这十世不发迹的钝秀才也来了？这一次我倒给你弄了个四品西安道，将来皇上陛见，升了官，可别忘了马鹞子哟！"说罢哈哈大笑。众将弁官佐不禁也跟着笑起来。

王辅臣和众人重又上马，只和殷成鹏并辔而行，呆看了一阵夕阳，忽然问道："成鹏，拜会过明珠大人了么？"

"明相前日接到廷寄诏旨，预备离陕，才开始接见外官。"殷成鹏笑道，"遵提台钧旨，我已经拜会过了——其实，这是个很随和的人。"

"见过就好。"王辅臣说道，"今晚你给马一贵打个招呼，明晚在他那里设一席，我为钦差饯行。"

"是，"殷成鹏迟疑了一下，答道，"不过王爷那头的吴应麒和汪士荣也在这儿，怎么办？"

"咦，还没有走？"王辅臣一怔，脸上已没了笑容，若有所思地看了看殷成鹏，冷冷道，"一起叫上吧。"

第二日酉时初牌，马一贵军营辕门前三声大炮轰然而响，震得附近已经归巢的乌鸦一齐惊起，在春寒料峭的天空盘旋了好一阵子。听说钦差已到，王辅臣率千总以上的官佐从仪门迎了出来，只见明珠一身便衣，着石青小羊皮袍，系着玉色腰带，脚下一双千层底皂靴，悠悠然走进来，一身儒雅气质，飘逸风流，没有半点官场派头，看上去十分亲近和蔼。

"钦差大人！"王辅臣说道，"标下王辅臣——"王辅臣报着职名便要跪下。

"已经不是钦差了！"明珠忙一把扶住了王辅臣，笑容可掬地道，"你马鹞子又放炮又开中门，我可是不敢当呐！"

二人略事寒暄，王辅臣便一一介绍厅中诸将。明珠却一个也不认识，只得含笑点头，待介绍到吴应麒和汪士荣时，目光霍地一闪，笑嘻嘻道："哦！原来是世兄，你来陕西不容易啊！来，来，我们一同入座！"

吴应麒矜持地点点头，袍子一撩就坐了。他对王辅臣一回来就请明珠，心里很不痛快。若不是汪士荣劝他"不可意气用事"，他是根本不会来的。又见王辅臣狗颠屁股似的奉迎明珠，相比之下，对他却少了点热情，他心里更是雪上加霜。吴应麒看了看隔座的汪士荣，汪士荣沉静地坐着，手里把玩着一管玉箫，默不言声。明珠是个何等机警聪敏的人，早看见了，只嘻嘻笑着与众人周旋。

筵席并不丰盛。将军们原不讲究"食不厌精，脍不厌细"——只要酒烈肉肥便好。王辅臣儿句场面话说过，下头几桌上的军校早吆五喝六地大叫起来，大厅里立时乱糟糟、闹哄哄的。明珠乃天子近臣，很不习惯这种粗野的环境，只冷眼瞧着，拣清淡的菜略用一点，一边和王辅臣搭讪着说话。不料酒正吃到酣处，龚荣遇从盘子里夹起长长一条肉来，问马一贵道：

"老马啊，这是啥玩意儿？"

明珠一看，几乎要当场呕出来，原来竟是一条死蚯蚓！

马一贵的脸立刻涨得像猪肝一样，左颊上的肌肉猛烈地抽搐一下。这个人平日责下十分残酷，只一棍就把犯事的人立毙当庭，所以落了个诨号叫"马一棍"。今日当着明珠的面出了他的丑，他脸上更挂不住了，连忙命人传厨子来，又高叫："大棍侍候！"

划拳猜枚声停了。军将们见马一棍又要杀人，看到浑身发抖、面如死灰的厨子低头进来，有的面露不忍之色，有的剔着牙瞧热闹儿。明珠便起身说道："马兄，今儿个大家在一起高高兴兴的，你得给兄弟留个面子，饶了他吧！"

"明大人说的是。"王辅臣也忙道，"咱们都是死人堆里爬出来的人，明大人都容下了，咱们倒穷讲究？实不相瞒，死苍蝇死蛐蟮我都吃过……"马一贵听了这才消气，指着厨子笑骂道："操你妈，还不快给明大人磕头！"

事情本来已经完了，偏碰上一个爱恶作剧的王屏藩，喝得红着脸、乜着眼、喷着酒气对王辅臣道："提台这话我不信，我也是个老军务！你不是很爱我那匹菊花青么？老哥要吃得下这条蚯蚓，这马，兄弟就送给你算尿啦！"说着，将那只差不多半尺长的死蚯蚓淋淋漓漓挑起来送到王辅臣面前。

明珠觉得这实在过分，刚说了句"王总兵吃多了酒……"不料王辅臣将蚯蚓夹过，一伸脖子就咽了。这时候满屋的人，有的拍手，有的笑，有的满嘴粗话，有的打诨儿取乐，有的起哄叫好，明珠只觉得头嗡嗡直叫，一句儿也听不见。

"辅臣兄也真能耐！"吴应麒终于忍不住了。他几盅闷酒入肠，见王辅臣如此讨好明珠，更是气不打一处来，冷笑一声道："你缺钱买马只管冲兄弟要，犯得着与人赌吃死蚯蚓？要是赌吃屎，也这么张口吞下去？"

明珠看王辅臣的脸气得乌青乌青的，便笑着搁了筷子道："我来劝解几句：我看吴世兄，有酒了。这不过是赌着玩的嘛，怎能扯到吃屎上去呢，人是吃屎的？王兄你也不必介意。"

明明是撩拨，他却说是"解劝"，干柴本来已经燃着，明珠又顺手浇了一瓢油。汪士荣见此情景却微微一笑，起身说声"告便"，就离席而去。

"打量你有人撑腰，到陕西来欺侮我王辅臣？"王辅臣被激得怒火千丈，立起身来盯着吴应麒骂道，"尿攮的，别做他娘的春梦，未必就能如意呢！"

"对了！"吴应麒的脸色气得灰白，仍手按酒杯揶揄道，"要不是尿攮的，屁眼儿能大了。屁眼不大往哪儿藏银子呢？"说罢仰脸哈哈大笑。

笑声未绝，便听得"砰"的一声，王辅臣已气得五官俱不在位，挥拳一击，碟儿、碗儿、杯儿、盘儿、盏儿、瓶儿"哗"地一跳老高。王辅臣走过来，劈胸揪住吴应麒，点着鼻子大吼道："你不就凭吴三桂吗？别人怕他，爷不怕！什么他娘的王子、王孙，我看是虾子、鳖孙！"骂着，一个耳光掴去，吴应麒左颊立时紫涨起来。

明珠心里暗笑，却假惺惺过来一把扯住了王辅臣道："你这叫怎么回事，这酒不能吃了，来人，备轿！"竟自扬长而去。

王辅臣当晚盛气回府，提出大令便叫龚荣遇到馆驿去捉拿吴应麒和汪士荣。今日借酒破脸，他决意要扯断和吴三桂的这段瓜葛。不料人去得速，回来得也疾，一个校尉回来期期艾艾地报道："汪士荣早已逃了，只一个吴应麒在那里呼呼大睡……"

"怎么会跑了？"王辅臣不禁一惊。

"驿馆里的人说，汪士荣和殷成鹏一起赶回馆里，慌慌张张地卷起了文书，便骑着两匹马出去了！"

王辅臣的脸色立时变得十分难看。殷成鹏收藏着他给平西王书信的全部底稿。他原打算先稳住这姓殷的，以后再寻个借口杀掉他。不料姓汪的如此机警，竟先走了一着！这样一来，目前还不能和吴三桂翻脸，连吴应麒也不能杀。王辅臣一阵头昏，跌坐在椅子上，对校尉们摆摆手："叫龚荣遇回……回来吧，我今天吃……吃酒……多了些……"

第十回　固安县康熙会明裔
永定河县令责道台

康熙从五台山返驾回程，来到直隶固安县境。第二次安排"金蝉脱壳"计进行得十分顺利。康熙只带魏东亭一个人巡视民情。余下的侍卫由狼瞫领着护送太皇太后车驾返京，一路上没有遇到任何麻烦。

固安县近在京畿，驻防的旗营是魏东亭的属下，尽管如此，魏东亭仍十分小心，路过城外营盘时，还专门进去向管带交代一番。这才和康熙打马进城。

其时已是酉初时分，满街麻苍苍的，店铺都已上了门板，巷口卖烧鸡、馄饨、豆腐脑儿的早点起了一团团、一簇簇的羊角风灯，一声接一声的叫卖声在各个街口、小巷深处此呼彼应，连绵不绝。

"离乡三里风俗不同，"康熙饶有兴致地说道，"这里的叫卖声和北京就不一样，倒引得人馋涎欲滴哩。"魏东亭正急着寻一个下脚的店馆，怕康熙又和往常一样随便乱转着寻人说话，听康熙这么说，就腿搓绳儿答道："前头那不是个老店？咱们就住进去，主子想用什么，叫伙计出来买，岂不是好？"康熙明白他的意思，笑着点头道"随你"，便跟着魏东亭走进近处一家"汪记老店"里。

"哎呀，二位！"一个二十五六岁的店伙计，一身靛青布袍，外罩黑竹布褂子，雪白的袖边略向上挽，显得十分干净利落。他刚在灯下落了账，一抬头见魏东亭和康熙一前一后风尘仆仆进来，忙起身离了柜台，一边让座儿，一边沏茶，口里不停地说着，"怎么一去就是几个月，这才回来？准发了财！我寻思不定是咱小店里什么地方不周全，得罪了二位老客，住别人那儿了呢！不想您二位还是惦着咱们老交情，又回来了！这回可得多住些日子了！"一边不停地讲着，一边递过两条热毛巾给他们擦脸，又端来两盆热气腾腾的水来，"二位老客先洗洗脚，安置了住屋，小的再弄吃的来！"

言语既亲切又夹着"抱怨",弄得康熙一脸茫然之色。

魏东亭淡淡一笑,店家这种招客伎俩他见得多了。当下也不说破,擦了一把脸,帮康熙洗着脚,就道:"要一间上好的房子,干净一点,不要杂七杂八的人搅扰,我们歇一晚就走,多给房钱——那边西屋里是做什么的那么热闹?"

伙计一迭声答应着"是",又说:"西屋里住着几位进京赶考的举子,还有一位做生意的杨大爷住他们隔壁。他们几个在会文呢,杨大爷在一旁瞧热闹儿。爷要是嫌热闹,后院里还有一间大房子,又僻静又干净,只是房价高些……"他啰里啰嗦还在往下说,康熙已穿好了靴子,起身对魏东亭道:"咱们当然住大房子,走吧!"

吃过晚饭,康熙踱至前院散步,见魏东亭亦步亦趋跟在后头,便笑道:"你这样奴才不像奴才,伴当不像伴当,也过于小心了,这个店还能出了事?"

"到底是生地方,"魏东亭笑道,"不过事是出不了的。方才我已在院里看了一遭,多是应三月春闱的举人,也有几个生意人,这个店牌子也很老……"说着,见康熙进了西屋,便忙也跟了进来。

这是三间一连的大套间房子,外头桌子旁坐着四个举人,正在用"四书"和《易经》打谜儿。姓杨的客商坐在靠墙一张椅子上,双手抱着个盖碗,正看得入神,见康熙二人进来,几个举人都在静坐沉思,竟没有理会,便含笑点头,将手一让。康熙坐在旁边椅上,轻声问道:"他们菩萨样坐着干什么?"

"正打谜语呢!"杨客商和蔼地笑笑,用目光盯着一个瘦书生说道,"这位仁兄很有学问,赢了不少利物。这会儿他出的谜是'生而能言',打一句'四书'中的话。"

"您贵姓,台甫?"

"不敢,免贵姓杨,贱名起隆。"客商含笑答道,又欠欠身,礼貌地问道,"您呢?"

"姓龙。"康熙看了一眼杨起隆,随口答道,"表字应珍。"二人便不再说话,望着正在沉思的举人若有所思。

"我有了!"一个矮胖子将桌子一击,说道,"可是'子不语'?"瘦举人别转脸问道："怎么解释?"矮胖子道："子不语怪,这个人'生而能言',岂不也'怪'?"

众人哄然叫妙,杨起隆憋不住将一口茶喷了出来,忙咳嗽一声,掩饰了过去。一个年轻举人掀帘进来,笑道："这个谜底太穿凿了,'生而能言'是'子产曰'——可对么?"说着便向桌上取了利物——二钱一块的小银角子。

"慢着!"瘦举人一把按住了,又从怀里取出六个银角子放上,"这就是利物,我们再比,——你拿什么来赌?"

"这一块已是我的。"后来的年轻举人从怀中又取出二两一锭银子,笑道:"以文会友嘛,何必如此盛气?我若输了,这银子你只管拿去!"

"好!"其余三个举人大约受这个瘦子窝囊气不少,见这个新来的年轻人气度不凡,一齐鼓掌赞道。康熙看魏东亭时,正在用眼打量自己身旁的杨起隆,杨起隆却正气度雍容地吃茶看热闹。

"载宝而朝!"瘦书生的声音震得屋子嗡嗡作响。

"这是正人君子的行为吗?"年轻举人摇头道,"可是——怀利以事其君?"

"一点胭脂!"

"老也为之小。"

"手倦抛书?"

"困而不学!"

"有你的——'旧路'是什么?"瘦举人此时已知遇了强敌,头上渗出汗来。

"旧路么?"年轻举人笑道,"古人有行之者。"

"逢十进一,逢八进十一,逢九进一,逢十进一,逢十进一!"瘦书生连珠炮似的说了这一串儿。

年轻举人一怔,背手踱了两步,看了一眼满座瞠目结舌的众人,只向正用赞许的目光盯着自己的康熙略一点头,答道:"这个谜出得好!不过君为读书养气之人,要重涵养——此谜底是'执圭'!"

"恨不作第一人!"瘦举人忽然变得十分气馁,叹一口气便坐下了。康熙见他连连败北,也甚同情,正想安慰几句,年轻举人笑着将银子全部收起，说道："仁兄淹博之士，兄弟十分佩服了。不过这次仁兄只能作第二人，这'恨不作第一人'乃是'气次也'！"

至此，瘦举人已是全军覆没，大家不禁相顾愕然。康熙见这场面，猛地想起当年伍次友与苏麻喇姑对文的事，如今竟成过眼烟云，不禁感慨地叹息一声。却见旁坐的杨起隆笑吟吟起身，说道："两位都是大才，我实在仰慕得很。我这里也出点利物，何妨再战一场，不过想先请教一下二位贵姓，台甫。"说罢，取出十两一锭大银放在桌上。

"不敢，学生李光地。"后来的年轻举人谦逊地笑道，"福建安溪人。"

"那我们还比什么？"瘦书生哈哈大笑，"李先生乃伍稚逊老宗师的高足，陈梦雷不和你比了，认个老乡吧，我是福建侯官人！"康熙原觉得陈梦雷有些浮躁，此时方才看出他原来是个十分豪爽的人，只是"伍稚逊"三字仿佛在什么地方听到过，便用目光询问魏东亭。魏东亭会意，凑到康熙耳边道："伍稚逊做过前明宰相，是伍先生的尊父。"康熙听得目光炯然一闪，很快就又平静下来，正待起身邀李光地、陈梦雷同至自己房中叙话，杨起隆身子一挺站起来，笑道："二位先生不比了，但这利物如何处置呢？"

"依你怎么样？"陈梦雷连连输给李光地，正想抓一个垫背的，见杨起隆笑容中带着讥讽，便道："你也想考考我们？"

"不敢，请教而已。"杨起隆踱了两步，似笑非笑地说道，"我出的都是俗话——'蹑着脚步儿走'。"

"未之能行，惟恐有闻！"李光地应口答道。

"好！端午雄黄，中秋月饼？"

"不愧是个买卖人，"陈梦雷笑道，"谜底是《易经》上的'节饮食'！"

"花和尚拳打镇关西！"

李光地听了略一愣，陈梦雷一笑接上道："不知者以为肉也。其知者，以为无礼也。"

"高才！"杨起隆夸着，倏地收了笑容，"还有——铁木耳荒田废地灭衣冠！"他一句接一句顶着问，连想也不想。听得众人不住发愣。显然，谁也没有想到一旁观战的年轻客商，竟也是此中老手。

一直应对如流的李光地和陈梦雷这次却没有言声，对望一眼。陈梦雷走过去，将桌上银子一股脑儿推给杨起隆，说道："人各有志，谁也不必勉强谁，我和光地兄输了，这些都给你吧！"说着，便扯了李光地道，"扫兴得很，李兄请移尊步，到我房里小酌消夜吧。"说着，二人抱拳拱揖，走了出去。

"二位留步！"二人方行至院中，忽然听见有人呼唤，回头一看，是坐在杨起隆旁边的那位后生，便站住问道："什么事？"康熙笑道："我看二位不像是猜不出这个谜，倒像有什么难言之隐似的，想请教一下。"

"小兄弟，你很机灵。"陈梦雷笑道，"此谜并不难猜，但此时此地我们又不便作答，出得很刁钻的！"

"到底是什么呢？"康熙盯住问道。

"夷狄之有君，不如诸夏之亡也。"李光地轻轻说罢，便与陈梦雷携手而去，康熙立在当地，脸色一下子苍白得没了血色。

这一夜康熙没有睡好。"夷狄之有君，不如诸夏之亡也"这一句孔子语录梦魇似的追逐着他：汉人读书人都是圣人门徒，统御这个庞大的民族又非用他们不可。自己是满人，当然也在"夷狄"之列，该如何解释这一理论呢？入关以来，从大行皇帝顺治到他，最头疼的就是这件事，读书人都怀着这样的心思，别说作为汉人的三藩极可能造反，即使不反，又该怎样致天下于盛世，垂勋业于百代呢？

康熙辗转反侧，恍恍惚惚直到四更才蒙眬入睡，醒来时已过卯刻。他一骨碌爬起来，胡乱洗了一把脸，便吩咐魏东亭叫店主人进来算账。

"昨晚接客的不是你呀！"康熙诧异地望着留着八字须的店主人问道，"昨晚不是一个年轻人吗？"

店主看来比伙计老成得多，也没那么饶舌，见魏东亭给的房钱很丰厚，谢了又谢，说道："回爷的话，昨晚小的出去拜堂，回来得很迟，就没敢过来惊动爷。"

"拜堂？"康熙愕然问道，"是断弦再续么？"

"不，不是成亲，是——"店主人知他误会，迟疑了一下才又说道，"小的入了钟三郎大仙的教，夜来请神，坛主放焰口，小的也去献点香火钱。"

"哦……钟三郎。"康熙竭力追忆着《封神演义》里的人物故事，说道，

"没听说过这位神仙呀……"

店主人见他疑惑，一边吩咐店小二给客人摆早点，一边压低了嗓子告诉康熙："钟三郎大仙是玉皇大帝新封的神仙，专到凡间普救我们这些开店铺、做生意、当长随的……信了他老人家，我们就能大吉大利，平平安安，谁要触怒了他老人家，就要降血光之灾……"他小心翼翼地说着，声音都带着颤抖。魏东亭在一旁笑着问道："有什么凭据呢？你不用怕成这样——钟三郎又不是驴，不会有那么长的耳朵！""罪过罪过！"店主人显然是十分虔诚的信徒，"您是长随吧？那就连你也管着——要说凭据那可多得邪乎了，光我知道的就不少。大仙在通州降坛，有些店铺不相信，一夜便叫大火烧了七家！"说完，给康熙打了个千儿便退了出去。康熙见外头起了风，命魏东亭将一件灰银鼠皮的巴图鲁背心取出来，一边系着套扣，一边说道："我们即刻回京。"魏东亭见康熙脸色不好看，答应一声"是"，便备马去了。

已是辰牌时分了。固安城外黄风滚滚，寒阳昏黄，一湾永定河，冰花璃结，潜流淙淙，河堤上的垂杨柳随风摇摆，发出嗖嗖的微啸声。魏东亭见康熙在马上沉吟不语，似乎心事很重，便打马跟上，笑道："这条无定河，改了名字改不了脾性，发作起来依旧像野马，此时安静起来像个冷姑娘！"

"要是有伍先生在，昨晚的谜，会打得更有趣！"康熙没有理会魏东亭的话，深深吐了一口气，说道，"天下英才虽多，却不肯为朕所用，奈何？"魏东亭见他挑明了，反觉无言可对，半晌才笑道："主子别听姓杨的胡呲放屁，'皇天无亲，惟德是辅'，不也是圣人的话？"康熙点头叹道："你说的当然对，但孔子这句话也该有个好的解释才是。"说着，突然发现了什么，他举起马鞭向远处一指问道："东亭，远处那群人是做什么的？"

魏东亭觑眼一瞧，见是一队民伕，约有四五百人，刚从城里出来，背着锸、锹、镬、箕，懒洋洋慢腾腾向永定河岸边移动，便回头对康熙说道："主子，很像是治河的民伕。"

"不会吧？"康熙诧异地说道。这一路凡有河工的地方，他都格外留心。治河一般在秋汛过后开工，立冬以后便停工。偏这固安县出奇，这般时分还出河工？便向魏东亭说道："过去瞧瞧。"魏东亭答应一声，正要过去，见后头一顶蓝呢暖轿顺着河堤抬了过来。前面两面虎头牌，紧跟着十几名衙役扛着水火棍押道而行，一望便知是四品道台的仪仗。康熙寻思：这乘轿人必定是个河道，便对魏东亭说道："咱们追上前头那群人，倒要看个究竟！"

不一时，后头的轿子已追了上来，在河堤上停住，一个官员哈着腰出了轿——头上戴蓝色涅玻璃顶子，八蟒五爪的官袍上也没缀补服，外头披一件紫羔羊皮袄，四十多岁，白胖胖的，显得神采奕奕。他下了轿立在河堤上，见民伕们在河边缩手缩脚，不愿下河。他便阴着脸大声问道："谁是领工头目？"

"朱观察。"一个吏目从人后挤过来，打了个千儿，满面堆笑道，"小的给您老请安了！"

朱道台用手指着三竿高的日头骂道："你这滑贼！必定昨夜嚼醉了黄汤，拿着朝廷公事胡弄！你瞧瞧，这都什么时候了？人还没下河！"吏目见道台面色不善，嗫嚅了一下禀道："您老明鉴，并不是小人懒，实在水冷得很，下去不得……就这时分下去，也是十分将就的——""胡说！"朱道台牛蛋眼一瞪，说道："早秋时，本道便知会你们开工，你们推三阻四，说什么一日三分银，佣钱不足，不肯好生干，如今涨至五分，又来放这个屁！来，拖下去抽二十鞭子！"

"观察大人……"吏目顿时慌了，两腿一软跪了，叩头禀道，"并非小人大胆，是杨太爷吩咐过的，辰末上工，未末收工……"朱道台"嗯哼"冷笑一声，说道："杨秘倒是一位爱民如子的清官啊，来了没有？"说着便拿眼四下搜寻，满脸都是找茬儿的神气。

康熙此时已听出了个八九不离十。河工佣价，朝廷按地域定有统价，即使在夏日，也不得少于五分，这河道平白扣了二分工银，当然要误了河工，此时却又逼着民伕下冰河劳作。这奴才的心真坏透了。

"朱大人！"一个二十岁上下的青年，身着绛红截衫棉袍，一角掖在腰带里，从民伕后面大踏步赶了上来，躬身一揖道，"卑职杨秘在，大人有何吩咐？"

"哦，是敬年呀，看你怎么这身打扮？"朱道台打个干哈哈，似笑非笑地说道，"这奴才竟诬你慢工，实属可恶。这河工一事，朝廷屡有严旨，上年遏必隆公爷巡河时，兄弟已受了谴责，足下是知道的——今儿这事，你瞧着如何处置呢?"

杨秘是康熙六年十七岁时中的进士，榜下即补为固安县令，第二年恰逢辅臣遏必隆至芜湖筹粮，返京时，曾巡视河工。这位朱道台叫朱甫祥，当时还是个知府，奉了吴三桂密札，怠慢河工，被遏必隆当着众官掌了一嘴，同时表彰了固安县令杨秘办事"肯出实力"。朱甫祥因羞生愤，移恨杨秘，一直耿耿于怀。杨秘当然知道，姓朱的是要借端发作自己。他沉吟良久，徐徐说道："该吏所言并非诬蔑下官，卑职七日前曾令他们巳初出工，申初收工。"

"哦?"朱甫祥见他认了，便翻转脸来，用牙咬了咬下嘴唇，问道，"为什么呢?"

杨秘沉静地回道："卑职以为此系劳民伤财无益之举，应请上宪明令，即刻停治。"康熙在旁听杨秘不卑不亢，侃侃而言，不由暗赞道："这人有胆。"

"贵县令太胆大了吧? 这是朝廷明令!"朱甫祥提高了嗓门。

"卑职知道是朝廷明令!"杨秘也提高了嗓音，高声应道，声音中微微颤抖，听得出他在极力压抑着自己激愤的情绪。几百个民伕看着他们越说越僵，都惊呆了。有两个老年人上去劝杨秘道："太爷，不要与道台大人争了，小人们下水就是……"说着，脱鞋挽裤腿儿往河里下，几十个民工也都脱了鞋，跺跺脚就要下水。推小车卖黄酒的民妇，也忙着点炉子生火，揉面烫酒。站在旁边的康熙看到下水的民伕们大腿上被冰花子扎了密密麻麻的血口子，有的还在淌着殷红的鲜血，心里陡地一热，正要说话，却听杨秘大喝一声："上来，谁也不要下去!"

"你……你!"朱甫祥气得脸色煞白，说话都是结结巴巴的，"你目……目无上宪，抗……抗拒皇命……你听——听参吧!"说着拂袖便要上轿，哪晓得被杨秘一把扯住，问道：

"朱甫祥，哪里去?"

"回署参你!"朱甫祥见他竟敢直呼自己姓名，大声咆哮道，"你——你这素金顶戴，鹔鹚补服没了!"

"来，来，来!"杨秘扯住朱甫祥，脸涨得通红，"此时日过三竿，你锦袍重裘，尚且冻得哈手跺脚，却要百姓清晨下河！也好，你若能下水，百姓们自然也能！"说完，便扯着已经气傻了的朱甫祥一齐下堤，踏冰。

河冰"咔"地一炸，朱甫祥方才惊醒过来，急忙夺手挣脱时，却被杨秘死死拉住，几乎滑倒。朱甫祥的两个师爷见县太爷拉着观察老爷下河，惊呼一声一齐上去扯时，河冰经受不住，"嘎吱"一声裂了开来，冰水顿时没到大腿根，人人被冻得咧嘴龇牙。众民伏见事情越弄越大，呼地围了过来，七手八脚将他们搀扶上来。康熙看到此处，忍不住大声喝彩道："好！"

朱甫祥上了岸，不知是被气的还是被冻的，面孔白中透青，上下牙咯咯打架，双脚跺地甩水，见康熙在旁鼓掌大笑，以为是县里管带、吏目的头儿在幸灾乐祸，顿时勃然大怒，将手一指大喝道："把这个没调教的王八羔子拿下！"

第十一回　魏东亭河堤惩西选
康熙帝县衙慰忠良

几个衙役，听到朱甫祥的命令，便提着绳子，向康熙猛扑过来。

康熙皇帝自幼在深宫里长大，虽然多次遇到凶险，但除了鳌拜曾在御座前对他挥臂扬拳外，还没有遇到过第二个人敢在他的面前少许无礼。"天子之怒，四海震恐，流血漂杵……"伍次友讲过的这一段书疾电一样从康熙脑海里闪过，他下意识地摸了一下腰间，这才发现自己根本就没带什么"天子宝剑"，迅即反身，瞪一眼立在一旁被怒火烧红了眼睛的魏东亭，扬起巴掌"啪"的就是一记耳光："主辱臣死，你懂吗？难道要朕亲自动手？"

魏东亭挨了这一掌，猛地惊醒过来，忙从斜刺里一个虎步蹿上，劈手夺了绳子，双手握在绳子中间，像软鞭一样舞得风响。前头两个衙役脸上早着了一下，"妈"地叫了一声，捂着眼滚到了一旁。当中一个被魏东亭迎面一脚踢在心口上，"哇"的一声喷出一口鲜血……朱甫祥见势不妙，掉头便向乱哄哄的人堆里钻，早被魏东亭一把揪了回来，当胸提起，抡起胳膊左右开弓"啪啪"两掌，打得他眼冒金星天旋地转。朱甫祥口中仍然呜呜不清地叫道："好，好！打……打得爷好！"魏东亭生怕他再骂出难听的话，接连不断地猛抽他的耳光。

杨秘被吓愣了，面色如土地站在一旁，待惊醒时，才急忙过来劝解。康熙仍不解恨，跺着脚叫道："小魏子，除了打嘴巴，你就再没有别的本事了吗？"

这对魏东亭倒是最省事的——顺手将朱甫祥向前一掼，跟着又来了一个连环脚，踢在他的当胸。朱甫祥连哼也不哼一声，倒了下去，口中淌出殷红的血沫。

当场打死了朝廷命官！衙役们惊呆了，杨秘惊呆了，几百个民伕都惊呆了，木雕泥塑似的站着，望着河堤上被气得脸色发白的康熙。

"事情闹大了！这……这怎么办，这，这……"杨秘惊醒过来，围着朱甫祥干转，又蹲下身子，抖着手去摸脉搏，试鼻息，翻眼皮，看瞳仁，口里喃喃地说着什么。民伕们一阵骚动，接着便发狂般乱嚷起来：

"杀人的主儿，要是好汉就不要走！"

"好汉做事好汉当！"

旁边几个妇女更尖着嗓子嚎叫着："天杀的，闯这个祸叫你们不得好死！"乱嚷声中，几十个精壮民伕握着扁担早已将康熙前后退路截住，人墙愈围愈近，逼了上来。魏东亭见群情激愤，难以遏止，后跃一步挡在康熙身前，横剑在手，大喝一声道："有话讲话，谁敢上来就宰了他！"

这话大有毛病。既叫"有话讲话"，几百个人乱嚷乱叫，吼的、喊的、骂的、吵的、说的乱成了一锅粥，一句话也听不清楚。康熙"为民除害"的快感被这潮涌一样的吼声扫得干干净净。他心里明白，人们并不是恨他，而是怕连累了这个年轻县令，但无论他怎样挥手，怎样喊叫"安静"，却谁也听不清。涌动的人流举着镐锹、钎杆前推后拥，把他和魏东亭围在核心，他真的有点害怕了。正在这时，北边一片黄尘飞扬，一队绿营骑兵扬刀挺戈疾驰而来。几个老年人念佛道："好了，好了！官军来了！"

吵吵嚷嚷的人群突然一下子变得鸦雀无声，围在康熙身边的民伕默默地让开了一条通道。

领队的是个游击，带了八名亲兵，按着腰刀从沉寂的人道中穿过，俯身验看横卧在地上的朱道台，说了声"人没绝气"。两个师爷走上前来，口说手比，诉说"强盗"毒打观察大人的经过。另外一些人把朱甫祥抬了下去。几个亲兵不待吩咐，早过来横刀看住了康熙和魏东亭。

"上官游击，你来拿我么？"魏东亭忽然冷冰冰地说道。因为人静，这句话说得又清又亮，"是我处置了这个赃官！"

"魏军门！"上官游击惊得浑身一抖，刀向脚下一抛，便打了一个千儿："军门怎么没有回北京？朱道台府里人报信儿，说是强盗打了道台，聚众谋反，卑职才……"

"甭说这些个无用的！"魏东亭一口截住了他，"把这里的事料理清楚，会同固安县写个札子申报吏部，除了名完事儿！"因未得允准，他始终不敢公然暴露自己身后康熙的身份。

康熙从河堤上从容踱下，没有理会上官游击，只拍了拍杨祕的肩头道，"你是康熙六年的进士吧？当时保和殿殿试，你是最年轻的一个，好像是二甲十四名，对吧？才过三年，便不认得朕躬了？"

"朕躬？"这两个字似有千斤力量，压得这位年轻县令有些喘不过气来，他的脸色变得纸一样苍白。上官游击也像傻了一样，张大着嘴合不拢来。好半天，杨祕才颤声问道："您是万岁爷？"

"是朕微行至此，"康熙轻轻吁了一口气，"姓朱的奴才对朕太无礼了，是朕命侍卫施刑的。"

杨祕陛辞已有三年，三年前二百名外放进士同跪丹墀聆听"圣训"，哪曾敢抬头望一眼龙颜？迟疑良久，他竟出口问道："恕大胆，不知有无凭据？"

"朕早看出你胆大如斗！"康熙大笑道，"朕不怪你，这也是应有的关节！"说着便从怀中取出核桃大一方玉玺交给杨祕。

杨祕捧在手上细细小心看过，上边一盘金龙作印钮，底下的篆文是"体元主人"四个字，确实是康熙随身携带的御宝。杨祕此时再无猜疑，扑通一声双膝跪倒在地，双手高擎玉玺，声泪俱下，高声山呼："我主万寿无疆！"上官游击、众亲兵和民伕们也黑鸦鸦地跪了一片，高呼："万岁，万万岁！"

"尔等皆朕的良善子民，回去好好生业，河工免了！天气如此严寒，逼着民伕下河治水，直隶巡抚因何不据实参奏？都起来吧！"说着便虚扶杨祕起身，"杨祕，朕命你去任保定府尹。这里的事，暂由上官委人处理善后。"

忽然，有个老年人走上前来跪下求道："万岁爷既然知道我们固安县令是个好官，就该留下来养护咱们百姓——碰到这样的好官很不容易呀！"

"这是升迁他嘛！"康熙笑道，"朕再派一个好官来固安，如何？"

这一声问得人们面面相觑。那个卖酒的中年妇女，便趁机斟了满满一碗热黄酒，用双手捧给康熙，说道："大冷的天儿，万岁爷用一碗酒暖和暖和身子！"康熙毫不迟疑，端起来一吸而尽，抹一把嘴高声赞道："好酒！"

"万岁爷说酒好，是咱们固安人的体面！"那妇人接过空碗并不退下，笑呵呵大声说道，"万岁爷方才说要再委一个好官来固安，这倒也好，不过显得太费事了。何不委那个好官到保定去，留下杨太爷在我们这儿——升官不升官，那还不是万岁爷一句话？"

"好，好！你抵得上一个御史！"康熙高兴得脸上放光，"朕就依了你！杨秘食五品俸，加道台衔，仍留任固安，怎么样？朕白吃你一碗酒，总要给你个恩典嘛！"

河滩上顿时欢声雷动，高叫："万岁圣明！"

原定回京的日期只好再推迟一天，当晚，康熙便宿在固安县衙杨秘的书房里。他的心情有些烦躁不安，在书房里一会儿坐下，一会儿起来；要了茶来，却又不吃；从书架上抽出书来，翻了几页，又放下。

忽然，他对魏东亭招手说道："东亭，你到朕跟前来。"魏东亭虽有些莫名其妙，还是顺从地走了过来。

"让朕瞧瞧。"康熙端详着魏东亭的脸颊叹道，"朕一向以仁待下，今日却无端地打了你！"

魏东亭猛然感到一股既酸又热、似气非气、似血非血的东西从丹田拱起，再也按捺不住，脸色立刻涨红了，忙跪下道："主辱臣死，是奴才的过失！"

"你要是心里觉得委屈，就在这儿哭一场吧！"

"不……不！奴才怎么会觉得委屈？"魏东亭急忙说道，"那姓朱的秽言辱主、冒犯天威，奴才身为护驾侍卫，敢说无罪？"说着，眼泪扑簌簌地落了下来。

"朕错怪了你，你是怕那几个狂奴伤了朕。"康熙笑道，"眼泪都出来了，还说不委屈！"

"奴才真的不觉委屈！"魏东亭连连叩头，哽咽着说道，"奴才受主子厚恩，心中感激万端，自思肝脑涂地也难报万一……"

"你说的是实话。"康熙挽起魏东亭道，"不过朕确有委屈你的地方——难道你不觉得朕这些日子待你薄了一点儿？"

魏东亭弄不清这话的意思，惊得浑身一颤，忙道："奴才不曾想过这事，主子并不曾薄待奴才。"康熙听他如此回话笑道："你是干练了还是油滑了？这几个月朕是有意碰你的！"魏东亭忙道："奴才岂敢欺饰！雷霆、雨露皆是君恩，漫说主子并无疏远奴才之处；即或有，奴才亦应反躬自咎，求功补过，岂能生出怨上之心？"

"你这样很好，"康熙叹道，"但你终究不知朕的深意——你与索额图、明珠不同。"他顿了一下，"索老三现是皇亲，有时胡来，只要不妨大局，朕不能不给他留点面子；明珠才具虽不错，只不过是一个同进士的底子。这有什么可羡慕的？"说到这里，他看了一眼魏东亭，继续沉思，说道，"朕对他们，其实远不及对你器重。你几次请旨要弃武学文，朕都未允——不是时候嘛！你要做封疆大吏，那还不是朕的一句话？——是想学范承谟，还是朱国治？今日不妨据实说给朕听。"

魏东亭听至此，惶惑地看了一眼康熙，却见康熙摆了摆手。"朱国治外放云南巡抚，那是什么好地方？比狼窝也强不了多少！范承谟去福建，那可是耿精忠的地盘！难道你也想跟着去蹚浑水么？"

"主子圣训极明，奴才茅塞顿开——"

"朕筹划再三，不得不把你留在身边。你要吃得起这个亏。"

康熙的这一番抚慰，说得情真意切，入情入理。魏东亭被他说得服服帖帖，多天来郁结在心的事，如今有了明白的答复。自从他的结义兄弟郝老四因勾通鳌拜，被康熙治罪之后，他的心一直惴惴不安。他怀疑是明珠捣鬼调唆，却又没有实据；就是有，他也不敢贸然和明珠翻脸。现在总算放下了心。魏东亭不禁暗想："今天这一巴掌挨得值。"

魏东亭正在沉思默想，忽听杨秘在门外通报说："乾清宫侍卫穆子煦求见！"魏东亭料知北京必定有要事呈报。

第十二回　伍次友上书言大政
黄太冲赋诗咏雪景

穆子煦呈送的通封书简里共有两份奏折，一是索额图和熊赐履的联名折子，详细奏陈了戈赖尼离京以后罗刹兵在黑龙江沿岸移防的情况；同时请旨拨库银一百万两交于成龙赈济黄淮灾民；还说到安徽巡抚正在着意密查六十万两饷银被劫的案子；末了又奏报伍次友的行踪至今尚未查明。康熙看后，将它放在一边，拿起另一件看时，不禁一怔，原来竟是伍次友的亲笔折子！这是他两个月前写的。康熙瞧着折上端正的钟王小楷，心里不由一阵兴奋。康熙从伍次友受业整整三年，对他的手迹十分熟悉。康熙的窗课都是用这种笔体批改的，或划圈，或勒红，伍次友总要一丝不苟地细加评语，如今这亲切的手迹又重现在眼前，真有久违重逢之感。看着看着，竟情不自禁地小声读了起来：

> ……臣以为四方不靖，当先以安内为要。不能定民，不可言靖藩；不能聚财，不可言兵事。东南波兴，天下板荡，则西北边患弥甚，实难骤然荡平。见事不疑，疑事不为，详虑而后行，则事鲜有不克之理。吾主乃天下圣君，自有明断。臣一管之见，一得之愚，敢不曲陈于陛下？臣本疏旷散人，游历江淮、讲学山东，观士子之心，似已翕然向化，当勉心尽意，广罗人才，荐贤于庙堂，为吾主大业，竭奉绵薄之力。久违圣颜，时念不忘，对此孤烛昏焰，草章远呈，能不潸然涕下……

再看下边，还有几行小字：

> 另，今有邪教钟三郎，其教众造谣启衅，煽惑人心，志在不测。

此间甚为猖獗，未审京师若何？于此类案，臣以为吾主当镇之以静，明察暗访，一鼓荡尽，则民心自定矣。

伍次友顿首又及

康熙读着，泪水竟情不自禁地淌了出来：自己的这位恩师，才真正够得上"居庙堂之高，则忧其民；处江湖之远，则忧其君"啊！怕人瞧见自己失态，康熙忙悄悄拭了，转脸问杨秘道："京师谣言甚多，你这里近在京畿，可听到些什么没有？"

"有的。"杨秘略一思索答道，"那都是些不经之谈，臣已出谕严禁——"

"讲！"康熙厉声吩咐。

"喳！"杨秘忙道，"多是小儿歌谣——"

四张口儿反，天下由此散。日月双照五星联，时候到来一齐完——劝人早从善。

杨秘说着，偷眼看了看，见康熙脸上毫无表情，便接着又道，"还有哩！——"

道士腰里两个锤，火木水土向金归。实心哑子骑白虎，北京城里血如水。

杨秘一边背，康熙一边紧张思索，听至此抬头问道："据你看来，这些童谣因何而起，又指的什么？"杨秘忙跪了叩头道："臣实在学陋识浅，第一首索解不来；第二首有些妄思，未敢直陈……"

"这倒奇了，据情回奏有什么干碍？"康熙一笑，"不管是什么，只管说。"

"是——这第二首童谣，似指吴三桂。"

"怎么见得呢？"

"'道士腰里两个锤'，"杨秘解释道，"'道'者'倒'也，把'士'

倒过来写，成一'干'字，腰中两锤是两点，合成一个'平'字。火木水土向金归，按火属南、木属东、水属北、土属中央，都归于'金'；而金乃西方之气，暗指西方当主天下兴亡。'亞'字中心是空的，现在说'实心哑子'，正是一个'王'字，凑成了'平西王'三个字。东青龙，北玄武，南朱雀，惟西为'白虎'，合起来便是'平西王骑白虎杀进北京'。这'血如水'便是'杀'的意思。"说完叩头道，"这不过是臣妄自臆断，未必能揣对谣言真意……"

"你说得对，"康熙沉吟一会儿，选择着适当的词说道，"这首童谣指的确是吴三桂，但吴三桂与朝廷恩结情固，断无造反之理，必是不轨之徒从中离间煽惑——你下令严禁后又怎样？"

"回万岁的话，"杨秘从容答道，"明面上已没有了，暗地里的情形尚不能尽知。近来地方上盛行一种'钟三郎'教，行踪十分诡秘可疑，却未查出是否与谣言有关。"

"这件事暂说到此。"康熙似乎有些倦意，站起身来，打了个呵欠道，"天已迟了，杨秘可以跪安了，朕明日凌晨启程回京，由魏东亭、穆子煦和上官亮随侍，一切供张俱不须办。"

次日凌晨五鼓，康熙便命发驾回京，杨秘不敢违旨，只带着合衙人等恭送出城便悄悄回来。康熙因为身份已明，不便再微行，便更换了服装。头戴一顶黑狐腿缎台冠，身着酱色江绸面天马皮袍，外罩一件石青缎面缂金褂。魏东亭、穆子煦两个侍卫一左一右骑着高头大马，将康熙簇拥在中央，后边上官亮也是全挂子朝服，带着五百余名营兵前呼后拥、浩浩荡荡，踏着坚硬如铁的冻土，迎着凛冽的寒风，顺永定河沿岸黄土官道直趋北京。

康熙骑在马上，脸色平静而略带欣慰。尽管几个月来发生在身边的事是那么纷繁杂乱，但是，他自觉尚无处置不当之处。昨晚看了老师伍次友的信，一件件都合如符契，心中更有一种踏实之感。沉思良久，康熙在马上回身向魏东亭说道："有两件事，到京提醒朕，一是等明珠回来，让他到户部清查一下，到底有多少存银、库粮；二是调这个上官亮带他的营兵移驻通州，杨秘的升任诏书由朕特旨办理，明年将他调出来，仍到保定府，为朕看守京师门户。"

这两件事，第一件魏东亭是清楚的，太和殿震坍，康熙下诏命即刻修复，户部尚书米思翰竟抗着不办，说是库中无银，自然要清查一下；第二件却领会不了，上官亮是无名弁佐，连自己善扑营总管也只是知道个姓，又无功劳，为什么要特简调任？杨秘是康熙亲口对百姓许愿不予调动的，为什么一夜之间就又变了？迟疑片刻，魏东亭方才答道："臣领旨。"

"你不要学京官的油滑，"康熙笑道，"以为多磕头、少说话、熬资格是做官的秘诀，朕要那样的奴才有什么用！通州这个地方民情很杂，上官一个微末无名之辈，奉朕特旨驻防，敢不努力向上、尽力办差？"

魏东亭恍然大悟："这叫结之以恩！"

"至于杨秘，也是大同小异。"康熙抚着下巴，眼睛深沉地望着远方，缓缓说道，"因他的事要缓办，所以朕要你提醒一下。杨秘这样的官最宜府道，不可太上，也不可太下。"

"万岁——这？"

"杨秘这人朕仔细看过了，外柔内劲，蓄而后发，其性情与鳌拜恰相反相成，有其长而无其短。"康熙的眼中闪着似乎冷峻又似乎赞赏的光，良久才又说道，"用得太低可惜了材料儿，用得太高……"他忽然觉得有些碍口，一笑顿住了。

魏东亭胆怯地瞥了一眼康熙。对这主儿，他是忠诚得不能再忠了，但时而敬、时而怕的感觉还是不断地萦绕在心头。他觉得康熙像一潭明净的水，观山色湖光令人陶醉，但你真的跳下去，又会觉得深不可测。他忽然想起他的仆人老门子，化装潜伏在自己身边整整三年，直待鳌拜败亡伏法，才露出真相。是不是自己身边还有这样的人物呢？他不敢沿着这个题目想下去了，忙又从另一头想，在河堤上杨秘将比自己大着三品的朱甫祥拉下水，还有数百名民伕为保护杨秘而表现出的那种汹汹气势，使他真正领悟了"圣意"。魏东亭被迎面吹来的冷风袭得打了一个寒噤，他挺了挺身子，想吁一口气，又憋了回去，只当作什么也没想一样目视前方。

"国士尽忠是不应计较宠辱进退的。"仿佛是在回答魏东亭的疑问，康熙忽然深深地叹息了一声道，"但为人主的，也当体念忠良的臣子——伍先生现在不知怎样了？他在外头讲学很辛苦，也甚见成效，今年山东、安徽来京应试的举人比往年大增，不能说没有他的功劳。前头他几次给明珠的信都转给朕了，昨日又上了奏折，实在是身在江湖、心悬魏阙啊！只如今他在哪里呢？"

"啊——哦！"魏东亭开始吓了一跳，后来才听清是说伍次友，忙赔笑道："皇上已派明珠大人前去寻访，不日之内，伍先生定可到京。"

康熙对伍次友的担心并不多余，愈来愈大的危险正在靠近伍次友，而这个饱学多才、风流儒雅而缺少世故阅历的帝师还一点也不知道。

在郑州乌龙镇伍次友与明珠一起请天子剑诛杀了西选官郑应龙兄弟，二人便分手了。伍次友带着两个从人沿黄河故道东下，一路冬景萧索，放眼一望满目凄凉，野蒿荒草、枯杨残柳在沙滩上稀稀落落，被风吹得东摇西摆。伍次友放马慢行，想到韶华易逝，美人迟暮，盛年不再，不禁感慨万千。

但他并不气馁。他知道，自己的"赐金还山"和李白是大不相同的。唐玄宗骨子里是把李白视为帮闲文人、取乐玩物；而康熙却真心把他当作知音良友。他知道康熙的心思，是想请他以在野文人的地位帮朝廷收揽一批汉族文士，不要让这批人滑到吴三桂那边。康熙曾多次向他透露，尚有再行起用的意思。但是伍次友对做官一点意兴也没有了，是因为官场中醒醒的构陷、腻人的奉迎、捉摸不定的沉浮，还有与苏麻喇姑出人意外的婚变，他自己也说不清。但自己既然有幸做了当今天子的启蒙师傅，便有责任帮扶学生做一个万世留名的英主。为此，他要在江湖上为康熙物色一批人才，以便协助康熙治国安民，创建大业。自从在安庆遇到进京赶考的李光地以后，他知道父亲身体康健，便更加坚定了这一决心。

伍次友与李光地的相遇完全是一次偶合。

伍次友由山东到安徽，先在凤阳府淮西书院讲了一个月的学，便又乘船来到安庆府，却不愿再以去职的翰林院侍讲身份露面了。他是一个落拓疏放惯了的人，懒于应酬，苦于拘束，所以到安庆后便没有再与官府交往，自找了一处靠实的百年老店"迎风阁"住下。他哪里晓得自己的一举一动还在受到朝廷严密的关注！

住下的第三日，天气骤然变冷。伍次友一大早起来，便觉得奇寒难当，看看窗纸明亮，还以为自己睡过了头。哪知道刚刚推开窗户，便有一股寒风卷着雪团扑面袭来，灌得他一脖子白雪。他不禁又惊又喜，忙从包裹中取出康熙赐的那件狐裘披上，兴冲冲走下楼来，向店主人说道："今日这场好雪，怕是今春最后一次了。我想包下阁上西边那间，那里临河景致好，可以独酌观雪。我愿多出钱！"

"爷来迟一步，西阁房已上了客。"伙计在一旁满面赔笑道，"不过爷也别懊恼，西阁那么大，各人玩各人的，两不相干，上头总共才七八位，又都是文人，正好吟诗说话儿，小的不再接客人就罢了。"

伍次友无奈，只好如此。待他登上楼阁，果见西阁已有了八个人，却分为三起。靠东南一桌，有两位。年约四十岁上下的人，都穿着灰布棉袍。另几个年轻一点的，坐在他们的下首，靠在窗前把着酒杯沉吟，见他上来，只瞧了瞧他一眼，便都转脸去赏雪，很像是在分韵作诗。另一个中年人却坐在东窗下，开了一扇窗户，半身倚在窗台上看雪景。西墙下一张桌旁坐着一个少年，打扮有些奇特，只穿一件蓝府绸夹袍，罩一件雨过天青套扣背心，黑缎瓜皮帽后一条辫子长长垂下，几乎拖到地面，腰间悬着一柄长剑，正左一杯右一杯地独酌独饮，见伍次友登楼上来，似乎有些无所适从的样子，便含笑点头欠身道："这位兄台，那边几位正在吟诗，何妨这边同坐？"

"多谢，"伍次友一边坐一边笑道，"这边只怕冷一点——敢问贵姓、台甫？"

"先生披着狐裘还说冷，那我该冻僵了！"那年轻人至多不过二十岁，却十分洒脱，嘻嘻一笑说道，"不才姓李，叫雨良，您呢？"伍次友顿生好感，忙道："久仰！不才姓伍叫次友。"推窗赏雪的中年人听到"伍次友"三个字，迅疾转过身来看了他一眼，便又坐回到桌边，旁若无人地吃酒，两眼却不停地向这边瞟。

李雨良的目光也霍地一跳，又从上到下打量了伍次友一番。正待问话时，伍次友却大声传呼酒保："取一坛老绍酒，再要四盘下酒菜——精致一点的。"东南桌上的几个人构思正苦，猛听伍次友大声要酒要菜，不觉面露厌色，别转了脸不言语。

"伍先生真是海量，吃得了这么多？"雨良边饮边问。伍次友笑道："四海之内皆兄弟也，既与你同座，理应共饮，难道你的酒就不肯赐我一杯？"雨良一笑。起身满倾一大觥递过来。伍次友笑着一饮而尽。放下杯子道：

"雨良先生也是达人！只管吃吧，若醉了，就不必回去，和我一同宿在这迎风阁店里。"雨良微微一愣，转而笑道："这倒不消费心，我本来就住在这店里呢！"

此时楼外的雪下得越发大了，天地间白茫茫一片，只是河里的水显得分外清澈，向东南缓缓流去。阁外的墙头上露出一枝红梅，在这风雪中显得更加妖艳。李雨良见伍次友看得发呆，便笑道："伍先生，这么好的景致，何不也吟上一首？"伍次友笑着一摆手道："那边立着诗坛呢！眼见就要开坛了，我们且听听他们的，赏雪吟诗。快何如之！"

李雨良转脸望去，果见一位凭窗而立的先生手拈着胡须，摆头吟诵：

> 淡妆轻素鹤林红，移入颓垣白头翁。
> 应笑西园旧桃李，强匀颜色待春风。

吟声刚落，对面那位四十来岁的人呵呵笑道："好一个'强匀颜色待春风'！黄太冲火性未除，要羞得桃李不敢开花么？"

听见"黄太冲"三字，伍次友眼睛一亮，想不到竟在此遇到名倾天下的"浙东三黄"之首黄宗羲！李雨良一边替伍次友斟酒，一边悄声笑问："这糟老头子吟的什么？我竟连一个'雪'字也没听见。"伍次友笑着努努嘴道："喏，说的是那株红梅！别打岔，咱们且往下听。"

黄宗羲听了中年人的话，微笑拈须道："汪玉叔，该你的了！"伍次友不禁又是一惊：此人竟是"燕台七子"文坛座首汪玉叔！一楼同聚这等两个人物也真算得上奇遇了。但不知那个蕴藉深沉的青年和那三个中年人又是谁？正想着，那年轻人开口说道："黄先生所言极是，光地也以为该汪先生吟了。"旁边一个中年人插话道："今日原为贺黄先生四十寿辰，但既为文人，就少不了作诗。润章监酒，就该不分长幼、尊卑，凡作不出诗来，酒是没得吃的！"伍次友侧耳听着，对李光地他不熟悉，但对施润章他是知道的，乃宣城文派坛主。天下论诗"南施北宋"，北宋是燕台七子中的宋琬，"南施"便是这一位了。伍次友一边观风望色，一边暗自拿着主意。

"愚山监酒说了话，"汪玉叔干咳一声笑道，"酒令大于军令，只好应命。不过今日却没有诗情，胡乱填一首词儿塞责吧。"说着，便吟道：

重重冻云凌太虚，东风剪碎玲珑玉。白蝶舞成团，梅花一带攒。

昨夕窗影白，错认团圆月，晓起推门看，罗衣生峭寒。

"'东风剪碎'一句不坏。"施润章笑道，"诗词贵乎恬淡，你总是不失本色。"说罢，转脸对李光地道，"该听你的了。"李光地却只是笑，半晌才道："杜讷先生和蒲亭神先生都是一代名家，晚生断不敢僭先！"伍次友此时方知，原来这两位是山东新城派大名士杜讷和蒲留松。

"我来献丑！"杜讷却十分爽快。

兽炭金炉室难温，深掩重门天欲昏。
彤云扫来昆岗玉，抹向梅梢月一痕。

吟罢笑道："我的诗不好，请诸位自去争那碗状元酒吧！"

六人不禁相视而笑，正待评论诗词优劣，伍次友呵呵大笑立起身来，对雨良说道："兄弟，你带两碗酒，咱们凑个热闹，他们那些个诗词，太沉闷了，辜负了如此良辰美景！"

第十三回　咏红梅逸老明心志　集唐诗次友揽人才

伍次友说罢，从坛中倾出三碗酒，自端了一碗过这边桌子来说道："请慢饮这碗'状元酒'，不才伍次友也来凑一首——却是打油诗——"

> 十只鹅，百只鹅，
> 千只鹅，万只鹅……

这边席上的几个人，万不料当中会杀出一个程咬金，见这书生执酒高吟漫步而来，不禁面面相觑。听他如此咏雪，李光地却忍不住别转了脸捂嘴暗笑。汪玉叔和黄宗羲却听出其中似有大雅之音，一边起身给伍次友和李雨良让座儿，一边细心听他继续吟道：

> 亿万斯鹅儿渡银河，
> 俄顷天低云漠漠！
> 王母不耐水色浊，
> 怒令天丁都捉却，
> 断羽纷纷落山阿。
> 右军掷笔方惊愕，
> 易牙抱薪烹珍错。
> 相邀共饮加饭酒，
> 白梅遍地吟清歌！

吟罢放声大笑。六个人不禁面面相觑，李雨良却抿着嘴儿笑。良久，黄宗羲方问道："伍次友——嗯，听你口音，可是扬州人？"

"黄先生，"伍次友收了笑容，"伍稚逊便是家父，难道不识么？"

黄宗羲顿时大惊道："原来是伍老相国的公子！"说罢，转脸对汪玉叔道："玉叔，这就是稚逊老先生的二公子，不料在此邂逅相逢。"说着，便为伍次友一一介绍座中人，大家拱手见礼。轮到李光地，却不敢受伍次友的礼，翻身拜倒在地，说道："久知世兄大名，却不料竟如此有缘！"

伍次友忙一把挽起来，说道："这大礼如何使得？"杜讷却在旁笑道："他正该如此。大约你还不知道，他是你家老太爷稚逊先生游历福建时，收的高足！"伍次友听如此说，一边笑着还礼，一边说道："小小安庆迎风阁上一下子竟聚了这么多前辈、饱学宿儒，晚生倒搅了你们的清兴！"说着扯过雨良，说道："我们还是安坐，静聆诸位大手笔的雅音。"

雨良端着酒碗没言声，却在凝神观察东窗下那位中年人，他正在以手蘸酒，在桌子上写着什么。伍次友一笑，便撇了众人过来，一揖笑道："这位先生独坐写诗，清雅得很，不过闷酒难畅，何不过来大家同坐？"雨良却笑道："我瞧着呀，您倒不像是弄笔杆子的，像是玩刀把子的——您叫什么名字？"

"兄弟你真好眼力。"中年人笑道，"我本是一个厮杀汉，听着方才几位的诗好，随便划着好记下来——我叫皇甫保柱。"说着，便起身向伍次友还礼，又向李雨良作了一揖。李雨良双手一托，顿觉有千斤重的压力，知道这是一位江湖上的好手。

"你如今不能称'晚生'啰！"大家入座后，黄宗羲半靠在椅背上，似笑非笑地对伍次友道，"风闻你做了帝师，此番只怕是来此微访的吧？"

伍次友知道这个黄宗羲，才大如海而性情怪僻，为人外谦内骄，是这些人中最有威望的。听他方才吟的诗内"强匀颜色待东风"，似乎对文人趋向功名颇有讥讽之意，因笑道："我早已不是什么官了，也没真正当过一天官，什么起居八座不八座，原也没有放在心上。不过既承先生相问，可以实言相告，我既做过帝师便是零落尘埃、沦为行乞卖唱，决不肯败坏我学生龙儿的事业。"

"好！"汪玉叔见黄宗羲不住用目光扫视伍次友，忙打圆场笑道，"不过既没做官，此时同我们一样，同是闲云野鹤之人，大可不必为朝廷分忧，今日是黄太冲四十诞辰，还是吟诗贺寿为妙！"

伍次友左右顾盼，见一柜上放着现成的文房四宝，便呵呵笑道："既是寿辰，我却无礼仪可敬，有两首诗写出来奉献黄先生，愿先生寿比南山！"说着便走过，雨良也过来帮他铺纸。伍次友援笔在手，抖擞精神一阵疾书写了出来，众人看时，第一首是：

八山叠翠诗——游苏州半山寺

山山

远隔

山光半山

映百心塘

山峰千乐归山

里四三忘已世

山近苏城楼阁拥山

堂庙旧题村苑阆疑

竹禅榻留庄作画实

丝新醉侑歌渔浪沧

另一道题头是：

包山叠翠诗——游西山灵光寺

山山

灵异

山邻有山

择后四神

山前山季游山

遍访都春是尽

山外野山山色映山

人至慕山山眼照山

乐因是归光如镜镜

真寻俗世贪不身随

　　雨良和保柱都傻了眼，看了半晌，竟读不下来，正欲问如何读时，却听李光地在低声吟诵：

　　"《八山叠翠诗——游苏州半山寺》：山山远隔半山塘，心乐归山世已忘；楼阁拥山疑阆苑，村庄作画实沧浪。渔歌侑醉新丝竹，禅榻留题旧庙堂；山近苏城三四里，山峰千百映山光。

　　"《包山叠翠诗——游西山灵光寺》：山山灵异有山神，四季游山尽是春；山色映山山照眼，山光如镜镜随身。不贪世俗寻真乐，因是归山慕至人；山外野山都访遍，山前山后择山邻。"

　　读完，李光地高声笑道："好诗，好诗！"汪玉叔笑道："次友这笔字比之稚逊老先生竟还要强些，这风骨、这气势、这神韵，八成临过清秘堂中右军帖子——太冲，四十大寿有这么一幅佳品，精贵得很呐！"

　　黄宗羲小心拿起墨汁淋漓的纸仔细观看，眼中放出光来。伍次友身为帝师而不做官已是大合他的脾胃，又如此恭维自己，不知不觉间对伍次友陡增好感，一边看一边连声夸赞："好，好！我收下了！无物回赠，薄酒一杯，次友先生请领了！"刹那间伍次友在他目中升到了"先生"地位。伍次友当然十分高兴，接过杯子一吸而尽。将杯底一亮，回座笑道："我们何不联诗贺寿？"

　　"我也不耐烦在这搜索枯肠了，"杜讷捋起袖子说道，"不如集唐诗联句！"蒲亭神也笑道："既是祝寿，集唐诗也该有个题目，就叫'不惑述怀'如何？"施润章拊掌笑道："妙！"

　　"康熙也算有眼力，竟找到这样的好师傅，"皇甫保柱心中暗道，"这份才气，这份风流，吴三桂那儿如何能找得到？"口里却说："今日我们耳福眼福可谓不浅，我和雨良先生恐怕只能坐山观虎斗了。"说罢瞧雨良时，雨良正若有所思地在注目伍次友。

　　黄宗羲当仁不让，首先吟道：

　　　　四十无闻懒慢身，

汪玉叔哈哈笑道："老黄倒会挑现成的，倒像戴叔伦替老黄抒怀似的。"他接着吟道：

> 生涯还似旧时贫。
> 谁能阮籍襟怀旷，

施润章忙接道：

> 却恐闲人是贵人。
> 一想流年百事惊，

"这是逼着人转韵了。"蒲亭神笑道，"倒合了我此时的境遇。"他续吟道：

> 青袍今已误儒生。
> 时难何处披怀报？
> 身贱多惭问姓名。
> 薄有文章传子弟，

黄宗羲不禁大笑："一句诗勾起老蒲牢骚满腹，岂不闻文章憎命，愈写得好愈倒霉？"说笑着信口续道：

> 更无书札答公卿。
> 壮心暗逐高歌去，

杜讷插上去吟道：

> 白发新添四五茎。
> 出门何处望京师？

伍次友续了两句：

几度临风动远思。

多病漫劳窥圣化，

黄宗羲摇头暗叹道："毕竟身份不同，气质也就各异。我仍借古人，发我的感慨——"

无才不敢累清时。

蹉跎冠冕谁相念？

"求仁得仁，何必自叹自艾？"汪玉叔笑谓黄宗羲，"也不要过于自苦了，无功名念，无利益心，其忧自解——"

寂寞烟霞只自知！

不解谋生只解吟，

芭蕉叶上独题诗。

伍次友终觉格调太颓唐，心里暗自拿着主意，从雨良手中接过一杯酒一仰脖子饮了，笑道："晚生今天兴起要打个擂台。你们几位暂歇，我和光地、亭神二位决一上下！"说着，曼声吟道：

使君还寄谢临川，

新卜幽居地自偏。

寒酿满瓶书满架，

蒲亭神正低头思忖，李光地已昂首应战：

绿杨如发柳如烟。

细推物理须行乐，

"颇觉生涯异俗缘！"伍次友接口吟道：

借问行藏谁得似?

蒲亭神扭脸见李光地又要说，忙抢了上去道：

诗家才子酒家仙!

"好!"伍次友不容他出句，突如其来又顶一句：

壁间章句动风雷，

"门外松寒覆碧苔!"蒲亭神哪甘落后，忙笑道：

闭门著书多岁月，

"一家终日住楼台!"李光地神采飞扬，见伍次友又要抢先，忙道，"你擂台主人且慢——"

奇花异草分明看，

伍次友不敢怠慢，忙笑吟：

珠箔银屏迤逦开。
到此诗情应更远，
不知身世在蓬莱。
月色江声共一楼，

"我有点敷衍不来了，"李光地笑道，"得转一转了——"

人间亦自有丹丘。

平铺风簟写琴谱，

"醉折花枝当酒筹!"伍次友急顶了一句：

旧业已随征战尽，

蒲亭神一怔，说道："怎么弄的，我们这会儿的诗像是给前头翻案似的！我偏不——"

烟波别驻古今愁。
诗肩莫向楼头耸，
一字知音未易求。
百年身世不胜悲，

"这会儿我也听出来了，"李光地也笑道，"世兄果然厉害，我再助蒲兄一臂之力——"

向秀归来父老稀。
未以彩毫还郭璞，

吟至此，诗调又趋凄凉。楼上众人全都把目光集中到伍次友身上，看他如何再扳回来。伍次友略一沉吟，突然笑道："你们二位并非俗手，可惜乾坤已定，便再堆砌点愁凄词句也不打紧，何况彩笔尚在我手，只怕你们要江郎才尽了——"

却将远信寄袁丝。
寸心欲抗三千载，
两地空传七家诗。
已被秋风教忆脍，

吟至此戛然而止，转脸对黄宗羲笑道："我看你认了这个账的好。你开的头，还由你来煞尾，我是已经尽力替你翻了案，一定要凄凄惨惨地过这四十大寿，我也没办法。"说着自斟一杯饮了。

黄宗羲低头思忖半晌，诗句撵到这一步，想再用风花雪月之类搪塞，就太牵强，前头忧愁、凄凉、悲酸俱全了，说重复了便失身份。良久，只好笑道："次友，用心良苦，真有你的，逼迫着人大发豪情。这末一句，竟寻不到合适的——也罢，就随你吧！"

更携书剑到天涯！

用这一句结束全篇确是天衣无缝。但这迎风西阁上的九个人心里都明白，这番唐诗集联之战，不知不觉间已被伍次友占了上风。

"其来也渐，其入也深——不得不跟着你的鞭子转了。"汪玉叔似乎很感慨，"真是翻案文章妙手天成！怪不得稚逊老先生常常夸赞二公子。皇上选你做师傅，也真有眼力，当今把你放到江湖上，这份远见卓识便值得浮一大白。来，敬你一杯！"

第十四回　伍次友初交痴心女
　　　　　青猴儿寻衅遇恩人

送走黄宗羲等人，伍次友仍立在河岸上，远眺孤帆碧波，茫茫苍苍，不禁慨然长叹：人间聚散竟如此无常！正想到伤心处，同来送行的李雨良忽然笑道："伍大哥，我来安庆投亲不着，也没了去路，大哥你打算哪里去呢？"

"我嘛，我本打算回扬州去家里看看。据光地说，家父在外游历未归，身子骨又好，倒也不必急着回去了，还想在北方待些日子。"伍次友沉吟道，"你既然投亲不着，何妨结伴同游？这里离兖州府不远，同去孔圣人家参拜一番如何？你若想到北京做事，我的朋友很多，荐了去，几年就出息了。"

"那敢情好。"雨良抿嘴儿笑笑，遥遥指着远处一座大庙道，"那边像是过庙会，咱们在客店里闷了几天，一同散散心去吧？"伍次友抬头看天色，已是巳时时分，便点头笑道："这河边雪都融化了，没什么看头，逛逛庙会也好，就便儿在那里用点饭，过了午再回店。"说着二人下了官道，径向西来，远远地望见黑鸦鸦的一片人群。

"伍大哥，"李雨良一边走，一边顽皮地踢着路上的小石头，忽然问道，"你这么好的才学，又当过皇帝的师傅，怎么不留在京城做官，到处跑着玩？"

见到雨良这一身稚气，伍次友不禁一笑，说道："你可知道许由洗耳、陶潜避世的故事吗？古代这样的事多着呢。"

雨良像又想起了什么，俏皮地问："你没有家室妻子吗？"

"没有。"伍次友深沉的目光遥视远方，"不过，也可说是有过的。"

"那怎么会？"

"会的。"伍次友被他这一问，心中隐隐作疼，脸上像挂了一层霜，冷冰冰说道，"形交而异梦同床，不若神交而远隔关山。"

"哦！"雨良忽然拍手笑道，"哦，我知道了。"

"你知道什么？"伍次友站住了脚，黑得发亮的瞳仁盯着这个年轻伙伴问道。

"一定是青梅竹马之好！"雨良道，"可惜没有父母之命、媒妁之言，你两个私下订了终身，一个不娶，一个不嫁——可是的么？"

这些话听着太刺心了，伍次友眼中一下子汪满了泪水，只点点头，没有说话。

"她很标致吗？"雨良低着头思索着又问。

"她不难看，却也不是绝色佳人。"伍次友心里烦躁，不想再沿这个话题说下去，便道："这里边的事一言难尽——我们且逛庙会吧。"

大庙里祭的非圣、非佛、非道也非神，更不是关圣君、岳武穆，而是钟三郎大仙。这个仙家，伍次友一路上听说过几次，究竟出在何典，就连伍次友这样博学多才的人也一时寻思不来，只觉他的教众夜聚明散，有些鬼祟，便在给康熙的奏折里写明了。当伍次友背着手在庙前仔细看时，才知道这里原来是一座破败了的山陕会馆，临时改为庙，新换的黑漆大匾上写着：

福佑一方

两边还有一副新写的楹联，一笔极漂亮的楷书，写得却颇有情致：

结什么仇？造什么孽？害什么身家性命？饶你颠倒衣裳，此日自夸权在手。

贪尽了利，占尽了名，丧尽了天理良心。看他横行道路，一朝也有雨淋头！

下款为一行细字：

中宪大夫知兖州府赐进士出身郑春友恭题

康熙九年正月谷旦

伍次友苦笑着摇摇头，不再进庙，扯了雨良踅到庙东来。李雨良却不在乎这些，一边走一边说："这里真热闹，三十六行齐全了，竟比我们陕南家乡庙会的人还要多出几倍！"

伍次友笑而不答，忽然指着一堆人道："那边生药铺出谜语呢，咱们何不去凑个热闹，弄两瓶苏合香酒来吃？"雨良笑道："若输了就得买他的甘草、二花茶，大冷天的，我们抱一大堆凉茶回去，那才叫笑话呢！"伍次友笑道："跟我来，哪里就输了呢？"说着，二人便挤了过来，抬头看时，一面水牌上写着：

> 荷塘缺水　万物齐眠　昭君出塞
> 诗书长伴　故土乡情　破镜重圆
> 三省吾身　仙乐缭绕　并蒂之莲
> 节操妇人　金菊遍野　发如墨染
> 项羽策马　群芳之冠　愚公移山

另外几面水牌上，密密麻麻写的也是谜语。

伍次友略一沉吟，便勾了"昭君出塞、诗书长伴、三省吾身"和"愚公移山"四味，对伙计说道："'昭君出塞'是'王不留行'；'诗书长伴'是'芸香草'……"店伙计听他猜中，就递出两瓶苏合香酒来。伍次友继续猜道，"……'三省吾身'乃是'防己'；'愚公移山'是'远志'。"

他一口气都猜中了，伙计只好又拿出两瓶来，笑道："若都像先生这样，小店半日就得关门了！"伍次友听他话中的意思有乞情的味道，转脸对雨良笑道："得了彩头就成，这两瓶也够我兄弟午间下饭的了，余下的算我们赏了他药店罢——"

正说笑间，便听附近人声哄闹，一片嚷嚷声："打，打！"又夹着小孩子的哭骂声。伍次友回转身看时，一个十三四岁蓬头垢面的毛头小子从人堆里挤出来，双手捧一张葱油饼狠撕猛咬，后头一个瘦长个子像个擀面杖似的，挥着捅火棍喝骂着追赶……

"老冤家了！"药店伙计见伍次友诧异，便解说道，"可怜这孩子，爹叫这家铺子的掌柜郑春朋逼债逼死了，又把他娘卖到了广东。如今郑老板兄弟放了知府，郑老板又是这里钟三郎会上的大香头，势力越发大得吓人。偏这孩子也顽皮性拗，不隔几日就要到他铺子门上埋汰一番。"说着叹口气，"他又不肯远走高飞，早晚得死到郑老板店门前……"

伍次友正听得发怔，一回头不见了李雨良，折转身一看，雨良已挤进了人群，挡住了那个"擀面杖"。他顾不得和伙计说话，一手握一瓶酒，便匆匆赶了过来。

"他是个孩子。"雨良一边弯腰拽起那个毛头小子，一边转脸对"擀面杖"说道，"这么下死手打，大人也吃不消，出了人命怎么办？"人们原来只站成一圈，远远地看打架，此时见有人出来抱不平，围上来的更多了。伍次友好容易才挤到跟前，把孩子拉到自己跟前，笑着劝那"擀面杖"："他能吃你多少东西，就打得这样？杀人不过头落地，也不能太过分嘛！"正说话间，不防怀中那小子，身子一溜滑了出去，一纵身用头猛抵过去，正撞在"擀面杖"肚皮上，竟把他撞了个仰面朝天。毛头小子嘴里嚼着油饼"呸"的一口又唾了"擀面杖"一身，口中骂道："你小爷青猴儿是打不死的，青猴儿活着一天，你老郑家就甭想在这里安生了！"

"擀面杖"大怒，一翻身起来，举起那根火棍便往青猴儿身上砸去，青猴儿大叫一声："妈呀！"一个嘴啃泥趴在地上，起来时满脸是血，跳着脚大哭大骂："我操你黄老四八辈祖宗！你他妈的屄卖给了郑春朋？你是郑家拖油瓶的儿？你打、你打！打不死你小爷，小爷就是郑春朋的爷……"脏的、粗的、荤的、素的一齐往外端，周围的人听得一阵阵哄笑。

"我叫你嘴硬！""擀面杖"冷笑一声一棍又打了过来，却被李雨良一把攥住，冷冷说道："你不能再打了！"

"做什么不能？"黄老四咬着牙道，"你过去！打死这个顽皮畜生，只当打死一条狗！"说着便抽火棍，哪知道挣了两挣，铁火棍像在雨良手里生了根一样，再也拽不动，他顿时脸涨得通红。

"我说你不能打，你就不能打！"雨良嘻嘻笑道，"我就不信他连狗都不如。你能有多贵重？你不就是个下三滥的跑堂伙计吗？"说着顺手一送，黄老四踉踉跄跄退了五六步才站稳。

"嗬！安庆府今儿出了怪事！"人圈子外头忽然有人叫道。说话间，看热闹的已闪出个人胡同来，一个三十多岁的精壮汉子带着四个伙计闯了进来，觑眼儿瞧着雨良骂黄老四道："你他妈真是吃才！这么两个小杂种都对付不了——来！把这个青猴子挟到店后，晚间回禀了郑香主，再作发落！"

"凭你们？"雨良笑着揶揄道，"看来这安庆府也是你家开的店了？"说着便要动手。伍次友却不想惹事，从后扯了一把雨良，说道："何必呢！"说着便问黄老四："这孩子吃了你的饼，钱我来付，该多少？"

"一天一张饼！"黄老四原来已是怯了，现在来了帮手，又硬气起来，乜眼瞧着李雨良梗着脖子道，"三年——十两！"

"放你妈的狗臭大驴屁！"青猴儿大吼一声双脚一蹦又要蹿出去，却被雨良一把按住了。

"十两就十两。"伍次友眼见这群人一心生事，怕雨良和青猴儿吃了大亏，从腰里取出两块五两的银子朝地上一丢，一手扯了青猴儿，一手扯了李雨良道："走，咱们寻个地方吃饭去。"

李雨良沉吟一下，看着伍次友笑道："犯不着与他们生气，咱们走吧！"听着身后传来不三不四的风凉话、哄笑声，心性高傲的伍次友气得双手冰凉、面色铁青，看李雨良时，却像没事人似的笑着，只牙关咬得紧紧的。

第二日清晨天刚放亮，伍次友便起身蹀到雨良房中来，见外间青猴儿睡得沉沉的，便隔帘叫雨良："起来吧，我们今日该上路了。"叫了两声，不见雨良答应，正要进去，却见雨良从外头进来，笑道："上路？到哪儿去？"伍次友道："兖州府嘛，昨儿不是说得好好的？"

"再耽误一天吧，"雨良笑道，"昨天不防叫人家扫了一杖，我的胳膊疼得很，今日要瞧瞧郎中。"伍次友笑道："瞧什么郎中，我就粗通医道，给你看看还不行？"雨良道："不过是跌打损伤，抓点药来煎吃了就是。"

"那好。"伍次友道，"我去给你抓药，你们等着，不用一个时辰就回来了。"李雨良用手抚着右臂，显得有些痛不可忍，吸着冷气道："那就偏劳大哥了。"

说着，伍次友自去了。这里雨良便推青猴儿："起来！"

青猴儿揉着眼坐起身来，迷迷瞪瞪说道："天还早呢！"雨良笑道："野猴子！昨日的打白挨了？没出息！跟我走！"青猴儿一骨碌爬起身来，穿上伍次友给他新置的衣裳，用胳膊肘将裤子向上搋搋，抹了一把脸道："走，还闹他们去！"

钟三郎庙会一连三日，这是最后一天了，又因为风大天冷，山陕会馆前远没有昨日人多，郑家铺子已在准备拆棚子——这些棚子是从老店拉来席棚、油布临时搭起来的，庙会一散仍旧要拆掉拉回城里老店去——黄老四正张罗着伙计在后头装车，见前店又来了客，忙迎了出来，满面笑容地吆喝着："老客来了——"喊了半截，忽然像被打了一闷棍似的停住了——他看清了来的这两位客人，一个是两年多来日日见面的老相识，一个正是昨日打抱不平的年轻香客！略一怔，将毛巾往肩上一甩，手一让道："请……这边坐！想……想用点什么？"

"这个破地方烂铺子能有什么好的！"李雨良跷起二郎腿大咧咧坐下，笑着对青猴儿道，"先对对付付来八个下酒菜吧——凤凰扑窝、糟鹅掌、宫爆鹿肚、冰花银耳燕窝、爆獐腿、菊花兔丝、龙虎斗，外加一个鸡舌羹，行么？"

这些菜青猴儿有的虽听说过，可连一样也没见过，略一迟疑答道："大爷既点了必是好的，再加一个'活人脑子不见血'下饭吧！"雨良却不曾听过有此菜名，不禁大感兴趣，便问黄老四："这是个什么菜呀？"

黄老四早已听得火星四冒。若论这些菜，在城里预备几天，大略都做得来，可眼下除了还有几十只活鸡，勉强能凑一碗鸡舌羹，其余的竟一样也办不来！眼见这两个对头一脑门子寻事神气到店里来扯淡，却又无法发作，见雨良相问，强咽一口唾沫答道："客官来得有些不巧了，今日庙上散会，客官点的菜料都已送回城里，只能将就点了——若论这'活人脑子不见血'，作料都极平常：稀嫩的豆腐脑儿点成一团，外头打上洋红，用蛋清团团包了……全是吃个样儿，其实没多大意思。"

"我觉着很有意思！"李雨良笑道，"也罢，不难为你了，来一屉松针小笼包子，两只烧鸡！"

这就好办了，黄老四忍了气答应一声"是"，转眼之间就端了上来。刚要退下，却听雨良说道："回来！你瞧瞧，包子冷得像冰块似的，鸡也是凉的，这是叫人吃的？"说着拿筷子将盘子敲得山响，招惹得那边几个顾客都朝这边望。

　　黄老四用手摸摸，包子并不凉，烧鸡也在微冒热气，情知二人在消遣自己，但店中伙计去送料都没回来，分店掌柜的也不在，昨日又领教了雨良的膂力，不想在此时发作，按捺着性子赔笑道："客官既嫌凉，现成的水饺下一盘来，再加两只刚出笼的清蒸鸭，虽略贱一点，却是热腾腾的，换成这两样可好？""就这样吧！"李雨良有些不耐烦地摆摆手，"快点快点！我们急着有事呢！"黄老四如释重负，一溜小跑整治齐楚，用一只条盘端着送了过来。

　　李雨良说是"急着有事"，待到饭上来，却又不着急了，一边慢条斯理地吃着，一边和青猴儿有一搭没一搭地说话，一会儿要汤下饭，一会儿要醋、要姜，不时地还要热毛巾揩手抹脸，又说饺子馅儿里有骨头硌了牙……种种题目层出不穷，还夹七夹八说些风凉话，把个黄老四气得七窍生烟，眼见着进城的伙计和分店掌柜的都来了，便悄悄进去商议着要治这两个刁客。

　　一时吃完了饭，李雨良笑着起身伸了个懒腰问青猴儿："可吃好了？"青猴儿扯了桌布抹一把油光光的嘴，打个呃儿道："饱了，比他妈葱油饼也强不到哪儿！"雨良将手一摆说道："走！"

　　"哎……哎！"黄老四见二人起身便走，连个招呼也不打，抢先一步绕到门口，双手一拦说道："钱呢？不会赖了？"

　　"会什么赖？"雨良似乎有些莫名其妙，"我们爷们吃了你什么东西啦？"

　　"清蒸鸭子，还有水饺！"

　　"唉？"雨良嬉笑一声道，"那是我们用烧鸡和松针包子换的！"

　　"那松针包子和烧鸡钱呢？"

　　"咱们没吃这两样呀，掏什么钱呢？"雨良故作惊讶，转脸对青猴儿笑道。青猴儿做个怪相，冲着黄老四骂道："瘦黄狗！爷们没吃你的烧鸡包子，你要的什么屌钱？"

　　黄老四歪着脖子想了半晌，竟寻不出话来说清楚这件事，冷笑一声道："饿不死的野杂种，今儿专一上门作践爷来了！"一语未终，只听"啪"的一声，黄老四脸上早着了一掌，打得他就地旋了个磨圈儿，刚立定身子这边脸上又被扇一掌，一颗大牙早被打落，鲜血顺嘴角淌了出来。黄老四杀猪般嚎叫一声："都出来！堵了门，不要走了这两个贼！"

后头伙计们听这声咋唬，有的抢着火剪，有的挥着烧火棍，有的夹着铁锹，一窝蜂吆喝着赶出来，足有二十几个人。里头几个吃客瞧风头不对，吓得饭也不吃就往外挤，一时间大呼小叫砰砰啪啪闹得沸反盈天，店门外早聚了上百看热闹的闲汉。

"青猴儿，你出去!"雨良见客人都已出完，冷笑着提起青猴儿，从门面一排溜儿汤锅上扔了出去，青猴儿正在发蒙，已是稳稳地站在店外了。闲汉们见雨良身躯弱小，一个清秀的白面书生，竟有如此身手，不禁一片声地喝彩，高声叫道："好武艺!"便伸着脖子往里面瞧。

第十五回　女英豪仗义惩恶奴
　　　　　伍国士守节报圣君

黄老四气得发疯，"呀"地大叫一声，运了气双脚一弹跃上半空，用头去撞雨良。雨良微微一笑，将身子一斜偏到一旁，就势儿一手提辫子，一手抓后腰，轻轻向前一送——只听"扑通"一声，黄老四头朝下脚朝上栽进墙边的泔水缸中！

"腌臜杀才，倒跳得好准头！"雨良拍拍手，忍俊不禁笑道，"还有哪一位想试试？"

"愣着干什么？"旁边冷眼看着的胖掌柜将猪眼一瞪，大喝一声。二十多个精壮汉子一哄而上，李雨良不慌不忙蹲下身子单手支地，在店中央磨杠般飞旋一周，前头的七八个人有的仰面朝天，有的来个嘴啃地，吱吱哇哇直叫，后边的收不住脚，被绊倒了一地。李雨良忽地从炉下抽出一根烧得通红的通条，不管是脸是屁股是脊背是腿挨次就烫，刹那间店里青烟缭绕，臭味扑鼻，一片哭爹叫娘声似狼嚎一般。外头的人见事情闹大了，远远退到一边，只有青猴儿说不出的快心畅意，跳起脚儿拍手叫好。

胖掌柜的脸气得像猪肝一样，冲着连滚带爬的伙计们骂道："都是些糠镶的废物！"他拽过一张铲煤锹抡得浑圆劈了过来。雨良疾身一闪让过，见他又抡锹来劈，便举起从泔水缸里爬出来的黄老四迎面遮挡，那煤锹斜劈在黄老四脑后，只听黄老四惨叫一声，鲜血直滤滤喷出，溅得墙壁上、人身上到处都是！雨良索性以他作武器，一边舞动细长的黄老四，一边笑骂道："昨日还骂别人是畜生，今日死得连畜生也不如！"说着，将黄老四尸体向胖掌柜猛砸过去，胖掌柜哪里闪得开？两个人一并压在一张饭桌上，"咔嚓"一声将桌子压得稀碎。李雨良兀自不罢手，反身端起一锅冒着青烟的热油向棚顶猛地一泼就点起火来！庙会上的人乱哄哄地纷纷逃避。

青猴儿也看傻了眼，猛见烈火在北风中呼呼燃起，不由得有点慌神。

他一点没想到这个"李大爷"武艺如此高强，手段如此狠毒，情急间大声叫道："李大爷，祸惹大了，咱们走吧！"李雨良从冒着火舌的棚里出来，见胖掌柜的满头黑灰一脸燎泡，失急慌忙跟着逃了出来。他回身笑道："你赶紧救火啊！跑出来做什么？"说着又将胖掌柜一把提起扔进了火堆里，撩起衣襟擦了擦手，对青猴儿说道："没事了，咱们走吧！"

二人顺着人流出来，在东北四五里地一座小山上逛了一个下午，直到天黑才回到迎风阁。一路上雨良兴致勃勃地说着，青猴儿却默默不语若有所思。

"你怎么了？"雨良停住了脚步问道，"我今日又杀人又放火尚且不怕，你倒怕了？"

"不是的。"

"你可怜他们？"雨良厉声问道。

"他们有什么可怜的！都杀绝了，安庆人只有拍手叫好儿！"青猴儿忽然笑道，"我有一句冒失话，不知你愿听不愿听？"雨良略一沉思，笑道："瞧不出你小小人儿，讲话竟和大人一样，什么话，说就是了。"青猴儿"扑通"一声跪倒在地，说道："方才您撩衣擦手，我已瞧出您老是个女侠客，不知有缘分做您的徒弟没有？"

李雨良一怔，才想到里边穿的裙子。这次轮到她沉默了，想了半晌，噗嗤一笑，又叹了口气说道："羊群里跑出兔子来——你倒聪明！既认出来了，就算有缘分——只是不可告诉伍先生！"说着便道："起来吧！"青猴儿磕了三个响头方才起身，竟抽泣起来，拭泪说道："青猴儿要有师父这样本事，我爹也不会跳河，妈也不会叫人家卖掉……"雨良爱抚地拍着他的肩头道："姓郑的为富不仁作恶多端，我早就想除了他，但他现在不在安庆，听说探望他哥去了。今日先给他点颜色，回头擒住了，你亲手宰了他出气就是——我们先随伍先生走，我还想为他办点事，你的事回头再说。"

但是，伍次友已经失踪了。二人半夜越墙进了迎风阁老店，不见了伍次友。李雨良顿时勃然变色，寻着前头账房问时，才知天将断黑时，来了五六个公差锁拿了伍次友，不知带到哪里去了。

雨良咬着牙寻思半晌，认定是自己作案牵累了伍次友。看着桌上煎好了治"跌打损伤"的药，李雨良的脸涨得通红，回到房中一边收拾东西，一边对青猴儿说道："走，先到郑家，再到安庆府衙走一遭——姑奶奶倒要和他们较量一番。"

伍次友被擒的一刹那，很有点摸不着头脑：朝廷已发了廷寄诏谕，各省衙门都有照应，怎么会出这种事？这几个公差又怎么会一口就叫出自己的名字？寻思中已被捆了，又被一把麻胡桃塞得满嘴都是，这才感到事情不对头，可是已经迟了。他喘着粗气，被几个如狼似虎的差役又推又搡地出了迎风店，连个灯笼也没有，高一脚低一脚往前走。可怜他富贵出身的一个文弱书生，几时吃过这种苦头？

约莫二更时分，来到一条宽阔的河堤上。此时站在大堤上，左望河水潺潺流淌，右望堤内是栉比鳞次的池塘，寒星闪烁，冷风透骨，万籁俱寂，黑魆魆一片，只有远处树林子里时而传来猫头鹰瘆人的叫声。

"到了！"为首的公差舒了一口气，替伍次友拔出塞在口中的麻胡桃，又割开捆在身上的绳子，笑道："伍先生受惊了！明人不做暗事，在下乃平西王驾前侍卫，奉王命特来相请，又恐先生不肯屈就，不得已出此下策——我在这里与先生同住一店，几次聆听先生作诗讲书，心里是十分仰慕的，决不会为难先生。但至云南山高水长，一路麻烦很多，先生必须听在下安排，待至五华山后，我一定负荆请罪！"说罢便是一揖。

伍次友一瞧，黑暗中虽看不分明，依稀可以认出是吟诗那日自己邀过同坐的皇甫保柱，脑海里轰然一声，两腿一软便坐到堤上，仰脸看着天上星星说道："我不过一个穷孝廉，功名不遂，浪迹江湖，心无治世之志，手无缚鸡之力，平西王有什么用着我的去处，费这么大的心思！我瞧着是有点不上算！"

皇甫保柱却不答话，口里打了个呼哨，对岸芦苇丛中箭也似的蹿出一条船来。

"来了！"扶着伍次友的公差兴奋地说道，"上了船就稳当多了，只要躲开了李云娘，旁人谁能把咱爷们怎样？"伍次友却不明白李云娘是谁，又何以就能奈何了这帮人，心里一动，垂头不语。

船身晃荡了一下，离了岸，伍次友的心一下子变得空落落的。他听天由命地半躺在黑洞洞的前舱里，真是心乱如麻。一时是康熙，一时是苏麻喇姑、魏东亭、明珠、索额图……一个一个笑容可掬地闪在眼前，又一个一个地消失在黑暗里，只听船下汩汩水声愈流愈急。伍次友心里一阵烦躁，刚要起身，不防被人一把拽住。他没想到仍有人看守在自己身边，苦笑一下又坐了回去，却听船上摇橹的人竟有心情作歌：

> 妹相思，不作风流待几时？只见风吹花落地，不见风吹花上枝……思想妹，蝴蝶思想也为花。蝴蝶思花不思草，兄思情妹不思家……

歌声方落，另一个人笑道："你唱的这个毕竟太俗，还是阿紫姑娘编得更好。"说着扯开嗓门便唱：

> 峰峰斜倚俯清溽，一叶孤舟乱后身。
> 萍迹无涯莫回首，不向烟霞觅知音。
> 秋坟春草三杯酒，天上人间两处心。
> 招魂一篇君读否？夜夜劳我梦中寻！

伍次友体味歌中词意，不禁痴了，但不知这位阿紫姑娘是何许人，竟有如此手笔，不知她有何怨恨，写出这样悲酸幽愤的曲儿。

正胡思乱想间，忽然光亮一闪，皇甫保柱秉着灯烛走进舱来。伍次友这才看清，自己身边围坐着四个公差。更使他惊异的是，内舱竟还有一个妙鬟云鬓美目流盼的女子，隔着舱窗正在打量自己！

皇甫保柱觑着眼瞧瞧伍次友，笑道："伍先生，受惊了吧？气色瞧着倒还好。"

"有什么话，要怎么样，都听便。"伍次友别转了脸冷冰冰答道。

"先生！"隔舱的阿紫移步出来，满面正容向伍次友敛衽一礼，说道，"吴三桂再不好，总是汉人，五华山虽无金銮殿，却不是胡腥世界！像你这份才情，难道连这个理儿也参不透么？"

"你是谁？"伍次友目光如电扫了阿紫一眼。

阿紫叹息一声，径自在对面坐了，沉思着说道："与你一样，也是天涯沦落人。景遇不一，心思各异，何必一定要知道我是谁呢？"旁边的保柱便道："这是我家王世子的如夫人紫云姑娘。"

听说是吴应熊的侧室夫人，伍次友哼了一声，冷笑道："像你这样的人，竟写得出那样的诗来，实在要算一大奇事。要么你是身世悲苦不堪对人言，要么你就是世间第一大奸大恶之妇了！"

紫云听了这话半晌没有言语，清澈得像寒塘一样的目光盯了保柱片刻，嘴唇急速地颤抖了一下。保柱曾几次看到她这种神情，见她又注目自己，忙低头别转了脸，却听阿紫口气一转，笑道："你伍先生无非想说我是什么纣妲己、汉飞燕、唐武曌，我都认了。我是什么身世，大约无人能知，反正与你毫不相干！"

"本来就毫不相干！"伍次友轻蔑地瞥一眼紫云，"是你不知羞耻上来攀话的嘛！男女授受不亲，请免开尊口吧！"

阿紫的脸腾地红到耳根。以她的姿色才貌，不知有多少男人拜倒在她的石榴裙下。她经历的世事多了，在她面前尽是男人神魂颠倒的目光，能矜持一点的已算恺悌方正君子了，她还从没有遭人如此厌弃。沉默片刻，紫云突然格格地笑起来："好一个清白君子，认夷狄为君父，为鞑虏做奴才，竟厚着脸皮引用孔夫子的话！孔子九泉有知，也要臊死了！"皇甫保柱也笑道："令尊伍稚逊老先生不也曾做过明家臣子？"

"却又来！他老人家并未入仕本朝！"伍次友硬硬顶了一句，"我不是前明臣子，理所当然可为当今所用！"

紫云一哂，揶揄道："当今可真器重你啊！台阁里盛不下，放到江湖上来享这份清福……"旁边一个满脸络腮胡子的公差阴沉沉地接口说道："凭你甘为满鞑子走狗，我们就处置了你也不为过！趁早归了王爷，干一番复明事业！"

伍次友静静听他们七嘴八舌地说着，挺一挺腰坐正了身子，深沉地说道："大明亡国已二十余年了！帝道无常，惟有德者居之，天道无常，惟有德者辅之；民无二主，当今只有康熙；臣无二天，我们只能各自相安吧！这些道理，岂女子小人能知？"

"夷狄之有君，不如诸夏之亡也！"坐在旁边的紫云突然高声说道，不知是气恼还是激愤，她声音竟微微发颤，"知道这是谁讲的么？"伍次友却没有理会她，转脸对保柱道："我们曾有数日相识的缘分，我观你并非冥顽不灵之人，为何闭目不见泰山？——华夏如今有君，不过君是夷狄之人而已，你怎么就不懂？"

保柱也恳切地说道："伍先生，你饱读诗书，并非不学无术之人，夷狄之人可为华夏之君，请教见于哪一部书？"他本不想和伍次友多纠缠，但他又转念一想，他要送紫云入京，伍次友只能叫下头人送回云南，如能先说服了他，走路就方便了。

"浅薄！"伍次友起身大笑，几乎不可遏止，他为求速死，不能不激怒这几个人。

"你笑什么？"

"孟子！懂么——孟子！"伍次友大声说道，他的嗓音有些嘶哑了，"孟子云：'舜，东夷之人也；文王，西夷之人也！'这些夷狄之人不是还做了华夏圣君。你知道吗？"

几句话问得众人瞠目结舌，谈话继续不下去了。

半晌，皇甫保柱才转过脸色。他解嘲地一笑，对伍次友说道："伍先生，我早就仰慕您的高才。今日能相聚一处，也很不容易。趁舱中尚存有杜康佳酿，先生肯赏脸，与我们共饮一醉否？"

"这尚可从命。"伍次友委实是又饥又渴，此时精神渐渐复原，便思饮食，遂哂笑道，"既有雅兴饷客，伍某多多承情！"皇甫保柱眼见此人神清气爽，口似悬河滔滔不绝，心知顺着老题目谈下去是自取其辱，便起身命人在舱头摆了一张矮桌，尊伍次友坐了客席，让络腮胡子打横儿相陪，自己亲来把盏，殷殷相劝道："今夜之事我们多有冒犯。平西王邀请先生并无恶意，一是盼望先生赐教；二是如蒙不弃，请先生出山相助。至于华夷之道不去说它。究竟谁能保得天下，可要看天下民心的向背了！"

"叫他死了这条心吧！"伍次友一边随意吃着，一边说道，"吴三桂是什么东西，配和我说这些话？人最可悲者，莫过于无自知之明；无自知之明，岂有知人之明？当今乃天下圣君，伍次友以布衣之身，许心相报，这些话请休再提起。"

"先生这话未免过分。"皇甫保柱将酒杯放到桌上，沉吟着说道，"孔子年十五方才有志于学，如今皇帝才十六岁，就够得上'圣君'二字？自顺治十七年至今，水旱频仍、灾变异常，这皆是民心天心不顺之兆。"

"还有什么？"伍次友从容地吃喝着，又问。

"朱三太子聚钟三郎教徒有百万之众，起事只在旦夕之间，"保柱又道，"眼见中原之地也要狼烟日起，康熙的日子长不了！"

"你说了许多，"伍次友问道，"究竟康熙本人，朝廷本身如今有何失德之处？"他心里暗自惋惜，此时方知钟三郎邪教与朱三太子之间的瓜葛，怕是报不到康熙案前了。

朝廷——康熙有什么失德之处，皇甫保柱没有想过这档子事。要寻出康熙失德之处还真不容易，皇甫保柱一时语塞。

"吴三桂真可谓愚不可及！"伍次友笑道，"当初他若不引清兵入关，焉有今日大清天下？大清天下已定，人心向化，他又要反清；前明并未亏待他，他却硬杀了永历皇帝，像这等一个不忠不孝不仁不义，上不尊天理，下不循人情，反复无常、寡廉鲜耻之徒居然还有人为他当说客，替他涂抹粉脂，也真是天地间一大奇事！"

"先生……"保柱说不清自己心里有着什么滋味，只好向伍次友劝酒，来掩饰内心空虚，忙说道："请——请，菜要凉了。"

"一听便知，保柱先生是读过书的。"伍次友已经吃饱，也无心再说下去，端杯立身起来一饮而尽，朗声笑问："你知道，有句话是'一念之差'，'一念'是多大工夫？"

"多大工夫？"保柱惊奇地问道，他不晓得伍次友为什么突然离题万里。

"一昼夜四万三千二百念！"伍次友道，"你听说过《油污衣》诗吗？"

"没有。"保柱更惊奇了。

"幼年在衡州白沙渡我见过的。"伍次友吟道：

　　一点清油污白衣，斑斑驳驳传人疑。
　　纵饶洗尽千江水，争似当时不污时！

吟罢又问："你见过国士之节没有？"

"什么？"保柱与络腮胡子又是一怔，却见伍次友在星月光中微啸一声，"扑通"一声纵身跃入河中！

　　谁也不曾想到他就这样投水自杀了，愣了一阵，保柱和络腮胡子方大声惊呼，到船边瞧时，波光粼粼，夜幕漫漫，哪里还有人影儿？络腮胡子张罗着还要打捞，试了试水，刺骨的寒，实实下去不得。正忙乱着，阿紫也掀帘出来，仿佛有点怕跌倒似的踱到船头，用惶惑的目光注视着远处，颤声问身边的保柱："就这样……跳进去……了？"

　　保柱没有回话，他站在船头痴痴地望着汹涌波涛，无声地叹息了一声："可惜!"

第十六回　四公主冷眼斥明珠
　　　　　孙嬷嬷深情念圣君

康熙九年平稳地过去了。伍次友"镇之以静"的策略很灵，春天里四处流传的谣言，悄然消失了；钟三郎香会的活动各地也大为收敛；京畿一带几乎所有的香堂都关了门。明珠到山东、安徽转了一遭，庐州、凤阳、颖州及济南、东昌、武定、临清各地俱十分静谧，并无匪寇活动。明珠因寻不到伍次友，便于四月间回京复旨，康熙倒也不怪罪他。据云贵总督卞三元密奏，伍次友并未被劫到云南，康熙也就放心了。前些日子于成龙又报来喜讯，清江口的黄河淤沙经过清理，漕运已经疏通。康熙便觉事事顺手，遂下诏停止平西王的选官权，着手整顿北方吏治，清理积案、钱粮。稍有余暇，还要随时召见张诚、陈厚耀、梅文鼎一干人进讲数学、地理、天文、气象、诗词、歌赋、书画、音律，凡是有用的，他无不习学，忙得不亦乐乎。只是过了立夏，京师又有谣言暗地流传，说是回民要聚众谋反，捣毁京师，另立回纥之国。这倒成了康熙的一件心事。

大学士明珠因奉旨点派各省学差，家门前车水马龙，一顶一顶绿呢大轿自官邸门口一直排至单牌楼街口。自鳌拜坏事后，明珠一直想着吏部尚书这个要职，无奈索额图死把着不放。今春河南巡抚因春荒恳请赈济，康熙点了索额图去河南巡视，这才将吏部的事交了他管。仅遴选学差一事，他便得到了三万两银子，此时他方明白，索额图为何推三阻四地不肯出京。

送走了一大群辞行的乡试主考，明珠呆呆地望着院外出神。时光过得真快，不知不觉间，墙上的苔藓又由暗红变成一片鲜绿，何首乌、牵牛花细嫩的藤蔓从墙角爬上了围墙，与墙外的桃李勾连成了一片。眼见端午将到了，宫里娘娘那里，还有几个近支亲王并魏东亭这干近臣侍卫，都该打点一下。各有各自的脾性，礼物就不能千篇一律，这是要费点心思的，忙乱了这几日，竟没顾得上细想这件事。

沉吟半晌，明珠猛地想起该到递牌子入宫的时辰了，便立起身来，伸了个懒腰，正欲吩咐备轿，一转脸望见陕西乡试的主考左必审还坐在旁边的椅子上，目不转睛地望着自己，便问："你还有什么事？该说的方才我不是都已经说过了嘛？"

"明中堂，"左必审小心地欠了一下身子，他的耳朵有点背，明珠的话只听清了半句，便赔笑道："明大人方才的话卑职都记在心里了，一定秉公取士，上不欺君父，下无愧良知。但只恐卑职学识浅陋，误漏了真才实学之士，岂不辜负了大人栽培？"明珠听着虽不耐烦，但也不好怎样，便道："你只要用心去做就成了。兄弟还要入觐，你要没事，改日再来吧！"左必审忙道："卑职明白，因明大人先前巡视陕西，想必结识过一些贤才，请明大人告知姓名，卑职这回前往，定为大人效力，将他们选拔上来。"

明珠听了，翻着眼皮想了想，实在没有要他帮忙的，肚里却逼上一股气来，响亮地放了个屁，自觉不雅，尴尬地笑了笑。

"唔？"左必审侧着耳朵问道："大人，你是说，谁……"

"我没说什么！"明珠道，"方才是下气通！"

"哦！夏器通……"

明珠又好气又好笑，不知怎么打发这个活宝，便又提高了嗓门道："没有什么要托付你，方才是下气通！"说着便去吩咐备轿。这一次左必审听得真切，见他去了，便在屋角的案上提笔写了"夏器通"三个字，折好了掖进靴子里。他这次到陕西当主考官，务必要将这位夏器通取中回来。

进了大内，在隆宗门明珠迎头碰见索额图，忙站住笑道："索公，匆匆忙忙往哪里去呀？"索额图晃了晃手中一卷纸，笑道："正寻你不见呢，有点小事请你办一办吧。——这是殿试过的进士名单，二甲里头有两个人须得调入翰林院——请过目。"明珠听他这话的语气，像是在命令自己，心里火气上升，却笑嘻嘻地接过纸来，漫不经心地浏览了一遍问道："你说的是哪两个人？"

索额图用手指了指，说道："喏，就是划圈儿的这两个，李光地、陈梦雷。"明珠拿在手上，心里掂量着，正找借口推辞，猛地见上头加的是朱笔圈儿，心中一动，料知是康熙圈定的，可他却为什么这么说，分明是想摆圈套儿让自己钻，也算费煞了心思，便格格笑道："嗯，成！漫说上头加了御笔，便是你索相说的，明珠也不能驳回。没听人家说'要做官，找老三'么！"索额图一怔，笑着回了一句道："是嘛，还有一句：'要说情，寻老明！'这才说全了嘛。"二人对视一眼，心照不宣地笑了起来。

二人正说话，见孔四贞从永巷里出来，便都侧身恭立，待四贞过来，一齐打千儿请安。索额图一边行礼，一边笑道："四公主，听说您要随孙将军回桂林了，道儿远，可得一路保重了！"

"嗯。"孔四贞冷冷答应了一句，正眼也不瞧他二人。走了几步，孔四贞像是想起了什么事，招手叫道："明珠，你过来！"

明珠茫然地看了一眼索额图，忙应了一声，便紧走几步，垂手肃立在孔四贞面前。

"我方才去瞧苏麻喇姑了。"孔四贞冷峻地说道。"哦！"明珠心里一沉，忙笑道，"我已一年多没见到她了，大师身子可好？"孔四贞嘴唇绷着，半晌才答道："还好！"

"这我就放心了！"明珠叹道，"当年我怎么也不会料到她……如今大家都……只有她……唉！"

孔四贞用刀子一样的目光盯着明珠，冷笑道："我不想听你这些话。那些往事我也知道一些！我并不想理论这些事。我昨日奉了圣旨，绕道去山东寻访伍先生回京。伍先生回京，你怎么想？"

明珠应口答道："伍先生是我救命恩人，当年我冻倒在悦朋店……"

"好！"孔四贞一口截断了明珠的话，"佛语说苦海无边，回头是岸，但愿你心口如一！你要知道，我和苏麻喇姑自幼就要好，甭指望着姑奶奶有那么好的性儿，以为我治不了你么？"说罢，竟自扬长而去。

明珠没来由地被她训斥了一顿，竟连分辩也没来得及。他想起索额图摆圈儿给自己钻，这些身份显赫的人也都忌恨自己，心里不禁一寒。当索额图返回时，远远看见明珠仍呆若木鸡地立着，便远远叫道："老明！方才里头传话，今日不见咱们了，且回去吧！"

明珠答应一声，望着远去的索额图没言语，此时方知烈日当头，晒得出了一身汗。

孔四贞出了午门，原想回自己府邸，一眼瞧见小毛子手里捧着个黄匣子，腋下夹着一捆碧绿的青艾，兴冲冲出来。小毛子见了她，忙站住了笑道："四公主，您吉祥!"孔四贞笑道："不是认我为干姨了，怎么又叫起'四公主'呢! 这会儿你不预备给皇上进膳，又到哪儿偷懒去?"

"虽说认了您干姨，可这在外头，这份大礼不能有错儿。"小毛子嘻嘻笑着，凑近了孔四贞又道，"万岁爷今儿去了魏军门家，叫奴才回宫取点雄黄和艾叶子赏赐他。如今我也大了，哪敢像小时候那样顽皮，这是什么时辰，我敢钻沙子躲清闲?"孔四贞听了，微笑着点了点头，因见右掖门旁跪着两名官员，已被摘了顶子，便扬扬下巴问小毛子道："那两位大员是怎么回事?"小毛子转脸看了看，笑道："北边的那个叫郭琇，听说勒索了人家银子，细节儿奴才不知道;南边的叫姚缔虞，是个御史。今儿在上书房，发落郭琇，他却插进来奏事。万岁爷没说上他一句，他竟顶撞两句。万岁爷便索性罚他两个一齐儿在这晒太阳。"

姚缔虞，孔四贞不认识。先前在昭陵时，郭琇是当地县令，后来调了湖北盐道，为人极是爽直有胆、重义轻利的，怎么一下子就犯了贪污的罪?孔四贞想着，往前走了几步，又转身对小毛子笑道："我也久不见鉴梅嫂子了，听说她快临产了，也该去瞧瞧，我们一同去，好么?"小毛子叫来一顶轿子，让孔四贞乘了，自己骑了马在后跟着。

如今的魏府已经变了样。屋宇、庭院，既高大，又齐整。门上的人都认识小毛子，听说四公主来了，便忙着进去通禀，孔四贞摆摆手止住了，便和小毛子径直进去，早见穆子煦、狼瞫和犟驴子几个侍卫都在门房侍候。

一进二门，便听上房里有人说话，却是熊赐履的声音："……从这些谣言看，回民造反与那个朱三太子是一档子事……"孔四贞猜想康熙也在里头，便一掀帘子走了进来。康熙盘着腿坐在大炕上，手里摇着扇子正听得入神，见孔四贞进来行礼，欠了欠身子笑道："你好长的腿，听说朕来这里，料着魏东亭定必有好东西吃，便赶着来了，是么?"孔四贞笑笑，说道："奴才来，倒不为吃，听说鉴梅嫂子有喜了，可是真的，奴才再过几日就要南去，一来见见万岁爷，二来也给东亭两口子道喜。"康熙瞄了瞄魏东亭，见魏东亭点头微笑，便转脸又问熊赐履："李光地是如何破谣的?"

"回万岁的话，"熊赐履躬身答道，"李光地以为，'曲尺木匠'就是木上挂曲尺，合为'朱'字;'天阳乾象'，在八卦图上是个'☰'，形似

'三'字;'犬上点滴下',就是'犬'字上边的点,移到下边,是个'太'字;'外孙'是'女之子',本应是个'好'字,'无女外孙',便是'子'字,那四句童谣,合在一处,恰成'朱三太子坐龙门'……"

孔四贞听着,有点摸不着头脑,便转脸瞧魏东亭。魏东亭忙递过一张纸来,孔四贞看时,上面写道:

> 曲尺木匠不离分,天阳乾象最逼真。
>
> 哮天犬上点滴下,无女外孙坐龙门。

康熙半仰在大迎枕上,闭着眼手抚脑门,思索了会儿又问道:"那——朕在固安听到的'四张口儿反'的谣言,你们解破了没有?"熊赐履忙赔笑道:"奴才们愚陋,一时尚未解破——"

"奴才倒有个小见识,"旁边的小毛子插口说道,"奴才小时候常和哥哥一起猜谜儿……"

话未说完,熊赐履断喝一声:"这里有你说的话?退下!"他是道学宗师,最忌太监干政,很厌恶小毛子多嘴多舌,便拿出内大臣身份训斥小毛子。康熙却笑道:"且当笑话听听他说些什么,怕什么?这小鬼头难道还能干政不成?"小毛子吓得吐了吐舌头,笑道:"奴才差点吓走了真魂!且说说,若不对,圣上和熊大人只当放屁就是——这'四张口儿'像是'回回'两个字,和城里传的回子们要造反像是有点瓜葛?"

熊赐履不禁一怔,"五星联"这些话头他是早已参详出来,偏是"四张口儿"愈往深处想,愈不得要领,竟猜不出来,经小毛子一点破,失声一笑对魏东亭道:"牛溲马勃败鼓之皮皆可入药,这小东西真的点破了这个谜!"康熙听了,双目炯炯放出异样光彩,笑道:"很好!回民的事过了端午再议,朕今日出来本是偷闲的,竟在这里议起事来,不说这些烦人的事了。东亭,早听说你家鉴梅能做一手好菜,朕想叨扰叨扰,既然有了喜,今日是叨扰不成了……"

"来啰!"明珠在外头故意高喝一声,双手捧了一个条盘进来,众人先是一愣,不知他是什么时辰到的。他那神态,活像一个堂倌似的,嘻嘻笑着对康熙道:"请主子用膳!"

"你这奴才倒挺会取巧讨好儿，"康熙笑道，"朕便用了，也只承鉴梅的情！"明珠忙道："那当然，这都是鉴梅嫂子一手调制的。奴才是来给东亭送节礼的，碰巧了，倒来叨主子的光了……"

桌上摆满了菜肴，品类虽不多，做工却极精致，使人看了馋涎欲滴。康熙不禁连声称赞，便命熊赐履、孔四贞和明珠一同用膳，魏东亭只立着侍候。

君臣同桌共餐，边吃边谈，亲切异常。忽听外头响起颤巍巍的声气："老爷子来了？想死老奴才了……"康熙瞧时，史鉴梅挺着肚子扶着白发如银的婆母孙嬷嬷进来，熊赐履和明珠都忙站了起来，康熙也离开席位，走近孙嬷嬷身边，大声说道："阿姆，朕看你来了！"没等康熙过来，孙氏早已叩下头去。孙嬷嬷站起身来眯着眼儿上下打量康熙，"主子气色倒还好，只是又瘦了！养心殿那些滑贼也不好好侍奉！……头几回进去给老佛爷请安，都没见着主子，说是忙……我说哪怕让我躲一边瞧一眼呢，谁想主子还想着我这个老妈子，竟亲自来了……"说着便拭泪。

康熙坐了回去，让孙嬷嬷坐了明珠原来坐的地方，用象牙箸指着菜，大声说道："你也吃点吧，这是你媳妇做的！"

"嚼不动了！"孙嬷嬷笑道，"主子只管用，奴才一边瞧着，心里也是受用的……"她原是康熙的乳母，离宫一年多，心里一直惦记着康熙，一边瞧康熙吃菜，一边絮絮叨叨："……如今老了，有天没日头的，长天在家没事，总想着老爷子，该穿棉换单啦，该进餐用膳啦，下头那些人，哪有我知道得清楚！如今奴才回来了，万岁爷自己也得多当心些儿……"

康熙边听边笑着点头，见孙嬷嬷穿着绣花八团吉服褂、挂着珍珠朝珠，绣花金座朝冠上只饰了一颗红宝石，便问熊赐履："孙阿姆是朕的乳母，这一品诰命服色不大合适吧？你再拟一个封号出来。"

"是！"熊赐履略一沉思，笑道："臣以为应封孙嬷嬷为奉圣夫人，不知圣意如何？"

"奉圣夫人，"康熙听了很满意，点头笑道："很好，就封为奉圣夫人——往后子孙再有这等情形，这就是例——史鉴梅晋为一品夫人！"

"谢主子恩！"史鉴梅先扶婆婆行了礼，然后自己也叩了头，旁边的魏东亭十分感动，热泪盈眶，又偷偷拭了。孔四贞见是缝儿，忙问道："万岁，奴才方才从大内出来，见郭琇和姚缔虞跪在外头，不知犯了什么事？"

"这两个都是明珠参的。"康熙漫不经心地说道，"姚缔虞上次参索额图，又参议政王杰书，让人去查核，俱是不实之言。身为汉臣御史，尽拿些风闻来的东西来奏参，弄得满臣都不安宁。朕申饬他几句，他竟顶撞朕。对这样撒野的奴才，能不处置么？"他呷了一口酒，又道："这个郭琇也不是东西，火耗银子加到五钱，捞了钱说是孝敬他父母，想要落个好名声，这样沽名钓誉之徒，实不能容！"说着把酒杯重重地蹾在案上。

明珠见孔四贞盯了自己一眼，忙笑着对康熙道："这两个人是有失体统，不过姚缔虞并无恶意，只是在主子跟前失礼；听说郭琇也只今年才加了火耗，他家父母也确实病得厉害，似乎也情有可原。奴才以为，皇上薄惩他们一下也就成了。"孙嬷嬷也道："阿弥陀佛！虽说才到端阳，可今儿日头毒，晒的时候儿长了，也是不得了的，老爷子自小儿仁德宽厚，得饶了且饶了吧！"

康熙瞧着孙嬷嬷，思量半晌方笑道："瞧你的脸面，姚缔虞罚俸三月，郭琇着革职，留任不留任，待朕见了他细细问过再说——小毛子，传旨去吧！"

第十七回　贫女疗饥江浙馆
　　　　　才士扶乩悲运蹇

　　周培公会试下第，一腔豪情热血顿时化为冰霜。本来三场顺利，自觉文章做得花团锦簇一般，断无不中之理，不料得意之余，在诗中将"玄"字不曾缺笔，犯了康熙的圣讳。这样，八股策论再好也是枉然。卷子被贴，扫兴出场，只觉得京师的街道一下子变得那么陌生，那么遥远，那么灰蒙蒙、阴惨惨、冷冰冰的。法华寺的和尚、香客也像窥破了他的心思，投过来的目光带着怜悯，又像是讥讽。他感受到的不是痛苦、愧悔，如果那样，痛哭一场也就会轻松下来，他觉得周围的一切对他有着一种近乎麻木的冷酷，心像泡在冰水里一样，彻骨透髓的冷，冷……

　　直到秋天，他的精神才逐渐好转，但接着又得了一场大病，亏得寺中方丈粗通医道，及时医治。直到第二年春天才能走动，不过已是骨瘦如柴了。但这场病反倒成了好事，在土炕上翻了几个月"烧饼"，周培公终于想通了：自古能成大事立大业的人，有哪一个不是几经磨难就平步青云的？自己孑然一身来至京师，"张空拳于战文之场，策蹇步于利足之途"，连这一点小小挫折都经受不起，还谈什么济世立功呢？

　　但此时身上已分文不存了。这天早晨，听见寺中钟响，周培公一下子想起今日乃是端阳节，便匆匆起身到后边菜园子水井旁洗漱，打起精神今日要进城里一趟——烂面胡同有几座会馆，那里有的是有钱人，说不定会碰见个把熟人同乡。

　　待到烂面胡同时天已近午。这里虽说房屋低矮，路面高低不平，却甚是热闹，远远就听见叫卖烧鸡卤肉、馄饨水饺、锅贴凉粉的喊叫声。狭窄的街道两旁挤满了一个个的小摊贩，什么古董玉器、针头线脑、故衣、绸缎、泥人、瓷器、名人字画，拆字打卦、走江湖卖膏药的应有尽有，周培公此时真有点饥肠辘辘，沿街喷香的小吃对他有着极强的诱惑力。周培公咽了一下口水，挤过一段小巷，见有一座不大的似庙似坊的门楼，上面挂两张泥金匾，一个写着"湘鄂会馆"，一个写着"江浙同人聚"，便大步跨了进去。

里头人很多，情形和外头胡同里没什么两样，只是除了卖吃的外，并没有杂货。伙计们头上冒着热汗，端着条盘，高声报着菜名，忙着往两厢一间间小屋子里送菜送饭。迎门放着个卖豆腐脑儿的担子，缸里刚点出来的豆腐脑儿散发出一阵阵清香。守在摊旁的是一位姑娘，腼腼腆腆地坐在那儿，不像那些高声喊叫的人，去招揽顾客。摊旁只有一老一少在喝着豆腐脑儿。在墙边有一个人看拆字先生给人拆字，却不断瞅着进来的周培公。周培公并不在意，只朝那碗里雪白的豆腐脑瞧了一眼，夹在来往的人群里往里进，那姑娘却忽地起身叫道：

"恩公！"

"呀，是你！"周培公回头一看，竟是在正阳门曾被刘一贵欺侮过的那位姑娘，便笑道："我算什么恩人……你原来在这儿做生意？"

"爹爹病着，才好一点，起来不得。"姑娘红着脸，从缸中舀出一大碗豆腐脑儿，又加了糖，不好意思地放在桌上，低声道，"请恩公用一点吧，实在没有好的——原来您这一科……"

周培公此时心里什么味儿全有，一股似酸似涩的苦水涌上喉头，他真有点不知所措了："惭愧得很……"

"这有什么惭愧的？"姑娘正色说道，"人都是吃五谷杂粮长大，又不是神仙，想怎么就怎么着——吕蒙正还要过饭呢——先喝一碗，我再去买两个烧饼来……"

一碗热豆腐脑，两个烧饼下肚，周培公浑身都是暖烘烘的，偷眼瞧姑娘时，正神态自若地涮洗碗具，便立起身来有点局促地问道："姑娘，你叫什么名字，住什么地方，能告诉我么？"

"我叫阿琐，家就住在胡同北口——您呢？"

"我叫周培公，我现在穷愁潦倒，四处飘零……"

话说不下去了。姑娘默默无语地打开钱匣子，里边大约有几十枚铜子儿，都倒了出来，将它叠在一起，放在桌子上，略一沉吟又拔下头上的银簪放在钱上，不好意思地说道："论恩公心地，神佛定会保佑。如今落魄，也不算什么，我们小户人家，资助不了什么，这一点点……请收下，好好用功，下一科是必中的……"

"不不不！"周培公惶然说道，"这怎么成？"

"这有啥呢，"姑娘歉然说道，"您要嫌弃，我就……"

周培公全身的血都要沸腾了，上前拿起簪子，又拈起一枚铜钱掖在怀里，激动得声音都有些发颤："小大姐，我受了！以此一簪一钱为证，不死必当厚报！"说着头也不回去了。

"小大姐，刚才那个青年你并不认识，为何称他为恩人？"旁边喝豆腐脑的少年，奇怪地问。阿琐便把在正阳门前受到刘一贵欺侮的事说了一遍。

"噢，他是一个刚直的男儿，你是一个良善的姑娘，"喝豆腐脑的少年人立起身来说道，"这个给你！"说着将一枚似钱非钱的东西放在桌上，阿琐捡起一瞧，竟是一枚金瓜子！

这个少年正是康熙，因过端阳节，便带了图海出来转游，恰好撞上周培公这件事。这倒引起了康熙的好奇心，见周培公已折到后院，便欲跟着进去，一扭脸见方才看拆字的那个人还站在那里，戴着三枝九叶镂花金座顶子，便知是个待选进士。康熙向那人走去，突兀地问那人："尊驾贵姓，台甫？"

"有什么事呀？"

"哦，没什么事，看你尊贵得很，随便问问。"

"没事，便逛去！"那人不耐烦地说道，他显然觉得这个年轻人太莫名其妙了。图海见康熙变了颜色，忙上前说道："这是我家主子龙少爷，请教尊姓大名，无非是想结交朋友……"

"李明山！"那人说着挺了挺脖子，那神气派头像一把刚擦亮的小铜壶。

"方才进去那个人你认识吗？"康熙早见他注目周培公，又别转了脸，知道他一定认识周培公，故意问道。

"认识，怎么不认识呢？"李明山满脸讥讽挖苦神色，"法华寺会文座首名士嘛，三坟、五典、八索、九丘、河图洛书、奇门遁甲、经史子集无一不通，无一不晓，而且谈锋逼人，词惊四座——可惜是个檀香木马桶！"

"怎么说呢？"康熙笑问。

"——可惜了材料儿。"会文时，李明山受过周培公的揶揄，此时他志得气扬，尽情嘲弄，"萧何、张良的文韬武略，苏秦、张仪的舌辩之才也只好到东菁里使去，后年再考，要逢上我当了他的房师，那才叫现世现报呢！"说罢开心地大笑起来。

"你未必能当他的房师。"康熙干笑一声道，"你能不能选出来还在两可呢！"

"我肯定能。"李明山道，"明相亲口许了我的——你多半也是一个名落孙山的人，干热眼红？"

康熙听了冷笑道："我说话一向刻毒，不管你花多少钱，钻了谁的门路，我说你发迹不了便发迹不了——你印堂暗，眼发乌，一脸晦气，说不定连这个进士也会丢掉！"说完，便对图海道："咱们瞧瞧那个钝秀才去！"他原来只是同情周培公穷愁潦倒，不失君子风度，听李明山这番介绍，倒要认真瞧瞧了。

周培公转到后院，抬头看日头，已过午时，听得上房中人声鼎沸，仿佛是在吟诗作词，凑到窗棂前瞧时，是几个盐商和京师香山诗社的斗方名士正在扶乩，旁边一张桌子上摆着一段绸缎并二百两谢神银子。他刚要推门进去，却被一个长随打扮的人拦住了："你先生是谁？这里是刘丙辰老爷的包房，请了当地名流大家……"言犹未毕，周培公早双手一推，"哗"的一声双门大开，大踏步走了进去，团团一揖问道："哪位是刘丙辰老先生？"

正在扶乩的名士不禁愕然。当中坐着的一位六十多岁的山羊胡子老者欠欠身子问道："老朽就是刘丙辰，足下何人，到此何事？"

"某乃鄂中穷士周培公！"周培公一拱手，春风满面地笑道，"少习扶乩，今见此地宾客满座求神降坛，不觉技痒前来凑个热闹。"几个名士一见他这副寒酸模样，便以为是来打抽丰的，摇着扇子爱理不理。倒是盐商们见周培公虽衣衫破旧，却气宇轩昂，不敢怠慢。刘丙辰忙将手一让，笑道："既来了便是有缘。这里沙盘乩架俱全，谁请的神仙多，银子便是谁的——这会儿正请不来乩仙呢！"

"请不来神仙降坛是符书不灵，符书不灵是心不诚。"周培公一笑，扭头看了一眼刚进来的康熙和图海，继续说道，"请诸位把心静一静，待我多请几位神仙降坛！"说罢，大步至神坛前，深深一躬，直起身挥笔一画，端端正正写了个"一"字，举在手里道："子曰吾道一以贯之，此符专请文人学士，诸位好眼福，今日可以看到几首好诗词了！"一边说，便将符烧化了，在架前扶了乩。只见那乩笔略一停，接着如飞般在沙盘上画道：

> 寒江孤舟卧笛横，潦水夹岸芦花明。不向青云觅金紫，却来白沙寻幽静。无情芳草无情碧，着意云树着意青。奈何老艄耳方聩，前舷不闻后声鸣。

"好！"众人不禁轰然喝彩，却见木笔又批道：

> 吾乃康对山是也！

康对山原是前明弘治年间状元，文名倾动一时，周培公这个寒儒竟一下子搬出这么个大人物。盐商名士不禁肃然起敬，一齐伏地跪下，祈祷道："殿元词华风采，已见一斑，求窥全豹。"

周培公不动声色，那乩笔又疾书道：

> 予旧作已有半数遗忘，有扬州新乐府三首奉献，请正之。

几个盐商不禁惊讶，五个香山名士拿腔作势请了半天乩仙，统共才做出两首来。此人请来的康对山，竟肯如此赏脸！正赞叹间，那乩笔又大动起来：

> 借神债，望神拜，财神许我千金拜。不作闲官不作贾，买得雏儿作歌舞。雏儿歌一曲，黄金堆满屋。雏儿舞一回，蜀锦高于台！红烛摇摇春夜短，倾尽千家万家产。倾财破产莫愁苦，自有财神作债主！

写至此，木笔略一停。众名士忙得乱窜，争砚夺笔抚纸磨墨，一句一句地照着往下抄。

周培公仰着脸轻轻叹息一声，却没言语。诸名士齐声赞叹，摘句引章地评介；盐商们有的拍手相和，有的见周培公累了，便捧茶过来。康熙已是看呆了，见神桌上有个瓦和尚端然趺坐，便指着道："请乩仙以此品作题！"

周培公笑着点点头，那木笔却写道：

> 吾幼习儒业，未娴内典，无垢大师同来，请彼代为捉刀。

略停一时，又写道：

> 对山居士多事哉！老衲素不善此。既承代笔，却要对山代为受谤矣——
> 误驾慈航海上回，风波涌断讲经台。年来说法成空相，愿咒莲池代酒杯。菩提露滴酒家杯，醉倒禅床气未降。醒眼笑他诸佛手，可能一口吸西江？——晁四娘来矣，出家人只好回避。

乩笔寂然良久，在盘上又动起来。写了一盘又一盘，众人跟着抄录，待细瞧时，却是：

> 痴和尚惯逃文债，却拿奴来现世。闺中游戏笔墨，是给外头肮脏男人看的？还是抄一首康学士的给他们——
> 琪花瑶草满平皋，趁东风碧山重到。锄香经露湿，篮小带云桃，谁是知交？半生穷愁无人晓。无人晓，先生指点山僮道：俺姓柳，怎不向愚溪垂钓？字东篱，怎不向菊倾瓢，终日里过前溪，采玉苗；沿芳岸，寻香草。一泓水曲山坳，步履千回百遭。非是俺破功夫寻烦觅恼，则俺半世英豪，酒债诗逋，湖海游遨——只落得宋玉愁，文园病，两鬓萧萧！抛了吟毫、插了花标，休装乔，岂不见懒嵇康养生无效，老黄公辟谷徒劳？朱门酒肉千家饱，有几个风雅儿曹？傍虹桥、听玉箫；趁画舫，浮仙棹；陪官阁，吟诗草，旧家山何来闲风调？跳出了愁圈套，便是成仙料；打破这哑谜儿，管教你先生笑倒！

此时众人早已目眩神迷、颠倒如狂，周培公写一句，众人抄一句，赞一句，有的引喉按拍曼声咏哦，有的啧啧称羡不能自已。康熙见周培公两眼中汪满了泪水，不禁询问地看了一眼图海。图海方以钦羡的目光注视周培公，见康熙看自己，忙低声道："这不是康对山的了，是这位周先生自述心曲。"

图海话音未落，周培公丢了乩架，仰天哈哈大笑，笑得厅中众人都是一愣。却听周培公朗声说道："世上只有鬼蜮小人、潦倒君子，哪有什么狗屁神仙？这几首劣诗，原是不才所作，竟骗了一大群博学多识之人！"

"他中魔了！"刘丙辰大惊，忙叫，"快烧纸，送康殿元回府！"说着就叩头。

"康对山骨头都朽了，还会作诗？"周培公淡然一笑，从怀中取出一卷稿本，说道，"不才有拙稿一卷，愿呈诸位斧削！"

"哪有这个话？"厅中顿时大哗。几个名士过来，接了诗稿，一边信手翻着，一边杂七杂八地说：

"这是诗么？这是穷儒酸馅儿！"

"这里该勒一大红！"

"这里该画一粗杠！"

"这……这叫什么？"

"这叫下气通！"

怪话连篇、口疵手批，引得几个盐商捧腹怪笑。康熙便向厅角拣了一张椅子坐了，跷腿静观。

突然，几个名士不再说话了，相顾之间十分尴尬狼狈——原来他们看到了方才开篇的诗和新乐府。再往下翻，晁四娘的曲子也赫然在上。一阵难堪的沉默后，周培公从几个发呆的名士手中取回诗稿，随手向桌上一扔，笑道："词赋小道，不足一谈。某自负不羁之才，学成文武艺业，浪迹天涯，本欲龙庭之上为君王效命驰骋，谁曾想过今日以此邀名——众位也不必不好意思，人非圣贤孰能无过。不是九方皋，谁能识牝牡骊黄？古今积习如此，培公岂敢求全责备？"这一番侃侃而言，说得众名士越发汗流气促，局蹐难受。刘丙辰大笑起身道："我湖北有此人才，潦倒京师，有失照应，此乃小老儿之罪。周先生——请坐，泡好茶来！"

康熙见他们一个个惭愧得面红耳赤，簇拥着周培公上了首座，便起身上前取过诗稿，一页一页地翻看：前头是诗词，再往下看，还有一些曲曲折折的图画，还标着一些记号，用心看了半晌，终不知是什么东西。图海却眼中放出光来，凑在康熙耳边低声说道："主上，此人确实知兵，此乃湘鄂川陕的图志！"康熙心里咯噔一下，点点头道："知道了，你回头安排一下。"正想起身离去，稿页中又滑出一张纸来，康熙捡起一看，字迹十分熟悉，上面写道：

明珠贤弟钧鉴：别来无恙否？兄自郑州别后一路讲学东去，甚安。此周先生培公乃兄之文友，有文武济世之才。弟职在近臣，得便可荐于主上试用。匆匆即颂

钧安

伍次友旅次

康熙看着，手不禁有些发抖：此人怀揣伍次友的荐书，潦倒如此，明珠又近在咫尺，竟不肯登门投谒，凭这份风骨，便是倜傥君子！刹那间，他改变了主意，决定即刻召见周培公。康熙把稿和信放还到桌子上，一声不响走了出去。吁了一口气，对跟出来的图海道："我们到那边茶园略坐坐。"

"主上莫非等周某？"图海说道，"不如交给奴才——"话未说完，康熙早已大步去了。

第十八回　聆悲歌天子哀民生
　　　　　　论兵机培公展经纶

　　一刹那间，周培公便成了湘鄂会馆的首座名士。想起这番遭际，他觉得又好气又好笑又无可奈何：经世文章无人睬，几首闲诗倒成了谋食资本，糊涂僵板的考官还不如一个做生意的盐商有眼力，这世上的事也真是怪得很！他带了刘丙辰赠送的二百两银子和酬神的礼物从上房出来，一群人齐送到堂口执手话别，七嘴八舌地盼他"再来"，周培公一边含笑下阶，一边牵挂着阿琐，待踱至前院看时，阿琐的豆腐脑摊子早已收了。

　　周培公正在踌躇间，见到东廊下一群人拥挤着在看什么，走近瞧时，是个十三四岁的女孩子，怀抱琵琶正在叮叮咚咚地试弦。她那两只忽闪闪的大眼睛十分有神，流露出一股童稚气，却又显得十分有主见。她调好弦，便操着浓重的吴语，说了句"列位君子——"那琵琶声顿时爆豆般响起，口中唱道：

　　　　侬本三吴贫家女，西子湖畔有侬的门庭。家无罗绮和金银，五亩薄田度营生——万里云水路迢远，六旬祖母白发蓬。阿红女，纤弱不堪年十二，侬来京师为何情？
　　　　非是阿红不孝敬，非是阿红太薄情，阿红自幼知书理，愿学前朝小缇萦！

接着又是一阵急弦，听的人都呆了。康熙坐在茶园里从人群缝中看到周培公的身影，便踱了出来，与周培公挨身站着细听。小红又婉转唱道：

　　　　三月三日杨柳青，灵隐寺中去朝圣。忽来吴家乖戾妇，前呼后拥摆威风。车轿如云马如龙，悍奴鞭棍狠又凶，三十四人齐落水，

> 活活淹死我父兄……

小红唱至此，豆大的泪珠汩汩流出。四周听众一片唏嘘。康熙知道唱的是实人实事：杭州将军去年曾具折上奏，但杭州知府迟疑观望，致使正犯吴梅和她的丈夫王永宁从容逃上五华山，朝廷无法缉拿归案。康熙想起此事，脸上立时罩上了乌云。小红又唱道：

> 弟弟年幼不谙世，前去论理泪淋淋。那吴家女，欺人太甚开言道："你有本事阴间告，姑奶奶等你小畜生——"可怜幼弟方九龄，头撞桥石一片红。

周培公听到这里，毛发倒竖，高声问道："这吴家女是谁？告她！""君子呀！"小红凄惨地呼叫一声，更加悲愤地唱道：

> 臬台府、三法司，我叔前去击鼓诉冤情，闻说她父姓吴是王爷——灵魂出窍不言声，左推右推似推磨，又将我叔拘狱中！奴家冤情无处诉——怀抱琵琶来京城。我一不告官，二不惊龙廷，只求列位君子听分明：天上只有一轮日，却为何一国有俩朝廷，皇家既食我家赋，何时为我拨乌云！

唱至此戛然而止，一群看客木雕泥塑般都听怔了。康熙浑身浸出虚汗，背若芒刺躁痒难忍，好一阵才定下心来，回身拍了拍周培公肩头道："周先生，借一步说话。"又回头吩咐图海："这个女孩子敛过钱，叫她到茶园来再给我们唱一段。"

周培公正满心凄楚，被这一拍惊醒过来，回头见是跟着看扶乩的少年，便问道："足下何人，找我有事吗？"迟迟疑疑地跟着康熙来到茶园。

"我姓龙，叫德海。"康熙让周培公坐在对面，叫伙计沏过两碗茶来，笑道，"适才在正厅里见足下才高八斗、诗压群英，不胜仰慕。特请过来一叙，望不见弃。"周培公自嘲地一笑道："我不是什么八斗，是个文丐；他们也不是群英，是一伙文狗而已！那算什么诗，一火焚之的好！"康熙诧异地问道："为什么呢?"

"诗言志、歌咏言,"周培公苦笑道,"我的一百首诗,不及这小姑娘一首俚曲!"说至此,他痛心地低下了头道:"方今天下多事之秋,正是英豪拍案而起、建功立业之时,我却拿几首酸调子与下流斗方名士角逐胜负、换饭吃,这是什么格调?想起来懊悔不迭,哪里就配龙兄仰慕呢?"

康熙万想不到他如此自责,倒觉不安,又无可安慰,便问道:"你今科会试为了什么被黜的?"

"惭愧,犯了圣讳。"周培公看了一眼康熙:不过十七八岁吧,神态安详,举止落落大方,穿一件灰府绸截衫,普普通通的旗人打扮,只不知他为什么问这个话。周培公见康熙似乎并无恶意,便叹道:"文章憎命,只多了这么一点①,有什么办法?"

康熙不禁一笑,便道:"这试官也太不通情,帮着把那一点贴了不就罢了?"周培公道:"当然也有那么干的,那都是有头脸、有门路,下面打点过的,我没那个本事,也不屑于这么干。"康熙便道:"这也是真的——不过你身怀万金之书为什么不用呢?"

"万金之书!"周培公问道,"什么万金之书?"

康熙盯着周培公,意味深长地说道:"收信人明珠乃是当今天子驾前宠信近臣,言必听、计必从;写信的伍次友乃天子布衣师友,一语有九鼎之重。等闲督抚大臣还难得他一封荐书呢!这样一封紧要书信,你为何不投呢?"

周培公吃惊地抬起头来,他还是第一次听到伍次友的真实身份,但不晓得这个年轻人何以知道得如此详尽,想了想笑道:"大丈夫取功名当光明磊落,只可直中取,不可曲中求。我岂肯以七尺之躯,向权贵折腰?"

"唔。"康熙若有所思地笑笑,"你这份志气诚为我辈读书人中之佼佼者了——方才在厅上扶乱,听你说来,好像你不但能文,武事必也是好的?"

"拔山扛鼎我是不能的。"周培公说道,"但我自幼熟读兵书,观天象、明地理、识风角、用奇门,确也略知一二。"

"先生学了屠龙术,却无施展之地。"康熙听他口气大,略带揶揄地笑

---

① "玄"字避讳可写为"元",也可写为"玄"。

道，"岂不有些文不对题？方今天下太平、四海归心，并无刀兵之事呀！"

"太平？"周培公呵呵大笑。

"你笑什么？"

"北有罗刹掠地烧杀，西有噶尔丹勾结青藏，擅自称王，南有三藩离心离德，东有台湾骚扰边疆，天子政令不出江北，登京华之城瞭远，四面烽烟缭绕、八方画角悲凉，此内忧外患之时，何来'太平'二字？"

康熙听着，俯首略一思量，随即大笑道："照先生如此说来，天下一统局面已经无望了？"

"不然。"周培公反驳道，"还有另一面，方才那个小姑娘唱得好，并不愿天有二日、民有二主。民心即是天心，民之所欲天必从之，百姓盼着有个好皇上，也并没有华夷之分，百姓们厌倦战乱、苦割据，此乃大势之所趋。从此观之，三藩胆敢违天心，殄灭他也只是数年中的事。"周培公一边说，康熙一边点头，见周培公伸手取茶，料是口渴，忙道："请用茶——"正想再往下问，却见图海匆匆进来，向康熙耳语几句。

"混账！怪道你在外边这么久！"康熙听周培公说话已经入了神，全忘了自己是微服出访的皇帝。此时听图海奏说，刑部竟指令顺天府来拿小红，不禁大怒，厉声吩咐道："叫他给我爬进来！"说着一按桌子便起了身，因桌子不稳，一个细瓷盖杯"砰"地落在地上跌得稀碎。

顺天府尹真的四脚着地爬了进来，这一来惊动了茶园里的所有茶客，一个个惊得变貌失色。四周守护的侍卫魏东亭等见康熙已经露了身份，便忙不迭张罗布置防卫、驱赶闲人，索额图和明珠便守在茶园门口候旨。看着头戴四品青金石顶子的顺天府尹伏着身子直爬到茶桌跟前，周培公惊得脸色雪白、瞠目结舌，直到那府尹报告："万岁，奴才夏侯俊叩见！"才醒悟过来，忙退后一步也伏下身子叩拜，口里讷讷说道："周培公不知圣君驾临，语多狂悖，请万岁降罪！"

"都起来说话吧！"康熙此时也觉得自己失态，平静了一下才道，"夏侯俊，谁让你来拿人的？"

"回万岁的话，"夏侯俊战战兢兢答道，"这是刑部和礼部理藩司会同宪令，说有民女阿红投状诉冤，被驳下去后不肯回籍，在京弹唱小曲，秽言惑众，令奴才拿她解送回籍……"

"秽言惑众?"康熙冷笑一声,"真正秽言惑众的你们一个也没有拿到,却在一个弱小女子身上抖威风!朝廷养你们这些酒囊饭袋何用?——让小红进来!"

夏侯俊吓得大气儿不敢出,一迭连声地躬身称是。

小红进来了。这个女孩子十分聪明,已经猜出上边坐着的这个年轻人来历不凡,肯定比刑部的老爷们官大,便款款敛衽朝上深蹲两个万福,说道:"大人传唤小女,不知要听什么曲子?"说着,见桌上茶汁淋漓,忙上前仔细揩干,捡起地上的碎瓷片,把茶桌腿支稳了,说道:"这好比康熙爷的江山——让它稳稳当当才好……"

"你……说什么?"康熙激动得声音发抖。

"小女说这茶桌支好了,就像康熙爷的江山,稳稳当当。"小红一口杭州话说得咯巴琉璃脆,听起来十分悦耳。

康熙立起了身子来回踱步,他已经不想听什么小曲了。这句话听来,比内务府畅音阁供奉们奏的黄钟大吕钧天之乐还要好听一千倍!在青砖地上橐橐走了几步,康熙停步问道:"你家是务农的?"

"嗯。"小红低声答道,"共五亩地。二亩茶,三亩田。"

"你的曲子唱得很不错。"康熙说道,"都是真的么?"

"句句都是真的。"小红张着水汪汪的大眼睛说道,"民女已经家破人亡,没有什么害怕的,又何必说谎骗人?"

"杭州府为什么拘押你的叔叔?"

"案子不结,他们不肯放人。"

康熙深深吐了一口气,又问:"你来京控告,三法司都处置不了,为什么不去击登闻鼓?"登闻鼓设在西长安街,专为百姓有冤部告不准时,叩阍告御状用的。小红听了沉默良久,说道:"告御状小女不敢。"康熙奇怪地问道:"那又为什么?"

小红眼睛一酸,眼泪扑簌簌落下,半晌才道:"奴已经想开了,凶手在五华山,朝廷也拿不住,小女去皇帝老子那里告状,就是准了小女的状,也要流徙三千里,我的老祖母怎么活呢?"

康熙的心一下子沉了下来。这个小红年纪虽幼,忠孝心俱全,她的冤案,自己做天子的却办不来!思索了一会儿,康熙又问道:"你为什么要在这里卖唱?"

"奴要挣一些盘缠回江南。"小红答道,"再说,唱唱苦情,心里也好过些……这是北京,说不定皇上听到小女的曲子,早些儿为小女做主。"

"他已经听到了。"康熙的声音有些沙哑,回头吩咐图海,"叫索额图进来。"

"这个女孩子要回杭州。"康熙对索额图说道,"你派人用船妥送回去,告诉浙江臬司,若有人难为,加害于她,惟他们是问!"

"喳!"索额图忙答应一声,见康熙没别的吩咐,便对小红道:"走吧!"

"慢!"康熙手一摆,见墙角一张小桌上有专为客人备的文房四宝,便过去提笔写了一张字,取出随身小玺盖了,递给小红,说道:"你回去生计也不容易,这张纸你带回去给杭州县令,免了你家赋捐,叫他再资助你们些,就好度日了。"

"小女不识字,那小曲都是请人编的。"小红接了纸条,颠来倒去地看着,说道,"这纸条能派那么大用场?"

"管用!"康熙哈哈大笑,连那个倒霉的知府也忍俊不禁地偷笑了。

"侬真是好人,侬叫啥名字?告诉我,我回去给侬立长生牌位!"

"侬回去就知道了。"康熙学着小红的口吻笑道,"侬说得很对,朝廷眼下也办不了侬的案子,不过一定会给侬办的——也不必立什么长生牌位,办完了,我到江南侬家做客时,把侬家的好茶请我吃一杯,好么?"

眼见索额图带着小红出去,康熙转过脸问夏侯俊:"这就是你说的秽言惑众?下去好好想想,你自己告诉吏部,罚俸半年!"夏侯俊没料到康熙的处罚如此之轻,先是一怔,忙又喏喏连声答应着去了。

"你既自称知兵,朕可是要考问你一下了。"康熙示意图海在旁边坐下,正色对周培公说道,"你就站着答话。"

"是。"周培公躬身答道,"臣不曾自言知兵。兵者,凶也,至危至险之道,岂可轻言知兵?赵括、马谡熟读兵书,言兵事滔滔不绝,虽赵奢、诸葛不能难之——卒骈死兵败,遗千古之笑。所以说战无常例,兵无成法,运用之妙,存乎一心,而后庶几可以用兵。"

"照你这么说,连孙子兵法也是不能用的了?"康熙诧异地问道。

"孙子兵法虽有千古不易的用兵之理,"周培公从容回奏,"但世人只读其文义，不解其精髓。敌我双方皆读此书，却有胜有败。知变则胜、守常则败，如此而已。"

"嗯，"康熙点头说道，"你说说为将之道。"

"为将之道，"周培公庄重地说道，"军火未升，将不言饥；军井未汲，将不言渴；击鼓一鸣，将不忆身家性命……这都是通常之理。为将者代天征伐，以有道伐无道，蠢旗一升，耗国家百万帑币，驱三军蹈死生不测之地，值此非常时期，应施之以非常之道。仁义礼智信，对我则可，对敌则不可。对敌当施之以暴、诱之以利、欺之以诈、残之以忍，无忠恕之可言。"

康熙听至此，插口问道："你愿意做个什么将军？"

"臣愿为善败将军！"

"善败将军？"康熙吃惊地问道。

"对！"周培公振振有词地解释道，"善败将军并非常败将军。淮阴侯韩信、蜀汉之孔明，皆善败将军！兵法所谓善胜者不阵，善阵者不战，善战者不败，善败者终胜——小败之后连兵结阵，透彻敌情，再造胜势，比之项羽百战皆胜而乌江一战一败涂地，岂不好得多么？"

康熙不禁哈哈大笑，转脸问图海道："你带了一辈子的兵，听听这个书生的论兵之道，有点道理没有？"

图海双目紧盯着周培公，心里佩服极了。入关前他所读过的"兵书"就是一部《三国演义》，并未接触比较高级的军事理论，周培公这番分析使他明白了不少萦绕在心里的疑问，听康熙问，忙道："周培公所言皆是用兵要言妙道。"

周培公受到鼓励，不禁大为兴奋，双眸炯炯有神，接着说道："臣请以南方军事陈言！"

所谓"南方军事"不言而喻是指三藩，康熙原本打算起驾回宫，不由又坐了下来，笑道："这里议事倒比宫里缜密，你放胆奏来！"

"国家一旦南方有事，会怎样呢？"周培公双手相合，沉吟着说道，"臣以为将以岳阳、荆州或南京为决战之地！"

"你说详细！"康熙将椅子朝前拉了拉。

周培公的目光好像穿透了墙壁在遥视远方。"如叛兵调度得方，那他们就会以岳阳、衡阳为根本之地，夺取荆襄，东下南京，水路沿运河北上，陆路由宛洛插向中原，会师于直隶。但现在看来，他们未必做得到。叛军中骄兵悍将居多，心思不齐，指挥不一，民心不从，这样的如意算盘打不好，臣以为他们只不过想划江分治而已。"

"我当以何策应付？"康熙的目光深不可测，幽幽地审视着衣裳褴褛的周培公。

周培公一笑："倘若真的如此，主上当以湖南为决战之地，同时沿长江布八旗劲旅，稳定北方局势，以江西、浙江为东线，以陕西、甘肃、四川为西线，割断敌军联络，倾天下之力各个击破——此跳梁小丑，敢不束手就擒？"说到这里，周培公略一顿，又道，"当然，要剿抚并用，恩威兼施。打仗的事，本来就不单是两军矢石交锋啊！"

康熙听得既紧张，又高兴：今日此来可谓不虚此行，略一沉思，笑道："你且退下，到外边叫明珠和索额图进来。"

见周培公挑帘出来，索额图和明珠便知议事已毕。明珠方才已经打听到，这个姓周的拿着伍次友的荐书却不肯来投自己，窝了一肚皮的气，听到周培公传旨，一边向里走，一边嘻嘻笑道："周先生，恭喜呀！此番邀了圣恩，可以大展鸿图了！"索额图打量了周培公一眼，他欣赏周培公不附权贵的风骨，却甚疑他是个哗众取宠之辈。半晌才对明珠道："咱们进去吧。"周培公哪里晓得这两个天字第一号宠臣的心思，只笑笑没言语。

不一时，明珠便出来传旨："赐周培公进士出身，赏兵部主事衔，在图海步军统领衙门参赞军事。"说着又叫过穆子煦来吩咐道："传话给吏部，吊销李明山进士资格！"

对于这后一条旨意，不但明珠，连图海也是丈二和尚摸不着头脑。在回宫路上，图海嗫嚅了半日，终于说道："主上，李明山虽言语冒犯，念其不识圣颜，似可……"

"这个不必说了，"康熙笑道，"朕岂是无器量之主？李明山站在那里那么长时间，他脚下踩了一枚测字先生遗落的钱，你看见了么？"

第十九回　　乾清宫争议撤三藩
　　　　　　牛街寺访民解疑难

　　端阳节后第三天，魏东亭和明珠奉诏入宫，刚在午门下轿，便见穆子煦从里头迎了出来，笑笑道："请二位快点，皇上今儿来得早，尚未进膳，群臣会议只怕已经开始了。"两人各自惊疑：事情何至于如此紧迫？

　　这次朝会到的人很多，殿侧靠墙一溜矮几上坐着杰书、遏必隆、索额图和熊赐履，还有二十几个部院大臣坐在木杌子上，都设有茶几，一个个正襟危坐，一语不发地盯着康熙。魏东亭逐一打量，除了朱国治、范承谟和户部尚书米翰思较熟识外，其余的只有见面点头的交情。明珠却都认识，只不便说话，站在旁边一个一个地用目光打招呼致意。康熙今天穿得很齐整，戴着白罗面生丝缨冠，穿着酱色实地纱袍，套着石青蓝地纱褂，一条金镶三色马尾纽带紧紧束在腰间，正在阔大的乾清宫御座前来回踱步，青缎皂靴踩在水磨青砖地上发出橐橐的声音。一回头见明珠和魏东亭还站在那里，他只点头说了句"坐下吧"，便不再理会。

　　"除了遏必隆和米翰思，都不赞同撤藩。"康熙忽然停住脚步，目光炯炯地盯着熊赐履问道，"你熊赐履学坛领袖，每日讲的三纲五常，你说说，养痈遗患，日后恶疾大发，刀兵四起，还怎么个'君为臣纲'法？"

　　熊赐履不安地欠了欠身子，答道："臣不是说三藩不该撤，但该撤是一回事，能撤又是一回事。国家如今元气未复，骤然下旨撤藩，如生不测之变，筹饷便是一个绝大难题，兵源也欠缺，怎么应付呢？"

　　"万岁！"索额图接着熊赐履的话音说道，"三藩如今虽自成门户，却不见叛逆实迹。当初朝廷与吴三桂杀马盟誓，让他世守云南，如今无端下诏撤藩，怕引起朝野非议——人而无信，不知其……可也！"他忽然觉得自己说得有些不恰当，结结巴巴勉强把最后两个字挤了出来。

　　"唔？"康熙并不在乎索额图的刻薄话，沉着脸问道："无端撤藩——你是这样看的？你讲讲，吴三桂每年从西藏私购一万匹马仍不敷用，又暗地到内蒙征马，这做什么用？他库中兵器已能装备七十万人，为什么还要日夜铸造？朝廷官吏都派不到南方，江南不说，直隶、山东、河南、安徽有多少是部委的官，有多少是西选的官，方才吏部尚书都讲不清楚，到处都是西选官！这些人在底下胡作非为，朝廷竟无法节制！'普天之下，莫非王土；率土之滨，莫非王臣'，竟是一句空话！"说至此，康熙显得很激动，至龙案前端起一杯凉茶咕咕一饮而尽，又冷笑道："想不到诸臣工枉食朝廷俸禄，竟比不上一个十二岁的卖唱民女有见识，实实令朕寒心！"

这番话声色俱厉，大殿中顿时鸦雀无声。索额图头上渗出一层细汗来。

"万岁圣明！"明珠见索额图狼狈，心里暗笑，身子一挺朗声说道，"如今鳌拜内患已除，内外臣工，无不仰望主上再振天威，一鼓尽收全功，天下百姓厌憎割据，盼撤三藩如大旱之望云霓，此时不撤，更待何时？天心民心所向，臣料吴三桂不敢违抗。"

"不见得！"熊赐履冷冷说道。明珠这个话与今日开议时米翰思的话如出一辙，熊赐履很讨厌这种空泛的议论，便接口大声说道："明珠面谀当今，此乃小人行径！方今天下百废待兴，元气并未恢复！自古一夫倡乱、万民受难、社稷遭殃的事情史不绝书，难道我们可以置君父于不顾，孤注一掷？"

"明珠的说法不无道理，不能说是面谀。"遏必隆挤了挤眼，干咳一声说道，"撤藩确是民心所向，这个藩不撤掉，民不得安，国不能治呀！"他忽然想起前年漕运粮食在固安遇到那个怠慢河工的知府来，想想不是说这事的时候，便吞了回去。

"臣以为熊赐履的话对，还是要以德服人。"忽然有人大声说道。明珠瞧时，却是大理寺卿魏象枢在说话，"吴三桂前明时不过是一个总镇的前程，至危关头才封了个伯爵，我朝待他恩深似海，岂能不思报效？"明珠正想反驳，旁边的魏东亭发话道："魏象枢未免以君子之心度小人之腹，你能保吴三桂不反？"

"要撤也须有万全之策！"熊赐履涨红着脸顶了上来，"《易经》有云，君不密失其国，臣不密失其身！万一事有不虞，置宗庙社稷于何地？目下粮食仅能支用两年，存银也不足……"

"熊大人!"米翰思不等熊赐履说完,抢上去截住了,"我户部有钱买粮,可以支用五年!况且主上又不是说今日就撤藩,而是要即刻着手准备撤藩,倘再有二年时光,我还可再积一年军饷!"

此话既出,殿中诸臣不禁窃窃私议。康熙也不禁愕然,转脸问米翰思:"去年地震修殿,你不是说没有钱嘛!"

"回万岁的话!"米翰思起身一躬又坐下,大声答道,"万岁此时说修殿,臣还是没钱!"索额图也起身说道:"请万岁治米翰思欺君之罪!"

朱国治和范承谟都是外官进京述职的,还是头一回参加这样的御前会议,见大臣们争得面红耳赤,言语尖刻,惊得背上一阵阵出汗。对米翰思如此强项,正担心康熙大发雷霆,不料康熙突然纵声大笑:"国家有此良臣,朕有何忧?张万强,让内务府记档,米翰思赏穿黄马褂、赐双眼花翎!"

黄马褂倒也罢了,双眼花翎在清初却是极为难得的殊荣。乌里雅苏台将军因功晋封侯爵,情愿爵位不要,请赐双眼孔雀花翎,格于部议,朝议到底没给这个面子,如今米翰思无尺寸之功,仅积了数年军饷便受到如此青睐,大臣们不禁发出一阵钦羡的赞叹。米翰思激动得满面潮红,伏在地下重重叩头道:"万岁恩典,臣受之有愧,二年之内若不能再筹一年军饷,情愿纳还万岁赏赐!"

"方才熊赐履讲的'事有不虞',朕也明白。你熊赐履没读过《孟子》?社稷为重,君为轻!朕决策撤藩乃为天下社稷,生死置之度外。惟天下大权,一人操之,不能旁落。藩是要撤的,朕意已决。"康熙侃侃而言。庄重地坐回龙椅,按照自己改定了的"撤藩方略"的思路说道,"诸大臣自今想事办事都要依着这个宗旨。当初西汉七国之乱前也有过类似今日的争议。你等为君国社稷之大事互有歧见,无论对与不对,朕概不降罪。索额图、熊赐履等所言亦有可取之处:撤藩前,必须做好周密准备,不可鲁莽行事。国家无平叛之力,就不能轻易下诏撤藩。"

"万岁!"熊赐履听了康熙这番话,心里受到极大震动,起身伏地叩头道,"前日,吴三桂曾奏请辞去云贵两省总管之职,主上何不允了他的奏议,先作一番试探。"

"嗯,好!"康熙很满意熊赐履的这种气度,虽不同心,却能协力办事,遂含笑点头道，"朕允你所奏，即日即可颁诏。"说着，便大声对纷纷下跪辞朝的官员说道，"就按今日议定的，朱国治赴云南任巡抚，范承谟调任福建巡抚，陛辞后即日启程。其余各部司衙门退朝后各拟本司应办公务的条陈奏来，你们跪安吧！"

殿中人退尽了，显得空落落的，斜照的日影从洞开的门中一直照进殿内，康熙忽然觉得有些寂寞，猛地想起自早晨在皇后那里用了点心，到现在尚未进膳。他不觉暗自好笑，在门口融融的阳光下舒适地伸了个懒腰，活动了一下腿脚，远远望见户部主事何桂柱双手抱了一大叠文书要送往文书房，便笑着叫道："何桂柱，你过来！"

"哟！"何桂柱正低着头走路，不防有人叫，抬头见是康熙，忙笑着过来，"是主子爷叫奴才，奴才这眼越发的不济了！"忙将文书送至案上，回身过来又是打千儿，又是磕头，"奴才怕有半年没给主子请安了！瞧着主子身子骨儿倒挺硬朗，只是眼窝儿怎么有点抠凹？便是事忙，也得珍惜才好。"

康熙打量着这个际遇不凡的悦朋店老板——头发虽然已经半白，却又比先前发福了许多，红光满面，穿着一色儿新的六品服色，显得挺有精神——一边听他唠叨一边笑道："如今做了官了，先前的手艺可还办得来？九年前头一回到你店里，你正给你的伍二爷办酒送他入闱，朕品尝过你的清蒸甲鱼，可还做得出来？"何桂柱听了一怔，忙又笑道："万岁爷这份记性奴才算服了！奴才做了一辈子食膳，哪里就丢生了？万岁爷既想着好，奴才这就再办一席！"康熙听了，转脸对侍立在御座前的穆子煦笑道："你们从早晨立到这会儿，也累了，都下来松动松动——派人叫图海递牌子进来，朕还有事吩咐。"又笑着对何桂柱道："朕今日赏乾清宫侍卫共进御膳，你下厨指挥，拿出手段来，不要叫那些黑心厨子拿温火膳来对付，办完了差你也来！"

何桂柱笑嘻嘻地答应了一声，一颠一颠地去了。康熙半躺在御榻上闭目养神，明珠和穆子煦、狼瞫、犟驴子还有素伦等几个新进侍卫在丹墀下大金缸旁活动着手脚，随便扯谈，只有魏东亭不入群，钉子一般站在殿旁守护。

"奴才图海奉旨见驾！"康熙正要蒙眬入睡，忽然听到殿外有人洪亮地叫了一声，睁眼看时，图海戴着起花珊瑚孔雀翎顶，穿着九蟒五爪袍子，缀锦鸡补服大步入殿，一甩马蹄袖跪了下去，"奴才恭请圣安！"康熙忙坐起来笑道："起来吧——本来等着用膳，不防睡着了。"图海正要问召见何事，何桂柱就闯了进来，打千儿笑道："御膳已经备齐了，摆在东厢配殿里，侍卫们都候在殿外等着万岁爷呢！"

"皇上尚未用膳，"图海忙退立一旁，说道："奴才这边等候着就是了。"

"朕还是有点不放心。"康熙沉吟着说道，"你都布置好了？周培公怎么说的？"图海躬身答道："周培公前日请假，说到烂面胡同去办点事，没有和他计议——京师近畿十二处清真寺院，共分派了五千四百余人，先攻下牛街清真寺，放火烧掉它，其余十一处以火光为号，一齐动手，今夜可将造反回众一鼓荡尽！"

何桂柱原不大留神，听二人说得如此严重，见图海满脸杀气，肌肉一抽一搐，顿时吓得心里直跳。

"很好，"康熙平静地说道，"只是朕心里到底不踏实。说是回子们造反，只是听了些谣言，实据不足啊！他们夜聚明散已经十几日，难道不怕朝廷知觉么？"

"回万岁！"图海身材并不魁梧，说起话来却像铜钟，"朝廷屡颁明旨，民间不许聚会议事，回民们应该知道。就凭这一点，剿杀他们也不过分。何况他们夜夜如此——"话没说完，何桂柱忽然惊呼道："老天爷！主子爷和图大人都说些啥子哟——回子们是在做礼拜！"他的脸都吓白了。

"扠出去！"康熙冷不防被他吓了一跳，见是一个六品职官失惊打怪地插言国家大事，不禁勃然变色，"这里有你说的话？"魏东亭在殿口听见康熙发怒，忙进来一把推了何桂柱就往外走。

"回来！"康熙忽地若有所思，一摆手厉声命道。何桂柱几年前是天天见康熙的，却不知康熙发起脾气来如此吓人，早吓得浑身筛糠，哆嗦着转回身来跪了，哭丧着脸道："奴……奴才该……该死！"康熙见他吓得可怜，等他神定了才缓缓说道："这一回恕了你——你怎么知道他们是做礼拜？"

"奴才的妈就在回教。"何桂柱的魂魄这才归了窍，说话流利了一些，"奴才小时候常跟着去清真寺。主子爷方才说'夜聚明散'，那是他们教里规矩，连着十几天了，那必定是过斋戒月！"

"什么叫斋戒月？"康熙和图海都是一怔，对望一眼。康熙又道："你不要只管磕头。"

何桂柱抬起头来，额前已是乌青一片，苦着脸笑道："那里头的规矩多得记不清。说白了，就跟咱们过年差不多。"

原来回历十二月叫做斋戒月，最容易引起外人猜疑。一入斋戒月，回民们以启明星为准，白日就禁了饮食，一直到晚间日头没了才吃饭做礼拜。回族只虔信穆罕默德，并不像汉人见神就拜，有什么事求什么神，就是不能去清真寺，每日在家也要做"霍甫摊"晚礼，十拜穆罕默德。每逢斋月，必须每晚都到清真寺听经布道，做"天爷回拜""特拉维汉"，从十拜一下子增到二十四拜，直到深夜才回家吃饭。外头人不明就里，见他们做事如此鬼祟，哪有个不疑心的？何桂柱连说带比划，好半天才算说了个大概："……如今万岁爷要捉拿这些人，那不是天大的冤枉？到了回历腊月二十八夜，是穆罕默德上天的日子，二十四拜外还要再加一百拜，身子不好的，拜死了的都有呢！"他语无伦次地讲了一大通，用手抹了抹嘴边的白沫，大瞪着眼瞧着瞠目结舌的康熙。

"请万岁爷定夺！"图海也有些心慌，兵马早已出发了，只要火起就一齐动手，此时若要变更便须要逐一通知。不然，如果哪里不小心失了火，就会千万人头落地！

"就算你何桂柱讲的是真情。"康熙深感事关重大，拍拍脑门又问道，"朕在北京这么多年，怎么就没听说过这事？斋戒月也罢，过年也罢，偏偏到康熙十年才听说，这也真奇了！"

这确是实情，何桂柱瞪着眼苦思半晌也不得明白，只好叩头答道："奴才的话句句是实。只是为啥这些年都不过斋戒月，偏今年就过，奴才也不知道。"

"朕肚子饿了，"康熙掏出怀表看看，已是申牌时分，也就立起身来对图海道："半道上杀出程咬金来！叫小魏子派人传旨：各路进剿清真寺的兵马一律听候号令再动，原定火起为号作废！用过晚膳，朕要亲访牛街礼拜寺。图海也跟着去。"

因为有事，原来准备高高兴兴的一餐御膳进得匆匆忙忙。图海和魏东亭变尽了法子想劝阻康熙去牛街，康熙只是付之一笑。末了起身来还拍了拍何桂柱的肩头道："要是你说的都是真的，你今日真是功德无量了！"说着便命更衣，换了一身灰绸袍，头上戴一顶青毡帽，解下腰间槟榔荷包来，顺手丢给何桂柱道："这个赏你！"又转脸对图海笑道，"叫魏东亭给你打扮一下，这么翎顶辉煌去清真寺，明儿北京便又要出新闻了。"

初夏之夜熏风花香醉人，牛街上的人熙熙攘攘，叫卖饺子、馄饨、京点、烤鸭、烧鸡、烤饼、牛羊肉汤的声音比赛似的此起彼伏，还夹杂着小孩子的摔炮声和追逐打闹、捉迷藏的嬉笑声，呈现出一片太平景象，谁也意识不到这中间还有什么凶险。但图海和魏东亭两个人心里却直犯嘀咕，虽然后头有穆子煦一干几十个侍卫扮了百姓跟着，谁能想象几千回民暴动起来是个什么样子，又如何确保这个执拗的青年皇帝能安全脱身？魏东亭负着卫护康熙的全部职责，更是愈想愈怕。一阵和煦的微风吹来，康熙高声赞道："好风！"魏东亭却打了个寒噤。

"老伯，到寺里做礼拜么？"图海和魏东亭正想心事，忽听康熙问道。抬头看时，是个精神矍铄的老人，银须白发，头上戴着回族老人常戴的白布帽，只散穿一件半截白衫，背着手一蹶一蹶地走着，康熙已和他搭上了话。

"是啊！"老人点头笑道，"娃子们性急等不得，天一麻麻亮就出去了。我上岁数了，和他们比不得。"

"老伯家里几口人？"

"我？"老人呵呵一笑，伸出手来一亮，又翻了两翻，"十五个！都急着去了，还不是早去早安生，惦着家里那点油货——你这小郎君，过节的东西都齐备了吧？"

"差不多了……"康熙迟疑了一下，含含糊糊地答应道。

"不容易啊！"老人抬脸望着越来越近的清真寺大拱门叹道，"今年总算过个节……打从顺治爷坐北京，算来快三十年了，前头几年闹兵荒，后头几年年成不好，夹着鳌中堂一个劲儿地圈地，真邪门了，一天安生日子也没有！这总算熬出点头来了——再折腾几年呀，像你这么大娃子怕连开斋节咋过都不知道了！这真托了安拉和康熙爷的福了！"

原来如此！康熙一下子愣住了。魏东亭和图海也都心里雪亮，有些惭愧地互望了一眼，正待劝康熙不必再进清真寺，不防康熙猛地反身一把攥住魏东亭的手臂，低沉地惊呼道："虎臣，你瞧谁从那边过来了！"声音竟慌得有些发颤！

魏东亭顺康熙目视的方向注目一看，也是大吃一惊——对面六七个人一边闲谈一边走，中间簇拥的，竟是在固安县客店里与李光地、陈梦雷对猜谜语的杨起隆。他出的谜底是"夷狄之有君，不如诸夏之亡也"。因此，康熙对杨起隆的印象特别深，他当时那阴阳怪气的神情至今仍能忆起。杨起隆的穿着十分鲜亮，正在一群人簇拥下，向牛街寺走去。

第二十回　假康熙大闹清真寺
　　　　　　真皇帝智斗三太子

这个翩翩公子正是在五华山与吴三桂会面、自称为朱三太子的杨起隆。他在江北、山左一带以"少主"身份巡视了钟三郎在各地的香堂后，返回了北京。

其实，他的本名叫杨起隆，父亲杨继宗原是前明熹宗时左副都御史杨涟的远房侄儿。杨涟因弹劾魏忠贤被捕下狱，偌大的杨氏家族死的死逃的逃。杨继宗化名朱英出走，遍游大江南北，结识了不少江湖上的朋友，挣得百万余贯钱的家产。崇祯初年杨涟的冤狱平反，杨继宗返回北京。他以大量的金银财宝贿赂了周贵妃的堂弟周全斌，很快就得到一个光禄寺司库主事的职位。

崇祯十七年三月二十九日，李自成大军攻破北京城。深夜时分，崇祯皇帝撞响景阳钟，召集百官入宫。待杨继宗飞骑赶进紫禁城时，侍卫、锦衣卫、太监、宫女的尸体横七竖八到处都是，血腥味扑鼻熏人。此时崇祯已经杀死了公主、皇子和近侍宫女皇妃，逃到煤山去了。

要不是杨继宗见多识广，见了这些尸体准会被吓傻的。他在宫中像游魂一样穿行，突然被横着的一具尸体绊了一跤，被摔出五六尺远，两只手也被擦破了。方欲起身，又发现这死者的怀中竟抱着一个小木盒子，十分精致。当时他也顾不得打开细瞧，便抱起来，连夜赶回乡下。

回到家里就着灯光打开看时，杨继宗不由倒抽了一口冷气。里边竟有一方盘龙金钮玉玺！玉玺下有一块黄丝绢帕，上面画着弯弯曲曲的线条，这是一张藏宝图。绢帕的左下角有密密麻麻的小字，加盖着洪武皇帝的玉玺。近三百年的东西了，看着还像是全新的。

杨继宗前后想想，明白了，这是几个人为争这个木盒子而丧生的。

杨继宗死后，这张图和玉玺就落在了杨起隆手中，成了假冒"朱三太子"的凭证和资本。这个"少主"对这次巡视结果相当满意，仅直隶、山东、河南、安徽四省，香众信徒已有二百余万。

在乾清宫议定围剿造反回民，以牛街礼拜寺火起为号的消息，当天下午便由内务府老黄敬派人传送了出去。听到蓄谋已久的计划就要实现，杨起隆兴奋得心脏噗噗直跳——天下回回是一家。朝廷在北京惹翻了回民，满天下的清真教徒都会成为康熙的敌人，那该是怎样一个快心畅意的局面！

吃过晚饭，杨起隆便带着周全斌的公子周公直、齐肩王焦山、阁老张大、军师李柱、总督陈继志、提督史国宾等人前往牛街清真寺观火，以便见机行事。

杨起隆见到康熙，先也是一愣，随即满脸堆笑地向康熙双手一拱，说道："龙公子，固安县匆匆分手，转眼间一年有余，不想今日在此再次相逢，真乃三生有幸！"

"呀，是杨老板？"康熙故露惊讶之色，一边还礼，一边对魏东亭道："可还记得这位杨老板么？"说罢，又指着图海介绍道："这一位是敝店分号的金掌柜，店就开设在菜市口。他有一套拿手的红白案，请多多光顾。"

魏东亭听了，十分好笑，想不到康熙竟有如此机变的才能，说出的话倒真有个小老板的味儿，便也随着康熙应付道："幸会，幸会！当然记得，杨老板有一肚皮的学问，出的谜儿竟吓走了两位年轻秀才。"图海也顺势应酬道："久仰，久仰！往后敝店的生意请多多照应！您也是来做礼拜的？"

"做啥子礼拜哟！"杨起隆呵呵一笑，"来瞧热闹呗———一同进去吧？"

"您请先进，"康熙狡黠地眨眼笑道，"我们还要随喜随喜，顺便等几个人。"杨起隆只好拱手作别，带着从人先进去了。

康熙装作闲逛，一边走一边左顾右盼，在四个大拱门边来回游荡，直等后头穆子煦一干侍卫赶来，才带着图海进去。里边的涤虑室、长老坟、元明碑亭、邦克楼、望月楼……都挂上了各色彩灯。康熙进来后，便挨次看去，见魏东亭亦步亦趋在身后紧紧地跟着，遂压低了嗓子厉声斥道："你老跟着我做什么？还不快去告诉他们，预备着厮杀！"说着目光如电地狠狠瞪了魏东亭一眼。图海身经百战，杀人如麻，从不知道什么叫害怕。可他这一次从康熙那双黑晶晶的瞳仁里感受到令人胆寒的锋芒！康熙见他惊讶，淡淡一笑说道："你不知这里头的情由，这位杨老板来头大着哩！如果热闹瞧不上，他兴许就会造出点热闹来。"说完便向正殿走去。

　　这是个高大宽广的礼拜大殿，十八根立柱中间铺满了大红毡垫，白色布帷遮了内廊两厢，专供女教徒在里边做礼拜用。殿内殿外足足跪有两千人。康熙进殿后左右张望，哪里还找得到杨起隆的人影儿，便也跟着大家跪下。图海、魏东亭、穆子煦、犟驴子、狼暄一干人也跟着挤了过来，跪在康熙的附近。

　　"台斯密!"有人大声说道，嗡嗡嘤嘤的人声顿时静了下来。康熙从人缝里望去，一个身着红衣长袍的长老站在雕满了汉文、波斯文的经坛前，手里捧着一本《古兰经》，开始大声地背诵起来：

　　　　俩依俩海，音兰拉乎，穆罕默德，素伦拉希!

长老背诵一段，翻译一段：

　　　　万物非主，惟有真主，穆罕默德，主的使者!

"乎图拜!"经坛上长老背诵一段后又翻译道：

　　　　真主至大! 真主至大! 真主至大! 真主至大! 我证万物非主，惟
　　　　有真主; 我证万物非主，惟有真主! 我证穆罕默德是主的使者!
　　　　我证穆罕默德是主的使者! 快来礼拜呀! 快来礼拜呀! 快来成功
　　　　呀! 快来成功呀!

那长老双手举了起来，有点神经质地抖动着，翻译得十分激动，正要再往下说时，忽然有人站起身来，冷冷说道："你成功不了啦!"

　　这一声虽然不大，但是在寂无人声的大殿里却显得阴森森的，顿时惊得教徒们一怔，接着又是一阵轻微的骚动。康熙转过头来看时，说话人果然是杨起隆。图海下意识地抚摸了一下腰间的柔钢软鞭，向康熙投去钦佩的目光。

　　那长老正诵得起劲，万没想到会有人打岔，先是一惊，定下神来将

《古兰经》轻轻合上，用冷冰冰的目光盯着杨起隆说道："请你自重，这里是真主的使者穆罕默德神圣的殿堂！"

"没有什么不自重的，"杨起隆鄙夷地看了一眼愤怒的人群，格格一笑说道，"你们违抗朝廷谕旨，擅自聚会布说邪道，人人都能管得！"

"原来你不是穆罕默德的信徒，"红衣长老冷笑道，"你是专门到这里来捣乱的！"说着脸色一变，对跪在前排的年轻人厉声喝道："执行真主的意志，把这个邪恶的人撵出去！"几个精壮汉子听到红衣长老发了话，"嗯"地立起身来就要过去动手。杨起隆从容一笑，将泥金扇子"哗"的一声打开，悠闲地扇了两下。他的身后也"嗯"地站起一片人来，足有二三十个，都是辫子盘顶，腰挎匕首。

最前头的是杨起隆的护驾指挥朱尚贤，见几个青年扑过来要推抓杨起隆，便一把将杨起隆拉到身后，自己挺身出来，朝年轻回民劈脸便是一巴掌，打得那个年轻人嘴角流血，倒退了几步。

"不许打人！"满殿的回民齐声吼道。两厢妇女们已沉不住气，纷纷向外逃走。红衣长老大喝一声："都不许动！"人们立刻又安静跪了下来。长老问朱尚贤道："你是什么人，为何在这里撒野动武？"

"我是当今康熙万岁爷驾前的一等侍卫，钦命善扑营总领魏东亭！"朱尚贤身子一挺，骄傲地昂着头，把一份札子隔着人头甩了过去，冷冷说道，"瞧瞧怎么样，能管教你们不能？"

跪在康熙身旁的魏东亭顿时气得浑身发抖，朝康熙瞟了一眼，见康熙不动声色，只得压下火气，静候命令。

"这里是清真寺，"听说是皇家官差，长老缓和了一下口气，解释道："我们穆斯林正在过斋戒月，背诵经文，祈祷真主保佑，赞颂太平盛世，并没有越轨行为，不劳长官干预！"

"诵经？"假魏东亭冷笑一声，说道："你说的那万物非主，惟有真主，岂不是连皇上也'非主'了？"

那长老听了，十分气愤，便反驳道："长官这话不对，'万物非主'，皇上不是物，佛经上讲四大皆空，岂不连皇上也空了？怎么太皇太后老佛爷还信佛呢？"

"这奴才好一张利口！"杨起隆笑顾身后一个侍卫，吩咐道，"犟驴子，还不将他拿下！"

那假鳌驴子走过来，便要扑向长老。

真鳌驴子早就憋了一肚子气，也顾不上等康熙下令了，一声不响地一跃而起，几步就跨了过去，一把提起了假鳌驴子，"呸"地照脸吐了一口唾沫，接着又扇了他一记耳光，咬着牙骂道："谁裤裆烂了，露出个你来！你爷的这个名字，能是你叫得的？撒泡尿照照吧，瞧你这副嘴脸，配得上称为'鳌驴子'吗？"

"放开他吧！"康熙立起了身子，冲着杨起隆冷笑一声道，"杨老板，看来，还缺个爱新觉罗·玄烨呢，想必皇上的角色是由你来扮了？"

杨起隆朗声大笑："龙公子，你果然聪明，朕即是——当今皇帝爱新觉罗·玄烨！怎么，你也不服？"

"哈哈哈哈！"康熙再也忍不住了，遂纵声大笑，"图海，虎臣，世间居然还真有这档子事，我若不是亲临其境，还真不会相信呢！这是一出很有趣的《双龙会》。"

"一个也不要走了！"红衣长老此时听出了眉目，指挥回民道："将所有出口封死，赶紧去向顺天府告急！"跪在当地的回民们此时才惊醒过来，按照长老的吩咐将殿门和大门封得严严实实。杨起隆顿感形势严重，脸色一变，跟着大声说道："不要放走了这个假皇帝！"

康熙向前迈了一步，忽然"噗嗤"一笑："请问你今年高寿几何？"

"十七！"杨起隆显然有些狼狈，红了脸仰着脖子说道。

"好，真是个好角色！"康熙又转身向殿中的回民问道："你们看看这位'皇帝'像不像十七岁的人？"

这一说，大殿里的人群立刻大哗。

"不要嚷！"康熙又质问道，"你既是皇帝，总该随身带有玉玺吧？"

"朕的玉玺在乾清宫，何劳你来相问？"

"嘻！朕这个假玄烨倒有一颗随身小玺！"康熙笑着从怀中取出一方黄金图章，在烛光下一晃，熠熠生光。说着脸一沉，目视魏东亭道："这才是真正的谋反人。"

"拿！"魏东亭见康熙暗示动手，在旁大喝一声。

一声令下，图海咆哮一声，"嗖"地从腰间抽出一根一丈余长的柔钢软鞭，"日"的一声向朱尚贤抽去，朱尚贤一下子就被扫倒。魏东亭、狼瞫、犟驴子、素伦等侍卫也狂吼一声，饿虎般扑了过去。

杨起隆见来势凶恶，挥着扇子单脚一蹬，大声下令："放火，烧掉这个贼寺！"他身边跟从的"侍卫"齐声响应，有的扑上来擒拿康熙，有的撕掉帷布蘸油，在烛上点燃放火。灯影下两家顿时混战成一团。回民们有的呐喊着上来助战，有的便挤着往外逃，有的打、有的跑、有的叫、有的哭，如乱麻一般。

偏那红衣长老十分沉着，尖着嗓子大叫一声，高高擎起《古兰经》，"腾"地跳上讲桌喊道："教徒们不要慌！捉拿放火人！这是真主安拉的圣坛，不准恶徒放火！"

他这一声高呼十分有效。遍天下回民最能团结御强，几十个精壮汉子由红衣长老指挥着，有的和杨起隆一伙人搏斗，有的和魏东亭一起保护康熙。回教徒们见图海的鞭子着实厉害，凡被他打到了的一个个都是半死不活，便连声赞道："好厉害的鞭子！好厉害的将军！"那图海听了，越发性起。

杨起隆的从人虽然武艺不及图海和魏东亭，但他们也一个个精悍顽强，受伤的还咬着牙前来厮打。魏东亭和图海不敢离开康熙一步，只有穆子煦他们十几个人力战，若不是回民们助打，就要落了下风。

火渐渐着起来了，火舌爬到梁上，经坛上的地毡被上边掉下的火团火球点燃了，发出刺鼻的焦煳味，殿堂里浓烟弥漫。殿堂里实在待不下去，图海和魏东亭一边一个夹了康熙就往外走。忙乱中图海踢到了一个受伤的假侍卫，那人"哇"地大叫一声，猛地跳起来向康熙扑来，刚挨到身边，便被图海钢钳般地扭住了，图海顿时火起——一反手，将那人倒提起来，"呀"地大叫一声，立时将那假侍卫撕成两片。康熙见他如此凶狠残忍，不由闭上了眼睛。跟着杨起隆的几个"侍卫"顿时被吓得心慌腿软，发一声喊便一齐拥出了清真寺大院。大殿上空轰然一声，殿堂的天棚被烧塌了，暗红的火舌伸向房顶殿廊。

犟驴子一心要寻假犟驴子的事，寸步不离地赶着打，假犟驴子被他逼得没法，便站住了笑道："就算你是真的还不成？交个朋友嘛，何必欺人太甚？"

犟驴子打得兴发，哪里听得进这些个，便使了史龙彪传他的丹砂掌猛推过去，口里说道：“先打倒你，再说交朋友！”

假犟驴子见他出掌厉害毒辣，忙使了一个“西施浣纱”，身子一扭躲了过去，哪知犟驴子这是虚招，进前一步一个连环鸳鸯腿向背后踢来。假犟驴子一个踉跄，未及站稳，已被犟驴子擒在怀里，正要伸出二指抹他的喉咙，魏东亭在一旁忙叫道：“贤弟，留个活口！”犟驴子狞笑一声，住了手，喝问道：

“谁的主谋？讲！”

“朱……朱三太子！”

“谁是朱三太子？”

“就是那个摇纸扇子的！”

“贼窝子在哪里？”

“……”

“嗯？！”犟驴子伸出手去，“咯嘣”一声便拧断了他的膀子。

假犟驴子疼得双眉紧攒，摇头喘息道：“不，不要这样……在，在鼓……”言犹未毕，火光中飞来一镖，穿过犟驴子肘弯，打中假犟驴子的咽喉。连哼一声也来不及，假犟驴子口里冒出黑血来，脸一歪就死过去了。犟驴子回头一看，见是那个躲在树后的假魏东亭放出的暗镖，便大吼一声跳起来，红着眼又杀了上去。

朱尚贤因受伤不敢恋战，口里打了个呼哨，十多个人聚在一处护定了杨起隆。杨起隆在火光中仰天大笑：“痛快痛快！十二处回回寺将全部化为灰烬，等着回子们和你这个真康熙算账吧！”说完十多条黑影一齐蹿上高墙，隐没在黑夜之中。

长老和回民们听了这话蹊跷，便转脸注目康熙。

“不要理他，图海，去调兵救火要紧！”康熙笑道，“穆子煦明日传旨，着户部拨银五万两交给这位长老，重修牛街清真寺！”

“万岁爷圣明！”红衣长老伏地叩头道，“有万岁爷这句话，穆斯林们便受用不尽了，愿安拉保佑圣主万寿无疆！”

康熙点了点头，从图海手上接过辔绳，翻身上马，笑道：“长老放心！你们安生过节吧！”

第二十一回　　咏胡笳乐极生悲
　　　　　　　唱山歌否极泰来

　　吴应熊在宣武门内石虎胡同他的额驸府里等候火光，已有些发急了。这个地方原是前明大学士周延儒的宅子，不知这个周先生出于什么癖性把它修造得如此幽深曲折，一层层的厅堂屋宇挨次相连，最宽处也不过丈余，房与房间的夹道连个轿子也抬不过去。吃过晚饭，内务府管事黄敬和文华殿总管太监王镇邦都来见他，禀报了鼓楼西街杨起隆亲赴牛街寺"引风吹火"的消息，吴应熊听得脸上放光，心头突突乱跳。

　　今夜牛街这台戏，吴应熊称得上是导演的导演。整出戏的布局都是经他反复推敲后，由黄敬和王镇邦这两个双料间谍撺掇着杨起隆发动起来的。

　　在花厅里待着太气闷了，吴应熊便邀黄、王二人穿过西边一个月洞门，到花园北边的好春轩去。他们在一个土台子的石磴上坐下，也不掌灯，也不摆酒，手里端着茶杯，仰脸望着天空，等候牛街方向火起。

　　他自信已经摸到了这个腰缠万贯神通广大的"朱三太子"的脉搏。自上次周全斌走后，半个月后他便接到了刘玄初的信。刘玄初因为有病，字迹写得歪歪扭扭，却是言简意赅。处置与朱三太子这帮人的关系的方略，只有十二个字："不招不惹，若即若离，利用不疑。"吴应熊自认，这十二个字自己使用得恰到好处，甚见成效。只一年多光景，不显山不显水，朱三太子属下总香堂里已有十几个人被拉过来了。

　　他已经过了二十来年的人质生涯，韬晦之术运用得颇为纯熟，除了朝会，拜会寥寥几个当朝大老，他几乎每天都在家"闭门思过"。一本《易经》翻得稀烂，"韦编三绝""文王拘而演周易"都符合他此时此地的身份和处境。但今夜这事可以牵动大局，讲究慎独的吴应熊有点坐不稳这个钓鱼台了。

　　牛街清真寺这台戏只要演得成功，几万回民今夜就要遭塌天大祸，康熙和天下回民顷刻之间就会变成生死冤家——这个杨起隆虽然貌不惊人，鬼聪明却层出不穷，真也算得上是一个天下雄杰！有了几百万回众响应配合，父王吴三桂决不至于再徘徊观望了，若能乘势起兵，等于增加了一支生力军，何愁天下不乱？即或不能马上起兵，至少数年内朝廷顾不上整治三藩。父王六十多岁的人了，身子又虚弱，还能有几天阳寿？只要一伸脖子咽了气，朝廷能不叫他吴应熊回云南继承王位？那时候……想到这里，吴应熊端着茶杯站起身来，遥望着牛街方向，他急着要看到这场好火。

"但这一来，"一阵风吹过来，吴应熊忽然打了个哆嗦，"朱三太子便是回子们翘首景仰的首领，又该如何是好呢？"

"额驸，"黄敬坐在对面笑道，"不要急嘛，就像正月十五看焰火，是不会误了时辰的！"

"唔。"吴应熊应声答道，又自言自语地说，"图海那边不知有没有动静。"

"回额驸的话，"土台下头有人答应道，"各衙门都在过午点了兵，早已到位了。"

"是廷枢么？"吴应熊一听便知，这回话的是自己专办文书信件的清客郎廷枢，忙招呼道，"忙了一日，累坏了吧，上来一同坐坐。"

话音刚落，斜对面坐着的王镇邦忽地站起身来，像是想说什么，却没有说出口，身子一歪往后便倒，被旁边的黄敬将他一把扶住，问道："你心口疼的毛病儿又犯了？"

"火，火！"王镇邦只是一时激动，心疼病犯了，一手指着牛街方向，颤声惊呼，"火烧起来了！"吴应熊身子一弹跳了起来，踮起脚尖翘首瞭望。"真的是牛街，真的是火！"

虽然离得远，但夜中观火，还是十分分明的，那一晃一晃的亮光，随着五月的风摇曳着，摆动着，闪着紫的、蓝的、黄的、红的颜色，看上去多么绚丽，浓烟在空中翻滚，多么趁人心愿！

"发动了，哈哈，发动了！"吴应熊高兴得笑出声来，对着苍穹长吁了一口气，转脸对郎廷枢道，"廷枢，你是饱学之士，可还记得蔡文姬《胡笳十八拍》的第四拍吗？"

"飞马去看图海的动作！"郎廷枢没有立即回答，却向台下吩咐了一声。

吴应熊的院子里立时传来窸窸窣窣的动静，人们穿梭般往来，互不交谈。二十几匹快马从马厩后的暗道里牵出去，分赴各个清真寺，和暗中观察情势的家丁接头联络。王镇邦见吴应熊把家政调治得如此整肃，不由暗暗赞叹："真是个干大事的人！"

待一切布置停当，郎廷枢才笑着回答吴应熊："《胡笳十八拍》您都背熟了，倒来问我。我却只能背诵第三拍。"说罢，微微吟道：

> 越汉国兮入胡城，亡家失身兮不如无生，毡裘为裳兮骨肉震惊，羯膻为味兮枉遏我情。鞞鼓喧兮从夜达明，胡风浩浩兮暗塞营。伤今感昔兮三拍成，衔悲蓄恨兮何时平？

吟声刚落，吴应熊含泪亢声接着吟道：

> 无日无夜兮不思我乡土，禀气含生兮莫过我最苦。天灾国乱兮人无主，惟我薄命兮没戎虏。殊俗心异兮身难处，嗜欲不同兮谁可与语？寻思涉历兮多难阻，四拍成兮益凄楚！

吟罢，已是泪湿胸襟，勉强笑道："涉历多难阻，实乃我一生写照，但愿日后有些转机吧！"

"此非弹词弄曲之时，"郎廷枢笑道，"咱们还是下去，回好春轩给老王爷修书要紧。"吴应熊拭泪点头，刚要下土台，便听一个长随来报："额驸大人，鼓楼西街周全斌先生来，说有要事见您。"

"说我已经睡了。"吴应熊冷冷说道。想想又觉不妥，便又唤住了："回来，请他进来！"又转脸对王镇邦笑道："你是朱三太子的黄门官总领，他见你不好，还是回避一下——老黄一向常来，就一起见见，看他有什么要紧事。"说着一同下了"观星台"，回到院内正厅东厢，掌起灯烛与黄敬说话吃茶，周全斌已走进来了。

"哎哟老兄！"吴应熊呵呵笑着起身道，"亏你如此兴致，这早晚还肯光临我这蜗居——来，来，请坐，看茶！"

"这不是吃茶的时候！"周全斌颜色不是颜色，气呼呼坐下，也不理会吴应熊的殷勤，铁青着面孔对黄敬道，"你送的好消息，什么图海去牛街，以举火为号，全城齐拿回民！"

"你怎么了？"吴应熊上次与周全斌发生龃龉，因为落了下风，朱三太子手下的人无不拿他当白痴，来了人常是这种派头。今天周全斌一来又拿腔作势，吴应熊觉得有必要让对方知道点颜色了，"周先生，你怕是弄错了吧？这里不是茶馆，乃当今朝廷的堂堂额驸、太子少保、散秩大臣吴应熊的私宅！黄敬兄是我的座上客，岂能容人当面侮辱？"

"是吗？"周全斌略一怔，望一眼矮胖粗蠢的吴应熊，冷冰冰说道，"吴先生到了此时，还要和我装腔作势，顾左右而言他？"

"你若有话就好好讲，"吴应熊已预感牛街事情有变，心中暗惊，脸上却毫无表情，"若是专为作弄人而来，那就请你出去！"

"康熙亲自去了牛街！"周全斌掩饰着激动不安的心情，"戏全砸了！我们放火，他们倒救火，你们却在这里隔岸观火！"

尽管已有思想准备，吴应熊脑海里还是轰然一声，知道一切全翻了个个儿，强自镇定咬牙说道："你说些什么呀？我竟一点也不明白——皇上去牛街清真寺，是我和黄先生叫他去的？自个拉屎，还是自个擦屁股吧！"

"老黄敬，到底怎么回事，你该说明白！"周全斌端起茶来又放下，直愣愣地盯着黄敬问道。

"我？"黄敬苦笑道，"皇上这些事，我怎么能知道？你也不要太过分，盆子烂了说盆，罐子破了补罐嘛！"

"我怀疑是二位足下串通了，摆弄我们钟三郎香堂的！"周全斌冷笑道，"焦山的兄弟焦河，还有七八个弟兄都已经死在清真寺——我们可比不上你家平西王，死几个人算不了什么！"说着，从怀中抽出两张纸来，晃了晃，对吴应熊说道："这是什么？是王爷和黄先生的卖身契！识相一点，再弄这些玄虚，不要命了么？"

"送客！"吴应熊看也不看，将手中茶杯重重地向桌上一蹾，拖着长声叫道。几个家丁闻声闯了进来，因吴应熊未下令动手，只虎视眈眈地逼视着周全斌。

周全斌用惊异的眼神瞥了一眼吴应熊，慢慢站起身来，阴阳怪气地朝吴应熊一笑："我的话记清了？"

"没什么关系——请吧!"吴应熊满不在乎地手一挥,几个人上来连推带扯地将周全斌架了出去。

"额驸!"黄敬头上冒出了汗,"他手上拿的那两件东西,一件是我和杨起隆定的誓约,另一件必定是王爷的什么要紧东西,为什么不乘机劫了下来?"

"你真傻得可以!"吴应熊大笑道,"李柱是何等人物,这时候肯让姓周的带着真货来?"

黄敬忧郁地低了头,咕哝道:"他要拿这个整我,明日就得脑袋搬家。"

"放心吧,他怎么舍得!"吴应熊身子向后一靠,"我尚且不惧,你怕什么?这个周全斌今夜来此是敲山震虎,为我而来的,与你半点相干也没有!家父不动手,我岂肯轻易与他们联手?家父一旦动了手,不用他来找,我也要去找他的!"

黄敬揩揩头上的汗,心有余悸地说道:"也真是吓人,皇上怎么竟亲自去了呢?"

"厉害就厉害在这里呀!"吴应熊长叹一声,"杨起隆的回回戏唱砸了,只好唱钟三郎的老戏,这是文文火,慢悠悠的事,我琢磨着还得瞧云南的板眼。得快把伍次友的事料理了,要收收篷了!"

"伍先生!"黄敬讶然问道,"你不是说他死了?"

"天不灭曹呀!死个人并不那么容易!"吴应熊就着灯火燃着了旱烟,沉思着说,"他已经落到保柱将军手里,要让保柱处置掉他,快些赶回北京,将来千里走单骑,我身边没有这样的人是不成的。"

"他在哪里?"黄敬脱口问道。

吴应熊狡猾地一笑,又完全恢复了憨厚老成甚至有点痴呆的模样,吐了一口烟没吱声。

"我该走了!"黄敬忽然惊慌地站起身来,"他们冒充皇上去清真寺放火,皇上必定要追查是谁走漏消息……"

"对了!"吴应熊忙道,"你和镇邦都得赶紧回去弥缝照应。半年之内你们都不要来我这里,有什么事,可去朝阳门外老地方联系,我自然就知道了——镇邦!"他回头朝里间屋大声说道,"你可听清楚了?"

伍次友那日从船上跃入水中以后，在波浪里翻了几个个儿，很快就被冰冷的河水冻僵了，失去了知觉。

当他再次醒来时，已躺在一条船上，一位眉清目秀的青年公子坐在他的身边，阵阵药香从舱的另一头扑鼻而来……伍次友的头晕晕乎乎的，只恍恍惚惚地看了那青年公子一眼，便又昏睡了过去。

伍次友躺在暖洋洋的被窝里，随着船下水波的荡漾，好像摇篮里的婴儿一样舒心适意。可他的内心并不平静，耳边似乎听到了风声、雨声、惊涛骇浪的呼啸声……忽而又觉得自己身下的木船离开了水面，在空中悠悠忽忽地飘着、旋舞着。康熙笑眯眯地走过来拉他去见苏麻喇姑，苏麻喇姑却远远立着敛衽施礼，笑道："先生别写这些了，找个地方儿静一静不好么？"伍次友笑着方欲答话，手中的纸被一个人劈手夺了过去，回头看时，却是保柱一张带血的脸在狞笑……伍次友惊叫一声："婉娘！快帮我毁掉……"一翻身惊醒过来，浑身都是冷汗！

"雨良！"

伍次友这才看清，守在自己身边熬红了眼睛的竟是相约同游兖州府的李雨良。

"青猴儿，先生醒了，快把药端来。"李雨良一边吩咐青猴儿，一边将伍次友按在床上，柔声说道，"你烧得厉害，真吓死人——一个劲儿地说胡话，什么姑，什么娘，又是什么方略呀？"伍次友脸一红，半躺了身子道："没什么，那都是些不相干的事，只是你怎么就恰恰救了我呢？"李雨良叹了一口气，良久方道："一言难尽，只告诉你，要不是胡师兄，你早就……这也是缘分……凑巧啊！"

"胡宫山！"伍次友惊道。

李雨良点头笑道："也真难为你还记得他。"伍次友略一沉思，问道："他人呢？""他是个游方道士。"雨良笑道，"不过，他说再过些时也要去兖州，说不定还能见到。"

"这是在向北。"伍次友根据船行速度判断道，"兄弟你真是信义之人。"

"你这病怕要在兖州府多耽搁几天。"雨良沉思着回答道，"然后送你到北京。"

"我到北京做什么？"伍次友惊讶道。

"昨儿替你卜了一卦，你如今不利南行。"雨良不知怎的，心里一阵空落落的，冷冷说道，"你不是说要给我荐个差使么？你如今这个样子，我怎么能丢开你不管？"

"哦——"伍次友支持不住，半躺着的身子又弛然卧下。青猴儿一边给他喂汤药，一边笑道："我跟李先生打算和你一同进京。我们盘缠不够使，路上还要打您的秋风呢。"

"想不到我伍次友又要回北京了！"伍次友喃喃说道，"怎么见他呢？"

"谁？"雨良敏感地问道，"是那个叫什么姑的么？"

"你说的是苏麻喇姑。"伍次友凄然一笑，"她已经出了家，对我的情分是很重的，可惜没缘分……大丈夫于儿女私情……我是放得下的……我说的是……皇上……我的学生……龙儿……"他又有些神志不清了。

"你放心歇着，"雨良眼眶中也涌满了泪水，低下头给伍次友掖掖被角，便掩饰过去了。

伍次友又昏沉沉地入睡了。冷舱里，昏灯下雨良和青猴儿在默默无语地各自沉思。半晌，雨良忽然笑道："青猴儿，你那天在河堤上唱的歌很好，再唱一遍我听听好么？"

"那都是没事心里焦躁，自己瞎哼哼出来的，既然您想听，我就唱。"青猴儿笑着便轻轻唱起来：

> 老天爷，你年纪大，
> 耳又聋来眼又花。
> 你看不见人，听不见话，
> 叫哑了喉咙，你也不回答！
> 吃人的妖魔，你封成了神，
> 一辈子良善，你将他往地狱里下。
> 杀人放火的享着荣华，
> 吃素看经的活活饿杀！
> 老天爷，你不会做天，你塌了吧！
> 老天爷，你不会做天，你塌了吧！

第二十二回　李云娘侍疾运河栈
胡宫山济世兖州府

　　第二日上午，船已进入兖州府地界。离老码头尚有好几里，运河被泥沙堵塞，船是过不去了。李雨良付了船钱，便和青猴儿扶着伍次友上了岸，在岸边新开的"运河客栈"里住下了。李雨良和青猴儿每天忙着给伍次友请医生诊病，侍汤侍药十分殷勤。

　　康熙十年春，黄河上游由于猛然解冻，浩浩荡荡一河春水直泻而下。于成龙虽治河有术，却循的古法，只派大量民工清疏下游沉积泥沙，见效虽快，却并不治本。这次春汛骤至，猝不及防，便有几处决了口，高家堰一带淹死了不少人。大水过后，兖州府到处都是饥民。曲阜孔家的舍粥场，引来了成千上万的饥民，瘟疫也随着四面八方的饥民到来，而蔓延开来。伍次友久病之身，如何抵挡得住？便又病倒了，温热不退，不思饮食，把李雨良急得团团乱转。

　　"贤弟，"第五日傍晚，伍次友已是奄奄一息，躺在床上微喘着说道，"你往跟前坐坐，我有话讲……"雨良忙答应着坐到床边，问道："哪里不好受？"伍次友微笑着摇摇头，说道："我这个人一生过错很多，天罚我如此了却，倒也并不冤枉，如今看来大限将至，拖累贤弟和青猴儿跟着白吃了这多日子的苦，这，这……"他轻轻咳嗽了两声，又道，"我乃一介书生，无物报你，这里一方鸡血青玉砚，原是皇上……琢了来亲赐给我的……你拿了去，到北京寻着善扑营的魏东亭做个证见……不，不去也罢，留着它做个心念罢。日后你若能见到家父，把愚兄的事告诉他老人家，我也就瞑目了……"说到此处，已是气弱声微。

　　李雨良心里此时也说不上是个什么滋味，她一生纵横江湖，仗剑杀人无数，要怎样便怎样，心里从来寒也不寒；见过的人论千论万，总没有放在心上，待见了眼前这男子，自觉竟有些割舍不开了！眼见伍次友垂危待毙，想起高楼咏诗、西窗烛谈的往事，能不令人神伤？怔了半晌，雨良方泣道："先生只管说这些不吉利的做什么？我李雨良上天入地，总要想办法，治好你的病。"

"用不着了。"伍次友惨然一笑，"生死有命，岂是人力可为？只有一事，萦我心头已经多时，你若知道，务必告诉我……"

"什么事？"李雨良看着伍次友的眼神，她有些惶惑了。

"云娘是谁？"伍次友低声问道。

云娘是谁，连青猴子也不知道，房子里沉寂下来，半晌，雨良突然啜泣起来，抽咽着说道："不瞒先生，我就是云娘……是个女……的。"

伍次友睁大了眼睛，盯了云娘半晌，舒了一口气，叹道："我明白了……'云（雲）'字'娘'字你各取了一半……唉，你为什么要来自讨这个苦吃呢？"

"先生说得很对，不过说来话长了。"云娘说道，"你如今身子不好，且静养，等好些了，我从头说……"见伍次友闭目点头，云娘强忍着泪回到自己屋里。

但这一夜云娘不能安然入睡了。

她是陕西镇原人，祖辈力田营生。到父亲这一辈，日子过得刚好一点，又遭了瘟疫，母亲和姑姑在同一天双双病亡。老父亲眼睁睁瞧着没法，便将云娘卖了三两银子，给汪家当丫头，草草葬了妻子和妹妹。当时的云娘才九岁。

汪老太爷待人还好，并没有虐待这个买来的小姑娘。但不久，汪家出了一件蹊跷的事，一下子使她大祸临头。汪家大少爷汪士贵是个布贩子，常年不在家，主持家事的是汪老太爷年轻的续弦妻子汪刘氏和大奶奶汪蔡氏。婆媳二人一向不和。

自从二少爷汪士荣在贵州选了茶马道台，回家住了一个月，婆媳俩的感情突然好了起来。汪老太爷年老多病，成天地躺在床上，有一天，云娘起得早，照例到太太屋里端尿盆，她站在房门口轻轻唤了两声，没人答应，便自己走了进去，谁知里头不但没尿盆，并连太太也不在。正奇怪时，二少爷住的西厢屋"吱"地一响。婆媳两个笑嘻嘻地你拧我一把，我推你一下，扣着衣襟出来，见小云娘呆呆地站在堂屋门口，便都变了颜色。

"贱妮子！"汪刘氏几步过来，一把死拧住云娘耳朵提起来，咬着牙骂道，"娘卖屁的，这个时辰鸡都还没叫，你来献什么勤？"说着便猛抽两巴掌，打得云娘嘴角冒血。汪蔡氏却假笑着过来拉，一边抚慰道："你是才来的？没有瞧见什么稀罕事儿吧？"

"没有。"云娘委屈得呜呜直哭，"就瞧见太太和奶奶……"

"嗯，乖娃……"汪蔡氏笑着说道，"奶奶待你好不好？"

"……好。"

"太太，这娃可怜着哩，来了这多年也没回家看看。"汪蔡氏对板着脸的婆婆说道，"今儿叫她回去一趟吧！"汪刘氏"哼"了一声，一掀帘子便进屋去了，半晌才说，"瞧你面子，叫她回去，嘴里若是胡吣半句，回来仔细着你的皮！"

云娘走后，并没有再回到汪家。当晚下着大雨，在回家的路上，她被一个男人拖到后山老松林里反剪了双手，绑在树上。这老松林，一到夜间便有成群的狼来寻食，不等天明，她便会尸骨无存的。

云娘永远也忘不了那个怕人的夜晚，黑魆魆的松林里，风雨呼啸着，远处一阵阵狼嚎声，还夹着近处猫头鹰的呜咽声……她恐怖得浑身麻木了，湿漉漉的头发紧紧地贴在脸上，遮住了双眼，可她仍瞪着眼睛呆滞地看着前方，望着黑魆魆的峰峦，老爹的破茅棚就在那边山脚下。

正当她恐怖得簌簌发抖时，两个过路人救了她。一个是终南山黄鹤观的清虚道长，一个便是师兄胡宫山。同一晚，汪家起了一场大火，噼噼啪啪直烧到天明，那么大的雨也没有浇灭它。城里人还编了一首歌词，说什么"天火烧了乱伦家"。从火中逃出来的汪士荣便连夜赶回了贵州。

李云娘此番出山，原是出于一片好胜心。胡宫山在悦朋店收了被康熙赐死的郝老四为徒，回到黄鹤观时，清虚道长已羽化了半年，师兄妹一别多年，自然有说不完的话。谁料云娘听胡宫山说起在京的情形时，倒被惹恼了："师哥，别怪我说你，你真够窝囊！我看明珠这人，不是个东西，可你倒大方，把那位翠姑姐姐让给他！还有那个伍先生和苏什么姑，你竟眼瞧着让明珠给拆散了，亏你还是行侠仗义的人！"说完啐了一口，便别转了脸。

胡宫山这人遇强则强，遇恶则恶，遇善则疲软，听了她这番话只是苦笑："师妹，你自幼上山，只偶尔走走黑道，并不知人间烟火事，你下去瞧瞧，自然就明白了……"

"我不信！"云娘道："过几日我就下山，干个样子回来给你瞧！"

如今，她已经领略了人间世事，在层层密布纵横交织的三纲五常的网络里，也开始挣扎了。她打算送伍次友回北京，逼明珠出面重新撮合与苏麻喇姑的事，连青猴儿也笑她太痴。如今伍次友重病在身，又识破了自己女身，该将如何处之呢？

天在不知不觉中透晓了，云娘猛想起今日务必要去请兖州名医范宗耀来瞧病，一骨碌爬起身来，刚洗漱完毕，便听门上有人问："店主家，这里可住着一位叫伍次友的先生么？"云娘不禁眼睛一亮，几步跨出门来——来人干黄脸、三角眼、倒八字扫帚眉，面容异常丑陋——此人正是胡宫山。云娘此刻见他，恰如飘零在外的游子，在走投无路时遇到了自己的兄长一样，嘴角撇了几撇，终于呜呜咽咽地哭出声来。

"不要哭，不要哭嘛！"胡宫山回头对身着道装的徒弟郝老四道："——清风过来，见过你师姑了！"

"师姑！"郝老四将拂尘一摆，上前一揖到地说道："师姑大安！"云娘一看便知此人聪明狡猾，忙回身叫出青猴儿来，含笑对胡宫山道："不才也收了个徒儿，青猴儿，快见你师伯和师哥了！"

青猴儿嬉皮笑脸地走过来，咕咚咕咚便是几个响头："师伯、师哥好！咱早就听说了，师伯有一身好手段，好医道，待给伍先生医好了病，也点拨侄儿几招！"

"好，好！"胡宫山笑道："云妹，你得当心，这皮猴子偷完了你的功夫！"郝老四却急忙问道："伍先生也在这里，他怎么了？"

青猴儿忙道："沾了时气，不得了呢！要不姑姑见了你们干吗抹咸水儿？"胡宫山听了没再言语，几步跨进房里，看着昏卧在床上一动不动的伍次友，沉吟半晌方皱眉叹道："云妹，你怎么连半点医道都不通？——把窗帘门帘一律掀开！"

一阵河风迎着窗户吹了进来，云娘打了个寒噤，问道："冻不着么？"

"人已成了这样，冻一冻何妨？"胡宫山上前坐了，一边拉起伍次友的手，一边笑道，"要不是你两个强壮，待在这屋里，连你们也要沾染这病气!"说着便诊脉,两道浓黑的扫帚眉紧蹙着。

半晌,胡宫山放下伍次友手臂道:"病在膝理,治倒是能治,一时半刻怕痊愈不了。"

"那就请师兄劳神!"

"这不消说,我们是老朋友了。"胡宫山一边写方子,一边说道,"我只能照管几天,下余的事还得你来办。不过——"

"什么?"

"用的药都很平常,只是这病却要人照料,你办得来么?"

"有什么照料不来的?"

"那好。"胡宫山懒懒说道,把药方子递给青猴儿:"快去抓来。"青猴儿接过方子,一溜烟儿跑了。这边胡宫山起身说道:"你看我这治法你办得来么?——发内功,逼出他五脏中郁结的病气。"说着双手五指并成爪形,在伍次友脚心发动,沿着身体向上愈来愈低,直至胸口双手按下,移时才拿下来。伍次友脸上逐渐泛起了血色。胡宫山深深舒了一口气。

云娘看了立时明白了他的意思,脸腾地红到耳根,半晌才低声答道:"那也没什么!"

"又是一个痴人。"胡宫山古怪地笑笑,"云妹,我是方外人,也是过来人,劝你治好他的病,就回终南山,如何?"

"为什么?"

"不为什么。"胡宫山道,"这样对你好,对他也好。"

正说话间,青猴儿连蹦带跳走进来,跌脚皱眉道:"毛驴生兔子,真他妈怪事!师伯方才开的几味主药,跑遍了镇子,竟是一概没有!"

"这都是极平常的药,哪个生药铺能没有?"胡宫山眉头一拧,眼中放出贼亮的光,"是不是药铺见病人多了,囤积居奇?"

云娘顿时慌了,说道:"前几日还有,怎么一霎儿就都没了?这怎么办?伍先生的病是耽误不得的!"

"你的伍先生不要紧!"胡宫山阴沉着脸道,"几万饥民传疫,无药可医怎么得了——药铺的人怎么说?"

青猴儿用衣袖抹了一把鼻涕说道:"药铺的人说,茯苓、杜仲、天麻这几味药,因为云南、贵州卡了封了,有药进不来。这儿的郑太尊把余下的又一股脑儿都买了去，舍给这儿的钟三郎香堂。香堂里有的是药，可就是不卖，有什么法儿？"

"钟三郎——哪个坑里的泥捏出的菩萨，就这么霸道！"云娘咬牙切齿骂道，"真是剿不完的野杂种！"

"师父，"旁边的郝老四笑道，"今晚咱们走一遭儿吧？"胡宫山听了笑道："云妹听听，这是个有出身的人，先前是皇帝的三等侍卫，犯了王法，到我这里讨了一条活命，可仍是杀心不改，爱讲风月！"

"风月？"云娘有些不解。

"是啊！"胡宫山呵呵大笑，"'风高放火天，月黑杀人夜'，不是'风月'么？"

青猴儿显然很喜欢这位师伯，便对云娘道："求求您允许我跟着师伯去开开眼界！"云娘沉思一会儿，便点头答应了。

夜深人静，更鼓初起，胡宫山二人便去了。云娘在病榻前守了一会儿，见伍次友呼吸平稳，略觉放心，正待回房歇息，却见郝老四进来，便点头笑道："你坐吧，伍先生经师兄这一调治，已经好多了。"

郝老四规规矩矩坐在一旁，说道："师姑，伍先生也是我的好友，前年皇上赐我死时，他还为我做过挽词呢。"云娘听了点点头，没有说话，只轻轻叹息一声。郝老四半晌又笑道："师姑，师父劝你离了伍先生回去，确是一片婆心，不过师姑若肯传我一招'四两拨千斤'的功夫，我却有更好的主意！"

"什么主意？"

"您先离开伍先生一些时辰，是有好处的。"

"为什么？"

"师姑别发脾气。"郝老四一本正经说道："——怪吓人的——您老明鉴，天下事愈求愈远，愈离愈亲，走哪都是这个理儿，您这样一步不离地跟着伍先生，伍先生只能拿您当朋友，何况他心里还有个苏——"

"你住口吧！"云娘被郝老四这透彻肺腑的话说得心头突突乱跳，多少天来隐藏在内心、连自己也不敢承认的事，叫这郝老四一下子全兜了出来，她心里一阵烦乱，忽然恼怒地说："你怎么就知道我安着别的心？再这么混账，还指望我教你么？"

"是是是!"郝老四忙答道,"我不敢再混账了!"口中说着,心里却暗笑,"这些婆娘们真怪,明是那回事儿,就不让人说!"

"听着!"云娘起身来,目光咄咄逼人,"若你用这功夫杀好人,被我知道了,取你小命易如反掌,我师兄到时也救你不下!"

"好得很!"门外胡宫山哈哈大笑,带了青猴儿进来道,"我们师兄妹收了一对儿魑魅魍魉!青猴儿死乞白赖要我传他铁布衫功,清风又要讨你的四两拨千斤——一对儿赖子!"四个人不禁相视哈哈一笑。床上的伍次友呻吟一声,翻了个身,口里叫道:"水,水……"

他已三天水米不进了,今日一经调治,竟这么快就有了转机。云娘见他苍白的面孔在灯光下显得雅秀超俗,想起郝老四方才那番话,说不出心里是欢喜是难过,是感慨还是自伤。她转脸看了一眼正俯身诊视伍次友的胡宫山,这个面目可憎心地良善的师兄,追了一辈子吴翠姑,翠姑直到死,也只是将胡宫山看做兄长,却与那个没天良的明珠打得火热!人世间姻缘怎么这样不可思议呀!难道自己也要走师兄的老路不成?

胡宫山见云娘痴痴地望着伍次友不言语,想起自家的身世,不觉也有些酸心。他将伍次友手臂掖进被里安抚道:"伍先生,你尽自放心养病,有狗肉道士胡宫山和云娘在此,哪个无常敢来勾你?青猴儿,快煎药去!"

"是宫山兄啊!"伍次友已完全清醒了,乍见郝老四也在病榻前说笑,不禁浑身一颤,"老四兄弟!你不是……死了么?怎么又在这里!"

"无量寿佛!伍先生在鬼门关走了一遭,兀自不忘故人,古风可佩!"胡宫山笑道,"你说的那个郝老四确已死了,他是我道士的徒儿清风——觉得身上好些了?"

"噢!"伍次友平躺着,由云娘一匙一匙喂水给他喝。沉静了一会儿,伍次友说道:"胡兄,亏了你这副好身手啊——方才,仿佛听外头有锣声,是怎么回事呢?"

"弄了他们几箱药,正在那儿撞天屈呢!"青猴儿笑道,"本来我们也不想大做,只这钟三郎的龟孙们也忒古怪刁恶。他们竟不是为了赚钱,压着货物,却要聚起来一把火烧掉!"伍次友默谋良久方道:"宫山兄,此中大有文章呀!你一向以济世为怀,深知民为国本的道理,民心不稳,则国本难固——他们这么做,不过是为了扰乱民心,激变百姓,也太狠毒了!"

　　胡宫山黄脸一沉，他被感动了：人病到这个份上，想的还是社稷和苍生，这份心胸比自己撮药济世不知要阔大几多！待了半晌，胡宫山方叹道："伍先生呐，你的话老胡都明白。从前事已不堪再提，你好好养病，老胡治好你再走！"

第二十三回　吃绿豆钟情女告别
陷缧绁冷面君自误

伍次友因内服良药、外用气功疗治，半个月后，已能行走如常。胡宫山师徒便过来辞别。

"从此要与先生分手了，"胡宫山与伍次友过去在北京时并无深交，倒是这次在江湖上偶然相遇，反而增进了相互间的了解。一想到将要各自东西，胡宫山心中不禁黯然，八字浓眉一蹙说道，"虽说天各一方，但愿日后车笠相逢，莫忘杯水之情哟！"

伍次友笑道："岂敢负心！不过你我是不会车笠相逢的，顶多陌路邂逅。我虽然做不了达官贵人，但是，胡兄的救命之恩我是永志不忘的。"旁边的郝老四乘机插言笑道："我们师徒是方外之人，先生却是性情中人，既要报恩，清风却欢喜实的。那年见先生给吴六一写的字极好，何不给我们也写一张呢？"

"清风别胡说！"胡宫山道，"我们云游四海萍踪不定，写出来往哪儿张挂呢？"

伍次友挺身起来笑道："老四也是金口难开，既是故人，又这么有缘，我给你们画张画儿！"说着来到桌前，提起笔来，向胡宫山和郝老四稍稍瞥了一眼，便走龙游凤地涂抹了起来，很快勾勒出两个道士形象：一个背插宝剑，腰悬葫芦；一个手持拂尘，两个眼珠子像在骨碌碌转动。胡宫山、李云娘、郝老四忙凑过来观看。青猴儿在一旁嚷道："这画儿不好不好！像两个贼似的，没个正形！"伍次友住笔笑道："青猴儿虽伶俐，哪里知道坏官不如好贼——你且看我笔下这贼！"说着，竟在题款上行云流水般地大书三字：

贼！贼！贼！

众人正愕然间，伍次友却又接着写道：

有影无形拿不住，只因偷得不死丹，却来人间济贫苦！

笑问胡宫山："如何？"

"妙哉！"胡宫山大笑道，"此画此诗老胡心领神受了，知我者，莫过伍先生！"他双手接了过来，珍重卷起，交给了郝老四，躬身一揖飘然而去。

送别胡宫山，云娘思量再三，也要辞行了。她倒不是因为听了郝老四"离则亲"的劝，而是觉得终日里跟着一个始终爱着别人的人转悠，结局可悲，人言可畏。传了出去，江湖上人将怎样看自己，自己又何以自处？但是此时离开伍次友，她又觉难以放心。几天来，云娘一直郁郁寡欢，空闲时常常呆呆坐着出神。青猴儿虽然知道一些实情，却不懂得她的苦衷，整天乐呵呵地跑前跑后帮着云娘煎药送饭。

四月初八是浴佛节，民间家家包饺子吃缘豆①，云娘为伍次友煎好了药，便赶到镇上买回三斤包好的生扁食，嘱咐青猴儿煮上，这才到伍次友房中来。伍次友已经脱去了棉袍，只散穿一件白竹布夹衫，五指并拢紧捏着一根细针，另一只手紧捏着袍角，咬牙拧眉地在使劲穿针，针走到哪里，脸便转向哪里紧盯着。云娘看到他那专注的神情，不禁噗嗤一笑，忙过来接了伍次友手中活计，就坐在椅上补起来。

室内安静极了，中午的阳光照得室外一片明媚。黄鹂和"吃杯茶"在参差错落的树枝间跳跃着，追逐着，发出吱吱喳喳的叫声，更显得屋里静谧温馨。一直到补完，两个人都没有说一句话。

"贤——哦，云娘！"伍次友见云娘用牙咬断了线，立起身来要走，这才赶紧说道："你好像心事很重？"

"没有。"云娘说道，她轻舒了一口气，"这几日瞧着先生病一天好似一

---

① 缘豆即青豆。清时风俗，四月初八吃青豆，以此来卜福缘。将青豆包在水饺、馄饨、包子或馒头里，谁若吃到，便定有福缘。

天，高兴还来不及呢。只是下一步该往哪里去呢？"

"游孔林，拜孔庙，再到泰安上十八盘，观云海日出，然后去北京。"
伍次友笑道，"不是说好了的么？"

云娘凄然一笑，说道："泰山那么高，先生久病刚愈，上得去吗？"

"有你在呀，"伍次友说道，"有你在，还怕上不去么？"

"我搀着你，还是背着你？"

"……"伍次友无言可对了。他猛地想到，这个穿着天青哆罗呢裙子的
人已不是"贤弟"，搀着背着，都不合适。沉吟良久，正待再说时，青猴儿
笑嘻嘻端着一大盘水饺进来，口里连声嚷道："热，热，盛得太多了！"抢
上几步将盘子急忙丢在桌上，嘘着手说道："头锅饺子二锅面，我尝了一
个，香着呢，请先生和——师父用吧！"

"一起吃吧，"云娘的心情似乎好了点，"青猴儿，你也坐下一道吃吧。"
青猴儿答应着，又去调配了一小碗姜蒜醋汁来，三人方坐下同吃。

云娘吃得很没滋味，不时地偷眼看一眼恬淡自若的伍次友和狼吞虎咽
的青猴儿。忽然，伍次友便吃到了一个缘豆饺子，端详着问，"这是什么
馅儿？"

"伍先生到底福分大！"青猴儿说道，"通共只一个缘豆饺子就给您吃了
去——哎哟！这是什么？"原来他也吃到了一个。

听了云娘的解释，伍次友不禁大笑，说道："既说谁吃到就有福缘，那
我和青猴儿是有福有缘的，怎么你倒没吃到呢？"云娘听着这话甚觉不吉
利，勉强笑道："我是个没福的，和你们比不得。只是这缘豆按理只能有一
个，怎么你两个都吃上了？"说着一怔，原来她也吃到了一个，"这做买卖
的，怎么弄的，图省钱么？包这么多的青豆饺子！"

"一是能多赚钱，二是图个大家都吉利。"伍次友说道，"这也是他们的
一片好心肠啊。今日浴佛节，大家都吃缘豆，将来都成佛做菩萨，岂不比
只一个人吃了有趣？"说着，便哈哈大笑。

"先生成佛，我师父做菩萨，我可不行。"青猴儿认真地说道，"我在菩
萨莲座边儿当个金童也就称心如意了！伍先生若不能成佛，将来做了大官，
见了我们，可不要忘了今天吃饺子的事哟！"

"什么'见了你们'？"伍次友搁下筷子问道，"你们不和我一起走么？"

"他说的是真的。"云娘在一旁低声说道,"送行饺子接风面,这是我们分手时的一点心意。"

"为什么?"伍次友问道,"你不到北京——"他突然想起"谋差事"已是不可能的了,不觉神色黯然,半晌方叹道:"也罢,也只有这样。聚散有定,离合有缘,虽说是涸辙之鲋,相濡以沫,不如散处江湖之中而相望,但愿他日陌路相逢,我们不要擦肩而过……"说到这里,伍次友觉得嗓子有些哽咽,强忍着没有流泪。

云娘见伍次友如此感伤,真想说一句"我不走了",但她不能。她嗫嚅了一下,强笑道:"先生何必儿女情长!你我都还年轻,绿水长流不改,青山大路回转,怕不能再见?再见时,岂有擦肩而过之理?"

当日中午伍次友、云娘和青猴儿共进了一餐别离饭,中间千叮咛、万嘱咐说了许多保重的话。伍次友决意明日拜会兖州府,由官府送他回京。云娘和青猴儿才依依不舍地上了路。

"姑姑,"青猴儿回过头,见伍次友还在古道口垂杨柳下遥望,不解地问道,"我实在不明白,好端端的,您怎么一定要走呢?"

云娘茫然地望着远处的碧水绿树,呆呆地说道:"你年纪小,长大了自然就知道了。"

"咱们往什么地方去呢?"

"先不要走远,在这近处住些日子,你师伯他们大约也不会走远。"

伍次友当晚直到深夜都没有入睡。云娘和青猴儿的身影一直在眼前晃动——药吊子里的药是上午云娘亲手煎好了的,只要温一温就能用。一会儿他仿佛听到了外间煽炉子"唿嗒唿嗒"的声音;一会儿他又好像听到云娘用汤匙调药、吹凉的声音。前几日还在和胡宫山、云娘几个人说笑论道,一下子便去得干干净净,只留下他孤身一人。

不知什么时候,外头下起雨来了,檐前滴水落在青砖地上,滴答滴答响个不停。伍次友回顾往事坎坷多变,瞻念前途渺若云水,不觉两行清泪顺颊而下:"唉,看来我实在招了造化的忌讳,成了不祥之身,天下如此之大,却不容我伍次友啸傲江湖,长伴梅花的了!"他翻来覆去折腾了一夜,天将透晓时,方才蒙眬睡去。

兖州府是山东古邑，大郡名城，又是圣府所在地。府衙坐落在城西北隅，八字粉墙上挂着一个匣子，里边装着前任官留下的一双官靴，已落了老厚的灰尘。

伍次友乘了一顶青布凉轿，离府衙老远就下来了。他拖着沉重的脚步慢慢来到衙前，见门口有一个书吏模样的人正在踱来踱去，便走上前来，投了自家名刺道："烦请禀报堂尊大人，就说扬州书生伍次友拜访。"

那书吏接了拜帖，一见"伍次友"三个字，满脸立时堆下笑来，就地打个千儿说道："这个事儿小的明白，前任太尊大人曾奉过宪谕，到处寻访伍先生下落，吩咐我们四处打听。这位大人现在回家丁忧去了。新任的郑太尊接印不久，只怕未必晓得，小的这就去禀报。"一边说着，一边就起身去了。

伍次友吊在半空的心踏实下来：至少不会被拒之门外的了。正思忖着，见府衙东边一个不起眼的小侧门"呀"的一声开了。书吏作前导，后边跟着一位官员，白净面皮，两撇黑须如墨，恰成一个"八"字形，穿着八蟒五爪的官袍，缀着白鹇补服，白色明玻璃顶子上的红缨颤颤巍巍，足蹬千层底皂靴，迈着八字方步一摇一摆地出来。他身后，还跟着一个人，像是师爷，身着黑缎褂子，头戴青缎瓜皮帽，一副大大的水晶墨镜戴在眼上，腰间系的槟榔荷包一晃一晃的，不住用眼打量伍次友。

伍次友一见是太守亲自出迎，忙抢前一步躬身施礼，说道："晚生伍次友，久慕太尊大名，路过贵治，特来拜望。"

"啊哟先生，这可不敢当！"那官员忙拱手还礼，一把拉住伍次友的手道，"学生郑春友，早奉上宪指令，专访伍先生。原以为先生早已南去，不料贵趾竟亲临敝衙——哦，这位孔令培，乃是圣裔。学生到任后专请孔兄来衙指点帮忙。我们方才在后衙闲聊时，还提及先生来着，不想先生已经到了，真是幸会，幸会！"

伍次友仿佛在什么地方听说过"郑春友"这三个字，只是一时再寻思不来。见郑春友满面春风，和蔼可亲，又十分爽朗健谈，心下暗暗高兴。旁边的孔令培将手一拱笑道："先生看上去似乎有些清恙，后头的筵席尚未开宴，权当为先生洗尘了！"郑春友笑道："正是啊！既来了，就在此小住几日，我这里琴棋书画俱全，一定会合先生胃口的。先生若不给面子，我可要霸王留客啰?"

郑春友呵呵笑着,十分殷勤亲热,将伍次友让进后堂:"来来,这边请,就在花厅西厢!"

伍次友一脚踏进花厅,立时便愣在当地,惊得面白如纸,寸步难移,原来在安庆府迎风阁带人捉拿他的平西王驾前侍卫,打虎将皇甫保柱,正笑吟吟地坐在筵桌旁恭候!

"正所谓'山崩地裂无人见,峰回路转又相逢'!"皇甫保柱见他进来,哈哈大笑起身道,"先生真是吉人天相,竟能大难不死,不想在此又与先生重逢,岂非三生有幸?"

"西选官!"

"不——是!"郑春友挑起两道细眉,拖长了声音笑道,"学生十载寒窗,三篇文章,两榜进士,殿试选在二甲十一名。虽不及先生尊贵,也是斯文中人!先生不必惊惶,请放怀入座,我们细谈。"

"好吧!"到了这一步,伍次友心知已入铜网铁阵之中,心一横径直坐了首席,举杯一晃饮了,见席上熊掌、烤猪便笑道,"这两样东西,烧得好是佳肴,烧不好一口也吃不得——没有一百两银子是办不来的,既蒙诸位如此厚爱,不才可是要僭先了!"说着,便夹起一块烤猪豚肉来在口中品尝,笑道,"久病思食,品此佳味,真是福气——令培先生,你祖宗说闻韶三月不知肉味,恐怕是不确的。"

"痛快!"皇甫保柱看到伍次友如此气概,感到有点自惭形秽,起身为伍次友斟酒笑道,"先生雅量高致,某在平西王麾下十余年,很少见到如此豁达之人!"孔令培在旁笑道:"保柱将军到此已有三月,专等先生消息,不想先生登门拜访。"方才伍次友说的"你祖宗"三个字,他听了很不受用,便挖苦一句回报。

伍次友又吃一杯酒,苍白的脸上泛起了红色,将杯在桌上平平一推,冷笑道:"那是伍某时运不济,碰上了守株待兔之人!"

"怕不是的吧?"郑春友呵呵笑着为伍次友斟酒,"天下哪有这样的大树——上叶干青云,下根通三泉,摇曳可以生风,呼吸可以致雨,麒麟赤豹居其下,鸾鸟凤凰巢其上,孳生乎遍地,错节而盘根……"

"这不过是鬼谷之树,久必生变,成为木怪,以为伍某不识它?"伍次友一听便知，这是套了"鬼谷子致苏秦张仪书"里的话大言欺人，顺口应道，"倘若上帝一怒，风云色变，电照长空、雷火下击，风伯鼓翼奋威，祝融腾起烈焰，龙蛇之神效命，伏羲氏驾六龙天马之车临于五华山上，则此树安存？"

郑春友摇头晃脑滔滔不绝地正说得得意，乍然被伍次友这几句"冲天大火"的话堵了回去，倒一时做不出好文章翻案，干笑一声端起杯来饮了，笑道："哪来那么大的火气，不过文章倒也做得可以能读罢了。"旁边保柱和孔令培见他二人一见面就霹雳电闪地交锋，不由心里暗自佩服。

"有什么话可以讲了吧？"伍次友冷笑道，"方才算是不错的一个开场白。"此时他拿住了劲气，已完全不像一个久病初愈的人了。

"嗯——是这样，"保柱从这两次与伍次友的接触中，不知怎的，对他有些折服，微微一笑说道，"其实先生已经知道，我们奉了王命，也是没办法的事，最好还是请先生亲赴云南，见一见王爷，许多事情是很好商量的。"

"云南我是不去的。"伍次友斩钉截铁地说道。他带着不屑一顾的神气径自夹了一口菜嚼着，"那个地方到处是乌烟瘴气，我不愿去送死。要死，还是死在中原的好。"

郑春友听了奸笑一声，将脸凑近了伍次友说道："不去也可。听说皇上让先生草了一篇东西，何妨见教一下，管保先生依旧放浪江湖，谁也不会找您的麻烦。"

"若是我不肯见教呢？不要忘了，我伍某来投贵府，可是知者甚多！"伍次友笑眯眯地看着郑春友，用手指轻轻地叩着酒杯问道，"此时我倒想起来了。唔，郑春友，你到底是谁家的臣子？你穿的是朝廷的官服，却暗中替吴三桂捉人，为钟三郎香堂写匾、舍药，你到底有几个主子？是三个、两个，还是一个？"

伍次友当着皇甫保柱的面，揭出了他和钟三郎香堂的关系，郑春友不觉微微心慌：与朱三太子虚与委蛇是经吴三桂侄儿同意了的，进一步的勾结却是他自作的主张。郑春友心里恨得咬牙，冷笑一声道："你此刻还是多想想自己的事为好。你要知道，书生杀人，不同寻常。譬如方才进来为你投送名刺的书吏，你就很难猜出他现在何处，是死是活。"

"随你的便。"伍次友无所谓地笑笑,立起身来问道,"是井里,还是梁上?是用刀,还是用鸩?请指点。"

"我可舍不得杀你!"皇甫保柱一笑,"不过先生确也倨傲有些过分,这样吧——先生大病初愈,先在这园中书房里住下,我们的事不急,先生慢慢想开了,我们再上路。这里有几十位兄弟服侍着先生,要什么只管吩咐,只是外头时气不好,就不必出门了吧。"说着起身将手一摆,早进来两个彪形大汉立在当门。伍次友立起身来,袖子一拂,头也不回地跟着去了。

这个犟书生不肯就范,保柱三个人都犯了难。待伍次友出去,郑春友询问地看了一眼孔令培,问道:"你看呢?"

"这是个吃软不吃硬的人。"孔令培笑笑道,"我们何不仿效曹孟德,也来一个'三日一小宴,五日一大宴',美女加玉帛将他养息着,便是铁做的,也熔了他——只可惜紫云姑娘已去了北京。"保柱笑道:"此计可行。到底是圣人之后,想出的办法都带着'韶乐'味儿。不过那不是三两天的事儿。"

"还是尽快押他回云南去!"郑春友沉思了一会儿,终觉得将伍次友长期羁留在府中不是事儿。

保柱听了不以为然,踟蹰良久方说道:"云南离此万水千山,伍次友要是肯去,再没说的了。他现在不肯去,朝廷又四处访他,倘若走漏了一点风声,我即或有天大的本事也回不了云南!再说,王爷如今要的是伍次友这个人,一路上,他若不吃不喝,难道让我拉个死尸去见王爷?"

孔令培摇了摇扇子,沉吟着说道:"这样吧,伍次友已落入我们手里,我看也未必一定要送云南,在这里将王爷要的东西弄到手,岂不省事?伍次友是死是活倒不相干了。"保柱却道:"最好还是活的,我猜王爷想弄他,也是要广揽人才,而且可以用来作为拒绝撤藩的口实,死了就不值钱了。"

"这个酸儒软硬不吃,你拿他有何办法?"郑春友平素极为自负,今日的文章做败了笔,很觉懊丧,听保柱话里似乎有回护伍次友意味,便顶了一句。

"软的未必不吃。"孔令培笑道,"只管养起他来,好茶好饭供养。我们也可趁机与他套套交情,时间长了准能寻出缝儿来,——保柱不是很爱好下棋吗,可以经常与他对弈。"

第二十四回　　谢大恩书生访贫女
　　　　　　　查奸细皇后审太监

　　自从在湘鄂会馆喝了阿琐的一碗豆腐脑儿，周培公一直惦记在心里，曾经去了几次，却再也未见到她。后来又到烂面胡同去打听，才知道阿琐姓顾，家里有个年老多病的父亲，还有个哥给人家打短工，日子过得很是紧巴。但究竟为什么不再做豆腐脑生意，邻居们也不清楚。

　　过罢端午节，周培公又要出去。图海见他换便衣，便笑道："又到烂面胡同去寻顾阿琐么？小老弟，你如今的身份不同了，要细细思量啊！前几天，户部郎中老姜还托人来打听你，八成是想把他的妹子说给你，我只含含糊糊地推托了。阿琐虽好，只是低贱了些。再说她现在有没有人家还不知道，何苦费这么大的心——要报恩，从我账上拿五百两银子送去！"

　　"哪里，哪里！"周培公掩饰道，"我并没有别的意思，只是受人如此大恩，竟连人家面也不见，一句酬谢的话也不说，岂不是太不知礼么？"图海听了哈哈大笑："既如此，你何不堂堂正正敲她的门，当面告诉她，'我周培公还你的簪子、报你的恩情来了！'"说完，他便自去了。

　　周培公被他耍笑得面红耳热，想不到这个老图海已经偷窥了自己的隐私。仔细一想，图海这话也确有道理，自己并无见不得人的去处，乍着胆子敲一敲她的门又有何妨？

　　来到顾阿琐家门口，周培公又有些犹豫了：一个青年男子，贸然去找一个年轻姑娘，小琐家人倘若问起，我该怎么回话？他赶紧抽回了叩门的手。可是，小琐给他盛豆腐脑儿的神情，又重现在眼前。在这人情淡薄的世路上，她所给他的体贴、温暖，一时间又涌上了他的心头，如果因自己的怯懦失掉了这些，那将是终生遗憾……周培公想着，正要抬手敲门，那门却"吱呀"一声开了。小琐挽着一篮子衣服走了出来，见周培公站在眼前，她目光一闪，随即又垂下了头，低声道："周……大人。"

一听到这"大人"二字，周培公突然觉得一阵寒意袭来，转而爽朗地一笑，说道："什么周大人，我还是周培公嘛！我已来过几次，总寻不到你家的门儿，按说我早就该来的……"

小琐听了，只低着头，脸上闪过一丝难以觉察的微笑，口中却道："这个地方太偏僻，我们又是小户人家，不好打听吧……"说着，回身推开门，又朝周培公蹲了一福，道："里头寒碜得很，您将就着进来坐坐吧。"周培公听她的话音，似乎自己几次在她门前徘徊都被她瞧见，不禁红了脸，慌乱地说道："不进去了吧，免得惊动了你家病人。哦，你不是要去洗衣裳么？刚好我也要到西河沿街拜会一个朋友，一同去好么？"小琐抬头看了周培公一眼，见左近并无熟人，略迟疑了一下，点点头答应了。

两个人默默走了一段路，谁也没有言声，周培公两只手已捏出了汗，良久，才没话找话地问道："家里日子可还过得？"阿琐也很不习惯这样的场合，经周培公这么一问，只"嗯"了一声，方缓缓说道："我爹打前年就病了，家里日子本就艰难，我们兄妹两个苦挣，也只够糊口的，偏是我哥不争气，出了事，让人家……"说到这里，她突然觉得失口，便又闭上了。

"你哥哥怎么了？"周培公站住了。

"唉！说不得。"阿琐见他立住了，只好也站住。这里正是前明张阁老家祖茔，十分荒芜。因是节下，又时近午牌，远近并无一个行人，融融的阳光照着葱茏苍翠的松柏，一丛丛野蔷薇在黄土冢前开着血红的花。阿琐看了培公一眼，低头叹息一声道："他原在城东尤家做活儿，和尤家大奶奶的丫环好上了……后来在野外叫人家拿住了，被打了一顿，剪了辫子，如今窝在家里养伤，不敢出门。尤家三天两头上门，要他去做活儿……唉！"她说着，眼中滚出一串泪珠儿，"我若不知先生为人，这些事是再也不会讲的，多丢人哪！"

周培公这才明白她这些日子不出门做生意的缘故，忖度了一下，从靴筒子里取出一张银票递过去，说道："这是五十两一张的银票，你先拿回去度穷——不不，你别推辞！我没有别的意思。我周培公飘零京师，举目无亲，受了你的大恩，此恩此德，岂是这区区几两银子报得了的？"

"不为这个。"小琐急忙分辩道，口张了两张，下头的话却说不出来。

"为什么？"

"爹爹要问起银子来历，我……怎么说呢？"

两个人都沉默了。周培公原是个能言善辩、足智多谋的人，此时，也觉小琐说的实在有理。他慢慢抽回了手，良久，说道："也罢，改日我到你家，当你爹的面把话说清楚，这么着可好？"他们沿着乱坟间的小道默默走着，突然小琐尖叫一声，急急倒退两步，几乎倒在培公怀里。周培公看时，是一条蛇蜕横在路中，上前拾了起来，抖了抖甩到草丛中，笑道："这是药材，有什么可怕的？我还当你看见死尸从坟里爬出来了呢！"

"这地方不净，常闹鬼。"小琐用手抹了一下脸颊上淌出的汗，余惊未息地说道，"今儿若不是和您一道儿走，我就得多绕二里地了。"

周培公笑道："世上哪有什么鬼！仙佛神道都是人妄造出来的，我初来北京，法华寺后头有一大片乱葬坟，夏天我就独自一人在那里歇凉，哪曾见过一个鬼？你倒真信这些个！""先生这话，可不敢乱说，"阿琐认真地说道，"鬼神还是有的……您没见鬼，那是因为您福气大，是贵人。"周培公听了默然良久，突然大笑起来。

"您……您笑什么？"阿琐吃惊地站住了脚，审视着周培公，以为他中了邪。

"我想起我小时候和人家赌咒的事！"周培公一边向前走着，一边追忆着往事说道："那年我父亲刚刚染病下世，娘又躺在床上奄奄一息。医生开了个药方，说是病人得好好补养，我跑了几十里地到姐姐家背回一袋米，临走时姐姐又把一只老母鸡缚好了让我带回来——你爱听这些事么？"

"嗯，"小琐答道，"你说吧，我听着哩。"

周培公吁了一口气。"回到家里我刚烫好鸡，我本家的婶子叫骂着从门外闯进来，硬说那是她家的鸡。我告诉她那是我姐姐孝敬我妈的，她不相信，四脚离地地在堂屋里又嚎又骂，惹得前邻后舍都拥了进来看热闹，七嘴八舌净说风凉话。我娘在里头听不得，挣扎着出来，一边打躬作揖地求告婶子，一边骂我'不争气'，要我给婶子赔不是……我不依她，她就气得背过了气……"周培公说至此，声音有些哽咽，小琐的眼中也噙满了泪花。

"我当时才十岁，血性正旺。见娘倒在地上，气得浑身直抖，发疯似的扑上去，一把抓住我那本家婶子，骂道：'你这只老母狗，没事找事，气死了我妈，我跟你拼了！——你不是说我偷了你的鸡么？走，到隔壁关老爷

庙去，当着神赌咒，你敢么?!'

"'去就去!'婶子说着，和我揪扯着便来到了关帝庙。我抖索着上了炷香，跪下重重叩了头，放声大哭，喊着，'关老爷，关老爷！您老人家是天底下的正神，专管人间不平事。您来做主，我周培公没偷她的鸡，她硬诬赖我。您若有灵就叫这臭婆娘一出门也背过气去；我周培公若是偷了人家的鸡，一出这庙门，就叫我一筋斗摔折了腿!'

"我祷告完，爬起来，只觉得头昏脑涨，踉踉跄跄跨出来，果然叫那高门槛儿绊了一跤，'砰'的一声摔在台阶下，一连翻了两个滚儿，真的扭了脚脖子，再也爬不起来……"周培公从回忆中醒悟过来，见阿琐听得忘了神，用袖子抹眼泪，便笑道："你不说是有鬼神么，那你信不信我说的是实话呢?"

"阿弥陀佛，我信你讲的是实话，不过这是前世的冤孽!"阿琐叹道，"人家听得心里很难受，你还有心笑!"不知不觉中已把"您"换成了"你"，"后来呢?"

"后来我就发狠读书，想着有朝一日我得了济，要烧尽天下关帝庙!"周培公笑道，"不过读过书后，倒想开了，何必和这泥塑的人怄气呢?"一边说一边走，眼见前头上了官道，西河沿大街遥遥在望。他俩仿佛从另一个世界回到了人间，这个人间是不允许孤男孤女这样无拘束地同行、交谈的，两个人不约而同地站住了。"我该回去了。"周培公心里涌起一股惜别的感情，深情地望了阿琐一眼。

"嗯。"小琐退后两步，蹲了一下身子，默然转身便走。

"阿琐!"周培公忽然叫道。

阿琐猛地停住脚步，疑惑地看着周培公没言语。周培公趋前几步，低声道："你哥哥的事尤家人知道吗?"

"谁也不知道，是在野地里被剪了辫子。"

"这就好办了。"周培公笑道，"你叫他夜里拿把剪刀，到戏院里剪他十多根辫子，再猛地喊叫自己的辫子也被剪了，这件事不就一笔勾销了?"

阿琐乌溜溜的一双大眼转着，想了半日才醒悟过来，捂着嘴"嗤"地一笑，用手指了一下周培公，只说了一句"你呀——"便红着脸快步走了。

康熙从牛街清真寺返回大内，已是午夜时分。这一夜又是舌战，又是亲临指挥打斗，处置得十分妥帖，虽累得筋疲力尽，却是异常兴奋，没有半点睡意，光想找个人说说话儿，便吩咐张万强道："备轿，朕今夜要幸储秀宫，传贵妃钮祜禄氏也去。"张万强忙答应了一声，便出去张罗。

皇后赫舍里氏还没有睡，自个儿坐在灯下玩着纸牌，卜问子息，听说皇帝半夜驾到，忙盛妆迎接。

康熙满面春风地笑道："朕今夜得了彩头，不寻个人说说话儿急得慌！"说着便拉着皇后的手，上阶进殿。贵妃钮祜禄氏不一会儿也来了，见皇帝和皇后说话，便跪在一边。康熙见她叩头行礼，只略一点头，笑道："进来吧。"

"万岁，"赫舍里氏忙命人将给自己熬的参汤进给康熙，说道，"今夜得了什么好处？说给臣妾们听听，也跟着欢喜欢喜。"

"嗯！"康熙袖子一挽，端起参汤呷了一口，便将方才牛街寺的那场闹剧绘形绘色地说了一遍，把钮祜禄氏听得一会儿花容失色，一会儿又捂着嘴直笑。

皇后听了却半晌没有言语，静静地听康熙说完，沉吟了一会儿才笑道："万岁爷，当年伍先生给您讲课，臣妾也曾悄悄儿听过几回，说什么'知命者爱身，不立乎岩墙之下'。小户人家都讲究这个，何况皇上乃是万乘之君？今后还是少履险地才好，此类事派个将军也就成了。这是其一。"

"哦？还有其二？"

皇后左右看看，几个宫女太监还侍在殿口，便挥挥袖子道："你们都退下，只留墨菊一人侍候。"

墨菊是皇后从娘家带来的家生子儿奴才，最是靠得住的，听了皇后吩咐，蹲身答应一声"是"，便出去督着众人回避了，自个儿站在殿外守候。

"你也忒小心了。"康熙见人退下，笑道，"你这里还会有外人？"

"其二说的便是这个。"皇后起身亲自沏了一盏普洱茶，双手奉给康熙，坐下说道，"万岁方才说得很细，臣妾一字一句都听了。只是那姓杨的贼子后来既然知道皇上亲临牛街寺，照常理该是拔腿就走的，为什么还一味要放火？这也忒胆大了！"钮祜禄氏也是一怔，她根本没有往这上头想。

"举火为号！"康熙惊得腾地立起身来。回来的一路上，他也曾觉得这事有些蹊跷，此时经皇后一提，立时"轰"地袭上心头："举火为号"，这是在乾清宫议定的，贼人们为何会知道得如此之快！康熙想着，将茶盏"咣"地蹾在桌子上，目光炯炯盯着殿外，咬着牙说道："你说得很对——宫中确有奸细——原——来——如——此！"

赫舍里氏见康熙又惊又怒，龙颜大变，忙起身笑道："万岁何必动这么大火？好在贼人奸计并没得逞，倒叫咱们知觉了。这件事容臣妾和贵妃慢慢查访。"

"来！"康熙突然叫道，"传旨，叫养心殿张万强和小毛子来！"

墨菊在门外答应一声便派人去了。皇后笑嗔道："万岁今儿还不累？已过半夜了，还要在这儿问案子？各处宫门都已下锁，这一惊动，又要记档了。"

"记档就记档。"康熙冷静了一点儿，吁了一口气，把茶盏递给钮祜禄氏，"换杯热的来——这种事处置得愈早愈好。宫门下锁，各处知道的人少，反而更好——传话，谁敢乱说，就送内务府关起来饿死！"

皇后点头笑道："皇上圣明，只是夜深了，不要累坏了！"

康熙叹道："朕这个皇帝是不好当的，照汉人说法，你我都是夷人。心里不服的人很多，不能不格外用心。要知道，前明皇帝一分力能办的事，朕要拿出五分十分的力才办得到呀！"

"万岁说的是实情。"钮祜禄氏也点头叹道。

"现在正逢国家多事之秋，朕不能垂拱而治——都叫下头去办，便易生弊端。"康熙说着，由不得长叹一声，"不能安民，不可言靖藩；不能聚财，不可言兵事——这是伍先生给朕的信中说的话，说得很对呀！朕的国库如此乏用，每年还要拿两千万两银子养那三个活宝，古今哪有这么晦气的皇帝？安民、聚财、兵事，都得从亲民开始，朕不亲民，每日守在乾清宫，不要说胜过唐太宗，怕连宋徽宗、宋钦宗爷们也不如！你们想想，是当长孙皇后呢，还是'君在城头竖降旗，妾在深宫哪得知'的好？"

康熙正长篇大论地抒发感慨，张万强和小毛子跑得气喘吁吁地进来了，一前一后给皇帝、皇后叩了头，又给贵妃请了安，方才问道："万岁爷传奴才们来，不知有何旨意？"康熙的气已经平了，吹着盏中茶沫，转脸对皇后道："你是六宫之主，你给他们讲讲，朕想歇息。"

"是!"皇后答应一声,坐在康熙斜对面问道,"今日皇上在乾清宫议事,你俩谁当值?"

张万强忙跪下回道:"回主子娘娘的话,是奴才当值。"

"除了万岁召见的那些大臣外,宫里的人还有谁在?"

"我一个,"张万强仰起脸扳着指头回忆,"刘伟、黄四村、常宝柱、陈自英……共是二十四个,对了,文华殿的王镇邦也曾听差来过。"

康熙听着不得要领,从旁插嘴问道:"朕说举火为号,十二处清真寺一齐动手,你们听见这话了吗?"

"奴才是听见了的。"听至此,张万强已弄清皇上的用意,忙叩头答道,"旁的人,奴才不敢说都听见了,不过听见的肯定不少,这事当时议了一阵子,才发落给图海大人——万岁爷并没有叫奴才们回避。"

"皇上这边说话,那边就走了风,这成话吗?"皇后突然怒道,"张万强你这差是怎么当的?"

话音虽不高,却声色俱厉。旁边的小毛子也吓白了脸,忙跪了下去低着头,大气儿也不敢出。张万强听见责备,只连连叩头称"是",却说不出话来。

康熙见他惊慌,缓了口气说道:"张万强,朕也知你一向小心,今日这娄子捅得很大,知道么?"

"奴才该死!"张万强带着哭音答道,"求主子娘娘责罚!"

"不是责罚就可了事的——"皇后又问道,"你估摸是谁传出去的?"

"这……"张万强额上汗珠滚滚流下,思量半晌,摇头答道,"奴才一时实在估摸不透,不敢妄言欺主。"

小毛子忽然在旁说道:"这些人我全知道,王镇邦、黄四村,除了他们没别人!御茶房烧火的阿三也保不定……"张万强听了,回头道:"小毛子,这可不是闹着玩的,是要人头落地的!"这一说,小毛子吓得不敢再言语了。

"你昏聩!"皇后"啪"地一拍桌子,连隔座的康熙都吓了一跳,却听皇后厉声道,"他替主子留心,你倒拦他——你怎么知道主子就要冤枉了人?"

"喳——"张万强惊得浑身一抖,颤声说道,"奴才昏聩,怕主子冤枉了人！"

"哼！"皇后冷笑一声道，"你不要在养心殿侍候了，回慈宁宫去！"

回慈宁宫侍候太皇太后，这并不算处罚。但他是被撵回去的，不但他自己，连太皇太后脸上也不好看。康熙心里掂量着，命道："你们两个都出去！"张万强和小毛子爬起来，颤抖着双腿跨出殿外，在当院灯影儿里，忐忑不安地跪着。

康熙回转脸来，见赫舍里氏兀自满面怒容，不禁笑道："看不出你这当家婆，蛮厉害么！"钮祜禄氏直到此时才舒了一口气，脸上回过颜色来。

"这不能轻易放过了，"皇后回过神来，正容说道，"不能齐家，就不能治国平天下。"

"这个话当然是不错的，"康熙沉吟道，"不过目下不能处分张万强。朕想过了，这次走漏消息，不是太监们翻老婆舌头，是有意传出去图谋大事的，张万强怎么防得了？朕身边只这两个人还可托些事，小毛子朕还要另作安排，敌国不破，不可自损，皇后还要饶了张万强。"

"那好，"皇后扬着脸吩咐墨菊，"叫他们进来！"

第二十五回　苦肉计小毛子受刑
买人情黄四村送药

　　转眼间重阳节来临了。碧云天、黄花地、丹枫山、清潦水，撩人登高情思，都中的士人纷纷提壶携酒去登高消寒。宫中的冬事要比民间准备得早一些，修暖炕、设围炉、挖地窖，上下人等一个个忙得不亦乐乎。这一天，小毛子寅时初刻即起，用冷水擦了一把脸便忙着赶到养心殿正房。康熙已经醒了，他忙着将一顶青毡缎台冠给康熙戴上。见康熙张开双臂，又手脚麻利地将酱色江绸锦袍替他穿上，上面罩了一件石青缎面小毛羊皮褂，还为他束好金线纽带，穿上皂靴，最后又把一串蜂蜡朝珠端端正正戴在康熙项上，这才退后垂手侍立。康熙这几个月来似乎不甚疼惜小毛子，动辄就给他颜色瞧，所以他也是格外小心侍候。

　　穿戴齐整，康熙带了小毛子，先至后宫钦安殿拈香礼拜，又到慈宁宫给太皇太后请过安，转过来至养性斋接见新调入京的兵部尚书莫洛，接着是见朱国治和范承谟，因彼此有很多话不足为外人道，才选了这个僻静所在。密议良久，又看过了旨稿，康熙这才下令驾至储秀宫，与皇后共进早膳。

　　"今日召见的这三位大臣，"康熙一边吃一边说道，"莫洛和朱国治也都罢了，不知怎的，范承谟脸上却带着愁容。"

　　皇后夹了一筷山药酒炖鸭子放在康熙碗里，停了箸问道："万岁爷没有问问他？"

　　"没有，"康熙笑道，"这只是朕心里猜疑的，他明日就要回南边，恋家恋主也是常情。"皇后笑道："他和耿家可是姻亲，有些事万岁该问还是要问的。"康熙一怔，随即笑道："这倒不必多虑，范承谟是个正直君子，世代忠良，和洪承畴、钱谦益那干子人不一样。"

　　皇后方欲说话，捧着巾栉侍立在旁的小毛子忽然笑道："万岁爷方才问主子娘娘的事儿，奴才倒知道一点过节儿呢！"

"嗯？"听小毛子插话，康熙停了箸，转过脸来似笑不笑地问道："你知道什么？"

"范大人府上前些日子跑进一只老虎去——"

"胡说！"康熙笑骂道，"如今又不是开国之初，京师会有老虎？"

"真的。"小毛子笑笑，一本正经地说道，"范大人家住在玉皇庙那边，偏僻得很。听说猎户们前几日在西山掏了一窝虎崽子，母老虎发了疯，白日黑夜下山寻事，不想就蹿到范大人家花园里，叫家丁们围住打死了——那老虎还咬死范大人家一头叫驴呢！"

"他就为这个不高兴？"康熙说着，瞟了皇后一眼。

"后来，"小毛子接着说道，"范老太太寻水月和尚问吉凶，水月就给范大人起了一课，说是'不妨'，只是告诉大人一句话：山中大虫任打，门内大虫休惹——范大人回来，必是知道了这事儿，才不高兴的。"

"什么叫'门内大虫'？"皇后问道。

"听说福建叫'闽'，"小毛子笑道，"可不是个门内大虫——"

话没说完，不防康熙狠地一转身，"啪"的一声照小毛子的脸打了一巴掌！小毛子被打得打了一个趔趄，也亏了他灵便，踉跄后退几步，扑通一声双膝跪倒，连连磕下头去。皇后和周围的太监、宫女们都正听得津津有味，乍见康熙无端发怒，一个个惊得目瞪口呆、脸色发白。

"混账东西！"康熙的脸气得通红，"哪来的这些贱话？"

"是，奴才混账王八！"小毛子半边脸已涨得通红，浑身颤抖着，"奴才犯贱，不过奴才说的是实话！"

康熙冷笑一声说道："范承谟前来陛辞，恋恩不舍，面带戚容。朕不过与皇后随便说说，你就说了这么一大套！你这叫内监议政、诬蔑大僚！"他一边说，一边逼近了小毛子，"现在人还没上路，就叫你这贱人咒他！"

"奴才不敢咒范大人！"小毛子委屈地分辩道，"实实在在是水月和尚起的课呀！"

"你听听，这是什么规矩！"康熙对赫舍里氏说道。他气得两手都是抖的，"朕与皇后说话，你为什么要来插嘴——拖出去，抽他一百鞭子，看他还敢再顶嘴！"

皇后初时也觉康熙突然翻脸，太没来由，此时听康熙这番道理，又想想小毛子确有饶舌的毛病，本想替他讨情，张了张口没有吱声。

"还愣着干什么？"康熙眼睛一瞪，喝道："拖出去！"

这下，侍立在门口的太监们再不敢怠慢，将泪眼汪汪的小毛子架起就走。小毛子临去前，满面委屈地看了一眼挨着皇后站着的张万强。张万强不觉心里一软，便躬身说道："万岁，奴才前去掌刑可好？"

"不用你去——打量朕不知道你们太监那些个把戏？"康熙冷笑一声坐回原处，重新操起箸来，在盘里寻了半天，夹了一片笋慢慢嚼着，一边对殿中众人说道，"太祖太宗早就定有家法，朕和皇后因事情多，没顾着治理，太监们便上头上脸地越来越放肆！再这么下去还了得？——传旨给慎刑司，把太祖皇帝'内监宫嫔人等干预朝政者斩'的诏旨做成铁牌子，竖在各宫廊下！"众人这才知道康熙今日是专拿小毛子作法的，一个个噤若寒蝉。

这时外头已经动刑，鞭响声、人嚎声都传了进来，小毛子一边叫疼，一边号啕大哭，夹着求救声："主子爷、主子娘娘啊——哎哟，奴才再不敢了！哎哟！"殿里殿外太监、宫女几十号人，有的与小毛子素来交好，面现不忍之色；有的与他平日不睦，或心羡妒忌的，心里熨帖，脸上光鲜；他的"菜户"墨菊听不得，救不得，站不住，悄悄儿回自家房里用被子捂住头抽泣。

皇后听着不忍心，一边给康熙添菜，一边赔笑道："万岁爷说得是，教训得对。不过这小毛子素来当差勤谨，念这点情分，教训几鞭子便算了。再说，今儿不大不小也是个节气，皇上气着了倒值得多了。"

"瞧着你分上减他三十鞭！"康熙呆着脸说道，"仍叫他回御茶房侍候——张万强，你可瞧见了？叫他们都仔细：这就是例！太监犯舌妄议朝政的、泄露宫掖机密的，一体像小毛子这样儿处置！"说完起身来，也不和皇后打招呼，抬脚便去了。

当夜二更天，康熙批完公事回养心殿。张万强默默为康熙卸了朝珠，除了袍褂，服侍他半躺在大迎枕上，小心翼翼躬身欲退时，康熙却叫住了他：

"张万强——伴君如伴虎——是么？"

"哪……哪里?"张万强看了看康熙,见他嘴角带着微笑,对这位自己看着从小长大的皇帝,早已不能用面部的"笑",或者"恼"来判断他内心的喜怒了。见康熙话语不善,张万强以为又要寻自己的事,慌乱得不知怎么好,说话也结巴了:"小毛子是他自己不长进,惹万岁爷生气,没打死他就是主子的恩典了。"

康熙左右看看没人,忽然开心地笑起来:"你就吓得这样!朕是龙,不是虎!没听人家说过'神龙见首不见尾'么?"

"万岁爷的意思……"

"朕的意思,"康熙抚着刚剃过的头,沉吟着道,"你弄点金疮药膏,悄悄给小毛子送去,看他能不能来。能起来,带他来——只不能叫别人瞧见。"

张万强惊讶得张大了嘴,几乎将手里怀里刚刚卸下的衣物掉在地上,半晌方踌躇道:"今儿听说打得狠了,来怕是不能的。就是能来,别处好瞒,养心殿的人怎么也瞒不了!"

"唔,说的是。"康熙坐直了身子,"带朕去一趟吧!"

"啊?"张万强张大了口,半天说不出话来,看看康熙满脸正色,不似说笑,忙又道,"喳——"

康熙站起身来披了一件大氅,踱出殿口,大声说道:"张万强,朕心里烦,带着朕在大内里头走走!"说完,二人便出了垂花门。

正是亥正时分,半个月亮悬在中空,在疾飞的暗云中颤抖着时隐时现,紫禁城一片沉寂,只有守更太监不时远远吆喝着"小心灯火,小心灯火!"太监们最信鬼神,不轮到值夜,晚上一步房门不出,连撒尿都有专备的瓷壶。康熙为节省,又大量裁撤了太监,偌大紫禁城中只有千余人,所以此时外头早已一个人影儿不见,除了乾清宫一带灯火闪烁外,别处竟是黑沉沉一片。一阵风吹来,微微带着寒意,袭得张万强起了一身鸡皮疙瘩,又听身后康熙靴声橐橐,步履坚稳,猛想起外头说书先生们讲的"圣天子百神相助"的话,心思才逐渐安定下来。

转过几个黑魆魆的巷道,远远见一排低矮房子,便听小毛子时断时续的呻吟声。康熙便住了脚,问道:"不会有人吧?"

"他今日才挨的打,"张万强忙道,"谁肯这时候沾惹他的晦气?万岁放心!"便上前轻叩窗棂，小声叫道："小毛子，小毛子！"

小毛子挨了七十皮鞭，屁股上背上皮开肉绽。他是红极一时的人，挨了打趁愿的多，心疼的少，今日这场飞来的横祸，面子一扫而尽，身上疼痛又不敢埋怨，一步一瘸回到御茶房自己原来的下处，寻了一碗老黄酒灌下去，正迷迷糊糊趴在床上——背疼得不敢挨床——哼哼，听见外头有人叫唤，两只胳膊支起来，抬头问道："是张公公么？门里头没上闩，一推就开，您自个请进来吧——哎哟！"

康熙听里头没人，示意张万强在外头望风，拿了金疮药，轻轻将门推开。孤灯之下，小毛子侧身闭目半躺在被窝上，眼睛红肿红肿的，脸也瘦了。康熙见他如此，抢上两步，站在床前沉思不语。

"张公公，坐呀！"小毛子眼也不睁，用手拍拍床沿道，"要嫌埋汰，那边还有张凳子，哪里能比上养心殿——啊？皇上！"他一下子瞪大了眼，似乎连瞳仁都要跳出来，僵在床上不动了。

"是朕。"康熙笑笑，见小毛子挣扎着要爬起来，忙双手按住了，"别——你就躺着，可打疼了吧？"

"不要紧！"小毛子眼中放出光来。他是何等机灵的人，见康熙亲自前来视疾，心知今日挨的这顿打，内中有缘故，就是疼也不能嚷疼！小毛子咬着牙坐了起来说道："我知道万岁爷心里待我好，教训我也是为我好。主子这么恩典，小毛子死了也是情愿的！"

康熙微微一笑，说道："朕有件要差要交给你，不这样不成，你没怨言，可算得上忠臣！"

"奴才知道了！"小毛子兴奋得一阵激动，屁股被一硌，痛得嘴一咧，"周瑜打黄盖，一家愿打，一家愿挨嘛。只是先告诉奴才一声儿，岂不心里好过些？"

"你很聪明。"康熙满意地说道，"就是这个意思，不打黄盖，曹操能信他？本来这事三个月前就想办，又怕太急，引人疑心，才拖到今日——你要心里好过，怕就没这么像了。"小毛子翻眼一想，笑道："三个月前，那必定为牛街那事！宫里头太监有很多人是信那个什么钟三郎的，您想让奴才进去寻出首脑来——那定是王镇邦、阿三、黄四村他们！"

"单为他们几个，朕岂肯叫你受这样罪？"康熙笑道，"他们顶多算个蒋干！朕有意让你投奔他们，寻出那个大曹操来，这个差使干么？"

"主子相信我、差遣我，做什么不干？"小毛子此时心绪极好，"死了也干！"

"好！"康熙说道，"小毛子，朕知道你哥不成才。你又是个太监，空有心胸儿，到底不得个正果，很是可怜。不过，你只管办好这个差，别的事不用操心。你妈那边，朕指派人常常接济着点。事成之后，从你侄儿里头挑一个过继给你，你妈呢，再封她个诰命，岂不是荣耀光鲜？"

小毛子最孝敬母亲，当初就是因为给母亲看病没钱，才净身为奴的，听康熙肯施这样大恩，翻起身来就在床上连连叩头，拣不出什么好词儿谢恩，"呜"的一声哭了，伤肝动肠，十分凄恻。康熙正待抚慰，张万强从外头一步跨进来，急掩了门道：

"万岁爷，有人来了！"

小毛子一惊，随即哭声更高，一边哭，一边用手抓挠被子又扑又打，还用头拱枕头。哭声中夹带着小声窃语："钥匙就在板凳上……呜——万岁爷委屈一下在里头坐坐……哎哟，我的佛祖天爷呀！——可别弄出了声儿……"张万强不等他"哭"完，一把扯了康熙，钻进漆黑的茶器皿库里。

来人正是阿三和黄四村，小毛子和这两个人熟稔得很。那年小毛子因为母亲抓药还债，偷了御厨房的一件钧窑瓷器，御厨管事的阿三便请他干爹讷谟到茶库中去搜，却被小毛子锁进里头，闹了个沸反盈天。讷谟被处死后，阿三被撵出了御厨房，不知撞了谁的木钟又调回了御茶房——小毛子已升到养心殿侍候了，阿三一见他的面便千爷爷万奶奶地说了两车悔罪的话，小毛子宽待了他。黄四村原是小毛子的朋友，位置本在小毛子上头，鳌拜得势那阵子小毛子吃不开，两个人还能说几句私下话。后来小毛子高升，成了头等红人，他心里忌妒，又在下头说了小毛子许多不中听的话。正走红的小毛子自也不把他放在眼里，二人便生分了。

黄四村和阿三两个人，一个打了个西瓜灯，一个揣了包棒疮药进来。见小毛子趴在床上哭得浑身是汗，黄四村把灯吹熄了放在地上，凑到床沿上坐了，吩咐阿三"把药放在桌上"后，便劝慰小毛子道："嗐！也难怪你伤心呐，今儿后晌我去瞧你妈，可怜她还不知道，还在想着明日是你生日。"

　　一提到母亲，更触动了小毛子的疼处，本来假嚎变成了真哭，顿时涕泗滂沱，声嘶气噎，暴红了脸，又是咳嗽又是擤鼻涕。隔壁库房里的张万强不禁暗笑，小声道："万岁爷，这小毛子真不含糊！"康熙在暗中摇摇头："不像是装的，像是动了真肝火。"二人正小声议论，听外头小毛子渐止哭声，抽咽着说："四哥、三哥，别人见我遭了事，躲还躲不及，你们倒来瞧我——这人的交情是怎么说呢？"

　　"这叫世乱见忠臣，板荡识英雄！"阿三笑得两眼挤成了缝，说道，"小毛子，自打那回以来，我仔细瞧你，真是个有良心的，不像那个叫万岁打死的吴良辅，一得了势就一味欺压人……这心地品格儿咋叫人不佩服！"黄四村一眼瞧见小毛子枕头旁的金疮药膏，便笑道："阿三这话一点儿不假！你看这包药，除了养心殿、储秀宫里有，从哪儿弄去？要是你为人不好，谁肯这时候儿还来送药！"

　　这一问，连库房里的康熙和张万强都是一惊。

　　"这药……"小毛子抚着背，嘴一咧又想哭，却忍住了，"这是娘娘跟前的墨菊托了小红下晚时间拿来的——万岁爷这几个月气大得很，我小心上头又加小心，不知造了什么孽，还是触了他的霉头。"

　　听了小毛子这一席话，康熙暗中摇了摇头："太沉不住气了。"

　　黄四村道："墨菊是个老诚姑娘，心肠极好，可惜你是个太监，只能和她做这份干夫妻。"

　　小毛子欠着身子，艰难地坐起来，抓起毛巾擦了脸上的泪水，颤声抽了一口气，说道："其实万岁爷和娘娘待我也是好的，不知是哪个驴尿日的在下头窜了野火——你们不在里头，不知里头的事儿，邪着呢！前些时连张公公都不得意了，主子娘娘差点把他撵回慈宁宫去侍候呢！"

　　"方才我们和王镇邦吃酒玩纸牌，"阿三笑道，"他也是这么说的——万岁爷既待你好，又有张公公照应着，说不定还会叫你上去侍候呢！"

　　小毛子揉揉眼，点头叹道："或许吧，也难说。张公公原是老佛爷的人，里头有人照应。我是光棍一条，就一个苏麻喇姑姨，偏出了家；魏侍卫的妈孙嬷嬷倒是个好人，她老人家要在，去讨个情儿，皇上许还肯给她面子，偏又接回家去了——这事儿得等皇上气消了才能再想法子转圜呢！"听小毛子分析得入情入理，滴水不漏，康熙不禁点头微笑。

　　这两个人哪里是小毛子的对手？三说两说，便钻了小毛子的圈儿。黄四村和阿三交换了一下眼色，便起身笑道："天时不早，我们该去了——世上事本就这模样儿。管它呢，走一步说一步吧，后头的事谁料得定呢？比如鳌公爷，头天还是个煞神，第二日就拿了，只能在院子里看四方天——你好好养着，天大的事，身子骨是要紧的。"说着便点灯出门，阿三又回头道："你妈那里不用惦记，我们有个计较，你的事先不告诉她，就说里头有事走不开，过几日你伤好了回去再开导她吧！"

　　"多谢了！"小毛子听他们叨叨，心里急得要命，嘴里却笑道，"你们来这么一说，我也心宽了：人还不就是这么回事？杀人不过头落地，挨刀不过碗大疤，有什么了不得的？这几日劳你们和镇邦公公勤着点往我妈那儿瞧瞧，我这里就感恩不尽了。"

第二十六回　　伍次友受骗遭毒手
　　　　　　　李云娘闯衙中箭伤

保柱接到吴应熊给他和郑春友的信，心里突然一阵难过，他第一次感到，杀害伍次友这件差使实在是伤天害理……他跟从吴三桂已经十多年，以自己一身武艺和打虎救驾的功劳，当了个贴身侍卫。吴三桂手头本来就大方，每逢赏赐，他都是头一份，动辄便是上千上万，连一句重话都没有挨过。吴应麒这些子侄辈都尊他为"小叔"。在替吴三桂办差时，他也从来没有打过半点折扣，也从未怀疑过吴三桂的用心是否正当。但是这几个月与伍次友相处，保柱似乎发觉自己内心里有些不安：这个书生既才高气正又豪迈不羁，自己为什么要滥杀无辜？保柱后悔当初捉到他时没有立即动手，至少那时在良心上是不会受到谴责的。可现在接到了吴三桂的亲笔信，让他从速处置，北上进京，这该如何是好呢？

"保柱将军，"郑春友看完了信，便就着灯火点燃了，一直看着它化为灰烬，见保柱仍闷着头左一杯右一杯地只顾吃酒，方笑道，"这真是一大快事。在府里提心吊胆地将他养了半年多，也该有个发落了，一切全听将军调度。"

皇甫保柱蓦地一惊，暗道："我这是怎么了？刘玄初、夏国相两人常说我外刚内柔，易受人欺，难道真叫他们说着了？"他抬头看着昏黄的灯光，又瞧瞧躺在椅上满面轻松的郑春友，咬了咬牙说道："我倒想先听听你老郑的。"

郑春友也是满腹心事，只不过他善于掩饰而已。他是书香门第出身，靠着真本事于康熙三年考中了进士。后来因走了内务府老黄的门路，才得外放了一个同知。眼见像明珠这样的马屁精，索额图这样的窝囊废，熊赐履这样的老腐儒一个个都爬得高高的，而自己的满腹经纶却无处施展！他是自行投效吴三桂的，那是为了在"复我汉家冠裳"的事业中大展宏图，做一个开国名臣。但是他现在人在内地，身居朝廷命官，比不得眼前这个保柱，拍拍屁股就能走路。郑春友笑笑道："王爷的意思很明白，我们再审问审问他，若仍然问不出来，只好杀掉。现在朝廷已委莫洛为兵部尚书，仍旧节制平凉。看来，快要动手了，额驸跟前无人是不成的。"

"我也着急啊！"保柱笑道，"世子在北京来信催我几次了，这次王爷又催。书生杀人不着痕迹，这事就委托给你如何？我明日上路。"这是保柱思索半晌想出来的。只要自己双手不沾上伍次友的鲜血，便可聊以自慰。

郑春友呼噜噜抽了几口烟，忽然"喷"地笑了："看不出你这位猛将，倒有些像楚霸王，有妇人之仁——你要走，尽管走。不过我倒想先处置了他，给你饯行！"

"要是伍次友肯听劝呢？"保柱问道。

"那也不能留他！"郑春友从容地抽着水烟，嘴角的肌肉在抽搐着，显出内心里已泛起了杀机，"让他从我这府里走出去就是祸害，留在这里也难安宁——"他身子忽然向前一倾，沙哑着嗓子说道，"不要忘了世子信中说的，皇上已派人出来查访伍次友，说不定就潜在兖州府附近哩！"说着他倒抽了一口冷气。

这话说的是实情，此时此刻，隔着窗户李云娘和青猴儿正在窃听。人，真是万物之灵，不可理解，而女人则更不可思议。本来，伍次友误入兖州府衙第四日，她曾暗地趑回来探查过一次。府衙的人甚至街上的闲人都知道，确实有过一位伍先生来拜望过府尊大人。太尊以礼款待他一日，便于第二天用官轿送到省城去了。云娘听说官轿护送，再没疑到别的上头。原想故地重游一次便归山封刀，从此永不下终南山。谁知到省城一打听，根本就没有见伍次友来省，巡抚、藩司、学台府的人听她问到伍次友，还连连追问伍次友的下落。心知事情有变，便又返回兖州，她和青猴儿已来府探查过几次，查明伍次友确实被囚在府衙的花园里。无奈保柱的随从看守很严，下不了手。

"来啊！"郑春友提高了嗓门叫道。几个家丁在东厢听到了吩咐，忙进去应命。门外的云娘和青猴儿急忙闪到一旁。郑春友"噗"的一口吹灭了手中纸煤儿，说道："请伍先生到这边来！"不一会儿，伍次友从从容容地走了进来，向二人一揖说道：

"我伍某早把生死置之度外了，请吧！"

"先生误会了！"郑春友满面堆笑道，"昨儿接到王爷的书信，王爷已决意自请撤藩，恭喜先生，明日就可出府了！"

伍次友舒适地坐在椅上，只是笑而不答。保柱想到他顷刻之间就要身遭大祸，干笑一声，几乎带着恳求的语气向伍次友说道："您的那个撤藩方略已经没用了。我们下棋，您还肯饶我几个子儿呢——您将它透一点底儿给我，也不至于就坏了您那个龙儿的大事呀！"

"那不一样。"伍次友笑道，"我对你有什么？对你背后那个吴三桂却难以放心！我瞧着你这个人气质甚好，走正路不失为国家良将，真不知你为何要贪恋吴三桂那点小恩小惠，也真是天地之大无奇不有。"

保柱听了这话，不知怎的鼻中一酸，忙别转了脸。却听伍次友又道："今夜若是叙交情，讲学问，下棋饮酒，不妨坐一坐。听保柱先生这一说，似乎王爷的信里还不只是说放我伍次友，那就不必多谈了。"说完，便站起身来。

"哪里哪里！当然要放先生走——不过有一条先生必须答应。"郑春友见伍次友又高傲地昂起了头，笑了笑站起身，斟出一杯酒来，说道，"拘先生在这里，实非郑某本意。先生出去后，与我兄弟这一段交往，万万不可问外人提起——先生若肯答应，就满饮了这杯酒！"

"这尚在情理之中，"伍次友心想，这不是一个苛刻得难以接受的条件，便接过杯来略一沉吟饮了下去，从容说道，"你前头的事、后头的事，将来自有天断——与我这段事可看作私交，一笔勾销也罢。"

"不过我可是个小人。君子可欺，小人不可欺。这个，你当明白——我终究不能信你先生的话，要知道，你一句话便可断送我一门九族啊！"郑春友忽然变了脸，狞笑一声坐了下来，一撩袍子跷起二郎腿，不再言语了。

"那你说怎么办？我伍某在此——"伍次友说到这里，突然觉得嗓子里火辣辣的疼痛，干咳两声，愈痛愈烈，猛然醒悟，自己已经上了这个老奸巨猾的当！他浑身颤抖着，一手扶着椅背，一手哆嗦着指向郑春友，脸涨得血红，只是一个字也说不出来。

"哑药！"郑春友得意地哈哈大笑道，"你枉读了那么多的书！难道只有处死才是封口的最好办法，你连这点都不知道？这药虽然只有几天的效力，但是只要两天我就够用了！府里明天要处决一批人犯，请你也来凑个热闹嘛！为了避免你在归西天时胡言乱语，特略施小计，多有怠慢，抱歉，抱歉！"

皇甫保柱陡地从心中升起一团怒火。他一生都不会忘记这个场面。他这一生曾身经百战，杀人无数，但是从没有见过郑春友这般凶残狠毒！皇甫保柱别转过脸，不忍再看这幕惨剧。

"来人！"郑春友恶狠狠叫道。

话音刚落，一位少年应声而入，挺剑立在门首，问道："大人有何差遣？"

"你们是谁？"郑春友听着声音不对，忙转身问道。

"李雨良！"

"青猴儿爷！"又一个应声而入。

二人一边大声报名，一边挺剑直取保柱，他们知道，打不倒这个人，难救伍次友。

这一下变起仓猝，保柱还没回过神来，见这二人剑法轻灵，向自己逼来，翻身向后一仰，将厅角挂衣帽用的一丈红铁架操在手中，舞得风响，横击过来。雨良顺势一格，只听"砰"的一声，火光四迸！保柱的手也被震得发麻，这才想起是在迎风阁上较量过内力的那人。一怔之间，青猴儿的剑锋逼近。保柱急忙将身子一低，抢起一丈红向二人脚下扫去，只听"嗤"的一声，背上的衣服已被挑破一块。

保柱顿时大怒，大喝一声："侍卫们过来护住郑大人和伍先生，我来拿这两个小贼！"说着又扑了上去，三人打成一团，郑春友一开始吓得魂不附体，这时见是个空子，从门口悄悄溜出院子，扯着嗓门大叫："前后门封了，阖府都来拿贼，拿了一个，赏银三千两！"

李雨良在团团围困中杀得兴起，上纵下跳刺挑勾抹，招招出手狠毒，眼见人愈来愈多，屋里难以施展，她一个鲤鱼飞塘从窗中跃出。雨良一眼瞥见青猴儿也退到院里，被四个彪形大汉围住厮杀。他虽使尽浑身解数，终因本事不济，显得脚步不稳。李雨良遂大喝一声："青猴儿，快走！"说着一扬左手，几枚银镖同时出手，围攻青猴儿的四个人已被撂倒了两个。青猴儿杀得热汗淋漓，自觉难以支持，听见云娘喊叫，以为云娘也要退出，便趁那两个人躲闪银镖时，一纵身双手攀住房檐，再一个鹞子翻身便上了屋顶。他回手甩了两镖，击中了两个正与雨良格斗的侍卫，叫道："师父，我已脱身，你也快走！"说完，便飞步蹿房越屋，走得无影无踪。这时府衙上下，已乱成了一锅粥。

院子里的人把雨良围住，打得正酣，忽听雨良冷笑一声，双脚腾空一跃，竟又钻出人圈子，回到了屋里。众人正摸不着头脑，便听得花厅里两声惨叫，接着两颗血淋淋的人头从窗户里掼了出来。原来雨良在里头杀了看守伍次友的两个衙役。待众人惊呼一声，向花厅里冲时，却听"轰"的一声，花厅的后墙已经崩坍，李雨良背着伍次友已跃出后墙，逃出了花厅。

"各路堵好，"郑春友咆哮道，"不要放走他们！"话音刚落，已有一座女墙被雨良用肘轻轻一推，便推倒了。原来她不辨正道，专门破墙而出。

保柱沉着脸，劈手夺过身边一个人的弓箭，朝着女墙的缺口处"嗖"的一箭射了过去。黑影里只见李雨良跟跄了一下，众人发出一阵高呼，待扑到跟前瞧时，但见地下一摊血迹，两个人早已不知去向了。

"传知各班衙役一齐出动，全城大搜索！"郑春友热汗冷汗一齐流，气急败坏地大叫道。

"慢！"站在他身后的孔令培一把攥住郑春友的手臂，"太尊，偷来的锣鼓打不得！"保柱也擦了一把脸上的汗，冷冷说道："算了吧！我今晚立刻就走。老郑，你也快走吧！"

青猴儿冲出重围，在府衙西边等候云娘，半晌，只听"轰轰"两声响，料是云娘破墙而出，正高兴间，却听见里头齐声发喊："箭射倒了，快拿！"接着便没了声息。他眼巴巴望了半日，并不见有人冲出来追赶，思量一阵，心想云娘必定落入人家手中。他回到店里，也不见云娘的踪迹，双腿一软，一屁股坐在地上，嘴一撇，竟"呜"地大哭起来，一边哭，一边夹着埋怨："姑姑呀……伍次友那个酸书生有什么好？这可倒好，连你也叫人家……"

"什么伍次友，伍次友在哪里？"背后忽然有人问一句。青猴儿正哭得伤心，猛地被这一声吓了一跳，回头看时，是个壮年汉子，黑地里也瞧不清此人的面目。青猴儿一骨碌跳起身来："爷爷在这儿哭，关你屁事？大路朝天，人各半边，快滚你的蛋！"

"戴良臣，是谁在那边撒野？"远远又传来一声问话。

青猴儿眨了眨眼瞧时，左右四对宫灯簇拥着一个宫装女子，后头还有一个戎装男子按着宝剑亦步亦趋地跟着——此女子正是南归的孔四贞。她在兖州府刚刚儿住下。青猴儿一挺腰，说道："你是什么人，管得了我撒野不撒野？"戴良臣忙躬身道："主子，这个毛头小子方才哭着说什么伍次友。"

孔四贞听了不禁一惊，上前一步，双手摇着发愣的青猴儿的肩头，激动得声音都有点发颤："好孩子，告诉我，你见着伍次友了？"

"你是谁？"青猴儿警惕地一挣，后退两步瞪着眼问道。

孔四贞见这孩子一身衣服撕得稀烂，肚皮都露在外头，脸上青一块紫一片，乌眉灶眼的，却又一副认真的神气，"噗嗤"一声笑了，转脸对身后的孙延龄道："真是赶早不如赶巧，不料在这里打听着了。"孙延龄笑着回道："是，俗语说得好，'踏破铁鞋无觅处，得来全不费功夫！'"孔四贞温存地对青猴儿道："我是伍次友的表妹，已寻了他几年，总得不到消息儿。好孩子，你既知道他的下落，告诉姑姑，好么？"

青猴儿一眼不眨地盯着孔四贞的眼睛，看她和云娘一样，对自己闪着爱怜的目光。良久，青猴儿低下了头，用袖子抹着眼泪道："告诉了你，又有什么法子？我姑姑和伍先生都……让人家给拿了……明日……"

"不要哭，要想法子。"孔四贞抚慰道，"你叫什么名字来着？来，随姑姑上船去，慢慢儿讲……"说着，连哄带劝地扯着青猴儿向运河岸走去。

第二十七回　假兄妹夜奔曲阜镇
　　　　　　贤村姬收容沦落人

李云娘肩上中了箭，背着捆得像米粽一样的伍次友从断垣旁逃出府衙，不辨东西南北，不分坑坑洼洼，见路就行，遇河便蹚，急急如漏网之鱼，惶惶似丧家之犬，奔出了兖州城，直到听不见追赶的人声，才放下伍次友，解开了绳子，二人并肩坐在一丛丛巴茅遮盖着的水渠上歇息。

"出来了！"被旷野彻骨的寒风一吹，伍次友才意识到自己被救出来了。他看看星斗，已近四更天，深长地舒了一口气，抚着被捆得麻木的膀子，苦笑着心里想："这个云娘……真是生事的班头，惹祸的领袖！"

云娘轻轻呻吟了一声，伍次友陡然一惊，忙伏下身子查看，却说不出话来。

"没什么。"云娘说道，"不知哪个贱贼射了我一箭。"

伍次友仔细瞧时，星光下只见云娘脸色苍白，半躺在土坡上一动不动，忙拉起她一只手，在手心里写道："伤了哪里？要紧么？"

云娘的伤本来不重，只因来不及包扎，一路失血过多，此时觉得头晕，天地、星星、茅丛都在旋转，勉强笑道："在肩胛上，不……不要紧的……"伍次友听了，顾不得身上困倦，过来就要解云娘的衣扣，云娘却失声叫道：

"别！"

伍次友双手触电般一缩，他突然意识到，自己身边躺着的，已不是"雨良先生"或者"雨良贤弟"，而是……沉思半晌，伍次友惨然一笑，又在云娘手心里写道："我非道学迂儒，尔非禄蠹女子，孟子曰嫂溺援之以手，权也！"云娘默默无语，似乎已昏睡过去。伍次友小心地解开被血沾湿的衣襟，撕下自己袍子的下襟，替她牢牢扎上。忽然，他手指触到了一个硬物，细想是自己病重时送给她的那块鸡血青玉砚，不由身子一颤，悔恨、怜爱、茫然、惆怅，心里什么滋味全有。又陡然想起云娘一路留下了血迹，再累也不能在这里歇息了！

这个落拓书生背起半昏半醒的云娘，冒着四更的寒风严霜，在荒野蔓草中一直走了半个时辰。听到远处鸡叫声，伍次友心中一阵惊慌："两个人浑身是血，不能这样乱转悠。"

眼见前头是一片黑沉沉的大庄子，伍次友便蹒跚着一步一步挪了过去，却见庄旁有座小庙似的东西黑魆魆地矗立着，走近了看，却是一座碑亭。他放下云娘，上前摸了摸，不禁一呆：怎么转到曲阜孔庙来了？心想圣人故居必多善人，略觉宽慰；转念想起了孔令培，心中又是陡地一沉："这如何是好？"再转到别处，是来不及了，又实在危险，便俯身抱起云娘，寻个人家落下脚来再说。他记起"富必通官"，便专门寻找贫穷人家。有的院舍过于简陋，怕难以藏身，有的是左邻右舍太多，又怕要惊动许多人。直到东方透出曙光，启明星升起，伍次友才在孔庙东北角寻到一户中等人家。

这家院落很大，分成二进，却一律都是苦的茅草房，院前一片空场，扫得干干净净，烧用的柴草垛得齐房顶高。此时鸡鸣犬吠此伏彼起，再无选择的余地，只好乍着胆子上前轻轻叩门。

院内立刻传来猎猎的狗叫声，附近人家的狗立刻响应，叫成一片。半响，方听得里头一个苍老的声音问道：

"谁呀？"

沉默。

"谁？"声音变得严厉了。

此时云娘神智稍稍清醒，猛想起伍次友已经喑哑，便强打精神答道："我……我们是进京应试的举人，夜里住了黑店，逃了出来，请行行方便，救救我们……"

里头又是一阵沉默，忽听一个妇女吩咐道："张大，给他开开，天都快亮了，能有什么事？"

门"吱呀"一声开了，一个长随模样的白胡子老人颤巍巍地立在门洞里，觑着眼睛瞧伍次友，见他满脸污垢，大襟上血迹斑斑，怀中还抱着个书生，忙过来将云娘接了过去。伍次友又累又惊，又饥又渴，一口气松了下来，只觉眼前发黑，金花直冒，一阵天旋地转，咕咚一声栽倒在门洞里……

再醒来时，已是日上三竿了。伍次友环顾四周，自己和云娘两床相抵，都躺在后院西厢房里。他很惊讶，这个茅舍套院，从外头看，完全像一个庄户人家，可是里头的摆设却大不一样，朱楹漆桌、书架茶几，虽没有豪华气派，却俨然是个书香门第；更奇怪的是，那位坐在云娘身边容貌慈祥的主妇，布裙荆钗，上上下下是一身农家妇女的打扮，而恭恭敬敬侍立在她身旁的老仆，却头戴青毡呢帽，身穿湖绸丝绵袍，外头罩着青缎挂面儿的小羊皮风毛坎肩！如此颠倒的服饰，饶是伍次友见多识广，再也揣摩不透其中的缘由。

"这位书生，你醒过来了？很好，请用茶！"伍次友正自纳闷，那妇人开口说道，"张大，去泡茶，带点儿点心过来！"

伍次友坐起来接过茶，甘露般一饮而尽，他实在是渴极了，却不好意思吃点心。

"先生，我先不问你如何落难。"那妇人微笑着说道，"这位女扮男装的，不知是尊驾的妹妹还是妻子？"

伍次友苦于不能讲话，双手比划，他觉得有失雅观，便伸手指指自己喉头，又比划了一个写字的样子。妇人点头道："知道了，笔砚侍候了！"

此时，云娘呻吟一声也醒转过来，见妇人正盘问伍次友，便挣扎着坐起来道："他有喉疾，说不得话，主人娘子有什么话，只管问我。"

"嗯。"那妇人本就坐在她身边，听见这话便转过身来，微笑道："妹子，我并不要盘查你们。但既然住在我这里，我总该知道你们是谁，为什么到这里来。你只管放胆讲，不是我张姥姥口出狂言，只要你们合了我的意儿，在山东境内是无人敢来打扰你们的！"

"这人好大口气！"伍次友在旁暗想，"难道她是孔府衍圣公的什么人？可她又说姓张！"

云娘看了一眼伍次友，嗫嚅了半天才说道："他是我的兄长，我们……我们……"她正寻思该说实话，还是该捏造一个故事，忽听外头一个衣着华丽的年轻长随进来，打个千儿道："姥姥，孔府的孔令培，拿着帖子来拜。"伍次友和云娘对望一眼，面色立刻变得苍白。

"嗯，就他一个？"张姥姥问道。

"还有孔贞祺的四侄儿良儿，身后还跟着十几个衙役。"

"带着衙役到我这里来！"张姥姥脸色有点难看，"没说有什么事儿？"

"说……没说什么，只请姥姥外头说话。"

"孔令培不是个东西，整日跟着那个挨刀的郑春友转悠。"张姥姥道，"良儿我看他还好，怎么也这么不成材料儿？——你定有什么话替他们瞒着，嘴里像含个枣似的吞吞吐吐的！"

"回姥姥的话，我们实在没说什么。"那年轻长随见张姥姥恼了，忙上前耳语几句。

"好吧，"张姥姥站起身来，"在隔壁屋里赏见——你两个不要胡思乱想，我一会儿再过来。"

这句话说出来，云娘还不觉得，伍次友听来却如电闪雷鸣一般！孔府势大，衍圣公世袭更替两千年如一日，号称"天下第一家"。地方官上至督抚，下至府县，没有敢招惹的，这妇人竟随口说"赏见"孔府的人！这是什么来头，真不可思议。

孔令培笑嘻嘻地踏进门来，见张姥姥正端坐着吃茶，上前打千儿请安道："总有半年多没见到姥姥，精神越发健旺了，侄儿这里请安了！"

"起来吧，你不是到兖州府郑春友那儿做师爷了么？是什么风将你这大贵人吹回来的？——良儿，你聘之大哥在石门读书，我瞧着就要成材料儿了，怎么不出四服的兄弟，你就变出这副模样儿来——正经事不干，专一钻外道！"

"回姥姥的话，"孔令培一边撩袍坐下，一边笑道，"这不干四爷的事——他是从石门回来给聘之拿书的，顺便来瞧瞧姥姥，我是——"他忽然压低了声音。隔壁的伍次友和李云娘一个字也听不见了。

"你倒鼻子灵！"半晌方听张姥姥笑道，"怎么就知道他们逃到咱们这里？"

"有一个受了伤，血一直滴到孔林西南角大渠边上。"孔令培道，"想着再没别处去，总是在咱们这一带了！"隔壁的伍次友和云娘听至此，不觉心里一紧，果然是来追捕自己的！

"哦！"张姥姥心不在焉地答应一声，又道，"若来了也许是什么人藏起来了，找一找送回去不就得了？"

"侄儿挨户都访查过了，没有。"

"你孔家那么多的佃户，"张姥姥笑道，"不定落到哪一庄、哪一户，不要急，慢慢再找，他受了伤，能飞到天上？"

孔令培见张姥姥一味兜圈子，不由有些发急，干笑一声说道："不瞒姥姥说，佃户们早翻成底朝天了——有人说，天将明时，姥姥家狗叫了一阵子。侄儿想，姥姥是知法度的人，岂会窝藏罪囚？特冒着斗胆来请示一下，可否允侄儿到您仆人房中……查看一下，也不过是去去疑儿……"

"我说你怎么忽然想起来看我，又是请安，又是问好，这么大的孝心——原来你竟是到我张家搜贼来了！"她冷笑着，"别说是娃儿你了！你爹在世做到巡抚，孔友德做了王爷，进我这三丈小院也得规规矩矩——打量我和婆婆一样好性儿！"她铁青着脸，说得斩钉截铁，孔令培吓得半晌没有言语。孔尚良见他难堪，忙解劝道："培儿在路上跟我说了，并不是要搜姥姥的府第，就怕您老误会，让我来帮着解说解说，只看看下人们的住房，他也好交差……"

"没你的事，快滚回去给你聘之哥拿书是正经！"张姥姥道，"张家没人窝贼！我男人下世后留下的这几个人，都是几辈子跟着张家当差的，没听说谁做过贼、窝过赃！要有贼，我就是头一个，你孔令培说个章程，怎么办吧！"说完，伍次友和云娘便听孔尚良讪讪地辞了出去。

孔令培是当夜带人循着血迹赶回来的，手头连一张官府牌票也没有，就是有，也不敢在这三尺禁地使用。面对这个决绝的姥姥，孔令培思量半晌方道："姥姥，不是小侄胆敢冒犯你老人家，此事干系甚大，官府都着落在小侄身上，衍圣公进京朝圣又没在家……"

"他在家怎么样？"张姥姥哂道，"七百余年与孔府为邻为亲，没听说谁敢动我张家一根草！你是个什么阿物儿！"

"那小侄就无礼了！"孔令培因逃了伍次友，忧心如煎，自己与郑春友旦夕就有灭门之祸，顾不得与张姥姥磨牙了，便立起身来一揖道，"事过之后，小侄带领全家人来负荆请罪！"说着大踏步走到前院，对守在门外的衙役们喊道："来，搜！"

"来人！"张姥姥也跟了出来，立在台阶上大声吩咐，"叫后头伙计们都来！"

其实不用吆喝，张家仆人早已拥了出来，知道这边有事，都带着孔府标牌一崭儿新的水火大棍，排成两行，比起臬台法司衙门的威风也不差什么！张姥姥哼了一声，对孔令培说道：

"瞧见了？这棍子自衍圣公送过来，还没使过，你小子想试试？"

"上！"孔令培一咬牙。他见张姥姥如此执拗，更加断定伍次友在此无疑。

"张大，请出祖姥姥的龙头杖，把云板敲起！"张姥姥冷笑一声，"张家有了劫贼，叫孔府的人一体来救！"

"喳！"那位替伍次友开门的老年长随答应一声，拔脚便向后走。

"哎……哎，哎！"孔令培顿时慌了手脚。孔家家法极是厉害，他在孔家辈分甚低，因素来行为不端，族中很有几个恨得牙痒痒的。云板一响，孔府上下齐来救援，见搜的又是这惹不起的张姥姥家，当场将他打死，或沉潭活埋都是可能的。孔令培此时见到了这一步，忙摇手赔笑道："嗐！小侄也是吃屎昏了头。您老不必与小侄一般见识，小侄离开这里就是了！"说完，转脸训斥带来的几个衙役："死尸！还不快走——就在这方圆守定了，不信他们还会飞了出去！"

伍次友和云娘听到前院渐渐没了动静，放下心来。但张姥姥这一整天却没再过来，茶饭都由张大过来调理，偶尔也听到她在院里院外督率家人，安置地里活计，自己带人到作坊织布。直到掌灯时分，这个神秘的张姥姥才带着一个郎中来给二人瞧病，又命人去抓药，另给云娘安排住房。待汤饭用过，一切妥帖，这才到西厢屋坐了笑道："原说去去就来的，谁想闹了那么一出。白天忙，只好晚上来了——我是个做庄稼的，没有那些陪客的礼数，你们不要怪我了。"

云娘和伍次友歇息了一天，老鸡熬汤养得精神好了许多。伍次友便走了过来向张姥姥深深一揖，坐在旁边椅子上。云娘道："大娘待我们这样厚恩，将来总有一天报答您老的。"

"你们的事我已经知道了个大概。"张姥姥笑道，"救人一命，胜造七级浮屠嘛！孔家这个令培，起小儿看还不坏，没想到越长越不是东西！半年前头回见了郑春友，回来便又是钟三郎，又是吴三桂，又是要出真命天子，中了邪似的！没瞧瞧自前年以来停了圈地，老百姓才过了几天安生日子？

没来由只盼着天下大乱！什么夷人不夷人的话我不懂，老百姓家谁管那黄子，康熙尊孔尊孟，敬天敬祖，行事又这么通情达理，我瞧着也是中国人！"说罢便笑。伍次友听着，目中灼灼生光，这话很能提他的谈兴，但却一个字也说不出来。他抬头看看这农妇一样的张姥姥，低头感慨地叹一口气。

"他都说了我们些什么？"云娘笑问。

"说了——你是个大响马，他叫于六——是于七的兄弟，还说这是郑府台讯实了的。"

"姥姥，您怎么想呢？"

"他都是些屁话，谁不知那个郑春友又想着害人？头年杀了个于五，又有个于八，都成了反贼！想杀谁，谁就是反贼！"张姥姥连叹带说，"于七造反年间，我才十几岁，哪里能有个于六像他这个岁数的？——说到你，那更不像了，这么娇滴滴的一个黄花姑娘家，怎么会是响马？阿弥陀佛，罪过呀！"

"姥姥您深明大义，"云娘笑道，"不瞒您说，我倒真是个'响马'出身呢！"她心中十二分感念张姥姥，再不存半点戒心，便将自己从小的遭际，如何到了汪家，又几乎被害，怎样上终南山，又为什么下山，救了伍次友，伍次友又是怎样一个人……一五一十徐徐说给张姥姥听。张姥姥听了，一会儿泪光闪闪，一会儿毛发森森，一会儿闭目微笑，一会儿怒气填胸。

"你们大难不死，真是再世为人了。"听完云娘的话，半天，张姥姥才叹道，"这比大书、鼓词里头说的事还热闹几倍。要不是见了你们，说什么我也不会相信——既如此，那位苏姑娘已经皈依我佛，我瞧着你俩，天造地设的一对儿，怎么就不能——"

空气突然凝结了。云娘飞红了脸，叹口气低下了头，伍次友痴痴地望着窗外的暗夜，外面的冷风微带啸音，正无休止地响着。

"不说这些了。"张姥姥见二人神情尴尬，笑道，"你们先在这里安生住下来，就是兄妹也罢。我还有桩心事，伍先生文才这么好，不使也怪可惜的。这里的石门山有座庵子，孔家有个秀才名叫尚任，号叫聘之，在那里读书。等伍先生的病好了，不妨过去盘桓一些时候。等平静了，你再陪他到北京去见皇上，这岂不是两全其美？"说完便欲起身告辞。

　　云娘见她要走，心里有些舍不得，忙道："姥姥别忙，早着呢！今日这事我心里有点不解：听说孔家在山东势力很大，官府都依着它，怎么这孔令培倒像是怕姥姥似的，您怎么就镇得住他呢？"

　　伍次友睁大了眼睛盯着张姥姥，这也是一天来萦绕在他心里的一个绝大的疑问。

第二十八回　　张姥姥闲说乱世典
　　　　　　　伍次友赞评桃花扇

　　"说起这话，就一言难尽了！"张姥姥起身为伍、李二人各倒了一杯茶，又吩咐人"药煎好了就快送过来"，这才坐下叹道，"这个故事儿外头人知道的很少，我们两家也都不张扬——说起来有七百多年的光阴了！"

　　听见这话，云娘不禁一怔。伍次友心中推算，七百年前，正是后唐五代之时——他也没有料到，张孔两家竟有这么深的渊源。

　　张姥姥呷了一口茶继续说道："那时正是后梁年间，因天下大乱，孔府的家道也就中落了。

　　"当时的第四十二代老公爷孔光嗣，已是三代单传，老公爷望五十的人才得了个麟儿，起名叫孔仁玉。三千亩地一棵谷，就这么一根独苗苗，怕在府里养不活，便叫奶妈子抱回家去养——就是我们张家头一辈姥姥，离现在已经传了二十一世。"

　　伍次友听至此，不禁点头：原来这"姥姥"也是张家世袭的。

　　"当时有个洒扫户叫刘末，因进府当差，改名儿叫孔末。老公爷瞧着他勤谨靠实，就把府库、名器、财帛和阙里六十宗户本支孔家的谱牒都交给了他掌管，开初人们也没当回事。"

　　"他是个洒扫户么？"云娘问道，"不是听说孔家'男不能为奴，女不能为婢'么？"

　　"那是明朝以后才定的男不为奴，女不为婢，前头进孔府当差都得改为孔姓。"张姥姥解释道，"——谁想这孔末见世道乱了，就在府中作耗，盗了府库的银子，又私改了祖宗谱牒，日子久了，竟没人不说他原本就姓孔，是圣人的血脉。

　　"乾化三年八月十五，老公爷在花园里设了酒筵，请阖府伙计吃酒。孔末在旁掌筵，喝到二更天，扶着醉醺醺的老公爷回房，趁没人，竟下毒手勒死了老人家。"

说到这里，云娘忍不住问："这奴才如此大胆，官府难道就瞧着不管？"

"好姑娘哩，那时正逢天下大乱！"张姥姥拍手叹道，"五十来年换了五个朝廷，哪个官府有心管这些子事？"

"那孩子呢？"云娘又问，"过八月十五，难道不接回府去？"张姥姥点头道："孩子命大，那日正好发烧，公爷倒是派人来接过一回，因风大，姥姥不让回去——那孔末杀了老公爷，出来召集孔府的人说：老公爷已经归天，临死有话，叫他孔末接印。还说孔仁玉是老公爷的侍妾与外人的私生子儿，接不得孔氏香烟，命人抓来杀掉。满府的人早被他用钱买通了，一群打手嗷嗷叫着，又是打灯笼燃火把，又是举刀枪棍棒，直往张家奔来。

"姥姥一家人欢欢喜喜拜完月老儿，已是后半夜了，正要睡觉，听见门外像发大水似的嚎叫声，不知出了什么事，一开门，原是孔末带着几十个人蜂拥进来——一下子把姥姥吓愣了。孔末在灯影里，手里提着一把锃亮的刀，立逼姥姥交出孔仁玉来，若不答应，便满门杀绝！

"姥姥抖抖索索进了里间，见自己最小的娇子狗儿正和仁玉在炕上争月饼，叽叽嘎嘎地满炕爬……上去一把抱起仁玉，亲了亲，眼泪像断线珠子一样落了下来。欲待往外抱，实在割舍不得；又抱起狗儿，狗儿两只温乎乎的小手拿着月饼直往姥姥口里塞，口里叫着'娘，吃，吃，吃嘛！'……娘生孩儿养，哪个都是心头肉啊！"

说到这里，张姥姥凄声长叹，伍次友早已明白，望着幽幽灯光不言语，云娘的泪水已是顺颊而下。张姥姥擦了擦眼又道：

"姥姥正迟疑间，门'哗'地被推开了！孔末一步跨进屋里，杀气腾腾地问：'哪个是孔仁玉？'两个孩子见这个阵仗，吓得'哇'的一声大哭起来，母子三个抱成一团，哭得天昏地暗……姥姥暗想，我好歹有三个儿，可孔家只这一条血根！咬了咬牙抱起狗儿递给了孔末……那狗儿又惊又怕，抱着姥姥脖子死不丢手，哭着叫：'娘，我怕……'

"'娇儿，别怕……'姥姥拍拍狗儿，把炕上的糖果月饼都塞到孩子怀里，说'不怕，不怕，一会儿就……好了！'

"孔末认定了这孩子就是孔仁玉，一把抓过去，狞着脸笑着，当时就……"

　　说到这里，张姥姥擦一把眼泪。屋子里静得掉根针都听得见，七百多年前东厢屋里发生的一场惨案仿佛就在眼前。不要说伍次友，连杀人如麻的李云娘也是凄恻心酸，半晌方抬头问道："那后来呢？"

　　"后来，张家就避祸迁走了，在石门一带深山里住了十几年，姥姥整日里纺线、织布，给人家帮工绣花，洗衣裳缝穷，攒的钱一点点都拿出来供这孔仁玉读书。后唐明宗年间孔仁玉进京赶考，朝廷授了太学生。这时，姥姥才敢把仁玉的身世向他明说了，可是姥姥已双眼失明了。

　　"仁玉原本是回来接母亲进京的，听了姥姥的叙说，连夜赶回京城，把自己凄惨身世细细写成折子呈奏了皇上。皇上龙颜大怒，发兵来曲阜拿了孔末，碎剐在京城。孔圣人断了宗的世家，这才叫仁玉接了，这就是孔家四十三代'中兴祖'了。

　　"为报张家这段恩情，孔仁玉上奏朝廷，奉旨尊张家为孔家世代恩亲。'姥姥'是官称，代代都是张家长房媳妇承袭，算到我这里，已是二十一代了。"

　　云娘听完，深深透了一口气，说道："我和大哥一天都在纳闷，孔令培又是孔家的人，又是官府的人，这么霸道，到了姥姥这里却为什么被治得服服帖帖的呢！"

　　"他算什么！七百来年，我们张家和孔家联亲的多得很，我的大丫头就是衍圣公夫人，每任公爷一袭位便照原样赠过一根龙头竹节拐杖，连衍圣公都能打的——我们庄稼人不指着这些个吃饭，倒也不在乎这恩亲不恩亲。不过这是孔家立下的家法祖训，代代相传，孔家的人最重这个。孔令培有几个胆子，就敢来搜这院子？"

　　半个月后，李云娘的伤势已经痊愈，伍次友也恢复了嗓音，二人便计议着上路的事。照云娘的想法，伍次友应该即刻进京，留在这里迟早还是要出事，而且皇上现在正筹谋着撤藩大事，正好可以为他划策。但伍次友却另有打算：自己已被赐金还山，在外头逛了一圈子又回到京师，脸往什么地方放呢？所以他已拿定主意不再做官；可是既然不做官，又忙着进京干什么？

　　"先生既不回北京，"云娘说道，"那我可要走了！"和伍次友相处这么长时间，她以女子特有的细心，体察伍次友仍是放不下与苏麻喇姑的那段情意，她也直觉地感到，伍苏二人重新结合是不可能的，既如此，何必再继续搅下去呢？

伍次友看着云娘，半晌才道："要走，你就去吧，这是没法儿的事。不过有一件还要想想，张姥姥这样待我们，总得要报答一下的。"

"真是的！"云娘猛醒过来：这样的大恩不报，那还算个人？想想说道："连我们的衣裳都是人家的，身上又一个钱没有，那只有今夜再作案了。"

"云娘！"伍次友发了脾气，"说过多少次了，你怎么依旧这样？你作案，别人奈何不了你，也只道是遇了恃强霸道的强人。可那丢了东西、死了人的家不也像张家以前出事一样？——那是五代乱世，当今正要安民治国，你还是这么着怎么成？再说，姥姥若知道了你这钱的来路，岂肯收你的？"

"那你说怎么办？"云娘也犯了踌躇，犹豫片刻又道，"不然就把鸡血玉砚变了钱？"她的脸色又有些发白了。

伍次友无可奈何地笑笑。他并不是丢不开苏麻喇姑，也不是一点儿也不爱云娘。他在感情上道义上有卸不下的重负，觉得自己已经不幸，又何必再扯上别人和自己一道儿不幸！见云娘这样，又不忍过于决绝，便温语劝慰道："云娘，你听我说，世上有虽非夫妻而情过夫妻者，也有虽非兄妹而谊过于兄妹者。我和苏麻喇姑、和你，此时都是这种心境。你总拿鸡血砚来发作我，既戳你的心，又伤我的情，这又何必呢？张姥姥这个恩，不是拿钱能报得了的……"

"对了！"张姥姥已在外头听了多时，伍次友这个话她听得又感动，又难过，见二人争执得拿不定主意，便掀了帘子进来说道，"我穿衣有棉田、织机，吃饭有麦米、磨坊，要你的钱做什么用？不干净的钱我更不要！妞啊，我两个儿出去做生意，家里头连个说话的也没有，你能陪姥姥多住些日子，给姥姥说说话儿，去去心焦也是好的呀！"

张姥姥慈爱爽朗，说得十分动情，自幼失怙的云娘只觉万感交集，"呜"的一声哭着扑到姥姥怀里，抽咽着说道："姥姥！您若不嫌弃，我就认了您老作干娘吧！"

"我心里欢喜还来不及，怎么会嫌弃？"张姥姥抚摸着云娘油黑的头发，又转脸对伍次友道，"我上回说过，孔家尚任在石门山读书，想着要写一本什么书。你这么有学问，在这里盘桓个一年半载，也指点指点他，若能成了材料，不是既给皇上办了事，又报了我的'恩'？唉！我的那两个儿自小就不爱读书，要不然——"

正说话间，院里传来大说大笑之声："姥姥带的好信儿！那位伍先生住在何处？"张姥姥一手扯起云娘笑道："正说他，他就到！咱们娘俩前头说话去——喂，聘之，到这屋里来罢！"说着和云娘起身去了。伍次友心知孔尚任来了，刚立起身来，孔尚任已呵呵笑着大踏步进来，看了伍次友一眼，一个长揖，朗声道：

"落拓不羁书生拜见奇遇不偶书生！"

"好！"只此一语便大合伍次友胃口，一边让座儿，一边笑道，"窥破万缘书生，迎候豪气干云书生——请坐！"

孔尚任将后襟一撩，大咧咧地在伍次友的对面坐下。伍次友这才仔细打量，孔尚任不过二十岁上下，只穿一件绛红长袍，腰间束一条浅蓝色带子，刚剃过头，也未戴帽子，发辫黑光油亮，丹凤目灼灼有神，心中不禁暗赞："好一表人才！又是圣人后裔，可谓资质俱佳！"口里却笑道："久闻你的大名！听姥姥说，你在写一本什么'黄子'书，是否准许不才拜读一番？"

"是一部传奇，"孔尚任笑吟吟说道，"不知先生于此道有何高见？"显然，他也很喜欢伍次友的脾性。

伍次友大感兴趣，口里却道："传奇，小道耳！你既为秀才，为什么不去研读经史、八股，却躲在石门山上做什么传奇？"

"传奇虽属小道，却源于大道。"孔尚任笑道，"对诗词、曲赋、稗官野史，抑或经史子集，若有一路不精，难写传奇。您不是喜欢八股文么，我有一篇，请指教！"说着，摇晃着脑袋念念有词道：

> 天地乃宇宙之乾坤；吾心实中怀之在抱；久矣夫，千百年来，已非一日矣。溯往事以追维，曷勿考记载而诵诗书之典籍。元后即帝王之天子，苍生乃百姓之黎元，庶矣哉，亿兆民中，已非一人矣……

"哈哈哈哈……"孔尚任尚未念完，伍次友已是纵声大笑，他很久没有这样畅快了，"真骂尽天下腐烂恶劣的墨卷，我且给你续一句：

> 思入时而用世，曷勿瞻黼座而登廊庙之朝廷！

孔尚任听了也不禁大笑。

"该请丑媳妇出来，见见公婆了。"伍次友笑着说道。

孔尚任听了，身子向前一倾，正色说道："我这部传奇，只为识者读，不为昏者误，写的便是一代兴亡的色与气。敢问，何为色？"

"色者，离合之象也！"伍次友循传奇的义理答道，"男有其侪，女有其伍，悲欢离合寓其中，锱铢不爽！"说至此，猛地想到自身，伍次友敛了笑容。

"嗯。"孔尚任很满意这个答复，又问，"那么，气呢？"

伍次友因听他方才讲到"一代兴亡"的话，沉吟了一下，缓缓答道："气者，兴亡之数也，君子为朋，小人为党，错综纷乱寓其中，无纤毫之差！"想想又补了一句，"我这不过是据理而言、据情而断，写得好了自然就是如此；写得不好，强捏造一个传奇出来，我还没工夫看呢！"说着，跷起二郎腿来，看着孔尚任笑。

孔尚任听着这些话，句句在行，点了点头，起身在屋里徘徊几步，说道："我做了首《金菊香》，先吟给先生一听：

> 偏有那文章湖海旧相知，剥啄敲门来问你，带几篇新诗出袖底，硬教评批，君莫逼，这千秋让人矣！

"好好好！"伍次友大笑道，"张姥姥还说要我指点，只听你这一曲，我就无可指点，这'千秋'你不要让我，我也不逼你——尽情拿来我先赏就是了。"

孔尚任这才将一卷文稿从怀中取出来。伍次友双手接过，诧异地问道："就是这些么？"孔尚任一改方才狂放之态，笑着点头道："这是一部《桃花扇》，共分四卷，还未完稿，您先看一卷吧，我准备用十年的工夫改好它，才肯拿出去呢——只可惜无缘见到侯公子，有些地方写得不很顺手！""那你今日不虚此行，侯方域前辈正是在下受业之师！"伍次友看了一眼又惊又喜的孔尚任，便开始翻稿。孔尚任自静静坐在一旁吃茶。

半晌没有动静，孔尚任起身站到窗前，观赏墙头横卧着的一枝老梅，正拟构思一篇诗词，犹豫不定时，猛听"砰"的一声，回头一看却是伍次友看得忘了情，在击节称赞！

"妙哉！"伍次友笑道，"这《访翠》一出，亏你怎么想来！"说着他一边翻念着，一边手舞足蹈。已有些着魔：

> ……隔春波，碧烟染窗；倚晴天，红杏窥墙。

"确是妙语如珠！"伍次友连连赞叹，"二十年所读文章，不及君这一篇！你看——"

> 结罗帕，烟花雁行；逢令节，齐斗新妆。有海错、江瑶、玉液浆。拨琴阮，笙箫嘹亮。

伍次友笑道："字字余香可嚼，句句精辟动心！天耶天乎！你这样的人竟生在山东，真真不可思议！"显然，伍次友认为只有江南人才写得出这样的文采。

"先生不必赞了。"孔尚任也很高兴，"有何补阙之处也该说说么。"

"这样的书我可补不了什么阙。"伍次友笑道，"天生我材必有用，你应该出山了，要不要我写封荐书给你？"

孔尚任一怔，说道，"君子守时待命，先生的荐书不敢领。"

"嗯，确乎如此！"伍次友更加赞赏，"你这样的大才，必能自至于青云之上。不过我如不荐，于心何忍？将来面见圣上，我必一力保荐的！"

"可惜此非经国之策，"孔尚任笑道，"皇上未必就看得中的。"

伍次友情绪平静了下来，微微一笑，说道："当今乃是一代令主圣君，岂有叫你落空的？"说到这里，又沉吟良久道："可惜的是，三藩未靖，虎视中央，皇上虽有此心，未必抽得出余暇来处置这些文事啊！"说到这件事，孔尚任情绪低落了，点头叹道："我是久闻先生道德文章的了，既然皇上方在用人之际，先生何必自弃？应当回皇上身边参赞大计才是啊！"

这话说得伍次友心里一动。是啊！乱世之人，不如治世鸡犬，像孔府这样的巨族，衰微下来，会出现孔仁玉那样的惨剧；像孔尚任这样的才人，遇到这种时候，也只好坐等天下太平。守时待命，什么时候是个了局？

正默默出神，张姥姥带着云娘进来，呵呵笑着说道："尚任，一看就知道你们谈得投缘，在那屋里都听见这里又说又笑，多少天来这院里没有恁热闹了——再告诉伍先生个喜讯儿，郑春友已经叫钦差给杀了，这兖州府地面要清净几日了。我和云娘已经说好，就照我前头的话办吧。"

"敬遵姥姥的命。我和聘之兄还可多切磋些学问。"伍次友说道。他心里不免诧异：没有听说有钦差到，怎么会突然就杀了郑春友？

第二十九回　奉皇命孔四贞南归
劫法场青猴儿效命

府衙逃走了"李雨良"和伍次友，张姥姥碰回了孔令培，兖州知府郑太尊却仍决定大出红差，处决所有谳定秋审的在狱罪囚。原因很简单，伍次友既已出走，又拿不回来，他这个知府是做不成了，须得逃往云贵。狱中在押的三十二名死囚，除四名盗贼、奸淫的刑事犯外，都是在云南哗变返回中原的官佐，还有是钟三郎会众的反叛。自己的真面目既已暴露，肯定臬司要重新审核，说不定还要惊动刑部，让这些"汉贼"从他郑春友手上活着出去，将是终生憾事。再说，自己逃到了云南，总不能空着手去见平西王呀！所以，当孔令培回来报知在曲阜无法捉拿伍次友的消息后，郑春友先是一阵惊恐，沉默良久，突然失心疯似的爆发出一阵狂笑：

"哈哈……哈……哈！想不到我郑春友惨淡经营、智谋用尽，依旧是镜花水月，水月镜花……哈哈……"

听他笑得凄厉古怪，孔令培被他吓呆了，半晌方期期艾艾地问道："太尊……您，您这……这是？"

"太尊？"郑春友睁着一双血红的眼，"太尊已经没有了，现在我是大明义民郑春友！"他忽然又显得伤心颓唐，一下子跌坐在交椅里，埋头思索好一阵，抬起泪光闪闪的脸说道："令培，三年清知府，十万两雪花银，我在此一年半，你知道我刮了多少？"

孔令培不敢回答。

"十五万两！"郑春友毫不犹豫地说道，"这十五万两分了三份，一份给了平西王；一份给了朱三太子；余下的五万我用来打点身边的人！所以，于满清我算得第一赃官，于大明我却是第一清官！若是我身遭不测，请你将这话传遍天下。"

孔令培不解地问道："那怎么会？伍次友并没有出兖州，还是要想法子捉拿！"

"我手中若有兵，还用你说？"郑春友冷森森地一笑，"可叹可惜，朝廷竟没在兖州驻兵，你们孔府有兵，却又由不得你来支配……"

"那我怎么办？"

郑春友不言声，至桌前提笔写了一张条子，又小心地用了自己的印，交给孔令培，说道："你拿这个条子到库里提一万两银票，到云南，到北京去寻世子都成，远走高飞！"

"那您呢？"

"我？"郑春友咬牙笑道，"放心——我也不傻！今日四门齐开，斩决全狱要犯，我也要裹银而遁了！"说着便笔走龙蛇、文不加点地亲自起草杀人文告。写好了，自己再看一遍，见孔令培还怔怔地坐着，便道："你还不去，是怎么了？"

孔令培嗫嚅半天，方道："我怕……怕伍次友抄了我的家……"

"国且不国，何以家为！"郑春友冷笑道，"便宜不了他伍次友！我表弟朱甫祥在固安罢官后，已在抱犊崮和大响马刘大疤会合，啸聚了七百多人，我已写信请他留意。他知道此中情由，岂肯放过伍次友？我现在……"他说着，有些气短，回身摘下悬挂在墙上的长剑，抽出来弹了弹。那是上好的剑，立时发出铮铮嗡嗡的金属颤鸣，"我现在最恨的是皇甫保柱！王爷怎么选这样一个人来办大事？他若不怠慢心软，我郑春友焉有今日之祸？"

他一边沉思着说，一边走近孔令培，突如其来、猝不及防，向孔令培当胸猛刺一剑，那剑一直穿透他的后心。

"你！"孔令培"唰"地立起身来，踉跄着不肯倒下，狞笑着问郑春友，"你为什么？说出来叫我死得明白！"

郑春友端一杯凉茶喝了，笑眯眯地说道："爱国即不能爱家，爱家必然惜身，惜身必然卖友！我这不是成全了你么？伍次友知道我杀了你，还会抄你的家么？"

孔令培瞪着眼听完，"扑通"仰倒在地，无声无息死了。郑春友拔出剑来，扯过桌上台布，细细揩拭干净了，佩在身上，出来将大门反锁了，气宇轩昂，面色从容直趋签押房，按剑大呼："升堂！"

西菜市刑场阴风惨惨，杀气腾腾。三十二名刀斧手一色儿新的绛红大袍，玄色腰带，一律右臂赤胸在外，磨得雪亮的鬼头刀刀钩朝外，宽厚的刀背压在多毛的前胸上。他们不耐烦地站着轻轻跺脚，横肉块块饱绽的脸上泛着黑红的光——那是八两老烧刀子的功效了。刑场四周布满了衙役，足有四百多人——连首县衙门的人都调空了。正中面南的一座高台上摆着一张公案桌，一根根亡命签牌齐整摆好了。郑春友一身簇新的官袍，立在案后提着朱笔毫不犹豫、毫不马虎地一一勾牌，交给司书发下。只见各班番役人等已经到任，郑春友便吩咐："预备好，本府亲自监斩！"

"喳——噢——"下面雷轰般长应了一声，便推出已插了亡命牌的人犯出来。立时，外头瞧热闹的老百姓一阵骚动，都伸着脖子看，圈子里的衙役便用鞭棍一阵乱打，逼着人圈子向后退。孔四贞还是头一次见地方官杀人，和地狱里森罗殿布置毫无二致，不觉心悸。回头看时，青猴儿拿一把瓜子儿站在孙延龄身边，一边嗑着，一边用两只乌溜溜的眼睛在犯人中搜寻伍次友和李云娘，却因犯人一色披着囚衣，头都被刀斧手按得低低的，竟看不清楚。孙延龄却显得若无其事，背着手用冷冰冰的目光漠然注视着满脸杀气的郑春友。

"自古对谋反造逆之人，决不待时而斩！"郑春友双手据案，大声说道。这是他知府任上杀人最多，也是最后的一次，所以特别郑重。他回头看一眼特地赶制出来的一面竖旗：宝蓝缎面儿四周镶着血红的流苏，中间一行大字也是他的手书：

钦命进士及第五品中宪大夫知府郑

旗上的十五个黄字迎着寒光刺人眼目。郑春友转过脸来，眼中带着肃杀之气又道："本府为绥靖地方，安抚百姓，已缉获劫牢大盗李雨良、聚众谋反首领于六，经六百里加急请示上宪，今日处置待决死囚，操刀手预备好了没有？"

"喳！"三十二名刽子手齐声应诺，"请大人下令！"

"慢！"见孔四贞使眼色，她的包衣奴才戴良臣大喝一声，手一扬跨进了刑场，盯着郑春友问道，"你说已奉宪谕，拿出臬司滚单来叫大家瞧瞧呀！"

谁也没有料到竟会有人敢在这当口走出来说话，场内场外黑鸦鸦上千人，立时变得鸦雀无声，都伸直了脖子瞪着眼瞧。

"大胆！"郑春友因接了吴应熊的信，心中早有防备，见这汉子跳出来，料是钦差手下的人，"啪"地将公案一击，喝道，"将法场滋事的人给我拿了！"护在郑春友身边的几个彪形大汉"喳"地答应一声，恶狠狠扑了过来。孔四贞一回身，厉声向孙延龄道："延龄，上！"郑春友在台上早一眼望见，点着护法场头儿的名字叫道："刘天一，是谁在那边喧哗？"

刘天一以为有人劫法场，早吓得愣在一边，尚未及答话，青猴儿突然一跃蹿了出来，指着自己的鼻子叫道：

"是小爷！明白么！——爷们奉了皇命钦差来的，谁敢来拿？"

青猴儿说着，"嗖"地抽出腰刀，一把揪住扑上来的刘天一，顺势儿反拧了他的膀臂，将刀猛地斜劈下去："谁敢无礼？"

这毛头小子经云娘和胡宫山传授，身上功夫已经不浅，这一下出手又快又利落。刘天一的头颅滚出四五尺远，血溅得到处都是，连上来拿孔四贞的衙役们都吓得愣在当地！

"给我拿，拿，拿！"郑春友咆哮道，"这正是昨夜劫衙的大盗！"

"你拿不成！"孔四贞至此才迈着大步进来，将康熙赐她的金牌令箭从怀中取出，高擎在手，晃一晃，耀目辉煌，"我乃御前一等侍卫，和硕公主孔四贞！这是圣上令箭，命我微服查访民风！"

郑春友倒抽一口冷气，心下一阵暗惊：这便是久闻其名，未谋其面的"四格格"！性命交关之际，他反镇定了下来，嘿嘿冷笑道："你就是钦差？怎么既没有廷寄，也没有勘合，上宪也无滚单告知？哼！自古至今，哪有女流之辈为钦差大臣的——显系刁妇冒充钦差，这还了得？"他抬高了嗓音，大喝道，"一个也不要放走了，一体擒拿正法！"

孔四贞听了不禁仰天长笑。她奉康熙之命，以和硕公主身份携了丈夫孙延龄同赴广西，节制父亲孔友德的旧部。这次赴广西，孙延龄原想走陆路，但四贞却因奉旨顺道密访伍次友，执意循水路南下，不想昨夜在兖州府刚刚住下，便遇到了从府衙中逃出的青猴儿，便在船上议定，今日劫法场营救伍次友。

郑春友瞧见了铸有"如朕亲临"的金牌，心里一阵发寒，眼见围观百姓已是骚动不安，衙役们面面相觑，知道稍一胆怯便一切全完，因见她只寥寥四人，略觉放心，恶狠狠一笑，说道："这件东西是真是假，难以凭信！"

孔四贞不屑与郑春友答话，只冷笑着将手一招，孙延龄便忙不迭过来，拱手道："公主，有何指令？"

"公主！"这下子人们都听清了，千余双目光都射向了孔四贞，一个个眼睛瞪得大大的，气都透不过来。

"延龄，"孔四贞平静地将手一摆，"拿下他来！"

"喳！"孙延龄答应一声，挺身直趋监斩台，一个书吏双手张着来拦，被他当胸一点，接着一记耳光，早仰面朝天倒下。孙延龄这才哈哈笑道："我也是个钦差，上柱国将军、和硕额驸节制广西兵马都统孙延龄！懂了么？"说着转脸向人群喊道："谁出来应命，大爷有赏！"

话音一落，十几个精壮汉子"刷"地跳了进来，其中有两个还是校尉服色，这是他带来的从人，还有几个并不认识，是素来被郑春友害苦了的，也来助打太平拳，一齐躬身对孙延龄道："惟大人之命是听！"此时，待决的犯人们也都灵醒过来，一齐跪下高呼"冤枉"，整个围着瞧热闹的人都轰动了，前挤后压地鼓噪："拿了这狗官！拿了这狗官！"

郑春友一阵气馁，向座椅上一瘫，又弹簧似的跳起来，拍案冷笑道："如今的钦差真比兔子都多，一下子便蹦出两个来！可笑之至——还有谁是钦差？站出来说话！"说着，不动声色地扫视全场。

"没有了？好！"郑春友步下监斩台，指着一个死囚问孔四贞道，"我姑且称你钦差大人——此人，还有那三十一个，都犯的什么罪，讲啊？"他嘿嘿笑道，又转问孙延龄，"你'大人'又因何搅扰'下官'的公务呢？"

这句话问得在理，又十分得体。孙延龄没了词儿，原说是要救伍次友，但他和孔四贞却都不认识，因转脸瞧青猴儿。此时青猴儿已逐个儿验看过了囚犯，只懊丧地摇了摇头。孔四贞情知变中有变，微一沉吟，朗声说道："我私访至此，知你劣迹斑斑，是个贪官！元春之月不请圣上御旨，擅自勾决这么多人犯，更属居心叵测！且人犯临刑呼冤，应即停刑再勘，国有明典——条条款款你全都犯了，还敢在我面前放肆，自称无罪？"

"哪个认你们是钦差？谁晓得什么孔四贞？"郑春友倏地脸色一变，拔剑在手格格冷笑，"衙役们！"

"在！"番役们早被这阵势弄得昏头昏脑，稀里糊涂，此时一听府尊大人吆喝，参差不齐地答应道。

"出了事一切由本府挡着，你们尽自拿人，拿住一个赏银三百两！"郑春友狂怒地红着眼，"咔"地挥剑斩掉桌子一角，"有畏缩不前者，斩！"

话音未落，孙延龄早已大怒，一个箭步上前，将郑春友胳膊反拧过来，下了他手中的剑，顺势一剑砍下，将他膀子削下一块肉来，问道，"还敢无礼么？"

"拿！只管拿！"郑春友横了心，拧着脖子狂叫道。

但衙役们早已被这勇武得像天神一样的孙延龄吓得魂不附体，谁也不敢再动了。孔四贞见时机已到，双手捧着令箭，由戴良臣和青猴儿护持着款步直登监斩台，将案上知府印信随手甩给一个瞠目结舌的书吏，供好了御札、令箭，行了三跪九叩的大礼，这才肃然落座，叫道："孙延龄，将郑春友拖下去，斩！"

孙延龄答声"是"，拖着痛得半昏迷，浑身是血的郑春友便往下走，往地下一丢便要下刀，青猴儿在旁拦住了道："额驸，你不知这家伙有多阴毒——不是那个杀法，我来！"说着，左一剑、右一剑、横一剑、竖一剑，在郑春友身上连戳十七八下，最后才照心窝里猛扎进去。他出手如此狠毒，连孔四贞将门虎女，也暗自心惊。

"把人犯先押回狱中监理，"孔四贞回过神来，大声吩咐道，"发文山东臬司，委干员重新审谳定，报刑部详文，请皇上勾定之后再行处决！"

这一处置十分明快，无论于法理，于程序都对，原来疑心"劫法场"的衙役们顿时放下心来，在下头高声答应："喳——"

当日孔四贞一行人便住了府台衙门，只到用晚饭时，大家心神方才安定。孙延龄一边吃一边笑道："今日真的唱了一台戏，兖州府全被轰动了！难为公主压得住阵脚——这事据我看，得赶紧申报朝廷才是。"

"那当然，吃过饭你就代我草个折子，我过了目就拜发。"孔四贞见青猴儿吃得香甜，将自己跟前一盘子肥鹅推过去，一边笑道："青猴儿，你倒对我的脾性，跟我到边庭立功去，好么？"

"我不！"青猴儿鼓着腮帮子道，"我还要寻我的姑姑呢！"说着双手将鹅一撕两半，左一口右一口，汤汁淋淋漓漓撒了一桌子。

孔四贞叹道："这孩子只一心念着他的姑姑。唉……也不知伍先生现在哪里——这次我们是没工夫再细查了。"孙延龄一边随便吃着，一边说着："咱们在直隶山东已经停留了不少日子，不敢误了正经差使。这回虽没见着伍先生，好在衙役们都说他们已经脱险了。"

孔四贞最亲近的密友便是苏麻喇姑，听孙延龄说得有理，又想着有点对不住苏麻喇姑，沉思良久，自慰地叹道："也只好如此。嗐，世上只有女人们心痴，男人们哪里晓得这些？这么着想，我的心也灰了……"

第二日启程，青猴儿仍是不愿跟孔四贞南下，口口声声要寻李云娘。孔四贞眼见这娃儿伶俐可人，越发舍不得丢手，便劝道："好孩子，你渐渐大了，也是要立功名做事业的，跟了我南去，弄个红顶子见你姑姑多好！——你不是说过，你娘被卖到了广东？那儿离我们那里却不远，我着人细细打听着，说不定你们母子还能团圆呢！"

说到娘，青猴儿又迟疑了，泪光闪闪的一双大眼睛瞅瞅这个，又望望那个，嘴咧了几咧，竟自放声大哭起来。

第三十回　夫妻离心额驸生异志
　　　　　衙中兵变公主收军权

　　孔四贞带着青猴儿到达桂林，已是康熙十一年四月。因为走水路，这一路绕了很大一个圈子，先沿运河南下至广陵，在瓜洲渡口换了大舰船溯江逆流而上，经芜湖、九江、武昌、岳阳，直到重庆方弃舟登岸。再迤逦南行，便渐入横断山脉，左有万丈高崖，右有流云急水；幽谷深峪中老树错节盘根，虬枝藤缠；长满了苔藓的石道仄径阴绿浓密；偶过洞水飞瀑，更觉薄暮冥冥，似虎啸猿啼，轰鸣之声荡人心腑。水光山色一改北方的苍凉气度，秀丽中带着一种阴森森的忧郁格调。在江淮平原上长大的青猴儿几时领略过这些？一路上马也不骑，只放开脚丫子前后奔跑，不时发出惊讶的赞叹声：

　　"我的娘哎！谁要一脚踏不稳，从这儿掉下去，不就驾云了——咦！下头的水，怎么黑沉沉的？"

　　"青猴儿，上马吧，这么跑要累坏的。"孔四贞笑道，"这就叫乌江嘛！其实，这水并非黑色，山太高，水又深，自然瞧着就黑了——你瞧见对岸山上树林子里那个小黑洞洞么？"

　　青猴儿手搭凉棚略一眺望，真的瞧见断崖中间有个小洞在摇曳的树丛中时隐时现，便道："嗯，瞧见了！"孔四贞笑道："好小子，好眼力！当年要是你来追我，我难逃活命——我和干娘就是在那里头躲过追兵的。"

　　"那时您多大？"青猴儿上马问道。

　　"五岁。"

　　"您真好记性！"青猴儿道，"我只记得我五岁时还没穿过裤子。"

　　孔四贞没有回答，目光幽幽地望着远处山峦，心里长长叹息一声。顺治九年七月初四，桂林城被李定国攻破，父亲孔友德饮剑自刎，乳母抱着她趁夜逃出，还像昨天的事一样，她怎么能忘呢？孔四贞想着，回头见青猴儿还在痴痴地望着，便道："青猴儿，你在想什么？"

"我在想，"青猴儿道，"中国真大，我不知道的事真多！"

孔四贞回头看了一眼左顾右盼的孙延龄，一股莫名的隐忧袭上心头，丈夫虽说对她百依百顺，但她却总觉得有一种无形的隔膜感，细想时，却又挑剔不出什么。连那个跟了父王多年的包衣奴才戴良臣，也觉陌生了许多。如今广西带兵的两个都统，马雄和孙延龄交好，却又与吴三桂的孙子吴世琮有莫逆之交，王永年忠于朝廷，却又与孙延龄互不服气，这该如何调停呢？

正想着，青猴儿突然道："四公主！"

"唔，"孔四贞惊醒过来，问道，"又瞧见什么稀罕物儿了？"

"不是什么稀罕物——我怎么瞧着额驸爷这几日却像换了个人似的？"青猴儿道，"过了重庆府，走路都想撒欢儿！"

"哦——"孔四贞一怔，几日来，觉得愈来愈不对头的地方原来在这儿！想着，将马靠近了青猴儿，温和地说道："人快到家都是这样——好孩子，你这样伶俐，我极喜欢你，不要叫公主了，也叫我姑姑好么？我会和云娘一样儿照料你的。""嗯——也成！"青猴儿咬着嘴唇歪着头想了想，道，"我姑姑是响马出身，肯为我杀人放火，您是千金阔小姐，您成么？"孔四贞开心地笑了："你以为我就不会杀人放火？"正待往下说，孙延龄带着戴良臣几个家将从身旁冲骑而过，扬着鞭子大笑着追逐一只跑得惊惶失措的兔子。孔四贞眉头一皱，大声喊道："延龄！"

孙延龄立即勒住了缰绳，下马笑吟吟说道："公主，有何吩咐？"他仍是一脸的恭顺神色。

"你是身统六万大军的上柱国将军了，"孔四贞道，"该持重点儿！"

"是！"孙延龄赔笑道，"快到家，我有点忘形了。"孔四贞笑着啐了一口，又叫过戴良臣申饬道："侍候你主子好好儿走路。这几日我越瞧你越不地道，仔细到桂林我治你！"

孔四贞的隐忧是有道理的，事实上比她想的还要严重得多。桂林驻军王永年和马雄两个都统，因为分饷不均，已经翻了脸。屯在城西的王永年部和城南的马雄部没有一日不滋事生非。孙延龄自己的十三佐军马有严朝纲和徐敏振两个副都统弹压着，虽然不致闹出乱子，却也不敢轻易介入马王两部的争斗。广西总督金光祖是尚可喜的旧部，偏袒马雄；广西巡抚马雄镇是熊赐履的门生，庇护王永年；双方也是格格不入，加之风传耿精忠和尚可喜已修表奏请撤藩，局势更如乱麻一般。兵士们趁乱出营抢掠奸淫的事儿也时有发生。金光祖捉了二十几个王永年属下出外为非作歹的士兵；马雄镇也逮了几十个马雄的士兵，却都不敢发落——因为兵都是孙延龄的，他两个都是空筒子封疆大吏，害怕激起兵变。各方势力纵横交错，又虎视眈眈，所以孙延龄一回来就忙上了，半个月来都难得落屋，咨会督抚，召人议事，处置积案，调停各部关系……竟把孔四贞撂到了一边。

这一天，吃过晚饭，天色渐渐阴了下来，浓云压得低低的，罩得天地间一片昏暗，疾风一阵阵吹得院里的大梧桐、木棉树不安地摇晃着。眼见大雨就要来临，孔四贞见孙延龄胡乱扒了两口饭又要出去，便叫住了他："延龄，又要出去？"

"怎么？"孙延龄站着，用手帕擦着嘴笑道，"几天没陪你，闷了么？我得先把这儿的局面稳住——耿、尚两家要撤藩，我们这儿不稳不行！等天气好些，我再陪你玩儿——这里好景致，什么独秀峰、叠彩山、象鼻山、七星岩……"

"我不要听这个。"孔四贞道，"我想和将官们见见面，你给我召集一下。"孙延龄笑了一笑，说道："你是为他们那些小事操心？不要紧，我能处置！我的公主千岁，你安富尊荣好了！"孔四贞摇摇折扇，笑道："我可没那个福分——你想把我当菩萨供起来？别忘了，我是定南王郡主，也是有官爵的！"

"是，遵命！"孙延龄扮个鬼脸儿，涎着笑脸说道，"一等侍卫阁下，要没有别的吩咐，我先去了。马雄镇、金光祖他们都在等着议事呢！"孔四贞点头道："没什么事了，你不带几个人去？"孙延龄笑道："我不带人了，戴良臣他们都在这侍候着，有什么事告诉他们一声就得了。"

孙延龄说着便去了。才交酉时，天就完全黑了，外头下起雨来，一阵儿大一阵儿洒落在梧桐叶、芭蕉叶上，打得山响；一股贼风尖溜溜地袭来，吹得窗扇几开几合，把窗帘儿撩起老高。孔四贞突然感到一阵惶恐和寂寞，正待过去关窗户时，便听到雨地里啪叽啪叽一阵乱响，青猴儿浑身淋得精湿，光着脚丫子跑进来，喘着气道："姑姑，这是他娘的什么天儿，说下就下！"孔四贞笑道："还不进去换换衣裳！跑哪去撒野了，淋得水鸡儿似的？"

"姑姑，"青猴儿换好衣裳打了个喷嚏走出来，扣着纽子说道，"外头有两个人要见您，门上人挡住了，说要等额驸爷回来再通报呢！"

"是什么人？"孔四贞心里陡地升起了怒火。

"一个三十多岁，矮个子，黑豆眼；另一个有五十多岁，说叫傅什么来着——"

"傅宏烈！"孔四贞身子一颤。她已完全明白，真的要把自己当菩萨供到这儿了！她腾地立起身，走到窗边喊了一句："家将们谁在？"

"奴才在！"雨地里有人应声答道，孔四贞一看，也是自家包衣奴才，叫刘纯良，便道："去门上传话，请傅大人他们进来！"刘纯良忙躬身道："回主子话，戴头儿说了，来客得先见额……"

"放屁！"孔四贞厉声道，"戴良臣是你亲爹？告诉门上，再敢擅阻我的客人，立刻打死！"说完"砰"地关上窗户，坐下暗自打主意。

"下官何志铭、傅宏烈参见公主千岁！"不一时，便听门外有人高声报道。孔四贞已是起身相迎，见这两个人又要行礼，便道："免了这个礼吧，快坐下——这位不是兵部云贵司的何大人吗？你几时来到桂林的？"

"下官何志铭，到贵州公干，特绕道来此，已有七日，想单独请见公主，一直不得便儿。"何志铭说着抬起脸来，果真是两颗黑豆眼，亮得咄咄逼人。孔四贞早就听魏东亭说起过他协助九门提督吴六一杀衙斩将，单身入鳌府游说的故事，是个极为精明强干的人，便笑道："你是兵部的司官，赏着侍郎衔，要见我何难？"

傅宏烈笑道："见您不难，要单独见您却很难。今晚额驸他们在聚仙楼和吴世琮、汪士荣吃酒说话，趁空儿求见公主，有些话是不足为外人道的。"

"什么聚仙楼？什么吴世琮、汪士荣？"孔四贞惊得一跃而起。

"公主安坐！"何志铭格格一笑，对傅宏烈道："如何？公主果真不知道！"说着一欠身笑道："有些事公主日后自会明白，不过下官来此，却为了另一件事——"他从袖中取出一片残纸递给孔四贞，说道："此乃一封血书，请公主过目！"

孔四贞接过一页血迹斑斑的残纸，心里打了个寒战，对呆立在一旁的青猴儿说道："你到门口看着点！"

纸上的字并不多，用的血却极多：

求天恩明查夫君吴六一之死，吴黄氏泣血绝笔。

血书已经变成绛紫色。何志铭上前将纸翻过，上面字迹宛然在目：

承吴铁丐嘱书蔡石公《罗江怨》一首：
功名念，风月情，两般事，日营……

下头的字已不复存在。何志铭解释道："这是康熙八年伍先生给吴军门写的。"

孔四贞没有说话，她的脸石刻一般，毫无表情。

外面的雨下得更大了，刷的一个明闪，照得屋里屋外通明闪亮，接着又是一阵石破天惊似的轰鸣。孔四贞的脸像纸一样苍白，颤声问道："吴军门原来死于非命？这，这是从……哪里……"

"吴公子和他的乳母现在我府，还有两个逃出来的校尉也在我那儿。"傅宏烈叹道，"可叹一代良将，不明不白死于小人之手！"何志铭想起当年同事之情，已是潸然泪下。

"杀吴六一的是谁？"孔四贞想着自家处境，又难过又激动，又有点害怕。

"尚之信，还有贵治的马雄、戴良臣！"傅宏烈毫不犹豫地说道。旁边的何志铭目光一闪，又补了一句："还有今晚陪额驸吃酒的汪士荣！"傅宏烈却摇头道："那倒未必，何君不可疑人过重，汪士荣并不在场，这是有证人的。"

何志铭冷笑道："此人清秀儒雅，貌如美妇，多才多艺，连宏烈兄也对他十分怜爱，而不知其恶。我可断定杀吴军门必是由他主谋——早晚你总要吃他的亏！"

孔四贞并没有理会他们的争执，这情况来得太突然了，她一时还接受和消化不了。马雄和戴良臣都是自己身边的人，岂可等闲视之？她沉思移时，站起身来拔出悬在墙上的宝剑，用细白如柔荑的手指轻轻叩着，发出铮铮的鸣声，又转脸对何志铭道："你们的话我当然信，不过吴六一这人是很不好惹的，怎么轻易就让人弄死了——此事非同小可啊！"

"据乳母说，他们先用缓发毒药，打算慢慢治死吴军门。"傅宏烈道，"又怕圣上接到吴六一病报，派遣太医星夜来医治，不得已了才下此毒手——吴军门在筵席上发觉中计后，曾拔剑连杀十二名王府侍卫，还砍伤了马雄的脸和腿——"

"调你的人证过来！"孔四贞已是大发雷霆，厉声说道，"我要在桂林问这个案子！"

"不可，不可！"何志铭仰着身子摇手道，"我们来此并不是要告状，只是想单独对公主说明真情，请公主多加防范，刻意留心！公主啊！帐前的故人虽多，却已非故人的心肠，下面兵丁虽众，用命者能有几何？此事即便申奏朝廷，恐怕也要留中不发，何况您身处危境，更不可过问此案，一旦引起剧变，干系非小呀！"

"我请公主往最坏处打算。"傅宏烈道，"下官那里已暗训三千民兵，以备非常，万一事有不虞，公主可先往下官那里暂作……"

不等傅宏烈说完，孔四贞突然纵声大笑："二位真是以寻常女子视我了！广西若非险地，圣上要我回来做什么？三军六万余人，与我父恩结义连数十年，马雄他不想想，杀了我孔四贞，他的军队便要先乱！我在广西一日，即使他们造反，也不能全力对付朝廷——傅大人，放心回去训兵，用得着时，我自会寻你；何大人，你回京为我带一份密折，我为傅大人请调一点军饷。"

"好！"何志铭豆眼一闪，"请公主拜写奏折！"

"青猴儿！"孔四贞面孔忽地一沉，"传话刘纯良，叫戴良臣带着包衣家将都过来！"说着对傅宏烈和何志铭一笑，傅何二人对视一眼，不晓得这个高深莫测的少妇要干什么。

三四十个家将冒雨来到了正厅，戴良臣走进来，不安地看了看两个陌生人，打千儿跪下道："奴才戴良臣率家奴刘纯良等四十三名奉命过来，给主子叩安了！"几十个包衣奴才跟着黑鸦鸦地跪了一地。

"你往前些！"孔四贞目光如刀似剑地盯着戴良臣，良久方冷等道："好一个戴良臣，我们孔家调理出来的好奴才！你做的好事！"

"不知奴才做错了何……"

"哎？"孔四贞冷冷一笑，背起双手逼视着浑身发抖的戴良臣，"我问你，马雄脸上的疤是哪来的，他的腿又是怎么了？"

"公主！"戴良臣心里猛然一惊，惊惶地说道，"听说是从马上……坠下来，被竹茬儿……"

"好，你不肯说实话？"孔四贞截断了戴良臣，俯身审视着他恐怖得变了形的脸，笑问，"你是我家的家生子儿奴才，可记得前头保儿是怎么死的么？"

"是……是装进烧……烧红了的铁笼子……"

"嗯，好记性！"孔四贞格格笑着，吩咐刘纯良道："架火！"又对吓得发怔的青猴儿道，"你不是喜欢看杀人放火么？姑姑给你瞧瞧新花样儿！"旁边的傅宏烈和何志铭虽不动声色，看到孔四贞家法如此之酷烈，心里也是一阵阵发寒。

"不！"戴良臣面如死灰，语不成声地号啕大叫，急忙爬了几步跪到孔四贞脚前，"不能啊主子！那都是马军门他们逼我干的……我没伤吴军门一个指头啊……求主子开恩，开恩哪！"

"马军门是你哪门子主子？"孔四贞脸上毫无表情，叮当一声将一柄匕首丢了过去，"吴军门乃朝廷封疆大吏，奉圣命到广州牵制三藩，到任才一个月便被你们这些鼠辈杀害，叫我怎么救你——看在你服侍我多年的分上，允你自行了断了吧！"

"谢公主！"戴良臣此时觉得免受火笼酷刑已是如蒙大赦，遂毫不迟疑地抓起匕首，一仰身子便要往下扎。

"慢！"何志铭摆手止住了戴良臣，对孔四贞赔笑道："公主，我为良臣讨个情。他虽死有余辜，但毕竟不是主谋，公主不妨网开一面，法外施恩，允其戴罪立功如何？"

"嗯，"孔四贞很欣赏何志铭的聪明，却假作沉思，半晌才道："瞧何先生面子，先寄下你的狗头。这些包衣家将自今夜起，暂充我的卫队，仍归你带领，听到了没有？"

"喳喳喳！"戴良臣大汗淋漓湿透重衣，连声地说道，"谢主子不杀之恩，谢何先生拯救之恩！"

"带我去聚仙楼！"孔四贞冷冷吩咐道。

聚仙楼上的筵席已经残了，孙延龄并不知道府中已经发生了"兵变"。吴世琮、马雄、刘连明、汪士荣并十几个军将在闹了一阵酒疯之后，现正酒酣耳热地附庸风雅。守在楼下的徐敏振见孔四贞带着一群护卫威风凛凛地赶来，忙一躬身赔笑道："额驸爷在上头呢，并没有女——"

"滚你的！"孔四贞一把推过徐敏振，便蹑着脚儿上了楼，在过道里停住了脚步，隔着纱扇子往里瞧。孙延龄醉醺醺地半躺在竹椅上，身旁有一个俊秀的青年书生正呜呜咽咽地吹箫伴奏，马雄扬着带疤的脸，扯着五音不齐的嗓子在唱：

> 大王之烈风，四海间威云重重。千秋项羽颈血，只可叹乌江恨重，难染红。消散了豪杰气，没来由着对江东，去做鬼雄。空教后世游子，怅对碧水忘情！

唱罢，一群人哄笑着劝酒。孔四贞在诧异这个行伍出身的马雄怎会编出如此雅调，却听孙延龄笑道："士荣，你听听，把你的曲子唱成什么味儿了，还不如方才世琮唱的呢！快拿大杯来罚酒！"

汪士荣将箫递给孙延龄，腼腆地笑道："延龄，你来伴奏，我来唱一段，以助雅兴！"他说话声音很轻很细，听来像个姑娘。外头的孔四贞也不禁暗暗生疑：这个人会是害死吴六一的主谋？正寻思间，箫声又呜呜咽咽传来，汪士荣以箸拍节，柔声唱道：

> 凉风秋月，剪断了汉家桐叶。一片儿北，一片儿南，一片儿东西去也！扶病躯，登危楼，空对良夜，草木荣枯折磨，更那堪烛光明灭——奴病本自心病，郎何必强奴把药喧？待把罐儿破了，又恐见，金瓯缺！

他字正腔圆地唱罢，咳嗽两声，用手帕捂住了嘴，脸上泛起一阵潮红。吴世琮忙凑过来道："士荣，病还未好么？前几日我给耿家伯父去信，请他再弄点上好银耳。那个东西，最能养肺清火——"他的话还没说完便被掐断了，因为孔四贞已经推门进来，旁边的何志铭带着讥讽的神气盯着吴世琮和虚弱的汪士荣。青猴儿忽闪着大眼好奇地看着屋里的人，后头的戴良臣却是神色尴尬，眼睛望着墙角不吱声。

"公主！"众人一齐惊起，接着又一齐跪下，"——不知公主大驾光临，乞望恕罪！"

"你们是客。"孔四贞对吴世琮和汪士荣道，"夜深了，汪先生又有清恙在身，请先到驿馆里安息罢。纯良——送客！"

待他们讪讪地出去，孔四贞才转脸对孙延龄道："上柱国将军，广西自古边陲重地，山川险要，东控闽粤，西掣黔滇，而且苗瑶杂处，此时更非宴乐之时。我奉圣命来此镇守，望你自珍自爱，佐我成功。"

话虽客气，但谁都听得出来，是宣布收取军权的。下面的官兵听了这话，心里一个个诚惶诚恐，口里都连连称是："惟公主之命是听！"

"那就好！"孔四贞笑道，"你为我，我自然也要为你，你还是你的上柱国嘛！军马由你指挥，不过——"她沉吟了一下，"军队的调动，将士的黜陟以及与督抚、邻省各藩间的咨文、会议这些事要商议着办，我得随时向朝廷奏呈。咱们同心协力把桂林的事办好，和那些乱七八糟的人，还是少来往为好！"

"喳……"

"明日卯时，在行辕召集三军千总以上的军佐，一是我要见一见他们，二是宣示皇上圣谕——延龄，我们一同回去！"

"喳！"

第三十一回　撤三藩君臣议对策
释天足培公代草诏

吴三桂请求撤藩、回辽东养老的表章，比尚可喜、耿精忠的撤藩奏折整整迟了三个月才送到京城。这期间，为办事方便，康熙命熊赐履、索额图和明珠都暂时住进乾清门西的侍卫房内，协助处置朝务，从提调驻防军队，探询各方面动静，到统筹耿尚二藩的沿途供张、驻跸关防，……六部官员白日抱着一叠叠文案在门前挨号回报事宜，黑夜取走批阅过的文书，人来人往川流不息。每日堆积如山的军报、文案由他们三人先汇成节略文字报送康熙，待裁决后，分发各部照旨行事。

"吴三桂总算识大体。"熊赐履不禁舒了长长的一口气，脸上浮出了一丝血色，笑道："能不动兵戈平安撤藩，这不能不说是国家之福、社稷之幸！"

索额图抚着额前半寸多长的头发，显得有些忧郁，听了熊赐履的话，半响才道："东园呐，未可乐观过早呀！吴三桂的折子里我看话中有话，牢骚很大。几时他人到了北京，咱们才能一块石头落地呢！"说着便转脸看明珠，明珠正以手支颐沉思着，他附和地笑了笑："我看索公的话是对的。吴三桂这个人固然要听其言，更要紧的是观其行。他孙子吴世琮和耿继茂在尚之信那里密议之后，突然陆续请求撤藩，这里头难说没有文章。我还是老脾气，不信直中直，须防仁不仁。图海建议调洛阳的兵还要按期出发——伍先生曾说过，不能战便不能言和！"索额图不置可否地松动了一下腿脚，说道："打仗，不是一件轻易的事，一开战你就明白打仗是怎么回事了，我可是带过兵的！"

正说着，康熙散穿一件石青缎面的中毛羊皮褂，套着巴图鲁背心，拿着一叠子纸过来。新选进养心殿的内务府总管黄敬抢前几步挑起帘子，笑着道："诸位大人，皇上来了，请接驾。"

"免礼吧!"康熙大踏步进来,在居中的椅上坐下,用手抖了抖那叠纸道:"你们怎么看?吴三桂这个折子可信么?"

听熊赐履将三个人的意见约略说了一遍,康熙久久没有说话,一边吃茶沉思,一边来回翻阅审视着吴三桂的奏章,良久才道:"他这个折子里说的,确实是弦外有音,朕已经看了两遍了,要仔细应付——熊赐履,你把朕用指甲掐过的地方再读一下。"

"是。"熊赐履双手接过奏折,略一过目,轻声读道:

……臣自顺治元年,以猥琐之身从龙行空,附骥绝尘,即受先圣主不次之恩,委以专阃之任,膺以无尚之爵,仰恩俯叹,泪湿重枕……惟当以犬马之年效死于当今,报忠于先帝,本不应惜身爱命,惮劳畏巨,然近年来精竭力疲,且患目疾,深恐以臣之耄耋庸聩,误圣上臻隆治化大图,有伤先帝知人之明,则臣罪不可逭矣!请辞藩国之位,退养辽东,庶几朝廷不虑西南之忧,三桂可免敝弓之愆,则圣主爱我深焉……

"什么西南之忧,不就是说朝廷信他不过么?"康熙沉吟道,"这个'敝弓之愆',听着像是自责自叹,其实也是发朝廷的私愤,说朕过河拆桥,卸磨杀驴——索额图,你怎么想这件事?"

"主上所见甚明,"索额图道,"不过只要吴某肯撤藩,这些话便都是小节,圣上可不必理会。"

"嗯,好!"康熙笑道,"他肯撤藩,这点子事儿朕当然能谅解,就怕他说的未必是真话,所以来与你们商议一下,看这个折子该怎么批。"

明珠听了嘻嘻一笑道:"请熊公拟一稿,主上裁夺就是了。"熊赐履捻着胡子想想说道:"臣以为回避吴三桂这些悖谬之语,模糊称赞'王志可嘉,所请照允'即可。"

康熙听了摇摇头,见周培公抱着一叠文书进来,便笑道:"你去传话,叫李光地递牌子进来!"黄敬忙道:"万岁爷,李光地丁忧了,正交办差使,预备星夜赴丧呢!"

"哦,是父亲,还是母亲?"

"是——父亲!"

康熙沉默了,像李光地这样的新进翰林,夺情是没有道理的,想了想笑道:"就是丁忧也罢,叫他进来,再叫上他那个福建同乡陈梦雷也来。"

周培公答应一声正要走,康熙却止住了:"不用你去,让黄敬去传旨。"说着转身吩咐黄敬,"叫他们上来,你回养心殿给朕多磨点墨,朕写完字还要出去走走,你不是说要带朕去几个好地方玩儿的么?这里不用你来侍候了。"他对黄敬本无成见,自内务府选他到养心殿这些日子看来,不但人诚实,话不多,而且对康熙的穿戴、冷暖十二分经心。但小毛子曾传过话来,说他似与吴应熊有联络。这里在商量大事,康熙不得不支走他。

黄敬去了一会儿,李光地和陈梦雷便一前一后走了进来。康熙吩咐守在门口的穆子煦和犟驴子:"赶开来回报事情的官员和太监,闲杂人一概免进,朕有要事。"

"臣以不祥之身辱圣上召见,不知有何圣谕?"李光地一边叩首行礼一边说道。陈梦雷却一言不发地跟着行礼,用目光揣测康熙召见的用意。

"这是吴三桂请撤藩的折子,你们看看。"康熙说道,"周培公你也说说,朕今日专听你们几个小臣的看法,如何回批。"

李光地细细看完奏折,便交给陈梦雷,陈梦雷却只细看康熙掐过指印的文字,很快又转给了周培公。

"万岁,"李光地先开口说道,"臣以为皇上应赞赏平西王深明大义,允其所请,其中不合臣道之激词似应含糊掩过。"陈梦雷却不以为然,叩头道:"臣以为狂悖之语如不痛驳,吴某将以为朝廷柔弱无能,反而助长他不臣之心,不若把话挑明,吴某反会认为朝廷以诚相待,去掉他疑忌之心,利于撤藩。"

两个人意见如此相对,康熙不禁一怔。想想都有道理,倒一时难于决断,便转脸问周培公:"你看如何?"

"皇上允许撤藩,似无疑义,"周培公忙跪下答道,"但只讲'照允',不驳狂言,无以示朝廷撤藩之诚意;而驳斥太过,又易生疑虑。臣以为恩威并用,既嘉其请,又震慑其心,方是上策。"

这正是康熙也在想着的,不禁喜形于色,笑道:"好,就照这个意思你来拟旨——谁叫你说大话来着?"

"喳！"周培公小心翼翼站了起来，至炕前一张几前，略一思索，援笔濡墨写道：

> 王心可鉴，王志可嘉，所请照允。朕已令甘文焜往任云贵总督，必能承王之志，理好黔滇。王与国同休，爵高位尊，功在社稷，国家岂肯为兔死弓藏之举，王之虑多矣！王可放辔尽兴北来，朕扫百花之榻，设醴相待。

写完，自己又看了一遍，吹干了墨迹方双手捧给康熙。

"这样拟很好。"康熙叹道，"有讽有劝，有警有告。吴三桂也太多心了，他那么大功劳，荣归辽东，谁肯难为他，谁能难为他？想这些无益无用的事做什么？"说罢垂头不语，似乎很有些感慨。

李光地和陈梦雷见康熙无话，正要辞出，康熙却突然问道："李光地，听说你丁忧了？"李光地连连叩头道："是。"康熙叹息一声道："朕看你满面戚容，可要善自珍重。朕眼前正在用人之时，想夺情留用，你看如何？"李光地听了，急道："臣万难奉诏！老父溘然下世，白发老母倚闾相望，臣方寸已乱，何能为国筹谋效力？"说完，泪水已经夺眶而出。

"好吧，忠臣出孝子，朕不拦你了。"康熙默谋良久，说道，"你和陈梦雷都是朕非常器重的臣子，你们二人又有莫逆之交，朕想索性成全你一下，让陈梦雷和你一同回去，一来帮你料理一下丧事，二来陈梦雷也可回家看看，为朕办个差使——陈梦雷，你可愿意？"

金榜题名，奉旨还乡，哪个读书人不想呢？这太喜出望外了。陈梦雷先是一怔，忙叩头答道："臣受皇上恩宠，敢不铭心刻骨，以图报效！——但不知是何差使？"

"目下正逢风云变幻之时，无事便罢，有事就不是小事。"康熙的瞳仁里放出晶亮的光，"你们福建地处海隅，东有台湾，西有三藩，是个是非之地，朕有意让你们回去替朝廷出力，但办什么差，怎样办，朕一时还说不清楚。"

"敢问圣上，"李光地叩头道，"万一世事有变，臣等可否在耿藩处谋一差事？"

"梦雷可以，你不成。"康熙道，"你是丁忧守制的人，不祥之身嘛——你们明白了？"

"奴才明白！"二人忙都答道。

康熙起身走到几旁提笔疾书几个字交给陈梦雷，笑道："这些银子让范承谟从藩库中取用，就说是朕赐李光地办丧事用的，若不够使只管再要！"

"三十万两！"陈梦雷瞥一眼纸条，不禁大吃一惊，倒抽一口冷气问道，"这么大数目，范大人只怕未必……"

"他肯定给！"康熙笑道，"范承谟若是笨人，朕也不派他回福建了！"

待李光地和陈梦雷退下，一直大惑不解的熊赐履嗫嚅了一下，问道："圣上，朝廷正缺银饷，何不调进这些银子以充国库？"

康熙突然纵声大笑："你这个老夫子呀，也太迂阔了！朕料范承谟必会倾库之银都交给李光地的！"

"只是人心难测呀！……"明珠已经明白了康熙的意思，思忖着说道，"万一此二人见利忘义……"

"要朕怎么说你们才明白？"康熙皱眉叹道，"若能福建平安，一千万两银子也值！李光地他们若是小人，难逃朕之王法；李光地若是君子，拿这些钱掣肘耿精忠，岂不甚好？撤藩之前，他们那里的银子花得越多越好！"

这是很透彻的话了，用的不是朝廷的钱，以彼之拳捣彼之眼，确是一石数鸟。

"我们的钱和粮都太少了，太不够用了。"康熙显得不胜感慨。这些日子在处置大量军务政务中，他最感捉襟见肘的就是这一点：粮和钱都要从百姓身上出，但直隶、山东、山西、河南这些北方产粮区仍是地多人少无力耕作，岂不令人急煞？康熙想着，口里喃喃道："琴瑟不调，如之奈何？"

立在一旁的周培公以为康熙在问自己，忙躬身答道："琴瑟不调，当改弦更张而后再奏！"

"可弦已断了！"康熙心里一动，双手一摊说道。

"焦桐尚在，何愁无续弦之清音？"

"朕就急的这个，无弦可续呀！"康熙苦笑了一下，旁边明珠、熊赐履和索额图见他二人突然说起禅语，不禁都是一怔，连刚踏进门来的魏东亭也莫名其妙地垂手站在一旁呆看。

周培公一时摸不清康熙的意思，诧异地问道："凤尾飒飒满潇湘，何愁无丝竹之弦？"

"难呐！"康熙吁了一口气，点头示意魏东亭退后侍立，又道，"我们君臣都吃得饱饱的，可知道百姓是个什么样儿？索额图说蒋伊绘的十二图是讥讽朝廷，朕看不是！那里头难民图、刑狱图、鬻儿图、水灾图、旱灾图……哪样不是真的？有的朕是亲见的嘛！你不要谢罪，你走出京畿看看就明白了，那么多的田土，有几个耕作的人？这耕作的人便是朕的丝竹之弦呐！"

原来如此！周培公咬着嘴唇沉吟良久，大声说道："臣有一策，何不下诏禁止女子缠足，田中劳作的人很快便可增加半数！"

"女子放足？"魏东亭在旁听着，觉得他的主张有点匪夷所思，不禁失口说道："那岂不有悖于古训吗？"

"哪有这样的古训！"熊赐履冷笑道，"女子缠足是晚唐靡风，谬种流传千载，其害非浅。在此田多人少之际，主上若能颁诏严禁女子缠足，不但易于推行，于后世也是功德无量，只怕是积重难返，陋习难改啊！"

"好！"康熙大为高兴，这只是一纸诏书的事，不费分文，既有利于眼前，又可为后世传颂，何乐而不为？而且满族妇女素不缠足，入关这些年，有的竟也效颦，裹起足来。与其连这也"汉化"了去，不如强逼汉人女子"满化"过来，也堵了那干亲贵元勋的嘴，免得他们再说自己"向着汉人"了。他情不自禁地笑出声来："看不出你周培公还有这等才识！好，下去再拟一道诏来给朕看。"

"喳！"

说了这么长时间的话，康熙觉得有点乏，站起身来舒展了一下身子，笑着对魏东亭道："今日又是你当值吗？"见周培公要跪辞，忙又道，"你且不必急着回兵部图海那儿，朕还有事。你和小魏子一起陪朕出去散散心。"说着便背着手踱了出来。

"不知皇上想到哪里散心？"在乾清门前，魏东亭紧趋几步凑到康熙身后问道。康熙站住了脚，回头问道："吴应熊的家离这里远么？"跟在后头的周培公心里一惊，停住了脚步。魏东亭吓了一跳，忙答道："远是不远，就在宣武门内石虎胡同——万岁爷别是要到他家吧？"

"朕正是想到他家。"康熙呵呵笑道。

周培公忙上前赔笑道："皇上有何旨意，尽管吩咐奴才，奴才去传旨……"

"看把你两个吓的，吴应熊是个什么阿物儿，当初鳌拜那么大的势力！"康熙哈哈大笑，"朕与小魏子他们四五个人也曾去闯过鳌拜府哩！"

魏东亭回忆起那次闯鳌拜府，从心底里打了一个寒战，定了定神才道："那回险些没吓死奴才！当时从他枕下搜出那把长刀，奴才浑身汗毛乍起——可又不能翻脸！"

"你这奴才已经翻脸，还问人家'什么意思'，这会儿又来说嘴！"康熙说笑道，又叹一口气道，"朕为万乘之君，何尝想去涉险？不过你们须知，吴三桂的撤藩表章已经到京，他那里不能不抚慰一下。带周培公去，也为让你见识一下这位藩王的后代。"

"我？"周培公惊讶地说道。

"你！"康熙稳重地点了点头，轻轻跺了跺有点发冷的脚，"你不是要当'善败'将军么？不知己不知彼，非终胜之道啊！"

魏东亭至乾清门叫了正在当值的狼曋，又命素伦等侍卫远远跟从护驾，才踅回来备马。一行四骑自西华门出了紫禁城，放马直趋宣武门。时值深冬，天清气寒，枯树插天，马蹄嘚嘚有声。久不出宫的康熙深深呼吸一口清冽的空气，笑问周培公："怎么一街两行人家都是砧板响？"

周培公在马上摇摇头说道："奴才不知。"

"培公是南边人，自然不晓得。"魏东亭笑道，"今天冬至，不大不小是个节气，'冬至不吃饺子，冻掉耳根儿'——家家都在剁肉馅呐！"

康熙不禁莞尔一笑：老百姓过节都能吃上饺子了，不能不说政事渐兴啊！前两年这个时候出来，这一带到处都是讨饭的、说道情的、打莲花落儿的、卖唱的、插了草标的孩子。这才两年多的时间，到处都是肉肆行、海味鲜鱼行、茶铺、酒坊、成衣行、玉石珠宝行、纸行、文房用具行、铁匠店……五花八门三十六行虽不齐全，却也都粗具规模，像个兴旺的派势了。南方若无战事，铸剑为犁，化干戈为玉帛，几年之间就会再变一个样儿。他才十八岁，能做多少事情啊！康熙想着不禁心里发热，正要说点什么，身边的狼曋在马上扬鞭一指说道："前头就到吴额驸的府邸了！"

第三十二回　借棋局书生论天道
　　　　　　说额驸皇帝用真情

　　君臣四人进了毫不起眼的额驸府，门上人要去通禀，被康熙止住了，便由门上人领着，经由逼窄的夹道直趋后堂。一路上，幽暗阴湿，苔藓斑驳。魏东亭和狼瞫一左一右按剑从行，简直像架着康熙走路。康熙也觉这座府邸修得实在古怪，很怕从哪间黑洞洞的房子里突然蹿出人来。只有周培公似乎并不介意，大摇大摆跟在后头，每过一个夹道，还要好奇地顾盼张望一下。

　　来到后堂，那长随进去张望一下，出来笑道："禀知爷们，额驸不在后堂，定必在花园好春轩，容奴才前去通报！"

　　"还是一齐去吧！"魏东亭却不让通报。这个院落太古怪，不见到吴应熊，不能让这人离开，遂笑道："我家主子爷与额驸熟识得很，根本用不着那些个客套。"

　　那长随一笑，将手向西让让，便带他们往花园里来，说道："这是前明周贵妃堂叔周延儒的宅子，里头太气闷，额驸常在后花园好春轩，到夜间才过来住。"

　　出了月洞门，顿觉豁然开朗，迎门便是两株疏枝相间的合欢树，中间一条细石摆花甬道，一直向前，又是一座玲珑剔透的太湖石山，凉亭旁竹围树绕又是一座瞭高土台，这便是那个"观星台"了。假山四周散置着一二十盆盆景，北边一溜四间三楹出檐的歇山式大房，东边一个小门，南边围墙根一排十几株垂杨柳树，别的再无长物。园虽不大，却布置得错落有致，若在春秋天，到这里来读书下棋是很有意思的。

　　"你回去吧！"魏东亭根本无心看景致，一眼瞭见吴应熊正和一个人在好春轩前的豆棚下与人对弈，在一旁观战的是在内务府掌过文案的郎廷枢。他这下放了心，将门子打发回去。

郎廷枢远远瞧见四个年轻人踱着步子缓缓走来，又见吴应熊毫不理会地低头下棋，忙用手指画着棋盘低语道："额驸，皇上跟前的小魏子来了。"吴应熊其实早已瞧见，手抓着棋子儿故作沉思，听郎廷枢这一说破，头也不回地说道："老熟人了嘛，何必客气？"

"额驸真会铺排，"康熙渐至近前，呵呵一笑道，"看不出你这座府邸竟有两重天地！"和吴应熊对弈的皇甫保柱抬头看看，却一个也不认识，忙起身问吴应熊，"这四位是……"

"皇上！"吴应熊突然失惊地叫道，丢下手中棋子，扯着惊愕的保柱和郎廷枢一齐离座跪下，叩头道："奴才吴应熊不知龙趾降临，未能接驾，伏乞万岁恕罪！"

康熙满面春风，一把扶起吴应熊，说道："你这就不对了，朕要拿这些怪罪人，岂不连晋惠帝也不如了？起来，都起来！"说着便打量保柱，见保柱布衣毡冠，气宇轩昂，双眸如星，目光闪闪，不禁暗自诧异：小小额驸府中竟养着这样一个人物！口里却笑道："这位观战的听小魏子说是郎廷枢先生！这位叫什么名字？"

保柱也正打量着吴三桂一天念叨几十遍的"皇上"，见康熙衣着如此朴素，举止雍容大度，心下不禁暗想：这分明是个老成青年了。可王爷每日还是一口一个"娃娃"！听见康熙问到自己，忙躬身答道："奴才乃平西王吴三桂麾下标营副将皇甫保柱！"

"哦，保柱！"康熙仰脸略一沉思，又道，"是那位盗裘打虎的将军么？忠勇可嘉！"

保柱没料到康熙连这些事都一清二楚，不禁一愣，忙又答道："蒙圣上错知，正是微臣！"

康熙目中放出光来，盯视保柱移时，忽然又黯淡下来，哈哈一笑道："你们依旧下你们的棋，不要扰了你们的雅兴！朕一旁观弈——郎廷枢、魏东亭，还有狼瞫、周培公——来，我们观棋不语，坐看你们龙虎斗！"

这盘棋已弈至中盘，激战正烈。照棋面儿上瞧，吴应熊的白子四角占了三角，穿心相会，中间天元一带保柱三十余黑子被围无援，已无生望，可以说吴应熊胜势已定。保柱显得有些沉不住气，又怕吴应熊来侵最后一角，拈着棋子迟疑地在星位下退尖一步，康熙还不觉怎的，周培公却微微摇头叹息。

吴应熊已经听见了，他瞥一眼周培公，含笑在三路又投一白子，侵削保柱阵地。保柱虽跟伍次友在兖州学过几招，毕竟初学好杀，便集中力量围攻，打算挽回败局，不料反被吴应熊轻灵腾挪几步，深深打入了腹地，白子竟逃了出去，眼见将要与大棋相连。保柱知道求胜无望，便起身笑道："保柱全军覆没矣，不敢言战了！"

"你的棋艺看来是受过高手指教的。"吴应熊道，"病在求胜心太切，杀心过重，则反失先手。"说罢看了康熙一眼，脸上不无得意之色，想想又补了一句，"岂不闻《烂柯经》有云，'弱而不伏者愈屈，躁而求胜者多败'？"

周培公心气本高，因康熙有话，已守定了"观棋不语"的宗旨，见吴应熊咧着厚嘴唇，又是教训人"杀心过重"，又是引经据典，一脸的得意神色，心里便微微上火，轻笑一声道："吴君，大道渊深，岂在口舌之间？岂不闻《易经》讲的'穷则变，变则通，通则久'？皇甫先生这棋是他自要认输，就眼前盘上战局，胜负属谁尚未可知呢！"

"哦？"康熙虽也觉得吴应熊的话暗含讥刺，经他再三审视，觉得保柱棋势已无获胜的可能，听周培公这样说，似乎还有再战余地，便转脸问道，"如此局面难道还能扳回？"

"吴君棋势已无胜望。"周培公经过细心观察，已经熟悉了吴应熊的棋路，遂笑笑说道，"可惜的是保柱先生审局不明。"

"那就请周先生接着下！"吴应熊觉得这书生实在狂妄得没边儿，咽了一口唾沫笑道，"你定是国手，不才也可借此请教一二！"

周培公看了看康熙。

康熙笑道："你这奴才既出大言，还不赶紧应战？"周培公这才告罪入座，一出手便在吴应熊侵入的白子旁补了一着。

"妙手！"吴应熊看着，虽是先手，却并不出奇，便退子向后一连，憨厚地笑道，"君可谓：持重而廉者多胜！"

周培公知他在挖苦自己，见自家阵地已经稳固，微微一笑再投一子，卡断了吴应熊的腹地与棋根相连之处。

"高着！"吴应熊见他本事不过如此，很有点喜形于色，将袖子一抖又扳出一子，笑道："与其无事而强行，不若因之而自补。"

"吴君！"周培公不得不遏制一下他的气焰了，便一边投子，一边正色说道，"你是熟读《围棋十三篇》的了，其中有一篇说得好：谋言诡行乃战国纵横之说。棋虽小道，实与兵合。得品之下者，举无思虑，动则变诈，或用手以影其势，或发言以泄其机。得品之上者则异于是，皆深思而远虑，因形而用权，神游局内，意在子先，因胜于无朕，灭行于未然，岂假言词之喋喋，手势之翩翩哉！"周培公十分讨厌吴应熊的自吹自擂，引说的正是棋经十三篇中《邪正篇》里的话。吴应熊听了，腾地面红过耳，便不再言语，心里冷笑道："少时叫你场光地净，一片白茫茫，让你再念《邪正篇》！"一咬牙，又在周培公惟一的角上点了二五杀着。

哪晓得周培公根本不加理睬，见吴应熊中腹的大块白棋与边角的连接已被卡断，便着着紧逼，紧围猛剿。

吴应熊微微冷笑，单手举起白子，居高投下，不几着间，便将周培公中腹被围的三十余子一下尽收，双手捧过来放在周培公手边。周培公棋盒边的黑子顿时堆积如山，棋枰上真个是"白茫茫"。吴应熊抬头看一眼毫无表情的周培公，却没敢再言语。

康熙早料到有此下场，忙对周培公说道："胜败军家常事，推枰吧！"

"皇上，"周培公冷静地说道，"且投几着何妨？"说着拈起黑子，轻轻落进刚才提过子的白阵之中。

吴应熊这才看出，自己被围困的中腹大块白子尽是断点。周培公这一子投入，正是做眼要点。当他手忙脚乱地补救时，哪里还来得及！刹那间已被杀成两截，像两条死蛇般任周培公宰割。四周角地上的白子，也因前头紧气过促，险象环生。周培公毫不留情，冲、斡、绰、约、飞、关、劄、黏、骄、夹、拶、扑样样得心应手，处处都来得准确，吴应熊却疲于奔命，应对维艰。此时连不懂棋的狼瞫也已看出来，吴应熊已经全盘崩溃了。

康熙心中高兴，见周培公兀自提子攻取吴应熊最后一块角地，竟像是要让白棋荡然无存，又见吴应熊满额是汗，尴尬万分，忙笑道："君子不为已甚。"周培公方笑着罢手。一局通算下来，吴应熊仅得八十余子，气得脸色发白。周培公默默无言，起身仍退回康熙身后，七个人十四只眼，看着尸积如山的白子和黑鸦鸦的棋盘发怔。

半晌，吴应熊突然改容笑道："周先生果真是一位棋枰国手！我失敬了！"他已经恢复了常态，刚才那一幕激烈的交锋好像根本没有发生过。

皇甫保柱更是佩服得五体投地，心想恐怕伍次友也未必有此手段，不禁赞道："吴额驸也算辽东名手了，从未遇到过周先生这样的对手——倒没想到杀了我三十余子大块黑棋之后，先生还有后继手段！"康熙高兴得也合不拢嘴。他想到今日这一战实在吉利，此时如在皇宫，他立时就要赏赐周培公黄金了。

"额驸，看来，人贵有自知之明。您的失利，才是因为'杀心太重'啊！"周培公笑道，"棋道合于人道，人道合于天道，棋子三百六十，合于周天之数；黑白相半，合于阴阳之变；局方而静，如同地安；棋圆而动，如同天变！兵凶战危，不能轻启杀机，惴惴小心，如临深谷，如履薄冰。你如平心对局，合理合情，尽人事而循大道，何至于就输得这样惨？皇甫兄也不必谬奖了！"

他虽然说得十分冷静，在吴应熊听来，却句句都是刻薄讥讽，心头不由火起，浅笑一声说道："高论聆听之下，殊觉顿开茅塞。不过据愚见，天道也好，人道也好，归根还要看谁的心谋深远。谋得深，算得远，便胜；谋略浅，算步少，便不胜。人定胜天，所以兵法才说'多算胜，少算不胜'。"

"人定胜天是小势，天定胜人乃大势，不顺天应情便是因小势而忘大势！"周培公谈兴勃发，显得神采照人，"吴君，误人者多方，成功只有一路啊！——围棋共分九品：入神、坐照、具体、通幽、用智、小巧、斗力、若愚、守拙。照你方才讲的，顶多是个五品，连通幽也不能。不通天道，便不知人道，怕就怕失了这个根本！譬如皇甫先生这块弱肉，被君用强吃了，再遇强手，以高品战你，还不是一败涂地？"皇甫保柱细思周培公这番精辟议论，看了一眼神态自若的康熙，忽又想起伍次友，不觉心里一动。魏东亭不禁也暗自夸奖：此人虽不及伍次友倜傥豪爽，但他的沉稳细致、通达务实似乎还在伍次友之上！

往来几个回合，吴应熊知道自己决非他的对手，便不想再就这个题目说下去，恍然改容笑道："万岁，咱们只顾说棋了！万岁爷亲临蜗居，连杯水也没有奉献，奴才实在太粗心了！"说着便吩咐郎廷枢，"去把郡主去年寄来的'吓杀人香'茶拿来，请万岁品尝。"

这个茶名儿康熙连听都没听说过，忙问道："什么叫'吓杀人香'，有那么厉害么？"

"此茶产于洞庭湖碧罗峰，"吴应熊看着远去的郎廷枢，缓缓说道，"只有十几亩茶山品味最纯。茶女采茶归时把茶放在怀间，那茶得了热气，异香突然发出，采者都被吓得一跳，所以叫'吓杀人香'——家妹每年购得数斤孝敬老父，应熊才得分享这点口福。"

说着，郎廷枢已拿了一包茶叶过来。康熙因在鳌拜府领教过"女儿茶"，哪里肯在这里吃什么"吓杀人香"，忙笑道："你不用沏了，这茶既这么好，就留着，带回宫里慢慢儿吃吧。"吴应熊也听说过鳌拜府那档子事，知康熙疑心，一笑也就罢了。却听康熙笑道："朕今日出来闲逛，随便到这里瞧瞧，顺便想问你一件事——你父亲这些年身子骨儿究竟如何？"

皇帝问到父亲，臣子是必须叩头的。吴应熊忙跪下叩头答道："奴才父亲常来家书，这三四年身子越发不济了，常有昏眩的病症，目疾也很重，文章是早就不能读了，看东西也难，上次跌倒了，几乎中风，好容易才调养得好了一点儿……"康熙听了沉吟良久，又道："既如此，上次赐他老山参倒不合用了。你明日到内务府领十斤上好天麻寄回去，就说朕说了的：人参断不可轻用。"吴应熊连连叩头，感动得似乎有些哽咽，颤声说道，"万岁待臣父子恩深如海，三生难报！"

"不要这样！"康熙诚挚地说道，"有些事朕一下子也说不清楚。你父亲送来了折子请求撤藩，朕已经批下去了，照允。大臣中有人以为平西王不是出于真心，你父亲那边也会有人疑虑——"说到这里，他咳了一声，周围几个人紧张得气都透不过来，良久康熙才又道："这些话诏书里是写不进去的，传到云南、广东、福建很不好。"

吴应熊听得好似芒刺在背，寻不出话来应对，只是连连叩头。

"这些都是小人之见！"康熙有点激动，起身离座踱了几步，看了一眼那盘残局，"朕自幼读书，就懂得了'天下为公'，昔日不撤藩为防南明小丑跳梁，今日撤藩更为百姓休养生息。你父亲过去功高如山，如今又自请撤藩，这样深明大义的贤王到哪儿找去？"他加重了语气，"这个话是一面理儿；另一面，当初你父亲从龙入关，和朝廷杀马为誓，永不相负。人以信义为本，吴三桂不负朝廷，朕岂肯为不义之君？"

康熙说得情真意切，又句句都是实言，连郎廷枢和保柱在旁也暗暗起疑：王爷是不是太多心了？正思量着，康熙好像在回答他的疑问，又道：

"朕就是掏出心来，怀着异志的人，也未必肯信。若论大义，你是朕的臣子；若论私情，你是朕的姑父。咱爷们在这过一过心，你写信把这个话传给你父亲，叫他拿定主意，首先不要自疑，更不要听小人们的调唆，又是煮盐、又是冶铜的，朕看大可不必。你说是吗？"

"是！"吴应熊重重叩头答道，"主子如此推心置腹，天理良心，奴才和家父皆当以死报效！"

"你在京时间太久了，这不好。"康熙又道，"倒像朕扣你作人质似的——你说是么？"

"是——不是！"吴应熊胸口嗵嗵直跳，苍白的嘴唇嚅动着，慌乱得不知回答什么好。周培公、魏东亭听了这些话，像是要放吴应熊出京的意思，一下子把心提到了嗓子眼。

康熙心里暗笑，口里语气却转沉痛："说这个话的人，朕真不知是何心肠！朕是滥杀人乱株连的昏君么？你都看见了的，鳌拜犯了多大的罪，朕都没有杀，他的四弟照样升官！你是朕的至亲，又是长辈，朕能忍心下手害你？"

这也是实话，众人不禁面面相觑。

"你父亲身子不好，你做儿子的，该回去看看，这是人之常情嘛！"康熙随口说着，口气一转，更加温馨可人，"这下子什么都好了，朕在辽东给他好好盖一座王宫，你就回去侍候，也尽了孝，也堵了那起子小人的嘴。什么时候想进京玩玩，想出去走走，告诉朕一声就成。天下之大，你们没去过的好地方多着呢！惠妃纳喇氏就要临盆，产下皇子来，你这个太子少保也得照应，朕倚重你的地方儿多着呢……"他竭力给吴应熊描绘出一幅美好的前景。魏东亭听到这里，苍白的面孔又泛上了血色，深深舒了一口气，狼瞫和周培公悬在半空的心也放了下来。

"是。"吴应熊鼓腾起的热血迅速冷了下来，"奴才遵旨，预备着侍候皇子！"他心里是又气又恨："你未必就能有个'皇子'，说不定是个丫头片子，还不定是个怪胎呢！"想着，眼睛瞟了瞟躬身侍立在旁的皇甫保柱和郎廷枢。

皇甫保柱和郎廷枢有着完全不同的感受，他们也不敢肯定康熙的话没有假的成分，但贵为天子，万乘之君，亲临这个府邸，说出这番话，句句入情入理，即使有假的，也是劝人为善，好好与朝廷共事，也没有坏处呀！

"你在这里更不要听人闲话，写信给平西王，钦差就要去了，一定要办得朝廷满意、三桂满意、百姓也满意。"康熙想想又道，"我们君臣要齐心协力，共同治国安民，假若拿错了主意就会尸积如山、血流成河！"他笑着，用手拨弄了一下那盘残棋。

康熙谆谆告诫，反反复复讲了许多治国安民的道理，才带着三个人出来。吴应熊送出大门，才发觉贴身小衣全被汗湿透了。

"万岁方才几乎吓煞臣！"周培公说道，"奴才还以为真要放额驸回滇呢！"

"是诈道也是正道，这正是和你讲的围棋天理阴阳之变一样。"康熙轻加一鞭，冷冷说道，"你回去传旨，兵部和你们巡防衙门司事官员明日递牌子，朕在毓庆宫再议一下长江布防的事。"

第三十三回　　杨起隆密谋乱北京
　　　　　　　吴应熊舌战鼓楼西

　　送走康熙一行，吴应熊看看表，已至未末申初，匆匆赶回好春轩，令保柱和郎廷枢先歇息去，他要赶紧写信给父亲。

　　信写得很长，连与周培公对弈时那些语带双关的对话都一字不漏地写了进去。末了写道：

> ……康熙阴险狡诈，千古帝王无人能及。王若不撤藩，则祸在目前而甚浅；王若撤藩，则祸在日后而至深。天下臣民之想望，吴门九族之安危，系于王之一念，伏望深思再三，英明决断，则汉室江山幸甚！

直到掌灯时分才写好这封密信，吴应熊用火漆仔细封好。第二天到内务府领了天麻，便派心腹家丁直送云南。一切停当，吴应熊才叫来保柱和郎廷枢在好春轩共进晚餐。

　　三个人都是心事重重，保柱甚至有点烦乱，闷着头扒了两口就不吃了，起身笑道："世子如果没别的事，我就回房去了。"郎廷枢也站起身来准备告退。

　　"不要垂头丧气，形势大变就在目前！"吴应熊的嗓子有点喑哑，幽幽的目光注视着摇曳的烛光，一字一板地说道，"这个藩若是好撤，早就撤了！世琮他们在广东密议之后，三王便分头请求撤藩，肯定要做大文章！汪士荣先到陕西，已经说动了马鹞子下属二十几个军将，一打起来西边立时便要他好看。现在孙延龄成了傀偏，别人不知道他，我最清楚。别瞧他狗颠屁股似的撺着孔四贞巴结，其实是个爱面子的叫驴，他服气不了！汪士荣再去那煽一把火，不烧也得烧起来。孔四贞一个小小臭虫能顶起卧单来？我们要打起精神来，大戏就要开场了！"

这个话对保柱说来，有点文不对题，他的心情是十分复杂的。沉吟良久，保柱方道："世子，您在北京还是谨慎为上，这些话不用说，您怎么吩咐，我就怎么办。"

"你不愧为王爷的心腹，真是忠心可嘉！"吴应熊目光陡地一闪，"但是，现在不能光圈在屋里了，要想法子离开这龙潭虎穴！我不能再与杨起隆他们不明不白的了，要将他们拉过来为我所用，不然，凭我们几个，走不出直隶就会被人拿了！"他抬头看看厅上的条幅，用宣纸绢裱十个茶杯大的字，虽然写得毫无章法，却是父亲给自己的处世真诀：

　　得意不快心　　失意不快口

吴应熊闭了目仰在椅上，好像在聚积自己的勇气和智慧，好半天格格冷笑一声，又说道："周全斌小人心胸，上次占了便宜便不可一世，他能到我这里做不速之客，我当然也可以到他府里去蹚蹚这汪浑水！"

郎廷枢一怔，忙道："现在去？太仓促了一点吧？"

"不仓促！"吴应熊想定了，"啪"地一拍椅背立起身来，"我久已思虑好了，就缺一个龙虎宴上保驾的，有保柱在，就齐全了！"说着回身咕咚咚倒了三大觥酒，递给保柱和郎廷枢各一杯，一碰说道，"干了！"

小毛子带了吴三桂撤藩和皇上去吴应熊府下棋两条新情报，到鼓楼西街周府向李柱报告。他一入钟三郎会，杨起隆立刻就看出来，这个小毛子具备了王镇邦、黄四村和阿三这些人难以具备的条件，年纪小、手面大、熟人多、机伶聪明而且见多识广。从黄敬传过来的话看，康熙仍有起用小毛子的意思。经过几番考验之后，头一次见小毛子，杨起隆便赏了他二百两生金饼子，吩咐李柱，小毛子这条线不由王镇邦提调，他和李柱亲自掌握，和黄敬各干各的，不要互相勾连。因此小毛子很快便成了红人。

这两条消息立时在周府引起了轰动。焦山、朱尚贤、张大、陈继志和史国宾几个人都在窃窃私语，估量着即将变化的形势。黄四村觉得小毛子隔过自己，便觉得脸上有些无光，回头看王镇邦，却似并无芥蒂，一口接一口地抽着长管旱烟。

杨起隆在里头已经听人说了，踱出堂外时，见大家兀自围着小毛子七嘴八舌地盘问细节。小毛子俨然成了中心人物，脸上放着光，坐在木脚踏子上说得眉飞色舞，唾沫星儿四溅。见杨起隆出来，李柱从椅上一跃而起，大声说道："少主儿来了，跪拜！"十几个人听到这一声，忙都转身跪了，轻声呼道：

"千岁！"

杨起隆却不理会，径直走到小毛子跟前，和颜悦色地问道："这都是机密大事——你怎么晓得的呢——都起来吧，随便坐着说话，以后只要不请神，不开香堂大会，我们就不要弄这规矩。"

"回少主儿的话！"小毛子麻利地打个千儿起身道，"奴才的朋友多嘛！里头给云南的廷寄，是听新近掌玺的何桂柱说的；里头去吴府，是听一个额驸府奴才小时候的光屁股朋友说的！"对康熙，他既不能称"皇上、万岁"，也不愿贬称，便起了个"里头"的名字。

杨起隆坐回椅子里，把折扇张开看了看，转脸笑问焦山："焦兄，你怎么看这两件事？"

"两件事是一件事。"焦山肤色黝黑，又不苟言笑，很难看出他的神色，听杨起隆问他，毫不迟疑地答道，"朝廷害怕用兵，又不甘示弱，想太平了结三藩。"

"我看康熙是想去摸吴应熊的底儿，他心里不踏实！"说话的是"阁老"张大，年纪虽老，嗓门儿却很大，声音很脆。

杨起隆眨了一下眼睛，他最担心的便是"太平了结"。无乱可乘，钟三郎百万会众便是乌合之众，能派什么用场？沉思一会儿便用目光询问他的军师李柱。

"二位说的都有道理，朝廷当然不愿随便兴军，作一点试探也未尝不可。"李柱目光深沉地扫视着众人，"现在最关紧要的不是猜他们在想些什么，而是要看他们在做些什么——继志弟不妨将各处情势谈谈，大家参酌一下就明白了。"

陈继志是朱三太子封的"总督"，各方情报都归他汇总，听李柱点到自己，便清了一下嗓子说道："现在朝廷在热河、辽东、内蒙练兵，人数总共约有三十五万，很上劲，遏必隆前不久还巡视了各地练兵的情形，又花十万内币，请了个西洋人张诚督造红衣大炮，这件事康熙还亲自去看了。青海、内外蒙到塞内的通道都设了卡，一律不许地方官乱征马匹，朝廷自己征的马却比往年多出一倍。米思翰征粮更是卖力，今年约比往年多三成……吴三桂那边难处更大，但备战的事干得更凶，马匹从西藏那边源源征入，兵额又密增了十三佐……"他很熟悉情况，足足说了半个时辰才说了个大概，末了又道，"这些都是各地香堂堂主送来的信儿，亲眼所见，当然是很靠得住的。"

"针尖对麦芒，这就是眼前势态。"李柱听完笑道，"耿精忠请撤藩，准了；尚可喜请撤藩，准了；加一条让尚之信承袭王爵，却不准；吴三桂的奏折里语带牢骚，照样准了——这就是气魄、胆识，不能不佩服这个小满鞑子！吴三桂又自恃是汉人，兵多将广，以我愚见，这个仗是打定了。"

杨起隆听了，低头想想，又问身边的朱尚贤："宫里的情形如何?"朱尚贤极为精细，只侧身低声说了几句。小毛子留神去听，也没听到一个字，又怕众人瞧见，只好装着心不在焉的模样用手指在地下画着道道。良久，才听杨起隆点头道："人够使就行了，不要再弄人了，我总觉康熙已察觉了我们似的。"小毛子听得身上一哆嗦，随手在地下猛地画了一道。

"吴三桂是个软骨头货，"李柱见大家都在默谋又说道，"朝廷若恩威并用，软硬兼施，吴三桂也许会软下来。所以我们不能坐等，我们要代吴某造点乱子，他不肯上梁山也得逼着他上去。"

焦山点头道："军师这些话很有道理。我们可以替吴应熊操操这个心，在宫内，或投毒，或起哄，只说是云南的人干的，这样，吴三桂想拉稀也就拉不成了。"

王镇邦听着心头突突乱跳，他很担心把这样差使落在自己身上。正要寻个遁词回避，小毛子却忽然大声道："这种事在宫里干，没门儿！你们不是太监，不晓得这里头的厉害：这不，王镇邦、黄四村都在，问他们谁敢干? 皇上跟前的人一个个比鬼都精！又要弄玄乎，说是别人干的——这事儿呀，你们甭找我，谁不想活了谁干去！"

"不速之客听你们议论多时了！"门外有人大笑道，"竟想公然栽赃害我父子！我爹爹乃大清忠臣，自请撤藩，心甘情愿，有谁逼迫他来着? 我们吴家与诸公前世无冤、今世无仇，又没有刨了你们的祖坟，用心为何这样狠毒？"说着，两个人一前一后昂然而入。前头一个几步跨到中间，拉过一把椅子跷起二郎腿大咧咧地坐在杨起隆身边，"叭"地吹着了火煤儿，深深吸了一口烟，吐出一口浓雾来，揶揄地扫视着厅中众人。

谁也不防此时竟有人破门而入，大声说笑，更不知他们是怎样闯进这戒备森严的周家大院的。大家抬头看时，正是侏儒一样矮胖敦实的吴应熊，他满身都是精明强悍的神气，丝毫不拖泥带水；再看吴应熊和杨起隆的身后，皇甫保柱彪彪然按剑挺立，恶狠狠地看牢了杨起隆，威风得像一尊护法天王。众人不禁都惊得瞠目愕然。

"朋友们只不过在无事闲唠朝局嘛！"周全斌是这座宅子的主人，眼见气氛尴尬紧张，忙上来应酬："额驸大人何必当真呢——看茶！"

"我也是闲谈。"吴应熊接茶啜了一口，抿着嘴嬉笑道，"不过话说在前头，我这人天马行空，独往独来，既不要别人代劳操心，也绝不肯代人受过——笑话，我就那么容易受人欺侮？"

"足下日子并不好过。"陈继志阴沉着脸说道，"平西王回辽东，足下若能终养尽孝，就算得上吴家祖上有德；平西王如果抗旨不撤藩，一条绳子锁拿北京，锒铛入狱，大祸不测；平西王倘敢造反，朝廷头一个便要取足下项上的人头！"

"不会吧？"吴应熊喷地笑了，"皇帝今日到我那里去了，说不定撤藩之后，我还能弄一顶铁帽子王冠戴戴呢！"

众人一时怔住，不知该说什么好了。小毛子的情报中压根儿没提这一条。

"既是如此之妙，"李柱忽然失声笑道，"但不知铁帽子王爷为何要黉夜造访，为何来此与我等同座聚议？"

吴应熊知道这人不好应付，身子一倾，倚着茶几笑道："李公，谁说你们讲的毫无道理了？我与你们正有不少事要议，平西王若起义兵——"

"平西伯！"杨起隆倨傲地点点头，大声纠正道，"平西伯自己起不了'义兵'！他本是我大明臣子，难道要自立新朝？若果然如此，其下场一定像足下今日与周培公对弈的那盘残局一样！"

吴应熊也万不料这班人情报如此迅速精确，刚吹着的火煤儿几乎烧了手，"噗"的一口吹灭，定定神方又笑道："家父当然不会自立新朝，不过新朝之主是不是你，那就很难说了！"他跷起的二郎腿急速地抖动着。

"吾乃大明三太子，有玉牒、金牌为证。"杨起隆不安地动了一下身子，冷笑道，"有谁敢来与我相争？"

吴应熊身子向后一仰，淡淡说道："那些我都知道，你确实是——朱三太子——我也不曾说，你不能做新朝之主。"说罢高深莫测地微微一笑。

"这不是现在争议的事。"杨起隆的神色有点不自然，踌躇着说道，"为一姓一己之利争夺这把龙椅，没有不身败名裂的。只是天下百姓盼大明复辟，如大旱之望云霓，我等何敢惜身爱命？"

"这话就对了。"吴应熊冷冰冰说道，"家父要借大明龙旗，'三太子'要借家父实力，都是为解百姓倒悬之苦。平心而论，秦失其鹿，天下共逐，谁知道鹿死谁手？当今最紧要的是，同舟共济，携手并进，共举大业。将来丑虏荡尽，自家人再关门说话，是干戈玉帛，都是好商量的。"

"同舟共济？同舟不同心有什么意思？"张"阁老"在旁忽然笑道，"三太子目下有百万之众，何必要借别人实力？龙子龙种，凤雏凤孙，自有天佑人助，吴公子未免自作多情了吧？"

"嗯？"吴应熊不防这个糟老头子跳了出来，侧脸将张"阁老"上下打量一下，笑道，"龙凤有种，足下是什么出身？这么好的嗓门儿，好生熟悉呀！——是抬舆轿夫，还是卖馄饨烧麦的？——有一首占诗你听过么？——桃生露井上，李树生桃旁，虫来啮桃根，李树代桃僵——这就是同舟共济！平西王因与杨先生早有默契，才特命我与打虎将军皇甫保柱到此与诸君同筹大计，并不是离了你这张破荷叶就不能包粽子！家父统兵百万，据地千里，寻出十个八个朱三太子算什么难事？天下姓朱的不计其数，都可做个三太子，何必一定要一个害了东郭先生的'中山狼'？"言毕哈哈大笑。

齐肩王焦山听着这话，铁青了脸靠在椅上不动声色地说道："太小看人了吧？欺我们这里无人？上头是天潢贵胄，三太子口含天宪，手握玉牒，军师李柱公一代智士，陈总督继志英勇善战，史国宾治军能手，张阁老善筹财源——我们哪里就一定要靠云南那个不忠不孝的烂货？"

吴应熊听罢，冷笑一声，应口答道："我平西王坐大郡、拥重兵，雄踞西南二十余载，天与人归、兵精粮足，猛将如云、谋臣如雨，一呼一吸，山川撼摇，一眠一起，朝野瞩目！吴世璠盖世精明，夏国相精通奇门，刘玄初神机莫测，汪士荣张良再世！保柱、本琛、马宝皆能征惯战，有拔山扛鼎之勇——哪像你这里：齐肩王焦山大言欺人，阁老张大糊涂昏聩，朱尚贤草包将军，史国宾马屁提督，陈继志青楼酒徒——哪个说过要靠你们来着？"

他一口气说了这么多，座中人除给杨起隆和李柱留了情面，其余的几乎糟蹋殆尽，众人无不大怒。小毛子几乎失声笑出来——他以前一直把吴应熊当作"笨鳌"，这个笨鳌竟如此能损人，吃惊之余见众人狼狈，又觉好笑——又怕人瞧见，忙别转了脸。王镇邦素有心疾，见双方霹雷闪电，剑拔弩张，脸色变得煞白。

"何必意气用事呢？"李柱格格一笑，起身团团一揖，"应熊方才讲的是有道理的：目下大家都在难中，便要分道扬镳，也是以后的事，如今争这个高下是要渔翁得利的。还是要同心协力、和衷共济，精诚所至，金石为开嘛！"

"李先生深明大义！"吴应熊躬身回礼说道。他今天并不是为吵架而来，作为一个"人质"，他不能插翅飞回云南，必须靠朱三太子庞大的地下势力保护。所以他不能真的翻脸，但如不给对方一点颜色，这群人又不肯就范。吴应熊刁狠泼辣地说了一大篇，见李柱给了台阶，便就坡打滚地换了笑容，口气一转说道："说实在的，王爷和三太子身边，都是命世豪杰。诸位如不作贱王爷，吴某人岂敢出口伤人？"

杨起隆见气氛缓和，摇着扇子欠身问道："吴先生，令尊的心思究竟怎样？"

"还没有来信。"吴应熊笑道，"不过诸位放心，家父决不会束手待毙的。"

"据你看，眼前该怎么办？"

"你们造乱我赞成，栽赃不是上策。"吴应熊目中闪着寒光，"办不到的事嘛！应该加紧暗地联络，在黄河以北集结，扰乱京师，朝廷便无暇南顾，家父得以从容准备，南方义兵一起，南北相互策应，诸侯会兵中原——嗯？"他笑着双手一合。

李柱心里雪亮，这个吴应熊最急的还是南逃，所以才出这样的主意，但想想这是各为其主的事，只好各干各的。想着，他狡黠地眨了一下眼，笑道："那——你怎么办？"

"你们造起乱子，这是光复汉业的大事，吴某生死何足道哉！"吴应熊笑道。他想起山东抱犊崮朱甫祥和刘铁成那股力量，只要京畿一乱，马上便能潜行前来接应。

李柱心里冷笑着，口里却道："既是通力合作，我们也是信义之人，岂肯让公子独自赴难？你出北京，包在我们身上了！"

"就怕你诸君不守信义哟！"吴应熊心里也在冷笑。

此人外相如此老实，心中这样奸诈！李柱目光霍地一跳：决不能让他回云南，非除掉他不可！

杨起隆忽然哈哈大笑道："人说曹操多疑，我看先生也不亚于曹阿瞒——也罢，"他说着，从怀里取出一面银牌，郑重递给吴应熊，说道，"这是我会十二面信牌之一，送你一面！拿了它，各处钟三郎会众都会保护你的，又有这位盖世无敌的打虎上将随身侍卫，还怕不能平安脱身？"

"朱君真有龙种的气度！"吴应熊大笑起身，也从怀里取出一面银牌换给杨起隆，说道，"不才早已仿造了一面。不然，今夜哪里能闯入你这密室？这个假的你拿去，十二面变成了十三面，哈哈哈……"又转身对保柱说道，"如何？我说不虚此行吧？"说罢，竟携了保柱扬长而去。

杨起隆看着他们出去，"咣"地将假银牌撂在桌子上，冷笑着从牙缝里挤出一句话来："传令，一切信牌全部作废重造，一律暂用暗语联络。"

第三十四回　理积案君臣夜勤政
　　　　　　盗令箭保柱自投诚

　　康熙十一年的第一场大雪在静悄悄地飘落着。先是碎米一样的雪粒，接着便像鹅毛片一样地悠荡旋转，把整个京城装扮成银色的琼楼玉宇，耀人眼目。

　　周培公和小琐已有好久没有见面了，当他再次来到烂面胡同寻访阿琐时，不禁大吃一惊，她家的柴门生尘，蛛网罗窗。经过几度打听，总算得了实信儿。自那次二人分手后，她的父亲不久便病故了，哥哥到黑龙江去挖人参，又不在家。不得已她头插草标自卖自身，埋葬老人。以后邻人们再也不知她的下落了……周培公只觉得头昏昏沉沉的，两腿像灌了铅似的，在雪地里拖着沉重的步履回到巡防衙门，站在一人多高的石狮子旁发呆。大街上已铺了一寸多厚的积雪，头上融化了的雪水一滴滴往脖子里流淌，他好似全无知觉。

　　"培公，到处寻你不着，你怎么站在这里？"

　　周培公猛听有人说话，浑身一激灵清醒过来，见是图海从侧门骑马出来，忙改容笑道："出去看雪景儿，回来迟了，瞧着衙门口这积雪很有'古庙落雪无人扫'的味儿，就看呆了——这个时辰，军门还要往哪里去？"

　　"把你的马让给周大人。"图海回头对一个戈什哈说道，又转脸对周培公道，"圣上有旨，召见我们呢，快上马吧！我们先慢慢走，衣冠朝珠叫他们随后送来！"

　　周培公上了马，有些茫然地环顾四周，将缰绳轻轻放松了，两匹坐骑在十几个戈什哈的簇拥下缓缓行进。周培公此时方收摄心神，无声地舒了一口气。

　　"怎么，这次又是一无所获？"图海在马上转脸笑道，"那么个大活人还能丢了，真怪，明日我叫顺天府帮你查一下！"

周培公点点头，说道："军门，多承你挂心。不过，这件事我不想张扬出去。"图海笑道："你这人真怪，心里整日放不下，又不叫人帮忙；这个阿琐也很怪，既有情于你，又知你在这里做了官，怎么连个信儿也不捎来？"周培公苦笑道："军门不要误会，阿琐于我有恩是真，有私情是说不上的，我如今是，不想看着她去受穷。"

"风尘知己嘛！"图海说道，"滴水之恩，当以涌泉相报，这是大丈夫的本色嘛。她不来见你，说不定有难言之隐，也只好仔细再打听着吧。"周培公点了点头，又问，"这么晚了圣上叫进去，有什么事呢？"图海摇头道："不晓得，总是京畿防务上的事吧，听说吴应熊和杨起隆他们勾在一起了，说不定要大举剿杀的！"

周培公勒住了缰绳，仰着脸想想，笑道："不会的，若按杨起隆他们所作所为，早该动手拿他们了，这么长时间不动他们，是怕他们与吴应熊勾连得太深。若拉扯出来，吴应熊犯的是剐罪，真的惩办他，又怕给吴三桂造了口实——主子想的事儿，总比常人深一些！不过，这也确是一步险棋。"

二人一边说，不知不觉已到午门外头，给周培公送袍褂的戈什哈在雪尘中打马追了上来。在右掖门口，熊赐履、明珠和索额图早已等着了，见他们过来，索额图埋怨道："图大人，亏你老兄还是个将军出身，又是奉旨入朝，这早晚才来！我们若不等你，径自进去，圣上问着你们，怎么说呢？"明珠却笑道："反正皇上还在勤政殿没回养心殿，我们不如递牌子到那里候着。"说着五人便递牌子进去，果然康熙还没回来，便按秩位在丹墀下跪下等候。索额图笑着小声道："老图，我倒错怪了你，在午门外还能跺脚取暖儿，这倒好，硬冻！"熊赐履却直挺挺地跪着，回身用目光扫了一眼，大家便都不再言语了。

"麦盖三床被，头枕馍馍睡——黄敬说得好！"约莫半顿饭光景，便听到从养心殿垂花门外传来了康熙的声音。他大说大笑，似乎十分高兴。张万强作前导，黄敬和另一位太监一左一右架着康熙胳膊冒雪行进。康熙见他们五个排着跪在雪地里叩头迎驾，忙笑道："天下着雪，免去吧！熊赐履有岁数了，往后免了这个礼——这雪下得好啊，嗯，这下的不是雪，是面，是白面啊！"

也许是受了康熙情绪的感染，也许是从大雪纷飞的天井进了殿内，五个人都觉得身上一阵暖烘烘的。见天色已经黑了下来，康熙一边一连声地叫掌烛，一边命侍卫魏东亭、狼瞫、犟驴子、穆子煦都到廊下值差，又命熊赐履等五人挨次坐在椅上，指着龙案上二尺多高一叠文书笑道："朕自即位以来，从没有积过这么多的案卷，这里头礼部、刑部、兵部、户部的都有，你们分头去看，批过了朕再过目，由周培公缮净。我们君臣坐他个通宵如何？办不完明晚再办！"

熊赐履听了笑道："皇上勤政原是好的，但积这么点案卷不是什么了不得的事。不妨让臣等先看了，写出事由、批复节略，主子再看就省劲多了。主子只管安睡，明晨五更臣等办好了再惊动圣驾。"

康熙一笑，也不答话，自取了一份去批阅。周培公挽袖磨墨预备誊缮。这四个人对视一眼，忙都各取一份回座。掌灯的宫女在各人面前又添了一支大烛，康熙身后比别人多加了两盏宫灯。殿中刹那间静下来，只听见翻纸的窸窣声。

大约到二更末，五个人才各自批完。熊赐履、明珠、索额图和图海陆续轻轻起身，悄悄将案卷送回原处。康熙将自己批过的交给周培公，笑道，"该你忙了，让他们先假寐一会儿，朕有疑处再叫他们一起来参酌！"说着，将大臣们批过的都抱到自己案边，一件件细看。

大殿上又沉静下来，只有康熙和周培公一个目不停视，一个手不停写。其余四个哪敢"假寐"，端坐在一旁注目康熙。大家心里都很感动，康熙的勤政，早就听太监们说过，自己平日也有感受，只没有想到，他竟如此丝毫不苟。熊赐履不禁暗想："就是祖龙、唐太宗两个最勤政的帝王，也未必励精图治至此！"

雪仍不紧不慢地下着，丢絮扯棉一样一层又一层覆盖着百年老殿。这样的夜晚，最容易引人追忆往事。魏东亭侍立在廊下，眺望着白茫茫天穹，陡然间想起了伍次友。那也是这样一个夜晚，又黑又冷，只不过是秋天，洒着霏霏细雨。魏东亭因读《易经》，请教乾爻八卦相生相克之理，伍次友却不肯教，笑着说："我和熊东园虽意见常常相左，惟有这一点志同道合。你所求问的是术家之'易'，不是儒家之'易'，我以为不懂它反而更好——为臣子的事事要立忠孝之本，勤慎事君；为君父的则要以天下之心为心。不然，一遇事便演术数，拘泥于小我的荣辱安危，避凶趋吉，擢迁黜退，这样，国家的事谁还挂心?”眼前殿内这幅景象，要是伍先生也在，那该多好啊！事情已过去四年，伍次友的这些话，和他的音容宛然在目。“沙径徘徊古黄河，飘萍今夕是何处?”这是伍次友临别时赠给明珠的诗句，真是愈嚼愈苦……眼前这个周培公，听说也是伍先生荐来的，的确是一位栋梁之材。伍先生虽然身在江湖之上，心却系念着朝廷大事。魏东亭正胡思乱想间，忽听殿内康熙说道：

“直隶这个案子定重了。朕看恕了他罢，明珠。”

“这是万岁的仁慈。”明珠在回话，“不过据案情看，崔度平夤夜持刀入宅，故伤田主，本应判为弃市的罪，奴才瞧着事出有因，又有孝女请代父死，所以只判了流徙两千里的刑。”略一沉吟，康熙笑道：“这个姓张的田主很可恶，本来就是更名地嘛，夺佃夺得那么凶！崔家有这样的孝女，实在难能可贵。从轻了罢!”明珠笑道：“奴才只能依律而断，不过万岁仁德，尽可施恩。”

康熙听了叹道：“就这样，下个特旨：就地枷责三日罢——老的七十多岁，小的只有八岁，惩一人夺二命，于法度固然无可非议，于情理又未免太过了些!”

说完这话，又没了声息。半晌魏东亭又听熊赐履缓缓说道：“他们那里遭了大水，去秋淹得一干二净，这张家田主虽说有理，也确实是为富不仁。”

“叫户部去放赈。”康熙困倦得打了个呵欠，“你们看看可否蠲免了那里的粮赋?”

“回万岁的话，”这是周培公的声音，“单奴才今夜誊缮的案卷，已有七府免了钱粮，是个中等省份了，以奴才愚见此类事眼前还不宜过宽。”

康熙听了没吱声，看来内心十分矛盾，呷了一口茶，才又说道：“朕并非沽名钓誉，朕恨不得天上掉下几库粮食来！但眼见春荒将至，百姓总得有充饥的东西才行，有吃的便有法度，不然，会出更大的乱子——百姓，是不能得罪的!”

因为夜深人静，君臣间的这些对话，在殿外值勤的魏东亭等人，听得清清楚楚，魏东亭心中不由一热。猛的一阵寒风扑面，吹得他打个寒噤，方欲进东厢取几件斗篷给弟兄们披上，乍然间见西廊房顶上人影一闪，"噗"的一声落了地，俯伏在雪地上一动不动，魏东亭浑身汗毛倒竖，大叫一声：

"拿！大胆野贼，竟敢入宫行刺！"

侍卫们顿时大惊，"刷"的一声，一齐拔出剑来。犟驴子一个箭步跳到当院，预备厮杀，狼瞫和穆子煦飞身一跃上了台阶封住殿门，叫道："圣上不要慌，有奴才等护驾！"守在垂花门口的十几个侍卫早"砰"的一声将门封上，挺刃而入，将养心殿护得严严实实，紧紧盯着伏在地上不动的刺客。

康熙君臣六人正在议论得热闹，猛听殿外有变，惊得一齐跳了起来。自开国以来，宫掖深处还是头一次出这样的事，康熙也自惊疑不定，心头突突乱跳。半晌，听外头并无动静，便慢慢踱步向殿外走来，熊赐履和索额图忙上前劝阻，明珠、图海和周培公忙抢前一步掩在康熙身前。从房上下来的人一直伏着不动，此时，见康熙走出来，跪在雪地上连连叩头，高声呼道："万岁！"刺客一抬起头来，周培公大吃一惊，原来竟是熟人！康熙早失口惊呼出来：

"保柱，是你来刺朕！"

众人听见这话愈加愕然，不知康熙怎么竟会认识这个刺客。魏东亭惊魂初定，这时才认出是在吴应熊府里下棋的那位武士。宫中墙高院深，警卫如林，又下着雪，他竟能潜到此地！

保柱面色苍白，嗫嚅了半天，"哇"地放声大哭，将怀中利刃、袖里飞镖、绒绳、抓钩都取出来扔在地下，说道："皇甫保柱枉为七尺男儿，有眼无珠，不识圣君，错投了枭巢，替贼效命，再无容颜活于世上！"说着身子一仰横刀项下，"今日愿自刎于驾前，以警后来者！"

"慢！"康熙大叫一声，"朕还有话，你听完再死不迟！"说着，便连珠炮似的一句顶一句讲道："钼麑槐下横剑自刎，固是千秋烈士，可是，于晋之大业何益？——小白不记射钩之恨，卒成五霸之首；英布曾为敌国之臣，一归高祖，遂千古扬名；刘秀二十八将匪盗居多，凌烟云台图像，后世莫不敬仰！"

这几个典故，康熙讲得既明快又简捷，句句震撼人心，字字掷地有声，连熊赐履这样的饱学之士也暗自称赞：这哪像夷狄之君，仓猝之间，言词如此锋利！康熙又道："朕虽不及古之圣君，岂有不知这些道理之理？——壮士起来，壮士起来！——有动皇甫先生一根汗毛者，斩！"

保柱是吴应熊派来盗取乾清宫金牌令箭的，他已有了朱三太子送的银牌，再有这件东西，回云南一路上便可以畅通无阻了。但吴应熊做梦也没想到，曾在虎口中救过吴三桂的保柱，心境和离开五华山时已有了极大的变化。自在兖州府两度与伍次友相处，保柱已觉察到自己什么地方有些不对头。品行这样端正的读书人，一般儿也是汉人，虽受尽了折磨，却心无二念地效忠康熙，这是为什么呢？开头他总拿伍次友是帝师自慰自解，但一路访下来，不但读书人，就是山野樵父、贩夫，也无不私下称颂康熙的德政，自己的恩主吴三桂竟像狗屎一样没人睬。保柱心中便更加疑惑：自己这只鸟是不是错站了树枝儿？那日他在吴府亲眼见到康熙，便被这位青年皇帝身上的魅力所折服。

他来盗令箭没有成功。照吴应熊的吩咐，他先去乾清宫，但那里的侍卫们守护得很严，里里外外烛火通明。又潜到了养心殿，他已在房顶上听了一个多时辰。

康熙料理朝政，昼夜不停，连精力充沛的壮年臣子都觉得吃不消。有关康熙勤政的事，以前他也听说过，今夜亲眼一见，才知道确非虚语。盗不走令箭，他本打算先回去再说，后听康熙君臣议论崔度平的案件，又议及赈荒，康熙对民疾民伤处处在心——百姓到哪里再寻这样一个皇帝？他趴在石房顶上想得很多。吴三桂在五华山，酒酣耳热之际，将大盘珠玉、满箱金银倾洒到地下，让歌伎、侍卫们争抢，自己和姬妾在旁鼓掌大笑，与康熙比起来，连猪狗也不如！保柱真痛悔：自己许身匪类，犹自以国士自居，一想到这些，便感到无地自容，因而起了仿效钼魔槐下自刎的念头——无声无息地死在这里算了！

康熙那几句雷鸣电闪的话，说得保柱无言可对。他只好长叹一声，弃了剑，跪在地上反背着双手，泣求道："请东亭兄过来绑了兄弟！"

魏东亭此时也真是感慨万千，收了剑，慢慢上前就要用绳。

"虎臣退下！"康熙厉声说道，亲自走下阶来双手挽起保柱，携着他的手一步步走进殿来。保柱早已泪下如雨，轻轻挣脱康熙的手，只是抽泣，一句话也说不出来。

　　熊赐履原本还有点疑心，这时也动了情肠，坐在一旁轻声说道："皇甫先生，方才皇上的话你要好生想想，你今日横死阶前，固然也算舍生取义，但元凶首恶俱在，天下祸根未除，撒手一去，算不得尽忠啊！"

　　"大人说的是。"保柱颤声道。他对今夜的行动，一直似乎在噩梦中，此时清醒过来，惶惑四顾，又有一种莫名的悲怆袭上心头，禁不住两行热泪滚了下来。

　　"你休要恋吴三桂的恩。"康熙似乎猜中了他的心思，莞尔一笑道，"他那些虚仁假义只能收买血勇之徒的心，真正品德端正的人是不会永受欺骗的！他不过是一具只会用金钱美色、小恩小惠收买人心的行尸走肉！日前在吴府，朕一见到你，便为你惋惜不已！"

　　这些话在保柱听来，句句情真意挚，比自己方才抽刀自刎时康熙急切中说的，更加亲切温馨。保柱心里涌上一阵似酸似甜的热流，外头的冰雪似乎都被这充满暖流的大殿融化了。

　　"万岁的话臣都记在心里了。"一回到现实中，保柱又有些为难了，叹息一声道，"人生如棋，好比周先生和吴应熊那一局对弈，几翻几覆才见真理。今日皇上一语点化，胜我保柱终生苦思——只是眼下该怎么办呢？"

　　康熙抚着下巴，望着灯焰儿沉思道："你留在京城不太好，朕若把你留在身边，容易引起吴三桂的口实，倒不如给你个差使避开一下，将来在战场上——朕不是说对吴三桂用兵的战场——用你之处还多着呢！"

　　"恭喜万岁又得一员上将！"明珠满面春风笑道，"不过据奴才看，皇甫先生还是回去为好，有他在那府里，便不做差事，总是那里多了我们一个人，也可有些照应。"

　　康熙不是没想到这一层，但他深知保柱受吴家恩宠很深，办这样的差太难为人，听了明珠的话，又觉不无道理，只是低头沉吟。熊赐履便问魏东亭："虎臣，今夜的事张扬了出去没有？"

　　"没有。"魏东亭道，"一开始门就封了，里头又没动手……"

　　"我还回去！"保柱横了心，一咬牙说道，"保柱身无寸功，用什么报效明主？看吴应熊的意思还有下一步棋，皇上在他跟前有个人到底好些。听说太监里头有不少人是钟三郎香堂的人，当中还有一些人和吴应熊有勾手，皇上一饮一食一行一动都要当心！"

　　这个信儿正是康熙最关心的，小毛子也未打听明白。听保柱透出这个信来，康熙不禁打了个寒战，愈觉明珠的话有理，便道："好，你就回去。觉得为难的事就不办，不是必要的事，也不要报，有急事寻魏东亭！"说罢，回身进了西阁，从一只金漆盒子里取出一面金牌令箭，笑道，"你不是来盗这物件的么？总不能空手回去——拿了！"

　　"谢万岁！"保柱见康熙如此真诚相待，热泪夺眶而出，双手接过令箭，叩了头起身团团一揖道，"如此，罪臣去了！"转身大踏步出殿，将身一拧，一个燕子穿云，无声无息地消失在雪雾之中。这绝顶的轻身功夫，惊得众人瞠目结舌。

　　"张万强！"康熙大声道。

　　"奴才在！"

　　"黄敬来了没有？"

　　"他请假了。"

　　"严加提防！今晚在场的太监、宫人都交代了，敢有走漏出去的，哼！"

　　"喳——"

第三十五回　计中计魍魉费筹算
　　　　　　骗中骗美人动帝心

　　深夜派保柱入宫，小毛子不但知道，而且他就在额驸府陪吴应熊吃酒，专等皇甫保柱回来。自从吴应熊亲自拜访了鼓楼西，杨起隆便派小毛子专门负责与吴应熊的联络。这正是小毛子和吴应熊两个人都求之不得的，所以一拍即合。

　　一听说皇甫保柱入宫，小毛子的脸就变色了。吴应熊见他如此不经世，抚着他肩头格格笑道："亏你还是见过世面的，这么一点小事就被吓得掉了魂儿？放心！他的本事不在你说的那个胡宫山之下，就是盗不出东西，也决计出不了事！"

　　小毛子听说不是行刺，心里虽略觉放宽，但还是忐忑不安，坐不宁，立不稳，想走开又怕吴应熊起疑；强打精神陪着，又怕恍恍惚惚中露出马脚来。他吃了几杯酒后，便推说若是多吃了身上爱起痒泡儿。吴应熊虽奸，怎奈这是一个双料的人精猢狲，倒真被他瞒哄过了。

　　保柱回到府中，已是丑正二刻，吴应熊还在心神不定地自饮独酌，小毛子因熬不得困，坐在一旁乜眯着眼"钓鱼儿"。听到院中有声息，两个人同时一惊。吴应熊站起身来，三步两步跨出外厅，与满身冰雪的保柱撞了个满怀。小毛子见保柱面无杀气、身无血迹，压在心里的石头落了地。他又找座儿又拧热毛巾，还忙着寻干衣服给他换，保柱刚揩过脸，便一杯烫好的热黄酒递到了手里。吴应熊不禁笑道："你这猴崽子真会巴结人！"

　　"咱本来就是侍候人的么！"小毛子一边忙着给二人布菜斟酒，一边笑道，"没这两下子怎么当差！"

　　"世子久候了！"几杯热酒下去，保柱精神体力都好了些，笑道，"几乎没把命送在那儿，乾清宫守护得铁桶一样，根本没法下手！"

　　吴应熊一怔，忙道："办不成就不办，再想别的法子吧——只是你在那里头太久了，叫人悬心哪！"小毛子也道："那里的人我全知道，厉害得很！魏东亭、狼瞫他们，一个个都是夜猫子投生的！你能平安回来，就得念上三千声南无阿弥陀佛了！"

"笑话！"保柱心里嗵嗵跳着，绷着脸道，"我要是肯空手回来，为什么还耽误到这个时辰？"说着从贴身处取出那支令箭递给吴应熊道，"这是世子的福气，老天爷叫世子顺利返回！"

吴应熊眼中放出欢悦的光芒，正像一只饿猫扑到一条跳到岸上的鲢鱼，猛地抢过令箭，拿到灯下仔细审视，反复抚摩，忽然爆发出似哭非笑的声音："真的，真的！哈哈哈……真——"他笑着，乍然间却停了，转身问保柱："不是说乾清宫下不得手吗？这是——"

"这是在养心殿得的。"保柱端着参汤，笑笑答道，"人说皇上勤政，我今夜是亲眼见着了，三更过后，等他去了翊坤宫，我才进去将它摸了出来……"

吴应熊把玩着令箭，心不在焉地转过脸来又问小毛子："你不是说这物件都在乾清宫么？"

"难道说改了地方儿？"小毛子诧异道，"怎么何桂柱没跟我说——是在哪儿取出来的？"

"黑地里摸，像是在个小匣子里头，"保柱揣度着吴应熊的心思，又问，"怎么，不合用？"

"我知道了！"小毛子忽然拍起手儿笑道，"真正是世子洪福齐天！这一支是孔四贞缴回来的，敢怕是忘记了，连档也没记。"

"光有这个还不成。"吴应熊两眼盯着灯火出了一会儿神，松弛地舒了一口气，夹了一筷子菜慢慢嚼着，说道，"杨起隆他们想栽赃于我，我为什么不能以其人之道还治其人之身呢？"

"杀皇上！"皇甫保柱和小毛子同时惊呼道。

"嘘——噤声！"吴应熊左右看看，轻声道，"这是阿紫的事，我已有安排，我可不像这些笨驴！"

"你怎么办呢？"皇甫保柱不禁问道。

吴应熊只笑笑，没作回答，转脸问小毛子道："你还在茶房烧火？"

"嗯。"小毛子只顾夹菜，头也不抬地答道，心里却思忖着吴应熊问话的意思。

"很苦吧?"

"也都过来了。"小毛子说着,眼圈儿有点红,他想起了妈。自他被打以后,只回去瞧过两次,老人怕他再出事儿,已经断荤吃斋,头发全白了。

"你想回养心殿不想?"吴应熊突然问道。

"想不想都没用。"小毛子一怔,放下筷子问道,"额驸问的真怪,谁愿意老当杨排风呢?"

吴应熊自信地点了点头,笃定地说道:"我能叫你重回养心殿,只是你不能半信我吴应熊,半信钟三郎,钟三郎是他们捏造出来骗人的,能叫你家世代富贵的是我!"他眼中放着阴冷的光,连保柱的手心也渗出了冷汗,不知他要什么花招。

"额驸有什么办法叫小毛子回养心殿呢?"保柱听了问道。吴应熊神秘地笑笑,说道:"我听说杨起隆已密令黄四村投毒杀康熙,既可逼迫王爷起兵,又可借刀杀我——哼哼,想得真不坏呀!你只盯着姓黄的,到时候当面揭了他的底,这功劳还不够你回养心殿?"

"老天爷!"小毛子惊得嘴唇发白,这个消息太惊人了!但他旋即一转,说道,"我若揭他,三太子知道了,还不活扒了我小毛子的皮!"

吴应熊冷笑一声说道:"他敢!他那头有我呢,他敢张狂杀我的人,我叫他滚汤泼老鼠,一窝儿死净——杨起隆一个京师无赖,有多高的手段,多大的能耐?"

"那——"保柱只说了一个字便咽了回去。

"你是问黄四村不是?早被李柱他们拉过去了!"吴应熊脸上毫无表情,"念他跟我一场,到时候给他家抚恤金从厚一点就是。"说着打了个呵欠,看着窗外道,"天快明了——今晚我连郎廷枢也没叫。自上回皇上来后,我瞧着他神思恍惚有点魂不守舍的模样——我还要再看看这个人。"

时令渐渐向暖,宫墙上、砖缝儿里的嫩草由黄变绿。康熙去年春天曾悄悄儿种了半分稻田,原想秋后熟了,召集文武百官都来瞧瞧,然后在黄河以北能开水田的县府推广,不料八月间连下了三场早霜,竟落得个颗粒无收,使他十分扫兴。今年他早早儿让皇后又育了一大条盘秧苗,该到栽秧的时候了，他独自到景山后头那片水田里插了，又命太监精心照料，这才返回宫来。

康熙站在殿前，任柔和的春风吹着，他抬头看看檐下呢喃的燕子——这人间的宠鸟，无论在乡下的茅棚土屋，还是在金碧辉煌的宫殿，谁都不会去伤害它，多么自在！站了好一会儿，觉得有点儿乏，康熙正要回殿，却见黄敬恭恭敬敬侍立在丹墀下，便笑道："黄敬，张万强呢？"

"回主子话，"黄敬恭敬地笑道，"老佛爷去大觉寺烧香，忘了件什么东西放在那儿——叫他去帮着寻找呢！"

"哦。"康熙淡淡地应一声，忽又笑道，"上回你说过有几处好玩的地方，带朕出去走走如何？"黄敬听了忙道："这个，奴才可不敢——张公公早有关照，说是老佛爷的懿旨——"话还未说完，康熙便截住了道："这是朕的主意，又不是你调唆着朕去的，怕什么？张万强还管着朕了？叫——"他想说叫小魏子，想想又改口道，"叫穆子煦和翟驴子两个跟着，咱们出去走走。"黄敬这才答应着去了。康熙一行四人都换上微服，却不走西华门，从神武门的侧门悄悄儿溜了出去。

北京的大街上很热闹，一座一座酒肆茶楼越修越多，一个比一个漂亮。一街两行，什么绸缎布店、花纱铺、估旧店、玉石珠宝店、文房用具店、花果行、铁匠铺、竹木家具店、酒米作坊、皮匠店、针线刺绣铺、鲜鱼海味店……五花八门琳琅满目，要什么有什么。康熙杂在人流中边走边瞧，心里十分熨帖：这一切都是他赐与的，他在他们中间，而他们谁也不知他就是"当今"！

在城西闹市走了一遭，他们又来到前门一带。这里又是一种格局，到处是戏院、会馆、饭店。戏院前，挂着偌大的粉牌，上面除写有某角串某某戏之类的海报外，有的还题有斗方名士写的竹枝词。这些词倒逗起了康熙的兴味：

某日某园演某班，红黄条子贴通关

康熙不禁笑道："俗得有趣，倒是这个'某'字儿用得很入神。"又看下一家的，却是：

谨詹帖子印千张，浙绍乡词禄庆堂

抬头一看，果见门楣上横挂着一匾，写着"禄庆堂"三个泥金大字。康熙笑道："我就不信，他家的戏只叫绍兴人看！"说着便要进去。黄敬忙笑道："主子没瞧清，他这里不演戏，是专门叫堂会的。要是想听，到六合居，又吃又玩又点戏，那才玩得尽兴呢！"

"走，瞧瞧去！"康熙扇子一挥，兴致勃勃地说道。

六合居很大，是个酒店，紧挨着戏庄，一边的戏庄叫衍庆堂，也还罢了；另一边叫庆云堂，门面又大，人又多。康熙挤在人堆儿中看戏牌，上面写的是："紫云姑娘演《琴挑》。"那上头竹枝词口气更大：

每味上来夸不绝，哪知依旧庆云堂！

看罢，挤了出来，黄敬他们三个已候在六合居的门前。康熙也不说话，一甩袖子便跨了进去。

"客官要用点什么？"楼下杂座儿上的人很多，一个伙计忙得满头大汗，笑呵呵迎上来问道，"要嫌下头嘈杂，楼上有隔好了的雅座儿，清静幽雅，要喝酒吃菜、点戏听唱儿、看杂耍都方便……"

康熙有些茫然，他对这些一概不懂。黄敬便代答道："我们爷是尊贵人，你说的都不合用。后头大房子我们点了正厅，上一桌海菜八珍席。你再到庆云堂去一趟，紫云姑娘的戏完了，叫她过来清唱！"

"旁的好说，"店小二一看这架势便知是个有钱主儿，笑容可掬地说道，"紫云姑娘的缠头银子二十两得先送过去，她正走红，叫的人多，只怕还未必就能来呢！"黄敬不禁一笑，把伙计扯过一边，交他二十两银子，低声儿道："你过去悄悄对紫云说，是老黄叫她，兴许这银子都赏了你呢！"那伙计方欢天喜地去了。

康熙走进正厅一瞧，里头布置得很幽雅，盆景花卉、虬架镜台、自鸣钟、书架，还有坐炕卧榻一概齐全，中堂挂了一幅二乔观兵书图，旁边条幅上写道：

小谪三千岁
往来在人间

康熙不禁叫道："好！"犟驴子是个粗汉子，只是好奇地东张西望，穆子煦却很精细，瞧着不像个正经地方，便笑道："老黄，这儿怎么瞧着像个行院似的？"说着眼看席面已经摆开，菜肴也陆续送了上来。

黄敬忙笑道："这正是掌柜做生意人的伎俩，行院哪会跑到这里了？"

"看来你是此处常客啰！"康熙舒舒坦坦坐了，一边说着，一边便打量着席桌上的八珍席：鱼翅、银耳、鲥鱼、广肚、果子狸、哈什蚂、鱼唇、裙边，中间一个凤凰扑窝、一个孔雀开屏凉盘，再就是一海碗樱桃兔肉海参汤。

"宫里头太监们谁不串馆子？"黄敬笑道，"主子若不喜欢，奴才改了就是。"正说着，外头响起了一个银铃般的说笑声："哪里的贵客，什么风儿吹到六合居了？"说着便挑起帘子轻盈盈地走了进来。

进来的正是紫云。康熙一见来人，眼睛陡地一亮：只见她身着浅红比甲，蝴蝶盘扣儿中窝着一方杏黄绣绢，半高不高的月白衣领上疏淡有致地绣着两朵蟠枝梅，下身一溜水泄长裙如新染塘荷，打着百褶，蹙眉杏眼笑靥生晕，怀里抱一琵琶在门口笑吟吟地蹲了个万福，莺声细语地说道："各位爷们吉祥！"康熙发了一阵子呆才想起回话，道："起来！"又觉得这话皇帝的味儿太重，忙温声说道："就请过来坐我这边——你们三个也坐吧！"

"爷们只管吃酒，"紫云抿嘴儿笑道，"奴不过是个戏子，还是唱曲儿为爷们提神吧！"偷眼打量康熙时，上身穿一件蓝色湖绸团花夹袍，腰间挂着一个酱色贡缎卧龙袋，头上戴一顶红绒结顶小帽，脚下穿一双粉底儿双梁靴，瓜子脸上略有几颗细白麻子，不坐到跟前细瞧是看不见的——心里不禁暗笑：这小白脸儿就是皇帝了？康熙给她看得浑身不自在，便笑道："有什么好曲儿，弹来我听。"紫云嫣然一笑，将五指轻轻一舒，琵琶便清越地响了。先奏了一支《宴前乐》，接着正曲子却是《霸王别姬》，那乐声时而如裂石穿云，时而如流水低回，时而像万马奔腾，时而又似幽咽饮泣。康熙面对珍馐，一口不能下咽，只是左一杯右一杯地饮酒、听曲。

"这曲子太悲。"弹完《霸王别姬》，紫云笑道，"还是唱个家常的助兴吧！"说着，手挥五弦，目送秋波，浅声唱道：

> 年年宫墙花，岁岁广陵柳，遮几多游子陌路愁？说什么功名世路，劳尽了春情，只余这点儿，却还要万里觅封侯……渺渺鹜岭云何深，杳杳曹溪路尽头，哪里去寻故友——不如归乡有高楼，可得红妆佐酒，又得闲笔著春秋！

歌儿未唱完，康熙已经醉了，摆手儿命道："唱——得好！朕——真好！黄敬，你——你们三个出，出去，我——我要独，独自和……"

"主子，不成啊！"犟驴子拧着眉毛，冷冰冰说道，"太夫人和主子奶奶请主子赶紧回去，熊家、魏家的庄头儿来了，有要紧的事儿等着呢！"

一天的好事，被这五官不正五音不全的犟驴子打发得干干净净。

康熙这晚歇在养心殿，心里仍在牵挂着紫云，半夜里叫了黄敬过来，悄悄说道："给紫云安排个去处，静一点儿，懂吗？"

第三十六回　黄四村自食恶果　小毛子逢凶化吉

转眼便是六月天，热得火炭儿一般，宫里用水愈来愈多。这日小毛子像往常一样早早起来，把三个大水缸挑得满满的，往茶炉子添了水，坐在炉旁默默烧火。吃完早点，方见黄四村架着个鹌鹑笼子游游荡荡过来，一边和阿三说笑，一边问道："小毛子，这时分水还没开？渴死了，还想洗洗澡呢！"

"明儿六月六再洗吧！"小毛子将一根劈柴"咣"地一扔，冷笑一声道，"你是挺尸挺够了，还是嚷黄汤撑着了？你一回来就摆主子架势——'渴死了'，活该！小毛子是你的奴才？"阿三近日和小毛子处得好，见他累得发怒，笑笑没言声，寻个斧头劈柴去了。

"嗝！"六月六是浴猪节，听小毛子如此巧骂，黄四村也光火了，"和我摆什么款儿？你打量明大人都买过你的账，是不是？你如今仍旧是小毛子！烧火劈柴挑水是应份差使！我这头儿虽小，还是个头儿。才问你一声儿，你就有一车子的话！"他昨夜在吴府吃酒，吴应熊透出小毛子骂他，此时一并发作了出来。

小毛子听了，把火剪一撂，叉手哂道："屙毛灰，大爷不侍候你，你该怎么样？"

"好了，好了！"阿三抱一抱柴过来放在地上，推小毛子道，"别吵了，方才传话，一会儿养心殿要用水，黄敬病了，叫送过去呢——你累了去那边歇息，我来烧。"小毛子早甩手去了，进屋躺着装生闷气，两眼却瞪得溜圆窥视黄四村的动作。

片刻间水就开了。阿三忙着抽火，把烧余的柴搬回去。黄四村进到屋里张了张，见小毛子望着天棚出神，没再招惹，在门后捣腾半天，长出了一口气，提了个大茶壶出去了。

"事发了！"小毛子一激灵，"噔"地弹起来，看看地下十几个壶，惟独他日日留意的那一个不在了。出来瞧瞧黄四村的背影儿，又几步进屋揣了根绳子，至炉前弄黑了手，抹一把脸，这才不紧不慢跟在黄四村身后走了过去。

"站住！"守在垂花门前的瞿驴子，见小毛子鬼鬼祟祟地走过来，陡然喝道，"做什么？"又见小毛子满脸污垢，像从灶灰坑里爬出来似的，几乎笑出声来。

"瞿大爷呀！"小毛子大叫一声扑了上去，凑到瞿驴子耳边嘀咕了几句。瞿驴子犹如半夜见了阎罗殿上的小鬼，失惊打怪地大叫起来："有人要谋害皇上，快，快，快……呀！"

小毛子像炸尸一样，乱蹦着往垂花门里钻。可瞿驴子不知他怎么个来头，哪里肯放他进来，紧紧揪住他不放。

"挨刀鬼！倒路尸！王八蛋！一脚踏不出屁的屎壳郎！黄四村要谋害皇上，你倒拦住小爷！"小毛子急得又撕又挣又踢又咬，却哪里能脱身！

康熙正在西暖阁里向苏麻喇姑请教演算开方法，听院外乱吵吵的一片声嚷，便撇了苏麻喇姑踱了出来，问守在门口的魏东亭："出了什么事？"魏东亭早瞧得清楚，见黄四村提着个大茶壶，雷击了似的呆若木鸡，大颗的汗珠顺着脸颊往下淌，又听到被阻在门外的小毛子尖着嗓子叫骂要闯进来，心知有异，便将身子一横挡在康熙和黄四村中间回道："这事体奴才尚不明白。"康熙脸一扬，厉声吩咐道：

"门上别挡，叫他进来！"

小毛子跌跌撞撞，连滚带爬地跑进来，衣服已被侍卫们撕得稀烂。康熙看到精明泼辣的小毛子为了办自己派的差使，如今弄得如此模样，脸上嘴上黑一道白一道、红一道紫一道，心里不觉一沉，木着脸问道："你是发了失心疯么？敢到这里来撒野！"

"我的好主子呀，呜——"小毛子"扑通"一声跪下放声嚎哭，天大的冤仇、海深的委屈也没他这般伤心，一边扯鼻涕抹眼泪，一边指着黄四村，"这个天杀的不知弄一包什么药化到水里给主子爷提来了……我瞧着不对，跟在后头就赶来，瞿驴子他们死活不叫进来……我的爷呀，真是凤凰落架不如鸡呀……"

康熙惊得陡然一缩，掉脸一看黄四村，黄四村早已面如死灰，还急不成声地说道："这是怎……怎么说？小毛子，我们……兄弟不错嘛，就是拌了几句嘴，你怎能这样害人？"

"你住口！"魏东亭低声吼道，"万岁爷没问你话！"

"你叫黄四村？"

"奴才……是。"黄四村膝盖一软跪下答道。

"小毛子说你在水里投了药！"

"没没……没有！"黄四村像秋风里的树叶一样瑟缩着颤声答道。

"我亲眼瞧见了的！"小毛子紧盯一句。

"万岁爷呀！"黄四村苦着脸叫起撞天屈，"青天大日头，奴才有几个胆，敢往水里投药？再说这水要用银子试过，人尝过才进上的，奴才当差多年难道不知？小毛子是与奴才先头有仇，有心诬告奴才……万岁爷不信，叫人来尝一尝就知道……"

"阿弥陀佛，为什么叫旁人尝？"苏麻喇姑早已出来，面若冰霜地合掌道，"佛说解铃还须系铃人——你就尝尝如何？"

黄四村不语。

"唔？"康熙目光闪电般扫过来。

"回万岁爷话，"黄四村支吾道，"奴才尝了不死，也做不得凭据。"

"灌他！"魏东亭在旁大声命道，犟驴子大踏步上前，一手扯了黄四村耳朵，一手捏了他的鼻子，黄四村只好张开了嘴，小毛子熟练地提起壶来，说道："姓黄的，识相点，免得多灌。"说着一倾壶嘴便灌进了口里，黄四村身不由己"咕咚"一声咽了，接着又是一口。

"再灌，烧不死他！"犟驴子见小毛子手发抖，瞪着怪眼吼道，小毛子又接连给黄四村灌了四五口，才放下水壶。

黄四村知道自己用了毒，但这毒药是周日之后才会发作的，便横了心直挺挺跪了，拿眼横着小毛子，咬牙切齿地想："今日爷不死，明日三太子也饶不了你！"他哪里料到小毛子又在里头加了一料砒霜呢！

约过半顿饭光景，众人看着黄四村无事，心渐渐懈了。康熙以为是小毛子恶作剧，正思量如何处置这事，却听黄四村咬牙说道："万岁爷，您都瞧见了——这个小毛子心有多毒，这样的东西，还不叫他也灌……"方说至此，忽觉心中一阵绞痛，脸色霎地变得白里泛青，口鼻眼睛都扭曲了。

"发作了！"小毛子指着黄四村叫道。

康熙早已立起身来，后退一步，紧张地抓住了惊恐的苏麻喇姑……看黄四村时，捂着肚子猫一样弓起身来，头抵着地，嘴里"吭、吭"地咳着，断断续续说道："是平西王命……我杀你……你们这些满鞑……"他身子拱桥般晃了一下，再也不动了。这一幕来得快，去得速，从头到尾不过半袋烟工夫，满院侍卫太监宫女都惊得面如土色。

"叫慎刑司的人来！"康熙不禁雷霆大怒，"剥了他皮，抽了筋遍示全宫太监，肉拿去让狗吃了！着狼瞫抄了他家，无分老幼，发往黑龙江给披甲人为奴！"

"喳！"站在下头的狼瞫打个千儿回身便走。

"等一等！"苏麻喇姑回身又向康熙耳语道，"他娘是前头皇姑乳母，事涉三藩。"

康熙气得嘴唇直抖，吴三桂不除，连这样的案子都不能处置！闭目想了一阵子，摆手道："唉！报个急病暴亡吧！"回身又唤，"张万强！"

"奴才在！"

"御茶御膳房的人要一个一个仔细查查，靠不住的全换掉；太皇太后、皇太妃、皇后及朕用膳用水，要加倍仔细！"康熙说着，解开了领口的盘扣，他显然太热了，又沉思良久才道，"小毛子回养心殿侍候。"

一场轩然大波平息了。小毛子按照"吴额驸的筹划"重新回到了久违了的养心殿。从烟熏火燎的炉旁回到金灿夺目的殿堂，他似乎有点像在梦里，一切都熟悉，又显得有点陌生。康熙次日下诏晋升张万强做了六宫都太监，小毛子又成了养心殿说一不二的首脑。除了一顶太监能得到的最高赏赐六品蓝翎顶子，还得了一件令人钦羡的黄马褂，真有点踌躇满志了。当康熙在内殿详细询问了小毛子有关吴府和周府的间谍情形时，不禁纵声大笑："好，好！你若不是太监，真要放你去做云贵总督，以毒攻毒去治吴三桂！不过，这件事你应该预先知会朕一声儿。"

"一来摸不清他何时动手，扑空了倒不好；"小毛子眨巴着眼儿笑道，"二来先奏了主子爷，奴才就怕得不着这件黄马褂了！"康熙听了笑道："回去告诉你妈，就说朕的话，叫你二侄子过继到你这一房，先赏个举人。"

这话比金子都值钱，已经不缺金子了的小毛子喜得眉开眼笑。

但他只笑了半个月。这日下晚骑马回家，"齐肩王"焦山突然出现在路上，向他招手叫道："你下来。"

"是焦大爷呀！"小毛子滚鞍下马，拽着缰绳打了一揖，一种不祥的预感袭上心头，硬着头皮笑问，"吃过夜饭了？"

"少主儿叫你！"

"嗯……"小毛子嗫着牙花子打主意，半晌笑道，"什么事这么急？走，到咱家去吃盅酒，再一齐去见少主儿咋样？"他一向怵这个从来不笑的焦山，此时看着脸色不善，心里噗噗直跳。焦山听了，只阴着脸道："免了吧，少主儿等着呢！"小毛子的心不禁一凉，一边走，一边偷眼打量焦山，盘算如何闯过这一关，口里有一搭没一搭地说着闲话儿试探他的口风，那焦山却只一味支吾。

进了鼓楼西街，天已全黑了。一脚踏进周府正厅，小毛子不禁倒吸了一口冷气，厅内点着明晃晃数十支蜡烛，照得白昼一样，上头的"朱三太子"铁青着脸，李柱、周全斌、朱尚贤、史国宾、王镇邦都是拧眉瞪目，脸涨得通红，直盯盯地注视着小毛子不说一句话，一片阴森狰狞。好半天，小毛子才定住了神，笑嘻嘻上前打个千儿道："小毛子给少主儿请安了！"

"你知道叫你来有什么事吗？"朱尚贤声音中带着巨大的压力。他一向不信任小毛子，小毛子也最怕与他打交道，所以他一开口，小毛子便心里一紧。小毛子已拿定了主意，挺起腰来昂然答道："知道——不是领死便是领赏！"

这句话说出来，不仅杨起隆大感意外，旁坐的李柱也是一怔，厉声问道："这是什么意思？"

"这有什么难解的？"小毛子答道，"少主儿若是明君，我就领赏；若是昏君，我就领死！"话音刚落，旁边的王镇邦冷笑一声道："不用打马虎眼了，那不济事！谁叫你告发黄四村的？"小毛子瞪着眼瞧瞧王镇邦，心里有点莫名其妙，他到底涉世不深，对这个"双料间谍"的特性看不透——这王镇邦阴不阴阳不阳，吴应熊说是吴应熊的人，杨起隆说是杨起隆的人，是他娘的怎么回事？想想，便照直答道："黄四村放毒是吴额驸告诉我，并叫我告发的，我就告了。"

"这么说，你是吴额驸的人了？"杨起隆这时才插口问道，语声虽不高，却带着一股杀气。

小毛子知道此时若错说一句话，就要遇到杀身之祸，沉吟片刻，抬起头无可奈何地笑道："钟三郎的天书里不是有一句话，'来也无影，去也无形，圣主之前，惟命是从'？我说我是谁的人没意思，要看我办的事对谁有好处，我就是谁的人。我只依我的本心，照天书指使行事！"

"你是什么心？"杨起隆身子向前一倾，目光变得咄咄逼人。

"只有最蠢的人才会想着在水里下毒药。三太子不是说要'栽赃'吗？——我一告发，里头一追问黄四村，不就栽成了！"

"你甭嘴硬，你话里有毛病！"李柱格格一笑，"我问你，姓吴的给了你什么好处，少主儿又哪儿亏待了你，你替姓吴的这么卖命？"

小毛子别转脸，嘴一撇笑道："大军师，你从实说说，平西王不反，单咱们干行不行？"

"当然不行，可康熙死了，平西王一定反！"

"你坏了我的大事！"杨起隆越听越恼，狠狠地咬牙道，"按堂规办，来——绑了填到后边老地方！"几个守在旁边的红衣侍卫雷轰般答应一声，恶狠狠地拧住小毛子绑了就往外推。

"忙什么？"小毛子大惊大怒，跳脚怪叫一声，"我瞧着你们一群全昏了头！康熙活着，平西王照样反，这会儿弄死他，不等吴三桂反，这儿就会先完蛋！他们准会猜疑黄四村是这里派去的。嘿嘿！你们捅了天大娄子，小毛子给补上了，这会倒要杀我了？"

杨起隆摆手让侍卫们暂时退下。小毛子一句话等于推翻了前头大家议定了的事，倒真值得深思。李柱拿着扇子不住敲打手背，沉吟着又问："怎么见得我们就先完了？"

"这会儿人多，不能说，谁知道有些人安着什么心！"小毛子已有成见，要给吴应熊栽赃儿，只含糊说道，"这跟三国一样，都想吃掉别人，也得防着叫人吃掉。"

"解开吧！"杨起隆已经明白，只要康熙一死，吴应熊立即就会揭出鼓楼西街的秘密，他好乘乱逃走，不禁叹道，"你好歹先来告诉我一声儿嘛！"

小毛子自觉已度过危险，喜极而泣，抚着被绳子勒痛了的膀子呜呜哭了起来，煞像是受了委屈昭了雪似的："少主儿您别埋怨，这事小毛子先知道么？……我是临时急了，才闯养心殿的呀！"哭着说着，便用袖子拭泪。

"我就在文华殿，你怎么不跟我说？"王镇邦问道。

小毛子已经住了哭，听王镇邦这样问，冷笑道："就为这个你今儿把我往泥里踩？你已经是文华殿的头儿了，还贪心不足，要往上爬？你觉着我就该在柴火堆里钻一辈子，受黄四村和你的肮脏气？"这些话句句诛心，王镇邦气黄了脸，无话可说。

这次害康熙造乱的事给吴应熊搅了，而小毛子辩解的也确实在理，原来一心要杀小毛子的钟三郎首脑人物都无话可说。杨起隆便叫大家散了，单留下小毛子、李柱和焦山议事。

"照军师的说法，"杨起隆摇着五冬六夏从不离身的折扇，皱着眉头说道，"咱们只好等着吴三桂起兵了？"

李柱摇头道："上次我们的思虑确实欠周详啊！在皇宫里这样弄，很玄乎，别说吴应熊是个奸雄，容不得我，便是王镇邦他们万一失手，追起根儿来，也是不得了的。"

"这话有理，"焦山说道，"与其我们动手，不如让吴应熊动手。吴应熊憋在北京这么多年，他比我们急。"

"吴应熊已经在动手了。"杨起隆一笑，"前门街香堂报信来，说他这回用的是软刀子！"

这件事李柱和焦山都知道，一边听一边点头。小毛子此时再急也不敢问。良久，才听李柱叹道："吴应熊如此奸诈，将来是我们一大敌啊！"杨起隆点了点头："嗯，不能让他回云南，要想法子叫朝廷除掉他！"小毛子心里一动，凑上前去说道："吴应熊新近得了朝廷的金牌令箭，预备回云南呢！"

"小毛子，"杨起隆的目光深不可测，"吴三桂老朽匹夫，吴应熊又困在北京，绝成不了大气候！这个大主意你可要拿准了！"

"那还用说！"小毛子道，"要不，我小毛子岂肯这么替少主儿卖命？"

李柱阴笑着压着嗓音说道："小毛子，金令箭的事，你回去告诉康熙！"

"嗯。"小毛子答应着，心里却在琢磨："软刀子？软刀子怎么杀人？"

他有些犯嘀咕了。

再聪明的人也做不到全知全能啊！但他第二日便听到钟三郎香堂传话，他已是堂中"侍神使者"了。

第三十七回　急匆匆太监单报警
　　　　　　惊惶惶姐弟双自尽

　　康熙在六合居与紫云初次见面，已是神魂颠倒。黄敬按旨意，第二天便将紫云转换了地方。不巧的是正逢养心殿的头儿换成小毛子。这件差使因吴应熊交代再三只许他一人办，当然连小毛子也不能让知道。偏这小毛子是个见空就钻的人，如何能瞒得住？这几日康熙也忙着点拨朝务，分别接见六部九卿和有关臣工，向他们交代撤藩的事，又忙着分派钦差——尚书梁清标往广东，左侍郎陈一炳往福建；云南方面派了两位：侍郎折尔肯和学士傅达礼。犹恐难以周全，又命兵部郎中党务礼、户部员外郎萨穆哈随行，确保吴三桂家眷安适抵京……这都是数年来康熙深思熟虑过的，铺排得十分妥帖，却也忙得茶饭无心，竟顾不得想这风流韵事。黄敬几次想开口提说，都没找到缝儿。

　　好容易见康熙忙得差不多了，这日又逢小毛子回去给娘过生日，殿内没有旁人，黄敬便先回房替康熙预备了便衣，斟了一杯茶过来奉上，悄悄儿笑着对康熙道："万岁爷，上回您交代的差使，奴才已经办了。"

　　"什么事？"康熙正读奏报：喀尔喀蒙古的土谢图、扎萨克、车臣三部内讧，土谢图汗无端袭扰扎萨克，抢走了扎萨克汗的爱妻，汗女在乱中也失踪了，扎萨克汗联络车臣汗举兵复仇，又被土谢图汗杀得大败。因为这三部历来归附朝廷，这两汗便联章奏请朝廷派天兵帮助恢复故土，并请查找汗女、安置无家可归的牧民等。康熙已谕令陕西布政司妥为安置流入关内的牧民，但别项请求却使他应付为难，而且据奏报，准噶尔部的噶尔丹正集结部民，要东下为三部主持公道，情势复杂得令人眼花缭乱。一边读一边苦思正无可奈何时，听黄敬来说"差使办了"，康熙有点儿摸不着头脑，便问："几时交办的差使？"

　　黄敬笑笑，说道："那日从六合居回来，夜里皇上不是命奴才给紫云安排个僻静去处么？"

"哦！在哪里？"康熙眼睛一亮，将奏折一合，问道。想想又说："不能离宫太远，晚膳后朕还要见大臣。"黄敬忙道："不远，在老齐化门一带。"康熙一听，便起身道："好，想事想得头疼，出去走一遭儿。"想起那个叫人扫兴的犟驴子，又补了一句，"不用叫侍卫了，朕的本事也不比他们差！"

二人方出门，却见小毛子风风火火赶回来。见康熙和黄敬要出门，便笑着迎上来行礼，问道："主子到哪去，好歹给奴才一个信儿，也有个寻处。"康熙脸一红，略有点尴尬地笑道："出去随便走走。"小毛子乌溜溜的眼珠子骨碌碌转着，又对黄敬道："就你一个人陪皇上？"

"这是朕的意思。"康熙忙道，"朕想随便一点，不带侍卫了。"

小毛子微微一怔，转了口气笑道："万岁要散心？那敢情好！常言说'看戏要有陪伴儿的，唱戏要有帮边儿的'，奴才也不是侍卫，跟着去玩儿可好？"

"这几日你已很忙了一阵子，"康熙面现难色，翻着眼想了想，笑道，"今儿又是你妈寿辰，你就不必跟着了。朕赐给你妈的'福'字儿在里头放着，墨迹已经干了，还不快拿回去？"

小毛子原专为这事赶回来的，听康熙堵得严实，知道没指望，嬉笑着打千儿回道："这是万岁爷的恩典，今儿就偏劳老黄了。"说着便回殿内，三把两把卷起宣纸，几步跨出来，见康熙他们正在向北走去，便大步几蹦，一溜烟儿钻进月华门，到乾清门寻着了魏东亭，如此这般地一说。

魏东亭咬着嘴唇想想，对穆子煦和犟驴子道："你们两个跟上去。"

"要叫万岁瞧见了，问起来'为什么老跟着我'，怎么办？"穆子煦问道。犟驴子却笑道："不用跟！准去六合居那个婆娘那儿了。咱们换了衣服去那儿候得了。"魏东亭诧异地问道："你怎么就晓得这些事？"

犟驴子咧嘴笑笑，便拿眼瞧穆子煦。穆子煦便一五一十将那日去六合居遇到紫云的事说了。

"这种人是最厉害的，软刀子杀人不见血！"魏东亭这才慌了神，"犟驴子你们只管去搅局，出了事哥哥兜着！"

"软刀子！"小毛子惊呼一声，一切他全明白了，紧张得浑身直抖——他知道的内幕多，比魏东亭格外惊恐。魏东亭瞧着他脸色刷白，便笑道：

"也不必吓成这样儿！"

"不能在这儿咬牙磨屁股了！"小毛子急急说道，"不但要有人去六合居，更得有人跟着皇上，还要赶紧说给主子娘娘！"

这就有点过分了。这样的事报告皇后有什么好处？魏东亭迟疑着没言语。

"我的魏大人，魏老爷，你倒快着点呀！"小毛子急得叫道，"没时辰细说——比闯公爷府还凶险呢！"说着一拍屁股跑了。这里魏东亭忙派兵调将，又着人通知熊赐履、索额图和明珠急速入朝。

小毛子气喘吁吁赶到钟粹宫门口，却犯了迟疑：皇后再大，也大不过皇帝。自己这么一告，两口子将来别扭起来，吃亏的不还是自己？便趑回身一气钻出永巷，出隆宗门到慈宁宫寻老佛爷。这是得意的一着：太皇太后出面，百邪全避！不料太皇太后却不在宫里，贴身宫女小秀是墨菊的好友，告诉他说："老佛爷去了斋宫，和慧真大师说话儿呢！"小毛子摸脑袋笑道："我真昏了头，竟忘了今儿是斋戒日！"折回身又是一阵飞奔，进隆宗门过天街，由乾清门向东北折，这才在斋宫里寻着了太皇太后。

"你这是怎么了？"苏麻喇姑见小毛子跑得满身臭汗，颜色不是颜色，笑着说道："好歹如今也是一宫总管了，跑解马似的，让人瞧着倒像有人造反了似的！"

"也差不多！"小毛子气喘着，把前头后头的事一盘子都端了出来，末了又道："奴才想着这事儿，即便是说给主子娘娘，仍旧要赶紧禀告老佛爷，连娘娘那边也没顾着去，就径直来老佛爷这里了！"

太皇太后愈听愈惊，"啪"地将桌子一拍立起身来，刚要发作，忽然觉得不是时候儿，也不是对象，颤巍巍又坐下，将桌上的纸牌摊开，又合拢起来，半晌才说道："皇帝一向没这个毛病儿，一定有人勾引。小毛子，记着查出来！"

"喳！"

"传我的话给那个犟驴子，叫他寻见那个妖精，立刻打死！"

"喳！"

"传我的懿旨，"太皇太后又平静地说道，"叫步军统领衙门和九门提督衙门的图海、祖永烈、吉哈，还有周什么培来着，在城内严加提防！"

"喳！"

"你去吧！"

老齐化门在明代已改名为"朝阳门"，人们叫惯了口，还叫老名儿。康熙的坐车出了朝阳门，稍向南折，在广渠门北边一个小胡同口停了下来。

"到了。"黄敬恭恭敬敬掀起车帘，搀着康熙下了车，顺胡同向东，在一个门洞前停了下来。黄敬上前轻轻一叩，叫道："彩明，公子爷瞧紫云姑娘来了！"门"呀"的一声开了，一个丫头出来，朝两人福了一福，便带着他们顺着两旁满是木槿蔷薇的甬道往后堂走去。紫云早已娉娉婷婷地立在门首候着，见康熙进来，轻盈地一蹲身子，曼声说道："贵人玉趾降临，难怪昨夜灯花儿爆跳，今晨喜鹊噪叫……"说着却不起身。

康熙看她时，却是一身汉装宫服，月白绣衫，水红百褶裙，在满院葱绿的映衬下显得格外娇艳。面上却没有那日的脂粉气，轻抹淡匀、眉黛春山，两颊更显得桃色如晕、肤腻似脂，宛若烟笼芍药、露润玫瑰。见那象牙般纤纤玉手露在袖边，康熙便跨前一步轻轻扶了起来，小声笑道："不敢当，就是贵为天子，富有四海，在仙姑石榴裙下也得礼敬心香！"说着却顺手捏了一把紫云温软的小手。

"你坏！"紫云夺手出来，轻轻打一下康熙便飘然入内。康熙的魂魄几乎被她打出了窍！回头看黄敬时，早不知躲到哪里去了，忙提步赶了进来。

"奴这里可没有鸡鸭鱼肉、山珍海味，"紫云微笑着让康熙坐了，"只有这些瓜果饷客了！"

康熙瞧时，桌上真的一味菜肴也没有，只放着几只洁白如玉的景德瓷盘，里面摆着金橘、苹果、枇杷、荔枝、龙眼、嫩藕、鸡头米，还有一盘紫巍巍挂着果霜的葡萄，五颜六色的十分鲜亮，不由笑道："真像你这人一样，秀色可餐。这么好看的果子，叫人怎么忍心吃呢？"

"不忍心吃就看着玩呗！老黄说您是贵人，好的见得多了，给您换换口味嘛！"紫云娇嫩柔媚，语如莺啭，口似檀香，撩拨得康熙心里一烘一热，半天才道："来，就是为了换口味的嘛！有什么好曲儿唱来听听。"紫云听了只俯首微笑，向墙边取出一架古铜箜篌，轻拨两声，曲调未成已觉百媚俱生，说道："唱个什么曲儿呢？昨儿听人家说了一首七律，就唱给您听，

别笑!"便低头颦眉唱道:

> 朱楼十二夜初长,秋恨应知罢晚妆。
> 巫峡有人通楚佩,贾墙无梦问韩香。
> 锦弦旧瑟调鹦鹉,兰酒新垆忆鹔鹴。
> 月落满廊无限意,可能流影到西厢?

康熙闭目点头静听,两手轻轻合着拍节,待紫云唱完,笑道:"这个诗写得虽雅,细细思来却有文章——西厢里是谁?是你呢还是我?"

紫云抿嘴儿一笑,起身取酒来给康熙倾了一杯,自己也陪了小半盅,顿时面起红云。接着又弹着唱道:

> 喜容好,愁容好,蓦地间怒容更好。一点娇嗔,衬出桃花红小。有心儿使个乖乖巧。 明知奴在西厢,偏伊问个不了,没奈何温存解懊恼——再问奴,一把将檀郎推倒!

康熙听了不禁大笑:"原来是你在西厢等我!真的半夜去了,你舍得一把推倒我?"

紫云此时放出手段,酒热盖脸,轻轻解开排扣,一抹酥胸雪白,捋袖露出皓腕,一阵急弦挑拨勾抹,仿佛有点力不胜酒似的伏在架上,瞥了一眼康熙笑道:"奴可是醉了,再唱一首只好罢了!"手里却放慢了,只在弦上轻轻抹着,音调立时变得淫靡温柔:

> 迟日昏昏如人醉,斜倚铜笙慵睡。乍起懒扣领环松,露酥胸。小簇双峰腻还莹,玉手自家抚戏,窥得窗外无人,欲束且又停:太憨生。

康熙此时已是半边酥倒,哪里还忍得?站起身来,意马心猿地兜了两圈,快步向前……紫云却一闪身起来,一边扣衣领,飞红了脸笑嗔道:"早瞧你不安好心,青天大日头,就想……"康熙见她如此娇媚,上前一把攥住她的双手，一边说："干……什么？别扣嘛……"另一只手便伸向她的小衣……

紫云又是灵活地一闪，早转到里屋门口，招着手儿笑道："你呀，真是个急色儿，来——吧！"

恰在这个当口，正厅门"砰"地哗然洞开，皇甫保柱挺身按剑匆匆而入，一语不发拖着惊呆了的康熙，脚不沾地地去了。紫云先是一喜，手一松，笑着刚说了一句："你们来得也太早了——好歹也等沾个边儿……"后见保柱竟拉着康熙向外走，不禁也惊呆了，脸上的笑容马上凝固了似的一动不动。

保柱几乎是挟着康熙从静悄悄的胡同里飞奔出来，康熙几次夺手，都像被钳子夹定了，无奈只得随他。直到广渠门外，远远见犟驴子和图海迎出来，保柱方才放手拭汗道："好险！"

康熙看了看清朗朗的天，亮得耀眼的路，时虽正午，路上热得绝少行人，广渠门旁大柳树下几个老人正悠闲地谈天歇凉，一切太平，心想：这有什么"好险"？好一阵才回过神来，转脸问保柱："你这是什么意思，要瞧朕的好看儿开心么？"

"万岁！"保柱躬身答道，"幸亏臣早去一步，那女人身上有毒！"

一句话说得康熙打了个寒噤，大热天的身上竟起了一层鸡皮疙瘩，脸上青红不定地呆呆站住了。皇甫保柱见康熙似信不信的，便笑道："雪里埋尸，久后圣上自会明白，奴才须得先回紫云那里处置了她们，不然奴才就回不到吴应熊那儿了。"说着向康熙作了一揖，又照原路回到紫云门首。

守在门口的黄敬早瞭见保柱回来，回头喊了声："预备好了！"便迎出门来，笑着对保柱道："将军，紫云姑娘在里头候着呢，请吧！"

"别给我玩这套笑面虎了！"保柱猛吼一声，拔出剑来照黄敬当胸一刺……接着轻轻抽回，黄敬闷声叫了一声，蜷曲着身子死在门洞里。保柱一脚踢开了尸体，大踏步直奔后门，只听左右花墙里伏着的弓弩手大喝一声"着箭"，飞矢便雨蝗般地射了过来。皇甫保柱冷笑一声，身子一纵拔地而起，将一柄宝剑舞得像银球一般护住了身子，直逼厅门，一排排飞来的箭镞被打得杆断羽残，纷纷落地，哪里射得着他！三十个弓弩手见他如此了得，也不敢怠慢，只轮番射箭，保柱却也难腾出手来进攻。

"住手!"紫云"哗"地打开了厅门。她全身已换上了雪白的素妆,手提一把寒光四射的解腕匕首立在当门,对保柱招手笑道:"你不是来取我的头么?来吧,来呀!"

保柱略一迟疑,提着血淋淋的宝剑进了正厅,不知怎的,他的手有点发抖。

"您坐。"紫云的声音抖得厉害,"别怕俺的刀,俺连鸡都杀不了,可也不想让你的刀脏了俺的身子,这刀是自己用的。"保柱有点惊异地看了看紫云,不料她竟能说一口纯熟的山东乡音,一屁股坐在了椅上,说道:"我宁肯对不起王爷,不肯对不起天下。大丈夫来去明白,我已是皇上的人。你自行了断也好。"紫云没有理会保柱这话,自向杯中倾满了酒,说道:"这是一杯毒酒。"说着一伸脖子饮了下去,笑谓保柱:"将死之人不打诳语,有几句话死前要对你讲明白,肯听吗?"

保柱诧异地望望紫云,点点头没言语。

"你知道娘是死在哪里,怎么死的吗?"紫云惨笑道,"你知道她老人家死时对姐姐说过什么吗?"

"啊?!"即使此时天塌地陷,日月星辰全部坠毁,成了混沌世界,也不能让保柱惶惑惊骇了。他有点不知所措地站起身来,摇晃了一下高大的身躯,背靠桌子抖着声音道:"你……你你胡说些什么?我宰了你!"

"香瓜儿!"紫云颤抖着叫出了保柱的小名儿,指着自己胸口道,"冲这来,别抖,用俺这刀,俺真怕自己杀不了自己呀……"

保柱手中的剑"当"的一声坠落在尘埃。

"王爷是假的,三太子也是假的,"紫云眼中淌出泪来,"一个是清家封的,一个是自家扮的——可我皇甫玉儿是真的,可他们都是汉人!"她目光紧紧盯着皇甫保柱,嘶哑着叫道:"兄弟,我失散了二十多年的亲兄弟,我问你,为什么帮着这些禽兽般的满人来杀害我们,害你的姐姐……"说到此处,她已经泣不成声。

"这是……真的?"保柱面色如土,语不成声地问道。

"爹在山东恒王府被清兵杀后,你在兵乱中不知去向。"紫云喘息着咯出一口鲜血,显然药性已经发作。"我和娘逃到苏州,后又逃到扬州……史大人殉节后,扬州屠城,三十多万呐!街上的血流成河,把店招牌都漂了起来……"她的声音愈来愈微弱，抖着手取出一个荷包，继续说道，"娘的胸口被扎了一刀，临死时，把这交给我说："把这交给香瓜儿……做个心念……'就伸腿去了……"

"娘！"保柱惨呼一声，双手捂住了脸，泪水从指缝中汩汩淌出，"姐姐，在五华山我们天天相遇，到北京又同船而行，你为什么不说，为什么不早说呀！"

"姐姐……为了报仇，早……失了身子，不想败坏兄弟名声，只要能报仇就心满……意……"她忽然从椅上立起身来，踉跄一步倒在桌旁。皇甫保柱扑上前去，摇晃着姐姐软软的身子，叫道："玉姐，你醒醒，解药——有解药吗？"

皇甫玉儿无力地摇摇头，握起匕首向自己胸口扎去，因抖得太厉害，腕子扎出血来，始终没能成功，拼着最后的气力道："你要还是我兄弟……就补一刀……用俺的——"

皇甫保柱挣扎着拾起匕首，梦游一样在屋里转了两圈，突然爆发出一阵狂笑："哈哈哈哈！老天爷，你可真会安排！"他红着眼向已经昏厥了的紫云心口猛地一扎，拔出来看了看，又将匕首向自己项后猛地一勒……

第三十八回　张福晋搅闹列翠轩
　　　　　　　朱国治托孤巡抚衙

　　朝廷撤藩的诏旨还在一站一站地传递，吴三桂却早接到了吴应熊的急报书信。满算起来，离康熙去紫云那日不过半月光景。

　　当时吴三桂邀了云贵总督甘文焜，正在五华山王爷府邸观看《失空斩》。因有外客，张氏福晋和姬妾们在阁上放下帘子，吃茶食、嗑瓜子儿，说话看戏。

　　甘文焜看了一会儿有些坐不住，因和云南巡抚朱国治事前有约，晚间有要事密商。虽未明说，二人心照不宣：熊赐履有密函来了，极可能与对面这位王爷有关。甘文焜今年四十多岁，在总督里算很年轻的了，白净方脸、下巴微向前倾，显得有点倔强。也许康熙就是看中了这一点，才派他来当这个总督。

　　按照康熙临别时交代的方略，甘文焜一来云南便抱定了"挤"的宗旨，和朱国治合着给吴三桂出难题，千方百计叫吴三桂的日子过得不舒服、不痛快，萌生"走"的念头。

　　但是吴三桂偏偏很能受气，对甘文焜的憨倔不仅不以为然，而且还常常把他称颂一番，而对朱国治却逢人便骂，骂朱国治卑下无能，弄得甘文焜反觉不好意思，便改"挤"为两下相安，不再寻事。去年六月，吴三桂不知从何处获悉，说苗民点火烧了县衙，命甘文焜率军前去征剿。这时正是梅雨季节，瘴气正浓，没有走出三百里，绿营兵就病倒了三分之一。甘文焜无奈，只好呈报请援，吴三桂对他严斥了一顿，命他返回。行至大理，王命又到，命他把原来的队伍留下，再带两佐营兵，往藏边平叛。军未至，又说敌已逃遁……足足折腾了半年，一个"贼"影儿不见，甘文焜已被累倒了。至此，甘文焜才晓得，这个满面堆笑的老头子不是好惹的。在朱国治面前，他虽没有口软，却也日夜惕厉，不再招惹吴三桂了。

看了一会儿戏，实在坐不住了，甘文焜起身赔笑道："今日领略了王爷的新戏班子，真个是念打唱做都好。不过朱中丞那里正给武举讲学，这原是我的差使，去迟了已经不恭，不去更不好……"吴三桂笑着正欲挽留，刚说了一句，"这戏正唱到妙处，便迟一会儿何……""妙"字尚未出口，忽然台上一片乱哄哄的，在下头看戏的军将们无不狂笑失声。原来是台上的"诸葛亮"和"马谡"扭打成一团！吴三桂脸一沉下令道："叫他们两个都过来！"

两个小戏子——文官扮诸葛亮，茄官扮马谡，磨磨蹭蹭地走过来了。"诸葛亮"的口髯不知被抛到了哪里，"马谡"的袖口、衣领被撕得稀烂，两个人都委屈得咧着嘴儿想哭。甘文焜便乘机告辞，吴三桂这才送他出来。

这场闹剧是姬妾"八面观音"指使着"诸葛亮"演出来的，故意让他们把戏做砸，来取笑儿。《失街亭》中有一段，诸葛亮向马谡授计，道："马谡——附耳过来！"

马谡按规定该出班躬身附耳静听，不料台上的诸葛亮却向他耳语道："叫你妈在列翠轩后耳房等着，今晚起了更我去！"扮马谡的茄官新得"四面观音"宠爱，哪肯平白吃这个哑巴亏？偏他下一句台词儿该是"妙计"，便一边说词儿，一边朝文官脚面上狠狠一踩。"诸葛亮"立时泪流满面，"啪"地打了"马谡"一记耳光……

两个人哭诉完毕，吴三桂不禁捧腹大笑，两位"观音"和内眷们也用手帕捂着嘴叽叽格格笑不可遏。席上众人有的咧着嘴儿，有的弯腰蹲身，有的咳嗽气喘，一个个都笑得前仰后合。吴三桂一声令下："赏！"立时有人抬来一大筐箩的钱，在台上一倾，满台翻滚的都是锃明耀眼的"利用"——戏子们一哄而上，扑过去趴在地下向怀里搂钱……

正乱着，一个校尉悄没声地来到吴三桂跟前，耳语几句，递过一封信来。吴三桂一边拆信一边笑道："别小看了我们云南铸的'利用'钱，现在已流行到黑龙江……"一边说着一边看信，脸色陡地阴沉下来，默思良久，朝胡国柱等人说，"你们几个来列翠轩，余下的官佐仍在这里尽情吃酒吧……"

"皇上撤藩了！"来到列翠轩，吴三桂对众人说。说这几个字时，吴三桂全身像浸在凛冽的冰水里，那张泛着青白色的面孔显得松弛和无神，"这都是老尚和小耿开的好头，弄出了这么一件体面事儿！"

一时谁也没吱声。胡国柱不安地看看旁边呆坐着的王永宁；吴应麒和副都统高大节对视一眼，又急忙闪避开来；夏国相只顾抽水烟，一口接一口抽得呼噜噜响；坐在末座上的汪士荣，把从不离身的玉箫向腰间一插，双手捧着信蹙眉细看。吴三桂看着这群人，想起去冬病死的刘玄初，不由叹息一声。良久，他忽然带着恼怒问道："你们倒是说呀？撤，还是不撤？"

"生死存亡已到关头！"夏国相目光阴郁，像是对自己说话。头号谋士刘玄初死时把全盘计划谋略都告诉了他。他自觉现在是吴三桂身边最重要的谋士，变得比先前深沉得多了，"王爷不要焦躁嘛，我们共商一个万全之策！"

"这有啥商议的，干吧！"吴应麒目光炯炯，朗声说道："凭我云贵山川形胜，财力雄厚，拥有数十万大军，正是开创千古帝业的好时机，万万不可错过！"他早就盘算好了，一干起来，吴应熊必死，偌大的家业就是他的了。

高大节听了，咬着牙道："世兄的话一点不错！满朝文武，天下良将，哪个敢与王爷匹敌？"这话也是实情，能打仗的鳌拜已被圈禁，遏必隆老迈年高龙钟不堪，索额图入关时还是个娃娃兵。三十年不经战阵，已很难寻出能征惯战的将军了。一直没有停止用兵的只有吴三桂和王辅臣。王辅臣即便严守中立，坐观成败，也就够康熙受的了。

"用什么名义起兵？"胡国柱将鼻烟壶轻轻往桌上一放，说道："师出要有名，要堂堂正正！"

"拥护朱三太子为帝，复辟大明王朝，堂堂正正！"夏国相此时已想好，拔出烟芯，"噗"的一口吹了，身子向后一仰说道："目下最当紧的是时机！等钦差来了，先和他们虚与周旋，我们上上下下暗中准备，调兵、调粮、调马、联络王辅臣、孙延龄、耿尚二王、西藏喇嘛、缅王也要……"

话音未落，便听外间一片嚷嚷声。列翠轩的护卫大概在阻拦什么人。一个女人在大喊大叫："你反了，连我都不叫进去！"接着便听到"啪"的一记清脆的耳光——福晋张氏旋风般闯了进来，一把扯住发愣的吴三桂骂道："你个老猪头疯，三辈子不得发迹的倒路尸！在这里又操什么祸灭九族的心？"

"哪里……你都说些什么呀!"吴三桂愕然说道。

张氏用目光搜寻着,劈手夺过刚刚传到王永宁手中的信,急急看了几行,大哭道:"还说没有!这是他娘的什么?为什么不叫我看?"哭着便又抓又打。"你放手!"吴三桂本就心烦意乱,见这黄脸婆子又来搅扰,不由大怒,甩了张氏一个趔趄道:"没有天哪有地,没有父何来子?我的命尚且不保,哪管得了这许多?"

"福晋息怒……"吴应麒见他们闹得不可开交,忙上来劝说,方讲一句,便被张氏"呸"地照脸一口唾沫:"别做你娘的春梦!打量皇上杀了我的儿,你来当这世子?天地日头都瞧着,你道我是木头人儿?"说着便号啕大哭。

"把她拖出去!"吴三桂手一摆命令道。

张氏一愣,突然发疯似的扑过来:"你这个吊死鬼马屁股精,死不要脸的!先是玩陈圆圆,陈圆圆不中看了,又玩什么四面观音、八面观音的,叫这两个妖精狐媚得见了我就黑丧个脸!我什么都不在乎了,如今又叫这一群叭儿狗、马屁精、小爬虫耍弄得索性连儿子都不要了!你对得起祖宗神灵?你说你是汉人,汉人有你这样儿的?既是汉人,当初就别剃头啊!"众人原想上前劝解几句,听了这位失心疯的贵夫人把在场的人骂得一无漏网,倒弄得啼笑皆非。汪士荣素知陈圆圆能和这个不通情理的福晋说得上话,因见众人无计,却悄悄走了出去,叫人到静慈庵去请陈圆圆。

吴三桂气得浑身发抖,连连摇头道:"罢罢罢,这像个什么样子?真要气得我一口气上不来才肯罢手!"正说着,陈圆圆庵里观心、观性两个徒弟,带着文官、茄官、宝官、豆官一干小戏子蜂拥而入,连哄带扯地把这位福晋撮弄着到陈圆圆那儿去了。

"真是家门不幸!"吴三桂颓然坐下,叹道,"要不为熊儿着想,我早就——唉!"

"福晋虽沉不住气,话还是有道理的。世子不在云南,实在不是件小事。"夏国相冷冷说道,他已经在想吴三桂身后的事了。吴三桂子侄中只有吴应熊才略俱全,可望为帝业的承继人,可现在却身陷虎穴,如何办呢?他拍拍脑门,深思着道:"方才我讲的'暗中准备'虚与'周旋',也因为有这件事在里头。保柱既死,世子在京越发难以应付了,可一面命抱犊崮的朱甫祥、刘铁成拔寨而起，先在兖州府一带搅乱一下，吸引住朝廷，然后派人潜行京师迎护世子回来；另一面请世子在杨起隆他们身上多打主意，想办法逃出京师。"夏国相想想，明知这是件难事，也只好勉强为之。

就在列翠轩闹得不可开交时，甘文焜和朱国治在云南城巡抚衙门签押房的谈话也已进入了正题。甘文焜酒到唇边却不就饮，微笑着对朱国治问道："华月兄，你请兄弟来，不会单为吃这坛茅台酒吧？"

"无事岂敢相邀？"朱国治一手扶着椅背，一手用纱绢揩着头上渗出的汗道："熊东园来信了，撤藩诏书月内即到，叫你我要做些准备。你是总督，云贵两省军务都在老兄身上，兄弟想听听你的高见。"

"我有多大能耐你还不晓得？"甘文焜酒入闷肠，长叹一声道："空架子总督一个！不怕你老兄笑话，连我原任带来的亲随戈什哈都不完全靠得住了——都叫人家用银子买去了！想起来真是可叹，皇上叫我来绊住姓吴的腿，弄到这地步儿，这叫办的什么差？"

朱国治见他说得凄楚，也觉感伤，抚着酒杯望望窗外，缓缓说道："我们尽力而为，就看天意如何了。吴三桂的爱子扣在北京，或许他会投鼠忌器，不致生变？大致年内无事，你我可保无虞。只要平西王一离境，这头的事就好办了。兄弟手中虽然无兵力，自信百姓还是肯听我的。"

"云山兄，我劝你息了此念！"甘文焜起身至窗口瞧瞧，回身双手据案，压低了嗓音说道："眼下已经别无良策。据兄弟所知，平西王在大理的驻军正星夜兼程来云南府，乘他部署未妥，兄应即刻进京述职——皇上旨意一到，再走就有罪了！兄弟管着军务，是片刻不得擅自离境的！"

"岂可如此！"朱国治连连摇手道，"吾兄有所不知，挤不走吴三桂，我是一步也不能离开云南的！这也是特旨！足下既是云贵总督，倒不妨至贵州，相机做些安排，不管怎样，有备总比无备强！"

这倒似是可行的权宜之计。甘文焜沉吟道："也只好如此了。兄弟也不是一点准备也没有——原来潮州知府傅宏烈你认识不？"

"有过一面之交，人很精干。现在不是改任苍梧知府了么？"朱国治说道："不过听说他和死了的刘玄初、汪士荣交谊不浅！"甘文焜一笑说道："古人不以私交坏公义，傅宏烈可谓其人了。他在那里密练民兵，听说已有数千人马。一旦事急之时，我兄和钦差应想法子投他那里。他和四格格那边也有交往，只要孙延龄不出事，一时是不要紧的。"朱国治听了，目光霍地一跳，但霎时间又黯淡下来，他没有答甘文焜的话，却起身作了一揖，突然说了一句："哦，请你来还有一事拜托，我这里先谢你——宗英出来！"

甘文焜正觉诧异，一个十三四岁的少年一蹦一跳地走到前厅，朝朱国治打了个千儿问道："爹爹，叫儿子有何吩咐？"

"这是你甘伯父，快拜见了！"

小孩子见了生人还有点腼腆，红着脸转过身来，向甘文焜单膝跪下。

"双膝跪下！"朱国治突然厉声说道，"你甘伯伯与我情同骨肉，可视为你的亲伯父！他这就要去贵州，带你一同前去，可——好？"说到后来，嗓音已有些哽咽。

甘文焜已完全明白了他的用意。一股又酸又热的东西涌上了他的喉头，眼圈儿也红了，忙双手挽起朱宗英，勉强笑道："世兄不在家乡读书，到这里来——华月兄，什么也不用说了。我和你一样没带家眷，也有个儿子随任读书，就让他哥俩朝夕相处吧！"

"拜托了！"朱国治惨然一笑，"宗英，过三两个月，爹爹去贵州看你——下去预备一下，一会儿便启程了！"瞧着朱宗英欢快地跑下，朱国治心里一阵酸楚，眼眶里含满了泪水。

甘文焜这才知道朱国治已下了必死的决心，脸色也一下子苍白了，紧咬牙关说道："贵州也非安全之地啊！巡抚曹申吉、提督李本琛早已是平西王的人，深恐有负仁兄重托！不过，有我的儿子在，就有令公子在，我也只能给吾兄打这点保票了。"

"总比我这里强嘛。"朱国治已恢复了平静，"此地离五华山近在咫尺。上头吴三桂恨我恨得牙痒痒的，下头提督张国柱也跟吴三桂一样心肠！他要起兵，头一个是杀我。生死有命。儿子保住了，这是他的福分；保不住我也承你的情，我——已经不在乎了。"

甘文焜呆呆地站着，半晌方又问道："熊东园信里还说了些什么？"朱国治安排了孩子，有点如释重负，舒了一口气笑道："还有几句话不甚紧急。原被撤差的一个河道已经造反，盘踞在山东抱犊崮，各省也都有些人蠢蠢欲动，皇上现在还担心藩军北撤中途生变，叫我们预备着，吴三桂一离云南，赶紧收拾这里局面。"甘文焜不禁笑道："熊赐履道学迂儒，哪能想得如此之细，只怕是皇上的意思吧？"

"正是圣意，兄弟烧掉这封信也正为了这点。"朱国治庄重地说道，"皇上还有话，叫我俩保重，设法与傅宏烈联络，小心孙延龄部生变。还说一旦情势危急，你我可设法暂避出境。"

"皇上这样恩待臣下，我怎肯出境苟生？"甘文焜的脸上涌起了血色，"去岁老母患病，皇上专差御医到我家诊视；范承谟在福建患疟疾，竟六百里加急送去金鸡纳霜！臣子受恩如此，既不能在朝廷为皇上谋划大业，只好以死报效了！"

他说着，朱国治频频点头。使他安心的是，他的父母，已被康熙用安车蒲轮接到北京荣养了。朱国治慨然说道："兄能如此，真乃知己。不过我们此刻是往最坏处准备，要是什么事都没有，自惊一场，那是最好的了。折尔肯、傅达礼他们到了，自然还得作一番仔细推敲——你到贵州听我的信儿吧！"

此时已是深夜三更天，积聚在天空的乌云愈来愈重，像承受不住它的压力，终于响起了轰隆隆的闷雷声。跳跃的闪电撕扯着云彩，照得大地一明一灭。风自青蘋之末而起，扫卷起地上的浮土，变得桀骜狂暴起来，砂石灰土打得屋瓦沙沙作响。朱国治高高卷起湘帘，浩然长吟道："山雨欲来风满楼……"

第三十九回 吴三桂假意责马宝 孙延龄斩将树反旗

折尔肯一行紧走慢走将近一个月，直到九月，才抵达杀机四伏的云南府。

折尔肯与吴三桂原是老相识。当日吴三桂在辽东驻防，尚未归顺大清，折尔肯作为一名信使，二人便常有来往。如今撤藩，朝廷派了他来，自是最为合适。但他毕竟多年不与吴三桂互通音信，对这位反复无常的王爷觉得有些把握不住，路过贵阳城时，便多了一个心眼儿，把党务礼和萨穆哈二人留下。明面上，是帮平西王办理一路上的饮食、车马，准备迎候北上的吴三桂眷属。其实内里边是怕一窝儿让吴三桂端了，连个回京复命的人都没有。

一切后事预备停当，折尔肯和傅达礼方带着扈从随行二百余人，热热闹闹地进了云南府。当晚住在驿馆，同朱国治密商一夜。第二日便由朱国治作导引，排开卤簿仪仗，直趋五华山。

其实他们一入贵州，一行一动吴三桂都了如指掌，只是装模糊儿，照旧以吃酒听戏作乐，摆出一副胸无大志的模样。此时听得钦差已到山下，便故作慌张，命人："放炮，开中门接旨！"

石破天惊的三声炮响在五华山峰峦间震荡，壮丽巍峨的王宫正门大开，几百名仪仗校尉身着锦衣，头戴缨顶，腰悬佩刀，手执四吾仗、四立瓜、四卧瓜、四骨朵，并节钺、斧、镫、矛、戈、旗、剑，从仪门缓缓而出。里头早有细细鼓乐声传出。钦差正使折尔肯手捧康熙敕书，带着副使傅达礼泰然自若地立在仪门外等候接旨。见平西王吴三桂头戴饰着十颗东珠的金龙二层亲王朝冠，身着石青蟒袍，外罩五爪金龙四团补服，辉煌耀目，满面堆笑地迎接了出来。他两手轻轻一甩，放下雪白的马蹄袖，先打了个千儿道："奴才吴三桂，恭请万岁圣安！"便在鼓乐中从容不迫地行三跪九叩首大礼。

"圣上躬安!"折尔肯见他以隆重的礼仪相迎,略觉放心,便将敕书一擎,算是代天受礼。接着便换了一副笑容,将诏书转给身后的傅达礼,双手扶起吴三桂,自己单膝跪下,打了个千儿笑道:"下官给王爷请安!给王爷贺喜!九年前在京曾荣见王爷一面,如今瞧着竟又年轻许多,王爷可谓福大如海呀!"

吴三桂哈哈大笑,一手挽起折尔肯,另一手便将二人向里让:"老折还同我来这一套——老朋友了嘛!快请进,傅大人请!"说着,一手扯一个进了五楹三进的王府正殿。

"二位大人,"看茶毕,吴三桂笑吟吟说道,"前不久吴丹大人赍诏来滇,蒙圣上赏赐许多物件。吴三桂何德何功,承受主子如此厚恩!其实,皇上有什么事,召小王进京面谕也就罢了,这么一趟一趟地来,多费神呐!"说至此,他又叹了一口气,又道,"康熙三年入觐,算来已是九度春秋,我心里口里都是个放不下,大前年主子召我进京,偏又患了犬马之疾,竟不能如愿!也曾托朱中丞面圣时代为请安,说是主上日夜宵旰,清减得很,如今可好些了?必定又长高好些了——唉,人老了,远在这蛮荒偏僻之地,着实惦记着了!"言下不胜感慨。

吴三桂这些话说得情深意切,十分体贴入微,丝毫没有言不由衷的痕迹,傅达礼便觉事情绝不至如朱国治说的那样坏,只坐在旁边含笑点头,放心吃茶。折尔肯却深知吴三桂的脾性,不能用常情猜度他,听完吴三桂的表白,十分爽朗地呵呵一笑,说道:"王爷这话极是。万岁也着实惦记着王爷呢!可谓云山万重,不隔君臣之心了——傅大人,请将万岁手谕奉王爷过目。"傅达礼和折尔肯早已商定,不以寻常接旨形式拘泥吴三桂,只要肯听命奉诏就好。见正使发了话,傅达礼忙起身双手捧起诏旨。

哪知吴三桂却不肯苟且,急急离座行了三跪九叩大礼,接过来,先赞一声:"好一笔字!"这才细细展读。

尽管内容他早已知道,吴三桂却仍读得十分认真。良久,方将御书轻轻置于案上,笑道:"我料定皇上待我恩重,必定俯允我的呈请。我本北方人,在这里实在过不惯。说到功在社稷,那是万岁的过奖。俗话说'落叶归根',我早就想回北方去,团团圆圆安度残年,又怕在外头日子久了,难免有小人在圣上跟前挑拨是非，万岁既这么说，我也就放心了。万岁爷这才叫体天格物，善知老年人的心哩！"

"不知王爷车驾几时可以起程？"傅达礼觉得吴三桂亲切可人，根本不像折尔肯和朱国治说的那样，便笑着躬身问道，"皇上已在京营造王府，迎接王爷入京，大世子在京也日日盼望王爷北上，阖家团聚，共享天伦之乐。王爷赐下日期、路程，下官也好奏明皇上，早做准备。"

"哈哈哈，傅大人过去虽未识荆，一望可知是一位明事知理的国家栋梁。"吴三桂不假思索，顺手端了一碗米汤灌给傅达礼，接着又皱眉叹道，"我的事还不好说？这会儿起身抬脚便可跟着二位走。只是贱内、家眷们，婆婆妈妈的事多。贱内日前又染了风寒，一时动身不得。这些琐事倒罢了，最缠手的还有下头这些兵士军将，都是跟了我多年的，现在又有谣言，假若抚慰不当，激出事变来就不得了！"说至此，吴三桂抬头看看傅达礼失望的神色，不由心里暗笑，口里却接着说道，"大约十月底——"

正说着，便听殿外一阵喧哗，一个"国"字脸的中年将军双手推开殿前护卫，大踏步挺身进来，脚下雪亮的马刺踏在大理石板上，发出铮铮的金石之声。

"马宝？"吴三桂虎起脸，阴沉沉说道，"我这里正与二位天使计议大事，你有什么要紧事，竟敢擅自闯殿，这成何体统！"

马宝昂然向吴三桂当胸一揖，却不回答他的问话，倏地一转身，冷冷扫视折尔肯和傅达礼一眼，问道："你们就是钦差了，我听说你们在逼我们王爷上路？"

"谈不上'逼'字。"折尔肯心中雪亮，这是事前排好的一场戏，只没料到开台这样早。见马宝目光寒气森森，一开口便欲翻脸，便冷静地端起茶碗，瞟一眼木然呆坐的吴三桂，漫不经心地用碗盖拨着浮茶，毫无表情地答道，"王爷自请撤藩北归养老，皇上恩准了。我们不过代王爷筹划一下归途事宜，不知将军有何见教？"傅达礼冷笑一声问道："请教马将军，台甫？这样闯殿问客，五华山素来就是这个礼教么？"

"我乃平西王帐前管军都统马宝！"马宝双眸闪烁生光，"钦使既云王爷'自请'撤藩，归途日程路径当然应由王爷'自定'！你们两个一进门，杯水未饮便催问行期，这是什么意思？"

"放肆!"吴三桂涨红了脸,"啪"的一声拍案而起,指着马宝吼道,"这是谁教你的规矩?三桂我带兵四十余年,没见过你这样撒野的兵痞!来人!"

"喳!"殿内殿外护卫们雷轰般答应一声。

"轰他出去!"

"哈哈哈哈……"马宝仰天大笑,笑得折尔肯和傅达礼面容失色,汗毛直乍。吴三桂勃然大怒,双目睁得彪圆,厉声喝道:"你笑什么,不知本藩三尺王法厉害?"便吩咐人,"架出去,打四十军棍,打掉他的匪气!"

"喳!"几个护卫答应着一拥而上。马宝却毫不让步,一个箭步蹿至殿口,"嗖"地拔剑在手,大叫道:

"谁敢向前?立时叫你血染银安殿!"说着,斜视吴三桂一眼,放平了口气道,"王爷你要撤藩,撤你的就是,行期、路径却要由我马宝来定!我已传出将令,云贵两省各路要隘俱已封死,没有我的信牌,一只老鼠也休想出去!你两个酸丁钦差,好好在这里候着,十年八年,王爷撤藩各项事宜办妥了再说上路不迟!嘿嘿!"一边说一边冷笑着去了。

折尔肯瞧着马宝的背影,心里疾速地筹划着:看来事情比想象的还要严重得多,倒不如挑明了,再看吴三桂怎样动作。遂起身正容说道:"王爷,你是知道我的,我们已是三十多年的交情了,要怎么样,我和傅达礼静听发落。"

"哪里的话!"吴三桂忙道,"折大人多心了,你还不知道我吴三桂么?这个马宝,原是献贼手下,兵痞出身,懂什么礼仪?撤藩折子上去后,下头人议论猜疑的很多,方才讲的'抚慰',就是这个意思了。二位不要与这等野人一般见识,先在此等待一时,云贵两省,还是我说了算的。大约十月底之后,我们一定成行——这是朝廷大事,也是我多年的宿愿,由不得这些小人!你说是吗,傅大人?"

傅达礼深感受欺受辱,却又无法与吴三桂翻脸,咽了一口唾沫,涨红了脸答道:"深领王爷情分。福晋既然欠安,下头军将又这样,就迟几日也无妨。下官回署后即拜折奏明,说明其中情由也就罢了。"

"怎么?"吴三桂惊讶地问道,"难道二位不肯赏光住在寒邸么?"说着,又转脸看折尔肯。折尔肯心知大事不妙,便欠了身子,笑道,"回王爷的话，驿馆已安排好了。朱中丞也曾邀我们住在抚衙，我们也请免了。客走主人安，我们实在不愿多有搅扰。"

吴三桂知道他们故意表示与朱国治的距离，一笑说道："其实住哪里都一样。你们是天使，只好随你们的便了——传谕：设宴为二位钦差大人洗尘！"

须臾，管弦齐鸣、鼓乐大作，一桌桌现成的丰馔，由四个校尉抬着依次布了上来。霎时殿中酒香四溢。吴三桂麾下武将文臣在乐声中鱼贯而入，一个个拿着手本履历拜见两位钦差。两位钦差也都起身一一还礼。折尔肯因熟人多，间或还执手寒暄。方才那剑拔弩张、杀气腾腾的气氛，变戏法似的又呈现出一派和谐热烈的场面。胡国柱职在司筵，忙得一头热汗，一眼瞥见汪士荣进来，便凑上去悄悄问道："不是说要去西安的么，你怎么又到这里来了？"

"吃了这杯壮行酒上路也不迟。"汪士荣慢声细语，抿着嘴儿笑道，"我给你说个信儿，孙延龄、金光祖这会儿只怕也在摆酒，好戏一场接一场，慢慢儿瞧吧！"

"好！我静候小张良的佳音！"胡国柱说着，见一切齐备，便至首席吴三桂旁边，大声赞唱道，"祝吾皇万岁，万万岁！王爷千岁，千千岁！祝二位钦差大人福体康泰！"众将听了一齐举觞称贺。惟独那个"撒野"的马宝没来，自去传达王命："云贵两省自今日起只许进入，不许出境！"

汪士荣说的一点不假，千里之外的桂林，在孙延龄的将军府里，也摆了一个别开生面的筵宴。

自从孔四贞在宅中收服戴良臣，夺取了中军调度权，孙延龄一直郁郁寡欢。他本是个心性极高的人，入京后受到康熙优礼接待，康熙又将孔四贞晋升为公主配他，他满指望以额驸身份荣归桂林，将马雄和王永年两部镇住，做个威震四方的名将。不料孔四贞这只母鸡偏要司晨，其威望被弄得连从前也不如了。明说发号施令的仍是他孙延龄，其实事事要瞧内阃脸色行事。背后就不免有人指指戳戳，什么"怕老婆"啦，这也还能勉强听得下去，还有什么"绿头巾""乌龟"一类话，叫人如何忍得！每天装着一肚皮的火气，只是无处发泄。孙延龄干脆不理军务，推说患了风疾，自去弈棋、鼓琴、摹古帖、画画儿解闷。一天，孙延龄带了两个军校，至漓口岸边打鸟。在岸边茂密的林子里穿行半日，只射得两只野鸡，正没兴头间，忽闻江上有人高歌，侧耳静听时，却是：

> 漓江好，好在漓江春袅袅，碧水一滑南流去，青山苍苍人不老……漓江好……

孙延龄听得不禁痴了。"这声音好生熟悉，唱得这么好，配着长桨打水的声音，真是悦耳。"便将马缰绳递给校尉，笑道，"今儿打鸟没得彩头，我独自走走，你们回去禀了公主，晚饭我不回去吃了。"说罢独自沿坡下山，站在岸边树丛中，但见远处天水茫茫，浓绿似染，一个戴笠艄公，摇着一支"水上漂"，悠悠荡荡驶来，便高声叫道：

"喂——划过来，可容我同坐么？"

"你读过庄子么？"那人也高声答道，"涸辙之鲋，相濡以沫，不若相忘于江湖之间——呀！是延龄啊！"

"你是汪士荣！"孙延龄也吃一惊，回头看看没人，便笑道，"你好逍遥，独自在此泛舟！上来同坐如何？"汪士荣一笑，把手中的篙向下一扎，定住了小船，立在船头笑道，"何必同坐？你自在山上，我自在水中，山有山之灵，水有水之秀，渔樵问答即可！"孙延龄听了笑道："人家心里闷死，你倒有情致打禅语——你怎么没回云南呢？"

汪士荣笑而不答，撑起网罾放到水中，将长箫横放船头，这才坐下笑道："我倒也不是不想上岸与你同坐，只怕你家河东狮吼，胭脂虎啸——大将军尚且望风而遁，何况我这一介书生？"

一语说中孙延龄的心事，脸上不禁变了颜色，便拣了一块洁净的石头坐下，呆呆望着锦带似的漓江默然不语。

"方才你问我为何不回云南。"汪士荣慢声细语说道，"这倒可直言奉告，我在桂林的事没有办完，急着回去做什么？我乃天地自由人，没戴你那么多枷锁，在这漓江上做个烟波雨笠的钓公，不也甚好？"孙延龄听着这些话，句句刺心，将十个指头捏得山响，问道："你有什么事？我帮你办好么？我看你还是早回云南好，这里是是非之地！马雄和王永年两部不和，马雄已经率部离开桂林，移驻柳州，王永年上奏朝廷，准备举兵讨伐，眼见兵祸将起了！"汪士荣一晒笑道："这就是尊夫人理军有方了！其实你说的这点乱子只是疥癣之疾，眼下朝廷撤藩，锦绣江南村村起火、树树冒烟的日子都有呢！英雄丈夫闻警而起，光复汉业，凌烟阁上图像在此一举啊，可惜你盖世英豪，受制于阃内，如虎不能啸林，似鹰不得展翅，悲哉悲哉！"他的语声并不高，却是抑扬顿挫、铿锵有力。

"怪道他不肯上岸，原是要对我说这些大逆不道的话！"孙延龄听得心里一颤，脸上却变了颜色说道，"你是平西王的人，我是朝廷的大臣，私情是朋友，公义是两国。士荣，别拿头颅开玩笑！"

"看看这个！"汪士荣好像没听见他的话，顺手隔水甩过一份札子来。孙延龄接了瞧时，不禁大吃一惊，原来是他前日寄给尚之信的密札副本，折中陈说自己身不由己，但身在曹营心在汉，一定严守中立的事。这汪士荣真可谓手眼通天。信中还附有一张诏书，上面只寥寥几字：

大周天子钦封孙延龄为临江王，休命同天，王其勉之！

"这……这是什么？"孙延龄惊得浑身一抖，颤声儿问道。汪士荣抱膝仰坐，冷冷说道："这有点明知故问了。你效忠清室一生，怕也难得这个王位吧？现在既与三藩联络，已是个失身的人了。劝君不要再假惺惺的，认真计议一番吧！"

"公主怎么办？"孙延龄不禁脱口而出。

"前明有个戚大将军，与倭寇百战不惧，得以光复台湾，不愧为一代英豪，但此人也是个终生惧内之人。"汪士荣目光幽幽地盯着孙延龄有点恐惧又有点兴奋的脸，慢吞吞地说道，"你何不学他？"说着，扯起沉在江中的鱼罾，十几条肥大的鱼在网中翻滚跳跃。汪士荣嘻嘻一笑，轻声说道："十二条，一网就打起来了！只要刀砧一响，还不是我口中的美味？"说罢竟自拔篙鼓浪而去，远远又传来他的歌声：

好漓江，漓江本我衣食乡！胡风来时满江愁，胡风一过鱼满舱……好漓江……

"十二条!"孙延龄电击一般一跃而起,"王永年、马雄镇、王孟、蔡义虹……嗯,十二个一个不多,一个不少!这汪士荣真乃多谋之士!"想着,他忽然精神大振,将长袍下摆高高撩起,掖进腰带,头也不回地离开江岸。

当夜,在临江王府他设下了一场鸿门宴,邀了巡抚马雄镇过府议事,摔杯为令,将王永年等十一名将佐和马雄镇一鼓擒斩,然后命人"打道回府"!

大变猝然而来,孔四贞尚被蒙在鼓里。这些日子她也接到各处急报说,尚之信和吴三桂军队调动频繁,已有一种不祥的预感不时地袭扰她。孙延龄和自己虚与委蛇,她早已瞧出来了。为防止桂林城兵士暴变,她派戴良臣日夜守护将军行辕,每日晚间戌时回府禀报一天事务,但今夜已过亥时二刻,戴良臣连人影儿也不见,心中便有些疑惑,令人搬来一张春凳儿半倚在上头,从窗格子里眺望着天空的星星出神。

孔四贞正蒙眬间,听得从行辕方向隐隐传来号角的声音,接着便是爆豆似的马蹄声,惊得一街两行犬吠声此伏彼起。孔四贞腾地一跃而起,正要使人出去打探,忽听二门穿堂旁墙上藤蔓叶子刷刷几声急响,便厉声喝道:"谁?"

"我……"

青猴儿提着一把半截剑,踉踉跄跄跌了进来,浑身上下像被泼了一桶血水,鲜红的血顺着裤脚在往下滴。青猴儿支撑不住,用手扶住门框,脸色苍白,口里嗫嚅了一下,说道:"姑姑……兵变了!你快,快走!"

孔四贞惊呼一声,却只走了两步便立定了脚,问道:"快说,是怎么了?"

"孙延龄变心了!"青猴儿鼓着劲吃力地说道,"趁他们还没赶来,您快走!到苍梧傅大人那儿去……"这句话没说完,青猴儿身子一软蹲卧下去,只用那把半截剑支撑着身子,没有倒下去,却是再也不动了。

孔四贞惨叫一声:"青猴儿!"扑了上去,颤抖的手抚着他乱蓬蓬的头发,失声痛哭道,"是姑姑害了你,不该带你到……"她忽然停住了哭,回身取下墙上悬着的宝剑,朝后边大喊一声:"孔家包衣奴才们,都出来!"

"没用了。"孙延龄在外边冷冷说道。瞧了一眼倒伏在门口的青猴儿,侧着身子跨了进来，对孔四贞道，"我为光复汉室基业，已受了临江王封号，现在外头有千余将佐，请夫人不要作无益之举！"说着朝外喊道："将后街围了，没有我的王命，不许杀人！"

"你，临江王？"孔四贞惊怒到极点，反而镇定下来，"吴三桂给你的吧？"

"就算是吧，"孙延龄冷静地回道，"不过你放心，我们是结发夫妻嘛，我岂肯难为你！"

孔四贞盯着孙延龄审视半晌，突然狂笑起来："恐怕未必是夫妻之情吧？你留着我，是想在朝廷那边留一条后路，是不是？"

"四贞，你……"

"后头这楼，是先父定南王殉节之地。"孔四贞像一座玉雕似的一动不动说道，"你既念我们夫妻一场，还是叫我死在那上头，可好？"

孙延龄只将头一摆，两个校尉走进来，劈手将孔四贞手中的剑夺了过去。孙延龄这才笑道："不管怎样，你们孔家最讲三从四德，我没写休书，你便仍是我的妻子，在家从父，出门从夫。我不叫你死，只是自今而后，你不是四格格，也不是四公主，乃是临江王的王妃！呃——说到爱新觉罗·玄烨，我看这位皇上决无取胜的可能，至多能与我们划江分治天下！你知道么，陕西王辅臣也已高树义帜，要不了多久，三王将会师直隶，全中国就要掀动了！"说罢回身命道："好好侍候王妃了！"径自拔脚去了。

第四十回　汪士荣陕西造兵变
钦差臣长安受屠戮

马宝虽然封锁了云贵边境，可汪士荣仍于第二天日夜兼程由四川来到陕西。因为事急，他没带一人，自个儿骑了吴三桂那匹日走八百里的健骡。潜入西安城后，先到王辅臣提督府前转游了一圈，见一群校尉正在吆吆喝喝地忙着栽桩子、缠柏枝、结丝带、张花灯，也没人理会他，便趑回身来。他盘算着是先去进谒王辅臣，还是先和张建勋、王屏藩、马一棍或者龚荣遇这干将佐们见面，探一探此地虚实。他们这样忙碌着搭彩门，日内必定有钦差驾到，但不知道朝廷将派谁来陕西。

"士荣！"忽听背后有人叫他，接着一只手搭在他的肩头，"旗杆上头绑鸡毛——胆子真不小呀！"

汪士荣吓了一跳，回头看时，正是张建勋，押着一队兵士抬了十几只箱笼从提督府东便门刚刚出来，便笑道："是仁兄你啊？这有什么胆大胆小的？这会儿我便同你一道去见王辅臣，又有何妨！"张建勋听了笑道："你无非攥着那个把柄，也不要太冒失了，王辅臣不比你笨多少！那些知情人，这会儿怕连骨头都寻不到了呢！"汪士荣早想到了这一层儿，只淡淡一笑说道："他的东西不只那一件，他与平西王已有几十年的交情了嘛。再说，有你和老马在此，我还怕什么？"

"好样儿的，"张建勋连忙吩咐校尉，"把东西抬到驿馆，交给王参将安置——小心，别碰着了，都是玉器！"又将汪士荣拉扯到一边说道："王军门正想向朝廷钦差大臣表明心迹哩，你虽不怕死，何苦填在里头当馅儿？走，到我营里去。歇息几日，我送你平安回云南！"

张建勋的三万人马驻在西安城北，因他已被封为都统，品秩与王辅臣是一样的，在城内自有一处行辕。二人也不乘骑，共坐一顶张建勋的绿呢双人八抬大轿。

"张将军，"汪士荣轻咳两声，吐出一口带血的痰，怔了一下笑道，"这几日没好生睡觉，吐红的毛病儿又犯了——你知我此番来意么？"张建勋就坐在汪士荣的对面，随着大轿有节奏地一起一落，目中闪烁生光，笑了笑道："你虽外号小张良，可我也不是笨伯，你若只是来西安逛华清，登华山，凭吊唐陵，吃羊肉泡馍、刀削面，我怎肯劝你离开此地？——你是我的恩人嘛！"当年在平西王麾下，张建勋吃醉了酒，竟跑到陈圆圆跟前动手动脚，亏得汪士荣引出春秋"绝缨会"的典故为他讨了情，才免一死，因此汪士荣便被他视为恩人。当下汪士荣也只淡淡一笑说道："恩人不恩人的话不必再提了，这次来西安，我是想再救你一次，为德不卒非君子嘛！"

"再救一次"的意思，张建勋是完全懂得的，只是……张建勋微闭着眼，用手抚着新剃的头，怅然叹道："钦差三日之内便要来到西安——你知道么？孙延龄虽然反了，皇上已经特诏傅宏烈为广西巡抚，全权裁乱，莽依图已率三万绿营兵进驻广西，尚可喜被晋为亲王、尚之信为讨寇将军，而吴三桂又毫无动静，孙延龄以下犯上，以一隅抗全局，能支撑几时呢？"

"康熙的手脚好快啊！"汪士荣目光一闪，略一思索，突然格格地笑了起来。

"你笑什么？"

"我笑你这三十年老军务，胸中毫无成算！"汪士荣将身子倾在轿中横板上，一字一板地说道："傅宏烈与我有八拜之交，知道他的莫过于我，文治是一位能手，打仗是不成的！指望尚之信、金光祖讨伐孙延龄，岂非与虎谋皮——他们本就是同巢之鸟！吴三桂之所以尚无动静，是因云贵两省军队的调防未完，布置未当，所以我汪士荣才赶来陕西！张军门，两个月内如果天下不乱，烽烟不起，恩人的头送给你，成全你去加官晋爵！"

"那莽依图……"

"吴、尚两家军队不下七十万，三万军士想挽广西局面，便是吴起再生也不济事！"汪士荣微微一笑瞧着轿窗外街景，口风忽地一转，又问："说了半日，来陕西的钦差究竟是谁？"

"是莫洛……"

"好务虚名，志大才疏！"汪士荣笑道，"这便是朝廷的好眼力！"

"费扬古被差到奉天督军去了，熟悉平凉的只有莫洛了。"张建勋揣摩着汪士荣的话，忽然心中一动，"由此可见事态之急，朝廷明知莫洛与王辅臣不和，竟仍派了他来，看来士荣没说假话！"正想说话，汪士荣兴奋得面色潮红，双掌交叉又猛力一合，笑道："张公，你若只顾偷生苟活，我什么话也不说了。你若有志光复大明，千古流芳，做一名烈烈丈夫，就看你如何对付这个颠顶愚蠢的莫洛了！"

张建勋沉默了很久，方说道："此事关系重大，容我仔细想想，闯祸容易收场难啊！"

莫洛到西安来已经三日，作为经略大臣，全权负责西路军务，他对康熙临行时再三嘱咐的"毋生事，善调人事"，是不以为然的。他也知道，在内蒙驻军多年的费扬古由于在奉天抽不出身来，康熙才勉为其难地委他来陕西，所以心中为此隐隐不快。自从顺治十七年到陕西，他整整在此经营十年，西安的一草一木他都熟悉，连鼓楼街卖担担面的小贩们都认识自己，史家牌坊茶楼里卖唱的，至今还在唱自己当年初入西安时力除西安七十二个"老天爷"的故事。康熙说这里是危地，危在哪里？白天里街头的人群仍旧熙熙攘攘，一到夜晚满街两旁，依旧是灯红酒绿，大戏楼的锣鼓一直响到三更……"再圣明的主子，毕竟也不是神仙啊！"

第四日，莫洛和王辅臣同游了秦陵，归途上，日落山峦，社祠神鸦，翩翩盘旋。莫洛在马上看了一会日落的景象，忽然说道："辅臣，兵好带么？"

"唔？"王辅臣从沉思中醒过来，微微叹一口气说道，"还好，都是跟我多年的部属嘛。"

"这几日我总在想一件事，"莫洛说道，"不说，犹如骨鲠在喉；说了，又怕你多心起疑。"王辅臣猛地将马勒住，盯着莫洛不说一句话。莫洛笑道："你不要这样瞧我，这些年世上的事我想得很透，看得很破，早年的盛气已不复存在，只想披肝沥胆地和你交交心。"

王辅臣听他如此诚挚，便用鞭梢指着前头被夕阳镀了一层金红的石舫说道："大人有话想和我私谈，回到城里倒有不便，我们在那里小憩片时如何？"莫洛笑着点点头，纵马过去，王辅臣命随从就地候命，便也赶了上去，二人在舫前一块被雨水冲洗得干干净净的石条上坐了下来。

"孙延龄已经反了。"莫洛突兀一句说道,"你别吃惊——更可虑的是尚之信父子也有异动,派往吴三桂那边的钦差,至今两月有余,竟没有一点消息!看来,三藩要作乱,大变即在目前!"

尽管多日来王辅臣一直在揣度,一旦听到真实消息,心里还是怦怦地跳个不停,说出话来,声音也在打战:"这么说,皇上派你到此,是怕我也跟着反了?"

"皇上不怕你反,临行时皇上抚着那支豹尾银枪说,'你万不可疑心王辅臣,要与他共度时艰!'"莫洛欠了一下身子,"但你的部下,你能不能担保不反?"王辅臣想了想,咬着嘴唇答道:"马一棍、王屏藩和龚荣遇我都节制得住,张建勋一向与我不睦,这就不好说了。他原就是李自成的部下,不得已才降的……"莫洛沉吟片刻,说道:"马一棍也未必靠得住,他不也是张献忠的人吗?现在他们还不知道三藩的动静,一旦消息传开,这些人也很难说啊!"

"依你看怎么办?"王辅臣单手按膝,倾着身问道。

莫洛深深地叹息一声说道:"怕你疑心之处也正在此。这些人聚在西安,一旦有变,你要么跟着一处反,要么身死家亡!所以第一步我想将张建勋和马一棍两部调离西安,一部向北、一部向西,使他难与三藩勾连,孤掌不鸣就造不成反!"

"这有什么?成!"王辅臣道,"第二步呢?"

"将军换人!"

王辅臣不言语了,人调开仍归他节制,又稳妥,自然是可行的,何必再换人呢?莫洛像猜透了他的心思,一笑说道:"主将当然不动,但游击千总都要换成你的人!"王辅臣猛地抬起头,诧异地问道:"我的人,我哪来这么多人?"

"我这次来,带了二百名包衣家奴,全转送给你。"莫洛说着,从靴页子里抽出一张纸来,"你已是汉军正红旗籍了,有几个奴才不更好?收下这张转赠文契,你便是他们的旗主儿,操着他们的生杀大权,这个兵不就好带了?有这干人在下头做官,你这提督不比如今坐得更稳些?"

"莫大人!"王辅臣颤抖着接过这张纸,感动得不知说什么好。这一份厚礼可谓万两黄金难买,因为这干包衣旗人,哪怕将来入相出将,封侯称王，也仍是他王辅臣的奴才！一霎间，他觉得过去与莫洛的不和，全是以小人之腹度君子之心，怪不得西安百姓称他"莫青天"……

第二日下午，王辅臣在提督府聚齐众将，宣读钦差西路经略大臣莫洛将令：命张建勋部移镇宝鸡，马一棍率部调防杨家岭，以防土谢图、扎萨克和车臣部内讧战祸蔓延陕西。

"就这样，"王辅臣布置完毕，舒了一口气，笑道，"屏藩兄所部在原驻地不动，准备调往陇南，只留下龚荣遇中军护领在此守镇西安，我们弟兄们暂时分手，待北方宁靖，自当重新调回——摆酒！"王辅臣说着，见张建勋铁青了脸坐着一动不动，忙问道："张兄，你怎么了？"

"我——"张建勋换了笑脸，说道，"没什么，将要长行，未免有点留恋这繁华的长安。"说着便起身招呼："老马、老王，别那么愁眉苦脸的，一年半载就又见面了嘛——来来来，入座、入座！"趁没人留意的时候，张建勋招手叫过一个校尉，悄声耳语几句，便沉着地入席，与马一棍、王屏藩吆五喝六地猜拳。

酒过三巡，已是杯盘狼藉。忽然城门领龚荣遇戎装佩剑匆匆进来，向王辅臣耳语几句，退身向后。满厅将佐不知出了什么事，都痴痴茫茫地对望着。

"有这等事！"王辅臣目光如电，扫视一眼众将，厉声问道："是谁的兵进城了？"

没有人答话，此时厅中静得连针落地的声音都能听见。因为静，辕门外的鼓噪声已隐隐传了进来，王辅臣一急，疾趋案前，拔出一支令箭，命道："荣遇，你持此令箭出去，传我将令，叫兵士们通通回营，听候将令！"

"没——用了！"张建勋半靠在椅上，跷着二郎腿道，"此乃兄弟发动的兵变！"

"兵变！"王辅臣大吃一惊，有些茫然地顾盼着厅中诸将，仿佛一下子都成了陌生人，他的头和手都颤抖得厉害，痴痴地问道，"为什么？"

张建勋放下腿来，端起一杯酒晃了晃，一仰而尽，笑道："军门，因为还想活呀！我的三万铁骑方才已经全部入城。此时，只怕那个什么鸟钦差已经人头落地了！"

"啊！"王辅臣双腿一软，一屁股跌坐回去，靠在椅边的豹尾银枪"哐"

的一声碰倒在一旁。他又急又惊又怒又怕，语不成声地问道："谁叫你干的？"

"我！"

汪士荣手持玉箫，背插宝剑飘然而入，立在厅中，昂首说道："我奉平西王之命，已来此地多日，为了将军免留百世骂名，复我汉家冠裳，倡义师，兴天兵，同讨康熙丑虏！"

"将此人拿下！"王辅臣大吼一声。

"喳！"中军军校们轰鸣一声。

"谁敢！"张建勋"啪"的一声据案而起，"我的兵已经进街了！"这时已经听到辕门外响起潮水般的喊叫声，千余名兵士早下了辕门守军的兵器一拥而入，张建勋缓缓起身，踱至门口摆了摆手，立时变得鸦雀无声。这才回身笑道："事前不曾禀报军门，恕兄弟无礼。提督放心，兄弟决无伤害之意，只请提督高树义旗，带我们兄弟共创大业！"

王辅臣欲哭无泪，想不到事情竟是如此结果，他左右顾盼一下，马一棍大嚼大喝，旁若无人；王屏藩是一脸兴奋的光彩，连连搓手。他知道再指望不上这些人，长叹一声，捡起地下的枪，便向喉头猛地扎去……

"慢！"汪士荣深知，此人一死，汉中军队群龙无首，立时便要内讧，忙抢上一步死死抓住王辅臣手臂，"将军不要这样，我们从长计议！"龚荣遇也抢上一步，夺过了王辅臣手中的枪，说道："军门万万不可轻生！"马一棍将手中的骨头朝地上一扔，扯起桌布揩净了嘴角，说道："老张，你他妈的也太不讲义气！这么好的事，怎么不先告诉我老马一声儿？老子跟着干了！"王屏藩也笑道："你这汪士荣真能鬼，青天白日响个大炸雷，干得妙！"

"你们干吧，你们干吧！"王辅臣捂着脸，泪水从指缝中淌出，"我自向朝廷领罪去！"

"你吃罪不起哟！"汪士荣换了笑脸，见外头军士们捧着个大盘子进来，便道："提督大人，请你瞧瞧，这是什么？"说着，向前轻轻揭起上头盖着的红布。

人头。一颗血肉模糊的人头，发辫盘在头颅四周的血泊中。王辅臣像在噩梦中一样盯视着它；再没错儿，正是昨日傍晚和自己谈心谋事的钦差大臣莫洛的。他嘴唇微微抖了一下，脸色死灰般难看，瘫在椅中，直着眼喃喃说道："是他……是他……"

"对了，是他。"汪士荣又盖上了红布，蹙眉踱步，慢吞吞地说道，"此人素来喜名好胜，颇有清官的名声，因此西安的百姓十分敬仰他。但他的好名声是从哪里得来的？他于康熙六年扣发将军军饷二十万两，拿去赈济灾民，百姓为此送他十万把民伞；将军三万军士因无冬衣，冻得躲在帐中瑟瑟发抖；他与西安将军瓦尔格勾起手来想把将军部众全部调往长城以北伊克昭盟，亏得将军捅通了大学士明珠的路子，他这一阴谋才未得逞。我说的这些，是不是实事？这次他来，又想分调诸军，让将军两手空空，他还想将将军下属游击千总通通换掉，架空将军——你甭愣，他转让给你的包衣奴才——那是一纸空文！你在哪里听说过汉人也能当旗主儿的？如此谎言，你居然也轻信不疑，岂不荒天下之大唐？"

这些话说得有理有据，王辅臣慢慢抬起了模糊的泪眼。

"唉，真有意思呀！"汪士荣叹道，"天下敌敌友友，你你我我，竟如此有缘！康熙赐枪，满指望一钱不花，买你一颗忠心；你本是平西王一名心腹战将，只因为一点点小事，遂成秦越；莫洛本是满清忠臣，昔日又与你颇有仇隙，你反哭他；我若上次不逃，难免作你刀下之鬼；而如今我们聚会于祖龙、高祖发祥之地，你、我、各位英雄和平西王共谋大业，这难道不是天意？违天不祥啊！"

"天意……违天不祥？"王辅臣正喃喃念着，心里一一琢磨着，突然发疯似的狂笑起来，"好！就从了天意吧——哦，不！你们还是杀了我，我不能辜负了万岁！"

众将军面面相觑，王屏藩便张罗着叫人去传郎中来为他诊病。汪士荣却止住了，说道："他害的是大少爷的病，大少爷王吉贞在北京！"

王辅臣瞠目结舌，盯着汪士荣，呆呆地看着，他不知此人是仙是妖，怎么事事了如指掌？

"此时急也无用。"汪士荣说道，"我料朝廷未必难为吉贞世兄，吴应熊不也在北京？瞧着吧，他不敢得罪你！"

"为什么？"王辅臣不假思索地脱口而出。

汪士荣绷紧了嘴，没有回答。他倒真的担心康熙不杀王吉贞，弄得这个三心二意的宝贝更加首鼠两端。

张建勋命人将王辅臣扶回后衙，对汪士荣道："这一冲天炮已经打响，你可不能撒手不管呀！"

"当然！"汪士荣笑道，"我得帮你把事料理清楚，不过，还得回去一下复命。"他心里又在筹划着傅宏烈的事了。

第四十一回　吴应熊情急谋逃生
　　　　　　伍次友途穷奔京师

　　自从阿紫和保柱莫名其妙地自杀以后，吴应熊又探知了小毛子的真正身份，仿佛一桶冰水兜头淋下，通身上下都是冰凉的。一夜又一夜地失眠，他的眼窝都深深陷了下去，两眼的眼圈变得乌青。他原只防小毛子是杨起隆派到自己跟前来的，可王镇邦传出信来，小毛子那日在紫禁城里失急慌忙地跑着报信儿，他才明白，自己和杨起隆都上了这个小子的当。他愈来愈多疑，对任何人都不相信了，连周易八卦这些弄得精熟的东西也懒得再去推演。谁晓得是哪个假圣人专门故弄玄虚糊弄他这样的畸零人！他恨，恨康熙、恨杨起隆、恨保柱、恨小毛子……连吴三桂他也恨——你在五华山逍遥称王，却把我弄到这里，鬼不像鬼，人不成人。古人云"父慈子孝"，这算他娘的什么慈父？

　　吴应熊独自坐在好春轩幽深的角落里呆呆沉思，手里把玩着那面金令箭，心知它也未必靠得住，却仍舍不得毁掉，因为王镇邦说，朝廷至今仍在使用它调兵遣将——到云南要经历五千里险山恶水，非同小可呀！他抬头瞧瞧吴三桂为他写的条幅，突然心中升起一团火。这不就是叫我忍吗？难道忍到死！吴应熊暴怒地跳了起来，伸手便去扯那墙上的条幅，忽然又停住了。外间靴声橐橐，郎廷枢掀帘进来了。

　　"什么事？"吴应熊缩回了手，脸上仍是通常的温文尔雅，带着憨厚的微笑，"王爷来信了？"因为皇甫保柱死得不明不白，吴应熊对郎廷枢的疑心更重，联想到上次康熙来后，姓郎的有好几天像掉了魂儿似的，更觉难以信赖，连代缮家书的差使都一概免了。

　　郎廷枢笑笑，一哈腰从靴页子里取出薄薄的一封信递过来，说道："抱犊崮朱甫祥和刘铁成的信。"

　　"廷枢，"吴应熊拆着信，一边问道，"这阵子王爷一直不来信，你瞧着是个什么征候?"说着让郎廷枢对面坐下,拿着信,只随便地浏览了一遍便扔到一边,笑道:"这朱甫祥天生的是个混蛋,他有多大买卖? 不来信便罢,一来信就要一万! 倒像我吴某人欠着他似的!"

郎廷枢黑晶晶的目光盯着吴应熊。他原是一个潦倒京师的穷书生,由于吴应熊帮扶他,在内务府做了个文案,后又被请到府里做清客,虽和保柱约好一同皈依康熙,但是良心上总感到有些遗憾。这封信他明知是朱甫祥在向吴应熊索饷,可吴应熊却向他这样使假,他反倒心安了许多,遂淡然笑道:"谁叫您是他的大主东呢? 他既要,就是有使得着的。我说句不吉利话,额驸如今这样,就有金山银海,又有什么用处? 倒不如打发了他,多落一份人情呢!"说着,见吴应熊频频点头,便凑近了又道:"方才额驸问到王爷久无信件的事,我看其中大有蹊跷!"

"哦?"吴应熊眼皮一跳,"请直言相告!"

"没有信就是信!"郎廷枢肃然说道,"剧变即在眼前,应该速做南归的打算!"

没有信本身就是信! 吴应熊突兀听来,犹如醍醐灌顶,脸上陡然变色。沉思良久,吴应熊竟兴奋起来,格格笑着站起身来,取出一瓶酒说道:"我们久不叙话了,难得你今日说得透彻! 来来,咱们一边吃酒,一边清谈,好么?"话音刚落,便听背后有人急匆匆地说道:"世子,亏你还有兴致吃酒,此时不走,更待何时?"

"哎呀! 是镇邦!"吴应熊先吃一惊,见是王镇邦,忙笑道:"快请入座,真好口福,莫不是闻到酒香? 有什么消息么?"

"世子你真可谓'泰山崩于前而色不变'!"王镇邦扶着椅背坐下,不紧不慢地说道,"王爷已经起兵了! 云贵两省各路要隘被封得水泄不通,只许进不许出! 万岁爷这几日也移驻到通州办事,驻防管带换了个上官亮,通州知府也换成杨秘,太监们连一个字的消息也打探不来!"

"你怎么知道这些?"吴应熊大惊,忽地站起身来。郎廷枢想想,说道:"当然是钟三郎香堂弄来的消息。"

王镇邦急急说道:"三十六计走为上! 世子,再迟,你就走不了了!"吴应熊不胜重压地长叹了一声,说道:"原指望朱甫祥他们来接我,他却只在山东打旋儿,报私仇,去攻什么兖州府,寻什么伍次友!"他失神的目光张皇四顾，"如今身陷京师，往哪里走啊？"

"远在天边，近在眼前！"郎廷枢心里盘算着说道，"此时为什么不去找那个朱三太子？先靠他溜出京城再说！"吴应熊听了连连摇头，苦笑道："你哪里知道此中情由？杨起隆这个人是不好沾惹的！"

王镇邦却不知吴应熊这是做戏给郎廷枢看，见吴应熊这样说，便笑道："莫非怕小毛子走漏出去？不要紧，焦山和朱尚贤都怀疑他了，昨日把他叫到潞河驿，宣布应变，谁也不许离开一步……"

"不是为他，他算什么！"吴应熊打断了王镇邦的话，"是姓杨的本来就对我不怀好意！"郎廷枢因保柱已死，自己与朝廷失去联系，也急于脱身，咬着嘴唇想了想说道："我料姓朱的不会轻易地对您下毒手，朝廷尚且以世子为奇货可居，何况他们？"吴应熊一怔，恍然笑道："呀！我就没想及这一层，我急得连方寸都乱了！"

王镇邦喷地一笑，说道："人急无智嘛！我再禀告一个好消息，陕西王辅臣发动兵变，杀了莫洛，响应王爷，扯旗造反了！"

"啊！"吴应熊脸上眼中都放出光来，"这是真……真的？我能省一半路程啊——这可靠么？这可不是闹着玩的！"王镇邦说："当然是真的！瓦尔格在潼关被扣，仓皇逃回，今日后晌才被弄到通州面圣！"吴应熊目光灼灼的，像两只火球一样在熠熠燃烧，良久又黯淡下来，站起来舒展了一下身子，笑道："原想留下小毛子祸害杨起隆，我和朱甫祥乘乱出走，这步棋走不成了！廷枢你打点一下，把我和王爷来往的文书即刻烧掉。三更，我们阖府都到潞河驿，先和这条中山狼同舟共济一时！"

一夜凶险厮杀，做过河道的山贼朱甫祥没捞到半点便宜。天将亮时，听说济南、兖州府调集大量兵力在向曲阜进发，只好下令撤兵。伍次友和李云娘乘乱逃出，拂晓时蹚过刺骨寒冷的泗水，西行直到宁阳。

十月入冬，凛冽的运河水无声无息地横在两个飘零人面前，刺骨的河风吹拂着水面，枯萎的芦丛巴茅在白茫茫的水中摇曳着，上游下游寂静无人。伍次友呆望星空，半晌忽然笑道："若非张姥姥引开他们，今夜大难难逃——此时惊魂已定，我倒来了诗兴，且吟一首打油诗给你，聊慰饥肠！"说罢，微声轻吟道：

临江浩波无尽头，喑声吞泣难为愁。

笛芦空吹子规歌，惟此烟水笼寒洲！

云娘听了久久不语，半天才道："如今我们往哪去呢？"

"到北京，去寻龙儿！"

到北京，去投奔康熙，这原是无可非议，但云娘心中却感到一阵凄苦：跟着这个潇洒磊落的男子，走到天涯海角，她都觉得心里踏实，哪怕是兄妹也好，总是自己没有失掉他。但若去北京，康熙和苏麻喇姑将把他夺走。她和他也许会变成陌路人。即或不是，自己又有何颜周旋其间呢？她幽怨地瞟了伍次友一眼，按了按腰中冰冷的剑，低声说道："本就该这样，也只好这样……那不是一条乌篷船来了？"她双手卷成喇叭筒儿喊道："那艄公，摆过来——我们要乘船！"

进了舱，坐在软软的舱座儿上，两个人才觉得外边是多么冷，人间烟火是多么可贵。大约觉得挨身太近，伍次友悄悄地移动了一下身子，却见船艄公探身进来："二位怎么称呼，要到哪里去？"

"哦，她是我妹子，我们进京去。"

"我这船只到丁字沽。"

"到丁字沽也可。"云娘说道，"我们到天津就下船了。"

艄公审视二人一眼，赔笑道："客官，恕小人无礼，亲兄弟算账不算丑，船价十五串，请先赏了小人，好作一路盘缠。"说着便瞧伍次友，伍次友却是一脸苦笑。

"小意思，你尽管开船吧！"云娘道，"能少了你的？"艄公冷冷一笑，说道："姑娘，这是船家规矩——小人当然不是说您二位；我撑了半辈子船，上船时说的都是您这话，到地方丢下几个钱，拍拍屁股就走了，我一家老小喝西北风？"

伍次友听了如芒刺在背，脸上一青一红，不知说什么好。艄公越发信实他们没钱，钻出船舱便扎篙放搭板说道："二位且上去，我在这儿候着，取了钱来乘船。"

云娘登时大怒，忽地掀开帘子赶出来，指着艄公骂道："放你娘的屁！

瞧着我们是赖账的？"

"不敢，"那艄公脾性也甚倔，硬着脖子回口道，"您要付了钱，我哪敢说您赖账呢？"

"姑奶奶这回子要不想付呢？"

"回您的话，"艄公气得涨红了脸，"小人父亲弟兄四个，并没有姑奶奶！"话犹未完，李云娘早扬手一掌，"啪"的一声打得艄公一个趔趄，口中骂道："肉锅里煮汤圆——混蛋！我这就让你认一个！"那艄公也略识拳路，被云娘撩得怒火千丈，见伍次友文弱，云娘是个女流，料是不识水性，举桨劈头便打，要赶着云娘下水。云娘哪里把他放在眼里，只单手左遮右拦招架着，那只桨打不到她身上。

伍次友在里头听到二人在拌嘴，先觉得理亏了，只是叹息，此时听二人外边动上了手，便出舱来解劝。不料一出门就被云娘搪过来的船桨打在肩头，"哎哟"一声跌坐在舱板上。

云娘原本无意招惹是非的，见伍次友无端挨了打，抚着肩头在那边忍痛，胸中憋的怒火腾腾燃起，轻轻向前一步，劈手把船桨夺了过来，拦腰一扫，那艄公大叫一声，被打得凌空飞起老高，"扑通"一声掉进河水里。

"畜生，撒野么？"云娘冷笑一声，自家摇起桨来便开了船，见伍次友站在船头呆看着，便道："放心，淹不死他，水性不赖么！"

"我说过多少次了，"伍次友皱着眉头道，"不许杀人，不许作案，何况今日之事是我们无理！"

云娘一愣，接着嘻嘻笑道："这说的也是。还真的少不得这个人。"说着便调过船头，划了过来，见那汉子兀自凫水要逃，笑骂道："上来吧！我们又不是响马，逃什么——不瞧着我大哥的脸，姑奶奶哪肯饶你？"

艄公抓住船舷水鸡儿似的爬了上来，朝伍次友捣蒜似的磕头："谢过老爷……"

"船老大，"伍次友却双手扶他起来，说道，"实言相告，我们身上没有银钱，到前头我们想法子加倍付给你就是。"那汉子喏喏连声，看了一眼李云娘，去后舱换了一身干衣裳，乖乖儿摇橹去了。

船启动了，舱中孤灯如豆，照着这两个沉沦飘零的人，二人都在低头想心事。半晌，云娘忽然问道："大哥，这会儿你在想什么？"

"我在想，"伍次友喟然叹道，"天津我们无亲无故，哪里去讨这十五贯钱呢？"云娘捂着嘴格格地笑起来，"亏你还做了帝师，谈起经世治国，一片道理！没听人家说过'车到山前必有路，船到桥头自然直'？天津卫我有个亲戚，叫他送我们去，还了他的盘缠，咱们就徒步进京，也省得他骂咱们混账！"伍次友这才放下了心。

自此那舟子也真惧怕云娘，叫走便走，叫停便停，船上米柴油盐俱备，还不时在河里打点鱼鲜来侍奉伍次友。

行了十余日，便到达天津，当日晚上船一靠岸，云娘便下了船，并对船家吩咐道："好好儿侍候着，我给你借钱去，省得你总惦记着！"伍次友听这话音，担心她又要去作案子，慌得起身要嘱咐几句时，云娘早一笑走了。

更鼓响了，伍次友坐在舟中忐忑不安地等着云娘。运河上游灯火如星、流水潺潺，岸上不时传来歌声乐声。这里虽不及六朝金粉、秦淮繁华的金陵，却另有一番妖媚景致。伍次友呆呆地想着："又要进京了。等在那儿的是什么？是乾清宫，是悦朋店？还是……山沽居？对身边这个痴情女应当何以处之呢？"随着水波的颠荡，伍次友渐渐蒙眬睡去。

约莫半夜时分，云娘回来了，一进舱便笑嘻嘻道："大哥好睡，我却得了彩头！"伍次友揉揉眼，见云娘衣不零乱、身无血迹，心放下了一半，便问："可借到盘缠了？""那还有借不来的？"云娘笑道，"要不是亲戚吝啬，我早就回来了！"说着，将背上一个青缎包袱取下来，就着灯光打开来。伍次友瞧着不禁惊呆了：原来竟是黄灿灿六大锭马蹄金！那舟子此时也醒过来，他自从娘胎里出来，也不曾梦见过这么多黄金，耀得两眼都花了。云娘顺手捡起一只扔给了舟子，笑道："你那一桨挨得可值？"

艄公根本没想到云娘出手如此爽利大方，咕咚咕咚磕了三个响头，说道："小人有眼不识金镶玉！姑奶奶赏这么多，够小人一家使半辈子了！"伍次友笑道："你一下借了三百两黄金，还说人家吝啬小气，这胃口也就太吓人了——我还以为你作案去了呢！"

"不作案，谁肯借我？"云娘笑道，抬头见伍次友黑沉着脸，忙又道，"这天津道黑心得很，火耗竟加到六钱！——我废了他四个守库的，留下一张条子——这是不义之财呀！"艄公听到这话，方知这厉害的女子竟是江洋大盗，吓得面如土色。

"他是贪官，自有国法在，我就能弹劾！这么乱来有什么好处？这钱我不用！"伍次友决绝地说道。云娘直率爽豪、不拘礼俗的性情很合伍次友的脾性，但她自幼在乱世深山中长成，视人命如草芥，心无"王法"，伍次友又不能容忍。前次在兖州府伍次友便责备过她，以后在张家又多次给她讲人命至重的道理，不料她仍是积习难改！想到气处，伍次友一跺脚道："你这样子，连给苏麻喇姑提鞋也不配，嘻！"

云娘的脸霎时变得雪白。她一生是个出尖儿的人，从来要说便说，要行便行，要打便打，要杀便杀。跟着伍次友这几年，她含辛茹苦，千艰万难地照料他，保护他，想不到到头来伍次友竟说自己"连给苏麻喇姑提鞋也不配"！云娘全身都在发颤，愧、恨、愁、怨一齐涌上心头，半晌，方咬着牙颤声道："说得好……我给人家提鞋……"她突然抬高了嗓音，扬起头高傲地说道："伍先生！你累了，我也乏了，我们该分手了。你原是清白人，眼见又要入朝做大官，我不过仍旧是个落魄江湖的剑客，怎能和苏大姐比呢？"她惨然一笑，"人生不过如此……我自问对世人无过，一生凭本心行事，也算不虚此行，就算你我是擦肩而过吧！"

一向百依百顺的李云娘，突然宣布她比伍次友心地高贵，宣布要和伍次友断绝往来。伍次友先是感到失悔，自觉说失了口，又仔细一品味，方想到自己本来就没有和云娘摆平位置："天哪！我这是怎么了？"伍次友心中燃着熊熊的火，灼烧得五脏六腑都在痛楚："我伍次友竟连势利小人也不如！"伍次友觉得头一阵眩晕，踉跄一步想上去扯住云娘衣袖，却又止住了，低沉着声音道："你责备得好！我……我实在不配……挽留你……只是你去了我也有一语叮咛：天下这样的事有多少，凭你的一双手，是管不过来的……我真愧悔莫及……"说着已是泪如雨下。

"大哥不喜杀人，我是知道的。"见伍次友伤心得这样，云娘的心又软下来，哽咽着说道："只那四个守库的一群禽兽，正按着一个女孩在……在……我一恼就……"伍次友听着，愈觉自愧，想想又无可安慰，两腿一软坐了下去，发出一声深长的叹息。船四周淹没在一片黑暗中，这叹息更显得幽深凄凉。云娘抬起泪光闪闪的脸说道："你的心思我知道了，是想干干净净去见你的圣主。也好，扔了这些无用之物吧！"她起身过来，将剩余的五锭金子又包好了，猛地一甩扔进河心，"咕咚"一声便沉了。

二人离开了乌篷船，上岸沿河而行，却都默默无语。杀人既不可，偷抢伍次友也不赞同，可手中一文莫名，从刺心的苦痛中清醒过来，云娘不觉又有些犯愁，犹豫着说道："怎么办呢？难道我们讨饭进京？不然，你去访访天津道府台，借他几个钱？"

"听你那么一说，他的钱那么脏，我沾他干什么？"伍次友想着也无良策，低头思量一阵，说道："讨饭也没有什么不好。原来北京九门提督吴六一就是讨饭出身，他的号就叫'铁丐'。"

"不然就卖文。"云娘心绪渐渐好起来，"你的字不是很好么？这个生意雅，准对你的脾胃！"伍次友迟疑了一下，说道："眼下不逢年过节，卖字是不成的。"这其实是遁词，他实在不愿写什么字卖，人买回去，知道了说是"康熙万岁爷的师傅卖给我的"！"那就卖唱。"云娘忽然一笑，"你嗓子不好，写出词儿来，我来唱道情，你来敲云板打拍节，挣了钱再买一张琴，准行！"

伍次友有点意外，诧异地问道："你成么？不要又是那个'你不会做天，你塌了吧'？"云娘说道："小时在终南山，那里人都能唱个曲儿，跟着也能唱几句，只要你编出词来，就行。唱得好不好，我可不知道了。"说着想起自家身世，又想起青猴儿不知流落何方，眼圈儿又是一红。伍次友心里也是陡地一酸，勉强笑道："昔日在悦朋店听翠姑唱过，后来在乌龙镇又听过一次道情，当时觉得好，却没想到自己也有这一天。"说到此处，清亮的泪珠，缓缓地顺着两颊流淌下来。

第四十二回　颁檄文吴三桂反清
　　　　　　　骂逆臣朱国治成仁

　　五华山笼罩在一片肃杀恐怖气氛中。从云南城至王府中间的黄土官道上，士卒们按哨、棚、营建制排成望不到头的方块大队，迅速而有秩序地向城郊进发。游击以上的将佐则全部集中到王府正殿前草坪旁的大校场上，数百人黑鸦鸦地肃然而立，都不知王爷何以突然大集群僚，一个个心里打鼓，面色铁青。

　　正值巳牌时分，夏国相、胡国柱、王永宁、王永清、吴应麒、马宝、高大节一干亲信大将、谋臣，并王孙吴世璠，一个个沉着脸，从仪门鱼贯而出，接着便是三百多只箱笼由军校抬出，一排整齐地放在箭道空场上。众人正诧异间，吴三桂从殿后踱了出来，却是一身青布棉袍，外罩竹布褂子，脚下踏着双梁千层底皂靴，与随从的护卫们金光灿灿的衣饰相衬，显得十分寒酸。他扫视大家一眼，神色黯然地吁一口气，将手一摆，吩咐道：

　　"把箱笼全部打开！"

　　军校们默默向吴三桂打个千儿算是答应，上前将箱子一齐打开。日光里，但见金、银、珠、玉、琼、瑶、琪、琳、圭、璧、璋、琮、琬、瑜、贝、璞锃明晶亮，光彩夺目。大家不明其意，一时倒怔住了。

　　"你们……都是追随本镇几十年的人，都是从死人堆、断城垣里爬过来的两世人。这些东西，原是预备给兄弟们置些产业，后半世不至于冻馁……"半晌，方听吴三桂低沉缓慢地说道。他的面色青中带白，中气也不足，且因愁思熬煎，消瘦得仿佛弱不胜衣。说到这里一顿，语气复又一转，变得分外委曲婉转，"吴某人不是守财奴，这些东西生不带来，死不带去，没什么舍不得的，原想慢慢分用，不至惹人眼目，但如今情势有变，不能不一下子分给大家了。"

　　话音刚落，将士中立即起了一阵轻微的骚动，一个矮个子参将昂首大声问道："王爷究有何为难之处？尽管说，我们当为王爷分忧！"

"是赵勇么？"吴三桂瞧了他一眼，"当年攻宝庆，若不是你，我差点被流矢射中。你是那次才简拔为军官的吧？老贤弟，如今照应不到你了！朝廷派了折大人和傅大人来，在云南城坐催我回辽东养老……关河万里、云山路遥，此一去又凶多吉少，只怕从此与你生死长别了！"

这番话说得十二分动情，数百名将校发出一片啜泣声。赵勇忍不住跨前一步，按剑瞋目抗声问道："请王爷明讲，朝廷为何无故下旨撤藩？"

"唉，这话难讲。"吴三桂道，"天威难测——大抵鸟尽弓藏、兔死狗烹，这乃千古不易之理！我吴三桂如今谁也不怨，只怨自己当年失策，引狼入室！今日风烛残年奉旨戍边不知死所，也是自作自受……真是追悔莫及呀！只可怜你们这许多老兄弟，立过许多汗马功劳，一旦烟消云散……"说到此处，吴三桂热泪夺眶而出，他被自己的话感动了。良久，他撪了撪鼻涕，指着那些财宝，凄声说道："这些东西我已无用，请诸君拿去，或置庄田，或作商贾生息之本，也算表我一点心意。他日三桂或逢大凶，诸兄弟也还可睹物思人——来来来！上前来，由我亲自分发！"

众将领见他说得悲愤，人人泪下如雨，一齐跪下叩头。吴三桂张皇道："这……不必如此！这事不能再拖了！钦使和朱中丞一日三催，促我上路，再拖下去罪愆愈重。你们如此推辞，岂不让我作难？"说毕掩面而泣，呜呜咽咽泣不成声。

"什么他妈的钦使不钦使，中丞不中丞！"马宝霍地跳出班次，大喊道，"我们只知道王爷！王爷不移藩，他敢逼命，我就敢宰了他！"

"马宝，上次你累得我好苦，现在还要这样无礼？"吴三桂忙道，"你这样的糟蹋钦使，岂不置我于死地？"

"清朝无王爷，何能有今日？"夏国相见群情激荡，攘臂扬眉大呼道，"今日一个乳臭未干的夷狄小子安享九五之尊，他哪里晓得我们创业艰难？这口气叫我们怎么往下咽？"

吴三桂失惊道："国相，你自幼饱读诗书，怎么也说这话？古训云：'君要臣死，臣不得不死！'"夏国相应声答道："古训还有一句：'君视臣国士，以国士报之；君视臣路人，以路人报之；君视臣如草芥，当以仇寇报之！'"吴三桂听罢，怔了良久，方长叹道："我半生为明臣，只因闯贼作乱，借兵复仇，已归顺了朝廷，现在岂可乱言？国相不必再说了！……如今我只有一桩心事未了，康熙元年永历帝来滇，我虽竭力保全，无奈朝廷密旨硬要我杀死他，不得已只好让他全尸而亡，好好安葬——算来已有十二年了！临行前想到他墓前奠祭，你们可愿随我同去？"

"谨遵王爷！"众将官早已涕泗滂沱，听吴三桂颤声相问，将手一拱，雷鸣般齐声应道。吴三桂说完话，便进内更衣。少顷出来，诸将不禁大吃一惊：原来他从上到下蟒袍玉带，一身明臣服饰，一条花白辫子掖进幞头官帽里，通身已毫无清臣气息。

"诸位，"吴三桂面色愈加苍白，抚着自己的官服道，"这身衣服我在箱底压了三十年，终于又穿出来了！我先朝衣冠威仪赫赫，确比现在穿的这劳什子好啊！这条尾巴似的辫子拖在脑后，怎么去见先帝呢？我今日穿了它，去先帝坟前痛哭一场，接受先帝冥罚，也是心甘情愿！"吴三桂抬起头，泪眼望着苍穹，吩咐道："起驾吧！"

吴三桂往谒永历陵的情形当晚折尔肯就完全知道了。经过一夜的紧急密商，朱国治仍然坚持独自一人上山去见吴三桂。折尔肯和傅达礼将藩库中所余不多的银子全部提出，委派抚衙的亲兵，护送他们去贵州与甘文焜会合。

朱国治袍服冠带齐整，坐了一顶八抬大轿直趋五华山。从窗中向外窥探，沿途三步一哨五步一岗，关卡盘查严密，不由暗为折尔肯他们担心：怕是已经逃不出去了！接近山下接官厅，更见戒备森严，每隔一箭之地便有一员校尉仗剑挺立，虎视眈眈地望着这顶威仪赫赫的大轿。将近宫前石阙旁，一个千总挡住了去路，大声道："此乃王府禁地，请大人下轿移步入觐！"

"笑话！"朱国治从轿窗中回答道，"我乃天子重臣，赐紫禁城骑马！这是什么地方，敢挡我的大轿？——抬进去！"

几个轿夫并前头开道的衙役，都是朱国治数年精选的亡命之徒，听了这话，"噢"的一声，将大锣筛得山响，直冲仪门而入，直到正殿前才落轿。

朱国治一哈腰出来，见殿前挺立着百余名将士，铁铸似的一动不动。他略一思索，立在殿口高声报道："钦命太子太保加尚书衔云南巡抚朱国治，奉见平西王殿下！"说着，便撩袍拾级上阶昂然而入。

里头的布置更是森严，吴三桂高坐在黄袱绣龙银交椅上，脸上一丝笑容没有，胡国柱率一干文臣武将雁翅般列成"八"字形，雄赳赳气昂昂瞋目而立，只夏国相和吴世璠侍坐在两旁，大咧咧地望着别处。

"朱国治，"吴三桂待朱国治行了参拜礼，冷笑一声问道，"你又来逼孤家了？"

"不敢云逼。"朱国治朗声答道，"钦使命我前来询问王爷行期。此关朝廷大计，朱某何人，胆敢私下逼迫？"

"你有何不敢？"吴三桂冷冰冰地说道，"你当然敢！你已经逼了孤家多少年了！我何曾亏待过你！"

朱国治挑衅地瞧一眼吴三桂，不咸不淡地说道："王爷身系重藩，朱国治不过一介书生，这个话国治不敢领受！试问，我手无缚鸡之力，腰无尺寸之刃，拿什么逼迫身拥重兵的王爷？"

"大胆！"吴三桂吼道，声音震得大殿嗡嗡响，他平日受朱国治的气极多，昨日坟前议定今天起事，不料姓朱的竟自己送上门来。见朱国治依旧平日那副桀骜不驯的样子，吴三桂不禁大怒，"你不过是一个贪污小吏，本藩瞧着都是汉人，素来容让，你倒越发地不识抬举！"

"我受了什么贿？谁是贿主？何人作证？贿银多少？"朱国治身子一挺，眼也不眨地盯着吴三桂，连珠炮似的发问，"既是贪污，王爷为何不具本参劾？"

"我懒得参你！"吴三桂咆哮道，"朝廷每年拨我一千万两银子，为何只给我九百万两？下余一百万两何人拿去？"

"这个，"朱国治一哂道，"王爷说得未免少了一点。朝廷每年实拨两千万两银子，经我手分发三藩。王爷独得九百万两，真是欲壑难填！"

言犹未毕，胡国柱在旁喝道："你不用嘴硬。你不过一个穷酸儒生，偶然得意，便摆出这么一副小人嘴脸！""我怎么是小人？我叛逆君父了么？"朱国治倏地扭脸，眼中怒火迸射，逼得胡国柱急忙躲闪。

"胡国柱说得对，你就是小人！"吴三桂接口道，"你当初是怎么发迹的？不过一个五品堂官，芝麻大的前程，只为先皇妃子薨了，你去献一张美人图，靠拍马屁升官！本藩屈说你没有？"吴三桂并不是要把话题扯远，对这颗钉子他蓄恨已久，要在他临死前尽情羞辱一番，"——我吴三桂纵不济，靠的也是血汗功劳，抬起哪只脚，也比你的脸干净些！"

"哦？"朱国治先是一怔，突然纵声大笑，"王爷说话真能出人意表！天、地、君、亲、师，至尊至正。还有拍马屁这一说？先帝当时为董皇后仙逝茶饭不思、奄奄一息，我荐吴门画工绘制娘娘玉容，以慰圣躬，譬如良医，对症而药，有何过错？说到王爷的脚，更难说了，正应了民间一句话——莫谓天涯无知己，天下谁人不识君？"

话虽未明说，一清二楚指的是吴三桂为功名先降李自成，为女人又背父降清的故事。吴三桂气得浑身乱颤，不想再与他磨牙，大喝一声："把这辁房的狗奴才给我拿下！"

"喳！"殿中廊外炸雷般答应一声，几个校尉扑过来，寒鸭凫水般将朱国治捆得结结实实。

"我真奇怪，"吴三桂嘲弄地看着朱国治，"甘文焜早跑到了贵州，折尔肯和傅达礼也要逃，你怎么就不走呢？你运气真坏呀，恰好碰到我要杀人祭旗，起义兵驱逐夷狄！"

"我也真奇怪，"朱国治被勒得满脸通红，仍一口顶了回来，"皇上国士待我，我以国士报之，虽知你图谋不轨，岂肯临难擅离职守？——你身为'三朝元老'，怎么就不明此理？"吴世璠见他毫不服软，上前将朱国治双臂猛力一扳，恶狠狠地问道："你还敢嘴硬？"朱国治疼得冷汗淋漓，不呻吟一声，回过头来，朝他脸上"呸"地吐了一口血唾沫。

"朱国治！"夏国相一直没有言语，眼见朱国治毫无降心，便起身说道："实言相告，也叫你死得明白！王爷不堪大明亡国之耻，已决意首倡义师，杀回燕京，保扶朱三太子复位，玄烨的日子不多了！"

"吴三桂！"朱国治气得破口大骂，"你逆天行事，残民逞凶，是一条猪狗不如的衣冠禽兽！天下百姓必食尔肉，寝尔皮……"话未说完，已被马宝摘掉了下颏，他仍咿咿唔唔地辱骂不休。

"杀他祭旗！"吴三桂冷冷吩咐一句，坐回椅中，沮丧、疲倦、恼怒和困惑一齐袭上心头。

三声大炮掠空而过，号角手将长长的画角高高仰起，"呜呜"一阵悲凉鸣叫，空寂的峰峦回音袅袅。惨白的阳光下，冉冉升起一面明黄龙旗，上头绣着"皇周天下都招讨兵马大元帅吴"十三个大字，在凛冽的寒风中瑟瑟舞动。

不到一刻工夫，数千名军士全都换上了白衣白甲，将发辫散了，照着先明发式挽于头顶，无奈前额上剃过的头发却一时长不出来，有的发青，有的溜白，有的乱蓬蓬，略显得有些滑稽。吴三桂走出殿堂，登上校台，亲自检阅了三军仪仗，命将朱国治拖至旗纛下，这才向夏国相点头示意。

夏国相见吴三桂令下，神色庄重地大踏步升阶登台，对行刑的刽子手大声道："开——刀——祭——旗！"

接着又是三声巨响，朱国治那颗血淋淋的人头滚落在潮湿的草地上。这边夏国相又复高声赞礼："诸位将士，请静听大元帅讨清檄文！"

胡国柱忙清了清嗓子，双手捧着檄文登上校台，向吴三桂恭施一礼。吴三桂忙起身还了一礼站在一旁。三军将士侧耳静听，胡国柱抑扬顿挫高声读道：

> 天下都招讨兵马大元帅檄告天下：本镇深叨明朝世爵，统镇山海关，一时李逆倡乱，聚众百万，横行天下，旋寇京师，痛哉毅皇烈后之崩摧，痛矣东宫定藩之颠跌……

吴三桂挽首听完檄文，移步过来，朝袅袅香烟后供着的"明烈皇"崇祯牌位行了三跪九叩首的大礼，将一碗清酒捧了，肃穆地朝天一擎，轻酹地下。方大声说道："失道寡助，得道多助！谨告三军将士，福建耿精忠、广东尚之信、广西孙延龄、陕西王辅臣各路勤王义师已升旗举兵，同讨丑虏，不日之内即可会师于扬子江畔！"

下面军士顿时欢声雷动，戈矛齐举高呼："万岁！我大元帅千岁！千千岁！"

吴三桂兴冲冲回到列翠轩，接踵而来的却是坏消息。

"王爷，"高大节手中拿着一叠文书，一件一件递给吴三桂，说道："这是孙延龄的急报，傅宏烈七千人马集结苍梧，像要奔袭桂林——"

"嗯，"吴三桂说道，"告诉之信，叫他们策应一下。"

"台湾郑经的人马，已渡海夺了耿精忠的三个县，耿精忠说先得吃掉他们，才能北进。"高大节又递过一件。

吴三桂默默点头，三藩虽有盟约在先，看来还是各怀异志啊！

高大节又递过一件，说道："这是娄山关送来的牒文，在贵州办差的党务礼、萨穆哈带了甘文焜和朱国治的儿子已由綦江入川逃窜！"

"王八蛋！"吴三桂勃然变色，"娄山关用一泥丸便可封住了，怎么能叫他们逃了？"

"回元帅的话，"高大节说道，"守关的守备邹明是甘文焜旧部，甘文焜关前自刎，求他放掉两个公子，他就……"

"党务礼他们呢？"

"党务礼他们扮了公子长随。这是事后才……"高大节道，"邹明已被解到贵阳，请元帅发落。"

"这有什么说的，"吴三桂冷冷道，"杀掉！"

"还有这一件，"高大节又道，"折尔肯和傅达礼昨夜也已不知去向。"

吴三桂劈手夺过牒报，迅速看了一遍，颓然说道："巡抚府自杀三十二人……哈哈哈哈！"他有点失态地笑起来，声音又有点像哭。

"元帅，"胡国柱凑近来问道，"您这是怎么了，难道折尔肯他们也能逃出去？"吴三桂道："他们当然走不了，这是云南，不同贵州——我是心里奇怪，康熙才十九岁，究竟有何德何恩施给他们，这些人为何肯这样为他卖命？"

夏国相见吴三桂如此懊丧，首义之日，觉得很不吉利。虽然心知王辅臣和孙延龄也都是靠不住的人，却安慰道："逃就让他们逃去，也不过让康熙早知道一两天罢了。王辅臣叛清，与我恰成掎角之势，当下第一要务，我们要赶紧攻下湖南，造成大气势，各路就会呼应相从了！"

"说得对，"吴三桂咬着牙道，"王辅臣一反，西线便没事，我可放心东进！这个人总算还有骨气，儿子王吉贞也在北京，竟有如此气魄！"他陡地想起吴应熊，不觉一阵伤心，伤心中又带着希冀：但愿康熙肯来议和，划江而治也不是不能商量的。

第四十三回　冬云遮天师生重逢
　　　　　　薄雪盖地侠骨捐身

　　一批批派往云南的信使有去无回，使移居通州行宫的康熙愈来愈焦灼不安。宁静有时候便是无声的恐怖，沉重的压力在宁静中无形地加强，迫得他透不过气来。太皇太后也怕过重的压力使康熙承受不了，便叫苏麻喇姑前往通州。她毕竟自幼就照料康熙，脾气心性儿摸得透，说说闲话、谈谈佛禅，也能解一解心中烦闷。

　　行宫就设在通州北一座荒废了的关帝庙内，康熙见她来了，心里也自是欢喜，便命人在殿后收拾出一间精舍，让她起居静修，每日处置完政务，便踱过来和她攀谈。

　　"慧真，"康熙这日进来，见苏麻喇姑刚打坐完毕，便在炕沿上坐下，用火剪拨着已经烧得很旺的炭火，微笑着问道，"你虽是出家人，朕却仍瞧着你是大姐姐，朕现在心里极是不安，据你看，西南是个什么征候？"

　　苏麻喇姑似乎有点不胜其寒，自康熙八年，她断了荤，并连油也不用，身子是很弱的。她伸着枯瘦的手烤着火，答非所问地说道："天变了，今儿一早出去，已经飘下细雪。进了腊月，外头运河冻得镜面一样。小毛子这么久没有音信，我想这地方住得太久了不好，万岁还是回宫办事为好。"

　　康熙其实也正想这件事，这里虽严密些，召见大臣却不方便。西南若无事，早该有信传回；西南若有剧变，也就无密可保。他很快就明白了苏麻喇姑这话的双重意思，便笑道："是啊，朕也想着该回去了。也真怪，杨起隆他们叫小毛子去有什么事，这么久不回来？莫非瞧出什么破绽了？"

　　"什么事都要想到。"苏麻喇姑苍白的头发微微颤动，"这是非常时期。"康熙听了，感慨地说道："确实如此，这几日朕心神不宁，觉得处处是不祥之兆。在孙延龄之后，王辅臣受人胁迫，也叛了。范承谟几乎一天一个六百里加急，奏报福建情形，又说不出个所以然，李光地一去毫无音信，陈梦雷去耿家做了官，是吉还是凶？王辅臣反了，他儿子王吉贞怎么办？吴三桂若反，吴应熊又如何办？难呐！"康熙深长地透了一口气，他心中更大的隐忧还没说出来：自十一月以来，京官们便纷纷告假，"丁忧"的也愈来愈多，这不是好兆头啊！苏麻喇姑见他如此焦虑，便安慰道："也不要疑得太多。我虽好久不问俗事，冷眼儿瞧，李光地和陈梦雷还是像有良心的。"

"文人无行。"康熙引了一句成语，呵呵一笑道，"他们都是汉人，用他们汉人说法，就是'非我类族，其心必异'！大师，什么时候都不敢忘了这话，朕这个天下，格外难坐呀！"

这话说的虽是一般汉人，但因苏麻喇姑与伍次友以前有那段姻缘，她听来却有点刺心，便起身笑道："外头雪景必定好，出去走走可好？我估摸何桂柱也该给万岁爷送公事来了。明儿还要起驾回宫，再来这地方儿，可就没有这么方便了。"

"也好。"康熙站起身来，也不叫人，自己拽了件羊皮风毛的金丝猴皮袍披了，便同苏麻喇姑一齐走出大殿。守在檐下的魏东亭朝狼瞫和穆子煦使了个眼色，三人便远远尾随在康熙二人的后面。

天虽阴得很重，雪却下得很小，零零星星的，地上只薄薄地盖了一层白霜。康熙手搭凉棚，远远瞭见里把远的河滩上围了一片人，挨挨挤挤地似乎在瞧什么热闹，笑着遥遥一指道："大师暂且做一会儿俗人，一同瞧瞧热闹可好？"苏麻喇姑听他说得有趣，一笑道："做和尚心不静不如世人，做世人心静强似和尚。万岁既发了话，谨遵圣命！"

二人在朔风中踏着冻土南行，约行半里许，便见何桂柱带着十几个弁从飞也似的打马迎来。何桂柱一见康熙，立刻滚鞍下马，伏在地上，口里吐着白气说道："奴才何桂柱给万岁爷送折子来了！"康熙见他眉毛胡子并头发上都带了白霜，回头对苏麻喇姑笑道："咱们在庙里烤火说话，又穿得暖，不想他们冻得这样。"便说道："起来吧，叫他们把折子送去，你和我们一同去散散心。"何桂柱爬起来，搓手跺脚地说道："敢情是冷！今儿已是腊月初十，快过小年了！"

三人走近了人群，方知是两个江湖艺人在做场。围观的竟有上百人，有的缩着脖子，有的袖手跺脚。康熙觉得甚没兴头，便道："还不如到那河边去瞧瞧呢！"

话音刚落，忽听里边一阵铮铮琴音，一个女腔悠然而起。

"这唱的什么？"何桂柱听到咿咿呀呀的唱腔，听不清词儿，诧异地说道，便侧身挤了进去。他身着官装，人们便渐渐闪出一个胡同来。康熙听着琴音，不禁点头赞赏："不料此地竟有这样高手！"苏麻喇姑却不言语。

何桂柱挤到人群的前头，才看见是个衣着单薄的女歌手拍云板亭亭站着在唱，再瞧一旁操琴伴奏的人，骇得几乎晕眩过去：竟极像伍二爷！他犹恐是眼花，揉了眼再瞧时，那人却低头勾琴抹弦，半苍的头发微微抖动，再瞧不清面目。他想喊，迟疑了一下没有开口，听那女子又唱道：

> 萧萧湖河经此过，苦为心忧受折磨。
> 踏破绣鞋埋雪径，吹残云鬓入风窝。
> 沿途卖唱推恩少，仰面求人忍辱多。
> 欲赋归兮归不得，夕阳回首泪滂沱。

唱至此处结音。因歌词悲苦，歌声凄怆，四周的听众发出一片唏嘘声。何桂柱也觉鼻酸，低头拭泪再瞧时，正与伍次友四目相对！再无半点差错，操琴人正是帝师伍次友——何桂柱蓦地心中轰然一热，失声哭叫道："二爷，我的好伍二爷呀！"

他不顾一切，双手扒开发愣的人们，扑倒在地上膝行数步，双手紧紧搂住坐在冰冷的石磴上抚琴的伍次友，号啕大哭："二爷！你……你竟落到如此地步……柱儿有罪，有罪呀！"人群一阵骚动，外头也是一片嚷嚷。原来苏麻喇姑已背过了气，脸像蜡一样煞白，康熙扶着她……刹那间场内场外都骚动起来，连唱曲的云娘也看怔了。

康熙也是万箭攒心，百感交集，把昏迷着的苏麻喇姑交给穆子煦照看，自带着魏东亭蹀了进来。狼瞫便抽出鞭子虚赶看热闹的人们："走，走！有什么好看？当心鞭子了！"

"伍先生，"康熙见伍次友落魄到如此境地，心中又酸又热，上前轻声说道，"是龙儿不好，害得你这样……你真苦了……"说着便落下泪来。

伍次友像在梦里，先是一阵惶惑，猛见是康熙，大吃一惊起身道："是……龙儿！你怎么会在这里？外边诸侯有叛么？宫内有奸邪相害么？"

"没有。"康熙感动得身子微微发抖。这位亲如长兄的老师，一见面便引用春秋司马穰苴的话，谏责自己不该轻出宫闱。但内中情由又非三言两语能说得清，遂拭泪勉强笑道："我听老师的，一会儿就回去。这里太冷，我们到那边庙里去说话吧。"

云娘本欲一走了之，因见苏麻喇姑昏倒，穆子煦半掖半扶的不好看，只好勉强过来给康熙行了礼，自扶了苏麻喇姑回庙里去。康熙瞧着云娘，想起那年沙河堡的事，又是一阵感伤，强打精神笑道："今日在此重逢，旧憾可以尽释。难得这样巧，这样齐全！"说着，便命众人回庙里。

好半天，苏麻喇姑才醒过来，听着外头康熙正吩咐人到通州沽酒办菜，便扶着云娘踱了出来。

整整三年没有见伍次友了，此时近在眼前，苏麻喇姑不禁仔细打量他一眼。见伍次友里头穿一件天青布袍，已是又脏又破，脚下穿的那双双梁布鞋还是自己做的，已破得露出里头的白袜，飘零流落至此，仍是不失昔日温文尔雅的气度，披着康熙的金丝猴皮袍，从容笑谈。苏麻喇姑只略一点头，示意为礼，抽开云娘的手，便坐在神案前的蒲团上，闭目打坐。何桂柱忙得干转，因见康熙和伍次友说正经事，便又复出来，站在魏东亭旁，等着采办酒席的人回来。

"先生，"康熙双手按膝，倾身向前说道，"方才已将情势说了个大略，下一步该如何办？"

"圣上！"伍次友恭肃答道，"既要撤藩，就要备战，选将乃是当务之急，万不可迟延了。"

康熙轻轻点着头，又听伍次友道："臣不懂军事，既然周培公说决战在湖南，主上应速调大军集于荆襄、汉阳、南京布防，北京直隶所有乱党，应从速殄灭，稳住我方阵脚才是。""先生说的是，朕打算任命安亲王岳乐、简亲王喇布掌管中路总局，图海和周培公对付西路王辅臣，康亲王杰书对付东路福建，吴三桂若反，就在湖南灭掉他的生力军！"

"好！"伍次友听着想着，不禁失口赞道，"皇上可谓算无遗策！臣这数年也曾私下替皇上谋划过，总共得了八个字，不知——"

"哪八个字？"康熙眼中放光，急急问道。

"先戡东南，再定西北！"

"嗯!"康熙立身起来，背着手低头沉思，良久，突然大笑："先生到底是朕的启蒙老师，知我者莫过于先生!"

"臣以为此八字，可奠我大清万世基业!"伍次友离座躬身道，"陛下当为亘古未有之圣君，虽唐宗汉武亦莫能及之!"

康熙一笑，正待再说，何桂柱兴冲冲进来笑道，"筵席办来了，请主子示下!"康熙遂笑道："往后有日子呢，慢慢说吧——瞧眼前这些人，除了李姑娘，竟多半儿是当年悦朋店旧客，只少了明珠。"

何桂柱忙道："是呢!因果缘分凑巧，造化气数一定，再没半点差错，奴才还是操作老行当，为万岁爷和诸位行酒罢!"说着便布酒安席。康熙显得兴致勃勃，笑着皱眉道："紫禁城虽好，规矩太多，行个酒令儿也总是朕赢，很没意思，可惜了这儿没有酒签儿。"伍次友听了笑道："也不一定要行令玩酒签儿，我和云娘原从天津卖唱而来，还是还我们的本色吧!"

魏东亭此时心无挂碍，在旁附和道："倒不料云娘唱得一嗓子好曲儿，方才我们都掉泪了呢!"康熙便笑道："就请云娘再唱一曲助兴如何?"伍次友便搬过琴来，笑道："咱们苦到头了，唱吧!"

"先生，"云娘瞧一眼形容枯槁、坐着捻珠的苏麻喇姑，说不出心中是悲酸是苦辛，千言万语此时俱已成了废话，倒也很想唱唱。略一踌躇，拿起云板笑道："我们相跟数千里，几年时间，不就为了今日吗?好，我再唱一回，作个结句儿吧。"众人正在高兴，听了都没理会，惟康熙瞧她容颜惨淡，语带凄伤，觉着不对，又说不出什么，只好笑着静听。

伍次友笑道："一路都是大哥相称嘛，怎么又变成了'先生'?"说完一边调弦，一边问道："你唱哪个调子?"

"请奏《夜深沉》。"云娘笑着说道，将裙一摆，当地作了一个旋舞，顿开歌喉唱道：

> 金马玉堂，画栋雕梁，万钟俸禄，供得几家欢畅，问心：有几许儿在君父百姓身上? 馔玉钟鼓，簪缨辉煌，谁证是祖宗灵光——问不洁之血食，神可肯呼吸蒸尝?

"好!"康熙听至此，先就击节称赞，"骂倒天下的贪官污吏、乱臣贼子!"

接着又听，却是：

> ……昨日是"哥哥"，今宵自家做苦娘。问先生明日待漏朝房，心中可有半点儿凄恻？——不居官好，不居官好！君不见，父母倚闾西望黄昏日，娇妻愁思鬓上霜！须难怪许由洗耳，五柳菊下卧看白云苍茫！

唱至此戛然而止，关帝庙里只听见外面风啸。

"这是谁写的？"康熙笑问伍次友，"从没听过这样好的歌，删了'不居官'那节，竟可在朝堂上演一演，叫百官都听听。"伍次友笑道："这是原来太医院的胡宫山不知从哪里看来，写给她的。"康熙听了点点头叹道："可惜了胡宫山这块材料儿。这词写得原好，也难得云娘唱得动情。"

苏麻喇姑开目看了一眼云娘，她有点不解，这姑娘为何这样伤心。

"请奏你新制的《广陵散》。"云娘停歇了一会儿，对伍次友道。《广陵散》相传是晋嵇康所作，久已失传。伍次友竟有一套新制《广陵散》！大家不禁新奇。却见伍次友低下头来，良久才将琴弦轻勾一声，音弦清冷颤抖，大庙里众人心中皆是一沉。康熙不由暗叹："音为心声，伍先生如此凄冷心境，怎好……"却听云娘曼声唱道：

> 霜寒九鼎夜气凉，天阙银河渺茫……

伍次友原不知她要唱什么词，一听是自己写的，情肠一动，眼泪已无声地落下。

> 耿耿孤心，荧荧青灯，长门辞归，忧时煎虑百结肠！
> 是灞桥柳，是华霍檀，是嵩岱松，是南国剑麻，是洛阳花王——
> 似黄连苦，如百合香……

方听至此，康熙心中已五味俱全，端起酒来一饮而尽，听她接着唱道：

疏枝星梅，都付于断桥流水。楼头红粉，洗尽了铅华。何事春来再梳妆？忍将一枝才折去，便剁土埋香？

须臾曲终，四座唏嘘。康熙勉强笑道："大家经了多少波折，好容易才有今日，这样的歌听了令人肠断。方今大变在前，趁这时候儿，朕想将伍先生的事料理一下。瞧这位云娘，才貌仿佛便是当年婉娘的模样儿了，和伍先生正好匹配！"魏东亭有点不知所措地看看跌坐的苏麻喇姑，又瞧瞧俯首无语的云娘，点头称赞道："是，奴才瞧着也好。"

"伍先生，"康熙探着身子问道，"你的意思……"

伍次友红着脸，正待回话，一眼瞥见苏麻喇姑瘦弱的身躯，虽瞑目打坐，手中念珠儿却不停地捻动。他陡地一阵心寒，打了个噤儿，一时没了言语。

"伍先生是我哥哥，我已经称心如意了。"云娘将这一切都看在了眼里。她和苏麻喇姑已是第二次见面，见她竟变得如此衰惫，可知心境之苦。伍次友对苏麻喇姑的一往情深，她更深悉于心。云娘明亮的眼睛望了望伍次友，怀着深深的痛楚，意味深长地笑了笑，说道："万岁和魏大人关爱之情我领受了。可正如万岁说的，伍先生正是为国效力之时，我不愿以儿女私情烦恼他。我这一生有两愿，一愿皇上早日殄灭吴三桂，报我家仇血恨，二愿天下有情人皆成眷属。这两条皇上都能办的——'爱我者恒若爱我所爱'这是大哥常说的，我虽没文才，也编了几句顺口溜，说在这里，博万岁一哂。"说罢，低头略一思忖，突地抬头吟道：

藤萝攀老枝，根叶尽相依。
一旦两俱亡，飞鸟来何栖？

众人听着正发怔，云娘一个游步来至魏东亭跟前。魏东亭何等机警，忙欲闪开，只觉肩胛一麻，已被点了穴，趔趄一步，惊问："做什么？"云娘早拔了他的佩剑握在手中！

这一骤变陡起，谁也不知她要做什么，痴痴茫茫地呆望着。云娘笑道："不妨，我怎会刺伍先生的圣主？今日是我了结的时候了！"

苏麻喇姑闻言急忙睁双眼惊呼："妹子且慢，我有话说！"——却哪里还来得及，云娘微微一笑，横剑于项后猛力一拉！可怜……万点红珠随剑迸出，洒落在筵前……接着一个趔趄，栽倒地上，动也不动便香魂杳然了。

"云娘！"伍次友心胆俱裂，撕心碎肝地惨呼一声，扑过去，趴在尸体上昏厥过去。

康熙大惊，急忙趋身近前来看。魏东亭、狼瞫、穆子煦、何桂柱一干人也都惊呆了。

伍次友忽然醒了过来，瞧瞧云娘，又看看康熙、苏麻喇姑和魏东亭他们，仿佛一个也不认识了。明明人人都在悲恸欲绝，伍次友却以为都在笑。他弯下腰小心翼翼地双手抱起云娘，又慢慢放下，突然间爆发出一阵大笑："你们笑什么？难道龙儿能笑，魏东亭和婉娘能笑，伍次友做老师的反倒不能笑么？哈哈哈哈……"

"您能笑，当然能笑！"康熙黯然说道，"做学生的能笑，老师为什么不能？——您累了，东亭扶先生歇息去吧，叫御医来给先生诊脉……"

"我没有病，我不需要诊治！"伍次友双脚跳起，极力挣脱，挣了两挣终是徒劳，被魏东亭和穆子煦一边一个夹起往配殿安置了。

康熙几步抢至殿口，呆呆地遥望外面狂风夹着黄土色的细雪卷起千丈漩涡，很久没有说一句话。

"万岁爷，事已至此，不用想了，我们起驾回京吧，还有好多事等着去做呢！"狼瞫轻声说道。

"是啊！"康熙恍恍惚惚地答道，"事情多着呢，我们回去吧……"

"起驾了！"何桂柱在庙院里大声吩咐道。

康熙咽了一口不知是眼泪还是唾液，只觉又苦又涩。他深深吁了一口气，抬脚向轿车走去。

第四十四回　　康熙帝义释王吉贞
　　　　　　　伍次友悟禅大觉寺

　　王辅臣的异动，小毛子的失踪，引起康熙极大的震动。在他看来，这两件事一则关乎西线局势，一则关乎宫掖安全，内外喧嚣到如此程度，实在不能忽视。于是回京当晚便召见熊赐履、索额图和明珠。原想再听听他们的对策，不料他们三个竟窝里炮儿似的，先闹翻了脸。

　　"万岁，"索额图道，"记得康熙九年，明珠奉旨去陕西，回来曾夸耀王辅臣如何如何忠贞，如今王辅臣竟擅自杀戮朝廷大臣，举兵异动，这件事应请明珠说个明白！"

　　康熙瞧明珠时，见他头上已经冒出汗珠。但明珠素来遇变不惊，很快便定住了神，淡淡一笑道："这件事皇上从头到尾都是知道的。"

　　熊赐履冷冷说道："万岁也有不知道的。"

　　"东园公，"明珠冷笑道，"你是有名的理学大臣，说这样的话像个正人君子吗？"

　　熊赐履被问得涨红了脸。

　　明珠嬉笑道："既然康熙九年我便有罪，何以今日才参劾？在万岁面前，你早就该明白直陈，为何这样藏头露尾的？也不知你们私下是怎样商定的——是来欺我呢，还是来欺君？若是欺我，到我私邸，明珠甘愿受欺；要是欺君，那又该当何罪？"

　　"都住口！"康熙见一开头便跑了题，心中光火，怒目瞪视三人，说道："不像话！朕召你们来，是议王辅臣和吴三桂的事，不想听你们相互攻讦！"说着将案上镇纸"砰"地一摔，连在门口守护的魏东亭都吓了一跳。良久，康熙又吩咐道："传王吉贞进来！"

　　索额图并无畏惧之色，忙跪下道："奴才说的正是王辅臣的事，明珠在陕西收受王辅臣贿赂，回来欺蒙圣主，致使国家封疆大吏惨死，他力主撤藩，眼见折尔肯等又一去无回，这样的乱国之臣实应投畀豺虎，诛之以谢天下！"

"有这样的事——你受贿了么？"

"没有！"明珠扑通一声跪下，抗声答道，"索额图今日要借刀杀人，不过为了撤藩的事与奴才意见不合，求万岁为奴才做主！"

受贿的事眼前是无从查实的。康熙沉吟良久，坐了回去，突然笑道："真出人意外，你们三个先杀头砍脑袋地闹了起来！如何能同心协力？撤藩是朕的主意，与明珠有什么相干？即或明珠也不赞同撤藩，朕依旧要办！难道你们要办朕这个祸首？"这话说的分量太重，熊赐履和索额图忙都叩头谢罪。却听康熙又道："朕何尝不知撤藩之难？朕已准备好事败自尽，你们知道么？"

三个大臣骇得浑身一颤，相顾失色。

"你们吃惊了，是么？"康熙淡然一笑，"死生常理，朕所不讳，惟有天下大权不可旁落，当统于一！朕宁为唐宗、汉武帝业而死，不效东晋、南宋苟安而生！"

"是！奴才……明白！"熊赐履忙叩头道，"奴才等不识大体，不知大局，求主上治罪！"索额图和明珠也是连连顿首。"这就对了。目下大敌在前，朝廷君臣皆当同仇敌忾，共赴前驱。大丈夫立德、立言、立功，在此一时！朕为你们和解了吧！从此谁也不许再用意气。你说呢，熊东园、索老三？"

"喳！"

"你呢？"康熙又问明珠。

"奴才本来就没什么。"明珠叩头答道，转又嘻嘻笑道，"细思二位本意，也是为国家社稷，奴才这颗头果真换来天下太平，砍了还不是该当的？——二位大人放心，明珠是不晓得记仇的！"

"这才是大臣的风度呢！"康熙心里的火气平息了，这才又问，"王吉贞该怎么办？是杀，是放，还是拘？"

"杀！"明珠毫不犹豫地答道。方才索额图说自己受贿，为了表白自己，他不得不下此狠心。"王辅臣如此辜负圣恩，外边臣子们早就议论纷纷，既然反了，朝廷就不能示弱。"索额图也道："谋反大罪属十恶不赦！律条早有规定：无分首从，凌迟处死！"

康熙点点头，又瞧熊赐履。熊赐履道："如今朝野震动，皆曰王吉贞应斩，奴才倒有个愚见，不如拘禁起来，使王辅臣不能专心用兵……"康熙听了立起身来回兜了几圈，说道，"朕昨日问了伍先生，他倒以为放了为好！"

熊赐履诧异地抬头，用目光询问康熙：这个伍次友一向注重申韩之术，为什么会发了善心？康熙笑笑，他心里一时也拿不定主意，决定先见见王吉贞，视情形再定。于是问殿外的魏东亭："王吉贞来了么？"

王吉贞已来了，因里头正在议事，犟驴子把他拦在养心殿外垂花门前候旨。听到里头传呼，王吉贞忙答应一声："臣在！"小心地放下马蹄袖，弓着腰疾步进内，俯伏在地道，"奴才王吉贞恭请圣安！"

没有回答。王吉贞偷眼瞧时，只有康熙在来回踱步，旁边似乎还有几个人，却不敢抬头看。养心殿里静极了，只能听到康熙的靴声和自鸣钟的咔嗒走声。

"你父亲反了！"康熙突然问了一句，"你知道吗？"

"啊！"王吉贞惊呼一声，睁着惊恐的眼睛瞧着康熙，牙齿迭迭打战，忙又颤声答道："奴才……奴才……奴才本不知晓，近日有些，有些风闻……求……"

又是一阵沉默，几张纸飘落到王吉贞面前，他双手捧了起来，只读了几句，脸上已冒出了冷汗，失神地将折子捧给旁边的明珠，浑身像打摆子似的发抖，口中吃吃作响，却一个字也说不出来。

"你怎么想？"康熙目光突然变得咄咄逼人。

"听……听凭万岁……爷发……发落……"王吉贞已瘫得像一堆泥了。

此时康熙也在紧张地思索，杀掉这个人比捻死一只蚂蚁还容易。但伍次友认为王辅臣反志不坚，杀掉他的儿子只能激他决心与朝廷为敌到底，这个话不能说没有道理。他要见王吉贞，是想看看这块料，若是个有才有识的，当然要杀掉。如今看他这模样，他倒放心了，但若就这么放了，未免又便宜了王辅臣。

"你这个马鹞子的大少爷就这么点胆子？"康熙想定了，有些调侃地说道，"抬起头来听朕说！天下人千反万反，朕不信你父亲会真反，若真的反了，朕不杀他，天也要杀他！莫洛这人素来自大轻浮，你父亲手下不少人是闯贼、献贼的旧部，原难节制，激出了这场兵变，他被裹胁弹压不住也是有的！"

"这是朝廷的恩恕，万岁爷的明鉴！"王吉贞做梦也没想到康熙会这样讲，连连叩头答道。

"朕召你来的意思——"康熙一边思索一边说道，"你星夜回去，宣朕的命令：你父亲的罪在疏忽大意，杀莫洛是下面人背着他干的，朕知之甚详。叫他拿定主意，好生约束众人，为朕守好平凉，不要听旁人调唆。只要有功劳，将来连杀莫洛的事，朕也一概不究！"

"是是是！"

"你心里必想，朕此时说得好听，到时候便会爽约，是不是？"

"是——臣不敢！"王吉贞不知该怎么回答了。

"是不是，敢不敢由你想，由你说！"康熙说道，"你父亲若真的反了，朕岂有不杀你之理？当年你父亲来京见朕，曾赐他一支蟠龙豹尾枪，你叫他取出来好好看看，好好想想，把事情挽回来，便是一大功劳，朕赏赐尚且不及，怎么肯杀他？"

"喳！"

"你去吧！"康熙摆了摆手，吩咐立在殿门口的狼瞫，"着兵部给他办通行勘合！"王吉贞这才伏地谢恩，汗透重衣地去了。

"万岁，"索额图诧异地问道，"就这样放掉他？"熊赐履也道："万岁，他这一去，王辅臣便没有后顾之忧了。万岁还该深思熟虑！"明珠却笑道："奴才倒以为主子处置极好，王辅臣若真心造反，还管什么儿子不儿子？王吉贞回去说得动，固是大幸；便不听，也没什么大不了。这样的稀泥软蛋，能派什么用场？"

明珠这奴才把自己的心思看得这样透，康熙不禁眉头一皱，却道："你们还该去瞧瞧伍先生。他心里烦乱，不要大家一窝蜂儿去。唉，朕的这个老师，造化不济呀！"

伍次友已是渐渐复元，只是神情淡漠，呆呆的，一坐便是半日。康熙听了太医的话，仍将他安置在何桂柱府邸——当年的悦朋店，已改为何桂柱的私邸——旧景触目，往事刺心，最易恢复神智，果然一天好似一天。这中间熊赐履、明珠、索额图、魏东亭以及魏东亭的几个兄弟几次来看望他。大家见他精神渐好，还操心要去看望周培公，就都放了心。不料云娘断七之日，伍次友便停了饮食，点起息香瞑目静坐，任何桂柱百般劝慰，只是微笑不语。直到第二日，何桂柱才瞧出来，他竟要立意自戕！不禁慌了手脚，忙入宫请见康熙。

康熙正抱着一个手炉出神，图海和周培公垂手侍立在两旁，案上放着一张京畿旗营驻防图。见何桂柱匆匆进来，以为小毛子的信儿有了，康熙便将手炉儿放在大炕上，等他礼毕，方慢慢问道："你见着王镇邦了？"

"回主子的话，"何桂柱怔了一下，忙道，"还是前儿见的，他说不知道小毛子去了哪里，——吴应熊那里我去了两次，门上人说吴应熊病了，见不得客。"康熙默谋一阵，又道："伍先生病可好些了？"何桂柱含糊答应一声，说道："奴才就是为这事来的，病瞧着是不相干的了，只是不吃不喝，像是要寻短见似的。奴才寻思，或许主子见他一见，说不定就会好的。"

"他的这病还是因朕而起，恐怕不是解劝一下就成的。"康熙叹道，"不过朕还是去一趟吧，嗐，这里一堆事情……偏是愈忙愈出事！"图海听了问道："伍某病体不是好些了么？何不宣他来此？"康熙笑道："你敢用'伍某'二字，胆子不小啊！他与你不同，你是朕的奴才，他是朕的师友！"

周培公已明白康熙的意思，并不准备要用伍次友入阁做官，便躬身赔笑道："伍先生有大恩于我，这次来京尚未见面，可容奴才先去瞧瞧？"

"心病难医呀！"康熙有些犯难地说道。

"佛法无边。"周培公应口答道。

康熙目光一闪，笑道："好，真有你的！"他已有了主意，"这样吧，五台山菩提大师来京，在大觉寺挂单，太皇太后和朕都见过几次，实在是个有道的高僧。你和何桂柱约了伍先生同去一趟，请以三乘教义惊他痴迷之心，或许会好的——至少不会再寻短见。你们去吧，朕自有安排！"

周培公和何桂柱约了明珠一同来到悦朋店，方是巳初时分。明珠一进门便问何桂柱的长随："先生呢？这会儿还在打坐？"那长随躬身答道："伍老爷正在做文章呢！"三人听了对望一眼，来到后堂檐下跷起脚儿隔窗瞧时，不禁呆了：原来里边摆了香案，上面供着四个碟子，放着细巧点心，信香缭绕，满室静穆——伍次友叩罢头起身，展开诔文朗声诵读：

> 岁次康熙十二年腊月十七，天下第一绝情负义、丧心病狂之扬州书生伍次友，谨以不腆之仪，微物四色，清酒一觞，致于灵秀仙姝云娘贤妹神前。怀终天之悲，抱无涯之恨，下陈愚衷曰：女之生也，不知何许人。怀红线之绝技，秉古押衙之高风，长剑飘流、琴心惟微，以红妆而巾帼，下终南之巅，行太行之古道，寒芒所指，奸徒授首；谈锋一触，婉辞洗心。明月素心，清桂之姿，携三尺剑，抱不悔心，附予不二之蠢物，折兰于怀，同为沦落萍踪之人……

"大哥写的好文章！"瞧着伍次友的泪水不住往外涌，明珠忙在外大声说道，便携了二人一齐进去，笑道，"只是里头尽是不祥之语，兄弟却不忍听。"

"培公也来了，我前儿还说要瞧瞧你呢！"伍次友淡淡说道，"都请坐，柱儿也坐了罢。"何桂柱原是伍家家生子儿奴才，伍次友不发话他是不宜就坐的。

何桂柱一边谢坐，一边笑道："二爷如今也信起鬼神来，不怕老太爷知道了挨骂？"伍次友微笑道："什么信不信、祥不祥，如今我都不在乎。圣人讲：'六合之外，存而不论。'以我看他对鬼神的事，也不甚了了！我被命运拨弄至今，也该撒手大悟了。原是不信鬼神，如今倒宁信其有，不愿其无。"

明珠听着这话难答，只啜茶出神。周培公知他学问，自忖难敌，想了想笑道："先生，神乃心之苗，不信便无，信之即有。您虽识穷天下物理，于禅宗妙义，愚见尚未洞彻。请恕我直言。"何桂柱见伍次友笑着要反驳，忙道："二爷是读过大书的，那些理儿柱儿不甚明白。只晓得皇上如今忙得饭也顾不上吃，指望二爷病愈了帮着做事呢，还不多自家保重些儿？"明珠乘机便道："静养几日便好了。我听说大觉寺来了一位活佛，是五台山讲经的菩提法师，能说人三世因缘，这会儿还早，何妨同去见识见识呢？"

"大觉寺在崇祯年间已被毁了。"伍次友搜索着记忆，说道，"这大和尚不向香火盛处行，倒像是位高僧，既然你们没事，我们就走走。"

　　大觉寺坐落京师西北旸台山侧，紧与西山遥相对峙，金元年间香火极盛，可惜后来遭到兵燹。时值隆冬，但见一片残垣断墙，枯木萧森。一座巍峨的正殿已破烂不堪，倒是南厢一排配殿，似有人略加修葺过，给这荒寒漠漠的古寺增添了一点活气。四人在庙前下马，一天多没进食的伍次友已是气喘吁吁，一边拾级而上，一边对明珠道："你骗得我好苦！哪有什么活佛说法？"周培公向远处一指，笑道："那不是一个和尚？"

　　"阿弥陀佛！"一个中年和尚从配殿中踱出，不过四十余岁，身材瘦弱，面貌清癯，穿着一件木棉袈裟，里头着一领土黄色僧衣，双手合十立在玉兰树下道："有缘居士来矣！我和尚便是菩提，愿引居士慈航渡海！"

　　伍次友见他如此年轻，心里暗暗冷笑，遂向前跨了一步，合掌问道："堂头大和尚，汝莫非不语禅大师？"这一声问得明珠和何桂柱都大瞪眼，周培公却知道伍次友是在挑问禅机，只在一旁瞧着不吱声。

　　"居士不必诧异。"菩提微笑着对三人道，"这位居士像是一位大善知识，要考校贫僧了！"说罢转脸笑对伍次友道："居士问禅不必问佛，问佛不必问禅！上下天光，一碧万顷。"

　　"哦，"伍次友知道对手厉害，一笑盘膝坐下道，"那是儒家佛，非西方佛。"

　　"东方人向西方人求经，西方人谓佛在东方。"和尚也盘膝坐于大悲坛下，看来遇到对手他也很高兴，合掌一揖道，"佛在众生中，明心即是见佛。"

　　"我不为儒家佛。"伍次友听他劝自己回到众生中去，断然说道，"人面不知何处去，桃花依旧笑东风。"和尚听了一笑。此时，明珠忽觉这和尚似曾相识，却再想不出是谁。又听和尚道："西方宝树舞婆娑，却难结来长生果。"伍次友道："不结算了。"伍次友吸了一口气，半晌才道："一少年喜作反语，偶尔骑马向邻翁讨酒，邻翁说'没有下酒物'，少年说'杀我马'，邻翁说'那你骑什么'，少年指着阶前鸡说'骑它'，邻翁又道'有鸡无柴'，少年道'脱我布衫去煮'，邻翁道，'那你穿什么？'少年指着门前篱笆道，'穿它'！"

　　菩提听了伍次友这番咄咄逼人的机锋语，呵呵大笑道："指鸡说马，指衫说篱，谁穿谁煮，谁杀谁骑？参什么道，连自己本来的面目都不知晓！"不等伍次友再问，反戈一击问道，"一道学先生教人只领略孔子一两句话，便终生受用不尽。有一学生向前一躬道，'老师圣明，学生体察了圣人一句话，便觉心广体胖'，问是哪一句，回答说'食不厌精，脍不厌细'！"

这些机锋语原是随参禅人心境滚移，各所领会，各相抗拒。周培公先还听得出些意味，此时已来不及细嚼了，明珠和何桂柱早已听得傻乎乎的。见伍次友这等人尚且显得有点尴尬，大家未免都觉诧异。却听伍次友又道："诸佛妙理，不在文字之间，这个不须大和尚指教，只问秃驴的'秃'字如何写法？"

三人正怕和尚恼怒，哪知菩提并不在意，合掌念佛道："这是居士读书不留心处，秃驴之'秃'，乃秀才之'秀'，只是最后一笔向上勾罢了！"

"大和尚自称'贫僧'，"伍次友仍不甘心，又问，"'贫'字怎样下笔？"

"'贫'字好写。"和尚道，"与'贪'近似！"

"懂了！"伍次友至此方合掌皈依，"下愚蒙昧无知，多承大和尚点化，愿拜堂下为执拂头陀！"明珠不禁大惊，正要说话，那菩提却道："我知尔意：有求于佛而入佛，可终生而不得成佛。尔不能明心见性，不配为和尚弟子。"伍次友身子一震，不甘示弱地说道："和尚也是世人来，值得如此自大自尊？大和尚蛰居深山古刹，耳不闻丝竹弦歌，目不视桃李艳色，面壁趺坐，对土偶木佛，便以为是无上菩提？明珠、培公、柱儿，咱们走，咱们走！"说着便欲起身。

"居士且慢！"菩提莞尔一笑，"是衲子失言了！"说着拂尘一摆。伍次友错愕之间，两行女尼各十二人从配殿里款款而出，个个体态轻盈，虽蛾眉淡扫、粉黛不施，绰约风姿皆是绝色！

伍次友正不知何意，蓦地瞥见苏麻喇姑陪着两个妇人跟了出来，立在大悲坛前微笑不语。明珠和何桂柱一眼扫见，竟一个是太皇太后，一个是当今皇后！惊得一跃而起，伏地叩头，周培公也忙不迭跟着行礼。

"这儿没你们的事，起去！"太皇太后从容说道，"伍先生——这菩提便是先前顺治皇帝所化，配不上做你的师父么？"伍次友骇得面色苍白，忙道："岂敢，臣今日已败得落花流水了。"

"怪不得皇帝如此爱重。"菩提微笑着对母亲道，"果然才思敏捷，我研读佛学二十年几乎栽在他手！——跟了衲子，且观赏京华风云吧！"

第四十五回　吴应熊夜奔潞河驿
　　　　　　小毛子吓死王镇邦

　　自腊月初六小毛子失踪，人们都以为他出了事，其实满不是那回事。他已跟随杨起隆转移到潞河驿，吴应熊也早已转移到玉皇庙，杨起隆派人将他保护起来。吴应熊为了让小毛子祸害朱三太子，所以竟未告发。

　　杨起隆的人员集中到潞河驿以后，杨起隆严令部众不奉手谕不得擅自外出，否则便格杀勿论。经过几个通宵的会议，小毛子已经知道了这个神秘会众的全部机密，急着要面见康熙，可是一步也不能离窝儿。

　　腊月二十三，杨起隆又在潞河驿二进院后正堂设宴，召集各省堂主和身边的谋士、将军、都统、提督议事。酒过三巡，杨起隆红光满面，兴奋地立起身来，笑道："列位，告诉大家一个好信儿。吴三桂已经动手了！耿精忠已将福建巡抚范承谟拿了，尚之信扣押了他的父亲尚可喜，与广东广西巡抚联檄讨清，此刻，湘江以南已不是满鞑子的天下了！"

　　宴席上的人立时轰动起来，有的交头接耳小声议论，有的快活地大说大笑，也有的端着酒杯沉思，还有的只是抿着嘴儿笑，气氛十分热烈活跃。

　　"我们决定起事，"杨起隆庄严地说道，"有几件事要知会大家，有的事还要商议，请军师李先生先讲讲。"李柱原与杨起隆挨身坐着，这时慢慢起身，环顾一眼众人，说道："国号，仍是大明；奉先帝崇祯血胤三太子朱慈炯为主！"

　　人们不禁惊异，怎么又出来个朱慈炯？

　　李柱向杨起隆一躬，说道："这件事难怪众位不知：朱慈炯就是我们的少主，甲申事变后为韬晦计，改名为杨起隆，于今已有三十年，今日宣布起事，自应正名！"

　　众人这才明白，事情里头还有这许多的曲曲弯弯。

　　"年号——广德，于甲寅春元旦奉此正朔！"他顿了一下，又道，"起事时，以举火为号——由内廷、大佛寺、妙应寺、文天祥祠、孔庙、景山东、鼓楼、钟楼、李卓吾墓、大钟寺、卧佛寺、烂面胡同和镇岗塔计十三处，于半夜子时放炮点火，全城齐动，攻打大内！"

人人眼中都燃着灼热的火光，小毛子也听得目光炯炯。

"我们做了两万顶红帽子，"杨起隆道，"大内五十七名太监已经发过，到时候将发辫盘起，一律掖在帽里。"

"为什么戴红的？"有人问道，"我们为先帝复仇，该用白衣白甲！"

"满族以北方蛮夷袭得华夏，定国号为清，五行上应的是'水'，"李柱不慌不忙地说道，"我们大明炎炎日月，倡的是'火德'——这叫以火克水！"

火能烧干水，火大不怕柴湿，这道理人人晓得。

"我们明日就干起来！"一个小胡子香堂主忽地起身，袖子一捋大声说道。小毛子对此最为关心，在一旁静听，生怕漏了一个字。小胡子说罢，便有人响应，也有人觉得太仓促，怕准备不及，一时间正堂里乱哄哄的。小毛子咳嗽一声清清嗓子，站起身来大声问道："少主！几时动手啊？"

"这就是要与大家商议的了。"杨起隆笑道，"明日似嫌匆忙，我们准备了几年，不能太仓促。"

"我先说——原本今日最好。"小毛子大声道，"可惜错过了这个小年——我们做这砍头洒血的大事，要选个吉利日子——二十四，扫房子，乌烟瘴气的，不好！"

他扳起指头一天天往下算，尽量将日子向后拖："二十五，磨豆腐，干转圈子，怎么成？二十六，去割肉，血淋淋的也不行。"

本来内定的二十六，让小毛子这一说，有人立时感到血肉横飞，不太吉利。杨起隆生怕他再讲下去，便道："那就二十七！"

"二十七，杀灶鸡。"小毛子又将指头扳了下去，"本来不错，方才军师讲的，咱们是'火'，灶火灶火，这谁都知道；偏金鸡叫鸣儿，我们杀了，那还了得？"他说得唾沫四溅，听的人们面面相觑。一向怀疑他的焦山，黑沉了脸。朱尚贤却气得脸色煞白。小毛子又道："二十八，把面发，瞧着挺大，里头却虚，一捏一个死疙瘩，也不吉利。"说至此，他舒了一口气，觉得已运用自己的"知识"做到了尽力而为，便笑道："二十九，灌黄酒，酒助英雄胆，大家起来干，我看这日子最好!"

杨起隆陡然起疑，瞟了一眼李柱。李柱早感到气味不对，他精熟奇门遁甲，五行生克之理，从没有听到过像他这样胡说的，也自疑窦丛生，但他城府极深，料这小子若是奸细，即或把日子定得再迟，送不出信儿也是枉然，便欲擒故纵，说道："小毛子的话很有板眼，也很有道理。既推迟了，我们索性好好准备一下，二十九日子虽好，总不及大年，我们趁初一过年不备，大举起事，清水煮饺子，叫康老三吃个够!"

众人一时哄堂大笑。小毛子面上热笑，心里却一阵阵冷笑："任你奸似鬼，吃了爷的洗脚水!"正吃酒高兴间，忽见外头报说："吴应熊来了!"说话间吴应熊已踱着方步从容进来。跟在后头的郎廷枢似乎有点心神不定，瞟了小毛子一眼。

"噢，大世子!"杨起隆笑道，"玉皇庙那边住得还好？若不惬意，红果园还有一处宅子，移到那里如何？只是委屈你了，不得自由，总比你那石虎胡同宅子强点吧？此时驾临敝处，不知有何指教?"

吴应熊并不理会他的讥讽，微微一笑说道："实言相告，今日我才知道我的石虎胡同宅子已被康熙抄了，心里不太踏实啊！此乃非常之时，我们应当精诚相见，特来谢你的佑护!"

"是吗?"

"当然也为我好。"吴应熊冷冰冰说道，"我相信三太子并非不学无术之人。我们争不争天下是将来的事，今日我若不为你剁掉一颗钉子，便没有将来的你我之争!"

杨起隆听了肃然改容道："此话说得爽快透彻，是姜便有三分辣，咱们的事当然可以放一放——钉子在哪里?"

"你先瞧瞧这个！这是家父转来，你的人送到我手上的，不会是假的吧?"吴应熊从怀中窸窸窣窣掏出两张纸。杨起隆接过看时，一件是吴三桂的讨清文告，另一件是吴三桂致三太子朱慈炯的函信。他皱眉细细看了，心中十分高兴：吴三桂终于承认了自己的太子身份，不禁起身高呼："我大明社稷光复在望！平西伯已通力与我合作!"

众人立时又是一阵欢呼雀跃。

"钱喜信!"吴应熊突然目光如电地射向小毛子，提着他的本名儿叫道，

"你过来!"

小毛子立起身来,迟疑惶惑地走着,腿不禁有些发抖,脸上刷地变了颜色。所有的目光都集中到了他的身上。

"上头有三太子,下头有我吴应熊,左右前后有王镇邦、阿三,还有在座诸位大明忠良。天上有崇祯爷的灵,地下有黄四村的魂——我问你,你是三太子的人,是我的人,还是康熙的人?"

小毛子虽百伶百俐,在这排炮般的攻击下,也不免慌了手脚。但他毕竟是小毛子,浑水蹚得多了,心知不能再说假话,便想死得硬气一点,牙一咬说道:"爷是康熙万岁的人,你咬我的屌毛去!"

人们简直不敢相信自己的耳朵。李柱、朱尚贤等虽然早有疑心,一旦证实,仍不免有些吃惊。杨起隆的脸色立时苍白了。

"很——好,有种!"吴应熊冷笑道,"倒瞧不出你能有这等气概!"

"你早就知道了。"小毛子拖了把椅子,扬着脸坐下,"为什么不早就揭出来?你是不是有点婆婆妈妈,或者你还想叫我坑害别的人,是不是这样?"

这是很恶毒的挑拨,很厉害的反击。但对此时的杨起隆已经不起作用了。吴应熊冷笑一声道:"方才我们已经挑明,我们的事往后再说,根本不用你来挑拨!你未免聪明过头了!"

"拖出去!"杨起隆将手一摆。

"慢!"小毛子尖声儿叫道,他很怕受酷刑,便引了熊赐履常说的一句话:"自古刑不上大夫!"

王镇邦原来极恨小毛子,见他转眼间便落到这地步儿,心里十分惬意,笑嘻嘻过来道:"小毛子,记得黄四村怎么死的么?我给你换个样儿,土埋了怎么样?"

"活埋!"小毛子打了个寒噤,"那太憋气!"众人听了想笑,却又笑不出来。杨起隆平日疼爱小毛子,见他一副憨顽无知的样子,叹一口气道:"王镇邦带他到后边,另备一席,让他喝醉了再办吧!"

这是此时最容易接受的,小毛子生恐有变,拔脚便向后边走去。杨起隆和李柱都觉得有点头晕目眩。

"回去吃你们的酒吧！煮熟了的鸭子还飞得了？"王镇邦吩咐后院的五六个行刑手，又命抬过一桌席面，这才对两个押送小毛子的红衣侍卫道，"少主儿吩咐，方才的事不许乱说，晓得了么？"说完，这才推门进来，对席前呆坐不语的小毛子道："我只能陪你少吃点酒，好歹我们认识一场，我不难为你，你尽情一醉，送你上路，我的差使算完。"

小毛子面色灰白。此时，他也满肚子感慨，自己以往一向争胜要强，出人头地，可现在都化作一汪冰水。人生就是如此，玩了一辈子火，到后来自己也要被火烧化，而且死得无声无息，不但康熙不晓得，连外头刨坑的人也不知道埋的是谁！他欲哭无泪，沉思良久，倒了一杯酒自饮了，低声笑道："算姓吴的厉害，只不想我小毛子败得这么快，这样惨！真奇怪呀，王八翻潭，连潭底儿都倒了个儿！"

"想骂你就骂吧！"王镇邦毫不在乎，"虽说各为其主，我们总算有缘分，我来送行，你也不算寂寞。"

小毛子勉强定住了心，拿起桌上的酒壶摆弄一阵子，斟出两杯酒来，抖着手推给王镇邦一杯道："想不到是你给我送终，够朋友，来，干！"

"论理你也够本的了。"王镇邦狞笑着饮了，"这几年你红火得还不够？又是茶房头儿，又是养心殿的总管太监，这么点岁数，跺跺脚紫禁城都得晃动。"他尽情揶揄着，"只可惜那年你和皇上演苦肉计，我害病没赶上瞧热闹儿，如今想起来比看戏还有意思！"说着，得意地自饮一杯。

小毛子忽然激动起来，兴奋得手里的筷子都掉在地上，一边俯身捡起，顺手抓了一把老房土揣进怀里。他陡地想起，这个又胖又高的人患有心疼的毛病儿！他沉吟着打主意：济不济吓他一下何妨？死马当着活马骑再说！便皱眉道："你这话说的在理。我虽年轻，死了也值了——先就比你见的世面大！"

"唔，"这是实情，王镇邦点头道，"还有呢？"

"虽说受过一点罪，却比你享福也多！"小毛子情绪渐渐活跃，神色自若地陪着王镇邦又吃一杯，"再还有一条，我老娘有晚福，如今插金戴银的，你娘呢？"

这是明知故问，王镇邦老娘守寡，不到三十岁就煎熬死了。小毛子临死前还这样埋汰人，王镇邦不由一阵生气，忽又想犯不上，便笑道："插金

352

戴银是不假，晚福不晚福还要再看。你是瞧不上了，三太子坐了天下——"

"你想着害死了我小毛子，你们就能骑着驴尿过河了，"小毛子粗俗不堪地说道，"是不是？"

"怎么讲？"

"乘胜（肾）前进嘛！"小毛子夹了一口菜，嚼着，"其实这是做梦娶媳妇！康熙万岁爷——你知道么——厉害着呢！"

"好，"王镇邦决定不和他生气，"噗嗤"一笑自饮一杯又道，"这也算你比我强。还有么？"

"我害死的人也比你多。"小毛子见他不肯生气，似乎有点失望，"王大哥，你想听听这些事不想？"

"当然。"王镇邦欣然说道，"你只管说，我听着呢，有些个事先前只听说，还真不知内情！"

小毛子长叹一声道："虽说事出无奈，也实在是有伤阴德——头一个是葛褚哈，当年他要糟蹋苏麻喇姑大师，叫我撞上了。都说是我打死他的，其实谁也不晓得，他是先喝了我的茶，死了才又打的——我不解气！苏大师是我的恩人哪！"

这是可信的，像葛褚哈那样的悍将，小毛子把他打得脑浆迸裂，王镇邦一直是不信的，此时知道了原委，不禁连连点头。小毛子看了他一眼，接着道：

"当时苏麻喇姑前头跑进我屋里，葛褚哈后脚跟进来，大天白日当我的面就要干那事。我便拦住了，笑着说：'干这种事，得有点助兴的东西，前几日吉林贡来的鹿鞭参茸茶最好！'

说完我就到灶下摸出一包老鼠药——云南进的——抖着手胡乱放些茶叶和糖给了他……妈吧！你没见他临死那模样……嘴唇紫黑、脸上乌青、鼻子眼睛都冒血……"小毛子形容着，平静地追述着那虚构的恐怖场面，"临死那畜生还蹬了我一脚，肋骨整整痛了三个月！"

"第二个叫郝老四，你未必认得。是魏东亭的把兄弟。"小毛子看也不看王镇邦，仿佛陷入了深深的回忆，"也是惨得很。"

王镇邦确实不知道这回事，由不得便问："为什么要害他呢？"

"这回是奉旨行事——郝老四暗地勾结鳌中堂，叫万岁爷查出来了，瞧着魏大人面子，赏他个囫囵尸首，这差使万岁叫我去办。"小毛子脸上毫无表情，捏造着，"这次用的是砒霜，他吃醉了酒，死得很快，一点也不苦，本来大家在一起是朋友嘛！"

王镇邦心里已觉发毛，强自镇定着笑道："你倒讲义气！"侧耳继续听小毛子道："第三个叫喜儿，你更不知道了。他原在养心殿当差，是个小白脸儿，人都说他和明大人是贴烧饼的交情儿。"小毛子愈编愈顺口，"仗这点子势力，他常在万岁爷跟前挑三窝四放我的坏水儿。这也罢了，他还竟想我的菜户墨菊的好事儿，我对他就不客气了，用的是班布尔善炼的那种毒药。"王镇邦突然浑身打了个寒噤，低声惊道："周日追魂夺命丹！"

"对，难为你也知道。"小毛子愤愤道，"一个菜户也想夺，这么没人伦，我真生气——死了我去瞧，嗐，和平常死人一样！颜色都没变，扫兴得很！"

"哦……"王镇邦透过一口气来。

"第四个省事了，你也知道，就是黄四村。"小毛子笑道，"这是没法子的事，吴额驸不想叫他活，又想叫我在万岁爷跟前露脸立功，命我用药。这时候我门道也多了，给他加了一料，半个时辰就发作了，可怜黄四村还以为喝的也是班大人的那一种呢！"说至此，小毛子眼神黯淡了。

"到头了，你不能再害人了！"王镇邦被压得紧绷绷的心舒了一下，"外头的土坑一会儿就埋你，你就要烂在里头！快些喝吧！"

"叫他们刨大一点，"小毛子古怪地一笑，莫名其妙地说道，"不然一会儿埋时要嫌挤的……"

"你……这是什么意思？"

"没什么意思。"小毛子伸手掏出老房土来亮亮，又抖洒到地下，惨笑道，"干我这一行的，早晚随身都得带点。方才酒菜一送上来，你没进来我就放了进去……我可不想一个人走，那多孤单！"

"你是说……"

"我说你和我吃了一样的药，只不过谁能想着你比我还贪杯呢？"

"你……你……"王镇邦颜色骤变，忽地站起身来，脸色涨得像猪肝一样，五官扭曲得不成人形，突然，心像被刀剜了一下，他那粗重的身躯踉跄一步，只是用手指着小毛子，却一个字也说不出来。

小毛子咬破舌尖，让血顺嘴角淌出来，却指着王镇邦笑道："你发作了，你不行了……好朋友，这才是生死之交呢……你本来就有心痛病，要比我先走一步了……不要紧，人死如灯灭，一会儿就过去了，一会儿就过去了……"

王镇邦恐怖得眼睛瞪得出了血，倚在椅背上盯视着小毛子，只觉天地、房屋、酒席都在倒旋。小毛子不料他如此不堪一击，带着痛苦的神情继续"安慰"："好歹你死了还有人知道，我连一个人都不知道……"王镇邦早已听不见一个字了，眼睛、鼻子、嘴角都扭歪了，肌肉剧烈抽搐几下，瞳仁散了。

小毛子此时也被他吓出一身臭汗。他实在弄不明白：几句话怎么就能把人吓成这样？

一个活人和一个死人就这样对视良久。小毛子这才想到应该逃走。他乍着胆子又喝了一大杯酒，绕过王镇邦僵直的尸体悄悄开门出去。这时已是斗转星移，几个刨坑的还在吭吭哧哧地挖冻土，便走过去说道："恁冷的天，刨好了，进去吃两盅酒暖和暖和……"说着，便蹑着发软的腿脚，到厩里牵出一匹马骑上，定定神，放辔慢慢向外而去——出了二门，一切问题都没有了。不料刚转过屋角，正遇上朱尚贤小解过来，喝道：

"谁在院子里骑马？下来，发酒疯么？"

小毛子不等他看清，劈脸就是一鞭子，飞也似的突出二门。大门上正闲聊的几个香客还未弄清是怎么回事，他已消失在暗夜之中了。

第四十六回　犟驴子奉令杀宫　杨起隆途穷逃生

因大内禁军都换了生人，小毛子很费了些周折才说服了善扑营的守军，带他见了内务府堂官，才放进宫去。这一夜他一直像被噩梦追逐着，直到此时，他的心一点也不轻松：宫里总共千余名太监，便有三百余人在会，中间五十多名太监还拿到了"红帽子"。单这一点，就叫人胆寒！

"奴才小毛子恭请圣安！"

康熙正在养心殿灯下披阅奏章，听自鸣钟响过十一下，已至子初时分，正要起身舒展一下筋骨，见小毛子突然跪在面前，真是又惊又喜："是你回来了！起来，那边坐了——出了什么事，这么久不回来？你是怎么了，脸色这么难看？"

"奴才没什么，"小毛子异样地笑笑，"这都是分内的差事么，万岁爷准了奴才这几日的假，奴才母亲已在家叩过头了，托主子的福，她身子已经大好了。"

康熙目不转睛地盯着小毛子，揣度他这云天雾地的话是什么意思。小毛子生怕他再问。起身过去将一件白狐裘捧过来，一边笑道："几日不回来，宫里的规矩都改了，连乾清宫那边都没有灯，魏大人他们也都不在这儿侍候了。外头这么冷的天，万岁爷去储秀宫，得披上这个。"康熙想想，不禁哑然失笑道："你怕什么！朕也不笨！你瞧瞧这里……"说着，对帷幕后边的一人笑道："小魏子！小毛子想你们了，出来见见吧。"

话音刚落，帷幕已经打开，里头一溜木杌子，并排儿端坐着五个一等侍卫，魏东亭、图海、狼瞫、穆子煦、犟驴子一个个衣冠整肃，挂剑危坐。还有一个文文气气的周培公，八字眉下的一双眼睛又黑又深，闪着晶莹的目光。除了图海和周培公，都在看着小毛子微笑。

"我的娘哟！"小毛子一口气松了下来，两腿一软，一屁股瘫坐到地上，胸口一甜，吐出一口血来。康熙忙命犟驴子扶他起来，惊问："你这是怎么了？"小毛子道："宫里头的事吓人得很，要不是爷的保驾将军都在这儿，小毛子就得斗胆诓万岁到娘娘那里才敢说！只消那边一起事，全宫立时就会大闹起来！"接着，他才若断若续、有气无力地将方才的遭遇、杨起隆的布置一五一十说了个细。

"请万岁当机立断！"周培公刚刚听完，忙向前跪下道，"事已十万火急！"

康熙也感到事态严重。小毛子这一出走，杨起隆极有可能立即起事。京畿附近的八旗、绿营、健锐营已奉旨，开往太原、陕州、洛阳等地去了。京城只有魏东亭和图海手下的五千军马，散处城内城外。两万红帽子若真的聚齐，确实难以应付。

"图海！"康熙突然厉声叫道。

"奴才在！"

"善攻人者藏其机，匕首将出而神色坦然！"康熙咬着牙，眼里放着冷峻狠毒的光，"十三处起事地点及捉拿吴应熊、杨起隆的差使由你和周培公去办！"

"喳！"

"放出你们的手段！"

"喳！"二人又是同声齐应。

待他们出去，康熙转脸又吩咐魏东亭："你去隆宗门北，熊赐履、索额图、遏必隆，还有米思翰、明珠他们都在那里值夜，又都是手无寸铁的书生，宫掖有变，伤了一个，惟你是问！"

"喳——只是万岁这边……"

"岂有一宫皆反之理？"康熙冷静地说道，"朕这里应付得了，满打满算他们只有三百余人，有什么了不得的？"说着便又对狼瞫说："传旨储秀宫皇后、贵妃钮祜禄氏，叫惠妃带着皇子，即刻至慈宁宫陪伴太皇太后慈驾，将慈宁宫太监全都扣起来，命其余各宫主事太监将宫门封了，一律不准任何人出入。你与朕守好慈宁宫便是功劳！"

狼瞫听完康熙的旨意，忙叩头答应："是！——穆兄、姜兄（犟驴子本名姜立子），你们要多担待些了！"穆子煦严肃地点点头。犟驴子搓了搓手笑道:"你快办你的差吧!别学魏大哥那样,絮絮叨叨婆婆妈妈的——我们省得!"

"你受累了。"康熙待一切安排妥,便过来抚慰小毛子,"先到后头歇歇,事完了朕放你半年假,好生调养一下——来人,扶小毛子到后头去,再点燃十支蜡烛来!"

"回万岁爷的话,"养心殿副管事太监侯文走过来跪禀道,"自腊月十五万岁下旨严管灯火,各宫各殿的蜡烛都是数着数儿给的,咱们也没多余的。若再添十支,两个时辰以后,养心殿就得黑着了。"

"放屁!"康熙咆哮大怒,"严管灯火是怕失火,怎么连朕也管起来?即刻派人去领!"

侯文慌得连忙跪下:"奴才岂敢欺主!只是烛油库的刘朋今晚不在宫里,这会子不好寻他。"

康熙气得无话可说,摆摆手道:"滚!把养心殿各房太监的蜡都拿来——明日多领些!"说完复又坐下,看了几行奏章,觉得心乱如麻,索性靠在大迎枕上闭目养神。穆子煦和翟驴子睁着虎彪彪的双眼守护着康熙。

丑末时分,火起了。先是城东北响起爆炸声,将冬夜中沉睡的北京城撼得一震。接着西边又是一团火球,炸雷般响了一声。蒙眬中的康熙瞿然开目,大踏步走出殿来,立在丹墀下观火——只见卧佛寺方向,浓烟冲天而起,火光照红了一片。康熙未及细想,西南边鼓楼也起了火,这次响声更大、火光更亮。接着便听到宫外四处响起锣声,顺天府、兵部衙门、善扑营、九门提督府的大鼓擂得山响,号角声此起彼伏。急促的马蹄声敲击着宫外御街坚硬的冻土和石板道,还夹着妇女和孩子惊恐的哭声、尖叫声和咒骂声,北京城陷入了极其恐怖和不安的混乱中。

康熙算计着,已到了双方动手的时间。图海他们能维持六七处就算不错。见到只有三处起火,康熙不禁点了点头,高兴地对穆子煦道:"图海搭上周培公长进不小,若能拿住贼首,那可——"话音未落,宫中烛油库也着了火。

霎时间,大内一片骚乱。满宫到处人影幢幢,鬼哭狼嚎。养心殿大院也像突然炸了营一样,太监们没头没脑地大叫大嚷,到处乱窜乱钻,所有灯烛突然一齐灭掉,一片黑暗混乱。

"侯文掌灯、掌灯!"穆子煦大叫一声,和犟驴子同时拔剑在手,挟了康熙至养心殿琉璃照壁跟前靠墙立定。

侯文浑身抖得筛糠,抱了二十几支蜡烛过来,心慌得连火也打不着。穆子煦急得一把将他推个仰面朝天,晃着火折子瞧时,不禁呆了:原来蜡烛芯全被抽了。犟驴子大怒,上去一脚踏住侯文,狞笑着问道:"你八成是那个屌朱三太子的人!"

"不不……不……"侯文吓得连话也说不清楚。

"去你娘的吧!"犟驴子一剑剁了下去,"不是反贼,抽去蜡芯干什么?"

正混乱间,垂花门像打雷似的被撞开了。霎时养心殿院子里更加混乱,太监们连嚷带叫,像没头苍蝇般乱窜:"天爷爷、祖奶奶——反了,反了!"一个太监舞着刀,一边大叫"捉拿反贼",一边扑向照壁。穆子煦护定了康熙一动不动;犟驴子一个箭步,一把将那持刀的太监擒了过来,顺手斜刺一剑,血如泉喷一般洒了康熙一身。接着垂花门边又响起哗啦一声,一群人点着五六支火把拥了进来!犟驴子大吼一声:"好贼!"扑上去便要动手,却被穆子煦一把扯住,急忙说道:"是老佛爷来了!"

来人真的是太皇太后!康熙心中一阵激动,热泪夺眶而出。定睛看时,皇后赫舍里氏、贵妃钮祜禄氏一边一个搀扶着白发如银的孝庄太皇太后。火把光映照着狼藉,只见他提剑瞑目侍立在一旁。

"墨菊,多点几个火把!"皇后赫舍里氏大声吩咐道。她怀孕已近九个月,中气有点不足,却显得沉稳有力,"犟驴子在哪里,快出来答话!"

犟驴子正逮住一个太监猛抽耳光,听见皇后招呼,忙一纵身过来,在火把光亮中躬身答道:"主子娘娘,犟驴子在!"

"我乃六宫之主,天下之母!"赫舍里氏厉声说道,"你改名武丹,今日许你在宫中大开杀戒!"正说话间,从暗地里蹿来一个黑影,旁边侍立的墨菊舞着火把去抵挡,早被来人一刀砍中了小腿,"咕咚"一声栽倒在地,连皇后也被撞得打了一个趔趄。

武丹大怒,他原是关东马贼出身,性子最是残暴,自跟了康熙,受了很多约束,更不能随便杀人。见造反太监如此猖狂,武丹大吼一声:"奴才谨遵娘娘懿旨!"飞身扑过去抓住那人后项衣领,只一扭,翻扳过来,用剑从那人胸口直划到肚脐下,一把掏出心肝来丢给呻吟着的墨菊:"吃了他的心，就不疼了！"见他如此凶恶，皇后吓得闭上了双眼，太皇太后尽管见多识广，也禁不住合十念佛。

见狼暺和穆子煦已护定了这干主子，武丹怪叫着扑向黑地里，瞧见带刀的便杀——横竖宫中早有规定，太监们不许私藏兵刃，所以被杀的一个也不冤枉——他一连杀了五六个，都是开膛破肚，吓得太监们魂飞天外，再不敢乱蹿。只余下二十来个，大约是喝了烧过的符，红着眼握着刀，一边狂叫一边念咒语："天皇皇、地皇皇，大灾大难没处藏……"向康熙身边扑了过来。

这一来形势便十分明朗了。狼暺为人精细冷静，瞧准了中间一个为首的，便从火把影中"嗖"的一声冷不防钻了出去，将那人劈胸一把拖至火把当中，向他后腿窝猛地踢了一脚，那人扑通一声跪倒在地。狼暺回头朝那群太监大叫一声："你们瞧他的样儿！"说着挥起剑来，像砍瓜切菜般飞快地剁了几下——那太监的一双胳膊、一双腿全被砍断，腰也被切成三截，然后又将头割了下来——一眨眼工夫已是大卸八块。

太监们吓傻了，一个个魂不附体，丢了刀趴在地上捣蒜般叩头求饶。原来，宫中的太监大部分是前明留下的。

"叫慎刑司先监起来，过后发落！"康熙见地下污血斑斑，尸骸狼藉，也觉恶心，又怕惊坏了宫眷，便吩咐侍卫们住手。一回头见魏东亭汗淋淋地走了过来，便问："你那边没事？"

"和这里一模一样，全宫作怪只此两处！"魏东亭道，"奴才已处置过了，只是不放心皇上这边，特地赶来瞧瞧。"

太皇太后素来赏识魏东亭，见他身上并未沾血带污，惊异地问道："你没有杀人？"

"奴才不奉圣命、懿旨，不敢杀人。"魏东亭忙跪了回道，"只挑了十几个人腿筋，残废怕是免不了的。"太皇太后合掌道："阿弥陀佛！赏你黄金一百两，这边一人五两！"

康熙听祖母如此处置，不禁开怀大笑。

图海、周培公行动迅速，先封了京师各个要道，使城外反徒不能入内，只分派少量军士到点火地点擂鼓吹号、遥遥呐喊，红帽子反众自不敢照计行事。大部军士由管带率领，沿路捉拿犯夜的人。图海带一百名亲兵在长安街驻扎，掌总指挥；周培公带三百人往红果园捉拿首犯——杨起隆一旦进城，必经此处。

杨起隆原计划在十三处点火起事，有九处不及举事，便仓惶溃散，只有四处点了火。后来听到清兵合围的呐喊声，他们也都忙不迭地弃了红帽子逃散，却被巡逻的大队人马一个个拿住，送往狱神庙待勘。

"事情一败至此，真是料想不到！"杨起隆随身只带二百余人，龟缩在红果园里。看看天将拂晓，清点人数时，已又逃去大半，连吴应熊和郎廷枢也杳若黄鹤。大家默坐在树下草丛里，流着热汗，喘着粗气，谁也不发一言。杨起隆觉得气闷，又哭不出来；想狂笑，又怕人听见，按捺着心中的郁结，长叹一声："我就在此归天吧！"说着便拔出剑来。

李柱攀住他的肩臂。他浑身都在发抖，凄然说道："少主，是我这个军师无能，害了……您！可是，你不能轻生，天下少了你，大明便永劫不复了！"方说至此，在外放风的人跑了进来道："少主，军师，有一大队人马开过来了！"

众人立时紧张地站起身来，侧耳细听时，果然远处传来杂沓的脚步声。

"如今怎么办？"焦山急急问道，"这里将要被围！"张大在旁说道："既然天意不许我们成功，人力又有什么法子？"朱尚贤咬着牙狠狠说道："看来，只有暂时分散民间，以后设法东山再起吧！"

李柱听得不禁发急："不能再议下去了！朱兄的话虽然有理，但是当前最紧要的是，三太子如何脱身！你们如果怕死，我什么也不说，立地在此自刎！我全家被清兵杀得干干净净，决不能与他们共戴一天！"

"你说谁怕死？"朱尚贤恼怒地问道，"我和你不一样么？"

确实如此，这里百十个人，境遇都差不多。

"如果大家都不怕死，我却还有个必死之策，而且可以保全三太子！"李柱拭泪咬牙道，"我们一齐到图海那里出首！"

"你疯了！"张大惊得一跳，说道，"那不叫不怕死，那叫送死！"李柱道："你说得对，我们去送死，共推一人为假三太子，少主儿就能乘乱逃出京城！"这时，园外已没有脚步声了。显然周培公正部署人马围园。

周围的人霍地都跳了起来，握住李柱的手道："也……只好这样办，我们听你的!"朱尚贤见张大不语,阴沉沉地问道:"张阁老,你呢?"

张大咬着牙,半天才道:"我看爹死娘嫁人,各人顾各……"他第二个"人"字尚未出口,陈继志和史国宾两柄长剑已同时从张大后心直贯前胸!

"兄弟们……"杨起隆本就是假三太子,见众人如此保扶自己,先是一阵心惊,接着泪下如雨,"你们不要这样,不要这样……张大的话并没错……"

"就这样办,我们到西直门投案,人们必都过来瞧热闹,你乘乱逃了出去!"李柱果决地说道,"别忘了收拢人马为我们报仇!"说着,将杨起隆猛地推了一个跟跄,两手圈成喇叭形朝外叫道:"喂——外头围园的听了!天将亮了,我们也无心再逃了,只我们三太子是个有身份的人,要面见图海将军才能投降,不然我们就一齐自杀在这里,一个活的你们也捉不到!"良久,方听外头答道:"既如此,兵刃丢下,列好队从西门出来!"

人们悄无声息地离开了红果园。杨起隆伏在浓霜挂叶的草丛里,用双手狠命地抓捞自己憋闷的前胸,低声泣道:"康老三,只要我有一线生机,不雪此仇,誓不为人!"耳听几个兵士拨草搜寻过来,忙伏低了身子,直待人静了,才蹒跚离开了这座荒园。

天色已亮,西直门开了。图海为防万一,只开这一扇城门,由自己亲自把守。郎廷枢站在他身边,目不转睛地盯着来往行人,不时有人被如狼似虎的兵士擒下。

突然,街市上轰动起来,一百多个戴红帽子的人,被周培公的两行兵士押解着缓缓行进。瞧热闹的人立时围拢过来,夹成两道厚厚的人墙。李柱他们离城门约一箭之地,停住了脚步,挨次儿跪在长街上,高叫:"朱慈炯特率残部向大清图军门归降!"这下子围看的人更多,连守门的兵士也不住地翘首往这边张望,顾不得盘查过往行人。杨起隆乘机悄没声儿地溜了出去。

见周培公押解囚犯过来,图海心里一阵欢喜,向在马上弹压众人的周培公略一点头,问道:"谁是朱慈炯?出来!"

没人答应。

"都抬起头来,郎廷枢,你来认!"

没人抬头。

"上当!"周培公惊呼一声,高声对守门兵士命道:"封门!"

恰在此时,一声唿哨,一百多人同时起身,大吼着扑了过来,有的捉拿图海,有的扑向郎廷枢,周培公的坐骑受惊尥起蹶子,几乎将他颠下马来。众兵士见主帅出了事,呼啸一声持矛挥刀扑上来营救。图海接连打倒了四五个人才得脱身,那郎廷枢是一文弱书生,早被人活活掐死在里头。

"哈哈哈哈……"李柱被绑得米粽一样,兀自纵声大笑,口中道:"白杨绿草,奈黄土青山何?非古来歌舞场,握雨携云早埋香!别鹤离鸾一曲,伸欠倾耳之间——三太子已是远走高飞去也!"

图海抹着嘴角的血痕冷笑一声:"走了和尚走不了庙,岂不闻'人生三尺,世界难藏'?别得意,吴应熊身带两面令箭,又携有兵部勘合,照样儿没逃出去!"说着一摆手,军士们押着吴应熊出来,搡进了"朱三太子"的俘虏队伍中。

康熙在乾清宫接见了图海,听他详奏了擒拿吴应熊和杨起隆的经过,半晌没有言语。

"奴才虑事不精,奉职无状,走了奸民凶首,求皇上重重治罪!"图海深深叩下头去。

"你和周培公用这点人,平此大乱,有什么罪?朕心中不悦的是小毛子昨夜在乱中被杀了。"康熙命图海起来,久久才问道:"昨夜一共拿了多少?"

"回万岁爷话,按犯夜的拿了二千四百人,今日拿到一百一十三个,都是正凶。"

"犯夜的取保暂释,听候勘问!"康熙冷冷说道,"这余下的一百多都是坐实了的,除吴应熊交大理寺监理外,其余的问明后一律腰斩弃市!"

第四十七回　康熙阅军五凤楼
培公吟诗储秀宫

　　腊月二十三那一夜的惊涛骇浪，使杨起隆惨淡经营多年的钟三郎会便很快地土崩瓦解了，京师渐次恢复了平静。但因云南毫无消息，康熙便命兵部与步军统领衙门合署统筹应变。周培公往来于上书房和兵部衙门之间，图海则带善扑营和京师各衙番役人等，划域稽查。因狱神庙及各大小监狱人犯已满，后来只好将一些胁从的犯人交保释放。养心殿因血污狼藉须得整修，康熙便移居乾清宫正寝，在乾清宫办事见人，身边自有周培公、何桂柱等料理杂务军务，一个太监不用。大内里头是皇后赫舍里氏坐纛，张万强带内务府敬事房、慎刑司太监苏拉，逐个查奸摘隐，清理入会太监，里里外外倒也严谨。

　　隔天起来，喝了太皇太后命人送过的一碗老山参汤，康熙顿觉精神充足，心里很是踏实安定。他坐在乾清宫东暖阁大炕上，呆呆地瞧着外头在沉思：登极以来，在这宫院里经历了多少风风雨雨，一个个都周全地办理了下来，他觉得这就足以证明自己有能耐应付一切险恶环境。此时心静，康熙不禁想起孟子说过的"天将降大任于斯人也，必先苦其心志，劳其筋骨，饿其体肤，空乏其身，行拂乱其所为，所以动心忍性，增益其所不能"，想想自家遭际，真正字字贴切入微！他目光炯炯望着玻璃窗外，红宫墙、黄琉璃瓦，昏暗的天空，似乎宁静，又似乎包藏着危机。他粗重地喘了一口气，问旁边侍立的周培公："你能演周易么？"

　　周培公也在想心事，广东的军报他读过了，正担心傅宏烈顶不住局面。据傅宏烈来信谈，汪士荣曾到他军中联络，想一同说尚之信反正大清，掣肘云南，他觉着有点太玄。汪士荣虽听傅宏烈说过，但为人到底如何，周培公心中无数，除在兵部密档中细查，又派人至广西寻孔四贞去问底细。想到王辅臣叛变，又不知龚荣遇如何……正胡思乱想间，听康熙发问，忙道："奴才于《易》仅知一二，甚是皮毛，不及熊赐履远矣！"康熙微笑着点点头，便命何桂柱："去传熊赐履来！"

隆宗门内北房离乾清宫很近，熊赐履闻讯急急忙忙赶来，见康熙正在殿口站着，便在阶下叩头行礼。

"熊赐履，"康熙叫他起身，笑道，"倒没想你有那大胆子！朕听说前夜起乱时，你秉烛端坐，料理机务，旁若无人？"

"君父尚且镇定如常，臣子何敢苟且偷安？"熊赐履经此一事，也是深有感触，正容说道："这两日奴才自省自责，办的错事很多。""咦？"康熙诧异地一笑，"这是怎么说？朕又没责怪你！"熊赐履道："惟主上宽厚待臣，臣愈觉不安——臣经此一事，乃知仁恕之道不可滥用。以杨起隆之事观之，臣曾云对吴三桂以仁相待，其实愚不可及。"

康熙听了自是高兴，笑道："不说这些了，朕叫你来，是替朕演演易数的，卜个吉日良辰，朕要在午门盛陈军威，一则以震慑三藩，一则准备大索百日，廓清京师畿辅。"

熊赐履毫不犹豫地说道："皇上虑得极是！臣以为此次大索，应连山东抱犊崮之贼一并犁庭扫穴，确保河道漕运无阻，以便南粮北运！"

"嗯。"

"小慈乃大慈之贼，这是臣近日格物致知的心得。"

"你说什么？"康熙睁大了眼睛问道。

"臣言：小慈乃大慈之贼！"

"好！"康熙转身走到炕边坐下，一边瞧熊赐履布卦，一边像咀嚼橄榄似的玩味这句话，心中又欢喜，又惆怅，自从伍次友离去，这类实用而不离大道的话很少有人再向他说起了。

熊赐履跪在几前，将六十四根蓍草随意分成两堆儿，各按奇偶之数一组一组数了，又打乱了重复一次，已是分出卦象，却是"☲"，又将八个崭新的康熙通宝布了六位，反复摆弄了多时，皱眉闭目思虑良久，方开口说道："按此'离'卦，与主上心思正合：履错然，敬之无咎，黄离、元吉，日昃之离，不鼓缶而歌，则大耋之嗟，凶……"

康熙听得有点发急，没等他说完便笑道："老夫子，谁和你辩学问来？你只说明白就是了！"

"是个有惊无伤的卦象，主子只须谨慎，终逢大吉！"熊赐履笑着，又看铜钱卦象道："按今日乃癸丑年乙丑月丙辰之日，水木齐刑马狗，又兆有西方之火炼铄金戈，原是大凶之日，择不出什么好时辰的。"康熙听了正皱眉沉思，却听熊赐履又道："然主上要办的并非喜事，乃是动刀兵，开杀戒，正合煞日凶危。因此卦象也就翻为上上大吉之日！"熊赐履尽量通俗地解说着，瞧着卦象不住拈须微笑。

康熙探着身子，盯着散放在几上的那些神秘的草棒儿和铜钱，说道："报出时辰来！"

"申时最佳。"熊赐履道，"这一格推来，上为贵人、紫微、龙德、天喜，下为红艳、亡神、暴败……"康熙想了想，问道："难道没别的好时辰？——申时稍迟了些。"熊赐履又端详了一阵，笑道："那就午时！上为龙华月德，下为年煞死符，也够他们受的。"他隐瞒了"小耗"二字，在这类事上，熊赐履并不过于冬烘迂腐。

"传旨：午时在午门校阅驻京禁军，着兵部、礼部、善扑营速办！"康熙大声命道。何桂柱打个千儿，一迭连声答应着飞跑下去。康熙正待更衣，却见张万强气喘吁吁小跑进来，也不及行礼，便说："万岁爷，老佛爷叫奴才快着过来传话，万岁要能抽出身子，请到后头去瞧瞧呢！"

"什么事？"

"娘娘……娘娘难产……"

康熙一屁股坐回龙椅，忽然觉得身上又乏又软。连熊赐履和周培公也惊呆了。他们心里都明白，皇后是因惊吓、劳累又调养不周，以致动了胎气。半晌，康熙才跺脚道："你只管跪着做什么？还不快去传太医院的医正？——叫索额图预备着进去省视！"说着，起身拔腿便走。

"万岁！"明珠又热汗淋漓地赶来，见康熙要出去，忙翻身伏地说道："请万岁暂留龙步！"

康熙停住了脚步，头也不回地问道："是明珠么？什么事？"

"党务礼、萨穆哈自云南回来了！"明珠的声音并不高，但在康熙听来，却如骤闻焦雷，倏地转过身来，厉声命道："宣他们进来！"一边回身坐下，泪水在眼眶里打了两个转儿，依旧忍不住淌了出来。

党务礼和萨穆哈已完全不能走路，由四个小侍卫挟着，脚不沾地"拖"

进了上书房。两个人都是寻常百姓装束，毡帽破败，棉袍开花，萨穆哈一只鞋没了底子，脚后跟冻裂得像小孩子嘴，正向外渗血。

"你们受苦了！"康熙怜恤地瞧着两个叫化子似的大臣，说道："不用慌张，已是到家了，有话慢慢儿说。"

两个人发直的眼睛此时才有点活气。在风陵渡过黄河时他们被船家打劫了，只得沿途乞讨，赶了回来。听康熙如此温言抚慰，再也按捺不住，竟"呜"的一声号啕痛哭起来。"万岁……吴三桂反……反了！"党务礼哭着从怀里抽出一卷文书，抖着双手捧给康熙，"折尔肯、傅达礼、朱国治、甘文焜他们都……遇难了……"

意料中的事终于证实了！康熙默默地接过文书，一件件拣看。因受汗浸水湿，文书已被揉得破烂不堪——除了吴三桂的檄文，还有甘文焜和朱国治预先拟好的遗折，一字一句都像烈火烧灼他的心。康熙觉得身上发软，无力地摆摆手道："扶他们下去好生将养……"

"臣以为两事可一并兼办！"熊赐履想起昔日与朱国治东园论道、南苑钓鱼的往事，不禁热泪纵横，跪下奏道，"此次校阅京城兵马，盛陈威仪，外示朝廷与贼誓不共立，内安畿辅人心，有一举两得的功效！"康熙一边捻着朝珠沉思，一边说道："你说的虽有理，但形势有变，不能不随机应变。周培公——从周全斌、吴应熊处查抄的文卷、书信封了没有？"

周培公一怔，忙道："全都封了，已交给大理寺。"他已隐隐猜到康熙的用意，忙又补了一句，"因未奉万岁旨意，臣与图海都未敢擅自拆看……""全都运到午门外听朕发落！"康熙点点头，继续说道，"杨起隆的案子能不牵连的就不要牵连了，这是其一；其二，熊赐履即刻草诏，福建、广东二藩暂时停撤，话要说得委婉，透彻，又不能示弱，要以攻心为上！"

"是！"熊赐履佩服得五体投地，叩头答道："圣上训诲极明，能攻心则反侧自消！"

康熙眼见自鸣钟已指向午时，便匆匆换了黑狐腿缎台冠，酱色江绸面青白缣袍，外套一件石青缂丝面乌云豹金龙褂，至大镜前瞧瞧自己脸色，又要一杯长白陈酿山葡萄酒饮了下去，便见何桂柱飞跑进来报说："午时已到，请旨——"

"传旨：议政康亲王杰书、简亲王喇布、安亲王岳乐，带领在京各王，贝勒、贝子、伯爵以上亲贵宗室,并六部九卿,侍郎以上职官在午门旁候旨,将吴应熊从天牢里提出押往午门!"康熙说着,已佩上了宝剑,"起驾五凤楼!"

立时,"皇上起驾五凤楼"的传呼声一站转一站地传了出去。

午门上九十五面龙旗同时升起。康熙镇静自若地拾级登上楼来。从储秀宫赶来的张万强有事要回禀,见臣子们跪了一大片,正在扬尘舞拜,山呼万岁,口张了张又咽了回去。康熙瞧他脸色便知皇后情势凶险,却问也没问,一咬牙便来到雉堞跟前。

下面三千名精选的铁甲御林军哪里知道皇帝此刻的心境,一见康熙气宇轩昂在门楼上探出身来,山呼海啸般大叫:"万岁,万万岁!"接着战鼓咚咚,号角呜咽,步骑兵按着方位,随着图海手中的红旗进退演阵。大风卷起滚滚黄尘,龙旗迎风招展,猎猎作响。五凤楼下的将士们一个个精神抖擞,整齐划一,煞是壮观。

在这一刹那间,康熙觉得自己无比高大,胸中的忧郁、愁思,荡涤一空。冬日的阳光下,他的脸色涨得绯红,对身后的大臣们说:"秦始皇以砖石为盾,朕以天下臣民为长城。砖石长城今已破败,千万百姓依然如故。众卿须牢记朕今日此语!"说罢,命明珠下去:"你去问问吴应熊,今日行刑还有何言?"

"喳!"明珠答应一声,撩起袍服走下门楼,命令暂停演阵。见吴应熊被绑在校场东北角一个旗纛下的木桩子上,便前来问道:"吴应熊,万岁问你,今日行刑你有何言?"

吴应熊面不改色,瞿然开目道:"我命系于天,听天由命!但有一言传于康熙:杀了我,我父再无牵挂,可以专心用兵。在朝诸公也未必便个个肯做你家奴才!身为人子,死而尽孝,何憾之有?"

明珠回身禀报,康熙在门楼上"哼"地冷笑一声道:"将那些文书抬到他面前烧掉!"

一堆堆箱笼在大火中噼啪作响。这些大箱笼里装的都是吴应熊、周全斌平日与文武百官往来的书札。其中有传递消息的,有沟通感情的,也有巴结向上的,甚至有自愿投靠的。吴应熊气馁地闭上了双眼。几百名文武官员怀着异样的心情,有的诧异,有的感激,有的佩服,用不同的目光盯视着康熙。康熙微微一笑，摆手大声道："诛了这个逆臣！"

操演刚完，康熙便匆匆下楼，要过几匹仪仗御马，带了杰书、明珠、索额图翻身上骑，见周培公迟疑着不知该干什么，便道："你去乾清宫将党务礼带来的文书送至储秀宫——这里的事由熊赐履和图海来办。"说完，便四骑奋蹄地赶往储秀宫去了。

储秀宫里头人很多。几个太医、稳婆里里外外地忙碌着。太皇太后、皇太妃和贵妃钮祜禄氏、惠妃叶赫氏、荣妃马佳氏、德妃乌雅氏，还有郭络罗氏、卫氏、戴佳氏等十几个贵人都在外头殿里坐着，见康熙急如风火般进来，除了太皇太后，都忽地立起身来。

"进去瞧瞧吧。"太皇太后叹息一声，"孩子生下来了，挺富态的，可大人……"

康熙带着杰书一干人来，原想在这里议事，不想皇后病情如此严重。听了太皇太后的话，忙躬身称"是"，命他们都在廊下侍候，自己进了里屋。

赫舍里氏已经昏厥过去。她静静地半躺在大迎枕上，脸色十分苍白，连嘴唇全无血色。一个乳母抱着褓褓中的皇二子跪在一旁，几个太医头上俱是密密的汗珠，一个在切脉，另两个忙着扎针。宫女墨菊因腿上受伤，挣扎着捧着药罐儿，泪眼汪汪地望着皇后。

康熙看着皇后，突然想起十一年前与她第一次见面的情景：

康熙二年，他驾临辅政大臣索尼府邸，君臣二人正说得十分高兴，一个总角幼女突然闯了进来，也不行礼，指着康熙问索尼："爷爷，听叔叔方才说，他叫康熙？"

索尼腾地红了脸，断喝一声道："放肆！还不跪下，这是万岁爷！太无规矩了！咳咳咳……"老态龙钟的索尼气得咳嗽不止。

"何必呢？"康熙笑道，"她比朕还小吧，朕不怪罪！你老索尼也太古板了！"

"哦！"赫舍里一边跪下，一边闪着一双虎灵灵的眼睛盯着康熙，"万岁爷！听说你住在紫禁城，是么？"

"是啊！"

"里头好玩么?"

"好玩。"康熙笑道,"里头的东西,外头是见不着的。"

"明儿你闲了,带我进去瞧瞧,成么?"

"好哇!"康熙自幼就厌烦繁缛的礼仪。每天见到的是阿谀的笑脸,从没见过这样混沌未凿、天真有趣的人,不禁大为高兴,说道:"叫你娘带你进去,见见皇祖母、皇太后,好吃的,好玩的,都给你!"

以后他进索府跟伍次友读书,两人见面就更多了,常在一起斗草斗蟋蟀,捉萤火虫,看蚂蚁拖苍蝇上树……

如今这个人却倒了……康熙又想起她入宫以来,夙夜勤谨,佐理六宫,不禁潸然泪下,俯身泣道:"皇后,朕来瞧你了!"

赫舍里氏突然睁开了双眼,还是那样亮亮的,搜了半日,才见康熙立在榻前。她嘴唇嚅动了一下,康熙忙侧过脸去听,却什么也没听到,只看见两行清泪从她两颊无声地流下。

"你到底怎么样?"康熙带着哭音问道。

皇后没有回答。

康熙一时五内俱焚,痛叫一声:"皇后——怪朕迟来一步,迟来了……一步啊!你我是结发恩爱夫妻,又有青梅竹马之好,有什么话,有什么事,你就说吧——你说呀!"他已完全控制不住自己,捶胸顿足地放声大哭了。

"禀万岁爷!"切脉的太医哭丧着脸道,"娘娘痰涌,已不能……"太皇太后在外边听着,忙迈步进来,见此情景,不觉老泪纵横,握着皇后的手道:"好孩子,你放心,闭了眼安息吧……"

康熙呆看了一眼赫舍里氏,见她不肯瞑目,料有心事,便拖着沉重的步子出来,对索额图道:"怕是不……不成了,只是咽不下气,这……这实在受罪,你们进来晋谒一下。周培公,你既赶来了,也来吧!"

皇后的眼珠已不能转动,只死死盯着屋顶,闭着气不肯合眼。索额图,轻声儿叫她小名:"秀儿,家里都好,皇上又亲赐了宅子,你几个堂兄弟都出息了,娘娘,你……就放心……"

"娘娘,奴才是明珠!"明珠哭着说着,"娘娘身为六宫之主,贤德淑茂,万岁极爱重娘娘,必当重加娘娘身后之荣……"

杰书瞧着不济事,叩头泣道:"娘娘,您这样受罪不安,万岁爷心里能不难过？您就去吧，一切均有万岁做主！"他哽咽得连话也说不清了。

见赫舍里氏仍瞠目不语，康熙又疼又急又伤心，便哭着申斥太医："你与朕用药，你快治！——你们这些废物，饭桶！平日大话说得震天价响，吃了朕的俸禄，就这样办差？"那群太医听他发怒，吓得脸色煞白，只是顿首谢罪。

"娘娘的心思臣知道！"周培公忽然身子一挺说道，"奴才吟一首诗，为娘娘西归钱行！"

"你吟来！"康熙厉声道。

"喳！"周培公伏地顿首，大声吟道：

> 娘娘一貌玉无瑕，廿年风雨抛天涯。
> 缘何临去目难瞑？恐教儿子着芦花！

吟声刚落，赫舍里氏的眼睛竟奇迹般眨了一下，又睁开来。

"啊……原来如此！"康熙身子一震，他全明白了，见太皇太后点头微叹，便叫道："立宣熊赐履进来！"

"奴才在！"熊赐履刚进储秀宫，见里头忙乱，知道办不成事，正要退出，忽听康熙传呼，忙答应一声，进来叩头道，"奴才奉诏来见！"

"此子乃皇后赫舍里氏所生，朕取名胤礽！"康熙大声说道，"依满洲祖宗家法，本不立皇太子，当此非常之时，为固国本，安定民心，朕决意建储，立皇二子胤礽为皇太子！"

"喳！"

"熊赐履人品端方，学术纯正，曾为先帝倚重，朕亦十分信赖。"康熙接着道，"着熊赐履进太子太保，即为太子师傅，朝夕加以导辅，务期不负朕之厚望，皇后拳拳之情……"

康熙言犹未毕，赫舍里氏身子微微一动，吐出一口气来，双眸低垂，溘然长逝。

康熙拭泪道："皇天后土鉴之，朕决不反悔！"说完摆摆手道，"赏周培公黄金一百两，你们都……跪安吧！"

明珠起身时瞟了一眼周培公，周培公正低头谢恩，没瞧见。索额图用感激的目光扫视周培公，却与明珠目光相遇。两对目光相撞，微微迸出一闪火花。听到康熙的吩咐，便都各自低头道："谢……恩。"

第四十八回　汪士荣夜入五羊城
　　　　　　孙延龄悔过白衣庵

　　三藩之乱的战火，烈焰腾腾地烧了两年，至康熙十六年已是山空柴尽，烟灰弥空。沿长江一线，东起江浙，西至川黔，自是烽火连天，血流成河，加之王辅臣的哗变，甘陕宁也深受其害。

　　吴三桂自康熙十三年正月，分兵两路，一路东略湖南，一路北攻川陕；耿精忠则率部由福州出发，与从台湾登陆的郑经部兵分两路分别向江西、浙江进兵。只尚之信因与孙延龄各怀异志，再加上北有莽依图重兵扼守，南有傅宏烈掣肘，所以固守老窝儿不敢妄动。战事初起，湖南巡抚卢震便弃长沙逃遁，常德、岳州、衡州、曹州顷刻崩陷，四川巡抚罗森与提督郑蛟鳞，总兵谭洪、吴之茂合谋，倒帜迎吴。一时间南北东西，俱是狂风乱云，黑水逆波，康熙的政令不出北方数省。总因战前早有筹划，后方稳固、兵粮不缺，这样的情势没多久便有了转机。康亲王杰书统领东路军进击浙赣，与总督李之芳合兵，进攻衢州；贝子赖塔率精骑冲破大溪滩营盘，截断了耿精忠粮道。兵无粮军心自散，刹那间形势便倒转过来，耿精忠部下大将曾养性、白显忠先后率部降清。耿精忠只好率军奔回福建。不久，杰书攻下温州，占领了仙霞关。郑经的军马趁火打劫，夺取漳州、泉州、汀州。情急无奈间，耿精忠只好反正归降。安亲王岳乐所率清兵自赣入湘，围困永兴。永兴是岳州门户，永兴一下，岳州朝夕不保。为确保岳州，吴三桂的中军大营移驻衡州，要在此与清兵决一雌雄。康熙深知此役关系重大，将新铸的二十门红衣大炮运往永兴。七十余万人马在衡、岳一带摆开决战架势，打得昏天黑地，只一时谁也奈何不得谁，成了胶着局面。

　　吴三桂派吴世琮前往广东，调尚之信来援，而吴世琮却一去杳然。吴三桂只好又派汪士荣率领十几名护卫来到广州。汪士荣近年来由于东奔西跑，积劳成疾，竟越发瘦得可怜。他本自视才智超人，可吴三桂却只将他当信使使用。夏国相也明知他足智多谋，却不肯在吴三桂跟前举荐。他原以为战事一起，便可叱咤风云，显赫一世。可现在已经年过四十，仍一事无成。因此，汪士荣在马上茫茫四顾，不知何时可以解此愁肠。

进了五羊城，已是申末时分。白云山驿馆的官员们正坐在天井里喝茶下棋，摆龙门阵，见汪士荣风尘仆仆地进来，一齐站起身来拱手相迎。为首的还走上来打千儿问安："汪大爷，一路好辛苦！自上回与世琮郡王走后，怕有二三年了，怎么这会儿才来？"

"世琮郡王也住在这里么？"汪士荣一边将马鞭子丢给从人，一边说道，"请快点禀报，说我有要事请见！"驿官睐着眼笑道："瞧大爷急的，他虽明面说住在这里，其实十天里头也难得在这里住上一夜。不是在聚仙楼，就是花市，再不然就去春柳巷胡大姐那……"汪士荣听着，气得两手冰凉，前边将士浴血拼命，连红米饭、番薯都吃不饱，催饷的人却在此眠花宿柳！他想了想，气馁地摆摆手，说道："那就免了这一层儿吧。请驿官禀知你家王爷和总督金光祖，说我明儿请见。"

汪士荣略略吃了几口饭，觉得身子十分困乏，便至西厢房和衣倒下，也不点灯，只将那支玉箫握在手上抚弄。此时月影透窗，明亮如洗，多少往事涌上心来，再难入睡。这支箫是表姐送他的，他出外游学做官多年，从未离过身。康熙元年他回家时，表姐却已经嫁给大哥。一心为财的大哥，出外贩盐，在杭州另立门户，娶了一大群姬妾，五年里只回家住了两夜，丢下一些银子便又去了。

"兄弟还带着我的玉箫……"回家当晚，嫂嫂洗涮完毕，便过西厢房来，盯着汪士荣手中的玉箫叹道。

"你和我总有一天会白了头发，会老死，只有它永久是旧模样……"汪士荣看了看嫂嫂起了皱纹的眼圈有些发红，便又感叹道："到那时，我入黄土，你进香坟，我们虽死不同穴，我必将此箫一截为二，你半根，我半根……"

说至此二人已泪如泉涌，情不自禁地抱在一起抽泣。

"好啊，一双儿全拿了！"二人正拥抱着难分难舍时，房门突然"吱"地一响，后娘一闪身走了进来，随手掩上了房门，冷笑一声啐道："我说大奶奶今儿个这么欢天喜地，走起路来脚步都带风，连戏也不去看，敢情好，原来拾了个大元宝揣在怀里！二少爷，我虽进你汪家门不久，也知你老太爷脾性儿，这事儿让他知道了，会不会气死呢？"

汪士荣和嫂子都吓了一跳：今晚不是都看戏了么，这女人怎么半道儿溜回来了？正想着，嫂嫂已是双膝跪下，流泪哀告："……太太，这都是我的不是，好歹瞧着他，饶了我们……"汪士荣无奈也只得跪下："……娘，任凭如何责罚我，只别告诉父亲，他是有岁数的人了……"

后娘痴痴地望着汪士荣，半晌忽然"噗嗤"一笑："亏你出去这些年，连这点子才学也没得？陈平盗嫂，我家出了陈平，我欢喜还来不及呢！"说着便挽起二人，顺手在汪士荣手心里捻了一把，"不过好事儿不能只大奶奶独个儿占了，有道是见一面儿，分一半儿。我这活寡妇既瞧见了，须抽个头儿，大家平安……"

三人的事，不久便被老父亲发觉了。只是家丑不可外扬，吞着苦果子，支吾过去了。父亲近七十岁的人了，不到一个月，便病倒，一命呜呼了……

汪士荣想着这些往事，只觉得酸甜苦辣咸五味俱全，堵在胸中，无处倾吐。他下意识举箫到口，呜呜咽咽地吹起自家创制的《渭河夜》来。

"好曲子！"窗外忽然有人说道，"士荣兄有何不快意的事情，吹得人满心凄凉，欲听不忍，欲罢不能？"

"是谁？"汪士荣一翻身坐起问道。

外头那人也不答话，门轻轻一响，独自秉烛而入——身着赭黄龙袍，头戴七梁冕旒冠，脚蹬粉底皂靴——竟是尚之信夤夜而来！

"王爷！"

"什么王爷！"尚之信双手按住惊愕的汪士荣，笑道，"今夜你是汪先生，我是尚之信，愿以朋友之道相处！"说着，满面含笑地在对面坐下。汪士荣惊疑不定地坐了，问道："王爷，您这……"尚之信敛了笑容，喟叹一声道，"先生，我是久仰你的高才，只是家无梧桐树，难招凤凰来。目下战局窘况想来你比我明白，我到此是想求教于先生！"

汪士荣的心"噗"地一跳，随即笑道："王爷，晚生何敢当这'求教'二字？"尚之信摇头苦笑道："这也难怪你——只因这里的兵难带，我不得不以诈待人，其实这不是我的本心。但既有这个坏名声儿，就不能怪人家疑心我，我心里也是很苦的啊！"说着从袖中抽出一卷纸来，说道，"你瞧瞧这个。"汪士荣疑惑地接过，就着灯烛展读，刚一触目，便惊呼道："呀，这是朝——"

"嚓声！"尚之信机警地朝外望望，低声道："正是朝廷的旨意！我三个月前已修表朝廷，请求归降，这朱批谕旨是半个多月前才由傅宏烈处转来的。"

房子里两个人都不说话了，四目对视良久，都在揣测对方的心思。汪士荣怅然若失地将诏书还给尚之信，说道："如此说来，吴世琮已为王爷软禁于此。我汪某也听任王爷发落。"

"哪里！"尚之信呵呵大笑，"你怎么与吴世琮酒囊饭袋之徒相比？我若囚禁你，这是一句话的事，何必亲自来访？你来看——如今的情势，耿精忠已降朝廷，王辅臣拼命往西，不肯东进；孙延龄受制于傅宏烈和我，毫无作为。但我若援湘，孙延龄一定来抢广东地盘，吴三桂一边在湖南与朝廷打仗，一边又打我的算盘。天下的大势如此，盼先生教我！"汪士荣听得怦然心动，血涌上来，满面潮红，口中却嗫嚅道："王爷既已归清，我还有何话可说？"

"先生还是信不过我尚某哟！"尚之信笑道，"目下康熙与吴三桂在岳州已打红了眼，成了两败俱伤之势。福建耿精忠虽不是真心降清，可他没有兵，也是枉然！三处人马，惟有我未损丝毫。呃——自古以来良禽择木而栖，良臣择主而事，先生其有意乎？"

汪士荣的目光在烛影中一跳：尚之信素有凶悍之名，自上五华山与吴三桂密谋，又被目为奸诈之徒。如今看来，竟是雄才大略！难道自己一身的功名事业，要成在此人身上？汪士荣想着，蹙起双眉慢慢将箫举至唇边，一曲《破阵子》拔地破空而起，忽又跃入深谷，甚是凄凉悲壮。尚之信先是一愣，接着便倚着椅背沉思细听。良久曲终，汪士荣方不紧不慢地说道："今王爷虽无损伤，但是西面受制于傅宏烈、孙延龄，东面又受制于杰书，这便是单丝不成线，孤掌难鸣。岳阳大战一结束，吴三桂胜，治你不援之罪，康熙胜，治你不臣之罪。王爷虽有雄师劲旅，却蜗居于此，亦难成大业！"

"哦！"

"若能乘此不胜不败之际，与王辅臣联合，静待岳州会战残局，南北夹击，大功可成……"汪士荣双手一合。

"好！"尚之信击掌赞道，"只是谁能担此重任呢？"

"只有我亲自去一趟了。"

"谢先生！"尚之信不禁狂喜，竟自起身一躬到地。

"慢！"汪士荣慢悠悠地说道，"王爷这边也不要闲着，先不动声色地拿掉孙延龄和傅宏烈两颗钉子，待岳州战事一有眉目，出兵时便没人碍手了。"尚之信被他说得心痒难耐。略一寻思，又感到有点犯难，孙延龄奸猾狡诈，见势不妙早就缩了头；傅宏烈又是个硬头钉子，怎样才能"不动声色"呢？汪士荣已猜到尚之信的心思，立起身来笑道："粮食！王爷，孙延龄守在窝里，不单是畏惧朝廷，害怕王爷吞了他，还有一个紧要缘由，他已缺粮！若用粮饷诱他，便可置他于死地！傅宏烈也缺粮，他是我结拜兄长，再没有不信的，我写封信给他。可让吴世琮一并去办。"

当下二人密议直到深夜，汪士荣第三日便启程向陕西去了。

孙延龄的境遇比汪士荣估计的要严重得多。自耿精忠败后，吴三桂根本不管他，不但饷无一文，粮无一石，而且一个劲儿催他带兵北上。孙延龄算来只落了个空头临江王封号，还要派刘诚来桂林代金光祖当总督。最要命的是缺粮，将士们因粮饷不继，溜号的、脱逃的、哗变的时有发生。相持四年，不但北进不得，傅宏烈的七千军马竟大模大样地逼近桂林，驻地离桂林只有六十里地。北边莽依图也压到三街一带。桂林城，其实已是四面楚歌了。

他再三思索，终是计穷。孙延龄决意厚着脸皮来求孔四贞，请皇上允他反正归降。

孔四贞自桂林兵变后，便移居到城北白衣庵，亲自率领戴良臣等包衣家奴，在庵后种了二亩菜园，甚是悠然自得，俨然是桂林城里一个国中之国了。

孙延龄单人独骑来到白衣庵，时正午牌，守门的见是他来了，既不好通报，又不好不报，只好躲得远远的。孙延龄沿着神道碑廊一边走一边左顾右盼，但见院落整洁得连一根杂草也没有，古柏上苔藓斑驳，沿墙一带栽种的梅树，一丛丛肥绿欲滴。孙延龄踅过正殿，来到孔四贞竹围翠绕的精舍前，正踌躇间，听到孔四贞在后院叫道："梅香，把后头窗户上竹帘子放下，地里苍蝇多，飞进来闹得人连觉也睡不成！"隔着竹阴瞧时，孔四贞布衣荆钗地立在廊下，正向绳上晾晒干菜。孙延龄忙抢上几步进来，一躬到地，赔笑道："公主，我……瞧你来了……这些日子事忙，一直没有空儿，乍一瞧，我还真不敢认了，你比先前越发出落……"

"戴良臣！"孔四贞只将箩中煮熟的湿淋淋的长豆角一把一把拎出来，朝绳上搭着，一边回头叫，"快去把井绳上的吊钩收拾好，提水桶老是掉进井里，就不知道操点心？""公主……"孙延龄涎着笑脸又叫一声，见毫无反响，便忙着过来帮她搬菜箩，拎菜。孔四贞忽然失惊地叫道："哟！这不是吴三桂大周家的临江王么？怎么今儿得闲了？到民妇家有何贵干呀？"

孙延龄知道必有这番奚落，尴尬地干笑着说道："哪里是什么临江王，延龄来给您请安了！"便给她作了一个揖，绿阴深处传来"嗤"的笑声，忙回头瞧时，却连人影儿不见。

"你不是临江王？"孔四贞柳眉倒竖，明眸圆睁，逼近一步问道，"怎么穿这衣服，早先的辫子哪儿去了？这倒奇了，先头说是额驸，后头又说是王爷，如今又不是王爷了，莫不成要做皇上了？你升得可真快呀！"

"我……我……嗐！"孙延龄口吃了半日，终于勉强笑道，"公主别挖苦我了，是我吃屎，打错了主意，没听你的好言，如今肠子都悔青了，恳求公主代我想个法儿……"

孔四贞冷冷地看他一眼，也不言声，坐在豆架下石磴上，理着头发，半晌才道："女人家，头发长见识短，我能有什么法儿？再说你如今是王爷，满得意的嘛，怎么又说'吃了屎'，'打错了主意'，'悔青了肠子'呢？苦巴巴地跑来跟我说这些个，我竟不明白你的意思！"

"求公主救我一命！"孙延龄心一横，硬着头皮跪了下去，拱着手道，"目下境况十分为难，前有深谷，后有饿狼，求你念我们夫妻情分，进京在圣上跟前为我转圜，延龄没齿……不忘你的恩情！"说着，想起自己身处的困境，如狂浪孤舟，四顾茫茫，举目无亲，已是泪如泉涌，"实言相告，我如今哭都没地方哭……尚之信十万精兵虎视眈眈，傅宏烈、莽依图近在咫尺，兵士们不愿打……又缺粮缺饷……十停已逃去四停……"他双手掩面，尽量抑制自己，可泪水还是从指缝里流了出来……

孔四贞见他这样，想起前事，不觉灰心，啐道："从前怎样劝你来着？偏生不听！叫人调唆得发疯，要做反叛王爷！这会子好了，王爷做了，还来缠我？杀青猴儿那时，怎么就不念着夫妻情分了？"说着便拭泪。孙延龄听了这话觉得有缝儿了，擤了擤鼻涕，打了一躬，又作了一揖，哆嗦着从怀里取出一个小包儿捧给孔四贞，咽着声儿说道："回公主的话，青猴儿实在不是我杀的。他一连杀了我四个千总，众人恼了，围住他用乱刀砍伤了他……我虽走错了道儿，天地良心，一刻也没敢忘了公主。这便是……见证！"

孔四贞默然接过纸包，打开一看，里头包的是一只金钗，是成婚三个月后，自己赠给孙延龄的，没想到这冤家至今还好好地保存着。想起孙延龄从前恩爱顺从，不觉动了情肠，长叹一声道："你也不用这样，总是我心肠太软，还要操这份心！只是你犯的是谋反罪，即使我去求告太皇太后和皇上，也未必就……"孙延龄忙道："太皇太后最疼爱你，你亲自去求，没有不答应的。你只要肯去，便是朝廷不肯开恩，我死了也无怨言……"孔四贞想了想，说道："也只好如此了。不过你这一关恐怕是很难过的。你不立点功，我在皇上跟前很难说上话，他拿国法堵人，太皇太后也是无可奈何的。"

"我能立点什么功呢？"孙延龄惶惑地说道。

"随我来！"孔四贞一挑帘子进了精舍。

孙延龄跟着进来，见孔四贞至神幔前轻轻按了一下机关，一尺余高的瓷观音神像便缓缓移开，座下却是一个小石槽。孔四贞从里头取出一柄铁如意，递给孙延龄道："这是傅中丞的信物，我走之后，你亲自持它，速和傅大人联络了，先占个反正的地步儿，能合着劲儿打一下尚之信，往后就好说话了……"孙延龄忙接过来，破涕为笑道："想不到你这里竟有这个物件？"

"我乃朝廷侍卫，并未罢官，自然要替朝廷办事。"孔四贞冷冰冰地说道，"目下你军中无饷，傅大人也缺粮，为何不向那个来做总督的刘诚要点东西？有了饷就能打仗，与尚之信一开战便有了功！若能拿住吴世琮，我料不但你死罪可免，说不定官职还能保住。"

"谢公主——"孙延龄眉开眼笑，说道，"也是凑巧了，昨儿恰接尚之信的信，吴世琮奉吴三桂命，要来广西巡视……"

"不要再耍弄小聪明了，"孔四贞嘱咐道，"只此一次机会了！"

当晚，孙延龄便宿在孔四贞处，除极尽夫道之能事，又切切密议了许多。第二日孔四贞便北上回京去了。

第四十九回　察哈尔反清袭北京
周培公登坛行军法

　　亥末子初时分，康熙双手捧着一杯酽茶，盘膝坐在上书房里，盯着房外漆黑的夜空发呆。没完没了的秋雨还在不紧不慢地飘洒着，自入秋以来，北京城像戳漏了天河似的。湖南的战报不断传来，他身边的奏报、文书已是堆积如山，里头还夹杂着各地报来的河汛片子。新从保定召来的太监李德全几次要替他整理案上的文书，都被他拦住了。因为只有他自己才能得心应手地从杂乱的文卷中寻出任何一件来。耿精忠归降之后，广东广西的情势也有好转，连吴世琮也秘密地联络傅宏烈，准备后路；尚之信派人和孙延龄联系，准备倒戈。这些翻云覆雨之徒，虽然不可信赖，但是从中可以探知吴三桂的处境不佳，指挥不灵。可虑的还是湖南，吴三桂在岳州寸步不让，还在从云贵源源调兵——事情竟几乎与周培公当初在江浙会馆所预料的一样，真的要在湖南决一死战了！康熙深知，这一仗胜了，不但两广会归顺过来，平凉的王辅臣也会不战而降；但若败了，连耿精忠也会重新变卦。

　　想到这里，康熙觉得身子有点发麻，便起身活动了一下手脚，脱了大衣裳踱了几步，便至案前，略一沉思，提笔写道：

　　　　午夜迢迢刻漏长，每思战士几回肠。
　　　　海氛波浪何年靖，日望军书奏凯章。

想想，又在前面加了一句：

　　　　——夜至三鼓，坐待议政大臣奏事有感而作

停笔，便朝外边喊道："李德全!"

"奴才在!"二十多岁的李德全应声答道，几乎同时就麻利地跪在了康熙面前。此人原是明珠自保定选来的，高挑个儿，长脸，口齿伶俐，办事利落，什么熬鹰、斗鸡、走狗、粘知了全都玩得转，更有一桩奇处，他每日只睡一两个时辰便足，什么时候叫，他总在跟前。康熙自遭宫变，对太监格外小心，只给了他八品顶子。

康熙见他进来，便问："索额图他们还没来?"

"回主子的话!"李德全利索地打个千儿站起身来，笑道，"敢怕是就要到了，图海和周培公已在外头候着哩。"

"叫他们进来!"

外头图海和周培公已经听见，对视一眼，各自甩马蹄袖躬身进来，却听康熙笑道："既先来了，怎么不进来，外头冷么?"

"不冷!"图海忙肃容答道，"主上宵旰勤政，奴才们何得怕冷!"周培公跪在后头，眼角扫了一下墨汁淋漓的那首诗，沉思着没有言语。

"朕这几日一直在想，"康熙坐回榻上，神色变得庄重起来，"岳州这一战不能失利，还得增兵，今晚召你们来议一下，这一仗怎么打。"

图海沉思一下说道："万岁，北方数省已无兵可调，京师如今连善扑营在内，不过五千多兵马，断断不能再调。如今各地巡抚的戈什哈都是临时从民间招募来的。"

"当然不能在京师、直隶这些地方打主意了。"康熙也在思索，"蒙古科尔沁部出了四千骑兵，尼布尔部愿出三千，战马一千匹已送到湖南，这七千军马投入湖南，你们觉得如何?——朕还想，是否与达赖五世通连一下，扰一扰吴三桂后方?"

"七千骑兵若是生力军，自可小有奏效，"图海心里盘算着双方实力，"但如今却还都在蒙古，数千里行军也要损耗实力。吴三桂若从云贵调兵，即便未经训练，依旧只能旗鼓相当。达赖这人，奴才以为是指望不上的。昨日万岁还说，接达赖奏折，请朝廷与吴逆划江而治。如此心地，求他参战实难指望。臣以为东调赣浙之军援湘，不失为上策。"

康熙听着大都难以指望，忽然回顾周培公，有点恼怒地问："你自称善败将军，有回天之力，为何一言不发?"此时明珠、熊赐履、索额图一干人已进来，见康熙脸色不善，吓得都忙跪在一边。

"臣非不欲发言。"周培公忙叩首道，"此乃社稷安危关头，容臣再细思一会儿。"

康熙冷笑道："好，你好生想着吧！朕却已想定了，朕要亲征岳阳！"这话一出口，几个人同时大吃一惊。索额图膝行数步叩头说道："臣以为不可！京师重地，万岁切不可远离。吴三桂要划江而治，显然胸无大志。主上轻出，万一稍有失利，反而启动他北进中原之心，岂非——""你住口！"康熙喝道，"朕宁为战死皇帝，不为偏安之主！"

明珠听了，忙进前说道："亲征乃万不得已之举。今耿精忠已就范，尚之信与吴三桂也心怀异志，贼势江河日下，并不须主上亲征。"熊赐履却道："吴三桂已是强弩之末，双方久战不下，万岁亲征，必大长我士气。依臣之见，主上亲征，是一举成功之道！"一时间几个大臣纷纷陈奏，各抒己见。正争议间，何桂柱淋得水鸡儿般进来，捧上一封火漆文书，说道："古北口方才递进来的。因万岁有特旨随到随送，所以连夜赶来……"

"好，尼布尔必是发兵来援了！"康熙一边拆封，一边笑道，"朕就先带这三千铁骑，亲临江南，吴三桂——"说到此处，他陡地停住，仿佛不相信自己眼睛似的揉了揉，拿信的手竟轻轻抖了起来。他失神地退回榻上，双腿一软坐了下来。

上书房立时安静下来，只听外边淅淅沥沥的雨声。良久，明珠终于忍不住问道："万岁，这……"

"察哈尔王子叛变了，已将尼布尔囚……禁。"康熙吃力地说道，"乘我京师空虚，带了一万骑兵，竟要来偷袭！"不知是惊恐还是气愤，他的声音颤抖得厉害，咬着牙恶狠狠笑道："好……都叛了……叛吧！"

几个大臣像挨了闷棍，一时都蒙了，头嗡嗡直响。图海心里也不禁狂跳：北京其实已是空城，这近在咫尺的大变如何应付？

"万岁，臣已想好，容臣启奏！"周培公突然叩头说道。

"讲……讲来！"

"察哈尔王子之变虽近，乃是疥癣之疾。"周培公的镇定使众人有些吃惊，"目下湖南战局胶着，臣以为也不必劳动圣驾亲征。"

"放屁！"康熙勃然大怒，"你就是让朕听你这几句空话的吗？"

周培公伏地叩头，又朗声说道："容臣奏完。我军与吴逆在岳州打红了眼，臣以为都忽略了平凉的王辅臣！"

"哎？"康熙像一只瞧见老鼠的猫，身子猛地一探，说道："讲！"周培公侃侃言道："吴三桂之所以尚能周旋，并不是靠耿、尚二人，乃是因西路有王辅臣牵我兵力！倘若此时醒悟，领一旅劲兵由四川入陕甘，与王辅臣会兵东下，湖南的局势则岌岌可危——但若我先走一步，消除甘陕危机，即可全力对付衡、岳的敌军，吴三桂必将闻风而溃！"

这说得十分有理，康熙不禁点头，但陕甘的兵力只能勉强与王辅臣周旋，察哈尔叛兵又要袭击京师，哪来的兵力应付这些呢？想了想，康熙低头喘了一口气，说道："你言之成理，朕……方才急得有些失态了，但如今如何办呢？"

"臣请万岁降御旨一道，"周培公叩头道，"将在京诸王、贝勒、贝子以及旗主家奴全数征来，立时可得精兵三万，由图海统领，微臣辅佐。半月之内，若不能扫平察哈尔之变，请皇上治臣欺君之罪！"

图海听着，脸上放出光来，他一直因职在卫戍不能出征懊丧，听周培公出此绝招，心中大喜，忙连连叩头："臣也愿立军令状！"旁边的周培公却嗫嚅道："只是……"

康熙早跃然而起，绕着周培公兜了一圈，正待说话，见周培公面现犹豫之色，遂急急问道："只是怎样？"

周培公顿首道："此辈原都是八旗精锐，便是晚辈旗奴，也都个个骁勇异常。只怕依势作威作福惯了……"康熙突然仰天大笑："何愁他们不服？这有朕来做主——天子剑侍候！"

外头李德全早听得明白，几步进来，从里头取出一柄宝剑，明黄流苏金子样在灯下熠熠闪光，双手捧了过来。康熙却用手一挡，转脸问周培公："你如今仍是四品职衔？"周培公忙顿首道："臣领此剑，即是代天行令，已无品级！"

"壮志可嘉！"旁边跪着的明珠高声赞道，"臣以为周培公应进为从三品！"

"正二品！"康熙大声道，"这是伍先生荐的人，待国士应有待国士之道——即进封图海为抚远大将军，周培公为抚远将军参议道，加侍郎衔，火速依议处置!"

周培公听了便瞧图海,图海忙道:"三日之后,臣等在南海子阅兵。"

"届时朕将亲往!"康熙说道,"你们只管放胆去做,朕将两门红衣大炮也赐给你们,荡平察哈尔后竟不必回军,与科尔沁四千骑兵合击平凉,替朕拔掉王辅臣这颗钉子!"

"臣——领旨!"

"去吧!今夜即向各王府传旨,按名册征用旗奴,有敢抗旨者,立即奏朕!"

明是没法儿的事,转眼之间便冰融雪消。望着周培公的背影,康熙不禁摇头赞叹:"真乃奇才,不枉了伍先生的举荐……"索额图忙道:"确是奇才,万岁爷何不命他为主将?"康熙笑道:"也须得有图海这样老成威重的宿将压阵,这个兵才好带,这群旗奴不是省油的灯啊!"明珠赔笑道:"有这样的良将,全亏了主子的好调度,奴才也以为察哈尔不日可平!"康熙开心地笑着,说道:"今夜召你们来,原是要议亲征,却议出这么个结果来——喂,熊老夫子发什么呆?"

"臣在想饷从何来,"熊赐履道,"有兵无饷,怎么打仗呢?"

康熙皱了皱眉头,良久方舒了一口气,"不管怎么说,眼下已无大难题目。饷么,先从大内挪出五万吧……"

第四日便是阅兵日,天上还在下蒙蒙细雨。头天听图海奏报,说兵员征得三万一千七百余名,已经试校过一次。今日校阅后即进兵古北口。康熙起了个一大早,先至慈宁宫请了太皇太后安,又至太庙焚了香,因不想招人眼目,只骑了御马,由魏东亭一干侍卫簇拥着直奔南海子。

南海子原是前明的上林苑,也叫飞放泊。顺治初年,傍海子修东西二宫,有一条九曲板桥蜿蜒通往海中之岛,名曰"瀛台"。方圆百里之间,茂林修竹、丘壑塘凹。自明初便放养了不计其数的虎、豹、豺、熊、獐、狍、鹿、麋,因国事不兴,久不经营,早已荒蔓不堪。

时近十月,园中红稀绿瘦,残荷凋零,更兼雨洒秋池,愁波涟漪,甚是肃杀。康熙一行方至仪鸾殿前,便听前头闷雷般炮响。一面被雨水打湿了的大旗,上头写着"奉旨抚远大将军图",在寒风中冉冉升起。木寨前龙旗蔽空、警跸森严，里头黑鸦鸦一片俱是持戈兵士，立成方队纹丝不动，因全是新从内库领来装备的衣甲，看去十分鲜亮齐整。将台边和辕门外头，是九门提督府几十名校尉镇守，凶神恶煞般按着腰刀，一个个目不斜视。康熙瞧着不禁心头一热，点头含笑对熊赐履道："图海这奴才配上周培公这帮手，真成了大将之才了！"熊赐履笑笑，尚未答话，忽然听前头有人断喝一声：

"什么人在此骑马？下来！"

几个人都吓了一跳，一齐瞧时，是个旗牌官手捧大令旗当门站着。武丹一见这阵势，将马一拍就要上前答话，却被穆子煦一把扯住，低声道："兄弟不可造次，瞧着魏大哥处置。"魏东亭早已翻身下骑，将缰绳一扔，款步上前，对旗牌官悄悄说了几句。

那旗牌官板着脸点点头，上前单膝跪地，横手平胸向康熙行了个军礼，说道："图军门、周军门有令，万岁若亲临视察，可暂在辕门稍候。这会儿正行军法杀人。"跟在康熙身后的戈伦，新进侍卫年少气盛，冲马上前喝道："你瞎了眼，这是万岁！"旗牌官脸一扬，冷冷说道："下官晓得是万岁，若是别人，营前骑马就犯了死罪！"

戈伦"嘿"地冷笑一声，扬鞭便要抽打，后头康熙忽地黑沉了脸，喝道：

"放肆！都下马！退下，拔去你的花翎！"

说着，康熙便先从马上跳下，随行侍卫这才都服服帖帖下来。武丹舌头一伸朝穆子煦扮了个鬼脸儿。明珠这几年也读几本书，便笑道："这两个真要学周亚夫细柳营的故事了，咱们老实着点，真的让他杀了我们的马，怎么回去呢？"索额图却兴致勃勃地道："只要旗开得胜，万岁爷不骑马也欢喜！"熊赐履便笑着对康熙道："请主子这边站，这里高些，里头情形都能瞧见。"

周培公确实正在执行军令杀人。这些旗奴已不比初入关时，如今在京携家带口，听说出征只发得一两多饷银，个个没精打采。加上有的妻儿扯叫，有的朋友饯行，昨日预校时，竟有七百多人至辰中才懒懒散散来队。因事前申明今日大校，不料还是有一百多人姗姗来迟，周培公便命各营将迟到人员一律绑送中军听候处置。

中军参佐刘明见人犯到齐，便上前向主帅图海禀道："请大将军发落！"图海点点头，他虽为主将，却知康熙想试试周培公的才能，便不肯主持，只大声命令道："由周军门按军法处置！"

周培公八字眉微微一蹙，大步走至将台口，蒙蒙秋雨已打湿了他身上的黄马褂，新赐的双眼孔雀翎也在向下滴水。他两眼冷冷一扫，偌大校场立时肃静下来，一声咳嗽不闻，三万军士铁铸似的一动不动。良久，周培公方朗声说道："现在重新宣示抚远大将军军令——违命不遵者斩！临战畏缩者斩！按期不至者斩！救援不力者斩！戮杀良民者斩！奸宿民妇者斩！"

几个"斩"字出口，下头跪着的一百余人已个个面如死灰。却听周培公又道："图大将军这几条将令昨日已经申明，今日仍有一百零七人应卯不到，本应一体处置，念因国家用兵之际，择最后三名斩首示众，余下的每人八十军棍！"中军听到令下，炸雷般"喳"的一声便去拖人。三名吓得魂不附体的军士被拖至将台边验了，便拉向辕门。其中一个挣扎着，号叫着不肯就范，尖叫着："周军门开恩……我上有老，下有小，你不能啊周军门……我求求你……你不能公报私仇啊！"

"公报私仇？"周培公大感诧异，低头看时却不认识。那人挣着叫道："只要你不杀我……我告诉你阿琐的下落，杀了我你一辈子也见不着她了……"周培公一下子想起来了，原来此人是康熙九年在正阳门遇到的理亲王府长随刘一贵！如此说来，烂面胡同阿琐失踪，也是此人做了手脚。想着，竟脱口而出问道："你这恶奴，阿琐被你弄到哪里去了？讲！"此时，连坐在帅位上的图海也怔了。

"你饶我一命，我讲！"刘一贵大叫道。

周培公也说不清心里是什么滋味，阿琐若落在此人手中，如今行了军法，理亲王府必定拿阿琐报复！想到昔年赠钗赠饭珍重寄托的往事，虽无半语之私，儿女之情已深铭在心。他咬着牙想了想，冷笑道："我已是朝廷大将，岂容你以私情要挟？拖出去——斩！"

立时，营中号角齐鸣，在秋风中呜呜咽咽回荡。外头康熙正听得没有头绪，见六个校尉拖出三个吓得面无人色的兵，按跪在海子边一株大柳树下，接着便听到石破天惊似的三声炮响，手起刀落砍下了三颗人头，行刑人提了头飞也似赶进去。不足一袋烟工夫，三颗血淋淋的人头已高悬辕门。

"本将军乃一介书生，原非好杀之人。"军营里一片死寂，周培公静静说道，"既然皇上寄我腹心，委我专阃，不能不勉从严令——余下的拖下去打，有呻吟呼号者加打二十军棍！"

这声将令传出，便听里头微微一阵议论，接着又是一片寂静，只听一阵噼里啪啦山响，竟无一人敢哼一声。熊赐履、索额图听得毛骨悚然，明珠虽撑得住，脸上嬉笑，心中已是突突直跳。瞧康熙时，脸上毫无表情，只武丹咧着嘴直想笑，又强自忍着。

"将士们！"肉刑刚毕，便传出图海洪钟般的嗓门，"此一役，敌方乃是跳梁小丑，本不足天兵一讨。但主上正致力于南方军事，你们俱是朝廷柱石家奴，与国休戚相关。为国效劳，为皇上分忧，也是为你们自己身家性命——这是第一层！"康熙听了笑道："还有第二层，听这奴才说些什么。""第二层，"图海又道，"本大将军知道，你们大都旗奴出身，家境贫寒，一两多的饷银实是很少——拼出死力打好察哈尔一仗，我保你们半世富贵！"

他的话没说完，已被下头军士们的议论声淹没了。康熙细听时，再也辨不清人们都说些什么，心里不禁一沉："怎么扯这个？明是没钱嘛，打哪来的什么'半世富贵'？"正理会不得，周培公又说话了，声音比图海还响：

"尼布尔乃元世祖正统后裔，家中有金山银海！我曾略查史籍，仅库存黄金，当不下一千万两！家中私财比此数要多出几倍！城破之日，一半奉交皇上，一半拿去你们均分，大将军和我一文不取！"

康熙听着，不禁"噗嗤"笑出声来。此时军营内上下一片，到处是兴奋的鼓噪之声，有的惊叹不已，有的啧啧称羡，有的攘臂雀跃，大呼："端了狗日的老窝，把金子掏出来！"方才杀人时的紧张气氛一下子变得活跃起来。

熊赐履在旁笑道："此乃淮阴侯驱三秦将士东下的故伎。小人喻以利，目下确也只能这样。"明珠也道："万岁爷不知留意没有？他这六个'斩'字，惟独没有'抢掠民财者斩'。"

康熙听了没吱声。他当然留意了的，但这干人原本就为发财而来，不给军饷，叫两个将军用什么去激励军心？良久，康熙方叹道："这是权宜之计。成功之后，朝廷出钱粮补贴一下，再免几年赋税，慢慢挽回吧……"正说着，便听到军中鼓乐齐鸣，图海和周培公已端庄整肃地迎出了辕门。

第五十回　大将军挥师捣平凉
　　　　　　王辅臣兵败泾河岸

　　图海和周培公率军扫平察哈尔，只用了十二日工夫。康熙紧张地忙碌了一夜，下令将缴获的金银大部留作图海军饷，一部调拨给驻守洛阳的瓦尔格，令他急进潼关攻打西安，扰乱王辅臣后方，牵制汉中的王屏藩部。急令图海乘胜从间道伊克昭挺进陇东，与退守兰州的张勇夹击平凉的王辅臣。西线的局势立时倒转，反守为攻。

　　王辅臣的仗一直打得顺手，十一月时值隆冬，他所统率的三万军马连下巩昌、秦州、平凉二十余城，逼得张勇龟缩兰州，寸步不敢东进。初闻洛阳、太原的清兵自潼关、函谷关入陕，王辅臣还不在意，只命汉中守将王屏藩拦住，但听图海会同科尔沁骑兵自伊克昭过来，仅离此三百余里，顿觉事态严重。他怎么也弄不明白，图海从哪里带出这支兵，又怎么会突然出现在甘北？来无影，去无踪，兵家素来最忌。听到急报，他连晚饭也没顾上吃，一边令人飞马召王屏藩来援，一边带着中军参佐们出去巡营。

　　出了平凉，已是夕阳西下。城外军营木寨中篝火升腾，军炊冉冉而起。隆冬的白杨像一支支冰硬了的毛笔直刺天穹。暮霭中六盘山灰暗阴沉。泾水沿岸的两边，皆已结成坚冰，只余下中间窄窄的一线流水，在夕阳中闪烁着粼粼金光。在枯水季节，泾水已是投鞭可断，跃马可越的小溪，不成为天然屏障了。

　　"阿爹，"身旁的王吉贞见他脸色阴郁，目视远方不语，便安慰道："兵法云，千里奔袭，必蹶上将，图海兼程三千里，渡漠南而来，已无破鲁缟之力，我们这一仗并不难打……"

　　王辅臣喟然叹道："你不懂啊——闻闻这股炊烟味儿，我的兵在烧马肉吃！没有粮饷，反倒利于我军速战，图海若屯兵城下，不出一月，军心就要乱了！"

　　龚荣遇心情也不好，周培公这个奶弟已多年不见，上次在京，只觉得他学问好，是个文官材料儿，怎么也带起兵来？既是交兵，必有胜负，难道天叫我来杀我兄弟，还是我死在兄弟之手？想着，便对王辅臣道："我真不明白，军门一直向西打为的是什么。他们既从北来，我们何不东归避开？"

　　"西方是极乐世界。"王辅臣苦笑道，"《说岳》上有句话，'何立从东来，我向西方走'。想不到吴三桂如此待我，真叫人寒心。粮饷一概没有，不能不打我们自己的主意啊！向东与王屏藩会合，当然眼下可维持一时，但图海与张勇在此合兵东进，瓦尔格从东夹击，我们能支撑得了多久？"

　　"阿爹……"王吉贞嗫嚅了一下，想说什么又住了口。

　　王辅臣转过脸来审视一下儿子，问道："又想劝我归清，是么？"龚荣遇听得心中轰然一声，三军主将心里竟时常想着这个！看来他一意西进，也是想占稳一块地盘，进可与朝廷索价，退可与羌藏联络自保。转念一想，若如此下去，自己便永无再见老母之日，不禁心中一酸。正胡思乱想，王辅臣却道："归清也不是不能想的事，与吴三桂相比，康熙是英主，我心里是有数的。"

　　"大帅这样想，实是三军之幸。"龚荣遇忙道，"只怕下头不从也是枉然。"王辅臣苦笑道："怎么会？如今连马一棍这样的粗人也有了心事。他上回吃醉酒，不是也在唱什么杨四郎的'悔不该'么？"王吉贞见龚荣遇也这样想，乍着胆子笑道："既如此，阿爹当早定决心，图海一到我们就……"

　　王辅臣陡地勒住了缰绳。此时天已昏黑，看不清他脸色，只像剪纸影子似的一动不动，良久才听他断然说道："不行！这一仗非拼死打好不可！打赢了还可议降；打不赢，我死！"龚荣遇和王吉贞不禁默然，事情明摆着，不战而降，败而后降，都难逃康熙诛戮！

　　"你们打起精神来！看城北那座虎墩，上有石楼，又有水井。"王辅臣指着模模糊糊、卧虎一样的一座小山丘说道，"当初进军平凉时，我第一件事就是想在上头驻兵，屯粮——这座虎墩便是守住平凉的命根子——吉贞，你替我亲自守好它。只要图海攻不下它，冰天雪地里粮道一断，他就只能束手待擒。打赢这一仗，我们就能进退裕如了！"说完将鞭狠抽一下，座下马长嘶一声，四蹄腾空狂奔而去……

第六日清晨，图海大军已到泾河北岸，与平凉城遥遥相对。按图海的想法，夜里带领三千骑兵来个突然奔袭，先使王辅臣措手不及，然后再将大军驻扎城北，与张勇合兵，文火慢慢熬，必定取胜。周培公听了沉思道："将军这法子好是好，但只怕吴三桂那边也有动作，王辅臣乃首鼠小人，反复无常，若得兵饷，反而于我不利。我军粮草虽有点，但粮道遥远，只利于速战。您是名将，您的战法王辅臣已是熟悉，这样的打法恐有不利。"因此，后三百里他们走得相当缓慢，借此保存体力，以便接敌后进行急战。

大军一至泾河，中军将令便传了下来：立即扎寨结营、埋锅造饭。各营管带速派哨兵瞭望，按区防守，违令者立斩。将令一出，中军、前左右翼、后左右营一齐按令行动，沿河扎寨、汲水刨坑、砸钉扯帐。

吃过午饭，王辅臣听说对方扎营，便带了马一棍、张建勋、何郁之等军将亲临泾河南岸巡视，眼见图海中军大营赫然暴露在前，沿河十里左右两翼平头安寨，不禁诧异。遥遥望见对岸一群兵将簇拥着图海和周培公，也在窥视自家营盘，指指点点地遥望虎墩，便在马上双手一揖，高声叫道：

"图老将军别来无恙？王辅臣这里请安了！"

"是马鹞子啊！"图海也大声笑道，"当年在京与君品茗论兵，共谈国事，不想一晃数载，今日竟以兵戎相见，人间沧桑多变，良可叹息！观君用兵，似乎并无长进，想是近年来只顾了谋反，未读兵书之故吧！"

王辅臣扬鞭大笑，说道："老将军昔年纸上谈兵，便是'品'字形营盘，如今也不过将'品'字倒了过来。大营在前，瞧起来却像个'哭'字！"

"哭与笑字形相近，王将军不要误看了！"周培公袍袖一挥说道，"相书上所谓'马脸容'，哭为笑，笑为哭，颠倒迷离行迹难测——将军不见中军大旗乎？图军门既为抚远大将军，自是以'抚'在上。将军若能弃兵修和、归附朝廷，仍可晋爵封侯。国家正在用人之际，切莫蹉跎自误。图帅这边早备羔羊美酒，愿与将军高歌长谈！"周培公说着，四处搜寻龚荣遇，却未见到。王辅臣听了，冷笑一声道："想必你就是周培公了？劝你回去好好读书，休在本帅面前舞文弄墨，国家承平之日，自少不了你一顶纱帽儿，何必在此金城汤池之下碰得头破血流，沦为我的刀下鬼？"周培公哈哈大笑道："金城，汤池？你晓得什么叫金城、汤池？我主万岁爷以天下百姓为干城，你王辅臣却想割据平凉作威作福，不顾民间疾苦，拆民居以为军营、卖民女以充军饷，驱三万疲兵，离家西进，离散了多少妻儿子女？似你这股心肺，便有霸王之勇，难逃乌江自刎之厄……"

周培公话未说完，王辅臣这边早已箭如飞蝗般射了过来，图海等只好缓缓退下。两边军营只见对方主将动了手，发着喊声，万箭齐发；马一棍大营里突然号炮一响，骁骑将军刘春率千余骑兵自西翼跃过泾水杀过来。

这是王辅臣久已想好了的，要先蹚一蹚图海这汪浑水，看他的兵究竟有多大能耐。

图海西翼的士兵正吃中饭，骤见对方大队骑兵挥着长刀，红着眼大吼小叫地扑了过来，竟狼奔豕突般逃得无影无踪。刚刚造好的木寨本就不牢，被敌兵推的推、烧的烧，冲得乱七八糟。

刘春虽然顺利地砸了一座清营，因未得斩将杀人，心犹不足，便率军向东，直攻图海中军大营，刚近营盘，便听里头一声炮响，战鼓急鸣，一排接一排的箭急雨般射了过来，当头的战马被射倒几匹，后边的几匹马只是狂跳长嘶不肯向前。刘春原以为箭雨过后，必有骑兵出来对阵冲杀，可是等了许久，见对方仍是猛射不歇，料是敌方急行军至此，不敢迎战，便留下三百骑佯攻主营，余下的由他自己率领去偷袭后边的右营。

约过一顿饭工夫，图海的中营寨门洞开，里头的马队一声不发，潮涌般地杀了出来，足有一千余骑。为首一员将军身着红袍，大刀横马立在军前，指挥着军马从左中右三个方向包抄过去，立时将那三百余敌骑团团困在中间。

此时，日近未牌，冬日昏黄。砂石滩上一千余骑纵横驰骋，战马交蹄，刀戟来往，闪出一道道寒光，卷起万丈黄尘。士兵们有的默不作声，拼命厮杀，有的打着赤膊狂叫着横冲直闯。被砍中的，有的落在马下，立时又被乱马踏成肉泥；有的仍在马上忍痛挥刀；有的被削掉了头颅，砍飞了天灵盖；有的被刺伤了手臂，砍断了大腿。战场上到处是鲜血喷涌，人们的脸上、身上血迹斑斑。地下到处是马尸人尸，惨号哀叫。喊声、杀声夹着鼓声、兵器撞击声、步兵们呐喊助威声，织成了一幅有声有色、威武雄壮的战场画卷。

"图军门，真有你的！"周培公站在高台上观战，朗声笑道："不愧为治军老将！"图海笑笑，正要说话，见寨后守门的守备方天贵踉踉跄跄跑进来，吓得脸色苍白，气喘吁吁地喊道："图……图军门，偷袭右营的折……回来了，攻我后……"一语未终，图海一柄长剑刺进他的心窝，把周培公吓了一跳。图海平静地拔出剑来，用手帕揩去上头的鲜血，说道："守将擅离职守者，这就是他的下场——命中军旗牌官关掉寨门，架起红衣炮，轰他！"

"喳！"

"慢！"周培公手一摆止住了，"大将军，他只不过佯攻分我兵力，救出这三百人。只用排箭射他，杀鸡焉用牛刀？"二人正议论间，后寨探马来报，刘春折向西南，增援去了。

这时寨西的战斗已经结束，三百多敌骑只余下了十几个人，已向南逃去。眼见刘春大批骑兵滚滚而来，图海却命鸣金收兵。计算下来共计斩敌二百八十余人，清兵死伤五十余人。

刘春往返二十余里，至此时方知上了当，一边派人回去速请援兵，一边又向中寨冲杀。但寨中仍是老一套，没完没了地射箭。刘春气得暴跳如雷，在马上狂叫乱骂："婊子养的，有种就出来大杀一场！"

在中营的土台上，图海和周培公手中各擎一杯酒，碰杯对饮。周培公笑着叫道："你回去报知王辅臣，这回没得彩头，待我休息半月后，再决雌雄！"

刘春气得发疯，狂跳着正要挥兵冲击，却听得对岸号角呜咽，这是在召自己回营，便用长刀指着图海道："今日便宜了老匹夫，呸！"只得悻悻撤兵走了。图海和周培公听了，不禁拊掌大笑。

"你的功劳不小。"第二日王辅臣召见诸将，见刘春怏怏不快，便抚慰道，"虽说折了几个人，他的虚实已经摸清——只要中军一溃，其余的寨子便不攻自破，这个仗好打了。"

王吉贞反复思量刘春闯营的情形，沉吟道："阿爹，我总觉得他们这里头诈中有诈！"

"唔？"

"右翼前寨何以只是一座空营？这太悬了！"

"当然是假的。"王辅臣冷笑一声说道，"他昨日示我以虚，今日便成了实的。他怎知我只是试探一下？我们今晚袭他的中营，管保中营已不堪一击了。"

马一棍在旁听了，大声道："大帅既有这主意，昨晚怎么不趁势动手？叫狗日们又歇息一日——今晚我和大总爷一道儿去！"

"昨晚？"王辅臣摇头笑道，"也得叫图海来得及调兵嘛！今日让他忙一日，调停好了，夜间我亲自去拿他的中军大营！"他倏地收了笑脸，立身据案命道："老马，今夜你带领五千人马，自泾水过河潜伏；张建勋、何郁之统你部人马五千，从下游过河，二更时截断他左翼和后营增援中军的兵马。一打响，老马便攻他右翼前阵，但都只佯攻，我带一万人攻他帅营。龚荣遇把城里三千军马安顿好，从后接应，随我闯阵；吉贞你只守好虎墩，无论前头打得怎样，你都不用管！"

众人一齐起身，肃然答道："遵令！"

夜幕降临了，泾水两岸冰封大地，一片沉寂，对垒的营阵逶迤二十余里，星星灯火在黑夜之中闪闪烁烁……偶尔传来一两声号角声和军营中的击柝声，在这不安的寒夜里，显得瘆人毛骨。

突然，泾河下游火光一闪，接着便响起了呜嘟嘟的号角，震天动地的号炮，密不分点的战鼓，鸣镝的火箭也怪叫着飞向清营，这是张建勋、何郁之在攻打左翼清军。马一棍的五千人像潮水漫堤般越过泾水上游，呼啸着冲向图海右翼前营，流星般的火箭射了过去。立时，四处狼烟滚滚，烈火熊熊燃起，红的、黄的、紫的光焰映红了半边天，烈火中响起噼啪爆炸声，毡篷被烧，升起的飞灰在空中盘旋起落，散发出浓烈的焦煳味。

顷刻间，图海各营的号炮也响了，地动山摇一样的鼓噪声，同时从四面八方发出，左营、右营、中营分别从北边西边，擎着火把齐向前寨增援，星星点点密密麻麻。

"风高放火，月黑杀人，马一棍不愧响马出身！"王辅臣伏在中路，紧张得浑身冒汗，眼见诱敌成功，不禁大为振奋，按捺着激动，大声命令："弟兄们，生死在此一战，杀呀！"说着翻身上骑，直冲清军中营。

眼见中军大帐灯烛辉煌，却连一个人影儿也不见，王辅臣不禁一愣，便勒住战骑，不再向前。正苦思对策，猛听炸雷般一声响，埋在大帐下的火药冲天而起，将一座绿呢牛皮大帐掀得无影无踪，大片的兵士倒在了血泊中。王辅臣心知不妙，料定图海必在附近埋伏，急忙命令众将，严加防守。忽然马一棍的传令兵急匆匆赶来，禀道："报大帅：马军门打了一阵，里头的人全都退走，并不交战！马军门恐怕中计，命我前来禀报……"一语未了，张建勋处也来报，说敌人后营根本没来增援前营。

"胡说！"龚荣遇大声喝道，"我和大帅亲眼瞧见，那么多的火把出营！"

"真的！"那传令兵道，"我们已经查清，那些火把都是疑兵计。"

"上当！"王辅臣大吃一惊，跌下马来，又像被蝎子蜇了似的跳起来。将要发令，又迟疑了：自己冲进中营这许久，怎么不见敌兵合围？正寻思着，遥遥望见平凉城方向火光冲天，接着便是几声大炮破空传来。他擦了一把热汗淋漓的脸，略略松了一口气："原来他们趁夜摸过去了，幸亏我留下守军，早有戒备。"想着，下令道："命马一棍、张建勋、何郁之会兵，火速回军，合击图海，我来断后！哼，想不到他聪明反被聪明误，倒被我断了他的归路！"至此，王辅臣方觉得灵魂归窍，松弛地伸了伸腰，这才发觉两条腿有点酸软，便伸手道："拿酒来！"

一声未毕，便听附近树林子里连珠炮般火炮齐鸣，千万只火把在营盘四周同时亮起，照得泾水北岸通明雪亮。王辅臣一万人马被挤在这方寸之地，立时乱成一团。龚荣遇连斩几名狂叫乱奔的兵士，才略略镇住局面。

此时大寨外鼓声震天，人如潮涌，四面八方都是清兵。图海用周培公的疑兵计，合三万人马将王辅臣困在核心。王辅臣毕竟厮杀一生，临危关头，竟又镇定下来，赶紧提戟上马，笑顾左右将士道："大丈夫死生之事如过眼烟云，何惧之有？马一棍、张建勋见我有危，必定来救，顶过这一阵，待天明便是他们的死期！"

"马鹞子！张建勋、马一棍早被你调昏了头，兵士乱成一团，即使回军来战，也不过乌合之众！"火光中图海哈哈大笑，"时至今日，你还敢嘴硬！早早下马就缚，念昔年交情，我开你一条生路！"

"放屁！"王辅臣咆哮一声，两腿一夹，身下的坐骑便旋风般向东冲去，手里的一杆浑铁戟舞得风响。龚荣遇也咬牙大吼道："杀！"护着王辅臣左冲右突。王辅臣果然骁勇，杀得浑身是血，但是几次突围，都被堵了回来，眼见形势愈来愈险，发一发狠，命令道："鸟枪手，打！"

他的中军有一百余支鸟枪，不到危急关头不用。这次出来只带了一半。这班鸟枪手都是王辅臣平时训练有素的神枪手，听得王辅臣一声令下，刷地分成两排，一排打，一排装药，轮流打枪，冲在前面开路，卫护着王辅臣向外突围。在"砰砰"的枪声里，围堵的清兵倒下了一片，有被铁砂子打瞎了眼的，有被打伤了腿的，倒在地上呻吟呼号。图海的坐骑也中了枪弹狂跳起来，几乎将他掀下马去。立时之间，围堵的清兵被迫闪出了一条人胡同。

"派一哨骑冲他后阵！后营的步兵从后掩杀。"周培公见王辅臣要逃，忙对图海道，"他只有这五十支枪，一千多人，两面夹攻，敌我一混，鸟枪就没用了！"图海听了点点头，回头对旗牌官命令道："你愣什么？传令后营一齐冲阵，打乱他！"

这个办法很灵，后营的兵本奉命围而不打，正摩拳擦掌，抱怨没有立功请赏的机会，听得一声令下，数千人横枪挥刀排山倒海杀了进去，王辅臣中营被冲得人仰马翻。敌我双方有的手撕口咬，在地上打滚，有的迂回冲杀，搅成了一团，五十名鸟枪手也被冲散，眼巴巴瞧着没法下手，早被骑兵一阵砍刺，倒在地上。

王辅臣见到中营大乱，对几十名随从道："回城！"便纵马向前杀去。

王辅臣到一处，一处是刀丛剑林，层层叠叠俱是清兵。他左冲右突，总是脱不了重围。回头一看，身边只有七八个人了。龚荣遇一身是血，脸色苍白，累得上气不接下气。好不容易杀到泾河北岸，却见周培公带着一彪人马，提着剑立在马上，指着王辅臣道："看你还往哪里走？"

王辅臣仰天狂笑："想不到我马鹞子会落得如此下场！"说着，提戟在手，自向胸口刺去。龚荣遇急忙一把攥住，哭道："大帅一死，三军都成灰烬！"说罢便拍了战骑，向周培公冲了过来，红着眼叫道："培公兄弟，你冲我来！"

周培公猛听这一叫，才认出是龚荣遇，见他浑身是血，痛苦地闭上了眼睛。在这一瞬间，王辅臣朝着龚荣遇马屁股猛抽一鞭，两骑早从斜刺里冲了出去，跃过泾水，消失在黑暗之中。

第五十一回　周培公举火烧虎墩
　　　　　　汪士荣乘机入危城

　　经过一夜的厮杀，泾水两岸尸骨遍野，血流成河，断剑残戈丢弃得满滩皆是。双方点计伤亡的结果，清兵损失四千，王辅臣损兵折将一万多，单是阵前死亡的便有六千余人，由于双方兵力损伤很大，图海命令三军休整七日，方移营过河，屯兵于平凉城下。

　　刚安定下来，图海便吩咐随从："进去告诉周军门，我去查看虎墩了。把蒙古带来的活鹿宰一只，给他补补身子，他累坏了。"正说着，周培公从帐后出来，笑道："我又不是坐月子的婆娘，哪来的这么多毛病儿？大将军既要出去巡视，培公岂敢在此养尊处优？"说着便一同出来。中军参佐刘明正要派随从保护，周培公笑道："再借给王辅臣一个胆，他也不敢妄自出城了。他如今的兵马总共不会超过一万，出来找死么？"图海却道："还是小心为好，就带眼前这十几个亲兵吧！"

　　二人骑马绕城一周，便沿城北向西来至虎墩下头。这个虎墩从远处瞧，不过是一个土丘，近前细查，方知端的险要。王辅臣为屯兵方便，环着"虎"腰削出一道平台，墩下又修了许多石洞，只靠城门一端有一线石梯直通虎头顶峰，上头有一座半亩方圆的小庙，临北一面有一座石楼，在屯墙上可与城中呼应，恰如一只卧虎在眈眈地雄视平凉。

　　"平凉城修得真结实，"图海叹道，"全是大条石包面儿，只怕红衣大炮也轰不坍它！"

　　周培公一时没有言语，只默默审视虎墩，良久，呼了一口气，方答道："此城北据六盘，南扼陇山，为甘东门户，自汉以来便是兵家必争之地，数千年经营，岂有不坚之理？若能从容地打，这座城并不难下，饿也要把王辅臣饿降！"

　　"你看在这城下埋火药炸城如何？"图海说道，"只要炸开一个缺口就好办了。"

"都是沙土地，护城河的水面又没冻，"周培公摇头道，"挖地道恐怕不成，再说火药也不够。"

图海见周培公只是打量虎墩，便笑道："看样子，你还是一味想打虎墩，在上头架炮直轰城内。那敢情是好，只你瞧瞧这形势，没有六七千人死伤，上得去么？"

周培公点点头，说道："是啊，总得想个万全之策啊！"

此刻，王辅臣听到图海他们查看虎墩，也带着龚荣遇赶来。这一仗打得他十分凄惨，血本几乎赔尽，城中实有兵力不足七千，加上虎墩上的守军，不过九千余人。都统马一棍死在乱军中，何郁之带了一部残兵不知逃往何处，只龚荣遇原是中军护卫，虽然位不过参将，兵员却无损伤，其余逃进城的三千，皆是惊弓之鸟，难得打仗了。王辅臣看着城下图海和周培公旁若无人地指指点点，心里又气又恨，便咬牙低声对龚荣遇道："荣遇，那个就是你的朋友，他害得我们好苦！图海从来不是这个打法儿！——我的手伤没好，你的箭法不坏，来，拿他试一试你的狼牙箭！"

龚荣遇慢慢从腰后箭囊中抽出一枝箭来，心里真是万感交集。他看了看手臂，上头有个小疤，是小时候和周培公一道下河摸鱼，被王八咬的。现在自己要用箭射死这个一块摸过鱼的伙伴。他来到雉堞前，悄悄扯圆了弓，周培公兀自指着虎墩全神贯注地在说什么，凭他的箭法，这么近的距离，不难一箭穿透周培公的后心，但他的手抖得厉害，瞄了好久，方"嗖"地松了右手。

周培公正说在兴头上，哪里提防会有冷箭？图海是个久经战阵的人，听到箭的飞啸声，不及回头，便猛推周培公一把，自己也急忙闪身，只见那箭流星似的飞了过来，射中了周培公的左膀。

"唉呀！"周培公大叫一声，几乎倒在马下，猛地回头一瞧，见龚荣遇握着空弓正怔在城头。周培公闭目咬牙，右手猛地一拔，顿时血流如注。龚荣遇面色如土，手中的弓像断了线的风筝飘落城下。

当晚回到大寨，图海便接到京师送过来的诏旨和邸报。图海和周培公行了三跪九叩大礼，展读时，其中有一份是康熙的手谕，写道：

抚远大将军图海，抚远参议将军周培公：军报已悉，欣知二卿泾河大捷，朕感之奋之。今岳州吴三桂贼势已日趋途穷。近闻急报，贵州有一万逆军来援，此势若成，则西凉军事又呈胶着矣！谨录二首凯歌赐卿，尚盼再振余威，急下平凉。国家岂吝高爵之赐！

下头却是两首古诗，不及细看，便看邸报。一件是孔四贞归京，康熙接入宫中荣养；一件是李光地蜡丸书密报福建军情，奉旨着吏部存档议叙；一件是孙延龄反正归清之后，吴世琮曾诱之以军饷，在桂林城外被杀；另一件却是吴世琮用汪士荣信诈降，傅宏烈受诱被杀事，礼部奉旨拟封谥号，并命各省巡抚，查明汪逆下落，擒拿归案云云。

"若论打仗，这些都是常事。"图海见周培公脸色又青又白，想起了与傅宏烈交情，也觉心痛难忍，叹息着安慰道："于大局而言，这也只能算细事……只可叹傅宏烈忠烈贤明，方正可敬，竟落了个这样的下场……"说着，竟自淌下泪来。

"汪士荣，"周培公没理会图海的话，望着帐外，陷入了沉思，喃喃自语道："我久闻大名，实在想见一见他！"他的目光又回到烛光上。

攻虎墩的仗打得很苦，因为坡陡，骑兵根本使不上。图海和周培公坐镇督战，三大营军士轮番攻击，什么办法都使了，只是不中用。守城的军队将鸟枪、火箭全集中到虎墩一带，但见攻墩，便策应猛射，弄得兵士们两头躲闪。打了两天，只拿下"虎"腰一带，已是损兵两千。

"这样打不济事。"周培公看了两天，已看出了一些门道，"打得久了我们反而要受困——算算时间，贵州援兵五日内便可赶到，那时麻烦就大了！""我亲自上！"图海躁性上来，立起身便要传令，却被周培公双手按住："打法不出奇，谁都一样。若是亲自上，该我先去——此处不知能不能弄到长竹竿？"

图海一怔，说道："巡城时我见南门外木料场上堆了些毛竹，你要它做什么？"周培公眯着眼笑道："大将军放心，虎墩今日可下！"

当日下午一切预备停当。七百余根长竹竿上头都裹着大棉被，泼上油，未正时分，一声令下，全都点着了，宛似七百只大火把，各由四五个强健兵士举起，直送虎墩石楼上。下边又有几百名兵士，用竹唧筒吸了油，一个劲地向上猛喷……那虎墩顷刻间便成了火焰山。

王吉贞想不到周培公用此绝招。这虎头墩弹丸之地，无处可躲，烈火浓烟熏烤得人像钻在火炉里，待汲水浇时，却半点也不济事，移时，一团团大火球滚进楼里，底下又都是射上来的油，油助火势，火仗油威，整座石楼都已着了火。守墩的兵士们有的被烧得成了火球，满地打滚，有的带着火往下跳。王吉贞满身也着火，扑到虎墩南墙边，大哭道："爹爹呀！救我，救救孩儿……"喊着，大火已把他的身子烧得蜷缩成一团……

两个时辰以后，虎墩便落到图海、周培公的手里，当夜清理了积尸，红衣大炮拖上了虎墩。天明时凭石楼眺望，平凉城全景尽在眼前。高大的督署矗立在城西，粮库、监狱、兵营位置历历在目。图海不禁笑道："你看，从这里居高临下，别说用炮，只用弓箭也可盖住敌阵，用云梯就能登城了！"周培公眯缝着眼，手托下巴，皱眉道："困兽犹斗，王辅臣虽是穷寇，我看急切之下，会作拼死一战的。更要紧的，城中百姓四万多，一旦城破，那就昆岗失火，玉石俱焚……唉！"图海见周培公浩然长叹，不禁哈哈大笑："这会子你又想当菩萨了！泾河滩一役，虎墩之战，死了那么多人。那些屈死鬼寻谁去？"

"披坚执锐，疆场相见，不是鱼死便是网破，那有什么说的！"周培公慢吞吞道，"察哈尔之变，我们的兵就抢了不少东西，如今都像狼一样红着眼盯着城里，若再屠城……大将军，将来获胜后，朝中御史难容你我呀！"

图海捋着胡须没言语，一阵冷风吹来，竟不自禁打了个寒战。

"回禀二位军门，红衣大炮已架好！"一个军士上来施礼说道。

"先轰他几炮！"周培公背着手，头也不回地吩咐道，"对准他的粮库！"

"喳！"

图海诧异地看了看周培公：方才还在发慈悲，一眨眼儿工夫，怎的又变了？周培公道："大将军，轰几炮给他一点颜色看看，我想——"

话未说完，便被天崩地裂的炮声打断了。这红衣大炮是洋人张诚帮助康熙设计制造的，除岳州拖去二十门，留下四门原是守护京师用的。察哈尔叛乱被平息后，康熙用四十四健骡送来两门随军。此炮威力极大，射程可达七里。但见炮声响处，一团团浓烟升起，火光一闪，炮弹没有打中粮库，击在城南临街几户居民房上，炸得瓦片茅草乱飞；接着又是一声，炮弹却飞到粮库东面的一汪水潭中，溅起丈余高的水柱。街上立时轰动了，连城北的人不知出了什么事，不少人开门探头探脑地张望。兵营里一队队的士兵出来弹压。远远看去，见废墟上有人用锹扒着倒塌的房屋，看样子里边埋了人，旁边一个妇女当街坐着，呼天抢地地叫喊着什么，一个总角小丫头畏惧地搂着她的脖子。旁边还有几个老婆子跪在当街，双手合十朝虎墩喃喃念叨着什么，图海恼怒地说道："这打的什么炮？把炮手叫来！"

炮手吓得脸色煞白，连滚带爬地走过来，跪倒便是叩头："军门，这这……"

"你从前打过炮没有？"

"打打……打过五年。"

"这是怎么回事？"

"小的从从……从来没使过这样的炮，"那炮手上牙打下牙，抖着说道，"没没……想到这炮打得这么远……"

"滚！"图海怒喝一声，"瞄准了再打，仔细你项上的狗头！"周培公想想，转脸说道："且不要打粮库了，那里离民宅太近，今日你们就练这炮，你看东城根那座破关帝庙，想必早已废了，朝那儿打，把它炸平！"

"喳！"炮手擦着头上的汗水去了。

周培公跟着图海，一边沿石阶下虎墩，接着方才的话又道："——我想进城一趟，能把王辅臣说降了，岂不更好？"

"什么？"图海站住了脚，"你说什么？"

"我想凭三寸不烂之舌说下此城！"周培公道，"图大人，须知数万生灵涂炭，你我罪孽深重啊！"

图海审视了周培公半晌，方道："你是怕那干子臭御史弹劾我们滥杀无辜？"周培公明知图海指的是明珠，却笑道："自古打了胜仗反被荼毒的不知有多少，我焉能不怕！此时却不为这个——这一城百姓若遭你我毒手，千载之下人们将视你我为何许人？"周培公的治军之才是图海发现的，康熙指名派到他麾下后，二人数年来朝夕相处，促膝谈心，最是知音，此时乍听周培公要只身入城，心里不禁一沉，缓缓说道："汉家文明博大精深，我自不及培公，但今日已不能同战国、秦汉相比，学苏秦、张仪、陆贾、郦生，恐怕要遭不测之祸的。"他摇了摇头。

"大将军，也不见得如此，如今我强敌弱，宜和他订城下之盟！"周培公见他怜惜自己，不觉动容，说道，"这里王辅臣一降，陕西王屏藩也可不战而下。若是硬打，三五日内拿不下此城，援兵一到，真的要有负圣命了！"

图海拧着眉毛又想了半响，方叹道："你既然想定了，也许能行。不过这着棋走得太险，一旦不成……"

"明日午时你用红衣大炮猛轰督署后院，传令三军齐声高唱圣上那两首凯歌，我自有主意！"周培公镇定地说道，"把城东的兵向后暂退五里，我从东门叫城。"

第二日辰牌，周培公青衣小帽骑马来至东城门口，双手卷成喇叭高叫："喂！城上守军听了，我乃大清抚远参议将军周培公，奉大将军之命，要进城与王辅臣将军有要事磋商！"

清军无端退兵数里，早已有人报了城东守将张建勋。他正诧异间，又听有人叫城，便一边着人禀知王辅臣，一边亲自登上楼来。一见是周培公，无名火升起，"呸"地唾了一口，说道："你又使什么诈计？不在虎墩等死，进城做什么？"

"将军不要意气用事！"周培公道，"目下情势你我心中清楚，我来与你等指一条生路！"

"放屁！"张建勋怒吼一声，正要下令放箭，楼下忽然跑上一个旗牌官，低声传达了王辅臣的将令。无奈，张建勋只好改口冷笑道："我本待取了你的首级，念两国交兵不斩来使，恩开一面，暂放你进来！"

城门"咣"地下了闩，吱吱呀呀开了。周培公纵马正待入城，远见一骑飞也似的狂奔过来，那人至城前下马，两手朝周培公一拱道："你我同入此城如何？"

"足下何人？"周培公打量来人，不过三十许模样，美目修眉，长袍青衿，恰如临风玉树，飘逸风流，一见便生好感，遂一边并辔策马入城，一边笑问："你是探亲，逢了这里打仗，入不得城么？倒赶得好巧。"那人说道："正是呢！我前日已到了，只是这里打得凶险，四门不开，难得进来，

402

今日倒借了吾兄的光了!"说着便笑。周培公想着,此人真能钻空子,笑道:"什么要紧事,这可不是探亲的时候儿呀!"

"是么?"那人突然仰天长笑,"我怎么觉得这座城不至于就那样险呢?"周培公顿起惊觉,便试探着问道:"何以见得呢?"那人扬鞭高声说道:"大周吴三桂麾下五万军马来援此城,旦夕可至,试问此城何险之有?"两个人此时一问一答,连正在令军士关闭城门的张建勋也听愣了,忙绕到马前,打量了一下,笑道:"是老汪啊!你来了,也不给我打一声招呼,我还道是姓周的带的随从呢!"周培公便问:"你们认识,请教足下台甫?"

"我们是老相识了!"那人笑着,从背上抽出一管玉箫,轻盈地舞弄了一下,说道,"不才姓汪、名良臣,字士荣的便是!想不到吧?我们竟是两国使臣一同进了平凉!"

"久仰久仰!"周培公心中猛地一惊,又激动,又惶恐:数年来曾多方搜寻此人情报,又多次听傅宏烈说过,汪士荣清秀儒雅,状如处女。今天见了怎么心气如此高傲?想了半日方明白,他今番到这里来,是为给王辅臣打气壮胆,不能不外强中干,不由心中冷笑一声。

听说周培公、汪士荣同时入城,督署上下早轰动了。王辅臣心里不由一惊,又一喜。他原本因儿子被烧死,周培公自投罗网,要雪此恨,因而命人让周培公进来,架起油锅,燃起烈焰,要学齐王烹郦食其的事,炸了周培公。此时听得汪士荣也来,倒犯了踌躇:两家同时派了来使,未尝不是转运机会?龚荣遇本满心恓惶不安,见王辅臣沉吟,便乘机说道:"大帅,依我看,康熙、吴三桂两家与我都有恩怨,倘没有泾河之役,我们不会损失如此之惨;话说回来,吴三桂要有良心,该早派援兵,要不然我们怎会被迫进这蛮荒之地?我看同时来了倒好,不妨都听听,谁的话于我有利,便从了他,于我不利,撵走了他了事——君子择善而从,或许另有些机会也未可知。"

"这几年你到底读了点书,口里的词儿都改了不少。"王辅臣笑着说。此时城里多半人马都归龚荣遇节制,而且此人一直对自己忠心耿耿,他不能不买账,也觉得他说的颇有道理,便把脸一沉,命道:"后堂设宴,请汪先生、周先生一同入席。"

第五十二回　两来使游说王辅臣
　　　　　　如簧舌骂死小张良

　　"大帅有令，传请汪先生、周先生入衙！"一声递一声地自中堂传了出来。

　　须臾之间，大炮三响，总督行辕中门"咣啷"一声洞然敞开，两行亲兵锦衣花帽，佩一色宽边刀昂首怒目疾趋而出，在甬道两边井然有序地排列着，众护卫将寒光四射的刀背虚靠在肩上，排成一道刀廊。正堂前天井中的油鼎下烈焰熊熊，冒着青烟的沸油发着"咝咝"的响声。气象森严恐怖得叫人透不过气来。

　　汪士荣看了一眼周培公，见他正睨视那油鼎，不禁一笑。却见龚荣遇按着宝剑大踏步出来，当阶立住了，眉棱骨抽搐着将手一让，冷冰冰道："大帅甲胄在身，不能相迎，请！"周培公暗自提足了气，整整衣冠，跟在汪士荣身后摇着方步走了进来。

　　"辅臣兄久违久违！"汪士荣当庭一躬，又对四座军将团团一揖，朗声笑道，"一别数年，将军当年风采犹在，虽说战事暂失小利，雄风虎威仍旧么！今汪某提师五万，前来援救，三日内可达平凉，当与图海会猎甘东，抖我汉家威风，横扫丑虏！"

　　"嗯。"王辅臣脸板得一丝儿笑容没有，转脸问周培公道："你是谁，怎么进了我这方寸之地，连姓名也不报？"

　　周培公听了，抬头看看王辅臣，突然笑道："我乃荆门书生周培公，你方才请进来的'周先生'就是了。既云'请'，便当以礼相待，为何一进门就以刀枪油鼎相迎，见了面却端坐不动，状同刑讯？漫说上国天使不拜下国诸侯，即从平交而论，窃以为将军殊失主人之道！"

　　王辅臣被他这话噎得一怔，按着心头怒火冷笑道："好一张利口——汪先生请坐——我来请问你周先生，你我两军对垒，胜负未分，你叫城见我，有何赐教啊?"

"胜负未分!"周培公纵声大笑,"将军以三万精兵与我会战,弥月之内十损其八。如今坐守穷城,内无粮草,三军面带菜色;外无援兵,被我团团围困。敢问'胜负未分'这四字,据何而云?实乃大言欺人!"

话音刚落,只听"啪"的一声,王辅臣拍案而起,手指着周培公问道:"我问你,刘春所带一千骑兵,可是你施的诡计,致使他全军覆灭?"

"不敢掠人之美,"周培公道,"乃是图大将军亲临指挥。"

"泾河大战呢?"

"当然仍是图海之功,鄙人稍尽赞襄之力!"

"虎墩是你烧的?"王辅臣想到王吉贞惨死,目光陡地一闪,嗓音立时变得暗哑阴沉,"那么大总爷王吉贞也是你害的了!"

周培公此时方知上面烧死了王吉贞,心里暗吃一惊,略一沉思,昂首说道:"不错,虎墩是我所烧!"

"你瞧着那边!"王辅臣脸色苍白指着外边油鼎,"休管我有粮无粮,有援无援,——既然你害了我的儿子,那便是你的葬身之地!"

"是你自己害死了你的儿子!"周培公盯着王辅臣,目光亮得有点叫王辅臣不敢正视,"当今万岁为你削去库籍,委以专阃,寄以腹心,建牙开府,位极人臣,你无端造反,是为臣不忠;万岁不计你弥天大罪,放王吉贞归陕,你以绝地陷他于死,是为父不慈;今抚远大将军奉圣命着我前来晓以大义,劝你归诚,你相待无礼,出言不逊,是谋事不智……"

"拿下!"张建勋心里一直窝火,见周培公如此强硬放肆,朝汪士荣瞥了一眼,大喝一声道。他的几个亲兵"喳"地答应一声,便扑上来将周培公双手反擒过来。

"……三军将士从你王辅臣数十年,如今势如累卵,命如悬丝,你竟悍然不顾,乃是为友不义;城中百姓翘首盼望干戈化为玉帛,你一意孤行,欲陷平凉于血海之中,是心地不仁……"周培公脸涨得通红,一边挣扎,一边大声说着,已被捆得结结实实。挣扎中,一枚罗汉钱铮然落在脚下,周培公身子一横倒卧地下,兀自用口去嘬那枚铜钱。

张建勋突然呵呵一笑,站起身来,上前捡了那枚钱,翻着个儿瞧着,说道:"这是哪个婊子送你的?倒不料你如此贪财难舍……不知黄泉路上有没有明珠、索额图的卖官铺，这一个钱能买个什么官儿？"

周培公听了只瞑目不语，军士们拖了他便往外扯。

"回来！"旁边立着的龚荣遇见了罗汉钱已是五内俱焚，听张建勋信口雌黄，辱及母亲，更气得浑身颤抖，大叫一声道："谁他娘的敢？"便大踏步上前，用剑割断了绳子。他这几年虽然读了不少书，但是此时一急，本相便露出来，劈手从发痴作呆的张建勋手中夺回罗汉钱，还给了周培公，一面对王辅臣道："既同是来使，请大帅与汪先生一体以礼相待——哪个王八蛋敢乱来，老子宰了他！"

龚荣遇突然这么发疯似的一闹，大厅上人们都看呆了。张建勋原本职位比他高，面子上实在下不来，目光一扫，几个亲兵"噌"的一步逼近了龚荣遇，龚荣遇身后几个校尉"叭"的一声，拔剑在手，怒目而立，顿时，督署大堂变得古庙一样死寂。

"荣遇你……"王辅臣心中大惊，只说了半截，又改口道，"哦……是辅臣糊涂了。周先生，你也请坐。方才你的话虽说有些冤枉我王辅臣，却也不无道理，但既说我犯了'弥天大罪'，你又何必来此？"

周培公抚着疼痛的肩臂，用刀子样的目光扫了汪士荣一眼，稍稍平静一下激动的心情方道："弥天之罪可用弥天大功来补。将军以往是受人愚弄，方才铤而走险，朝廷已经降旨，一旦弃暗投明，岂有不赦之理？图海与培公愿以身家性命相保！"

"不料来到此地，能听到如此妙音！"汪士荣格格一笑，突然又冷冷地说道，"说得真好听，犹如钧天之乐——你保王将军，谁来保你呢？辅臣兄，此人狡诈异常，你损兵丧子，还没有吃够他的苦头？今图海两万疲兵屯于平凉坚城之下，将军再固守二日，我五万天兵即可抵达。图海便插上双翅，又能飞往何方？甘陕定局，川黔滇的后继大兵，便源源而来。将军，据此三秦要塞，东临中原，何愁伟业不成！"

厅上众将听他这番游说，又是一种道理，不由面面相觑。龚荣遇上前说道："先生这话也很中听，只是有几分可信呢？"汪士荣笑道："我在此与守城将士共存亡，我的性命不是性命？三日内如果大兵不到，龚将军割我汪某人头，以谢三军！"

周培公听了一哂，在对面欠身说道："我想请教汪先生，你怎知有五万兵来援？"

"我从云贵赶来，焉有不知之理？"

"那为什么不随军同来，却空身入城？"

"这有什么奇怪的？"汪士荣笑道，"我特地先来报信……"

"后边援军在兼程而来，对吧？嘿嘿，原来也是疲兵！"周培公笑道，"至于说有五万，也似属可疑。如今吴三桂总兵力不过五十三万，三十余万在岳州，十七万散处长江、汉水一带，云贵川三省驻军不足六万，你从哪里弄来五万援军？"

这一句话钉得结实，汪士荣方知对手是劲敌，身子一挺说道："我汪士荣关西名士，自幼游学天下，从来以诚待人，不知欺人二字，从何谈起！至于五万精兵的来处，又何必要禀知你周先生呢！"

此时大厅之中你一句我一句，竟是两个来使在唇枪舌剑了。王辅臣被方才的事闹得心乱如麻，举棋不定。此时，他倒拿定了主意：要让周培公去考校汪士荣，自己可以腾出空儿来好好想想。

"谁知你欺人不欺人——仅有老弱残兵不足万人，兼程三千里，竟自夸说五万！"周培公说着，心里掂量：这样争论，两方旗鼓相当，终是击不垮汪士荣的，便口锋一转阴沉沉笑道，"'过江名士多如鲫'，若论你这名士，倒真的是闻名遐迩：初学三秦，壮游三吴，踪迹遍乎南国，琴书携遍天涯，饮酒金陵，弹棋梁园，惯箫吟、精诗词、会围棋、能双陆，潼关去西，武昌向南，无论通衢大市抑或云岭曹溪，谁不知你汪士荣？"

"岂敢！"汪士荣愈听，愈觉心惊：此人竟这样熟知自己！想想不能示弱，便道："尚望赐教！"

"平心而论，我周培公自思有三不及君。"周培公见他脸上微微变色，知道攻心奏效，索性放开了说。他抚着手背，看了一眼龚荣遇。龚荣遇也正用钦佩的目光注视着他，四目相对，龚荣遇连忙闪开。

"敢问哪三不及？"汪士荣乘机揶揄道，"你如今在图海营中一人之下，万人之上，正吞吐豪气，叱咤风云之时，除了头上这条尾巴不及我汉家装束，竟还有三不及么？"

"美风仪、善姿容，举手投足温文尔雅，状如处女顾影自怜，貌若潘安羊车投瓜。周培公邯郸不能学步，行路无人横送秋波，今生今世不及君！"

周培公屈指说道，"二、纵横捭阖于诸侯之间，长歌啸吟、挥洒论文，谈锋一起，四座风生，提笔千言顷刻即成，临危不乱，神气自定，古之张良不过如此！此亦周培公不能及也！"

汪士荣听了周培公连篇累牍地夸奖自己，不觉一阵阵寒意袭来，怕的是自己对对方一无所知，而对方竟对自己了如指掌。好半天汪士荣才回过神来，一欠身笑道："——哦，岂敢、岂敢！"

"至于三，"周培公又屈一指，"若论阴谋险诈，心藏祸机，叛君王、欺父兄、背恩义、卖友朋，不仁不义不忠不孝，种种千奇百怪的行径，不仅周培公不及，在座诸公亦望尘莫及！"

众人起初听他滔滔不绝地夸奖汪士荣，正不知是何缘由，陡闻他这番凌厉尖锐的讥刺，先是一愣，接着便爆发出一阵哄堂大笑。

汪士荣像被人重重撞击了一下，身子坐在椅中竟闪了一下。心中的血与泪、恨与爱和着苦水一齐涌了上来，面色顿时涨紫了，但他毕竟阅世很深，眼皮一闪逼视周培公道："周先生，你能如此作践人，是自娘胎带来，还是后来跟人学的？如此说来，我也有三不及君，运机用兵，狡诈不测，吾不及君；大言恫吓，乘人之危，吾不及君；吾名良臣，君名培公，其野心之大见于姓名，吾不及君！"他虽然不倒架子，但如此无力的攻击，已觉左右维艰，招架不来。连张建勋也不禁摇头。

"孟子曰'今之所谓良臣，古之所谓民贼也'！"周培公引用孟子的话，痛加驳斥。眼见汪士荣脸色青红不定，坐也坐不稳，便索性全兜出来："我岂敢作践你？吴三桂是你多年旧主，你背着他与尚之信勾连；傅宏烈赏识你的才华，与你结成八拜之交，你竟借吴世琮之手残害他，这是不是无君无友？你欺母淫嫂，气死糟糠之妻，这是不是无父无兄无妻？"

这几条，除尚之信与汪士荣勾连是周培公据情猜断的，其余都是从兵部、刑部的存档中，文书札子里和邸报中留心查阅来的，命中率既高，语气又毫无矫饰，显得堂堂正正。这几条罪名一列出，满厅将佐齐把目光射向汪士荣，要听他如何申辩反击。

汪士荣脸色一下子由红变白，又由白变黄，他沉默着，失神地望着远处，双手迟钝地在身上搜寻，好容易才取下那枝玉箫。周培公却不给他喘息的机会，大声说道：

"天地间人都有五伦，你汪士荣五伦皆乱。你空有一身好才学，投身贼匪，自戕自身——生不能取信于天下，死又有何颜重会父兄!"周培公立起身来浩然长叹，"天乎天乎! 你何必降此衣冠禽兽于人间?"

在这样连珠炮的攻击下，汪士荣已完全没有回击的力量，只抖着手举箫欲吹。恰在此时，却听拱辰台的午炮轰鸣，知是午时已到了。

"要引箫而歌么?"周培公道，"你还是听听我大清康熙皇帝的歌罢!"

话刚说完，便听到虎墩上几声破空巨响，两门红衣大炮的怒吼打破了厅中沉寂。几颗巨大的铁弹夹着火球掠空而过，"轰"地击落在总督府后院，大地猛地摇撼，摆着酒宴的后衙签押房和东花厅已被夷为平地。接着城的四周此呼彼应，响彻云霄的歌声传了进来：

> 先取甘陕十二州，
> 别分子将打衙头。
> 回看秦塞低如马，
> 渐见黄河直北流!
>
> 天威卷地过黄河，
> 万里平羌尽高歌。
> 莫堰横山倒流水，
> 从教西去作恩波!

汪士荣静静听着，突然"哇"地喷出一口鲜血，一翻身倒在椅下。

众将佐深信周培公说的都是实话，竟无人肯来扶他一把。

周培公呆呆地看着自己的对手，苦笑着摇了摇头。

一会儿，汪士荣似乎清醒了一点，倒在地上，将手中玉箫向石板一摔，立时断成两截，口中喃喃说着什么。

"你说什么?"周培公跨前一步，眼中竟迸出泪来，"告诉我，当办即办……"

"我说……"汪士荣惨笑道，"不枉死于你手……真是知音知心……我死之后……盼……盼……"他的头一歪，这句话永远埋在心里，去了。

汪士荣当场被骂死！王辅臣惊得浑身起栗。他原是被众将逼着胁从的，再环顾众人，龚荣遇、张建勋、刘春和廊下牙将一个个都如木雕泥塑一样，又想想康熙皇帝对自己的恩宠，赠送豹尾枪，放回自己的儿子，不觉泪下，摆摆手说道："周先生，望勿食言。我……我……降了。"

第五十三回　吴三桂登极一命归阴
康熙帝赐粮众议纷纭

　　王辅臣既降，西线局势顷刻明朗。王屏藩在陕西接到王辅臣降清手谕，当即便向瓦尔格投诚。从川、贵入甘的一万多吴三桂的士卒，被困在陇南，进退两难，也降了图海。至康熙十七年二月，甘、陕全境廓清，周培公将平凉之战写成奏折呈报朝廷。

　　上书房主事何桂柱接到奏报，只扫了一眼节略，一刻不停地直奔养心殿，见魏东亭和穆子煦在廊下值差，便赔笑行礼道："二位军门大喜！昨日听索大人说，魏军门要当粤、闽、滇、浙四省海关总督了——我的爷，自开国到如今还没听说有这么大的封疆大臣呢！穆军门不是也要到江宁做布政使了？怎的二位还在这里给万岁爷当门神？"

　　"就是怕往后见主子不容易了，我才勤着点来。"魏东亭笑道，"我们两个都去了，这里只留下你和武丹还算当年悦朋店的老人儿。往后去南方办差，好歹别忘了瞧瞧我们……"穆子煦也笑道："你真是庸人多后福，听说你近日续弦了？往后再高发了，连我们也攀不上哟！"

　　三人正说话，却听里头康熙喊道："外头是何桂柱么？进来。"何桂柱朝二人点点头，忙高声应道："奴才何桂柱给主子请安！"便一步跨进殿来。却见李德全正给康熙剃头，明珠和索额图一边一个跪在那里，便不敢插言，退在一旁跪了。

　　"于成龙在午门待罪，已跪了十二个时辰。"索额图道，"河道之事自古便是难办的差事，耗资巨大不易见效。这次开封决口，据臣所知，确非于成龙办差不力，实是库银不足……"

　　"不要说这个话。"康熙半躺在安乐椅里，闭着眼由李德全刮剃着，一边用手示意留下胡须，一边说道，"着武丹去问他，知罪不知罪？"接着又问明珠："你方才说那个女人，部议定什么罪来着？"

明珠听见问他，看看康熙脸色，忙叩头道："部议定的凌迟。按大清律，凡故意谋杀亲夫，就是这个罪名儿。不过奴才有个小见识，这女的事出无心，定成弃市也就够了。请主子圣裁……"

"好人难当啊！"康熙听了叹道。却半晌不再说话。

"主子的意思是……"明珠小心地问道。

康熙睁开眼，沉思着说道："据此案，姓李的看中了姓陈的妻子，出钱买通姓陈的，半夜来奸，被女的知觉。她原想杀死姓李的，却误杀了亲夫——此乃烈女！烈女护贞，被议凌迟处死，买奸、卖奸者反而无罪——所以朕说好人难当！"他的口气很重，索额图和何桂柱都吓得大气不敢出，明珠忙连连叩头道："是，是奴才昏聩糊涂！""不是你一个人昏聩。"康熙又道，"这个案子早就奏上来，朕留中，就是瞧瞧你们怎么处置。人命关天的事，说声糊涂就完了？传朕旨意：陈某卖奸当死，陈妻护贞节烈可嘉，要立坊表彰——虽杀了陈某，实为杀李，当以凌迟罪处死姓李的——你和刑部尚书各罚俸半年，可服么？"

"主上处置极公极明，洞悉隐微。"明珠头上渗出汗珠，叩着头道："只是奴才办事草率，险些误斩烈妇，罚俸半年不足为罪，求主上……"

"罢了。"康熙淡淡说道，"你也是无心嘛。再说你一直在朕跟前赞襄机枢，下头部务一时照应不到——这都是你不读书之故，往后要多做功课，朕要查看了！"说罢，这才问何桂柱，"你要奏什么事？"

"回主子的话！"何桂柱有点冲动，大声说道，"据图海、周培公今日奏报云称：王屏藩已归诚瓦尔格者，陇南的兵也降焉，全甘、陕已经廓清了也！"

何桂柱因几次受康熙申饬，叫他多读书，方才眼见连明珠都讨了没脸，一急之下便想出这几句妙文，几声"云称""者""焉""了也"逗得全殿人捂着嘴笑。

康熙忽地从椅上坐起，李德全的剃刀急忙躲闪，已在腮边带了一下，吓得黄了脸，捣蒜般叩头道："奴才该死——万岁腮上见喜了……""不要紧，借你吉言了！"康熙又振奋，又欢喜，连疼也不觉得，劈手夺过奏章，急急看了节略，这才坐回去细阅。众人见他一会儿闭目深思，一会儿蹙眉瞠目，一会儿点头微笑，都不敢插言。良久康熙方叹道："不意周培公一介书生，乃能立此奇勋！"

"正是圣主慧眼，拔识于泥涂之中，周培公方能有功于社稷！"索额图因立太子事，心里十二分感念周培公，忙凑上来笑道，"这真是一位能员，且与图海相处得极好，又是伍先生举荐，圣上亲自简拔，何不命他们乘胜提师直捣云贵？"

明珠边听边想，见康熙沉吟，便正容说道："索大人说得对，此人才略过人，实为今日的张子房、淮阴侯；图海久谙军务，又深得八旗绿营将士的众望，二人可谓珠联璧合！以臣愚见，天下不难横扫了！"这话虽说得委婉，康熙却也察觉出其中的含义，虽反感他无端疑人，却也觉不无道理，便笑道："索老三不晓得，他们仗打得很苦，须得休整一番。功劳也得分给别人一点。朕意派图海经略甘、陕军事，必要时策应川、湘。回京以后，调周培公去奉天，与奉天将军巴海一道对付罗刹——拿点酒来，大家吃一杯，朕心里实在欢喜！"李德全先还怔怔地听着，猛醒过来是吩咐自己，忙进去取一瓶茅台出来，一一分斟众人。

"这个酒已有多年没进贡了，库中已是不多。"康熙笑着举起杯来，"看样子不久又能分赐你们几坛了！"说着便一饮而尽。

刚放下酒杯，武丹便从外头进来，说道："奴才方才去传过旨：'于成龙，你知罪不知？'于成龙望阙叩头，哭着说：'臣有负圣恩，犯有渎职罪，罪该万死。总求圣上恩宽，允我戴罪立功，倾家治水，治不好黄河、运河，臣愿赴水而死……'"武丹虽生性粗野凶狠，说着这话，脸上也有不忍之色。

"唉！"康熙叹道，"于成龙这人朕是深知的，好处是清廉自守，毛病是刚愎自用、不听人言。还叫他回山东去当总督，——把朕这几句话传给他。"停了停又道，"明珠，你从前曾举荐过安徽巡抚靳辅，叫他进京，朕见一见再说吧！"

周培公随图海回京，正是三月二十。卢沟桥头桃红甫落，杨柳新绿，鸭头碧水如澄。康熙命索额图、明珠代天郊迎，在桥北张棚搭彩，鼓乐齐鸣，设酒相待，庆贺凯旋。入京后，又足足热闹了十几天。因见周培公尚无公馆，康熙便指了东直门内一处宅子赐给他，种种恩遇也不必细述。

因周培公宅邸还须整理打扫，何桂柱便拉他就近先住在自己官邸。周培公却也不敢怠慢他，便笑道："这么说，我也要进你的悦朋店了！只是听说你新近要断弦再续，怎好意思打扰呢？"

"开店老板还怕朋友多？"何桂柱道，"你只管来吧！我快五十的人了，下头也有两个妾，原不打算再当这新郎官，这还是余国柱大人几次来提，又是明相作的保山，弄得我也没法推辞了。"说着便笑，脸上红光闪闪，十分得意。

周培公不禁想起自家。小琐给的那几枚铜钱，打仗时，因衣裳被割破，不知丢哪里去了，只银簪一直随身带着。他把手伸进怀里摸了一下，心里不禁一阵痛楚，急回过神来问道："不知是大家闺秀，还是小家碧玉？"

"我也不很端底儿。"何桂柱笑道，"只听说原来是理亲王府的一个丫头，后来不知怎的，又送给果亲王福晋，竟认了养女——"还待往下说时，却见李德全肩上架着一只大鹰进来，拱着手道："老何，恭喜恭喜！到时候儿我怕不得闲儿来，好吃的你可得给咱留着点儿！"

见他进来，二人忙起身相迎，何桂柱笑得两眼都挤成一条缝儿，说道："那是自然！李公公，打小毛子死后，养心殿属你吃得开，兜得转了，圣上的海东青也交给你侍候了！"

"京油子，卫嘴子，保定府的狗腿子么！咱是生来侍候人的，什么都得能玩两下！"李德全与何桂柱十分稔熟，嬉笑着又转脸对周培公道："周大人，万岁爷今儿个还着实夸你来着，指着你去奉天再立大功呢！那时候，可别忘了老李报信的情分儿哟！"

周培公虽然有点讨厌李德全阿谀谄媚的样儿，但事关自己，又不能不问，便道："圣上都说些什么来着？"

"吴三桂——死了！"李德全笑道，"圣上夸你当初料事如神，说你是什么淮阴——哎呀，你瞧我这记性……""淮阴侯！"周培公双眼忽然一闪，说道。"对了，淮阴侯，还有……是陆逊一流人物！"李德全一拍脑门笑道，"好家伙，立了战功真是乖乖了不得！"

吴三桂的死讯传到京城的第二日，朝廷便颁下了邸报。京师六部各司、顺天府各衙张灯结彩，家家户户焚香礼拜。为了表示喜庆，康熙还下令大酺在京臣民，从直隶藩司提出酒来，各家各户分酒一斤。北京城里鞭炮此起彼伏响了个通宵，便是过大年初一也没这般热闹。

趁着满城喜庆，何桂柱说："择日不如撞日。"也没查皇历就成婚了。他的官虽小，但面子很大，连索额图和明珠这样的人都搬动了，来贺的人盈厅积院。周培公见前头热闹不堪，便踅到西院新辟的小花园里，坐在假山旁临水观鱼。

"培公！"索额图也从前厅走了过来，一见周培公便笑道："那边老图海正寻你，你怎么钻到这儿来了？"说着，一把扯了就走，"来吧，一起瞧新娘子去！"

二人来至前庭，见从正厅到天井摆了几十桌筵席，客人正吆五喝六地猜着酒枚。新娘子已接进府来，顶着大红帕子，坐在堂屋里"囍"字桌旁一动不动。何桂柱披红挂彩，一身光鲜，见他二人进来，忙往首席上让："哎呀，索大人、周大人，方才明相派人来说不得闲儿。我还以为你们也不赏脸呢，——来来来，和图大人坐这里！"图海也笑道："来迟罚酒，老规矩了，无论尊卑，每人三杯！"

三杯滚热的老酒下肚，周培公环顾四周，只见簪缨满厅、觥筹交错，因悄悄问图海："吴三桂死的详情你知道不知道？"图海脸色通红，将一杯酒推给周培公，笑道："我是今儿个听狼曈说的……"旁边的人也很关心这类秘闻，一听图海说起这事，便一边吃酒，一边竖起耳朵注意倾听图海说："吴三桂当初造逆，说是迎立朱三太子，其实打了五年仗，并没见有什么三太子。其实，老贼早就存心自己做皇帝了。上月甘、陕败报传到衡州，他便立定主意要登极。就在衡州南郊筑坛祭告天地，自称大周皇帝，改元叫'昭武'，把衡州改为定天府，设置百官、大封诸将，又造了新历……"

"他是见大势已去。"周培公自饮一杯，点头笑道，"要过过皇帝瘾嘛！"

"当然！"图海继续道，"殿瓦也来不及换，就刷了黄漆，又搭了几百间芦舍算是朝房。他择的三月朔日，本是艳阳天气，不料刚坐上龙位，忽然狂风骤起，乌云四合，接着便是瓢泼大雨！'朝房'都连根儿拔起卷在半天，瓦上的黄漆也被冲刷掉了……这还不是上天的报应！"

在座的人听了都有些悚然。隔座儿的刑部尚书吴正治便问："后来呢？"

"后来他就病了。"图海道，"发烧，说胡话，一会儿说'父亲救我！'一会儿说'皇上饶命！'一惊一乍地喊着'永历帝来了，崇祯爷来了……'"见大家一脸敬畏之色，真以为是什么天意。周培公暗暗思忖：湖南地气湿热，三月里骤风骤雨乃是常事；吴三桂老迈年高，心境又不好，受了点风寒也不稀罕；一生做的亏心事太多，病眼迷离，恍恍惚惚若见鬼神，亦是常理。难得一环扣一环，巧到了一处，落在一人身上，这就只能说是天意了。正想着，下头筵席上有人吃醉了酒，喊道："老何，听说新娘子标致得很呀！往后金屋藏娇，咱就见不着了，何不打开头上这劳什子，叫大……大伙尽情瞧瞧呢！"说着便站起身来，趔趔趄趄地走近新娘子。何桂柱见是吏部主事马成国，忙上前劝道："老马，何必在此一时呢？来，这边坐……"索额图也喝道："马成国不得无礼！"一语未了，马成国却早将头盖挑在手中，醉醺醺地哈哈大笑。

那新娘猝不及防，被人揭下了头盖，大庭广众之下羞得脸色绯红，只低头不语，停了一会儿，一扭脸，却正与周培公四目对视。因离得极近，明灯烛火辉煌耀目，周培公看得真真切切——鹅蛋脸儿，眉上黑痣旁微有几颗雀斑——正是周培公在正阳门初会、日夜思念着的阿琐！此时此地此情此景乍然相见，阿琐先是一阵诧异，嘴唇抖了两下，脸变得十分苍白。好半日才叹了口气，勉强站了起来，径直走至周培公面前福了两福，低声说道："是……恩公！有人说恩公在平凉战死，不想在这里又见着了，心里实在欢……欢……喜！"

周培公心里轰然一声，极力把持定了没让自己失态。满厅的人都在瞧他们两个，有的窃窃私议，有的七嘴八舌地说什么笑话，他一概都没听见。只觉得头晕、胸闷、咽塞，周身全是冷汗，一只手紧握着椅背，立起身来还了一礼，苦笑道："战死了倒……也是常事，我倒真没想到你……是新娘子，早知道了，还该备一份厚礼来的……"他的话还没说完，阿琐早已回去坐在原地了。

见周培公白痴一样坐着不动，索额图便道："培公，你脸色不好，醉了么？"图海左右望望，便向索额图耳语了几句。索额图边听边点头，心里一阵阵发火，咬着牙道："他这人惯弄这一套，真乃小人之尤！"正说着，见李德全匆匆进来，也不顾乱哄哄的客人，径至索额图跟前，赔笑道："万岁爷叫三位递牌子进去呢！"

出了二门，索额图怜悯地看了周培公一眼，拍了拍他的肩头说道："你可要把持定了，俗谚有云'十步之内必有芳草'，大丈夫要咬定牙根，挺过这一阵就完了。"

"索大人教训得是。"周培公回头用恍惚的目光瞧了瞧灯烛下木然痴坐的阿琐，苍白的面孔上略泛起一点潮红，勉强笑道："圣上等着我们呢！走吧……"

康熙并不知身边几个臣子的感情纠葛、阴谋动作。连日来，两广、川、湘的捷报雪片样飞来，他的精神一直处在亢奋状态，大冷天只穿了一件酱色湖绸丝绵袍，梳得油光水滑的辫子盘在脖子上，见他们进来，得意地抚着新蓄起的小胡子，笑道："你们到哪里去了？喝得红头萝卜似的，明珠、熊赐履等候你们半日了！"索额图便把去何府贺喜的光景约略说了。康熙道："朕今日要犒赏你们——当初滇逆事发，震动天下，幸亏有你们辅佐，清除了吴应熊、杨起隆的祸害，去掉了京畿隐患。开战后又扫清察哈尔后顾之忧，西捣平凉，抽了吴三桂锅底的薪柴，平叛有功啊！"

大家一听康熙如此夸奖，急忙一齐叩头谢恩。李德全从暖阁里走出来，将几个小黄布袋每人分发了一袋，拿着沉甸甸的，沙沙有声，不知是什么东西。

"这是稻米。"康熙得意地笑道，"是朕亲手种的，朕看这物件，比赐你们几两金子要贵重得多！"

几个大臣都吃惊了，不解地抬头看看康熙，熊赐履便道："臣怎么一点儿也……"

"你们当然不知道。"康熙哈哈大笑，"这事只有朕和皇后知道。从康熙八年便试种，总不成功，去年秋天才有收获，你们知道朕的意思么？"

"这是圣恩浩荡，施泽及于奴才！"索额图不假思索地说道。明珠却道："这是天降祥瑞，兆在天下太平！"熊赐履想了想说道："臣以为这是万岁重农桑，期望天下太平，化干戈为玉帛。"图海口张了几张，方道："臣以为主上要臣等爱惜前方将士，勿忘生民之本！"

几个人都猜过了，康熙一概摇头，却听周培公寻思着说道："以臣愚见，几位大臣都说得有理，不过臣却在想，既然皇上操心农事如此，做臣子的更该勉力为之；既然北京能出稻米，直隶、山东、河南、山西、陕西乃至于盛京，也可效法。如此推去，国库何愁不充？民生何忧不苏？台湾何惧不平？噶尔丹何虑……"

他没有说完，康熙已是纵声大笑，续着说道："……河道何恐不治？罗刹何惧不平——此真知心之言也！"

君臣又议了一会儿进军云南的事。议完后，诸臣方才跪安出去。

此时，夜已深，万里晴空，悬着冰盘似的一轮圆月，将大殿前照得如水银泻地。康熙独在院中徘徊步月。他仰脸看看天穹，昨日接到御史成其范奏章，说火星退至金宿，入云贵分野。星图占验，数月之内便可剿灭盘踞川、湘的吴三桂余党。他搜寻渺茫的天空，却寻不出奏折里所谓的"火退鬼金，则火能烁金；退井木，则火逢木愈炽"的天象来。沉吟良久，康熙抚膺长叹道："还是伍先生说的，天道茫茫，凡人岂能知晓？惟修人事以应圣道——应人心即顺天道啊！"